U0136949

姚鼐 輯
王文濡 評註

大字本

評註古文辭類纂

中冊

臺灣學生書局印行

以應故事誅心之辭

評校音注 古文辭類纂卷二十二 奏議類下編二

蘇子瞻對制科策

姚氏云、宋時制科、有才識兼茂、明於體用科、有賢良方正直言極諫科、有博學鴻詞科、子瞻此對、乃仁宗嘉祐五年問賢良方正直言極諫策也、子由爲兄墓誌云、歐陽公以直言舉之、而宋史本傳乃云以才識兼茂舉之、蓋史誤也、〇

臣聞天下無事。則公卿之言。輕於鴻毛。天下有事。則匹夫之言。重於泰山。非智有所不能。而明有所不察。緩急之勢異也。方其無事也。雖齊桓之深信其臣。管仲之深得其君。以握手丁寧之間。將死深悲之言。而不能去其區區之三豎。及其有事且急也。雖唐代宗之庸。程元振之用事。柳伉之賤且疏。而一言以入之。不終朝而去其腹心之疾。夫言之於無事之世者。足以有所改爲。而常患於不信。言之於有事之世者。易以見信。而常患於不及改爲。此忠臣志士之所以深悲。天下之所以亂亡相尋。而世主之所以不悟也。今陛下處積安之時。乘不拔之勢。拱手垂裳。而天下嚮風。動容變色。而海內震恐。雖有一事之失。常一物之不獲。固未足以憂陛下也。所爲親策賢良之士者。以應故事而已。豈以臣言爲

道不遠人人自遠道耳

直揭其不勤

眞足以有感於陛下耶。雖然。君以名求之。臣以實應之。陛下爲是名也。臣敢不爲是實也。伏惟制策有念祖宗先帝大業之重。而自處於寡昧。以爲志勤道遠。治不加進。臣竊以爲陛下卽位以來。歲歷三紀。更於事變。審於情僞。不爲不熟矣。而治不加進。雖臣亦疑之。然以爲志勤道遠。則雖臣至愚。亦未敢以明詔爲然也。夫志有不勤。而道無遠。陛下苟知勤矣。則天下之事。粲然無不畢舉。又安以訪臣爲哉。今也猶以道遠爲歎。則是陛下未知勤也。臣請言勤之說。夫天以日運。故健。日月以日行。故明。水以日流。故不竭。人之四肢以日動。故無疾。器以日用。故不蠹。天下者大器也。久置而不用。則委靡廢放。日趨於弊而已矣。陛下深居法宮之中。其憂勤而不息邪。臣不得而知也。其宴安而無爲邪。臣不得而知也。然所以知道遠之歎。由陛下之不勤者。誠見陛下以天下之大。欲輕賦稅。則財不足。欲威四夷。則兵不彊。欲興利除害。則無其人。欲敦世厲俗。則無其具。大臣不過遵用故事。小臣不過謹守簿書。上下相安。以苟歲月。此臣所以妄論陛下之不勤也。臣又竊聞之。自頃歲以來。大臣奏事。陛下無所詰問。直可之而已。臣始聞而大懼。以爲不信。及退而觀其效。見則臣亦不敢謂不信也。何則。人君之言。與士庶不同。言脫於口。而四方傳之。捷於風雨。故太祖太宗之世。天下皆諷誦其言語。以爲聳動之具。今陛下之所震怒而賜譴者何人也。合於聖意誘而進之者何人也。所與朝夕論議深言者何人也。越次躐等召而問訊之者何人也。四者臣皆未之聞焉。此臣所以妄論陛下之不勤也。臣願陛下條天下之事。其大者有幾。可用之人有幾。某事未治。某人未用。雞鳴而起。曰吾今日爲某事用某人。他日又曰吾所爲某事。其果濟矣乎。所用某人。其人果才矣乎。如是孜孜焉不違於心。屏去聲色。放遠善柔。親近賢達。遠覽古今。凡此者勤之實也。而道何遠乎。伏惟制策有夙興夜寐於今三紀。德有所未至。教有所未孚。闕政尚多。和氣或盭。田野雖闢。民多亡聊。邊境雖安。兵不得撤。利入已浚。浮費彌廣。軍冗而未練。官冗而未澄。庠序比興。禮樂未具。戶罕可封之俗。士忽胥讓之節。此所以訟未息於虞芮。刑未措於成康。意在位者不以教化爲心。治民者多以文法爲拘禁。防繁多。民不知避。敘法寬濫。吏不知懼。縲音纍繫者衆。愁歎者多。

此言御臣之不得其術

禮所謂量而後入不入而後量者也

凡此陛下之所憂數十條者。臣皆能爲陛下歷數而備言之。然而未敢爲陛下道也。何者。陛下誠得御臣之術而固執之。則嚮之所憂數十條者。皆可以捐之大臣而已。不與。今陛下區區以嚮之數十條爲己憂者。則是陛下未得御臣之術也。天下所謂賢者。陛下既得而用之矣。方其未用也。常若有餘。而其既用也。則不足。是豈其才之有變乎。古之用人者。日夜提策之。武王用太公。其相與問答百餘萬言。今之六韜是也。桓公用管仲。其相與問答亦百餘萬言。今之管子是也。古之人君。其所以反覆窮究其臣者若此。今陛下默默而聽其所爲。則夫嚮之所憂數十條者。無時而舉矣。古之忠臣。其受任也。必先自度曰。吾能辦是矣乎。度能辦是也。則又曰。吾君能忘己而任我乎。能無以小人間我乎。度其能忘己而任我也。能無以小人間我也。然後受之。既已受之矣。則以身任天下之責而不辭。享天下之利而不愧。今也內不度己。外不度君。而輕受之。受之而衆不與也。則引身而求去。陛下又爲美辭而遣之。加之重祿而慰之。夫引身而求退者。非果廉節而有讓也。是邀君以自固也。是自明其非我之欲留以逃謗也。

是不能辨其事而以其患遺後人也。陛下奈何聽之。臣故曰。陛下未得御臣之術也。若夫德有所未至。教有所未孚者。此實不至也。德之必有以著其德之之形。教之必有以顯其教之之狀。德之之形。莫著於輕賦。教之之狀。莫顯於去殺。此二者。今皆未能焉。故曰實不至也。夫以選舉之重。而不取才行。官吏之衆而不行考課。農末之相傾。而平糴之法不立。貧富之相役。而占田之數無限。天下之闕政。則莫大乎此。而和氣安得不盭乎。田野闢者。民之所以富足之道也。其所以無聊。則吏政之過也。然臣聞天下之民。常偏聚而不均。吳蜀有可耕之人而無其地。荊襄有可耕之地。而無其人。由此觀之。則田野亦未可謂盡闢也。夫以吳蜀荊襄之相形。而饑寒之民。終不能去狹而就寬者。世以爲懷土而重遷。非也。行者無以相羣。則不能行。居者無以相友。則不能居。若輩徙饑寒之民。則無有不聽矣。邊境已安。而兵不得撤者。有安之名而無安之實也。臣欲小言之。則自以爲愧。大言之。則世俗以爲笑。臣請畧言之。古之制北狄者。未始不通西域。今之所以不能通者。是夏人爲之障也。朝廷置靈武於度外幾百年矣。議者

捐秦以舉夏屯兵以制北狄確有見地不得謂之紙上談兵

後宮之害

以爲絕域異方。曾不敢近。而況於取之乎。然臣以爲事勢有不可不取者。不取靈武。則無以通西域。西域不通。則契丹之強未有艾也。然靈武之所以不可取者。非以數郡之能抗吾中國。中國自困而不能舉也。其所以自困而不能舉者。以不生不息之財。養不耕不戰之兵。塊然如巨人之病膇。（音墜）非不枵（音囂）然大矣。而手足不能以自舉。欲去是疾也。則莫若捐秦以委之。使秦人斷然如戰國之世。不待中國之援。而中國亦若未始有秦者。有戰國之全利。而無戰國之患。則夏人舉矣。其便莫如稍徙緣邊之民不能戰守者於空閑之地。而以其地益募民爲屯田。屯田之兵稍益。則向之戍卒可以稍減。使數歲之後。緣邊之民盡爲耕戰之夫。然後數出兵以苦之。要以使之厭戰而不能支。則折而歸吾矣。如此而北狄始有可制之漸。中國始有息肩之所。不然。將濟師之不暇。而又何撤乎。所謂利入已浚而浮費彌廣者。臣竊以爲外有不得已之二虜。內有得已而不已之後宮。後宮之費。不下一敵國。金玉錦繡之工。日作而不息。朝成夕毀。務以相新。主帑之吏。日夜儲其精金良帛而別異之。以待倉卒之命。其爲費豈可勝

內外相維以清吏治

計哉。今不務去此等。而欲廣求利之門。臣知所得之不如所喪也。軍冗而未練者。臣嘗論之曰。此將不足恃之過也。然以其不足恃之故而擁之以多兵。不蒐去其無用。則多兵適所以爲敗也。官冗而未澄者。臣嘗論之曰。此審官吏部與職司無法之過也。夫審官吏部。是古者考績黜陟之所也。而特以日月爲斷。今縱未能復古。可略分其郡縣。不以遠近爲差。而以難易爲等。第其人之所堪。而別異之。才者常爲其難。而不才者常爲其易。及其當遷也。難者常速而易者常久。然而爲此者固有待也。內之審官吏部。與外之職司。常相關通。而爲職司者。不惟舉有罪。察有功而已。必使盡第其屬吏之所堪。以詔審官吏部。審官吏部常從內等其任使之難易。職司常從外第其人之優劣。才者常用。不才者常閑。則冗官可澄矣。庠序興而禮樂未具者。臣蓋以爲庠序者。禮樂既興之所用。非所以興禮樂也。今禮樂鄙野而未完。則庠序不知所以爲教。又何以興禮樂乎。如此而求其可封。責其胥讓。將以息訟而措刑者。是卻行而求前也。夫上之所嚮者。下之所趨也。而況從而賞之乎。上之所背者。下之所去也。而況從而罰之

日食本有一定躔害因之可嘗然用以借警人主在古未爲不當

乎。今陛下責在位者不務敎化而治民者多拘文法。臣不知朝廷所以爲賞罰者何也。無乃或以敎化得罪。而多以文法受賞歟。夫禁防未至於繁多而民不知避者。吏以爲市也。敍法不爲寬濫而吏不知懼者。不論其能否而論其久近也。縲繫者衆。愁歎者多。凡以此也。伏惟制策有仍歲以來災異數見。乃六月壬子。日食於朔。淫雨過節。煗同煖氣不效。江河潰決。百川騰溢。永思厥咎。深切在予。變不虛生。緣政而起。此豈非陛下厭聞諸儒牽合之論。而欲聞其自然之說乎。臣不敢復取洪範傳五行志以爲對。直以意推之。夫日食者。是陽氣不能履險也。何謂陽氣不能履險。臣聞五月二十三分月之二十。是爲一交。交當朔則食。交者是行道之險者也。然而或食或不食。則陽氣之有强弱也。今有二人並行而犯霧露。其疾者必其弱者。其不疾者必其强者也。道之險一也。而陽氣之强弱異。故夫日之食。非食之日而後爲食。其虧也久矣。特遇險而見焉。陛下勿以其未食也。爲無災。而其既食而復也。爲免咎。臣以爲未也。特出於險耳。夫淫雨大水者。是陽氣融液。汗漫而不能收也。諸儒或以爲陰盛。臣請得以理折之。夫

人身一小天地此理可悟

咬文嚼字無關切要

陽動而外其於人也爲噓噓之氣温然而爲濕陰動而內其於人也爲噏（同吸）噏之氣冷然而爲燥以一人推天地天地可見故春夏者其一噓也秋冬者其一噏也夏則川澤洋溢冬則水泉收縮此燥濕之效也是故陽氣汗漫融液而不能收則常爲淫雨大水猶人之噓而不能噏也今陛下以至仁柔天下兵驕而益厚其賜戎狄桀傲而益加其禮蕩然與天下爲咻（音休）呴（俱于切）温燰之政萬事墮壞而終無威刑以堅凝之亦如人之噓而不能噏此淫雨大水之所由作也天地告戒之意陰陽消復之理殆無以易此矣而制策又有五事之失六沴（音戾）之作劉向所傳呂氏所紀五行何修而得其性四時何行而順其令非正陽之月伐鼓救變其合於經乎方盛夏之時論囚報重其考於古乎此陛下畏天恐懼求端之過而流入於迂儒之說此皆愚臣之所學於師而不取者也夫五行之相沴本不至於六六沴者起於諸儒欲以六極分配五行於是始以皇極附益而爲六夫皇極者五事皆得不極者五事皆失非所以與五事並列而別爲一者也是故有眊（音冒）而又有蒙有極而無福曰五福皆應此亦自知其疎也呂

氏之時令則柳宗元之論備矣以爲有可行者有不可行者其可行者皆天事也其不可行者皆人事也若夫禜（音詠）社伐鼓本非有益於救災特致其尊陽之意而已書曰乃季秋月朔辰弗集於房瞽奏鼓嗇夫馳庶人走由此言之則亦何必正陽之月而後伐鼓救變如左氏之說乎盛夏報囚先儒固已論之以爲仲尼誅齊優之月固君子之所無疑也伏惟制策有京師諸夏之根本王教之淵源百工淫巧無禁豪右僭差不度此在陛下身率之耳後宮有大練之飾則天下以羅紈爲羞大臣有脫粟之節則四方以膏粱爲汚雖無禁令又何憂乎伏惟制策有治當先內或曰何以爲京師政在擿（音剔）姦或曰不可撓獄市此皆一偏之說不可以不察也夫見其一偏而輒舉以爲說則天下之說不可以勝舉矣自通人而言之則曰治內所以爲京師也不撓獄市所以爲擿姦也如使不撓獄市而害其爲擿姦則夫曹參者是爲逋逃主也伏惟制策有推尋前世深觀治迹孝文尙老子而天下富殖孝武用儒術而海內虛耗道非有弊治奚不同臣竊以爲不然孝文之所以爲得者是儒術略用也其所以得而未盡者

此段議論頗有是處惟以賈誼爲儒而曰略用未純似尚未當

是用儒之未純也而其所以爲失者是用老也何以言之孝文得賈誼之說然後待大臣有禮御諸侯有術而至於興禮樂係單于則曰未暇故曰儒術略用而未純也若夫用老之失則有之矣始以區區之仁壞三代之肉刑而易之以髡（音坤）笞髡笞不足以懲中罪則又從而殺之用老之失豈不過甚矣哉且夫孝武亦未可謂用儒之主也博延方士而多興妖祠大興宮室而甘心遠略此豈儒者教之今夫有國者徒知徇其名而不考其實見孝文之富殖而以爲老子之功見孝武之虛耗而以爲儒者之罪則過矣此唐明皇之所以溺於晏安撤去禁防而爲天寶之亂也伏惟制策有王政所由形於詩道周公豳（音彬）詩王業也而係之國風宣王北伐大事也而載之小雅臣聞豳詩言后稷公劉所以致王業之艱難者也其後累世而至文王文王之時則王業既已大成矣而其詩爲二南二南之詩猶列於國風而至於豳獨何怪乎昔季札觀周樂以爲大雅曲而有直體小雅思而不貳怨而不言夫曲而有直體者寬而不流也思而不貳怨而不言者狹而不迫也由此觀之則大雅小雅之所以異者取其辭之廣

此論亦是

召穆公一本召作單

隋唐義倉秦漢更卒法良意美但奉行未善耳

狹。非取其事之小大也。伏惟制策有周以冢宰制國用。唐以宰相兼度支錢穀。大計也。兵師大衆也。何陳平之對。謂當責之內史。韋賢之言不宜兼於宰相。臣以爲宰相雖不親細務。至於錢穀兵師。固當制其贏虛利害。陳平所謂責之內史者。特以宰相不當治其簿書多少之數耳。昔唐之初以郎官領度支而職事以治。及兵興之後。始立使額。參佐既衆。簿書益繁。百弊之源自此而始。其後裴延齡皇甫鎛音薄皆以剝下媚上。至於希世用事。以宰相兼之。誠得防姦之要。而韋賢之議。特以其權過重歟。故李德裕以爲賤臣不當議令。臣常以爲有宰相之風矣。伏惟制策有錢貨之制。輕重之相權。命秩之差。虛實之相養。水旱蓄積之備。邊陲守禦之方。圜法有九府之名。樂語有五均之義。此六者亦方今之所當論也。昔召穆公曰。民患輕則多作重以行之。若不堪重。則多作輕以行之。亦不廢重。輕可改而重不可廢。不幸而過。寧失於重。此制錢貨之本意也。命者人君之所擅。出於口而無窮。秩者民力之所供。取於府而有限。以無窮養有限。此虛實之相養也。水旱蓄積之備。則莫若復隋唐之義倉。邊陲守禦之方。則莫若

此近今日公僕之說

不肯一句放鬆不愧直言極諫

依秦漢之吏卒。周官有太府、天府、泉府、玉府、內府、外府、職內、職金、職幣。是謂九府。太公之所行以致富。古者天子取諸侯之士以爲國均。則市不二價。四民常均。是謂五均。獻王之所致以爲法。皆所以均民而富國也。凡陛下之所以策臣者。大略如此。而於其末復策之曰。富人强國。尊君重朝。弭災致祥。改薄從厚。此皆前世之急政。而當今之要務。此臣有以知陛下之聖意。以爲向之所以策臣者。各指其事。恐臣不得盡其辭。是以復舉其大體而槩問焉。又恐其不能切至也。故又詔之曰。悉意以陳。而無悼後害。臣是以敢復進其猖狂之說。夫天下者。非君有也。天下使君主之耳。陛下念祖宗之重。思百姓之可畏。欲進一人。當同天下之所欲進。欲退一人。當同天下之所欲退。今者每進一人。則人相與誹（非去聲）曰。是進於某也。是某之所欲也。每退一人。則又相與誹曰。是出於某也。是某之所惡也。臣非敢以此爲舉信也。然而致此言者。則必有由矣。今無知之人。相與謗於道曰。聖人在上。而天下之所以不盡被其澤者。便嬖小人附於左右。而女謁盛於內也。爲此言者。固妄矣。然而天下或以爲信者何也。徒見諫官御史之言。矻(音窟)矻乎難入。以爲必有問之者也。徒見蜀之美錦。越之奇器。不由方貢而入於官也。如此而向之所謂急政要務者。陛下何暇行之。臣不勝憤懣(音悶)。謹復列之於末。惟陛下寬其萬死。幸甚幸甚。

方望溪曰。條對策問而言。皆鑿鑿不異於夙構。是作者姿材傑特處。後半散漫少精采。以所問本膚且雜也。

三豎(豎刁、易牙、開方、桓之嬖人、仲將死、囑以必去三子、)代宗(名豫、肅宗子、)程元振(宦官而擅權者、)柳伉(代宗時人、曾上疏乞斬程元振、)浚(取出之也、[左襄]而謂子能浚我以生乎、)可封之俗(言人皆爲善也、)虞芮(虞、在今山西平陸縣虞城、芮、在今山西芮城縣、二君爭田、久而不決、乃往質于周、入其境、見耕者讓畔、行者讓路、慚愧而返、乃以其田爲閒田、)六韜(兵書、)占田(男子一人、應占田七十畝、女子應占三十畝、見[晉書食貨志])荊(荊州、)襄(襄陽、)北狄(指契丹、據今東三省、熱河、察哈爾、綏遠、及直隸北部內外蒙古地、姓耶律氏、後改號曰遼、)西域(今甘肅西陲以西葱嶺以東地、昔時鄯善、于闐、龜茲、車師、烏孫等國、)夏(宋初趙元昊自立爲帝、國號夏、據今內蒙古、鄂爾多斯、阿拉善、及甘肅省、)靈武(今甘肅靈武縣、)腿(足腫、)枵(空虛貌、)秦(似指秦鳳一路、)二虜(西夏、契丹、)洪範(書經篇名、)五行志(見[漢書])噓(出氣、)噏(入氣、)咻呴(口噓使暖、)五事(貌言視聽思、詳[洪範])六沴(沴、惡氣、謂皇極五行之氣、沴戾不和、)劉向(見小傳、漢成帝時、嘗校書天祿閣、)呂氏(名不韋、嘗作呂氏春秋、)六極(一曰、凶短折、二曰、疾、三曰、憂、四曰、貧、五曰、惡、六曰、弱、見[書洪範])禜(祭也、)辰勿集於房(辰、日月會次之名、謂日月會次不相和輯、而掩蝕於房宿、)嗇夫

蘇厚子云、按此策前有序云、嘗深思遠慮、率其意之所欲言者、爲二十五篇、曰略、曰別、曰斷、

司稼之官、齊優魯定公與齊景公會于夾谷、齊以倡優侏儒爲戲而前、孔子進曰、匹夫而熒惑諸侯者、罪當誅、命有司加法焉、大練練、粗布、漢馬皇后衣大練、紈絹之輕者、脫粟粟之僅脫其殼、晏子相齊、食此、膏粱肥肉美穀、擿摘也、曹參漢高祖臣、初爲齊相、後召爲丞相、曹囑後相曰、以齊獄市爲寄、愼勿擾也、賈誼見小傳、文帝時、上書請改正朔、與禮樂、以五表六餌御匈奴、單于匈奴稱其君長、肉刑劓、墨、荊、宮、之刑、漢文除肉刑、宮不除、髡去髮之刑、方士少君欒大之類、妖祠九時太一之類、宮室如柏梁建之類、遠略如通西域、伐匈奴、平西南越、天寶之亂指安祿山之亂、豳今陝西邠縣、周祖、公劉居此、季札泰伯十九世孫、封于延陵、度支掌國租賦而支調之、唐初以郎中領之、後立度支使、內史卽司農卿、掌錢穀、韋賢字長孺、漢宣帝時、賜爵關內侯、位至丞相、裴延齡唐德宗朝爲司農少卿、後擢戶部侍郎、以聚斂爲能、皇甫鏄唐憲宗朝爲司農卿、以聚斂得幸、李德裕字文饒、拜西川節度使、累官門下侍郎、封衞國公、圜法錢法、義倉隋文帝時、長孫平請令民間秋間出粟麥一石儲之、以備凶荒、更卒士卒更番戍守、五均樂律調五聲之均也、〔逸周書〕市有五均、朝暮如一、送行逆來、振乏救窮、又王莽下詔云開賒貸、張五均、所以抑兼幷、齊衆庶、獻王漢景帝子、封於河間、采禮樂古事、增輯至五百餘篇、卒諡獻、河間、今直隸縣、女謁婦人之請謁者、矻矻勞苦作事、

蘇子瞻策略一 自斷 ○

臣聞天下治亂。皆有常勢。是以天下雖亂。而聖人以爲無難者。其應之有術也。水旱盜賊。人民流離。是安之而已也。亂臣割據。四分五裂。是伐之而已也。權臣專制。擅作威福。是誅之而已也。四夷交侵。邊鄙不寧。是攘之而已也。凡此數者。

此譏幾于早者之所以防微杜漸也

宋之弱勢恰有此病

說得迂儒可笑謂宋之弱弱于道學其亦有爲而言歟

其於害民蠹國爲不少矣然其所以爲害者有狀是故其所以救之者有方也天下之患莫大於不知其然而然不知其然而然者是拱手而待亂也國家無大兵革幾百年矣天下有治平之名而無治平之實有可憂之勢而無可憂之形此其有未測者也方今天下非有水旱盜賊人民流離之禍而咨嗟怨憤常若不安其生非有亂臣割據四分五裂之憂而休養生息常若不足於用非有權臣專制擅作威福之弊而上下不交君臣不親非有四夷交侵邊鄙不寧之災而中國皇皇常有外憂此臣所以大惑也今夫醫之治病切脈觀色聽其聲音而知病之所由起曰此寒也此熱也或曰此寒熱之相搏也及其他無不可爲者今且有人恍然而不樂問其所苦且不能自言則其受病有深而不可測者矣其言語飲食起居動作固無以異於常人此庸醫之所以爲無足憂而扁鵲倉公之所以望而驚也其病之所由起者深則其所以治之者固非鹵莽因循苟且之所能去也而天下之士方且掇拾三代之遺文補葺漢唐之故事以爲區區之論可以濟世不已疏乎方今之勢苟不能滌蕩振刷而卓然有所立

王者效天

自斷之效

未見其可也。臣嘗觀西漢之衰。其君皆非有暴鷙淫虐之行。特以怠惰弛廢。溺於晏安。畏期月之勞。而忘千載之患。是以日趨於亡而不自知也。夫君者天也。仲尼贊易稱天之德曰。天行健。君子以自強不息。由此觀之。天之所以剛健而不屈者。以其動而不息也。惟其動而不息。是以萬物雜然各得其職而不亂。其光爲日月。其文爲星辰。其威爲雷霆。其澤爲雨露。皆生於動者也。使天而不知動。則其塊然者將腐壞而不能自持。況能以御萬物哉。苟天子一日赫然奮其剛明之威。使天下明知人主欲有所立。則智者願效其謀。勇者樂致其死。縱橫顛倒。無所施而不可。苟人主不先自斷於中。羣臣雖有伊呂稷契。無如之何。故臣特以人主自斷而欲有所立爲先。而後論所以爲立之要云。

優柔足以亡國。文能透澈言之。中段於宋之積弱。比喻切當。濡識

扁鵲〔史記〕姓秦、名越人、渤海郡鄭人、〔醫書〕作姓扁、名鵲、 倉公漢人、姓淳于、名意、亦神醫、 塊然大也、

蘇子瞻策略四 破庸人之論 ○○

天子與執政之大臣。既已相得而無疑。可以盡其所懷。直己而行道。則夫當今

此段頗近今日各爭權利之情勢宋祖杯酒釋兵權明太祖用時文取士何嘗不用此手段而後嗣孱弱任使無人抑有由矣

之所宜先者莫如破庸人之論以開功名之門而後天下可爲也夫治天下譬如治水方其奔衝潰決騰涌漂蕩而不可禁止也雖欲盡人力之所至以求殺(去聲)其尺寸之勢而不可得及其既衰且退也駸(音侵)駸乎若不足以終日故夫善治水者不惟有難殺之憂而又有易衰之患導之有方決之有漸疏其故而納其新使不至於壅閼(音遏)腐敗而無用嗟夫人知江河之有水患也而以爲沼沚之可以無憂是烏知舟楫灌溉之利哉夫天下之未平英雄豪傑之士務以其所長角奔而爭利惟恐天下一日無事也是以人人各盡其材雖不肖者亦自淬(讀如翠)厲而不至於怠廢故其勇者相吞智者相賊使天下不安其生爲天下者知夫大亂之本起於智勇之士爭利而無厭是故天下既平則削去其具抑遠天下剛健好名之士而獎用柔懦謹畏之人不過數十年天下靡然無復往時之喜事也於是能者不自憤發而無以見其能不能者益以弛廢而無用當是之時人君欲有所爲而左右前後皆無足使者是以綱紀日壞而不自知此其爲患豈特英雄豪傑之士趦(音咨)趄(音疽)而已哉聖人則不然當其久安於逸樂

此二種人何時不有

中庸二字爲胡廣等所借口

也則以術起之使天下之心翹翹然常喜於爲善是故能安而不衰且夫人君之所恃以爲天下者天下皆爲而已不爲夫使天下皆爲而已不爲者開其利害之端而辨其榮辱之等使之踴躍奔走皆爲我役而不自知夫是以坐而收其功也如使天下皆欲不爲而得則天子誰與共天下哉今者平治之日久矣天下之患正在此也臣故曰破庸人之論開功名之門而後天下可爲也今夫庸人之論有二其上之人務爲寬深不測之量而下之士好言中庸之道此二者皆庸人相與議論舉先賢之言而獵取其近似者以自解說其無能而已矣夫寬深不測之量古人所以臨大事而不亂有以鎭世俗之躁蓋非以隔絕上下之情養尊而自安也譬之則勸非之則沮聞善則喜見惡則怒此三代聖人之所共也而後之君子必曰譽之不勸非之不沮聞善不喜見惡不怒斯以爲不測之量不已過乎夫有勸有沮有喜有怒然後有間而可入有間而可入然後智者得爲之謀才者得爲之用後之君子務爲無間夫天下誰能入之古之所謂中庸者盡萬物之理而不過故亦曰皇極夫極盡也後之所謂中庸者循

循焉爲衆人之所能爲斯以爲中庸矣此孔子孟子之謂鄉原（同愿）也一鄉皆稱原人焉無所往而不爲原人同乎流俗合乎汚世曰古之人何爲踽（音矩）踽涼涼生斯世也爲斯世也善斯可矣謂其近於中庸而非故曰德之賊也孔子孟子惡鄉原之賊夫德也欲得狂者而見之狂者又不可得見欲得獧（古縣切）者而見之曰狂者進取獧者有所不爲也今日之患惟不取於狂者獧者皆取於鄉原是以若此靡靡不立也孔子子思之所從受中庸者也孟子子思之所授以中庸者也然皆欲得狂者獧者而與之然則淬厲天下而作其怠惰莫如狂者獧者之賢也臣故曰破庸人之論開功名之門而後天下可爲也

姚氏曰東坡策論其筆勢多取於莊子外篇○孔孟之所謂鄉原蘇子所謂中庸今之所謂圓滑一流人也眞狂眞獧者不可得僞者且日出而未有已相呑相賊我國其無噍類矣　濡議

殺（減也）、駸駸（疾也）、闕（塞也）、淬（鍊刀劍者、先鎔于火、而後入水）、靡然（渙散貌）、趦趄（行不進貌）、翹翹（起貌）、鄉原（一鄉以爲謹愿之人）、踽踽涼涼（不親近貌、此鄉原譏狷者之辭）、狂者（志大言大足以有爲）、獧（足以有守者）、

君王共和勢分雖殊其理則一彼擁有軍人者其禍寗不止于掉臂而去耳

及乎事出於非常姚氏云觀明懷察屬皇子之言可爲太息然謂人君者非至此時不悟末可如何也

蘇子瞻策略五 結天下之心 ○○

臣聞天子者以其一身寄之乎巍巍之上。以其一心運之乎茫茫之中。安而爲泰山。危而爲累卵。其間不容豪（同毫）釐。是故古之聖人不恃其有可畏之資。而恃其有可愛之實。不恃其有不可拔之勢。而恃其有不忍叛之心。何則其所居者天下之至危也。天子恃公卿以有其天下。公卿大夫士以至於民。轉相屬也。以有其富貴。苟不得其心。而欲羈之以區區之名。控之以不足恃之勢者。其平居無事。猶有以相制。一旦有急。是皆行道之人。掉臂而去。尙安得而用之。古之失天下者。皆非一日之故。其君臣之權去已久矣。適會其變。是以一散而不可復收。方其未也。天子甚尊。大夫士甚賤。奔走萬里。無敢後先。儼然南面以臨其臣曰。天何言哉。百官俯首就位。斂足而退。兢兢惟恐有罪。羣臣相率爲苟安之計。賢者旣無所施其才。而愚者亦有所容其不肖。舉天下之事。聽其自爲而已。及乎事出於非常。變起於不測。視天下莫與同其患。雖欲分國以與人。而且不及矣。秦二世唐德宗。蓋用此術以至於顚沛而不悟。豈不悲哉。天下者器也。天子

民國之尊重民意亦此意

者有此器者也器久不用而置諸篋笥則器與人不相習是以扞格而難操良工者使手習知其器而器亦習知其手手與器相信而不相疑夫是故所爲而成也天下之患非經營禍亂之足憂而養安無事之可畏何者懼其一旦至於扞格而難操也昔之有天下者日夜淬厲其百官撫摩其人民爲之朝聘會同宴享以交諸侯之歡歲時月朔致民讀法飲酒蜡（助駕切）臘以遂萬民之情有大事自庶人以上皆得至於外朝以盡其詞猶以爲未也而五載一巡狩朝諸侯於方岳之下親見其耆老賢士大夫以周知天下之風俗凡此者非以爲苟勞而已將以馴致服習天下之心使不至於扞格而難操也及至後世壞先王之法安於逸樂而惡聞其過是以養尊而自高務爲深嚴使天下拱手以貌相承而心不服其腐儒老生又出而爲之說曰天子不可以妄有言也史且書之後世且以爲譏使其君臣相視而不相知如此則偶人而已矣天下之心既已去而倀（諸羊切）倀焉抱其空器不知英雄豪傑已議其後臣嘗觀西漢之初高祖創業之際事變之興亦已繁矣而高祖以項氏創殘之餘與信布之徒爭馳於中

成哀之代政歸王氏莽又作僞以幸得之此論似未中肯

君主之不適于世界亦以此

原此六七公者皆以絕人之姿據有土地甲兵之衆其勢足以爲亂然天下終以不搖卒定於漢傳十數世矣而至於元成哀平四夷嚮風兵革不試而王莽一豎子乃能舉而移之不用寸兵尺鐵而天下屏息莫敢或爭此其故何也創業之君出於布衣其大臣將相皆有握手之歡凡在朝廷者皆其嘗試擠掇以知其才之短長彼其視天下如一身苟有疾痛其手足不期而自救當此之時雖有近憂而無遠患及其子孫生於深宮之中而狃於富貴之勢尊卑闊絕而上下之情疏禮節繁多而君臣之義薄是故不爲近憂而常爲遠患及其一旦固已不可救矣聖人知其然是以去苛禮而務至誠黜虛名而求實效不愛高位重祿以致山林之士而欲聞切直不隱之言者凡皆以通上下之情也昔我太祖太宗既有天下法令簡約不爲崖岸當時大臣將相皆得從容終日歡如平生下至士庶人亦得以自效故天下稱其言至今非有文采緣飾而開心見誠有以入人之深者此英主之奇術御天下之大權也方今治平之日久矣臣愚以爲宜日新盛德以激昂天下久安怠惰之氣故陳其五事以備採擇其一

五事未嘗不行於君主時代特非所望於庸主耳

知愛於君劉海峯云結句拖沓不意東坡有此

曰將相之臣天子所恃以爲治者宜日夜召論天下之大計且以熟觀其爲人其二曰太守刺史天子所寄以遠方之民者其罷歸皆當問其所以爲政民情風俗之所安亦以揣知其才之所堪其三曰左右扈從侍讀侍講之人本以論說古今興衰之大要非以應故事備數而已經籍之外苟有以訪之無傷也其四曰吏民上書苟小有可觀者宜皆召問優游以養其敢言之氣其五曰天下之吏自一命以上雖其至賤無以自通於朝廷然人主之爲豈有所不可哉察其善者卒然召見之使不知其所從來如此則遠方之賤吏亦務自激發爲善不以位卑祿薄無由自通於上而不修飾使天下習知天子樂善親賢恤民之心孜孜不倦如此翕然皆有所感發知愛於君而不可與爲不善亦將賢人衆多而奸吏衰少刑法之外有以大慰天下之心焉耳

劉海峯曰此篇務在通上下之情而行文明暢起處渾渾浩浩而來曲折縱送從心所欲○姚氏曰此篇立論極善而文不免於冗長此東坡少年體有未成處

今夫一人之身劉海峯云坡公自謂意之所到則筆力曲折無不盡意心手之喩意之所到已爲奇妙而筆力曲折盡意更妙

專制時代君門有萬里之歎、

致民讀法〔周禮〕州長、掌屬其州之民而讀法、蜡臘 蜡、年終祭名、周曰蜡、秦曰臘、伥伥 行不知所如也、信 韓信、布 黥布、元成哀平 漢元帝、成帝、哀帝、平帝、王莽 字巨君、漢孝元后姪、弒平帝、篡漢、國號新、

蘇子瞻決壅蔽 課百官之三

所貴乎朝廷清明而天下治平者何也天下不訴而無冤不謁而得其所欲此堯舜之盛也其次不能無訴訴而必見察不能無謁謁而必見省使遠方之賤吏不知朝廷之高而一介之小民不識官府之難而後天下治今夫一人之身有一心兩手而已疾痛疴癢動於百體之中雖其甚微不足以爲患而手隨至夫手之至豈其一一而聽之心哉心之所以素愛其身者深而手之所以素聽於心者熟是故不待使令而卒然以自至聖人之治天下亦如此而已百官之衆四海之廣使其關節脈理相通爲一叩之而必聞觸之而必應夫是以天下可使爲一身天子之貴士民之賤可使相愛憂患可使同緩急可使救今也不然天下有不幸而訴其冤如訴之於天有不得已而謁其所欲如謁之於鬼神公卿大臣不能究其詳悉而付之於胥吏故凡賄賂先至者朝請而夕得徒手

舞文弄法千古通弊

而來者。終年而不獲。至於故常之事。人之所當得而無疑者。莫不務爲留滯。以待請屬。擧天下一毫之事。非金錢無以行之。昔者漢唐之弊。患法不明而用之不密。使吏得以空虛無據之法而繩天下。故小人以無法爲姦。今也法令明具。而用之至密。擧天下惟法之知。所欲排者。有小不如法而可指以爲瑕。所欲與者。雖有所乖戾。而可借法以爲解。故小人以法爲姦。今夫天下所爲多事者。豈事之誠多耶。吏欲有所鬻而未得。則新故相仍。紛然而不決。此王化之所以壅遏而不行也。昔桓文之霸。百官承職。不待教令而辦。四方之賓至。不求有司。王猛之治秦。事至纖悉。莫不盡擧。而人不以爲煩。蓋史之所記。麻思還冀州。請於猛。猛曰。速裝行矣。至暮而符下。及出關。郡縣皆已被符。其令行禁止而無留事者。至於纖悉。莫不皆然。苻堅以戎狄之種。至爲霸王。兵彊國富。垂及升平者。猛之所爲。固宜其然也。今天下治安。大吏奉法。不敢顧私。而府史之屬。招權鬻法。長吏心知而不問。以爲當然。此其弊有二而已。事繁而官不勤。故權在胥吏。欲去其弊也。莫如省事而厲精。省事莫如任人。厲精莫如自上率之。今之所謂至

此合上一段申明任人厲精之效

繁。天下之事。關於其中。訴者之多而謁者之衆。莫如中書與三司。天下之事分於百官。而中書聽其治要。郡縣錢幣。制於轉運使。而三司受其會計。此宜若不至於繁多。然中書不待奏課以定其黜陟。而關與其事。則是不任有司也。三司之吏。推析贏虛。至於豪毛。以繩郡縣。則是不任轉運使也。故曰省事莫如任人。古之聖王。愛日以求治。辨色而視朝。苟少安焉而至於日出。則終日爲之不給。以少而言之。一日而廢一事。一月則可知也。一歲則事之積者不可勝數矣。欲事之無繁。則必勞於始而逸於終。晨興而晏罷。天子未退。則宰相不敢歸安於私第。宰相日昃而不退。則百官莫不震悚盡力於王事。而不敢宴遊。如此則纖悉隱微。莫不舉矣。天子求治之勤。過於先王。而議者不稱王季之晏朝。而稱舜之無爲。不論文王之日昃。而論始皇之量書。此何以率天下之怠耶。臣故曰厲精莫如自上率之。則壅蔽決矣。

專制時代壅蔽最爲大害堂高廉遠以一人而能周知天下之情僞之利病此必無之事也英明之主尚不免此而況其下乎 濡識

聖人以誠待人不以術御人也以術御人是英主之爲不得謂之聖人矣

王猛 字景略、佐苻堅成帝業、廣平麻思、流寄關右、母亡歸葬、請還冀州、猛曰、便可速裝、是暮已符卿發遣、及始出關、郡縣已被符管攝、其令行無滯如此、

冀州 今直隸山西及河南之河北道等地、此云冀州、即廣平、故城在今直隸雞澤縣、

苻堅 字永固、氐種、號大秦、據中國之大半、

中書 宋制、中書省、在左掖門外、掌進擬庶務宣奉命令行臺諫章疏等事、

三司 見子固先大夫集後序注、

轉運使 專管財賦漕運事、

量書 〔史記〕秦始皇至以衡石量書、注、以表牋奏請、秤取一石爲例、日夜有程期、不滿不休息、一石計百二十斤、

蘇子瞻無沮善 課百官之六

〇

昔者先王之爲天下。必使天下欣欣然常有無窮之心。力行不倦而無自棄之意。夫惟自棄之人。則其爲惡也甚毒而不可解。是以聖人畏之。設爲高位重祿以待能者。使天下皆得踴躍自奮扳援而來。惟其才之不逮力之不足。是以終不能至於其間。而非聖人塞其門絕其塗也。夫然故一介之賤吏。閭閻之匹夫。莫不奔走於善。至於老死而不知休息。此聖人以術驅之也。天下苟有甚惡而不可忍也。聖人既已絕之。則屏之遠方。終身不齒。此非獨不仁也。以爲既已絕之。彼將一旦肆其忿毒。以殘害吾民。是故絕之則不用。用之則不絕。既已絕之。又復用之。則是驅之於不善。而又假之以其具也。無所望而爲善。無所愛惜而

此術之作用而非聖之作用也

風簷寸晷中洵優劣定去取難矣不知冤煞多少英雄不絕人以自新乃聖之待人以誠處

不爲惡者天下一人而已矣以無所望之人而責其爲善以無所愛惜之人而求其不爲惡又付之以人民則天下知其不可也世之賢者何常之有或出於賈豎賤人甚者至於盜賊往往而是而儒生貴族世之所望爲君子者或至於放肆不軌小民之所不若聖人知其然是故不逆定於其始進之時而徐觀其所試之效使天下無必得之由亦無必不可得之道天下知其不可以必得也然後勉强於功名而不敢僥倖知其不至於必不可得而可勉也然後有以自慰其心久而不懈嗟夫聖人之所以鼓舞天下之人日化而不自知者此其爲術歟後之爲政者則不然與人以必得而絕之以必不可得此其意以爲進賢而退不肖然天下之弊莫甚於此今夫制策之及等進士之高第皆以一日之間而決取終身之富貴此雖一時之文辭而未知其臨事之能否則其用之不已太遽乎天下有用人而絕之者三州縣之吏苟非有大過而不可復用則其他犯法皆可使竭力爲善以自贖而今世之法一陷於罪戾則終身不遷使之不自聊賴而疾視其民肆意妄行而無所顧惜此其初未必小人也不幸而陷

此段頗能體貼人情

於其中。途窮而無所入。則遂以自棄。府史賤吏。爲國者知其不可闕也。是故歲久則補以外官。以其所從來之卑也。而限其所至。則其中雖有出羣之才。終亦不得齒於士大夫之列。夫人出身而仕者。將以求貴也。貴不可得而至矣。則將惟富之求。此其勢然也。如是則雖至於鞭笞戮辱。而不足以禁其貪。故夫此二者。苟不可以遂棄。則宜有以少假之也。入貲而仕者。皆得補郡縣之吏。彼知其終身不得遷。亦將逞其一時之欲。無所不至。夫此誠不可以遷也。則是用之之過而已。臣故曰絕之則不用。用之則不絕。此三者之謂也。

此等見解近於戰國游士就文論文明鬯條達中不失雅健之致 濤識

制策句 天子策問、而士條對之、等、等第也、 進士 始自隋、唐、宋因之、應舉者曰舉進士、試畢合格、取列等第者、曰成進士、

蘇子瞻省費用。 厚貨財之一 ○○○

夫天下未嘗無財也。昔周之興。文王武王之國。不過百里。當其受命。四方之君長交至於其廷。軍旅四出。以征伐不義之諸侯。而未嘗患無財。方此之時。關市無征。而山澤不禁。取於民者。不過什一。而財有餘。及其衰也。內食千里之租。外

論而能遠

此等處境經驗方知

收千八百國之貢而不足於用由此觀之夫財豈有多少哉人君之於天下俯己而就人則易爲功仰人以援己則難爲力是故廣取以給用不如節用以廉取之爲易也臣請得以小民之家而推之夫民方其窮困時所望不過十金之資計其衣食之費妻子之奉出入於十金之中寬然而有餘及其一旦稍稍蓄聚衣食既足則心意之欲日以漸廣所入益衆而所欲益以不給不知罪其用之不節而以爲求之未至也是以富而愈貪求愈多而財愈不供此其爲惑未可以知其所終也盍亦反其始而思之夫嚮者豈能寒而不衣饑而不食乎今天下汲汲乎以財之不足爲病者何以異此國家創業之初四方割據中國之地至狹也然歲歲出師以誅討僭亂之國南取荊楚西平巴蜀而東下幷潞其費用之衆又百倍於今可知也然天下之士未嘗思其始而惴（之瑞切）惴焉患今世之不足則亦甚惑矣夫爲國有三計有萬世之計有一時之計有不終月之計古者三年耕必有一年之蓄以三十年之通計則可以九年無饑也歲之所入足用而有餘是以九年之蓄常閒而無用卒有水旱之變盜賊之憂則官可

中下兩策直可謂之無策

以自辦而民不知如此者天不能使之災地不能使之貧四夷盜賊不能使之困此萬世之計也而其不能者一歲之入纔足以爲一歲之出天下之產僅足以供天下之用其平居雖不至於虐取其民而有急則不免於厚賦故其國可靜而不可動可逸而不可勞此亦一時之計也至於最下而無謀者量出以爲入用之不給則取之益多天下晏然無大患難而盡用衰世苟且之法不知有急則將何以加之此所謂不終月之計也今天下之利莫不盡取山陵林麓莫不有禁關有征市有租鹽鐵有榷酒有課茶有算則凡衰世苟且之法莫不盡用矣譬之於人其少壯之時豐健勇武然後可以望其無疾以至於壽考今未五六十而衰老之候具見而無遺若八九十者將何以待其後耶然天下之人方且窮思竭慮以廣求利之門且人而不思則以爲費用不可復省使天下而無鹽鐵酒茗之稅將不爲國乎臣有以知其不然也天下之費固有去之甚易而無損存之甚難而無益者矣臣不能盡知請舉其所聞而其餘可以類求焉夫無益之費名重而實輕以不急之實而被之以莫大之名是以疑而不敢去

宋時郊賞爲支出之大款祠廟之建設亦當時浮費之一又益以大臣使領之費

群官贅職事權不一安得而不腐敗

三歲而郊。郊而赦。赦而賞。此縣官有不得已者。天下吏士。數日而待賜。此誠不可以卒去。至於大吏。所謂股肱耳目。與縣官同其憂樂者。此豈亦不得已而有所畏耶。天子有七廟。今又飾老佛之宮而爲之祠。固已過矣。又使大臣以使領之。歲給以巨萬計。此何爲者也。天下之吏。爲不少矣。將患未得其人。苟得其人則凡民之利。莫不備舉。而其患莫不盡去。今河水爲患。不使濱河州郡之吏親行其災。而責之以救災之術。顧爲都水監。夫四方之水患。豈其一人坐籌於京師。而盡其利害。天下有轉運使足矣。今江淮之間。又有發運祿賜之厚。徒兵之衆。其爲費豈勝計哉。蓋嘗聞之。里有畜馬者。患牧人欺之。而盜其芻菽也。又使一人焉爲之廄（音救）長。廄長立而馬益癯（音渠）。今爲政不求其本。而治其末。自是而推之。天下無益之費。不爲不多矣。臣以爲凡若此者。日求而去之。自毫釐以往莫不有益。惟無輕其毫釐而積之。則天下庶乎少息也。

劉海峯曰。子瞻洞悉民隱。發揮閭閻瑣屑之情。懇至周到。故權國用而以小民之家推之。最爲親切易曉。

一語斷定

此指西夏言

幷潞（今山西冀寧道、舊太原潞安府地、）權（義見前、此言設卡課商、）七廟（三昭、三穆、與太祖之廟、）大臣使領句（指大臣退職後、優待以提舉宮觀等閑差而言、）都水監（掌內外川澤河渠津梁堤堰之事、）廄（馬閑、）癯（馬瘠也、）

蘇子瞻蓄材用（訓軍旅之一）○

夫今之所患兵弱而不振者。豈士卒寡少而不足使歟。器械鈍敝而不足用歟。抑爲城郭不足守歟。廩食不足給歟。此數者皆非也。然所以弱而不振。則是無材用也。夫國之有材。譬如山澤之有猛獸。江河之有蛟龍。伏乎其中。而威乎其外。悚然有所不可狎者。至於蠑（音榮）蚖（音元）之所蟠。牂（音臧）豚之所伏。雖千仞之山。百尋之溪。而人易之。何則。其見於外者不可欺也。天下之大。不可謂無人。朝廷之尊。百官之富。不可謂無才。然以區區之二虜。舉數州之衆。以臨中國。抗天子之威。犯天下之怒。而其氣未嘗少衰。其詞未嘗少挫。則是其心無所畏也。主憂則臣辱。主辱則臣死。今朝廷之上。不能無憂。而大臣恬然未有拒絕之議。非不欲絕也。而未有以待之。則是朝廷無所恃也。緣邊之民。西顧而戰慄。牧馬之士。不敢彎弓而北嚮。吏士未戰而先期於敗。則是民輕其上也。外之蠻夷無所畏。內

先名後實爲一篇之宗旨

馬謖趙括一流

臨渴掘井那能止渴

之朝廷無所恃而民又自輕其上此猶足以爲有人乎天下未嘗無才患所以求才之道不至古之聖人以無益之名而致天下之實以可見之實而較天下之虛名二者相爲用而不可廢是故其始也天下莫不紛然奔走從事於其間而要之以其終不肖者無以欺其上此無他先名而後實也不先其名而惟實之求則來者寡來者寡則不可以有所擇以一旦之急而用不擇之人則是不先名之過也天子之所嚮天下之所奔也今夫孫吳之書其讀之者未必能戰也多言之士喜論兵者未必能用也進之以武舉試之以騎射天下之奇才未必至也然將以求天下之實則非此三者不可以致以爲未必然而棄之則是其必然者終不可得而見也往者西師之興其先也惟不以虛名多致天下之才而擇之以待一旦之用故其兵興之際四顧惶惑而不知所措於是設武舉購方略收勇悍之士而開猖狂之言不愛高爵重賞以求彊兵之術當此之時天下囂然莫不自以爲知兵也來者日多而其言益以無據至於臨事終不可用執事之臣亦遂厭之而知其無益故兵休之日舉從而廢之今之論者以爲

就兩事以證

武舉方略之類。適足以開僥倖之門。而天下之實才。終不可以求得。此二者皆過也。夫既已用天下之虛名而不較之以實。至其弊也。又舉而廢其名。使天下之士不復以兵術進。亦已過矣。天下之實才不可以求之於言語。又不可以較之於武力。獨見之於戰耳。戰不可得而試也。是故見之於治兵。子玉治兵於蔿（于鬼切）終日而畢。鞭七人。貫三人耳。蔿賈觀之。以爲剛而無禮。知其必敗。孫武始見試以婦人。而猶足以取信於闔閭。使知其可用。故凡欲觀將帥之才否。莫如治兵之不可欺也。今夫新募之兵。驕而難令。勇悍而不知戰。此眞足以觀天下之才也。武舉方略之類以來之。新兵以試之。觀其顏色和易。則足以見其氣。約束堅明。則足以見其威。坐作進退。各得其所。則足以見其能。凡此者皆不可彊也。故曰先之以無益之虛名。而較之以可見之實。庶乎可得而用也。

此言選將之法當備之於豫試之以實若臨時求才宜其不得其人而又因噎廢食國將何所恃乎（儒謙）

蠑蚖（守宮也、一名蛇醫、蚖、又吾官切、虺也、）牂豚（牂、羊也、豚、小豬、）仞（四尺、）尋（八尺、）孫（孫武、）吳（吳起、）子玉（楚令尹得臣、）

蔿楚邑、蔿賈孫叔敖之父伯嬴、楚子將圍宋、使子玉治兵、國老皆賀子文、蔿賈後至不賀、蔿、以地爲姓、闔閭吳王名、孫武初見吳兵、闔閭曰、美人可以數戰乎、武曰可、乃擇美人之最寵者爲之長、武令既下、美人相顧而笑、武斬其長、軍容肅然、

蘇子瞻練軍實 訓軍旅之二 ○○

三代之兵。不待擇而精。其故何也。兵出於農。有常數而無常人。國有事。要以一家而備一正卒。如斯而已矣。是故老者得以養。疾病者得以爲閒民。而役於官者。莫不皆其壯子弟。故其無事而田獵。則未嘗發老弱之民。兵行而餽糧。則未嘗食無用之卒。使之足輕險阻。而手易器械。聰明足以察旗鼓之節。強銳足以犯死傷之地。千乘之衆。而人人足以自捍。故殺人少而成功多。費用省而兵卒強。蓋春秋之時。諸侯相并。天下百戰。其經傳所見。謂之敗績者。如城濮鄢陵之役。皆不過犯其偏師。而獵其遊卒。斂兵而退。未有僵尸百萬。流血於江河。如後世之戰者。何也。民各推其家之壯者。以爲兵。則其勢不可得而多殺也。及至後世。兵民既分。兵不得復而爲民。於是始有老弱之卒。夫既已募民而爲兵。其妻子屋廬。既已託於營伍之中。而其姓名。既已書於官府之籍。行不得爲商。居不

此言召募之害

此弔古戰場文所由作也

我國兵之應募者大半如是故有好漢不當兵之諺

得爲農而仰食於官至於衰老而無歸則其道誠不可以棄去是故無用之卒雖薄其資糧而皆廩之終身凡民之生自二十以上至於衰老不過四十餘年之間勇銳强力之氣足以犯堅冒刃者不過二十餘年今廩之終身則是一卒凡二十年無用而食於官也自此而推之養兵十萬則是五萬人可去也屯兵十年則是五年爲無益之費也民者天下之本而財者民之所以生也有兵而不可使戰是謂棄財不可使戰而驅之戰是謂棄民臣觀秦漢之後天下何其殘敗之多耶其弊皆起於分民而爲兵兵不得休使老弱不堪之卒拱手而就戮故有以百萬之衆而見屠於數千之兵者其良將善用不過以爲餌委之啖（音淡）賊嗟夫三代之衰民之無罪而死者其不可勝數矣今天下募兵至多往者陝西之役舉籍平民以爲兵加之明道寶元之間天下旱蝗以及近歲青齊之饑與河朔之水災民急而爲兵者日以益衆舉籍而按之近歲以來募兵之多無如今日者然皆老弱不教不能當古之十五而衣食之費百倍於古此甚非所以長久而不變者也凡民之爲兵者其類多非良民方其少壯之時博弈飲

有後備兵有退伍兵今之西法何獨不然

酒。不安於家。而後能捐其身。至其少衰而氣沮。蓋亦有悔而不可復者矣。臣以謂五十已上。願復為民者。宜聽。自今以往。民之願為兵者。皆三十以下則收。限以十年而除其籍。民三十而為兵。十年而復歸。其精力思慮。猶可以養生送死。為終身之計。使其應募之日。心知其不出十年而為十年之計。則除其籍而不怨。以無用之兵。終身坐食之費。而為重募。則應者必衆。如此。縣官長無老弱之兵。而民之不任戰者。不至於無罪而死。彼皆知其不過十年而復為平民。則自愛其身而重犯法。不至於叫呼無賴。以自棄於凶人。今夫天下之患。在於民不知兵。故兵常驕悍。而民常怯。盜賊攻之而不能禦。戎狄掠之而不能抗。今使民得更代而為兵。兵得復還而為民。則天下之知兵者衆。而盜賊戎狄將有所忌。然猶有言者。將以為十年而代。故者已去。而新者未教。則緩急有所不濟。夫所謂十年而代者。豈其舉軍而並去之。有始至者。有既久者。有將去者。有當代者。新故雜居而教之。則緩急可以無憂矣。

明道寶元間軍制蕩然宜元昊之生心而敗衂之屢見也濬識

提倡字私字立論

一往之概懦夫或有之一轉念而即失其故是在將之善用其機而有以維之于繼耳

當其發也姚氏云詞氣堅凝頗近管子所言必然之理亦如種之無不出欸之無不孰非文士之游談也

旗鼓（兵以鼓進、以旗退、）城濮（衞地、今山東濮縣、春秋時、晉文公敗楚師於此、）鄢陵（鄭地、今河南鄢陵縣、晉厲公敗楚師於此、）啖（食也、）陝西之役（指趙元昊之反、）明道寶元（並宋仁宗年號、）

蘇子瞻倡勇敢（訓軍旅之三）

臣聞戰以勇為主以氣為決天子無皆勇之將而將軍無皆勇之士是故致勇有術致勇莫先乎倡倡莫善乎私此二者兵之微權英雄豪傑之士所以陰用而不言於人而人亦莫之識也臣請得以備言之夫倡者何也氣之先也有人人之勇怯有三軍之勇怯人人而較之則勇怯之相去若莛（音廷）與楹至於三軍之勇怯則一也出於反覆之間而差於豪釐之際故其權在將與君人固有暴猛獸而不操兵出入於白刃之中而色不變者有見虺（音卉）蝎（何葛切）而卻走聞鐘鼓之聲而戰慄者是勇怯之不齊至於如此然閭閻之小民爭鬭戲笑卒然之間而或至於殺人當其發也其心翻然其色勃然若不可以已者雖天下之勇夫無以過之及其退而思其身顧其妻子未始不惻然悔也此非必勇者也氣之所乘則奪其性而忘其故故古之善用兵者用其翻然勃然於未悔之間而

詮私字亦透達

其不善者沮其翻然勃然之心而開其自悔之意則是不戰而先自敗也故曰致勇有術致勇莫先乎倡均是人也皆食其食皆任其事天下有急而有一人焉奮而爭先而致其死則翻然者衆矣弓矢相及劍楯相交勝負之勢未有所決而三軍之士屬目於一夫之先登則勃然者相繼矣天下之大可以名劫也三軍之衆可以氣使也諺曰一人善射百夫決拾苟有以發之及其翻然勃然之間而用其鋒是之謂倡倡莫善乎私天下之人怯者居其百勇者居其一是勇者難得也捐其妻子棄其身以蹈白刃是勇者難能也以難得之人行難能之事此必有難報之恩者矣天子必有所私之將將軍必有所私之士視其勇者而陰厚之人之有異材者雖未有功而其心莫不自異自異而上不異之則緩急不可以望其爲倡故凡緩急而肯爲倡者必其上之所異也昔漢武帝欲觀兵於四夷以逞其無厭之求不愛通侯之賞以招勇士風告天下以求奮擊之人卒然無有應者於是嚴刑峻法致之死地而聽其以深入贖罪使勉強不得已之人馳驟於死亡之地是故其將降而兵破敗而天下幾至於不測何者

私而實公

說到本題

受挫于西戎由於不能倡不能私

先無所異之人而望其爲倡不已難乎私者天下之所惡也然而爲己而私之則私不可用爲其賢於人而私之則非私無以濟蓋有無功而可賞有罪而可赦者凡所以愧其心而責其爲倡也天下之禍莫大於上作而下不應上作而下不應則上亦將窮而自止方西戎之叛也天子非不欲赫然誅之而將帥之臣謹守封略外視內顧莫有一人先奮而致命而士卒亦循循焉莫肯盡力不得已而出爭先而歸故西戎得以肆其猖狂而吾無以應則其勢不得不重賂而求和其患起於天子無同憂患之臣而將軍無腹心之士西師之休十有餘年矣用法益密而進人益難賢者不見異勇者不見私天下務爲奉法循令要以如式而止臣不知其緩急將誰爲之倡哉

劉海峯曰行文如虬龍之駕風雲而撼山谷杳不可測又曰自行自止然皆行乎其所當行止乎其所當止此坡公得意處○姚氏曰此文體勢辭氣俱似明允

莛 屋梁、「莊子齊物論」舉莛與楹、楹、柱也、 暴 徒手搏也、 虺蜴 虺、蝮蛇也、蜴、同蜥、體長三寸許、色青而多足、前二足、有螯如剪、尾細長多環節、有鈎刺貯毒螫

南渡之禍殆已見及

祿山之亂與府兵之廢然有關係

人、翻然異常也、勃然變色貌、惻然思痛而中傷貌、決以象骨爲之、著右大擘指、以鉤弦闓體也、闓同開、音開、拾射韝也、以韋爲之、如今之護袖、射者著於左臂、深入贖罪漢武時、使有罪者伐匈奴、以贖罪、其將降、指李陵等、因深入而敗、敗而降也、

蘇子瞻教戰守 安萬民之五 ○

夫當今生民之患果安在哉。在於知安而不知危。能逸而不能勞。此其患不見於今。而將見於他日。今不爲之計。其後將有所不可救者。昔者先王知兵之不可去也。是故天下雖平。不敢忘戰。秋冬之隙。致民田獵以講武。敎之以進退坐作之方。使其耳目習於鐘鼓旌旗之間而不亂。使其心志安於斬刈殺伐之際而不懾。是以雖有盜賊之變。而民不至於驚潰。及至後世。用迂儒之議。以去兵爲王者之盛節。天下既定。則卷甲而藏之。數十年之後。甲兵頓弊。而人民日以安於佚樂。卒有盜賊之警。則相與恐懼訛言。不戰而走。開元天寶之際。天下豈不大治。惟其民安於太平之樂。酣豢於游戲酒食之間。其剛心勇氣。消耗鈍眊。痿蹶而不復振。是以區區之祿山。一出而乘之。四方之民。獸奔鳥竄。乞爲囚虜之不暇。天下分裂。而唐室因以微矣。蓋嘗試論之。天下之勢。譬如一身。王公

衛生要言與今論頗合

生事擾民等語當時清議如此

外敵環伺安得而弭兵

貴人所以養其身者豈不至哉而其平居常苦於多疾至於農夫小民終歲勤苦而未嘗告病此其故何也夫風雨霜露寒暑之變此疾之所由生也農夫小民盛夏力作而窮冬暴露其筋骸之所衝犯肌膚之所浸漬輕霜露而狎風雨是故寒暑不能爲之毒今王公貴人處於重屋之下出則乘輿風則襲裘雨則御蓋凡所以慮患之具莫不備至畏之太甚而養之太過小不加意則寒暑入之矣是故善養身者使之能逸而能勞步趨動作使其四體狃於寒暑之變然後可以剛健彊力涉險而不傷夫民亦然今者治平之日久天下之人驕惰脆弱如婦人孺子不出於閨門論戰鬬之事則縮頸而股慄聞盜賊之名則掩耳而不願聽而士大夫亦未嘗言兵以爲生事擾民漸不可長此不亦畏之太甚而養之太過歟且夫天下固有意外之患也愚者見四方之無事則以爲變故無自而有此亦不然矣今國家所以奉西北二虜者歲以百萬計奉之者有限而求之者無厭此其勢必至於戰戰者必然之勢也不先於我則先於彼不出於西則出於北所不可知者有遲速遠近而要以不能免也天下苟不免於用

且可防兵之變

兵。而用之不以漸使民於安樂無事之中一旦出身而蹈死地則其爲患必有所不測故曰天下之民知安而不知危能逸而不能勞此臣所謂大患也臣欲使士大夫尊尚武勇講習兵法庶人之在官者教以行陳之節役民之司盜者授以擊刺之術每歲終則聚於郡府如古都試之法有勝負有賞罰而行之既久則又以軍法從事然議者必以爲無故而動民又撓以軍法則民將不安而臣以爲此所以安民也天下果未能去兵則其一旦將以不教之民而驅之戰夫無故而動民雖有小怨然孰與夫一旦之危哉今天下屯聚之兵驕豪而多怨陵壓百姓而邀其上者何故此其心以爲天下之知戰者惟我而已如使平民皆習於兵彼知有所敵則固已破其姦謀而折其驕氣利害之際豈不亦甚明歟。

兵農既不能合一則就在官者與司盜者整齊而訓練之未始非治標之法幷此而不之講無怪金人之入勢如破竹也 濡議

懾恐也、眊不明也、痿濕病不能行也、祿山本營州雜胡、初名阿犖山、母再適安氏、冒其姓、後爲節度使、以范陽等地叛、襲重衣、西北

西指夏、北指契丹、都試集軍士於都城、考試武藝、

評校音注古文辭類纂卷二十二終

論古有識

評校音注 古文辭類篹卷二十三 奏議類下編三

蘇子瞻策斷中

用兵有可以逆爲數十年之計者有朝不可以謀夕者攻守之方戰鬭之術一日百變猶以爲拙若此者朝不可以謀夕者也古之欲謀人之國者必有一定之計句踐之取吳秦之取諸侯高祖之取項籍皆得其至計而固執之是故有利有不利有進有退百變而不同而其一定之計未始易也句踐之取吳是驕之而已秦之取諸侯是散其從而已高祖之取項籍是間疏其君臣而已此其至計不可易者雖百年可知也今天下晏然未有用兵之形而臣以爲必至於戰則其攻守之方戰鬭之術固未可以豫論而臆斷也然至於用兵之大計所以固執而不變者臣請得以豫言之夫西戎北胡皆爲中國之患而西戎之患小北胡之患大此天下之所明知也管仲曰攻堅則瑕者堅攻瑕則堅者瑕故二者皆所以爲憂而臣以爲兵之所加宜先於西故先論所以制御西戎之大

論大小形勢見解既確而文情亦宕逸無滯

擊搏進取所以用大今之東鄰用此主義

略。今夫鄒與魯戰。則天下莫不以爲魯勝。大小之勢異也。然而勢有所激。則大者失其所以爲大。而小者忘其所以爲小。故有以鄒勝魯者矣。夫大有所短。小有所長。地廣而備多。備多而力分。小國聚而大國分。則强弱之勢。將有所反。大國之人。譬如千金之子。自重而多疑。小國之人。計窮而無所恃。則致死而不顧。是以小國常勇。而大國常怯。恃大而不戒。則輕戰而屢敗。知小而自畏。則深謀而必克。此又其理然也。夫民之所以守戰至死而不去者。以其君臣上下歡欣相得之際也。國大則君尊而上下不交。將軍貴而吏士不親。法令繁而民無所措其手足。若夫小國之民。截然其若一家也。有憂則相恤。有急則相赴。凡此數者。是小國之所長。而大國之所短也。大國而不用其所長。使小國常出於其所短。雖百戰而百屈。豈足怪哉。且夫大國則固有所長矣。長於戰而不長於守。夫守者。出於不足而已。譬之於物。大而不用。則易以腐敗。故凡擊搏進取。所以用大也。孫武之法。十則圍之。五則攻之。倍則分之。敵則能戰之。少則能逃之。不若則能避之。自敵以上者。未嘗有不戰也。自敵以上。而不戰。則是以有餘而用不

子瞻文長於譬喻

足之計。固已失其所長矣。凡大國之所恃。吾能分兵而彼不能分。吾能數出而彼不能應。譬如千金之家。日出其財以罔市利。而販夫小民終莫能與之競者。非智不若。其財少也。是故販夫小民雖有桀黠（音轄）之才過人之智。而其勢不得不折而入於千金之家。何則。其所長者不可以與較也。西戎之於中國。可謂小國矣。嚮者惟不用其所長。是以聚兵連年而終莫能服。今欲用吾之所長則莫若數出。數出莫若分兵。臣之所謂分兵者。非分屯之謂也。分其居者與行者而已。今河西之戍卒。惟患其多而莫之適用。故其便莫若分兵。使其十一而行。則一歲可以十出。十二而行。則一歲可以五出。十一而十出。十二而五出。則是一人而歲一出也。吾一歲而一出。彼一歲而十被兵焉。則衆寡之不侔。勞逸之不敵。亦已明矣。夫用兵必出於敵人之所不能。我大而敵小。是故我能分而彼不能。此吳之所以肄楚。而隋之所以狃陳歟。夫御戎之術。不可以逆知其詳。而其大略。臣未見有過此者也。

子瞻論兵確有見地非泛泛作空言以自炫者（濡識）

近今滿人之弱亦由於同化漢人

句踐六句（越之事吳、願爲臣妾以驕其心、秦利七國之自相攻擊、而不利其合、高祖用陳平計、離間其信范增、增去而項亦亡、）西戎（西夏、）北胡（契丹、）鄒（春秋邾國、戰國時改爲鄒、今山東滋陽縣、）魯（周武王封其弟周公旦於魯、今山東滋陽縣、至邳泗境、皆魯地、）吳肄楚（伍員對闔閭曰、若爲三師以肄焉、一師至、彼必皆出、彼出則歸、彼歸則出、楚必道敝、見［左、昭］肄、勞也、）隋狃陳（高熲對隋文曰、江南土熱、田早熟、量彼收穫之際、聲言掩襲、彼廢農時、既已聚兵、我便解甲、如此再三、後更集兵、彼必不信、然後攻之、）

蘇子瞻策斷下○○○

古者匈奴之衆。不過漢一大縣。然所以能敵之者。其國無君臣上下朝覲（渠吝切）會同之節。其民無穀米絲麻耕作織紝（音壬）之勞。其法令以言語爲約。故無文書符傳之繁。其居處以逐水草爲常。故無城郭邑居聚落守望之助。其旃（同氈）裘肉酪。足以爲養生送死之具。故戰則人人自鬭。敗則驅牛羊遠徙。不可得而破。蓋非獨古聖人法度之所不加。亦其天性之所安者。猶狙（千余切）猿之不可使冠帶。虎豹之不可被以羈紲（音薛）也。故中行說教單于無愛漢物。所得繒（疾陵切）絮。皆以馳草棘中。使衣袴弊裂。以示不如旃裘之堅善也。得漢食物皆去之。以示不如湩（音棟）酪之便美也。由此觀之。中國以法勝。而匈奴以無法勝。聖人知其然。是故

此從習慣言

夫差好兵自取敗亡非效法中國之爲失也

精修其法而謹守之。築爲城郭。塹七豔切爲溝池。大倉廩。實府庫。明烽燧。遠斥堠。音后使民知金鼓進退坐作之節。勝不相先。敗不相棄。此其所以謹守其法而不敢失也。一失其法。則不如無法之爲便也。故夫各輔其性而安其生。則中國與胡。本不能相犯。惟其不然。是故皆有以相制。胡人之不可從中國之法。猶中國之不可從胡人之無法也。今夫佩玉服韍音弗冕而垂旒者。此宗廟之服。所以登降揖讓。折旋俯仰。爲容者也。而不可以騎射。今夫蠻夷而用中國之法。豈能盡如中國哉。苟不能盡如中國。而雜用其法。則是佩玉服韍冕而垂旒。而欲以騎射也。昔吳之先。斷髮文身。與魚鼈龍蛇居者數十世。而諸侯不敢窺也。其後楚申公巫臣始教以乘車射御。使出兵侵楚。而闔廬夫差又逞其無厭之求。開溝通水。與齊晉爭強。黃池之會。強自冠帶。吳人不勝其弊。卒入於越。夫吳之所以強者。乃其所以亡也。何者。以蠻夷之資。而貪中國之美。宜其可得而圖之哉。西晉之亡也。匈奴鮮卑氐羌之類。紛紜於中國。而其豪傑間起。爲之君長。如劉元海苻堅石勒慕容儁之儔。皆以絕異之姿。驅駕一時之賢俊。其強者至有天下。

五胡北魏成敗自有運由亦非盡關於有法無法之故

以爲不可圖云云可見當時執政苟且偸安之概

大半然終於覆亡相繼遠者不過一傳再傳而滅何也其心固安於無法也而束縛於中國之法中國之人固安於法也而苦其無法君臣相戾上下相厭是以雖建都邑立宗廟而其心岌岌然常若寄居於其間而安能久乎且人而棄其所得於天之分未有不亡者也契丹自五代南侵乘石晉之亂奄至京師覩中原之富麗廟社宮闕之壯而悅之知不可以留也故歸而竊習焉山前諸郡既爲所并則中國士大夫有立其朝者矣故其朝廷之儀百官之號文武選舉之法都邑郡縣之制以至於衣服飲食皆雜取中國之象然其父子聚居貴壯而賤老貪得而忘失勝不相讓敗不相救者猶在也其中未能革其犬羊豺狼之性而外牽於華人之法此其所以自投於陷穽網羅之中而中國之人猶曰今之匈奴非古也其措置規畫皆不復蠻夷之心以爲不可得而圖之亦過計矣且夫天下固有沈謀陰計之士也昔先王欲圖大事立奇功則非斯人莫之與共秦之尉繚漢之陳平皆以樽俎之間而制敵國之命此亦王者之心期以紓天下之禍而已彼契丹者有可乘之勢三而中國未之思焉則亦足惜矣臣

幽燕之地吳至父云此等伐術亦疏

離間之計響應之衆厚斂之怨三者洵爲可乘之勢

中國則不然吳至父云戰守攻之法中國與蠻夷何以異此亦

觀其朝廷百官之衆。而中國士大夫交錯於其間。固亦有賢俊慷慨不屈之士。而詬辱及於公卿。鞭扑行於殿陛。貴爲將相。而不免囚徒之恥。宜其有惋憤鬱結而思變者。特未有路耳。凡此皆可以致其心。雖不爲吾用。亦以間疎其君臣。此由余之所以入秦也。幽燕之地。自古號多雄傑。名於圖史者。往往而是。自宋之興。所在賢俊雲合響應。無有遠邇。皆欲洗濯磨淬以觀上國之光。而此一方獨陷於非類。昔太宗皇帝親征幽州。未克而班師。聞之諜者曰。幽州士民。謀欲執其帥以城降者。聞乘輿之還。無不泣下。且胡人以爲諸郡之民。非其族類。故厚斂而虐使之。則其思內附之心。豈待深計哉。此又足爲之謀也。使其上下相猜。君民相疑。然後可攻也。語有之曰。鼠不容穴。銜窶藪也。彼僭立四都。分置守宰。倉廩府庫。莫不備具。有一旦之急。適足以自累。守之不能。棄之不忍。華夷雜居。易以生變。如此則中國之長。足以有所施矣。然非特如此而已也。中國不能謹守其法。彼慕中國之法。而不能純用。是以勝負相持而未有決也。夫蠻夷者以力攻。以力守。以力戰。顧力不能則逃。中國則不然。其守以形。其攻以勢。其戰蘇生分別張大中國語有過火處。然欲鼓弱國而使之振。不得不以此壯其膽。其實中國固不敵矣。吳至父云。力既不敵。則形勢與氣皆不能敵矣。

以氣。故百戰而力有餘。形者有所不守。而敵人莫不忌也。勢者有所不攻。而敵人莫不懼也。氣者有所不戰、而敵人莫不懾也。苟去此三者而角之於力。則中國固不敵矣。尚何云乎。伏惟國家留意其大者。而為之計。其小者臣未敢言焉。

唐應德曰此文極其變化橫發而不可羈紲

朝覲會同[周禮]春見天子曰朝、秋見曰覲、時見曰會、殷見曰同、[按注]殷、眾也、十二歲王不巡守、則六服盡朝、朝畢、王亦為壇、合諸侯以命政、是謂同、紝織也、狙猿類、中行說見賈生陳政事疏注、繒帛之總名湩酪乳漿、塹坑也、烽燧古者戍守、見敵則舉火為號、朝曰烽、夕曰燧、斥堠檢行險阻、伺候盜賊、韍蔽膝之具、以韋為之、冕即平天冠、旒冠上垂下之珠、申公巫臣春秋楚公族屈巫、後仕于晉、夫差闔閭子、開溝通水今江都西北抵淮安之運河、即古邗溝、為吳王所開、黃池之會夫差與晉爭長、而越乘其隙入吳、事見[春秋哀公十三年]黃池、今河南封邱縣、西晉晉自司馬炎至懷帝都洛陽、曰西晉、鮮卑亦通古斯民族、居滿洲及蒙古東部、氐羌西戎種名、劉元海即劉淵、國稱漢、後改前趙、苻堅氐種、稱秦、石勒羯種、稱後趙、慕容儁鮮卑種、稱燕、岌岌然危也、五代梁、唐、晉、漢、周、石晉石敬瑭、篡唐即位、稱後晉、奄忽也、山前諸郡幽、薊、瀛、莫、涿、檀、平、順、即燕雲十六州之半、尉繚周鬼谷子弟子、著書號尉繚子、陳平高祖謀臣、由余本晉人、亡入戎、戎王使入秦、繆公與語、大悅、留不遣、遺戎王以女樂間之、幽州今京兆薊縣等地、乘輿指天子言、見[獨斷]寶藪以盆盛物、載於首者、

蘇子由君術策五 審勢 ○

提出勢字

善治水者亦善審其勢而已

爲人所爲由激而成

臣聞事有若緩而其變甚急者。天下之勢是也。天下之人。幼而習之。長而成之。相咻（音休）而成風。相比而成俗。縱橫顛倒。紛紛而不知以自定。當此之時。其上之人刑之則懼。驅之則聽。其勢若無能爲者。然及其爲變。常至於破壞而不可禦。故夫天子者。觀天下之勢。而制其所向。以定其所歸者也。夫天下之人。弛而縱之。拱手而視其所爲。則其勢無所不至。其狀如長江大河。日夜渾渾趨於下而不能止。抵曲則激。激而無所洩。則咆（音庖）勃潰亂。蕩然而四出。壞隄防。包陵谷。汗漫而無所制。故善治水者。因其所入而導之。則其勢不至於激怒坌（蒲悶切）湧而不可收。既激矣。又能徐徐而洩之。則其勢不至於破決蕩溢而不可止。然天下之人。常狎其安流無事之不足畏也。而不爲去其所激。觀其激作相蹙潰亂未發之際。而以爲不至於大懼。不能徐洩其怒。是以遂至橫流於中原而不可卒治。昔者天下既安。其人皆欲安坐而守之。循循以爲敦厚。默默以爲忠信。忠臣義士之氣。憤悶而不得發。豪俊之士。不忍其鬱鬱之心。起而振之。而世之士大夫。好勇而輕進。喜氣而不慍者。皆樂從而羣和之。直言忤世而不顧。直行犯君而不忌今之君子累累而從事於此矣然天下猶有所不從其餘風故俗猶衆而未去相與抗拒而勝負之數未有所定邪正相搏曲直相犯二者潰潰而不知其所終極蓋天下之勢已少激矣而上之人不從而遂決其壅臣恐天下之賢人不勝其忿而自決之也夫惟天子之尊有所欲爲而天下從之今不爲決之於上而聽其自決則天下之不同者將悻然而不服而天下之豪俊亦將奮踴不顧而力決之發而不中故大者傷小者死橫潰而不可救譬如東漢之士李膺杜密范滂張儉之黨慷慨議論本以矯拂世俗之弊而當時之君不爲分別天下之邪正以決其氣而使天下之士發憤而自決之而天下遂以大亂由此觀之則夫英雄之士不可以不少遂其意也是以治水者惟能使之日夜流注而不息則雖有蛟龍鯨鯢之患亦將順流奔走奮迅悅豫而不暇及於爲變苟其瀦（音豬）畜渾亂壅閉而不決則水之百怪皆將勃然放肆求以自快其意而不可禦故夫天下亦不可不爲少決以順適其意也

似爲舒緩黨禍而發在子由集中文之最有光燄者 濡識

聽其自然而禍烈矣

仍繳上治水

因有權臣之交惡而重臣乃受類於權臣之嫌疑歷史所載往往不得其終哀哉

將權臣重臣分別出來

咻（喧囂也、）咆（水洐聲、）坌（聚也、並也、）李膺（字元禮、潁川襄陽人、）杜密（字周甫、潁川陽城人、）范滂（字孟博、汝南細陽人、三人皆賢者、均以黨禍被誅、）張儉（字元節、山陽高平人、以得罪侯覽被緝亡去、人重其行名、多破家相容、）鯨鯢（海獸、雄曰鯨、雌曰鯢、）

蘇子由臣事策一（用重臣）○○

臣聞天下有權臣有重臣二者其迹相近而難明天下之人知惡夫權臣之專而世之重臣亦遂不容於其間夫權臣者天下不可一日而有而重臣者天下不可一日而無也天下徒見其外而不察其中見其皆侵天子之權而不察其所爲之不類是以舉皆嫉之而無所喜此亦已太過也今夫權臣之所爲者重臣之所切齒而重臣之所取者權臣之所不顧也將爲權臣耶必將內悅其君之心委曲聽順而無所違戾外竊其生殺予奪之柄黜陟天下以見己之權而沒其君之威惠內能使其君懽愛悅懌無所不順而安爲之上外能使其公卿大夫百官庶吏無所不歸命而爭爲之腹心上愛下順合而爲一然後權臣之勢遂成而不可拔至於重臣則不然君有所爲不可則必爭爭之不能而其事有所必不可聽則專行而不顧待其成敗之迹著則上之心將釋然而自解其

漢之武侯唐之贊皇明之太岳皆重臣也而武侯尤純

在朝廷之中天子爲之蹴（子六切）然而有所畏士大夫不敢安肆怠惰於其側爵祿慶賞己得以議其可否而不求以爲己之私惠刀鋸斧鉞己得以參其輕重而不求以爲己之私勢要以使天子有所不可必爲而羣下有所震懼而己不與其利何者爲重臣者不待天下之歸己而爲權臣者亦無所事天子之畏己也故各因其行事而觀其意之所在則天下誰可欺者臣故曰爲天下安可一日無重臣也且今使天下而無重臣則朝廷之事惟天子之所爲而無所可否雖天子有納諫之明而百官畏懼戰慄無平昔尊重之勢誰肯觸忌諱冒罪戾而爲天下言者惟其小小得失之際乃敢上章讙譁而無所憚至於國之大事安危存亡之所繫則將卷舌而去誰敢發而受其禍此人主之所大患也悲夫後世之君徒見天下之權臣出入唯唯以爲有禮而不知此乃所以潛潰其國徒見天下之重臣剛毅果敢喜逆其意則以爲不遜而不知其有社稷之慮二者淆亂於心而不能辨其邪正是以喪亂相仍而不悟何足傷也昔者衞太子聚兵以誅江充武帝震怒發兵而攻之京師至使丞相太子相與交戰不勝而

一篇之主

嘉亦別無表見不得為重臣

走。又使天下極其所往而翦滅其迹。當此之時。苟有重臣出身而當之。擁護太子。以待上意之少解。徐發其所蔽而開其所怒。則其父子之際。尙可得而全也。惟無重臣。故天下皆知之而不敢言。臣愚以爲凡爲天下。宜有以養其重臣之威。使天下百官有所畏忌。而緩急之間。能有所堅忍持重而不可奪者。竊觀方今四海無變。非常之事。宜其息而不作。然及今日而慮之。則可以無異日之患。不然者。誰能知其果無有也。而不爲之計哉。抑臣聞之。今世之弊。在於法禁太密。一舉足不如律令。法吏且以爲言。而不問其意之所屬。是以雖天子之大臣。亦安敢有所爲於法律之外。以安天下之大事。故爲天子之計。莫若少寬其法。使大臣得有所守。而不爲法之所奪。昔申屠嘉爲丞相。至召天子之倖臣鄧通。立之堂下。而詰責其過。是時通幾至於死而不救。天子知之。亦不以爲怪。而申屠嘉亦卒非漢之權臣。由此觀之。重臣何損於天下哉。

方望溪曰。所論極當。而得其人甚難。其材賢非間氣不能生。其器識非學道不能成。豈易言哉。

蹴然恭敬不安貌、衞太子漢武帝子、名據、江充字次倩、事詳見蘇子瞻志林始皇扶蘇戾太子注、申屠嘉漢文帝時相、文帝倖臣鄧通、在上前不敬、嘉劾之、至府檄召通、通至謝罪、頓首出血、嘉怒不解、文帝度已困通、乃使人召通而謝丞相以解之、

蘇子由民政策一 尊三老

臣聞王道之至於民也。其亦深矣。賢人君子自潔於上。而民不免爲小人。朝廷之間。揖讓如禮。而民不免爲盜賊。禮行於上。而淫僻邪放之風。起於下而不能止。此猶未免爲王道之未成也。王道之本。始於民之自喜。而成於民之相愛。而王者之所以求之於民者。其粗始於力田。而其精極於孝悌廉恥之際。力田者民之最勞。而孝悌廉恥者。匹夫匹婦之所不悅。彊所最勞。而使之有自喜之心。勸所不悅。而使之有相愛之意。故夫王道之成。而及其至於民。其亦深矣。古者天下之災。水旱相仍。而上下不相保。此其禍起於民之不自喜於力田。天下之亂。盜賊放恣。兵革不息。而民不樂業。此其禍起於民之不相愛。而棄其孝悌廉恥之節。夫自喜則雖有太勞而其事不遷。相愛則雖有彊很之心。而顧其親戚之樂。以不忍自棄於不義。此二者。王道之大權也。方今天下之人。狃於工商之

西京明詔孝悌力田亦本此意

引詩以證其自喜相愛之意

利。而不喜於農。惟其最愚下之人。自知其無能。然後安於田畝而不去。山林饑餓之民。皆有盜跖趦(音咨)趄(音疽)之心。而閭門之內。父子交忿而不知反。朝廷之上。雖有賢人。而其教不逮於下。是故士大夫之間。莫不以爲王道之遠而難成也。然臣竊觀三代之遺文。至於詩而以爲王道之成。有所易而不難者。夫人之不喜乎此。是未得爲此之味也。故聖人之爲詩。道其耕耨播種之勤。而述其歲終倉廩豐實。婦子喜樂之際。以感動其意。故曰畟畟良耜。(音似)俶載南畝。播厥百穀。實函斯活。或來瞻女。載筐及筥。其饟(與餉同式亮切)伊黍。其笠伊糾。其鎛(音博)斯趙。(徒了切)以薅(音高)荼蓼。當此時也。民既勞矣。故爲之言其室家來饁(音葉)而慰勞之者。以勉卒其事。而其終章曰。荼蓼朽止。黍稷茂止。穫之挃(音窒)挃。積之栗栗。其崇如墉。其比如櫛。以開百室。百室盈止。婦子寧止。殺時犉(音脣)牡。有捄(音求)其角。以似以續。續古之人。當此之時。歲功既畢。民之勞者。得以與其婦子。皆樂於此。休息閒暇。飲酒食肉。以自快於一歲。則夫勤者有以自忘其勤。盡力者有以輕用其力。而很戾無親之人。有所慕悅而自改其操。此非獨於詩云爾。導之使獲其利。而教之

所謂民免而無恥也

此謂有恥且格

使知其樂亦如是也且民之性固安於所樂而悅於所利此臣所以爲王道之無難者也蓋臣聞之誘民之勢遠莫如近而近莫如其所與競今行於朝廷之中而田野之民無遷善之心此豈非其遠而難至者哉明擇郡縣之吏而謹法律之禁刑者布市而頑民不悛夫鄉黨之民其視郡縣之吏自以爲非其比肩之人徒能畏其用法而詛背受笞於其前不爲之愧此其勢可以及民之明罪而不可以及其隱慝此豈非其近而無所與競者耶惟其里巷親戚之間幼之所與同戲而壯之所與共事此其所與競者也臣愚以謂古者郡縣有三老嗇夫今可使推擇民之孝悌無過力田不惰爲民之素所服者爲之無使治事而使譏誚教誨其民之怠惰而無良者而歲時伏臘郡縣頗致禮焉以風天下使慕悅其事使民皆有愧恥勉强不服之心今不從民之所與競而教之而從其所素畏夫其所素畏者彼不自以爲伍而何敢求望其萬一故教天下自所與競者始而王道可以漸至於下矣

方望溪曰茅鹿門云以競爲號則不可特三老嗇夫閭里之耳目其爲教易

行耳又曰井田既不易復必行均田之法兼幷者少有田而自耕者多衆得爲農之利然後教法可行不然豈惟三老嗇夫雖一如周官黨正閭胥歲時讀法書德行道藝敬敏任恤者亦具文耳○姚氏曰中間引詩一段文字甚佳而於後半民所與競義不甚聯貫是子由精神短處

盜跖（黃帝時大盜、後之大盜沿其名、故柳下惠之弟、亦名其名、）戞戞（嚴利也、）耜（起土器、）糾（稀疏貌、）鎛（鋤之小者、）趙（刺也、）薅（去田草、）挃挃（穫聲、）栗栗（衆也、）墉（城也、）犉（七尺之牛、）捄（角貌、）三老（鄉官、）嗇夫（古官名、秦時職聽訟及賦稅、）

蘇子由民政策二（擧孝廉）○

臣聞三代之盛時天下之人自匹夫以上莫不務自修潔以求爲君子父子相愛兄弟相悅孝悌忠信之美發於士大夫之間而下至於田畝朝夕從事終身而不厭至於戰國王道衰息秦人驅其民而納之於耕耘戰鬬之中天下翕然而從之南畝之民而皆爭爲干戈旗鼓之事以首爭首以力搏力進則有死於戰退則有死於將其患無所不至夫周秦之間其相去不數十百年周之小民皆有好善之心而秦人獨喜於戰攻雖其死亡而不肎以自存此二者臣竊知

二世即亡之由來

一仁一暴而皆有利天下之見存此論甚精

其故也夫天下之人不能盡知禮義之美而亦不能奮不自顧以陷於死傷之地其所以能至於此者上之人實使之然也然而閭巷之民劫而從之則可以與之僥倖於一時之功而不可以望其久遠而周秦之風俗皆累世而不變此不可不察其術也蓋周之制使天下之士孝悌忠信聞於鄉黨而達於國人者皆得以登於有司而秦之法使其武健壯勇能斬捕甲首者得以自復其役上者優之以爵祿而下者皆得役屬其鄰里天下之人知其利之所在則皆爭爲之而尙安知其他然周以之興而秦以之亡天下遂皆尤秦之不能而不知秦之所以使天下者亦無異於周之所以使天下何者至使之勢所以奔走天下萬世之所不易也而特論其所以使之者何如焉耳今者天下之患實在於民昏而不知教然臣以謂其罪不在於民而上之所以使之者或未至也且天子之所求於天下者何也天下之人在家欲得其孝而在國欲得其忠兄弟欲其相與爲愛而朋友欲其相與爲信臨財欲其思廉而患難欲其思義此誠天子之所以欲於天下者古之聖人所欲而遂求之求之以勢而使之自至是以天

此說甚確

下爭爲其所求以求稱其意今有人使人爲之牧其牛羊將責之以其牛羊之肥則因其肥瘠而制其利害使夫牧者趨其所利而從之則可以不勞而坐得其所欲今求之以牛羊之肥瘠而乃使之盡力於樵蘇之事以其薪之多少而制其賞罰之輕重則夫牧人將爲牧耶將爲樵耶爲樵則失牛羊之肥而爲牧則無以得賞故其人舉皆爲樵而無事於牧吾之所欲者牧也而反樵之爲得此無足怪也今夫天下之人所以求利於上者果安在哉士大夫爲聲病剽略之文而治苟且記問之學曳裾束帶俯仰周旋而皆有意於天子之爵祿夫天子之所求於天下者豈在是也然天子之所以求之者惟此而人之所由以有得者亦惟此是以若此不可卻也嗟夫欲求天下忠信孝悌之人而求之於一日之試天下尙誰知忠信孝悌之可喜而一日之試之可恥而不爲者詩云無言不讎同酬無德不報臣以爲欲得其所求宜遂以其所欲而求之開之以利而作其怠則天下必有應者今間歲而取天下之才奇人善士固宜有起而入於其中然天下之人不能深明天子之意而以爲所爲求之者止於其目之所見

以孝悌忠信爲謀利之具自是戰國策士口吻

是以盡力於科舉而不知自反於仁義。臣欲復古者孝悌之科。使州縣得以與今之進士同舉而皆進。使天下之人。時獲孝悌忠信之利。而明知天子之所欲如此。則天下宜可漸化。以副上之所求。然臣非謂孝悌之科必多得天下之賢才。而要以使天下知上意之所在。而各趨於其利。則庶乎不待教而忠信之俗可以漸復。此亦周秦之所以使人之術歟。

劉海峯曰子由之文其正意不肯一口道破紆徐百折而後出之於此篇可見

聲病（謂聲調之不協、唐以詩賦取士、故以此爲標準、）剽略（抄襲也、）科舉（分科取士也、唐始行之、）孝悌科（漢惠帝時、舉民孝悌力田、復其年、）

評校音注古文辭類纂卷二十三終

王者退姚氏云王者言推尊之莊子彼兀者而王先生○吳辟疆云按莊子王先生謂王駘也姚說誤

趙良說商君（周顯王三十年、秦孝公二十三年、）○○

商君相秦十年。宗室貴戚多怨望者。趙良見商君。商君曰。鞅之得見也。從孟蘭皐。今鞅請得交。可乎。趙良曰。僕弗敢願也。孔丘有言曰。推賢而戴者進。聚不肖而王者退。僕不肖。故不敢受命。僕聞之曰。非其位而居之曰貪位。非其名而有之曰貪名。僕聽君之義。則恐僕貪位貪名也。故不敢聞命。商君曰。子不說吾治秦與。趙良曰。反聽之謂聰。內視之謂明。自勝之謂彊。虞舜有言曰。自卑也尙矣。君不若道虞舜之道。無爲問僕矣。商君曰。始秦戎翟之教。父子無別。同室而居。今我更制其教。而爲其男女之別。大築冀闕。營如魯衞矣。子觀我治秦也。孰與五羖（音古）大夫賢。趙良曰。千羊之皮。不如一狐之腋（音益）。千人之諾諾。不如一士之諤諤。（五各切）武王諤諤以昌。殷紂墨墨（同默）以亡。君若不非武王乎。則僕請終日正言而無誅。可乎。商君曰。語有之矣。貌言華也。至言實也。苦言藥也。甘言疾也。夫左建外易下吳刻插注云人臣車蓋不建車上雨則擁之其樣直若左建則曲柄建於車上即左纛矣易當爲易即馬頸之錫言其侈于臣禮不但坐乘張蓋而已〇吳至父云此言商君施措乖反注義迂曲

子果肯終日正言。鞅之藥也。鞅將事子。子又何辭焉。趙良曰。夫五羖大夫。荆之鄙人也。聞秦繆公之賢而願望見。行而無資。自鬻於秦客。被褐食牛。期年。繆公知之。舉之牛口之下。而加之百姓之上。秦國莫敢望焉。相秦六七年。而東伐鄭。三置晉國之君。一救荆國之禍。發教封內。而巴人致貢。施德諸侯。而八戎來服。由余聞之。款關請見。五羖大夫之相秦也。勞不坐乘。暑不張蓋。行於國中。不從車乘。不操干戈。功名藏於府庫。德行施於後世。五羖大夫死。秦國男女流涕。童子不歌謠。舂書容切者不相去聲杵昌與切。此五羖大夫之德也。今君之見秦王也。因嬖人景監以爲主。非所以爲名也。相秦不以百姓爲事。而大築冀闕。非所以爲功也。刑黥音擎太子之師傅。殘傷民以駿刑。是積怨畜禍也。教之化民也。深於命。民之効上也。捷於令。今君又左建外易。非所以爲教也。君又南面而稱寡人。日繩秦之貴公子。詩曰。相鼠有體。人而無禮。人而無禮。胡不遄市緣切死。以詩觀之。非所以爲壽也。公子虔杜門不出。已八年矣。君又殺祝懽。而黥公孫賈。詩曰。得人者興。失人者崩。此數事者。非所以得人也。君之出也。後車十數。從車載甲。多

爾兩相形怨自見而不覺懵所謂拙於謀己而明于謀人也

力而駢脅者爲驂乘。持矛而操闟音吸戟者旁車而趨。此一物不具。君固不出。書曰。恃德者昌。恃力者亡。君之危若朝露。尚將欲延年益壽乎。則何不歸十五都。灌園於鄙。勸秦王顯巖穴之士。養老存孤。敬父兄。序有功。尊有德。可以少安。君尚將貪商於之富。寵秦國之教。畜百姓之怨。秦王一旦捐賓客而不立朝。秦國之所以收君者。豈其微哉。亡可翹足而待。商君弗從。

變法易于樹怨商君亦自知之藥拒苦口不善其終哀哉濡譏

商君見賈生過秦論注、孟蘭皋人姓名、言鞅前因蘭皋得與良見、冀闕宮名、即魏闕也、冀、記也、記列教令於此、五羖大夫百里奚自鬻于秦養牲之家、得五羊皮爲之食牛、後爲秦相、故有此名、按百里奚本南陽宛人、屬楚、故云荊、諤諤直言也、墨墨不語也、褐布衣、賤者所服、三置晉君納晉惠公、懷公、文公、一救荊禍謂破濮敗楚、秦亦與其事、巴今四川巴縣、周時爲巴子國、由余詳子瞻策斷下注、不相杵相、舂米時、口發聲、與杵聲相應和、此言舂者怨哀、不復以聲和杵、黥以墨刺面、教深於命一句教、謂商鞅之令、命、謂秦君之命、上、謂商鞅之處分、令、謂秦君之教令、言人畏鞅、甚於秦君、左建外易左建、立法與人相左、外易、在外革易君命、繩彈正也、遄速也、公子虔祝懽公孫賈皆太子師傅、駢脅脅骨生成一片而多力者、闟戟雙戟也、十五都商於十五邑、故云十五都、捐賓客猶言死也

陳軫爲齊說昭陽顯王四十六年、楚懷王六年、陳軫、夏人、游說之士也、與張儀俱事秦惠王、以爭寵故、去而之楚之齊、○○

比喻切合國策之能事

有害無利安得不聽

楚使柱國昭陽。將兵而攻魏。破之於襄陵。得八邑。又移兵而攻齊。齊王患之。陳軫適爲秦使齊。齊王曰。爲之奈何。陳軫曰。王勿憂。請令罷之。卽往見昭陽軍中曰。願聞楚國之法。破軍殺將者何以貴之。昭陽曰。其官爲上柱國。封上爵執珪。陳軫曰。其有貴於此者乎。昭陽曰。令尹。陳軫曰。今君已爲令尹矣。此國冠（音貫）之上。臣請得譬之。人有遺其舍人一巵（音支）酒者。舍人相謂曰。數人飲此不足以徧。請遂畫地爲蛇。蛇先成者獨飲之。一人曰。吾蛇先成。舉酒而起曰。吾能爲之足。及其爲之足。而後成人奪之酒而飲之。曰。蛇固無足。今爲之足。是非蛇也。今君相楚而攻魏。破軍殺將。功莫大焉。冠之上不可以加矣。今又移兵而攻齊。攻齊勝之。官爵不加於此。攻之不勝。身死爵奪。有毀於楚。此爲蛇爲足之說也。不若引兵而去。以德齊。此持滿之術也。昭陽曰。善。引兵而去。

爲齊計則善矣。爲楚及昭陽計亦未嘗不善。面面都到。妙語解頤。（濡識）

柱國（官名、與上柱國同、爲楚之貴職官、）昭陽（楚懷王將、）襄陵（今山西襄陵縣、齊地、）齊王（湣王）珪（玉也、制有上圓下方者、有銳上方下者、王者以之封諸侯、）令尹（楚上卿、）國冠（冠、猶首也、）舍人（左右親近之通稱、）巵（酒器、容四升、）

此據國策吳刻錄史記字句多不同附後備考

幣重而言甘

陳軫說楚王無絕齊交（楚懷王十六年）

齊助楚攻秦取曲沃其後秦欲伐齊齊楚之交善惠王患之謂張儀曰吾欲伐齊齊楚方懽子爲寡人慮之奈何張儀曰王其爲臣約車并幣臣請試之張儀南見楚王曰敝邑之王所甚說者無先大王唯儀之所甚願爲臣者亦無先大王敝邑之王所甚憎者無先齊王唯儀之所甚憎者亦無先齊王今齊王之罪其於敝邑之王甚厚敝邑欲伐之而大國與之懽是以敝邑之王不得事王而令儀不得爲臣也大王苟能閉關絕齊臣請使秦王獻商於之地方六百里若此齊必弱齊弱則必爲王役矣則是北弱齊西德於秦而私商於之地以爲利也則此一計而三利俱至楚王大悅宣言之於朝廷曰不穀得商於之地方六百里羣臣聞見者畢賀陳軫後見獨不賀楚王曰不穀不煩一兵不傷一人而得商於之地六百里寡人自以爲智矣諸士大夫皆賀子獨不賀何也陳軫對曰臣見商於之地不可得而患必至也故不敢妄賀王曰何也對曰夫秦所以重王者以王有齊也今地未可得而齊先絕是楚孤也秦又何重孤國且先出

利害本易見楚王直利令智昏耳

一結何等簡潔

地絕齊秦計必弗爲也先絕齊後責地且必受欺於張儀受欺於張儀王必惋烏貫切之是西生秦患北絕齊交則兩國兵必至矣楚王不聽曰吾事善矣子其弭口無言以待吾事楚王使人絕齊使者未來又重絕之張儀反秦使人使齊齊秦之交陰合楚因使一將軍受地於秦張儀至稱病不朝楚王曰張子以寡人不絕齊乎乃使壯士往詈齊王張儀知楚絕齊也乃出見使者曰從某至某廣從六里使者曰臣聞六百里不聞六里儀曰儀固以小人安得六百里使者反報楚王楚王大怒欲興師伐秦陳軫曰臣可以言乎王曰可矣軫曰伐秦非計也王不如賂之一名都與之伐齊是我亡於秦而取償於齊也楚國不尚全事乎王今已絕齊而責欺於秦是吾合齊秦之交也國必大傷楚王不聽遂舉兵伐秦秦與齊合韓氏從之楚兵大敗於杜陵故楚之土壤士民非削弱僅以救亡者計失於陳軫過聽於張儀

附錄吳刻全文

秦欲伐齊而楚與齊從親秦惠王患之乃宣言張儀免相使張儀南見楚王謂

楚王曰。敝邑之王所甚說者。無先大王。雖儀之所甚願爲門闌之廝(音斯)者。亦無先大王。敝邑之王所甚憎者。無先齊王。雖儀之所甚憎者。亦無先齊王。而大王和之。是以敝邑之王不得事王。而令儀亦不得爲門闌之廝也。王爲儀閉關而絕齊。今使使者從儀西取故秦所分楚商於之地方六百里。如是則齊弱矣。是北弱齊。西德於秦。私商於以爲富。此一計而三利俱至也。懷王大悅。乃置相璽(音徙)于張儀。日與置酒。宣言吾復得吾商於之地。羣臣皆賀。而陳軫獨弔。懷王曰。何故。陳軫對曰。秦之所爲重王者。以王之有齊也。今地未可得而齊交先絕。是楚孤也。夫秦又何重孤國哉。必輕楚矣。且先出地而後絕齊。則秦計不爲。先絕齊而後責地。則必見欺於張儀。見欺於張儀。則王必怨之。怨之。是西起秦患。北絕齊交。西起秦患。北絕齊交。則兩國之兵必至。臣故弔。楚王弗聽。

陳軫之言。自是正論。楚王之愚。張儀之譎。均能曲曲寫出(謹識)

曲沃(今河南陝縣。有曲沃故城。非晉之曲沃。)惠王(秦孝公子。)約車(具車也。)商於(商。今陝西商縣。於。今河南淅川縣。)不穀(猶言不善。天子諸侯謙稱。)悵(恨也。)弭(止也。)廣從(東西曰廣。南北曰從。)杜陵(楚邑。今陝西洵陽縣西有杜陵故城。)

陳軫說齊合三晉

［大事記］載顯王四十七年、齊宣王二十一年、吳師道疑在赧王十六年、

秦伐魏。陳軫合三晉而東。謂齊王曰。古之王者之伐也。欲以正天下而立功名以為後世也。今齊楚燕趙韓梁六國之遞甚也。不足以立功名。適足以彊秦而自弱也。非山東之上計也。能危山東者。彊秦也。不憂彊秦。而遞相罷弱。而兩歸其國於秦。此臣之所以為山東之患。天下為秦相割。秦曾不出力。天下為秦相烹。秦曾不出薪。何秦之智而山東之愚耶。願大王之察也。古之五帝三王五霸之伐也。伐不道者。今秦之伐天下不然。必欲反之主必死辱。民必死虜。今韓梁之目未嘗乾。而齊民獨不（同否）也。非齊親而韓梁疏也。齊遠秦而韓梁近。今齊將近矣。今秦欲攻梁絳安邑。秦得絳安邑以東下河。必表裏河山而東攻齊。舉齊屬之海。南面而孤楚韓梁。北向而孤燕趙。齊無所出其計矣。願王熟慮之。今三晉已合矣。復為兄弟約。而出銳師以戍梁絳安邑。此萬世之計也。齊非急以銳師合三晉。必有後憂。三晉合秦。必不敢攻梁。必南攻楚。楚秦構難。三晉怒齊不與已也。必東攻齊。此臣之所謂齊必有大憂。不如急以兵合於三晉。齊王敬諾。

彊秦自弱一語點

力字疑為刃字

此理甚明

利害關頭那得不悟

地利可恃

粟支二年吳至父云二字當依史記索隱校改十字

姚氏云按碣石在燕東海中之貨自此入河鴈門在西北沙漠之貨自此入路皆達於燕南故南有其饒也

見得燕之不伐恃有趙在

果以兵合於三晉。

此機一失不可復追利害逆測將來言之鑿鑿固異于游士之空談也（濡識）

三晉（春秋時、韓趙魏三氏、仕晉爲卿、其後分晉、各立爲國、是爲三晉、）遞甚（謂互相爭戰、）反之（反、違反也、）絳（今山西絳縣、）安邑（今山西安邑縣、）

蘇季子說燕文侯（周顯王三十五年、燕文公二十八年、蘇季子、名秦、文公、桓公子、）○○

蘇秦將爲從北說（音稅）燕文侯曰燕東有朝鮮遼東北有林胡樓煩西有雲中九原南有呼沱易水地方二千里帶甲數十萬車七百乘騎六千匹粟支二年南有碣石鴈門之饒北有棗栗之利民雖不田作棗栗之實足食於民矣此所謂天府也夫安樂無事不見覆軍殺將之憂無過燕矣大王知其所以然乎夫燕之所以不犯寇被兵者以趙之爲蔽於其南也秦趙五戰秦再勝而趙三勝秦趙相敝而王以全燕制其後此燕之所以不犯難也且夫秦之攻燕也踰雲中九原過代上谷彌地踵道數千里雖得燕城秦計固不能守也秦之不能害燕亦明矣今趙之攻燕也發號出令不至十日而數十萬之衆軍於東垣矣度呼沱涉易水不至四五日而距國都矣故曰秦之攻燕也戰於千里之外趙之攻

和秦不如和趙地勢然也

燕也戰於百里之內夫不憂百里之患而重千里之外計無過於此者是故願大王與趙從親天下爲一則國必無患矣燕王曰寡人國小西迫彊秦促近齊趙齊趙彊國今主君幸教詔之合從以安燕敬以國從於是賫（祖稽切）蘇秦車馬金帛以至趙

爲燕計以聯趙爲要形勢固然說自易入（濡議）

朝鮮（國名、周初箕子封此、在黃海日本海之間、現爲日本屬地、）遼東（今奉天東南境、在遼河東、）林胡（在今山西北境、戰國時北狄、）樓煩（今山西舊保德州寧武府岢嵐縣等地、）雲中（在今山西大同縣西北、）九原（在今陝西榆林縣西、）呼沱（源出山西繁峙縣東之泰戲山、卽滹沱河、）易水（源出直隸易縣、東南流經雄縣、及京兆霸縣、合桑乾呼沱入海、）碣石（山名、在今直隸昌黎縣西北、）雁門（山名、在今山西代縣北、）天府（地富而固、）代（今山西代縣、）上谷（今直隸易縣、）東垣（在今直隸正定縣西、）賫（持以與人、）

蘇季子說趙肅侯（恐卽蘇秦說燕之年、肅侯之十六年、）○○○

蘇秦從燕之趙始合從說趙王曰天下之卿相人臣乃至布衣之士莫不高賢大王之行義皆願奉教陳忠於前之日久矣雖然奉陽君妒大王不得任事是以外賓客游談之士無敢盡忠於前矣今奉陽君捐館舍大王乃今然後得與

宜陽効吳刻插注云此上郡是韓地在河北者平陽上黨皆是非魏西河之外地後入于秦之上郡

瞭于地勢之言

士民相親臣。故敢盡其愚忠。爲大王計。莫若安民無事。請無庸有爲也。安民之本。在於擇交。擇交而得。則民安。擇交不得。則民終身不得安。請言外患。齊秦爲兩敵。而民不得安。倚秦攻齊。而民不得安。倚齊攻秦。而民不得安。故夫謀人之主。伐人之國。常苦出辭斷絕人之交。願大王愼無出於口也。請屏左右。白言所以異陰陽而已矣。大王誠能聽臣。燕必致氈裘狗馬之地。齊必致海隅魚鹽之地。楚必致橘柚雲夢之地。韓魏皆可使致封地湯沐之邑。貴戚父兄。皆可以受封侯。夫割地效實。五霸之所以覆軍禽(同擒)將而求也。封侯貴戚。湯武之所以放殺而爭也。今大王垂拱而兩有之。是臣之所以爲大王願也。大王與秦。則秦必弱韓魏。與齊。則齊必弱楚魏。魏弱則割河外。韓弱則効宜陽。宜陽効則上郡絕。河外割則道不通。楚弱則無援。此三策者。不可不熟計也。夫秦下軹(音紙)道。則南陽動。劫韓包周。則趙自銷鑠。據衛取淇。則齊必入朝秦。欲已得行於山東。則必舉甲而向趙。秦甲涉河踰漳。據番(音蒲)吾。則兵必戰於邯鄲之下矣。此臣之所以爲大王患也。當今之時。山東之建國。莫如趙彊。趙地方三千里。帶甲數十萬。車

三晉之不相救即三晉之所以亡也其如當局者暗何

衡人之不利于六國六國未嘗不知但苦不能團結耳

千乘。騎萬匹。粟支十年。西有常山。南有河漳。東有清河。北有燕國。燕固弱國。不足畏也。且秦之所畏害於天下者。莫如趙。然而秦不敢舉兵甲而伐趙者。何也。畏韓魏之議其後也。然則韓魏。趙之南蔽也。秦之攻韓魏也。則不然。無有名山大川之限。稍稍蠶食之。傅音附之國都而止矣。韓魏不能支秦。必入臣於秦。秦無韓魏之隔。禍必中去聲於趙矣。此臣之所以為大王患也。臣聞堯無三夫之分。舜無咫尺之地。以有天下。禹無百人之聚。以王去聲諸侯。湯武之卒不過三千人。車不過三百乘。而為天子。誠得其道也。是故明主外料其敵國之彊弱。內度其士卒之眾寡賢與不肖。不待兩軍相當而勝敗存亡之機節。固已見於胸中矣。豈揜於眾人之言。而以冥冥決事哉。臣竊以天下地圖按之。諸侯之地五倍於秦。料諸侯之卒。十倍於秦。六國幷力為一。西面而攻秦。秦破必矣。今西面而事之。見臣於秦。夫破人之與破於人也。臣人之與臣於人也。豈可同日而言之哉。夫衡人者。皆欲割諸侯之地以與秦。成與秦成。則高臺榭。美宮室。聽竽笙琴瑟之音。察五味之和。前有軒轅。後有長庭美人巧笑。卒音猝有秦患。而不與其憂。是故衡

如登壇而指揮之誰謂游士之不知兵

清河本作渤海吳刻插注云秦攻趙齊不應遠涉渤海蓋清河之誤耳史記是

人日夜務以秦權恐猲(呼葛切通喝)諸侯。以求割地。願大王之熟計之也。臣聞明主絕疑去讒。屏流言之迹。塞朋黨之門。故尊主廣地彊兵之計。臣得陳忠於前矣。故竊爲大王計。莫如一韓魏齊楚燕趙六國從親以擯秦。令天下之將相。相與會於洹(音桓)水之上。通質(音致)。刑白馬以盟之。約曰。秦攻楚。齊魏各出銳師以佐之。韓絕食道。趙涉河漳。燕守常山之北。秦攻韓魏。則楚絕其後。齊出銳師以佐之。趙涉河漳。燕守雲中。秦攻齊。則楚絕其後。韓守成皋。魏塞午道。趙涉河漳博關。燕出銳師以佐之。秦攻燕。則趙守常山。楚軍武關。齊涉渤海。韓魏出銳師以佐之。秦攻趙。則韓軍宜陽。楚軍武關。魏軍河外。齊涉清河。燕出銳師以佐之。諸侯有先背約者。五國共伐之。六國從親以擯秦。秦必不敢出兵於函谷關以害山東矣。如是則霸業成矣。趙王曰。寡人年少。蒞國之日淺。未嘗得聞社稷之長計。今上客有意存天下。安諸侯。寡人敬以國從。乃封蘇秦爲武安君。飾車百乘。黃金千鎰。白璧百雙。錦繡千純(讀屯)。以約諸侯。

儀爲其易秦爲其難六國果聽其言何至爲秦所幷(譏議)

姚氏云商字依史記策作常

奉陽君（肅侯弟、名成、蘇秦初至趙、不悅於奉陽君、）捐館舍（死也、）雲夢（楚澤名、今已湮、即湖北安陸縣等地、）封地（封內之地、）湯沐之邑（古者天子於諸侯、賜以湯沐之邑、以其邑之所入、爲湯沐之資、「禮王制」方伯爲朝天子、皆有湯沐之邑、於天子之縣內、）效實（效、致也、實、貨財也、）垂拱（垂衣拱手、）河外（河之南邑、若曲沃平周等地、曲沃、魏地、見前、平周、邑名、在今山西介休縣、）宜陽（故城在今河南宜陽縣東、）軹道（在今陝西咸陽縣東北、）南陽（今河南沁陽縣、）銷鑠（如金銷熔、）據衛取淇（衛淇、當爲今之河南輝縣淇縣、）河（黃河、）漳（漳分清濁二水、清漳出山西平定縣、濁出山西長子縣、至河南涉縣合漳村、合一、又東南經直隸大名縣入衛河、）番吾（即蒲吾、故城在今直隸平山縣東南、）邯鄲（趙都、今直隸邯鄲縣、）常山（即恆山、在直隸曲陽縣西北、與太行山相連、）清河（即濟水、下游爲今之大清河、）傅（近也、）三夫之分（一夫受田百畝、三夫三百畝、）咫（八寸、）衡人（主連橫者、）竽（以竹爲之、象鳥翼、長四尺二寸、）軒轅（檐宇之末曰軒、外門曰轅、）恐猲（「漢書注」以威力脅之也、）洹水（源出山西黎城縣、由河南安陽縣至內黃、注于衛、）通質二句（二國結信、以人物爲質、又古會盟、殺牲取血以書、刑、殺也、）雲中（見上篇、）成皋（今河南汜水縣西北、）午道（一縱一橫爲午、謂交道也、）博關（亦名博陵、今山東博平縣西北、）武關（在今陝西商縣東南、）渤海（翻入遼東半島山東半島間之內海、有大灣二、入東北者曰遼東灣、遼東半島爲其東壁、入於西南者曰直隸灣、山東半島突出於其東、）武安（今河南武安縣西南、）鎰（二十兩、）千純（千束、）

蘇季子說韓昭侯（史記作說宣惠王、宣惠王、昭侯子也、）○○

蘇秦爲趙合從。說韓王曰。韓北有鞏洛成皋之固。西有宜陽商阪（音反）之塞。東有宛穰洧（羽軌切）水。南有陘（音刑）山。地方千里。帶甲數十萬。天下之彊弓勁弩。皆自韓

距來王懷祖云來係黍字之誤與府韻

姚氏云國策甲下有盾鞮鍪字按吷讀伐卽是盾不當重及故從史記去三字又下文被堅甲三句承上三項則堅甲屬下句讀與卽斬屬爲句者非是

市怨買禍六國卄爲之而不悟秦之統一然有天幸

出谿子少府時力距來皆射六百步之外韓卒超足而射百發不暇止遠者達胸近者掩心韓卒之劍戟皆出於冥山棠谿墨陽合伯鄧師宛馮龍淵太阿皆陸斷馬牛水擊鵠鴈當敵卽斬堅甲鐵幕革抉（同決）吷（音伐同瞂）芮（音汭）無不畢具以韓卒之勇被堅甲蹠（音隻）勁弩帶利劍一人當百不足言也夫以韓之勁與大王之賢乃欲西面事秦稱東藩築帝宮受冠帶祠春秋交臂而服焉夫羞社稷而爲天下笑無過此者矣是故願大王之熟計之也大王事秦秦必求宜陽成皋今茲効之明年又益求割地與之卽無地以給之不與則棄前功而後更受其禍且夫大王之地有盡而秦之求無已夫以有盡之地而逆無已之求此所謂市怨而買禍者也不戰而地已削矣臣聞鄙語曰寧爲雞口無爲牛後今大王西面交臂而臣事秦何以異於牛後乎夫以大王之賢挾彊韓之兵而有牛後之名臣竊爲大王羞之韓王忿然作色攘臂按劍仰天太息曰寡人雖死必不能事秦今主君以趙王之教詔之敬奉社稷以從

縱人之論可以動聽而不可以持久以團結之力薄也（濡識）

姚氏云後漢郡國志汝南宋公國周名郪邱漢改名新郪然則此新字衍抑當依史記新郪

姚氏云史記正義謂河外為河南地此猶未明蓋大梁正河南地若曹其北當言河內矣蓋魏以大梁鄭夾河南北並以為鄣

鞏洛（鞏、今河南鞏縣、洛、今河南洛陽縣、）宜陽（見前、）商阪（即商山、終南之支阜、今陝西商縣東南、）宛穰（宛、今河南南陽縣、穰、今河南鄧縣東南、）洧水（源出河南登封縣東陽城山、至新鄭縣、合溱水為雙洎河、入于賈魯河、）陘山（在河南新鄭縣西南、）谿子（弩名、[淮南子]烏號之弓、谿子之弩、不能無弦而射、）少府句（少府、人名、時力、距來、弩名、均少府所造、時力謂作之得時、力倍于常、距來謂弩勢勁利、足以距來敵、）冥山（在河南信陽縣東南、）棠谿（今河南郾城縣西北、有棠谿村、出劍、）墨陽（亦出劍地、[淮南子]墨陽之莫邪、）合伯（地名、）鄧師（鄧國之人善鑄劍、見[史記索隱]、今河南鄧縣、）宛馮（[史記索隱]宛人於馮池鑄劍、故號宛馮、馮池在今河南滎陽縣西、）龍淵（劍名、吳人干將所作、）太阿（劍名、越人歐冶子所作、）鐵幕（臂脛之衣、以鐵為之、）抉（以皮為之、施於臂者、）吠芮（吠、盾也、芮、繫盾之綬、）蹠（蹈也、）築帝宮（為秦築行宮、）受冠帶（衣冠之制、受自秦也、）祠春秋（助秦祭也、）效（獻也、）主君（謂蘇秦、卿大夫稱主、襄而美之、故稱主君、）

蘇季子說魏襄王（顯王三十六年、魏襄二年、）○

蘇子為趙合從說魏王曰大王之地南有鴻溝、陳、汝南、許、鄢、昆陽、邵陵、舞陽、新郪（音淒）東有淮、潁、沂、黃、煮棗、無疏、西有長城之界北有河外卷衍燕酸棗地方千里名雖小然而廬田廡（無上聲）舍曾無所芻牧牛馬之地人民之眾車馬之多日夜行不絕輷（呼宏切）輷殷殷若有三軍之眾臣竊料之大王之國不下於楚然衡人訹（音戌）王外交強虎狼之秦以侵天下卒有國患不被其禍夫挾彊秦之勢以其正北乃韓之上黨不可舉也此云河外乃河既折而北流爲東河其東南曰外乃秦藩之東郡地在大梁東北者耳卷衍不知何處必不如注家以漢河南郡之卷爲解者卷縣正是上文長城之界非此卷衍此卷衍亦東郡左右地耳以張儀說魏秦下河外拔卷衍則趙不南魏不北語發之尤明又蘇秦說趙河外割則道不通亦指此並非正南河之南地

上言有可恃之地利此言有可恃之兵力

將成斧柯姚氏云成字當爲尋

內刦其主。罪無過此者。且魏天下之彊國也。大王天下之賢主也。今乃有意西面而事秦。稱東藩。築帝宮。受冠帶。祠春秋。臣竊爲大王愧之。臣聞越王句踐(音鉤)以散卒三千。禽(同擒)夫差於干遂。武王卒三千人。革車三百乘。斬紂於牧之野。豈其士卒衆哉。誠能振其威也。今竊聞大王之卒。武力二十餘萬。蒼頭二十萬。奮擊二十萬。廝徒十萬。車六百乘。騎五千匹。此其過越王句踐武王遠矣。今乃劫於羣臣之說。而欲臣事秦。夫事秦必割地效質。故兵未用而國已虧矣。凡羣臣之言事秦者。皆姦臣。非忠臣也。夫爲人臣。割其主之地以外交。偷取一旦之功而不顧其後。破公家而成私門。外挾彊秦之勢。而內劫其主。以求割地。願大王之熟察之也。周書曰。緜緜不絕。蔓蔓若何。毫毛不拔。將成斧柯。前慮不定。後有大患。將奈之何。大王誠能聽臣。六國從親。專心并力。則必無彊秦之患。故敝邑趙王使使臣獻愚計。奉明約。在大王詔之。魏王曰。寡人不肖。未嘗得聞明教。今主君以趙王之詔詔之。敬以國從。

姚氏曰韓魏勢危進說較難故文亦減色〇吳辟疆曰韓魏小弱而迫近秦

富強爲齊所固有進說較易韓魏

無可張大故說韓特以兵器之利爲言魏則極口詡其人衆此皆躲閃之法

鴻溝(即賈魯河、在河南滎陽縣東、)陳(今河南淮陽縣、魏地不至陳、特侈言之、與下言淮同、)汝南(今河南汝南縣、)許鄢(許、今河南許昌縣東、鄢、本鄭地、在今河南鄢陵縣西南、)昆陽(今河南葉縣治、)邵陵(即召陵、故城在今河南郾城縣東、)舞陽(今河南舞陽縣、)新郪(故城在今安徽阜陽縣東南、)淮(淮水、出河南桐柏山、東流入安徽、瀦於洪澤河、)潁(潁水、出河南登封縣西潁谷、至安徽壽縣入淮、)沂(沂水有四、均在山東、)黃(今山東黃縣東南、)煑棗(故城在今山東荷澤縣西、)無疏([史記]疏作胥、[索隱]地闕、)長城([史記秦本紀]魏築長城、自鄭濱洛以北、[竹書]惠成三十三年、龍賈率師築長城於西邊、)河外(即河南也、)卷衍(卷、今河南原武縣、衍、今河南鄭縣北、)燕(即南燕、故城在今河南延津縣東北、)酸棗(在今河南延津縣北、)輷輷(車聲、)殷殷(盛貌、)誘(以利害誘之也、)干遂(即隧山、參看下卷黃歇說秦昭王注、)革車(兵車、)牧野(在今河南淇縣南、)蒼頭(青巾裹頭之兵、)奮擊(猶今之敢死隊、)厮徒(軍中當雜役者、)辟臣(邪辟之臣、)蔓蔓(延長而不斷也、)柯(斧柄、)

蘇季子說齊宣王(齊宣十年、)○○○

蘇秦爲趙合從說齊宣王曰。齊南有太山。東有瑯邪。西有清河。北有渤海。此所謂四塞之國也。齊地方二千里。帶甲數十萬。粟如邱山。齊車之良。五家之兵。疾如錐矢。戰如雷霆。解如風雨。卽有軍役。未嘗倍泰山。絕清河。涉渤海也。臨淄之中七萬戶。臣竊度(入聲)之。下戶三男子。三七二十一萬。不待發於遠縣。而臨淄之

臨淄甚富姚氏云此與說韓昭侯篇瑰放之氣恢奇偉麗之詞相似即漢賦所自昉也

以韓魏相較則制勝之理由益見

卒。固已二十一萬矣。臨。淄。甚。富。而。實。其。民。無。不。吹。竽。鼓。瑟。擊。筑（音竹）彈。琴。鬭。雞。走。狗。六。博。蹹（音踏同蹋）鞠。者。臨。淄。之。途。車。轂。擊。人。肩。摩。連。衽。成。帷。舉。袂。成。幕。揮。汗。成。雨。家。殷。人。足。志。高。氣。揚。夫以大王之賢與齊之彊。天下不能當。今乃西面事秦。竊爲大王羞之。且夫韓魏所以畏秦者。以與秦接界也。兵出而相當。不至十日而戰。勝。存。亡。之。機。決。矣。韓。魏。戰。而。勝。秦。則。兵。半。折。四。境。不。守。戰。而。不。勝。以。亡。隨。其。後。是。故。韓。魏。之。所。以。重。與。秦。戰。而。輕。爲。之。臣。也。今秦攻齊則不然。倍韓魏之地。至。衞。陽。晉。之。道。徑。亢。父（音甫）之。險。車。不。得。方。軌。馬。不。得。並。行。百。人。守。險。千。人。不。能。過。也。秦。雖。欲。深。入。則。狼。顧。恐。韓。魏。之。議。其。後。也。是。故。恫（音洞）疑。虛。猲（同喝）高。躍。而。不。敢。進。則。秦。不。能。害。齊。亦。明。矣。夫不料秦之不奈我何也。而欲西面事秦。是羣臣之計過。今臣無事秦之名。而有彊國之實。臣固願大王之少留計。齊王曰。寡人不敏。今主君以趙王之詔告之。敬奉社稷以從。

齊患較遠於韓魏故始以富強動之終以西面事秦爲耻以警之那得不動聽（譳誠）

此錄國策吳刻錄史記章句多異茲附存備兼考

蘇秦曰三字當衍

琅邪（山名、在今山東諸城縣東南、）清河（即古濟水、）渤海（詳上說趙肅侯注、此就山東而言、）四塞之國（四境皆有險地、）五家爲軌、（五家）錐矢（尖銳之小矢、）臨淄（齊都、故城在今山東臨淄縣北、）筑（狀如箏而大、頭安絃、擊以竹、）六博（博、著也、行六、故云六博、）蹹鞠（即蹴鞠、崔豹云、起黃帝時、習兵之勢、）車轂擊五句（喻繁盛也、）陽晉（故城在今山東曹縣北、故衛地、）亢父（故城在今山東濟寧縣南、）方軌（兩車並軌而行、）恫疑虛猲（恫、不得志也、猲、恐也、以危辭虛聲恐惑之、）

蘇季子自齊反燕說燕易王（易王、文公子、）○

人有惡蘇秦於燕王者。曰、武安君天下不信人也。王以萬乘下之尊之於廷。示天下與小人羣也。武安君從齊來。而燕王不館也。謂燕王曰。臣東周之鄙人也。見足下身無咫尺之功。而足下迎臣於郊。顯臣於廷。今臣爲足下使。利得十城。功存危燕。足下不聽臣者。人必有言臣不信。傷臣於王者。且臣之不信。是足下之福也。使臣信如尾生。廉如伯夷。孝如曾參。三者天下之高行也。而以事足下可乎。燕王曰。可。曰。有此臣亦不事足下矣。蘇秦曰。且夫孝如曾參。義不離親一夕宿於外。足下安得使之之齊。廉如伯夷。不取素飡（音餐）汙武王之義而不臣。辭孤竹之君。餓而死於首陽之山。廉如此者。何肯步行數千里。而事弱燕之危主乎。信如尾生。期而不來。抱梁柱而死。信至如此。何肯揚燕秦之威於齊而取大功乎哉。且夫信行者。所以自為也。非所以為人也。皆自覆之術。非進取之道也。且夫三王代興。五霸迭盛。皆不自覆也。君以自覆為可乎。則齊不益於營丘。足下不踰境。不窺於邊城之外。且臣有老母於周。離老母而事足下。去自覆之術。而謀進取之道。臣之趣固不與足下合者。足下皆自覆之君也。僕者進取之臣也。所謂以忠信得罪於君者也。燕王曰。夫忠信。何得罪之有也。對曰。足下不知也。臣鄰家有遠為吏者。其妻私人。其夫且歸。其私之者憂之。其妻曰。公勿憂也。吾已為藥酒以待之矣。後二日。夫至。妻使妾奉卮酒進之。妾知其為藥酒也。進之則殺主父。言之則逐主母。乃佯僵棄酒。主父大怒而笞之。妾之棄酒。上以活主父。下以存主母也。忠至如此。然不免於笞。此以忠信得罪者也。臣之事。適不幸而有類妾之棄酒也。且臣之事足下。亢義益國。今乃得罪。臣恐天下後事足下者。莫敢自必也。且臣之說齊。曾不欺之也。使說齊者。莫如臣之言也。雖堯舜之智。不敢取也。

偏不任爲忠信妙

有三人而無益于王

王又自任爲忠信妙

附錄吳刻全文

人有毀蘇秦者曰。左右賣國反覆之臣也。將作亂。蘇秦恐得罪。歸而燕王不復官也。蘇秦見燕王曰。臣東周之鄙人也。無有分寸之功。而王親拜之於廟而禮之於廷。今臣爲王卻齊之兵而攻得十城。宜以益親。今來而王不聽。臣者人必有以不信傷臣於王者。臣之不信。王之福也。臣聞忠信者。所以自爲也。進取者。所以爲人也。且臣之說齊王。曾非欺之也。臣棄老母于東周。固去自爲而行進取也。今有孝如曾參。廉如伯夷。信如尾生。得此三人者以事大王。何若。王曰。足矣。蘇秦曰。孝如曾參。義不離其親一宿於外。王又安能使之步行千里而事弱燕之危主哉。廉如伯夷。義不爲孤竹君之嗣。不肯爲武王臣。不受封侯而餓死首陽山下。有廉如此。王又安能使之步行千里而行進取於齊哉。信如尾生。與女子期於梁下。女子不來。水至不去。抱柱而死。有信如此。王又安能使之步行千里。卻齊之彊兵哉。臣所謂以忠信得罪於上者也。燕王曰。若不忠信耳。豈有以忠信而得罪者乎。蘇秦曰。不然。臣聞客有遠爲吏而其妻私於人者。其夫將

一句拍合不見痕迹

以鬼事見針鋒相對

兩岸之土兩句即空即色頗有禪意

來。其私者憂之。妻曰。勿憂。吾已作藥酒待之矣。居三日。其夫果至。妻使妾舉藥酒進之。妾欲言酒之有藥。則恐其逐主母也。欲勿言乎。則恐其殺主父也。於是乎詳（佯同）僵而棄酒。主父大怒。笞之五十。故妾一僵而覆酒。上存主父。下存主母。然而不免於笞。惡在乎忠信之無罪也。夫臣之過。不幸而類是乎。燕王曰。先生復就故官。益厚遇之。

忽莊忽諧㘬自辨才無碍　濂識

尾生事（見「莊子」）　伯夷（殷孤竹君之子、其父將死、遺命立叔齊、父卒、叔齊遜伯夷、伯夷逃去、武王克殷、義不食周粟、餓死于首陽山、即雷首山、在今山西永濟縣東南、）曾參（孔子弟子、性至孝、）素飡（不事而食祿也、「詩」不素飡兮、）

蘇代止孟嘗君入秦（代、秦弟、一說秦兄、）○○

孟嘗君將入秦。止者千數而弗聽。蘇代欲止之。孟嘗君曰。人事者。吾已盡知之矣。吾所未聞者。獨鬼事耳。蘇代曰。臣之來也。固不敢言人事也。固且以鬼事見（音現）君。孟嘗君見之。謂孟嘗君曰。今者臣來。過於淄上。有土偶人與桃梗相與語。桃梗謂土偶人曰。子西岸之土也。埏（音延）子以爲人。至歲八月。降雨下。淄水至則

此亦騎牆主義

汝殘矣。土偶曰。不然。吾西岸之土也。殘則復西岸耳。今子東國之桃梗也。刻削子以爲人。降雨下。淄水至。流子而去。則子漂漂者將何如耳。今秦四塞之國。譬如虎口。而君入之。則臣不知君所出矣。孟嘗君乃止。

戰國四公子信陵最賢餘亦如土偶桃梗任游士之播弄耳 濡識

孟嘗君（田嬰子，名文，爲齊相，秦昭王聞其賢，使涇陽君爲質於齊，以求見孟嘗君，故將入秦，然明年卒入秦，）淄上（淄水源出山東萊蕪縣，東北流，至壽光縣，匯清水泊，又北出合小清河，由淄河口入海，）土偶人（摶土爲人也，以比涇陽君，）桃梗（桃枝也，刻削爲人，以比孟嘗君，）埏（水和土也，）

蘇代說齊不爲帝○○

蘇子自燕之齊。見於章華南門。齊王曰。嘻。子之來也。秦使魏冉致帝。子以爲何如。對曰。王之問臣也卒（讀猝）。而患之所從生者微。今不聽。是恨秦也。聽之。是恨天下也。不如聽之以爲秦。勿庸稱也。以爲天下。秦稱之。天下聽之。王亦稱之。先後之事。帝名爲無傷也。秦稱之。而天下不聽。王因勿稱。於以收天下。此大資也。（以上吳刻不錄）

蘇子說齊王曰。齊秦立爲兩帝。王以天下爲尊秦乎。且尊齊乎。王曰。尊秦。釋帝。

伐宋之利也吳刻插注云劉本有王曰不如伐宋六字

一舉而數利俱得

則天下愛齊乎且愛秦乎王曰愛齊而憎秦兩帝立約伐趙孰與伐宋之利也王曰伐宋利對曰夫約均然與秦爲帝而天下獨尊秦而輕齊齊釋帝則天下愛齊而憎秦伐趙不如伐宋之利故臣願王明釋帝以就天下倍(同背)約擯秦勿使爭重而王以其間舉宋夫有宋則衞之陽城危有淮北則楚之東國危有濟西則趙之河東危有陶平陸則梁門不啓故釋帝而貳之以伐宋之事則國重而名尊燕楚以形服天下不敢不聽此湯武之舉也敬秦以爲名而後使天下憎之此所謂以卑易尊者也願王之熟慮之也

稱帝之欲望殊不易遏茲以利害言之自能動聽 濤識

章華(齊城門名)、齊王(湣王地)、魏冉(秦昭王母宣太后弟、封于穰、號穰侯)、卒(急遽也)、徼(隱也)、恨秦(謂使秦恨也)、陽城(史記作陽地、今直隸濮陽縣南、即帝丘)、淮北(指徐泗)、東國(下相、僮、取慮也、下相故城、在江蘇宿遷縣北、僮在睢寧縣境、取慮、在安徽靈壁縣北)、陶(今山東定陶縣)、平陸(故城在今山東汶上縣北、大梁之東界)、梁門(大梁門戶)、形服(形勢足以服之)

蘇代遺燕昭王書〇

齊伐宋宋急蘇代乃遺燕昭王書曰夫列在萬乘而寄質(去聲)於齊名卑而權輕

本爲宋計而所言似爲燕計何語妙乃爾

遙史記作挑

又挾秦以敵齊

奉齊助之伐宋民勞而實費破宋殘楚淮北肥大齊讎彊而國弱也此三者皆國之大敗也而足下行之將欲以除害取信於齊也而齊未加信於足下而忌燕也愈甚矣然則足下之事齊也失所爲矣夫民勞而實費又無尺寸之功破宋肥讎而世負其禍矣足下以宋加淮北彊萬乘之國也而齊幷之是益一齊也北夷方七百里加之以魯衞此所謂彊萬乘之國也而齊幷之是益二齊也夫一齊之彊而燕猶不能支也今乃以三齊臨燕其禍必大矣雖然臣聞智者之舉事也轉禍而爲福因敗而爲功者也齊人紫敗素也而賈（讀價）十倍越王句踐棲於會稽而後殘吳霸天下此皆轉禍而爲福因敗而爲功者也今王若欲轉禍而爲福因敗而爲功乎則莫如遙霸齊而厚尊之使使盟於周室盡焚天下之秦符約曰夫上計破秦其次長賓客秦秦挾賓客以待破秦王必患之秦五世以結諸侯今爲齊下秦王之志苟得窮齊不憚以一國都爲功然而王何不使布衣之人以窮齊之說說（音稅）秦謂秦王曰燕趙破宋肥齊尊齊而爲之下者燕趙非利之也弗利而勢爲之者何也以不信秦王也今王何不使可以信

說得秦王不得不從

者接收燕趙令涇陽君若高陵君先於燕趙秦有變因以爲質則燕趙信秦矣秦爲西帝趙爲中帝燕爲北帝立爲三帝而令諸侯韓魏不聽則秦伐之齊不聽則燕趙伐之天下孰敢不聽天下服聽因驅韓魏以攻齊曰必反宋地而歸楚之淮北夫反宋地而歸楚之淮北燕趙之所同利也並立三帝燕趙之所同願也夫實得所利名得所願則燕趙之棄齊也猶釋敝躧（所綺切）今王之不收燕趙則齊霸必成矣諸侯戴齊而王獨勿從也是國伐也諸侯戴齊而王從之是名卑也王不收燕趙名卑而國危王收燕趙名尊而國寧夫去尊寧而就卑危智者不爲也秦王聞若說也必如刺心則王何不務使智士以若此言說秦秦伐齊必矣夫取秦上交也伐齊正利也尊上交務正利聖王之事也燕昭王善其書曰先人嘗有德蘇氏子之之亂而蘇氏去燕燕欲報讎仇於齊非蘇氏莫可乃召蘇氏復善待之與謀伐齊竟破齊閔王出走

此計雖未實行而代之計畫實不下于季子（濡識）

北夷（附齊之北狄、）敗素（白絹布之受汚者、今以之染紫、則反爲齊人所好、而價且十倍、〔韓非子〕齊桓公好紫色、一國盡服紫、）棲于會稽（越王句踐爲吳所敗、因于會稽、臣服請和、用范蠡文種計、十年生聚、十年教訓、因以滅吳、會稽、今浙江紹興縣、涇陽君高陵君秦王母弟、公子顯、公子悝也、

躧章闕、子之之亂子之有寵於燕王噲、噲以國讓之、三年、大亂、齊師破燕、殺噲及子之、

蘇代約燕昭王書

當在赧王三十六七年、燕昭末年、秦拔楚鄢郢時、昭王名平、○○○

秦召燕王。燕王欲往。蘇代約燕王曰。楚得枳音紙而國亡。齊得宋而國亡。齊楚不得以有枳宋事秦者。何也。是則有功者。秦之深讎也。秦取天下。非行義也。暴也。秦之行暴。正告天下。告楚曰。蜀地之甲。輕舟浮於汶音民。乘夏水而下江。五日而至郢。漢中之甲。輕舟出於巴。乘夏水而下漢。四日而至五渚。寡人積甲宛東下隨。智者不及謀。勇者不及怒。寡人如射隼音筍矣。王乃待天下之攻函谷。不亦遠乎。楚王爲是之故。十七年事秦。秦正告韓曰。我起乎少曲。一日而斷太行音杭。我起乎宜陽。而觸平陽。二日而莫不盡繇音搖。我離兩周而觸鄭。五日而國舉。韓氏以爲然。故事秦。秦正告魏曰。我舉安邑。塞女戟。韓氏太原卷。下軹道。道南陽。封冀。兼包兩周。乘夏水。浮輕舟。彊弩在前。銛息廉切戟在後。決滎口。魏無大梁。決白馬之口。魏無黃濟陽。決宿胥之口。魏無虛頓邱。陸攻則擊河內。水攻則滅大梁。

以下揭秦之恫嚇恐猲、即其所行暴之實

姚氏云、此韓氏河東地名、屬魏

姚氏云、徐廣曰綱陵有軹道亭、按此謂河內軹縣、徐誤

姚氏云、黃有三、在河內者曰內黃、在陳留者曰外黃、在曹州者

曰小黃與濟陽連此黃小黃也史記本有外字非是

纍必以詐克之

總束處頗見團結之力

與蚤父云龍賈之戰敗魏岸門之戰敗韓封陵之戰敗魏趙莊之戰敗趙

魏以爲然故事秦秦欲攻安邑恐齊救之則以宋委於齊曰宋王無道爲木人以象寡人射其面寡人地絕兵遠不能攻也王苟能破宋有之寡人如自得之已得安邑塞女戟因以破宋爲齊罪秦欲攻韓恐天下救之則以齊委於天下曰齊王四與寡人約四欺寡人必率天下以攻寡人者三有齊無秦無齊有秦必伐之必亡之已得宜陽少曲致藺離石因以破齊爲天下罪秦欲攻魏重楚則以南陽委於楚曰寡人固與韓且絕矣殘均陵塞黽（音盲）隘苟利於楚寡人如自有之魏棄與國而合於秦因以塞黽隘爲楚罪兵困於林中重燕趙以膠東委於燕以濟西委於趙已得講於魏質公子延因犀首攻趙兵傷於離石遇敗於馬陵而重魏則以葉（音攝）蔡委於魏已得講於趙則劫魏魏不爲割困則使太后穰侯爲和嬴則兼欺舅與母適（同謫）燕者曰以膠東適趙者曰以濟西適魏者曰以葉蔡適楚者曰以塞黽隘適齊者曰以宋必令其言如循環用兵如刺蜚（同飛）母不能制舅不能約龍賈之戰岸門之戰封陵之戰高商之戰趙莊之戰秦之所殺三晉之民數百萬今其生者皆死秦之孤也西河之外上雒（同洛）之地三

姚氏云晉國謂安邑晉末獨有絳曲沃而魏居安邑近之趙韓皆遠故謂爲晉國蘇厲曰韓亡三川魏亡晉國

川晉國之禍。三晉之半。秦禍如此其大。而燕趙之秦者。皆以爭事秦說其主。此臣之所大患。燕昭王不行。蘇代復重於燕。燕反約從親。如蘇秦時。或從或否。而天下由此宗蘇氏之從約。代厲皆以壽死。名顯諸侯。

姚氏曰奇峻之氣有過季子

約（止也、）楚得枳（枳今四川涪陵縣、昭王三十三年、秦拔楚郡、）句齊得宋（齊湣王二十八年、滅宋、三十年、五國共擊湣王、湣王走莒、）句汶（汶通岷、岷江、一名汶江、源出岷山北、南至宜賓縣入江、）夏水（水至夏而盛漲、）郢（楚都、今湖北江陵縣北、）漢中（自沔陽至上庸皆是、沔陽、今陝西沔縣、上庸、今湖北竹山縣、）巴（江名、源出四川南江縣北、南流逕縣東、又南逕巴中至達縣、合渠江、入嘉陵江、）漢（漢水、源出陝西寧羌縣北嶓冢山、東南流至湖北漢陽入江、）五渚（湘沅資澧四水、同渚洞庭、北會大江、故曰五渚、）宛（今河南南陽縣、）隨（今湖北隨縣、）隼（鷹類之小者、「易」公用射隼于高墉之上、獲之無不利、）楚王（頃襄王橫、）少曲（今河南孟縣西北、）太行（一曰五行山、起河南沁陽縣北、接山西晉城縣南、北過恆山、至於直隸、綿亙數千里、）宜陽（今河南宜陽縣、）平陽（今山西臨汾縣西南、）繇（隨從也、）離（歷也、）兩周（東周、今河南鞏縣、西周、今河南洛陽縣、）鄭（韓都、今河南新鄭縣、）安邑（魏都、今山西安邑縣西、）女戟（地名、在太行山之西、）太原（當作太行、）卷（斷絕也、）軹道（今陝西咸陽縣東北、）南陽（今河南南陽縣、）封（即封陵、在今山西永濟縣南、）冀（即冀亭、在今山西河津縣東、）銛（利也、）滎口（滎澤之口、與故汴河口通、可決水灌大梁、）大梁（魏都、今河南開封縣、）白馬（津名、在河南滑縣北、舊爲河水分流處、今湮、）濟陽（故城在今河南蘭封縣東、）宿胥口（在今河南濬縣西南遮害亭北、）虛（邑名、在今河南安陽縣北、）頓丘

此圖字有愛盛危明意

姚氏云憎齊及以齊國策作韓吳師道乃疑厲爲韓說而齊字

故城在今直隸清豐縣西南、宋王名偃、藺離石一作藺石、二邑名、離石即今山西離石縣、藺在離石縣西、重楚畏楚救魏、故尊而重之、均陵今湖北均縣、黽隘即鄳阨、要塞也、在今河南信陽縣、林中今河南新鄭縣東、有故林鄉城、膠東今膠東道東境、濟西今山東菏澤鄆城壽張等縣地、講和也、犀首魏人公孫衍也、初相魏後相秦、馬陵馬陵道、在直隸大名縣東南、齊用孫臏計、敗龐涓於此、葉今河南葉縣、蔡今河南上蔡縣、太后秦昭襄王母宣太后、穰侯即魏冉、封於穰、昭襄王之母舅、刺蚩言其易也、蚩、蟲名、龍賈之戰周顯王三十九年、秦敗魏龍賈軍、岸門之戰周赧王元年、秦大敗韓于岸門、封陵之戰周赧王十二年、秦敗魏于封陵、高商之戰未詳、趙莊之戰周赧王四十一年、趙莊與秦戰、敗、秦殺趙莊河西、西河之外即河西、今陝西大荔宜川等縣地、上雒今陝西雒南縣、三川伊、洛、河、三晉之半西河上雒三川晉國等處、已過三晉全地之半、皆受秦之兵禍、

蘇厲爲齊遺趙惠文王書

厲、代弟、惠文王、名何、

〇〇

臣聞古之賢君其德行非布於海內也。教順非洽於人民也。祭祀時享非數常於鬼神也。甘露降時雨至年豐穀熟民不疾疫衆人善之。然而賢主圖之。今足下之賢行功力非數加於秦也。怨毒積怒非素深於齊也。秦趙與國以彊徵兵於韓。秦誠愛趙乎其實憎齊乎。物之甚者賢主察之。秦非愛趙而憎齊也。欲亡韓而吞二周故以齊餤音淡天下恐事之不合故出兵以劫魏趙恐天下畏己也。

爲司馬子長所改此大設也蘇代云秦欲攻韓恐天下救之則以齊委於天下正此時情事故爲齊說而謬及韓國策誤本乃屬以齊字作韓豈可據此事當在齊湣敗走燕未盡取齊七十城此大事記疑非此時事亦不然也王與六國分其利也張廉卿云跌蕩處最有致燕盡齊之北地張廉卿云其聚練勁爽處與信陵諫伐韓前一段頗相類姚氏云挺關策作扞關大事記云扞者扞敵之扞非關名故楚趙皆有之姚氏云上黨蓋韓趙各有分地韓之上黨在南趙之上黨在北燕盡齊之北地以下晉秦兵之從南路者秦之上郡以下晉秦兵之從北路者兩路皆通燕則趙斷爲三矣

故出質（音致）以爲信恐天下亟反也故徵兵於韓以威之聲以德與國而實伐空韓臣以秦計爲必出於此夫物固有勢異而患同者楚久伐而中山亡今齊久伐而韓必亡破齊王與六國分其利也亡韓秦獨擅之收二周西取祭器秦獨私之賦田計功王之獲利孰與秦多說士之計曰韓亡三川魏亡晉國市朝未變而禍已及矣燕盡齊之北地去沙邱鉅鹿斂三百里韓之上黨去邯鄲百里燕秦謀王之河山間三百里而通矣秦之上郡近挺關至於榆中者千五百里秦以三郡攻王之上黨羊腸之西句（古侯切）注之南非王有已踰句注斬常山而守之三百里而通於燕代馬胡犬不東下昆山之玉不出此三寶者亦非王有已王久伐齊從彊秦攻韓其禍必至於此願王熟慮之且齊之所以伐者以事王也天下屬行以謀王也燕秦之約成而兵出有日矣五國三分王之地齊倍（同背）五國之約而殉王之患西兵以禁彊秦秦廢帝請服反高平根柔於魏反巠（音邢）分先俞於趙齊之事王宜爲上交而今乃抵辠（同罪）臣恐天下後事王者之不敢自必也願王熟計之也今王毋與天下攻齊天下必以王爲義齊抱社稷而

厚事王。天下必盡重王義。王以天下善秦。秦暴。王以天下禁之。是一世之名寵制於王也。

趙有舉足輕重之勢。此爲齊說。表面却是爲趙。是語言之妙處。（濡識）

餤（餌之也、）中山（姬姓小國、白狄別種、在今直隸定縣、）三川（河南之地、兩周之間、蓋西周以涇渭洛爲三川、東周以伊洛河爲三川也、）晉（河北之地、安邑、河內、）沙邱（在今直隸平鄉縣東北、）鉅鹿（今直隸平鄉縣、）上黨（今山西冀寧道南部之地、）邯鄲（見前、）上郡（今陝西膚施縣等地、）榆中（即榆林塞、亦曰榆谿、即今蒙古鄂爾多斯黃河北岸之地、）羊腸（阪名、在今山西交城縣東南、）句注（即雁門山、在今山西代縣西北、）常山（見蘇季子說趙肅侯注、）代馬胡犬（代、今山西北部地、出馬、胡謂林胡樓煩之屬、產犬、）崑山（崑崙山也、亞洲大山脈之一、入中國者、有南中北三條、此指北條、歷陝西至山西太行山爲止、產玉、）高平根柔（高平、即河陽、故城在今河南孟縣、根柔未詳、）巠分先俞（[史記正義]巠分、即西陘山、句注之別名、先俞即西陘、雁門山也、）

蘇厲爲周說白起（白起、郿人、爲秦將、封武安君、）○○

蘇厲謂周君曰。敗韓魏。殺犀武。攻趙。取藺離石祁者。皆白起。是攻用兵。又有天命也。今攻梁。梁必破。破則周危。君不若止之。謂白起曰。楚有養由基者。善射。去柳葉者百步而射之。百發百中。左右皆曰善。有一人過曰。善射。可教射也矣。養

拿破崙等皆以不知此而自敗

妙喻確是正理

前功盡矣姚氏云史記作一發不中百發皆息語更險而意盡

由基曰。人皆善。子乃曰可教射。子何不代我射之也。客曰。我不能教子支左屈右。夫射柳葉者。百發百中。而不以善息。少焉氣力倦。弓撥矢鉤。一發不中。前功盡矣。今公破韓魏。殺犀武。而北攻趙。取藺離石祁者。公也。公之功甚多。今公又以秦兵出塞。過兩周。踐韓。而以攻梁。一攻而不得。前功盡滅。公不若稱病不出也。

此與畫蛇添足之喻相同而語尤簡妙 濡議

敗韓魏（赧王二十二年、白起敗韓魏之師於伊闕、拔五城、）犀武（魏將、[史記]作師武、）藺離石祁（藺、離石、並見前、祁、今山西祁縣、秦取藺離石祁、事在赧王三十三四年、）攻（善也、[詩]我事既攻、）梁（魏都、今河南開封縣西北、）養由基（楚大夫、）支左屈右（射法之善者、左取其直、右取其曲、[列女傳]左手如拒、右手如附枝、[越絕書]左手如附太山、右手如抱嬰孩、皆喻射勢、）弓撥矢鉤（弓撥、弓反也、矢鉤、矢鋒屈也、）出塞（出伊闕塞也、伊闕山在河南洛陽縣西南、）

評校音注古文辭類纂卷二十四終

先就魏之形勢說不宜於從

又言不合從之理由

魏先受其害

張儀說魏哀王 哀王，襄王子。 ○

張儀爲秦連衡讀橫說音稅魏王曰。魏地方不至千里。卒不過三十萬人。地四平。諸侯四通。條達輻輳音湊。無有名山大川之限。從鄭至梁。不過百里。從陳至梁。二百餘里。馬馳人趨。不待倦而至梁。南與楚境。西與韓境。北與趙境。東與齊境。卒戍四方。守亭障者。參列粟糧漕庾音愈。不下十萬。魏之地勢。故戰場也。魏南與楚而不與齊。則齊攻其東。東與齊而不與趙。則趙攻其北。不合於韓。則韓攻其西。不親於楚。則楚攻其南。此所謂四分五裂之道也。且夫諸侯之爲從者。以安社稷尊主彊兵顯名也。合從者。一天下。約爲兄弟。刑白馬以盟於洹音袁水之上。以相堅也。夫親昆弟同父母。尚有爭錢財。而欲恃詐僞反覆蘇秦之餘謀。其不可以成亦明矣。大王不事秦。秦下兵攻河外。拔卷衍燕酸棗。劫衛取陽晉。則趙不南。趙不南。則魏不北。魏不北。則從道絕。從道絕。則大王之國欲求無危不可得也。

此言事秦之利

此言從人之只爲利已耳

秦挾韓而攻魏。韓劫於秦。不敢不聽。秦韓爲一國。魏之亡可立而須也。此臣之所爲大王患也。爲大王計。莫如事秦。事秦則楚韓必不敢動。無楚韓之患。則大王高枕而臥。國必無憂矣。且夫秦之所欲弱莫如楚。而能弱楚者莫若魏。楚雖有富大之名。其實空虛。其卒雖衆多。然而輕走易北。不敢堅戰。悉魏之兵南面而伐。勝楚必矣。夫虧楚而益魏。攻楚而適秦。乃嫁禍安國。此善事也。大王不聽臣。秦甲出而東伐。雖欲事秦而不可得也。且夫從人多奮辭而寡可信。說一諸侯之王。出而乘其車。約一國而成。反而取封侯之基。是故天下之游士莫不日夜搤（音厄同扼）腕瞋（稱人切）目切齒。以言從之便。以說人主。人主覽其辭。牽其說。惡（音烏）得無眩哉。臣聞積羽沈舟。羣輕折軸。衆口鑠金。積毀銷骨。故願大王之孰計之也。魏王曰。寡人惷（同蠢）愚。前計失之。請稱東藩。築帝宮。受冠帶。祠春秋。効河外。

爲秦計而表面上却是爲魏計。言之動聽　濤識

連橫（東西爲橫、六國居東、秦居西、合以事秦、謂之連橫、）輻輳（言人物之聚集、如車輻之湊於轂也、）亭障（塞上要處、築牆置亭、使人守之、）庾（無屋之倉、）洹水（在今河南安陽縣、）河外卷衍燕酸棗（並見上卷、）陽晉（今山東鄆城縣、有陽晉城、）北（敗北也、）從人（主合從之

光毀大秦之強

姚氏云凡天下以下二十五字係從人語與下文義不貫疑衍○吳至父云姚氏疑凡天下以下二十五字當衍某案楚大國故說之亦異下文兩虎相搏及交質和親皆與此義相發盛稱秦強而不過貶損楚國故易歆聽大王不與秦以下言秦挾韓魏以臨楚秦西有巴蜀以下言行軍遲速之效皆非關強弱不敵也

說者、搤腕搤持其腕、瞋目張目也、眩惑也、軸持輪之處、衆口句鑠、以火鑠金也、喻人言之可畏、稱東藩尊秦為帝、築帝宮受冠帶祠春秋均見上卷、効獻也、

張儀說楚懷王 懷王、名熊槐、 ○

張儀為秦破從連衡。說楚王曰。秦地半天下。兵敵四國。被山帶河。四塞以為固。虎賁音奔之士百餘萬。車千乘。騎萬匹。粟如邱山。法令既明。士卒安難樂死。主嚴以明。將智以武。雖無出兵甲。席卷常山之險。折天下之脊。天下後服者先亡。且夫為從者。無以異於驅羣羊而攻猛虎也。夫虎之與羊。不格明矣。今大王不與猛虎而與羣羊。竊以為大王之計過矣。凡天下彊國。非秦而楚。非楚而秦。兩國敵侔交爭。其勢不兩立。而大王不與秦。秦下甲兵。據宜陽。韓之上地不通。下河東。取成皋。韓必入臣於秦。韓入臣。魏則從風而動。秦攻楚之西。韓魏攻其北。社稷豈得無危哉。且夫約從者。聚羣弱而攻至彊也。夫以弱攻彊。不料敵而輕戰。國貧而驟舉兵。此危亡之術也。臣聞之。兵不如者。勿與挑戰。粟不如者。勿與持久。夫從人者。飾辯虛辭。高主之節。行言其利而不言其害。卒讀猝有秦禍。無及為

危語抑是確語

與吳人五戰吳至父云不可解疑吳爲吳字也

已是故願大王之熟計之也。秦西有巴蜀。方船積粟。起於汶（讀泯）山。循江而下。至郢三千餘里。舫（音方）船載卒。一舫載五十人。與三月之糧。下水而浮。一日行三百餘里。里數雖多。不費汗馬之勞。不至十日而距扞關。扞關驚。則從竟陵以東。盡城守矣。黔中巫郡。非王之有已。秦舉甲出之武關。南面而攻。則北地絕。秦兵之攻楚也。危難在三月之內。而楚恃諸侯之救。在半歲之外。此其勢不相及也。夫恃弱國之救。而忘彊秦之禍。此臣之所以爲大王患也。且大王嘗與吳人五戰三勝而亡之。陳（同陣）卒盡矣。有偏守新城。而居民苦矣。臣聞之。功大者易危。而民敝者怨於上。夫守易危之功。而逆彊秦之心。臣竊爲大王危之。且夫秦之所以不出甲於函谷關十五年以攻諸侯者。陰謀有吞天下之心也。楚嘗與秦構難。戰於漢中。楚人不勝。通侯執珪死者七十餘人。遂亡漢中。楚王大怒。興師襲秦。與秦戰於藍田。又卻。此所謂兩虎相搏者也。夫秦楚相敝。而韓魏以全制其後。計無過於此者矣。是故願大王熟計之也。秦下兵攻衞陽晉。必扃（古熒切）天下之匈（同胸）。大王悉起兵以攻宋。不至數月而宋可舉。舉宋而東指。則泗上十二諸侯。

張儀雖賣死友而秦之奸惡亦自取其禍

幣重言甘欺虛畢露

盡王之有已。凡天下所信約從親堅者。蘇秦。封爲武安君而相燕。卽陰與燕王謀破齊共分其地。乃佯有罪出奔入齊。齊王因受而相之。居二年而覺。齊王大怒。車裂蘇秦於市。夫以一詐僞反覆之蘇秦。而欲經營天下。混一諸侯。其不可成也亦明矣。今秦之與楚也。接境壤界。固形親之國也。大王誠能聽臣。臣請秦太子入質於楚。楚太子入質於秦。請以秦女爲大王箕帚之妾。効萬家之都。以爲湯沐之邑。長爲昆弟之國。終身無相攻擊。臣以爲計無便於此者。故敝邑秦王使使臣獻書大王之從車下風。須以決事。楚王曰。楚國僻陋。託東海之上。寡人年幼。不習國家之長計。今上客幸教以明制。寡人聞之。敬以國從。乃遣使車百乘。獻雞駭之犀。夜光之璧於秦王。

姚氏曰。蘇張之說。多非當日本辭。爲縱橫學者爲之耳。爲此文者。蓋以爲說頃襄王若面對楚懷王。不應云楚王大怒云云也。又東海之上。乃楚遷壽春後語。於懷王時不合。蓋爲此文者未計張儀之年。不能及懷王後也。

被山帶河山、謂終南太華、河、卽龍門河也、虎賁勇士之稱、不格猶言不敵、敵侔齊等也、宜陽故城在今河南宜陽縣東、上

以韓秦强弱相比較則利害自見

地(上游之地)、河東(今山東河東道地)、成皋(關名、在今河南汜水縣西)、巴蜀(今四川東川西川二道)、汶山(即岷山、在四川茂縣西北)、郢(楚都、今湖北江陵縣)、舫(兩舟相並)、扞關(在今湖北長陽縣西、蜀伐楚、楚作扞關以拒之、見[史記])竟陵(今湖北天門縣)、黔中(故城在今湖南沅陵縣西)巫郡(故城在今四川巫山縣)、武關(秦之南關、在今陝西商縣東)、偏守新城(新城、當在吳楚之間、或曰、吳新得之城、偏則在邊境)、漢中(已見前、赧王三年、秦取楚漢中地、十一年、楚與秦會黃棘、三十五年、秦復歸楚上庸、三十五年、秦擊楚、楚與秦漢北及上庸地)、藍田(今陝西藍田縣)、必扃句(以常山爲天下脊、則此衞及陽晉當天下胸、乃秦晉齊楚之交道、秦據之、是關天下之胸也)、扃(門關木)、泗上諸侯(宋、魯、鄒、莒等國)、箕帚之妾(古人謙言嫁女、曰侍箕帚)、秦王(惠王駟)、從車下風(謙辭、言不敢逕上於楚王之前)、須(待也)、雞駭犀(通天犀白理如線者、以盛米置羣雞中、雞欲往啄米、至輒驚却、故名、見[抱朴子])夜光璧([尹文子]田父得寶玉徑尺、置於廡上、其夜明照一室)、

張儀說韓襄王(襄王名倉、宣惠王子)○○

張儀爲秦連衡說韓王曰。韓地險惡山居。五穀所生。非麥而豆。民之所食。大抵豆飯藿(音霍)羹。一歲不收。民不厭(同饜)糟糠。地方不滿九百里。無二歲之所食。料大王之卒。悉之不過三十萬。而廝徒負養在其中矣。爲除守徼(音叫)亭障塞。見(同現)卒不過二十萬而已。秦帶甲百餘萬。車千乘。騎萬匹。虎鷙之士。跿(音徒)跔(音拘)科頭貫(讀若彎)頤奮戟者。至不可勝(平聲)計也。秦馬之良。戎兵之衆。探前趹(音決)後。蹄間三尋

吳闓生云須臾卽慫恿也古書或作縱諛義同

說得危害卽在目前

者不可勝數也山東之卒被甲冒冑以會戰秦人捐甲徒裎（音呈）以趨敵左挈人頭右挾生虜夫秦卒之與山東之卒也猶孟賁之與怯（音卻）夫也以重力相壓猶烏獲之與嬰兒也夫戰孟賁烏獲之士以攻不服之弱國無以異於墮千鈞之重集於鳥卵之上必無幸矣諸侯不料兵之弱食之寡而聽從人之甘言好辭比（去聲）周以相飾也皆奮曰聽吾計則可以彊霸天下夫不顧社稷之長利而聽須臾之說詿（音掛）誤人主者無過於此者矣大王不事秦秦下甲據宜陽斷絕韓之上地東取成皋宜陽則鴻臺之宮桑林之苑非王之有也夫塞成皋絕上地則王之國分矣先事秦則安矣不事秦則危矣夫造禍而求福計淺而怨深逆秦而順楚雖欲無亡不可得也故爲大王計莫如事秦秦之所欲莫如弱楚而能弱楚者莫如韓非以韓能彊於楚也其地勢然也今王西面而事秦以攻楚敝邑秦王必喜夫攻楚而私其地轉禍而說秦計無便於此者也是故秦王使使臣獻書大王御史須以決事韓王曰客幸而教之請比郡縣築帝宮祠春秋稱東藩效宜陽

不煩言而自解是誠善於說理者

韓弱而近秦直以強弱說之而韓自俛首聽命較說魏說楚爲易矣 濡識

藿（豆葉）廝徒（供雜役者）負養（以擔負供炊走者）徼亭障塞（徼，邊徼，徼有亭，以供瞭望，塞有城，以爲障蔽）跿跔（偏舉一足跳躍）科頭（不著兜鍪入敵）貫頤（彎弓也，頤，弓名）探前趹後（前足探向前，後足趹於後，趹，以足抉地，疾行狀）蹄間三尋（尋，八尺也，馬前後蹄間，一舉而超過三尋，快之至也）徒裎（露身也）孟賁烏獲（古之勇士）比周（結黨也）詿（誤也）鴻臺桑林（韓之宮苑）

淳于髡說齊宣王見七士（淳于髡，齊人，博聞强記，學無所主，其諫說慕晏嬰之爲人，梁惠王欲以卿相位待之，髡因謝去，終身不仕，齊宣王，名辟疆）○

淳于髡（音坤）一日而見（音現）七士於宣王。王曰：子來，寡人聞之，千里而一士，是比（去聲）肩而立；百世而一聖，若隨踵而至也。今子一朝而見七士，則士不亦衆乎？淳于髡曰：不然。夫鳥同翼者而聚居，獸同足者而俱行。今求柴胡桔（音結）梗於沮澤，則累世不得一焉；及之睪（音亦）黍梁父之陰，則郤車而載耳。夫物各有疇，今髡賢者之疇也。王求士於髡，譬若挹水於河，而取火於燧也。髡將復見之，豈特七士也。

說理處以調笑出之，不愧滑稽之雄。 濡識

柴胡桔梗（藥名，皆生於山）沮澤（下濕之地）睪黍梁父（山名，睪黍，即嶧山，在山東鄒縣東南，梁父在泰安縣東南）郤（仰也）疇（類也）

此所謂蛤蚌相爭漁翁得利也

自是正論爲齊計誠是矣

燧（取火之木、）

淳于髡說齊王止伐魏○○

齊欲伐魏。淳于髡謂齊王曰。韓子盧者。天下之疾犬也。東郭逡（七倫切）者。海內之狡兔也。韓子盧逐東郭逡。環山者三。騰山者五。兔極於前。犬廢於後。犬兔俱罷（同疲）。各死其處。田父見之。無勞勌（同倦）之苦。而擅其功。今齊魏久相持。以頓其兵。敝其衆。臣恐彊秦大楚承其後。有田父之功。齊王懼。謝將休士。

就兔犬指點理極易見。拍合處亦無痕迹。後來曼倩亦拾此牙慧耳（濡識）

極（力竭也、）頓（猶困也、）

淳于髡解受魏璧馬○

齊欲伐魏。魏使人謂淳于髡曰。齊欲伐魏。能解魏患。惟先生也。敝邑有寶璧二雙。文馬二駟。請致之先生。淳于髡曰。諾。入說齊王曰。楚。齊之仇敵也。魏。齊之與國也。夫伐與國。使仇敵制其餘敝。名醜而實危。爲王弗取也。齊王曰。善。乃不伐魏。客謂齊王曰。淳于髡言不伐魏者。受魏之璧馬也。王以謂淳于髡曰。聞先生受魏之璧馬。有諸。曰有之。然則先生爲寡人計之何如。淳于髡曰。伐魏之事。不便魏。雖刺髡。於王何益。若誠便魏。雖封髡。於王何損。且夫王無伐與國之誹（數尾切）魏無見亡之危。百姓無被兵之患。髡有璧馬之寶。於王何傷乎。

事雖不可爲訓。而以便魏者便齊。固非賣國可比。其敢於受者。亦恃有受之之理由也（濡識）

文馬（馬之有數色者、）駟（馬四頭也、一車所駕、）伐魏之事（猶言髡所說不伐魏之事也、）誹（謗議也、）

黃歇說秦昭王（黃歇、周黔中人、遊學博聞、相楚二十餘年、封春申君、秦昭王、名稷、）○○

頃襄王二十年。秦白起拔楚西陵。或拔鄢（音焉）郢夷陵。燒先王之墓。王徙東北。保於陳城。楚遂削弱。爲秦所輕。於是白起又將兵來伐。楚人有黃歇者。游學博聞。襄王以爲辯。故使於秦。說昭王曰。天下莫彊於秦楚。今聞大王欲伐楚。此猶兩虎相鬭。而駑犬受其敝。不如善楚。臣請言其說。臣聞之。物至而反。冬夏是也。致至而危。累碁是也。今大國之地。半天下。有二垂。此從生民以來。萬乘之地未嘗有也。先帝文王武王。王之身。三世而不忘接地於齊。以絕從親之要。（同腰）今王使

王之能王之威已見矣若再黷武恐有後患

引起智氏吳王

引此兩事爲驕兵者戒

成橋守事於韓。成橋以其地入秦。是王不用甲。不伸威。而得百里之地。王可謂能矣。王又舉甲兵而攻魏。杜大梁之門。舉河內。拔燕。酸棗。虛桃人。楚燕之兵雲翔而不敢校。王之功亦多矣。王休甲息衆。二年然後復之。又取蒲。衍。首垣。以臨仁。平邱。小黃。濟陽。嬰城而魏氏服矣。王又割濮磨之北。屬之燕。斷齊秦之要。絕楚趙之脊。天下五合六聚而不敢救也。王之威亦殫矣。王若能持功守威。省攻伐之心。而肥仁義之誡。使無復後患。三王不足四。五霸不足六也。王若負人徒之衆。恃甲兵之彊。乘毀魏氏之威。而欲以力臣天下之主。臣恐有後患。詩云。靡不有初。鮮（上聲）克有終。易曰。狐濡其尾。此言始之易。終之難也。何以知其然也。昔智氏見伐趙之利。而不知榆次之禍也。吳見伐齊之便。而不知干隧之敗也。此二國者。非無大功也。沒利於前而易患於後也。吳之信越也。從而伐齊。既勝齊人於艾陵。還爲越王禽於三江之浦。智氏信韓魏。從而伐趙。攻晉陽之城。勝有日矣。韓魏叛之。殺智伯瑤於鑿臺之上。今王妒楚之不毀也。而忘毀楚之彊韓魏也。臣爲王慮而不取。詩云。大武遠宅而不涉。從此觀之。楚國援也。鄰國敵也。

姚氏云。言鬼無所歸而爲妖祥。如狐也。史作孤傷。

獨攻楚之無益

詩云。躍（音逖）躍毚（音讒）兔。遇犬獲之。他人有心。予忖度之。今王中道而信韓魏之善王也。此正吳之信越也。臣聞之。敵不可假。時不可失。臣恐韓魏卑辭慮患而實欲欺大國也。何則。王既無重世之德於韓魏。而有累世之怨焉。夫魏韓父子兄弟接踵而死於秦者。將十世矣。本國殘。社稷壞。宗廟毀。刳（音枯）腹絕腸。折脛摺頤。首身分離。暴（音僕）骸骨於草澤。頭顱僵仆。相望於境。父子老弱。係脰（音豆）束手爲係虜者。相及於路。鬼神狐祥無所血食。人民不聊生。族類離散。流亡爲僕妾。滿海內矣。故韓魏之不亡。秦社稷之憂也。今王資之與攻楚。不亦過乎。且王攻楚。將惡（音烏）出兵。王將借路於仇讐之韓魏乎。兵出之日。而王憂其不返也。是王以兵資於仇讐之韓魏也。王若不借路於仇讐之韓魏。必攻隨水右壤。隨水右壤。此皆廣川大水。山林谿谷。不食之地也。王雖有之。不爲得地。是王有毀楚之名。而無得地之實也。且王攻楚之日。四國必悉起兵以應王。秦楚之兵。構而不離。魏氏將出而攻留方與銍（音窒）湖陵碭（大浪切）蕭相。故宋必盡。齊人南面攻楚。泗上必舉。此皆平原四達。膏腴之地也。而王使之獨攻。王破楚以肥韓魏於中國而勁

姚氏云注地言地偏注於楚也史作樹怨聽令言令下而韓魏不聽爲所詘也史作還令一作遲令

姚氏云東山河內山在秦東者曲河於義當謂河水非謂河曲之地也

備言善楚之利

齊韓魏之彊足以校於秦矣而齊南以泗水爲境東負海北倚河而無後患天下之國莫彊於齊魏齊魏得地葆利而詳（同佯）事下吏一年之後爲帝未能其於禁王之爲帝有餘矣夫以王壤土之博人徒之衆兵革之彊一舉事而注地於楚詘令韓魏歸帝重於齊是王失計也臣爲王慮莫若善楚秦楚合而爲一以臨韓韓必斂手王襟以東山之險帶以曲河之利韓必爲關內之侯若是而王以十萬戍鄭梁氏寒心許鄢陵嬰城而上蔡召陵不往來也如此而魏亦關內侯矣王一善楚而關內兩萬乘之主注地於齊齊右壤可拱手而取也是王之地一經兩海要絕天下也是燕趙無齊楚齊楚無燕趙也然後危動燕趙直搖齊楚此四國者不待痛而服矣

於迭北之後而欲止其伐聯其交此說之甚難措者也文乃說得善楚之如何利似利楚卽所以利秦策士之口無所不可 濡議

西陵（在今湖北黃岡縣西北） 鄢（在今湖北宜城縣西南） 郢（故城在今湖北江陵縣東北） 夷陵（今湖北宜昌縣東楚墓所在） 陳城（今河南淮陽縣） 鶩犬句（言虎受敝於鶩犬也） 物至句（至極也極則反） 二垂（東西之極） 文王（卽惠文王名駟） 武王（名蕩） 絕

從親之要言山東合從、韓魏是其股、成橋秦人、河內今河南河北道、燕酸棗並見上卷、桃人即桃城、在今河南延津縣北、

楚燕之兵援魏者、蒲故蒲城、今直隸長垣縣治、衍故衍城、在今河南鄭縣北、首垣[水經注]首垣城、秦更爲長垣、故城在今直隸長垣縣東北、

仁[方輿紀要]仁一作任、今山東濟寧縣古任城是、平丘故城在今長垣縣西南、小黃故城在今河南陳留縣東北、濟陽故城在今河南蘭封縣東、嬰城嬰、繞也、以兵臨仁平丘、則小黃濟陽繞城而守、濮磨之北今山東聊城縣、直隸大名縣等地、濮、水名、磨、地名、殫極也、肥猶厚也、

靡不有初二句見[詩大雅蕩之篇]狐濡其尾[易未濟]小狐汔濟、濡其尾、狐惜其尾、每涉水舉尾不令濕、至極困則濡之、譬不可力臣之也、

榆次今山西榆次縣、[史記索隱]智伯敗於榆次、伐齊周敬王三十六年、吳王夫差會魯伐齊、干隧吳王夫差自剄處、今江蘇吳縣西北萬安山、

艾陵亭名、在山東萊蕪縣東北、越王名句踐、三江婁江、松江、東江也、勝有日矣[趙策]智伯從韓魏兵以攻趙、圍晉陽而水之、城不沒者三板、臼竈生鼃、人馬相食、城降有日、鑿臺鑿地作渠、以灌晉陽城、因聚土爲臺、而止其上、在今山西榆次縣南洞渦水側、大武遠宅不涉逸詩也、言大軍不遠涉而攻伐、躍躍毚兔四句[詩小雅巧言篇]躍躍、往來貌、毚、狡也、喩讒人如毀傷人、遇明君則治罪、大國謂秦、重猶累也、

刳剖也、摺頤摺、斷也、頤、面頰、狐祥狐之爲妖者、[漢書五行志]妖孽自外至謂之祥、隨水右壤今湖北隨縣、西則南河鄧縣、古鄧林之險也、

四國齊趙韓魏、構連也、留故城在今江蘇沛縣東南、方與故城在今山東魚臺縣北、銍故城在今江蘇沛縣北、湖陵即湖陸、在今山東魚臺縣東南、碭今江蘇碭山縣、蕭古蕭國、故城在今江蘇蕭縣、相宋共公徙都於此、在今安徽宿縣西北、以上皆宋邑、故宋必盡[史記正義]徐州西、宋州東、兗州南、並故宋地、周赧王二十九年、齊與魏楚伐宋、殺王偃、滅宋而三分其地、上七邑皆屬楚、故言故宋必盡、泗上必舉言齊將并魯也、泗、源

數語已暗指穰侯等

出山東泗水縣之陪尾山、西南流至濟寧縣入運河、案古泗水本由濟寧至江蘇銅山縣入淮、金時為黃河所經、稱南清河、自黃河徙流、泗水下游之道遂失、獨攻若楚秦構兵不休、則魏盡故宋、齊取泗上、是使齊魏獨攻伐而得其利也、校報也、注地史記索隱注謂以兵裁之、詘令令下而韓魏不聽也、為關內侯關內、謂秦地、言韓為秦察諸侯動靜也、梁氏魏也、許故城在今河南許昌縣東、鄢陵故城在今河南鄢陵縣西南、上蔡故城在今河南上蔡縣西南、召陵故城在今河南郾城縣東、不往來楚絕魏也、齊右壤謂平陸、故城在今山東汶上縣北、一經兩海東西為經、取齊右壤、則自西海至東海、皆為秦地、故曰一經、

范雎獻書秦昭王

范雎、魏人、字叔、初、副須賈使齊、齊襄王賜金及牛酒、須賈知之、以告相魏齊、齊笞擊雎、折脅摺齒、佯死得出、入秦、易姓名曰張祿、說昭王相秦、封應侯、

◯

范子因王稽入秦。獻書昭王曰。臣聞明主莅音利政。有功者不得不賞。有能者不得不官。勞大者其祿厚。功多者其爵尊。能治衆者其官大。故無能者不敢當職焉。有能者亦不得蔽隱。使以臣之言為可。願行而益利其道。以臣之言為不可。久留臣無為也。語曰。庸主賞所愛而罰所惡。明主則不然。賞必加於有功而刑必斷於有罪。今臣之胸不足以當椹諸深切質。同鑕讀如本音而要同腰不足以待斧鉞。豈敢以疑事嘗試於王哉。雖以臣為賤人而輕辱。獨不重任臣者之無反覆於王

闕疑以王稽爲恃

割榮字新

仍不放王稽

起與剌作范睢上書秦昭王大說使以傳

邪。且臣聞周有砥砨。厄音 宋有結綠。梁有縣黎。楚有和璞。此四寶者。土之所生。良工之所失也。而爲天下名器。然則聖王之所棄者。獨不足以厚國家乎。臣聞善厚家者。取之於國。善厚國者。取之於諸侯。天下有明主。則諸侯不得擅厚者。何也。爲其割榮也。良醫知病人之死生。而聖主明於成敗之事。利則行之。害則舍讀捨之。疑則少嘗之。雖舜禹復生。弗能改已。語之至者。臣不敢載之於書。其淺者又不足聽也。意者臣愚而不概於王心邪。亡讀無其言臣者賤而不可用乎。自非然者。臣願得少賜游觀之閒。望見顏色。一語無效。請伏斧質。書上。秦昭王悅之。乃謝王稽。使以傳車召之。

只是要求入謁耳語氣已咄咄逼人 濡識

王稽 秦謁者令、時使魏還、挈睢入秦、椹質 椹、鑕屬、質、剉刀、任臣者 指王稽、言薦臣者之必無反覆也、砥砨結綠縣黎和璞 均美玉名、割榮 謂分割其權利、概 感觸也、傳車 公家行使之快車、

范睢說秦昭王○

范睢至秦。王庭迎范睢。曰、寡人宜以身受命久矣。會義渠之事急。寡人旦暮自

事召范雎於是范雎乃得見於離宮佯爲不知永巷而入其中王來而宦者怒逐之曰王至范雎謬曰秦安得王秦獨有太后穰侯耳欲以感怒昭王昭王至聞其與宦者爭言遂延迎謝曰寡人云云

借呂尙說入情事恰合

請太后。今義渠之事已。寡人乃得受命。竊閔然不敏。敬執賓主之禮。范雎辭讓。是日觀范雎之見者。羣臣莫不灑然變色易容者。秦王屛（上聲）左右。宮中虛無人。秦王跪而請曰。先生何以幸教寡人。范雎曰。唯唯。有間。秦王復跪而請曰。先生何以幸教寡人。范雎曰。唯唯。若是者三。秦王跪曰。先生卒不幸教寡人邪。范雎曰。非敢然也。臣聞昔者呂尙之遇文王也。身爲漁父而釣於渭濱耳。若是者。交疏也。已說而立爲太師。載與俱歸者。其言深也。故文王遂收功於呂尙而卒王天下。鄕（去聲）使文王疏呂尙而不與深言。是周無天子之德。而文武無與（通以）成其王業也。今臣羇旅之臣也。交疏於王。而所願陳者。皆匡君之事。處人骨肉之間。願效愚忠而未知王之心也。此所以王三問而不敢對者也。臣非有畏而不敢言也。臣知今日言之於前。而明日伏誅於後。然臣不敢避也。大王信行臣之言。死不足以爲臣患。亡不足以爲臣憂。漆身爲厲（同癘）被髮爲狂。不足以爲臣恥。且以五帝之聖焉而死。三王之仁焉而死。五霸之賢焉而死。烏獲任鄙之力焉而死。成荊孟賁（音奔）王慶忌夏育之勇焉而死。死者人之所必不免也。處必然之勢。

將國之利害與身之利害相較說易動聽

可以少有補於秦。此臣之所大願也。臣又何患哉。伍子胥橐載而出昭關。夜行晝伏。至於陵水。無以餬其口。膝行蒲伏。稽（音啟）首肉袒。鼓腹吹篪。乞食於吳市。卒興吳國。闔閭爲霸。使臣得盡謀如伍子胥。加之以幽囚。終身不復見。是臣之說行也。臣又何憂。箕子接輿。漆身爲厲。被髮爲狂。無益於主。假使臣得同行於箕子。可以有補所賢之主。是臣之大榮也。臣有何恥。臣之所恐者。獨恐臣死之後。天下見臣之盡忠而身死。因以是杜口裹足。莫肯鄉秦耳。足下上畏太后之嚴。下惑於姦臣之態。居深宮之中。不離阿保之手。終身迷惑。無與昭姦。大者宗廟滅覆。小者身以孤危。此臣之所恐耳。若夫窮辱之事。死亡之患。臣不敢畏也。臣死而秦治。是臣死賢於生。秦王跪曰。先生是何言也。夫秦國辟遠。寡人愚不肖。先生乃幸辱至於此。是天以寡人慁（胡困切）先生。而存先王之宗廟也。寡人得受命於先生。是天所以幸先王而不棄其孤也。先生奈何而言若是。事無大小。上及太后。下至大臣。願先生悉以教寡人。無疑寡人也。范睢拜。秦王亦拜。范睢曰。大王之國。四塞以爲固。北有甘泉谷口。南帶涇渭。右隴蜀。左關阪。奮擊百萬。戰

直攻穰侯

攻之得其隙

梅伯言云文子蓋卽孟嘗君

遠交近攻秦之王業實基於此

車千乘。利則出攻。不利則入守。此王者之地也。民怯於私鬭而勇於公戰。此王者之民也。王幷此二者而有之。夫以秦卒之勇。車騎之衆。以治諸侯。譬若馳韓盧而搏蹇兔也。霸王之業可致也。而羣臣莫當其位。至今閉關十五年。不敢窺兵於山東者。是穰侯爲秦謀不忠。而大王之計有所失也。秦王跪曰。寡人願聞失計。然左右多竊聽者。范雎恐。未敢言內。先言外事。以觀秦王之俯仰。因進曰。夫穰侯越韓魏而攻齊剛壽。非計也。少出師則不足以傷齊。多出師則害於秦。臣意王之計。欲少出師而悉韓魏之兵也。則不義矣。今見與國之不親也。越人之國而攻。可乎。其於計疏矣。且昔齊湣王南攻楚。破軍殺將。再辟地千里。而齊尺寸之地無得焉者。豈不欲得地哉。形勢不能有也。諸侯見齊之罷(讀疲)弊。君臣之不和也。興兵而伐齊。大破之。士辱兵頓。皆咎其王曰。誰爲此計者乎。王曰。文子爲之。大臣作亂。文子出奔。故齊所以大破者。以其伐楚而肥韓魏也。此所謂借賊兵齎(祖稽切)盜糧者也。王不如遠交而近攻。得寸則王之寸也。得尺亦王之尺也。今釋此而遠攻。不亦繆乎。且昔者中山之國。地方五百里。趙獨吞之。功成

從事韓魏實行近攻之策

名立而利附焉天下莫之能害也今夫韓魏中國之處而天下之樞也王其欲霸必親中國以爲天下樞以威楚趙楚彊則附趙趙彊則附楚楚趙皆附齊必懼矣齊懼必卑辭重幣以事秦齊附而韓魏因可虜也昭王曰吾欲親魏久矣而魏多變之國也寡人不能親請問親魏奈何對曰王卑辭重幣以事之不可則割地而賂之不可因舉兵而伐之王曰寡人敬聞命矣乃拜范睢爲客卿謀兵事卒聽范睢謀使五大夫綰伐魏拔懷後二歲拔邢丘客卿范睢復說昭王曰秦韓之地形相錯如繡秦之有韓也譬如木之有蠹也人之有心腹之病也天下無變則已天下有變其爲秦患者孰大於韓乎王不如收韓昭王曰吾固欲收韓韓不聽爲之奈何對曰韓安得無聽乎王下兵而攻滎陽則鞏成皋之道不通北斷太行之道則上黨之師不下王一興兵而攻滎陽則其國斷而爲三夫韓見必亡安得不聽乎若韓聽而霸事因可慮矣王曰善

秦王之積怨於穰侯太后也非一日矣睢已探得其隱而進說仍未敢造次敷陳利害指示形勢語語中肯那得不令秦王心動 濂識

銳刀直入已無顧忌矣

義渠（西戎國名、在今甘肅寧縣西北、秦惠文時、義渠襲秦、大敗秦師、周赧王四十四年、秦昭王滅之、）灑然（驚貌、）唯唯（諾也、）呂尚（即太公望、）漆身爲厲（厲、癩病、以漆塗身、生瘡似病癩、）烏獲任鄙（並力士、秦武王時、皆至大官、）成荊（古勇士、）慶忌（吳王僚子、）孟賁夏育（俱衞人、力舉千鈞、）伍子胥（名員、父奢、兄尚、仕楚爲平王所殺、子胥出奔吳、爲吳將、破楚以報仇、）昭關（在今安徽含山縣北、）陵水（即溧水、在今江蘇溧陽縣西北、）蒲伏（猶匍匐也、）肉袒（去上衣露體、）箎（樂器、長一尺四寸、圍三寸、八孔、）闔閭（吳公子光、弑王僚自立、後破楚、）箕子（殷之太師、諫紂被囚、佯狂爲奴、武王滅殷、封箕子于朝鮮、）接輿（楚人、姓陸、名通、）阿保（保姆也、）慁（辱也、）甘泉（山名、在今陝西涇陽縣西北、甘泉出焉、）谷口（涇水出山之處、在今醴泉縣東北四十里、）涇（水名、源出甘肅平涼縣西南幵頭山之涇谷、東南流、至陝西高陵縣、入於渭、）渭（源出甘肅渭源縣西之南谷山、東南流、至陝西華陰縣北、入於河、）隴蜀（隴西巴蜀、）關阪（即殽山函谷、殽山在今河南永寧縣北、函谷在今河南靈寶縣南、過秦論所謂據殽函之固者也、）剛（故地在今山東寧陽縣、）壽（今山東壽張縣、）五大夫綰（五大夫、官名、綰、人名、）懷（今河南武涉縣、）邢邱（故城在今河南溫縣東二十里、）滎陽（故城在今滎澤縣西南、）鞏（今河南鞏縣、）

范雎說昭王論四貴○

范雎曰。臣居山東時。聞齊之有田文。不聞其有王也。聞秦之有太后穰侯華陽高陵涇陽。不聞其有王也。夫擅國之謂王。能利害之謂王。制殺生之威之謂王。今太后擅行不顧。穰侯出使不報。華陽涇陽等擊斷無諱。高陵進退不請。四貴

權移於下禍生於上

備而國不危者。未之有也。爲此四貴者下。乃所謂無王也。然則權安得不傾。令安得從王出乎。臣聞善治國者。乃內固其威而外重其權。穰侯使者操王之重。決制於諸侯。剖符於天下。征敵伐國。莫敢不聽。戰勝攻取。則利歸於陶。國弊御於諸侯。戰敗則結怨於百姓。而禍歸於社稷。詩曰。木實繁者披其枝。披其枝者傷其心。大其都者危其國。尊其臣者卑其主。淖(音鬧)齒管齊。擢閔王之筋。縣(同懸)之於廟梁。宿昔而死。李兌管趙。囚主父於沙邱。百日而餓死。今臣聞秦太后穰侯用事。高陵華陽涇陽佐之。卒無秦王。此亦淖齒李兌之類也。且夫三代所以亡國者。君專授政。縱酒馳騁弋獵。不聽政事。其所授者妒賢嫉能。御下蔽上。以成其私。不爲主計。而主不覺悟。故失其國。今自有秩以上至諸大吏。下及王左右。無非相國之人者。見王獨立於朝。臣竊爲王恐萬世之後。有秦國者非王子孫也。

向之蓄縮含忍而不敢發者。至是一洩無遺矣。末又以切身之害激動之。謹識

田文(即孟嘗君、專權於齊、)太后(宣太后芈氏、)華陽(芈戎、宣太后弟、封華陽、)高陵(名顯、昭王弟、封高陵、)涇陽(名悝、昭王弟、封涇陽、)

處處推尊先王

陶國（穰侯封邑、因其邑大、故云國、）弊御（斷制也、）淖齒（楚將、燕破齊、楚使淖齒將兵救齊、因爲齊相、弑閔王、擢其筋、）宿昔（一宿爲宿、昔、夜也、）李兌（趙司寇、）主父（即趙武靈王雍、周赧王十六年、武靈王傳位於少子何、自號主父、後太子章作亂、李兌起兵敗章、章敗走主父所、兌因圍主父宮、主父不得出、三月餘餓死、）沙邱（臺名、在直隸平鄉縣東北、）

樂毅報燕惠王書

（樂毅、中山人、樂羊之後、燕昭王禮爲亞卿、以兵攻齊、入臨淄、下七十餘城、封昌國君、昭王卒、惠王立、不快於毅、毅乃之趙、趙封爲望諸君、）○○○

臣不佞。不能奉承先王之教。以順左右之心。恐抵斧質之罪。以傷先王之明。而又害於足下之義。故遁逃奔趙。自負以不肖之罪。故不敢爲辭說。今王使使者數（上聲）之罪。臣恐侍御者之不察先王之所以畜幸臣之理。而又不白於臣之所以事先王之心。故敢以書對。臣聞賢聖之君。不以祿私其親。功多者授之。不以官隨其愛。能當者處之。故察能而授官者。成功之君也。論行而結交者。立名之士也。臣竊觀先王之舉也。有高世之心。故假節於魏。以身得察（讀際 著）於燕。先王過舉。擢之乎賓客之中。而立之乎羣臣之上。不謀父兄。以爲亞卿。臣自以爲奉令承教。可以幸無罪。故受命而不辭。先王命之曰。我有積怨深怒於齊。不量彊

最勝吳至父云策最作驟王懷祖云最當爲取與驟同

序事虎虎有生氣

頓筆妙

複筆妙

順庶孽句吳至父云、順與馴同

弱而欲以齊爲事臣對曰夫齊霸國之餘業而最勝之遺事也練於兵甲習於
戰攻王若欲攻之則必與天下圖之與天下圖之莫若結於趙且又淮北宋地
楚魏之所欲也趙若許而約四國攻之齊可大破也先王以爲然乃口受具符
節南使臣於趙顧反命起兵擊齊以天之道先王之靈河北之地隨先王舉而
有之濟上濟上之軍受命擊齊大敗齊人輕卒銳兵長驅至國齊王遁而走莒
僅以身免珠玉財寶車甲珍器盡收入於燕齊器設於寧臺大呂陳於元英故
鼎反乎磿室薊(音計)邱之植植於汶篁自五霸以來功未有及先王者也先王以
爲慊(音歉)於志故裂地而封之使得比小國諸侯臣竊不自知自以爲奉令承教
可以幸無罪是以受命不辭臣聞賢明之君功立而不廢故著於春秋蚤知之
士名成而不毀故稱於後世若先王之報怨雪恥夷萬乘之彊國收八百歲之
蓄積及至棄羣臣之日餘敎未衰執政任事之臣修法令順庶孽施及乎萌隸
皆可以敎後世臣聞善作者不必善成善始者不必善終昔伍子胥說聽於闔
閭而吳王遠迹至郢夫差弗是也賜之鴟(音摛)夷而浮之江吳王不悟先論之可

主之不同量吳刻摘注云主不同量謂夫差非其父之倫或有臣字非

與上呌應

以立功故沈子胥而不悔子胥不蚤見主之不同量是以至於入江而不化夫免身立功以明先王之迹臣之上計也離（羅同）毀辱之誹謗墮先王之名臣之所大恐也臨不測之罪以幸爲利義之所不敢出也臣聞古之君子交絕不出惡聲忠臣去國不潔其名臣雖不佞數（入聲）奉教於君子矣恐侍御者之親左右之說不察疏遠之行故敢獻書以聞惟君王之留意焉

姚氏曰詞氣淵雅似西漢人於戰國文嶢然而出其類○極寫先王之明與先王之立功便暗中襯出惠王之暗與惠王之致敗文能自占身分又復婉而多風故佳（濡識）

足下（稱人之敬詞、「東方朔瑣語」介之推抱樹而死、晉侯撫木哀歎、遂以爲屐、每懷從亡之功、輒撫視其屐曰、悲乎足下、）假節於魏（樂毅見燕昭王有大志、故假魏節使燕、）察（接也）河北（今京兆密雲縣等地、）齊王（湣王地、）莒（今山東莒縣、）寧臺（燕臺名、在京兆薊縣西、）大呂（齊鐘名、）元英磨室（並燕宮名、按燕王噲之亂、齊伐燕、殺噲、得鼎、今取以歸、）薊邱二句（薊邱、燕都、今京兆大興縣、汶、即大汶河、出山東萊蕪縣東北原山、西南流、過蓨張縣、至安民亭、入于濟、竹田曰篁、）慊（滿足也、）萌隸（民人隸役、）鴟夷（革囊、吳王殺伍子胥、以鴟夷盛尸、投之江、）離（遭也、）不潔其名（言不自潔其名、而歸咎於君也、）

今之學成回國而欲行家庭革命者其諦聽之

綰亦秦之間也

支期亦自解人

周訢止魏王朝秦（周訢、周人、仕魏、魏王、安釐王、圉、訢音欣、）○○

秦敗魏於華魏王且入朝於秦周訢謂王曰宋人有學者三年反而名其母其母曰子學三年反而名我者何也其子曰吾所賢者無過堯舜堯舜名吾所大者無大天地天地名今母賢不過堯舜母大不過天地是以名母也其母曰子之於學者將盡行之乎願子之有以易名母也子之於學也將有所不行也願子之且以名母爲後也今王之事秦尙有可以易入朝者乎願王之有以易之而以入朝爲後魏王曰子患寡人入而不出邪許綰爲我祝曰入而不出請殉寡人以頭周訢對曰如臣之賤也今人有謂臣曰入不測之淵而必出不出請以一鼠首爲汝殉者臣必不爲也今秦不可知之國也猶不測之淵也而許綰之首猶鼠首也內（同納）王於不可知之秦而殉王以鼠首臣竊爲王不取也且無梁孰與無河內急王曰梁急無梁孰與無身急王曰身急以三者身上也河內其下也秦未索其下而王効其上可乎王尙未聽也支期曰王視楚王楚王入秦王以三乘先之楚王不入楚魏爲一尙足以捍秦王乃止王謂支期曰吾始

一針見血

見脅於臣其態可哂

已諾於應侯矣。今不行者欺之矣。支期曰。王勿憂也。臣使長信侯請無內王。王待臣也。支期說於長信侯曰。王命召相國。長信侯曰。王何以臣爲。支期曰。臣不知也。王急召君。長信侯曰。吾內王於秦者。寧以爲秦邪。吾以爲魏也。支期曰。君無爲魏計。君其自爲計。且安死乎。安生乎。安窮乎。安貴乎。君其先自爲計。後爲魏計。長信侯曰。樓公將入矣。臣今從。支期曰。王急召君。君不行。血濺（音箭）君襟矣。長信侯行。支期隨其後。且見王。支期先入謂王曰。僞病者乎而見之。臣已恐之矣。長信侯入見王。王曰。病甚奈何。吾始已諾於應侯矣。意雖道死。行乎。長信侯曰。王毋行矣。臣能得之於應侯矣。願王無憂。

有正論。有比喻。入後尤有無數曲折。若入後人爲之。不知費幾許筆墨矣。（譏議）

華（謂華陽、在今河南新鄭縣東南、）許綰（魏臣、）支期（魏臣、）楚王（頃襄王橫、）應侯（秦相范雎、）長信侯（魏相、與范雎相善、）樓公（名緩、趙人、秦之使臣、）意雖道死句（言病甚、雖道死、亦將一行、）

孫臣止魏安釐王割地與秦（孫臣、魏人、史記以爲蘇代、）○○

華陽之戰。魏不勝秦。明年將使段干崇割地而講。孫臣謂魏王曰。魏不以敗之

直揭羣臣之私

兩喩均妙

上割。可謂善用不勝矣。而秦不以勝之上割。可謂不善用勝矣。今處期年乃欲割。是羣臣之私。而王不知也。且夫欲璽者。段干子也。王因使之割地。欲地者。秦也。而王因使之授璽。夫欲璽者制地。而欲地者制璽。其勢必無魏矣。且夫姦人固皆欲以地事秦。以地事秦。譬猶抱薪而救火也。薪不盡則火不止。今王地有盡。而秦求之無窮。是薪火之說也。魏王曰。善。雖然。吾已許秦矣。不可以革也。對曰。王獨不見夫博者之用梟邪。欲食則食。欲握則握。今君劫於羣臣而許秦。因曰不可革。何用智之不若梟也。魏王曰。善。乃按其行。

薪火之說以喩當時形勢甚當何六國之不知悟也 雲議

段干崇 魏人、 璽 印也、制地制璽、猶言欲璽者、依法則以地與之、欲地者依法當以璽易之也、 博者三句 古博戲、有以五木爲骰、上有梟盧雉犢塞五采、梟爲么最勝、得梟者合食其子、食行棋也、欲食食之、不欲食、握之、 按 止也、

評校音注古文辭類纂卷二十五終

湯陰一本作蕩陰

庸人口吻

魯仲連說辛垣衍

魯仲連、齊人、或稱魯連、好奇偉俶儻之畫策、而不肯仕官任職、游於趙、秦圍趙急、魏使辛垣衍請帝秦、連義不許、秦軍爲卻、後田單言於齊王、欲爵之、連逃於海上、〇〇

秦圍趙之邯（音寒）鄲（音丹）。魏安釐（同僖）王使將軍晉鄙救趙。畏秦。止於湯陰不進。魏王使客將軍辛垣衍間入邯鄲。因平原君謂趙王曰。秦所以急圍趙者。前與齊閔王爭彊爲帝。已而復歸帝。以齊故。今齊益弱。方今惟秦雄天下。此非必貪邯鄲。其意欲求爲帝。趙誠發使尊秦爲帝。秦必喜。罷兵去。平原君猶豫未有所決。此時魯仲連適游趙。會秦圍趙。聞魏將欲令趙尊秦爲帝。乃見平原君曰。事將奈何矣。平原君曰。勝也何敢言事。百萬之衆折於外。今又內圍邯鄲而不去。魏王使客將軍辛垣衍令趙帝秦。今其人在是。勝也何敢言事。魯仲連曰。始吾以君爲天下之賢公子也。吾乃今然後知君非天下之賢公子也。梁客辛垣衍安在。吾請爲君責而歸之。平原君曰。勝請爲紹介而見之於先生。平原君遂見辛垣

先將自己身分擡高

衍曰。吾聞魯連先生。其人在此。勝請爲紹介而見之於將軍。辛垣衍曰。吾聞魯連先生。齊國之高士也。衍人臣也。使事有職。吾不願見魯連先生也。平原君曰。勝已泄之矣。辛垣衍許諾。魯連見辛垣衍而無言。辛垣衍曰。吾視居此圍城之中者。皆有求於平原君者也。今吾視先生之玉貌。非有求於平原君者。曷爲久居此圍城之中而不去也。魯連曰。世以鮑焦無從容而死者。皆非也。今衆人不知。則爲一身。彼秦棄禮義上首功之國也。權使其士。虜使其民。彼則肆然而爲帝。過而遂正於天下。則連有赴東海而死耳。吾不忍爲之民也。所爲見將軍者。欲以助趙也。辛垣衍曰。先生助之奈何。魯連曰。吾將使梁及燕助之。齊楚固助之矣。辛垣衍曰。燕則吾請以從矣。若乃梁則吾乃梁人也。先生惡能使梁助之邪。魯連曰。梁未睹秦稱帝之害故也。使梁睹秦稱帝之害。則必助趙矣。辛垣衍曰。秦稱帝之害將奈何。魯仲連曰。昔齊威王嘗爲仁義矣。率天下諸侯而朝周。周貧且微。諸侯莫朝。而齊獨朝之。居歲餘。周烈王崩。諸侯皆弔。齊後往。周怒計於齊曰。天崩地坼。（音策）天子下席。東藩之臣田嬰齊後至。則斮（音灼）之。威王勃然

偏引出眞天子來不忍其求四字妙

連引數事比附却好并逗出烹醢事來

怒曰叱嗟而母婢也卒爲天下笑故生則朝周死則叱之誠不忍其求也彼天子固然其無足怪辛垣衍曰先生獨未見夫僕乎十人而從一人者寧力不勝智不若邪畏之也魯仲連曰嗚呼梁之比於秦若僕邪辛垣衍曰然魯仲連曰然則吾將使秦王烹醢（音海）梁王辛垣衍怏（音央去聲）然不說曰嘻亦太甚矣先生之言也先生又惡能使秦王烹醢梁王魯仲連曰固也待吾言之昔者鬼侯鄂侯文王紂之三公也鬼侯有子而好故入之於紂紂以爲惡醢鬼侯鄂侯爭之急辨之疾故脯鄂侯文王聞之喟然而嘆故拘之於牖里之庫百日而欲令之死曷爲與人俱稱帝王卒就脯醢之地也齊閔王將之魯夷維子執策而從謂魯人曰子將何以待吾君魯人曰吾將以十太牢待子之君夷維子曰子安取禮而來待吾君彼吾君者天子也天子巡狩諸侯避舍納筦鍵（音健）攝衽（音任）抱几視膳於堂下天子已食乃退而聽朝也魯人投其籥不果納不得入於魯將之薛假塗於鄒當是時鄒君死閔王欲入弔夷維子謂鄒之孤曰天子弔主人必將倍（同背）殯柩設北面於南方然後天子南面弔也鄒之羣臣曰必若此吾將伏劍

姚氏云鄒魯兩國是時俱亡矣是於其君不能奉養飯含也當齊湣經過兩國兩國距其亡無幾時耳亦微甚矣而尙不肯以天子奉人也殿得好拍到辛垣衍尤妙

自是戰國第一高士

而死。故不敢入於鄒。鄒魯之臣。生則不能事養。死則不得飯含。然且欲行天子之禮於鄒魯之臣。不果納。今秦萬乘之國。梁亦萬乘之國。交有稱王之名。睹其一戰而勝。欲從而帝之。是使三晉之大臣不如鄒魯之僕妾也。且秦無已而帝。則且變易諸侯之大臣。彼將奪其所謂不肖而予其所謂賢。奪其所憎而予其所愛。彼又將使其子女讒妾爲諸侯妃姬。處梁之宮。梁王安得晏然而已乎。而將軍又何以得故寵乎。於是辛垣衍起再拜謝曰。始以先生爲庸人。吾乃今日而知先生爲天下之士也。吾請去。不敢復言帝秦。秦將聞之。爲卻軍五十里。適會魏公子無忌奪晉鄙軍以救趙。擊秦。秦軍引而去。於是平原君欲封魯仲連。魯仲連辭讓者三。終不肯受。平原君乃置酒。酒酣起前。以千金爲魯連壽。魯連笑曰。所貴於天下之士者。爲人排患釋難解紛亂而無所取也。卽有所取者。是商賈之人也。連不忍爲也。遂辭平原君而去。終身不復見。

備述帝秦之害義正詞嚴信陵之勝亦魯仲連有以先奪其銳氣耳

邯鄲（趙都、今直隸邯鄲縣）、湯陰（今河南湯陰縣）、客將軍（新垣衍、衍名、曰客將軍者、非魏人也）、間（從間道入）、平原君（趙武靈王子、名

想見田單盛氣而前之狀

勝、爲趙相、封于平原、趙王（孝成王、）閔王（即湣王、）以齊故（蘇代說湣王去帝號、秦亦因去帝號、）猶豫（獸名、多疑、以喻臨事不決之人、）鮑焦句（言世人見鮑焦之死、皆以爲不能自寬容而取死、此言非也、[韓詩外傳]鮑焦周時隱者、廉潔而守、不臣天子、不友諸侯、子貢謂之曰、吾聞非其政者、不履其地、污其君者、不受其利、今子履其地、食其利可乎、鮑焦曰、吾聞廉士重進而輕退、賢人易愧而輕死、遂抱木立枯焉、）衆人二句（言衆人只見鮑焦爲一己而死、而不知其別有懷抱、以喻己不去圍城之故、）首功（秦法、斬一人首、賜爵一級、）過（甚也、）齊威王（名嬰齊、桓公子、）周烈王（名喜、）坼（裂也、）下席（守喪禮、寢苫居廬、）斮（斬也、）醢（剁肉爲醬、）怏然（意不然也、）鬼侯（殷諸侯、鬼侯有女美、入之紂、女不喜淫、紂殺之、并醢鬼侯、）鄂侯（亦殷諸侯、）脯（乾肉、）牖里（故城在今河南湯陰縣北、）夷維子（夷維、今山東濰縣、因邑爲姓、子者、男子之美稱、）太牢（牛羊豕三牲具、）巡狩（天子巡視諸侯守地、）筦鍵（鎖鑰也、）攝衽抱几（攝、摳也、衽、衣衿、言其君親爲廝養事、）薛（國名、故城在今山東滕縣、）鄒（國名、即今山東鄒縣、）飯含（以米入死人口曰飯、以玉曰含、）奪晉鄙軍（晉鄙畏秦兵不進、無忌奪其軍、殺晉鄙、大破秦兵、解趙圍、）

魯仲連與田單論攻狄○○

田單將攻狄往見魯仲子。仲子曰將軍攻狄。不能下也。田單曰臣以五里之城。七里之郭。破亡餘卒。破萬乘之燕復齊墟。攻狄而不下何也。上車弗謝而去。遂攻狄。三月而不克之也。齊嬰兒謠曰。大冠若箕。修劍柱（同拄、音主、）頤。攻狄不能下。（叶泥）壘。枯。邱。（叶溪）田單乃懼。問魯仲子曰。先生謂單不能下狄。請問其說。魯仲子曰將

士卒視將軍爲生死
勝敗即于是決之

軍之在卽墨。坐而織蕢。（音匱）立則杖插。（同鍤）爲士卒倡。曰何往矣。宗廟亡矣。亡日尙矣。歸於何黨矣。當此之時。將軍有死之心。而士卒無生之氣。聞若言。莫不揮泣。奮臂而欲戰。此所以破燕也。當今將軍東有夜邑之奉。西有菑（同淄）上之虞。黃金橫帶。而馳乎淄（莊持切）澠（音細）之間。有生之樂。無死之心。所以不勝者也。田單曰。單有心。先生志之矣。明日乃厲氣循城。立於矢石之所及。援枹（音孚）鼓之。狄人乃下。

復齊之功。單不爲小。而驕心一起。致挫于區區之狄。將兵者其鑒諸。（濂議）

田單（齊之疏屬。燕師破齊。田單守卽墨。以反間計。使燕去樂毅。復出奇兵破燕師。盡復七十餘城。以功封安平君。）狄（齊邑。春秋時長狄所居。在今山東高苑縣西北。）修（長也）。杜（塞也）。下壘枯邱（空守枯邱爲壘）。卽墨（齊邑。故城在今山東平度縣東南。）蕢（草器）。杖插（［史記］田單身操版插。與士卒分功。插通鍤。起土之具。）尙（久也）。夜邑（今山東掖縣）。虞（樂也）。淄澠（二水名。淄源出山東萊蕪縣。東北流至壽光縣。匯淸水泊。又北出合小淸河。由淄河口入海。澠水。今稱漢溱水。在山東臨淄縣西北。匯麻大湖。）枹（擊鼓杖）。

魯仲連遺燕將書

姚氏曰。魯仲連此書。史記本傳所叙載爲當。國策則誤矣。魯連不肯帝秦之後。乃有與燕將書之事。而不肯帝秦事。在趙孝成王九年。齊王建八年。上距齊襄王五年。田單殺燕騎刦。中間二十二年矣。國策謂與燕將書。在殺騎刦之時。其舛已甚。鮑彪不悟國策之誤。反疑殺騎刦後二十餘年。當燕王喜時。乃有趙殺栗腹之事。魯連不當豫言栗腹。遂謂是書爲後人擬爲之者。是尤非也。若史記所載則不然。其云燕將攻下聊城。是燕王喜時。偶以兵攻齊。才得一城耳。燕將死。而史

此重智字

此摩明齊之注意聊城

此言聊城之必不能守

齊田單復取聊城、其與襄王法章時復齊七十餘城事、不相及也、史記單傳、止載復齊七十城事、其後趙孝成王請單爲將而攻燕、明年田單爲趙相、又後十餘年、單乃爲齊復聊城、史皆雜見他傳、太史公文簡而事備、往往若此、其皆爲單事、固無疑也、吳文正注國策、謂單相趙後、必不還齊而復聊城、此何據而云然耶、魯連是書、意頗滑稽、其勸燕將反國及東游於齊、皆非其誠語、魯連戰國奇偉士也、不必繩以聖賢制行、且彼以齊爲本國、誼當爲齊、夫何愛於燕將、吳氏乃謂排難解紛者、必不迫人於窮而致之死、謂史記言燕將得書自殺爲不可信、其說尤迂、不知魯連之意、不足爲史記難也、惟攷廉頗傳、邯鄲圍解五年、廉頗殺栗腹而圍燕、趙世家六國表所記、則解圍至殺栗腹凡七年、而魯連傳則謂解邯鄲圍後二十餘年、値聊城事、而有栗腹兵折燕被圍之語、則相去時益遠矣、此似傳寫之誤、

○○

吾聞之。智者不倍時而棄利。勇士不怯死而滅名。忠臣不先身而後君。今公行一朝之忿。不顧燕王之無臣。非忠也。殺身亡聊城。而威不信(同伸)於齊。非勇也。功敗名滅。後世無稱焉。非智也三者世主不臣。說士不載故智者不再計勇士不怯死。今死生榮辱貴賤尊卑。此時不再至。願公詳計而無與俗同且楚攻齊之南陽魏攻平陸而齊無南面之心以爲亡南陽之害小不如得濟北之利大故定計審處之。今秦人下兵魏不敢東面衡秦之勢成。楚國之形危。齊棄南陽斷右壤。定濟北。計猶且爲之也。且夫齊之必決於聊城。公勿再計。今楚魏交退於齊。而燕救不至。以全齊之兵。無天下之規。與聊城共據期年之敝。則臣見公之

此言燕國救亂不暇

歸燕固是歸齊亦未嘗不可下引辱節立功之事勸之實諷之也

故管子不恥與至父云故與顧通

不能得也。且燕國大亂。君臣失計。上下迷惑。栗腹以十萬之衆。五折於外。以萬乘之國被圍於趙。壤削主困。爲天下僇笑。國敝而禍多。民無所歸心。今公又以敝聊之民距全齊之兵。是墨翟之守也。食人炊骨。士無反北（讀背）之心。是孫臏（音牝）之兵也。能見於天下。雖然爲公計者。不如全車甲以報於燕。車甲全而歸燕。燕王必喜。身全而歸於國。士民如見父母。交游攘臂而議於世。功業可明。上輔孤主。以制羣臣。下養百姓以資說（讀稅）士。矯國更俗。功名可立也。亡（讀無）意亦捐燕棄世。東游於齊乎。裂地定封。富比於陶衞。世世稱孤。與齊久存。又一計也。此兩計者。顯名厚實也。願公詳計而審處一焉。且吾聞之。規小節者不能成榮名。惡小恥者不能立大功。昔者管夷吾射桓公中其鉤。篡也。遺公子糾不能死。怯也。束縛桎梏。辱也。若此三行者。世主不臣而鄉里不通。鄉使管子幽囚而不出。身死而不反於齊。則亦名不免爲辱人賤行矣。臧獲且羞與之同名矣。況世俗乎。故管子不恥身在縲（力追切）絏（音薛）之中。而恥天下之不治。不恥不死公子糾。而恥威之不信於諸侯。故兼三行之過而爲五霸首。名高天下而光燭鄰國。曹子爲魯

應上智字

將三戰三北而亡地五百里鄉使曹子計不反顧議不還踵刎武粉切頸而死則亦名不免爲敗軍禽同擒將矣曹子棄三北之恥而退與魯君計桓公朝天下會諸侯曹子以一劍之任枝桓公之心於壇坫音店之上顏色不變辭氣不悖三戰之所亡一朝而復之天下震動諸侯驚駭威加吳越若此二士者非不能成小廉而行小節也以爲殺身亡軀絕世滅後功名不立非智也故去感忿之怨立終身之名棄忿悁於緣切之節定累世之功是以業與三王爭流而名與天壤相弊也願公擇一而行之。

吳至父曰此書有票姚之氣

聊城今山東聊城縣南陽齊地今山東鄒縣治平陸齊邑故城在今山東汶上縣北濟北濟水之北即謂聊城地衡秦之勢成時秦與齊和規謀也言天下無人謀齊也栗腹栗姓腹名燕相攻趙五戰五敗僇辱也墨翟孫臏公輸班攻宋九設機變墨子九距之班之械盡而墨子守有餘孫臏齊人善用兵士卒無二心嘗破魏師殺龐涓矯正也亡意言無還燕之意陶衛魏冉封陶商君姓衛皆貴顯富故以爲喻管仲不死句管仲初事桓公兄公子糾襄公死公子糾與桓公爭國不勝而死桓公出管仲於囚用之爲相桎梏刑具在足曰桎在手曰梏臧獲荊淮海岱之間罵奴曰臧罵婢曰獲燕之北郊男而婿婢爲臧女而婦奴爲獲見[方言]縲紲繫罪人之索曹子曹沫爲魯將屢爲齊敗後

徐說入

姚氏云古者軍禮上下服同色元衣元裳故曰袀服宿衞者用軍禮故皆袀衣

又進一步說及本題矣又說到燕后

會于柯、以匕首刼桓公、盡反魯之侵地、枝猶操也、壇坫盟會之處、悁忿也、

觸讋說趙太后 讋亦作龍、趙太后即威后、○○○

趙太后新用事。秦急攻之。趙氏求救於齊。齊曰。必以長安君爲質。兵乃出。太后不肯。大臣彊諫。太后明謂左右。有復言令長安君爲質者。老婦必唾其面。左師觸讋之涉切願見太后。盛氣而揖之。入而徐趨。至而自謝。曰。老臣病足。曾不能疾走。不得見久矣。竊自恕。恐太后玉體之有所郤同隙也。故願望見太后。太后曰。老婦恃輦而行。曰。日食飲得無衰乎。曰。恃鬻同粥耳。曰。老臣今者殊不欲食。乃自彊上聲步日三四里。少益嗜食。和於身。曰。老婦不能。太后之色少解。左師公曰。老臣賤息舒祺。最少。不肖。而臣衰。竊愛憐之。願令補黑衣之數。以衞王宮。沒死以聞。太后曰。敬諾。年幾何矣。對曰。十五歲矣。雖少。願及未填溝壑而託之。太后曰。丈夫亦愛憐其少子乎。對曰。甚於婦人。太后曰。婦人異甚。對曰。老臣竊以爲媼音襖之愛燕后。賢於長安君。曰。君過矣。不若長安君之甚。左師公曰。父母之愛子。則爲之計深遠。媼之送燕后也。持其踵。爲之泣。念悲其遠也。亦哀之矣。已行。非弗思也

自是正論趙后那能不聽

而況人臣乎梅伯言云末句史記作而況於予乎較有遠神

祭祀必祝之祝曰必勿使反豈非計久長有子孫相繼爲王也哉太后曰然左師公曰今三世以前至於趙之爲趙趙王之子孫侯者其繼有在者乎曰無有曰微獨趙諸侯有在者乎曰老婦不聞也此其近者禍及身遠者及其子孫豈人主之子孫則必不善哉位尊而無功奉(同俸)厚而無勞而挾重器多也今媼尊長安君之位而封以膏腴之地多予之重器而不及今令有功於國一旦山陵崩長安君何以自託於趙老臣以媼爲長安君計短也故以爲其愛不若燕后太后曰諾恣君之所使之於是爲長安君約車百乘質於齊齊兵乃出子義聞之曰人主之子也骨肉之親也猶不能恃無功之尊無勞之奉以守金玉之重也而況人臣乎

姚氏曰左師言固善矣亦會値趙太后明智易以理諭耳〇國手下棋其初閒閒布子似非要着及局勢已成始悟所謂閒着者均是要着非此實不能取勝文似深得此旨(濡識)

長安君(惠文后少子、孝成王母弟、長安其號、按史記趙世家、封長安君以饒、正義云、即饒陽也、)左師(官名、)郤(不敢直言謁、故曰郤)輦(王者之車)

趙敗而秦亦罷

五句一氣呵出直截爽快易於覺悟

賤息（自謂其子、）未塡溝壑（言未死之前、）媼（老婦也、）燕后（太后女、嫁于燕、）反（古者嫁女、或國滅夫死、然後反母家、謂之大歸、）山陵崩（諱言太后死、故云、）子義（趙之賢人、）

馮忌止平原君伐燕〇

平原君謂馮忌曰。吾欲北伐上黨。出兵攻燕。何如。馮忌對曰。不可。夫以秦將武安君公孫起。乘七勝之威。而與馬服之子戰於長平之下。大敗趙師。因以其餘兵。圍邯鄲之城。趙以七敗之餘。收破軍之敝。而秦罷（讀疲）於邯鄲之下。趙守而不可拔者。以攻難而守者易也。今趙非有七克之威也。而燕非有長平之禍也。今七敗之禍未復。而欲以罷趙攻彊燕。是使弱趙爲彊秦之所以攻。而使彊燕爲弱趙之所以守。而彊秦以休兵承趙之敝。此乃彊吳之所以亡。而弱越之所以霸。故臣未見燕之可攻也。平原君曰。善哉。

屢敗之餘尙思黷武是自速其亡耳不有馮忌其能國乎（濡讀）

上黨（今山西冀寧道南部之地、）公孫起（即白起、）馬服之子（趙奢號馬服君、其子名括、）長平（趙邑、故城在今山西高平縣西北、白起敗趙括師於此、坑降卒四十萬人、）彊吳弱越（越王句踐爲吳敗于會稽、臣服于吳、退而修政訓士、後吳王東伐齊、越王乘虛滅其國、）

好機會不可失

一篇扼要只此八字

說三子立論因與情事相近

蔡澤說應侯

蔡澤、燕人、游學於諸侯、不遇、乃入秦、因應侯以見昭王、王與語大說、封綱成君、代應侯爲相、人或惡之、懼誅、乃託病歸、

蔡澤見逐於趙。而入韓魏。遇奪釜鬲（音歷）於涂（同塗）。聞應侯任鄭安平、王稽皆負重罪。應侯內慙。乃西入秦。將見昭王。使人宣言以感怒應侯曰。燕客蔡澤。天下駿雄弘辯之士也。彼一見秦王。秦王必相之而奪君位。應侯聞之曰。五帝三代之事。百家之說。吾既知之。衆口之辯。吾皆摧之。彼惡能困我而奪我位乎。使人召蔡澤。蔡澤入則揖應侯。應侯固不快。及見之又倨。應侯因讓之曰。子嘗宣言代我相秦。豈有此乎。對曰。然、應侯曰。請聞其說。蔡澤曰。吁、君何見之晚也。夫四時之序。成功者去。夫人生手足堅彊。耳目聰明。而心聖智。豈非士之所願與。應侯曰。然。蔡澤曰。質仁秉義。行道施德。得志於天下。天下懷樂敬愛而尊慕之。皆願以爲君王。豈不辯智之期與。應侯曰。然。蔡澤復曰。富貴顯榮。成理萬物。萬物各得其所。生命壽長。終其天年而不夭傷。天下繼其統。守其業。傳之無窮。名實純粹。澤流千里。世世稱之而毋絕。豈非道德之符。而聖人所謂吉祥善事與。應侯曰。然。澤曰。若秦之商君。楚之吳起。越之大夫種。其卒亦可願與。應侯知蔡澤之

違心之論不值蔡澤一笑

欲困己以說。復繆曰。何爲不可。夫公孫鞅之事孝公也。極身毋貳慮。盡公而不顧私。設刀鋸以禁姦邪。信賞罰以致治。竭智能。示情素。蒙怨咎。欺舊交。虜魏公子卬。安秦社稷。利百姓。卒爲秦禽將破敵。攘地千里。吳起之事悼王也。使私不得害公。讒不得蔽忠。言不取苟合。行不取苟容。行義不顧毀譽。必欲霸主彊國。不辭禍凶。大夫種之事越王也。主雖困辱。悉忠而不解。主雖亡絕。盡能而不離。多功而不矜。富貴不驕怠。若此三子者。義之至也。忠之節也。是故君子以義死難。視死如歸。生而辱。不如死而榮。士固有殺身以成名。義之所在。身雖死無憾悔。何爲而不可哉。蔡澤曰。主聖臣賢。天下之福也。君明臣忠。國之福也。父慈子孝。夫信婦貞。家之福也。故比干忠不能存殷。子胥智不能存吳。申生孝而晉國亂。是皆有忠臣孝子。而國家滅亂者。何也。無明君賢父以聽之。故天下以其君父爲僇辱。而憐其臣子。今商君吳起大夫種之爲人臣是也。其君非也。故世稱三子致功而不見德。豈慕不遇世死乎。夫待死而後可以立忠成名。是微子不足仁。孔子不足聖。管仲不足大也。夫人之立功。豈不期於成全邪。身與名俱全

引閎夭周公之過武王成王便逼出秦王之待范雎來所謂一步緊一步

兩兩比較安危立決至是始直說矣

者上也名可法而身死者其次也名在僇辱而身全者下也於是應侯稱善蔡澤得少間因曰商君吳起大夫種其爲人臣盡忠致功則可願矣閎夭事文王周公輔成王也豈不亦忠聖乎以君臣論之商君吳起大夫種其可願孰與閎夭周公哉應侯曰商君吳起大夫種不若也蔡澤曰然則君之主慈仁任忠惇厚舊故其賢智與有道之士爲膠漆義不倍功臣孰與秦孝楚悼越王乎應侯曰未知何如也蔡澤曰今主親忠臣不過秦孝越王楚悼君之設智能爲主安危修政治亂彊兵批患折難廣地殖穀富國足家彊主尊社稷顯宗廟天下莫敢欺犯其主主之威蓋震海內功彰萬里之外聲名光輝傳於千世君孰與商君吳起大夫種應侯曰不若蔡澤曰今主之親忠臣不忘舊故不若孝公悼王句踐而君之功績愛信親幸又不若商君吳起大夫種然而君祿位貴盛私家之富過於三子而身不退恐患之甚於三子竊爲君危之語曰日中則移月滿則虧物盛則衰天之常數也進退盈縮與時變化聖人之常道也故國有道則仕國無道則隱聖人曰飛龍在天利見大人不義而富且貴於我如浮雲今君

直揭范睢纏棧之隱

之怨已讎而德已報。意欲至矣而無變計。竊爲君不取也。且夫翠鵠犀象。其處勢非不遠死也。而所以死者。惑於餌也。蘇秦智伯之智。非不足以辟辱遠死也。而所以死者。惑於貪利不止也。是以聖人制禮節欲。取於民有度。使之以時。用之有止。故志不溢。行不驕。常與道俱而不失。故天下承而不絕。昔者齊桓公九合諸侯。一匡天下。至葵邱之會。有驕矜之志。畔（同叛）者九國。吳王夫差兵無敵於天下。勇彊以輕諸侯。陵齊晉。遂以殺身亡國。夏育太史啓叱呼駭三軍。而身死於庸夫。此皆乘至盛而不返道理。不居卑退處儉約之患也。夫商君爲孝公明法令。禁奸本。尊爵必賞。有罪必罰。平權衡。正度量。調輕重。決裂阡陌。以靜生民之業。而一其俗。勸民耕農利土。一室無二事。力田稸（同蓄）積。習戰陣之事。是以兵動而地廣。兵休而國富。故秦無敵於天下。立威諸侯。成秦國之業。功已成矣。遂以車裂。楚地方數千里。持戟百萬。白起率數萬之師。以與楚戰。一戰舉鄢郢以燒夷陵。再戰南并蜀漢。又越韓魏攻彊趙。北坑馬服。誅屠四十餘萬之衆。盡之於長平之下。流血成川。沸聲若雷。遂入圍邯鄲。使秦有帝業。楚趙天下之彊國

敍三子之功大而受祿又引陶朱之見幾爲范睢計未嘗不忠不得謂其專爲己謀也

而秦之仇敵也自是之後楚趙懾服不敢攻秦者白起之勢也身所服者七十餘城功已成矣而遂賜劍死於杜郵吳起爲楚悼王立法卑減大臣之威重罷無能廢無用損不急之官塞私門之請一楚國之俗禁遊說之民精耕戰之士南攻揚越北并陳蔡破衡散從使馳說之士無所開其口禁朋黨以厲百姓定楚國之政兵震天下威服諸侯功已成矣而卒支解大夫種爲越王深謀遠計免會稽之危以亡爲存因辱爲榮墾草刱（同創）邑辟地殖穀率四方之士專上下之力輔句踐之賢報夫差之讎卒禽勁吳令越成霸功已彰而信矣句踐終負而殺之此四子者功成而不去禍至於身此所謂信（同伸）而不能屈往而不能反者也范蠡知之超然避世長爲陶朱公君獨不觀博者乎或欲大投或欲分功此皆君之所明知也今君相秦計不下席謀不出廊廟坐制諸侯利施三川以實宜陽以決羊腸之險塞太行之口又斬范中行之途六國不得合從棧道千里通於蜀漢使天下皆畏秦秦之欲得矣君之功極矣此亦秦之分功之時也如是不退則商君白公吳起大夫種是也吾聞之鑒於水者見面之容鑒於人

者知吉與凶書云成功之下不可久處君何不以此時歸相印讓賢者授之退而巖居川觀必有伯夷之廉長爲應侯世世稱孤而有許由延陵季子之讓喬松之壽孰與以禍終哉此則君何居焉應侯曰善乃延入坐爲上客

反覆申勸爲懷祿而又畏死者說法知似范雎那得不悟濃識

遇奪句 謂於途中遇盜也、釜鬲、烹飪之器、無足曰釜、鼎曲脚曰鬲、鄭安平王稽負罪 鄭安平、魏人、與雎同至秦、將兵攻趙、爲魏無忌所破、以二萬人降趙、王稽爲河東守、坐與諸侯通、棄市、二人均雎所任、秦法、任人而所任不善者、亦以其罪罪之、辯智之期 爲智辯者所期望也、吳起 衞人、初爲魯將、後去魯之楚、悼王以爲相、悼王死、宗室大臣作亂、遂射殺起、大夫種 姓文、事越王句踐、獻大計滅吳、吳滅後、種賜死、欺舊交 秦使商鞅伐魏、魏使卬禦之、鞅遺卬書曰、吾始與公子驩、不忍相欺、欲與公子面相見盟、卬乃與會、鞅伏甲襲卬虜之、比干 殷少師、紂無道、比干彊諫、紂殺比干、剖視其心、申生 晉獻公太子、獻公惑于嬖妾驪姬、驪姬譖申生、申生不能自明、因自殺、微子 名啟、紂之庶兄、封於微、故城在今山西潞城縣、閎夭 爲文王四友之一、批 擊而卻之、葵邱 宋地、今河南考城縣、有葵邱聚、其地有盟臺、亦名盟臺鄉、夏育太史啟 皆勇士、育能生拔牛尾、爲人所殺、啟未詳、阡陌 田間路、東西爲阡、南北爲陌、車裂 以四肢及首、繫於五馬、鞭之使走、裂其屍爲五、杜郵 今陝西咸陽縣東、有杜郵館、即白起伏劍處、揚越 今兩廣及安南地、范中行之途 謂三晉之路也、棧道 山巖險阻、架木爲梁、以通行人、巖居川觀 遯居山水之地、許由 堯以天下讓之、不受、隱於箕山、延陵季子 吳公子季札也、其父欲立之、辭不受、喬松 仙人王子喬赤松子也、

引更嬴語比喻確切

魏加與春申君論將

天下合從。趙使魏加見楚春申君曰。君有將乎。曰、有矣。僕欲將臨武君。魏加曰。臣少之時好射。臣願以射譬之可乎。春申君曰。可。加曰。異日者更嬴與魏王處京臺之下。仰見飛鳥。更嬴謂魏王曰。臣爲君引弓虛發而下鳥。魏王曰。然則射可至此乎。更嬴曰。可、有間。鴈從東方來。更嬴以虛發而下之。魏王曰。然則射可至此乎。更嬴曰。此孽也。王曰。先生何以知之。對曰。其飛徐而鳴悲。飛徐者。故瘡痛也。鳴悲者。久失羣也。故瘡未息。而驚心未去也。聞弦音。烈而高飛。故瘡隕也。今臨武君嘗爲秦孽。不可爲拒秦之將也。

敗軍之將非不可用但視其人何如耳魏加亦一偏之見 濡識

臨武君 [荀子注]楚將、未知姓名、荀子嘗與之論兵於趙孝成王前、京臺 高臺、虛發 控弦發聲而不加矢、孽 庶子之無勢而抱深憂者、此以比鳥、嘗爲秦孽 嘗敗於秦而失勢也、

汗明說春申君

汗明見春申君。候問三月。而後得見。談卒。春申君大說之。汗明欲復談。春申君

物猶如此人何以堪

曰。僕已知先生。先生大息矣。汗明憱(初救切)焉曰。明願有問君而恐固。不審君之聖孰與堯也。春申君曰。先生過矣。臣何足以當堯。汗明曰。然則君料臣孰與舜。春申君曰。先生卽舜也。汗明曰。不然。臣請爲君終言之。君之賢實不如堯。臣之能不及舜。夫以賢舜事聖堯。三年而後乃相知也。今君一旦而知臣。是君聖於堯而臣賢於舜也。春申君曰。善。召門吏爲汗先生著客籍。五日一見。汗明曰。君亦聞驥乎。夫驥之齒至矣。服鹽車而上太行。(音杭)蹄申(同伸)膝折。尾湛(同沉)胕(音膚)潰。漉(音鹿)汁灑地。白汗交流。外阪遷延。負轅而不能上。伯樂遭之。下車攀而哭之。解紵衣以羃(音覓)之。驥於是俛(音俯)而噴(普悶切)。仰而鳴。聲達於天。若出金石聲者。何也。彼見伯樂之知己也。今僕之不肖。阨於州部。堀(苦骨切)穴窮巷。沈洿(音烏)鄙俗之日久矣。君獨無意湔(音煎)祓(音拂)僕。使得爲君高鳴屈於梁乎。

候三月而始見。一見而必欲信其志。急不及待。驥之不若矣。(謂識)

憱(不安之貌)。固(固執也)。著客籍(錄其名於客籍)。驥之齒句(言當可駕之時也)。太行(山在山西晉城縣南)。胕(足也)。漉汁(壓所滲汁)。阪(山坡)。負轅(負戴而行步艱難)。伯樂(秦之善相馬者)。堀(窟也)。洿(穢也)。湔(洗也)。祓(除也)。梁(南梁。故城在今河南

引二子爲前車之鑒

確是趙高心事

臨汝縣西南、疑爲春申君所封地、

陳餘遺章邯書

陳餘、大梁人、初與張耳同仕趙王武臣、後張耳降漢、與韓信破趙井陘、斬餘於泜水上、章邯、字少榮、二世時、官少府、後從項羽入關、羽立爲雍王、爲漢王敗死、○

白起爲秦將。南征鄢郢。北阬丘庚切馬服。攻城略地。不可勝計。而竟賜死。蒙恬爲秦將。北逐戎人。開榆中地數千里。竟斬陽周。何者。功多。秦不能盡封。因以法誅之。今將軍爲秦將三歲矣。所亡失以十萬數。而諸侯並起滋益多。彼趙高素諛日久。今事急。亦恐二世誅之。故欲以法誅將軍以塞責。使人更代將軍以脫其禍。夫將軍居外久。多內郤同隙有功亦誅。無功亦誅。且天之亡秦。無愚智皆知之。今將軍內不能直諫。外爲亡國將。孤特獨立而欲常存。豈不哀哉。將軍何不還兵與諸侯爲從。約共攻秦。分王其地。南面稱孤。此孰與身伏鈇音膚鑕音質妻子爲僇乎。

章邯實處進退兩難之勢此書雖是勸貳而爲章邯計未嘗不是此邯之所以背秦也濡議

榆中（今蒙古鄂爾多斯黃河北岸之地、）陽周（在今陝西安定縣北、）鈇（莝斫刀、）鑕（斧也、）

評校音注古文辭類纂卷二十六終

胡馬遂進窺於邯鄲。吳至父云。此言胡足病趙。越足病淮南。七國不能相救。雖漢助七國。尚不能禦胡越。況七國與漢爲讎。胡越之禍不益深乎。

鄒陽諫吳王書

（時吳王濞陰有異謀、陽故上書諫之、）○

臣聞秦倚曲臺之宮。懸衡天下。畫地而不犯。兵加胡越。至其晚節末路。張耳陳勝連從（同縱）兵之據。以叩函谷。咸陽遂危。何則。列郡不相親。萬室不相救也。今胡數涉北河之外。上覆飛鳥。下不見伏兔。鬭城不休。救兵不至。死者相隨。輦車相屬。轉粟流輸（去聲）千里不絕。何則。彊趙責於河間。六齊望於惠后。城陽顧於盧博。三淮南之心思墳墓。大王不憂。臣恐救兵之不專。胡馬遂進窺於邯鄲。越水長沙。還舟青陽。雖使梁幷淮陽之兵。下淮東。越廣陵以遏越人之糧。漢亦折西河而下。北守漳（音章）水。以輔大國。胡亦益進。越亦益深。此臣之所爲大王患也。臣聞交（同蛟）龍襄首奮翼。則浮雲出流。霧雨咸集。聖王砥節修德。則游談之士。歸義思名。今臣盡智畢議。易精極慮。則無國不可奸（同干）。飾固陋之心。則何王之門不可曳長裾（音居）乎。然臣所以歷數王之朝。背淮千里而自致者。非惡臣國而樂吳民

祗就前事申明之匣劍帷燈隱然自見

象新垣平吳王父云皆議臣妄言似新垣平也

明吳無可乘之勢不得與高皇帝比

也竊高下風之行尤說大王之義故願大王之無忽察聽其志臣聞鷙[音至]鳥累百不如一鶚[音愕]夫全趙之時武力鼎士袨[音縣]服叢臺之下者一旦成市而不能止幽王之湛[同沈]患淮南連山東之俠死士盈朝不能還厲王之西也然而計議不得雖諸賁[音奔]不能安其位亦明矣故願大王審畫而已始孝文皇帝據關入立寒心銷志不明求衣自立天子之後使東牟朱虛東褒義父[讀甫]之後深割嬰兒王之壤子王梁代益以淮陽卒仆[音赴]濟北囚弟於雍者豈非象新垣平等哉今天子新據先帝之遺業左規山東右制關中變權易勢大臣難知大王弗察臣恐周鼎復起於漢新垣過計於朝則我吳遺嗣不可期於世矣高皇帝燒棧道水章邯兵不留行收弊民之倦東馳函谷西楚大破水攻則章邯以亡其城陸擊則荆王以失其地此皆國家之不幾者也願大王孰察之

是時吳王反意尚在醞釀中陽文新至吳交淺而未能言深全篇指陳大勢隱約其旨者此也[溝識]

曲臺宮[始皇聽治處、在漢未央宮、[三輔黃圖]未央有曲臺殿、]懸衡天下[言若縣衡以稱輕重、以法令畫一而整齊之、]畫地句[言疆畫地]

師不敢犯也、張耳陳勝耳、大梁人、勝、字涉、陽城人、陳勝起蘄、以耳爲校尉、北河[史記]秦惠王遊至北河、[集解]徐廣曰、戎地之河上也、覆盡也彊趙句趙幽王爲呂后幽死、文帝立其長子遂爲趙王、取趙河間、立遂弟辟彊爲河間王、至子哀王無嗣、遂欲復還得河間地、即今直隸河間縣六齊句望、怨也、呂后割濟南郡爲呂王台奉邑、又割琅邪郡封劉澤爲琅邪王、文帝乃立悼惠王六子爲王、故六齊追怨惠帝與呂后、按[漢書]文帝閔濟北逆亂自滅、盡封悼惠王諸子爲列侯、後齊文王薨、無子、於是分齊爲六、將閭爲齊王、志爲濟北王、賢爲菑川王、雄渠爲膠東王、卬爲膠西王、辟光爲濟南王、城陽句城陽王名喜、父章、與弟興居討諸呂有功、本當盡以趙地王章、梁地王興居、乃文帝以章爲城陽王、興居爲濟北王、二人頗怏怏、後興居誅死、章亦薨、故喜顧念而恨、盧博、即盧縣、今山東長清縣、濟北王治處、三淮南句淮南王長謀反、廢徙蜀道死、文帝立其三子、安爲淮南王、勃爲衡山王、賜爲廬江王、言三王念其父見遷殺也、救兵句言吳舉兵反、天子來討、四國皆顧其私怨、未必相救、長沙長沙靖王著於文帝七年卒、無嗣、國除、庶子二人爲列侯、志將不滿、其地與南越相接、所謂南越直長沙者也、見[漢書吳王濞傳]水長沙者、言越先以水軍攻長沙、還舟聚舟也、見[漢書注]青陽吳地、以上言胡爲趙難、越爲吳難、並不足恃也、梁國於今河南商邱縣、淮陽王武徙此、即梁孝王也、淮陽景帝子餘王淮陽、今河南淮陽縣地、淮東淮水之東、廣陵今江蘇江都縣東北、西河即陝西山西間之黃河、以在冀州西、故曰西河、漳水出山西省、有清濁二源、在趙北、大國指趙、胡亦二句時趙王遂北連匈奴、吳王濞素通三越、陽欲諫之而不能明言、故錯亂其辭以恐之、褰舉也、易精改易精思、下風[新序]公孫龍謂平原君曰、臣居魯側聞下風、高先生之知、悅先生之行、鶡大鷄、袪服盛服、叢臺趙王臺、在邯鄲、幽王名友、見上彊趙注、厲王名長、見前三淮南注、諸賁皆古勇士、[左昭]吳公子光享王、鱄設諸置劍於魚中以進、抽劍以刺王、[說苑]勇士孟賁、水行不避蛟龍、陸行不避猛虎、東牟東牟侯興居、朱虛朱虛侯章、襃義父義父、本作儀父、春秋時、儀父服事齊桓、以奬王室、王命以爲邾子、當呂氏之亂、齊王首討諸呂、故文帝封其子、而遣朱虛侯章東使就王封、猶春秋褒儀父也、深割句齊王六子、中有幼小者、壞子猶言愛子、見[方言]王梁代二句文帝時、梁王揖、代王參、淮陽王武、後梁王揖早薨、徙武爲梁王、仆濟北濟北王興居反、見誅、因弟於雍淮南王長有罪、徙蜀、死於雍、新垣平趙人、文帝時詐覺謀反、夷三族、言濟北淮南二王所以然者、坐二國有姦臣如新垣平等勸王共反也、今天子景帝、先帝文帝、周鼎句新垣平詐言周鼎在泗水中、臣望東北汾陰、有金寶氣、鼎其在乎、弗迎則不至、爲吳計者、猶新垣平之言周鼎、終不可得也、過誤也、燒棧道[史記]張良說漢王燒絕棧道、山巖險絕處、施板梁爲道、爲棧道、水章邯章邯爲雍王、高祖以水灌其城、破之、西楚項羽自號西楚霸王、荊王句荊亦楚也、謂項羽敗走、不幾言不可庶幾也、

鄒陽獄中上梁王書

梁孝王名武、陽以吳王不可說、去之梁、從孝王遊、羊勝、公孫詭等疾陽、惡之於孝王、孝王怒、下陽獄、吏將殺之、陽從獄中上書自明、

臣聞忠無不報信不見疑臣常以爲然徒虛語耳昔荊軻慕燕丹之義白虹貫日太子畏之衛先生爲秦畫長平之事太白食昴昭王疑之夫精變天地而信不諭兩主豈不哀哉今臣盡忠竭誠畢議願知左右不明卒從吏訊爲世所疑是使荊軻衛先生復起而燕秦不悟也願大王熟察之昔玉人獻寶楚王誅之李斯竭忠胡亥極刑是以箕子佯狂接輿避世恐遭此患也願大王察玉人李

姚氏云此一段言忠信而不見知

斯之意而後楚王胡亥之聽毋使臣爲箕子接輿所笑臣聞比干剖心子胥鴟夷臣始不信乃今知之願大王熟察少加憐焉語曰白頭如新傾蓋如故何則知與不知也故樊於(音烏)期逃秦之燕藉荊軻首以奉丹事王奢去齊之魏臨城自剄(音景)以卻齊而存魏夫王奢樊於期非新於齊秦而故於燕魏也所以去二國死兩君者行合於志慕義無窮也是以蘇秦不信於天下爲燕尾生白圭戰亡六城爲魏取中山何則誠有以相知也蘇秦相燕人惡之燕王燕王按劍而怒食以駃(音決)騠(音題)白圭顯於中山人惡之魏文侯文侯賜以夜光之璧何則兩主二臣剖心析肝相信豈移於浮辭哉故女無美惡入宮見妒士無賢不肖入朝見嫉昔司馬喜臏(音牝)脚於宋卒相中山范雎拉脅折齒於魏卒爲應侯此二人者皆信必然之畫捐朋黨之私挾孤獨之交故不能自免於嫉妒之人也是以申徒狄蹈雍之河徐衍負石入海不容於世義不苟取比周於朝以移主上之心故百里奚乞食於道路繆公委之以政甯戚飯牛車下桓公任之以國此二人者豈素宦於朝借譽於左右然後二主用之哉感於心合於行堅如膠漆

多使事而不見堆垛者敍之盛也

姚氏云此一段言新仕羈旅故爲左右所譖

昆弟不能離。豈惑於衆口哉。故偏聽生姦。獨任成亂。昔魯聽季孫之說逐孔子。宋任子冉之計囚墨翟。夫以孔墨之辯。不能自免於讒諛。而二國以危。何則。衆口鑠(式約切)金。積毀銷骨也。秦用戎人由余而霸中國。齊用越人子臧而彊威宣。此二國豈係於俗。牽於世。繫奇偏之浮辭哉。公聽並觀。垂明當世。故意合則胡越爲兄弟。由余子臧是矣。不合則骨肉爲讎敵。朱象管蔡是矣。今人主誠能用齊秦之明。後宋魯之聽。則五霸不足侔。而三王易爲比也。是以聖王覺寤。捐子之之心。而不說田常之賢。封比干之後。修孕婦之墓。故功業覆於天下。何則。欲善亡厭也。夫晉文親其讎。彊霸諸侯。齊桓用其讎。而一匡天下。何則。慈仁殷勤。誠加於心。不可以虛辭借也。至夫秦用商鞅之法。東弱韓衛。立彊天下。卒車裂之。越用大夫種之謀。禽勁吳而霸中國。遂誅其身。是以孫叔敖三去相而不悔。於(音烏)陵子仲辭三公爲人灌園。今人主誠能去驕傲之心。懷可報之意。披心腹。見情素。墮肝膽。施德厚。終與之窮達。無愛於士。則桀之犬可使吠堯。跖之客可使刺由。何況因萬乘之權。假聖王之資乎。然則荊軻湛七族。要離燔(音煩)妻子。豈

姚氏云此承第一段欲王知其忠信而終任之

姚氏云此承第二段欲王知其新仕羈旅而勿信左右

足爲大王道哉。臣聞明月之珠。夜光之璧。以闇投人於道。衆莫不按劍相眄（音麪）者。何則。無因而至前也。蟠木根柢（音邸）。輪囷（去倫切）離奇。而爲萬乘器者。以左右先爲之容也。故無因而至前。雖出隨珠和璧。祗結怨而不見德。有人先游。則枯木朽株。樹功而不忘。今夫天下布衣窮居之士。身在貧羸。雖蒙堯舜之術。挾伊管之辯。懷龍逄（音龐）比干之意。而素無根柢之容。雖竭精神。欲開忠於當世之君。則人主必襲按劍相眄之迹矣。是使布衣之士。不得爲枯木朽株之資也。是以聖王制世御俗。獨化於陶鈞之上。而不牽乎卑亂之語。不奪乎衆多之口。故秦皇帝任中庶子蒙嘉之言。以信荊軻。而匕（音比）首竊發。周文王獵涇渭。載呂尚歸。以王天下。秦信左右而亡。周用烏集而王。何則。以其能越攣（呂員切）拘之語。馳域外之議。獨觀乎昭曠之道也。今人主沈諂諛之辭。牽帷廧（同牆）之制。使不羈之士。與牛驥同皁。此鮑焦所以憤於世也。臣聞盛飾入朝者。不以私汙義。砥厲名號者。不以利傷行。故里名勝母。曾子不入。邑號朝歌。墨子回車。今欲使天下寥廓之士。籠於威重之權。脅於位勢之貴。回面汙行。以事諂諛之人。而求親近於左右。

姚氏云此段兼承前兩層意言忠信之士必不以新仕羇旅之故而屈志於左右也

則士有伏死堀音窟穴巖藪音叟之中耳安有盡忠信而趨闕下者哉方望溪曰昔人有評此文曰地明光錦裁爲負販褌者謂其詞句瑰偉而漫無法度也是謂曉於文律〇李申耆曰迫切之情出以微婉嗚咽之響流爲激亮此言情之善者也〇吳至父曰此體殆鄒生所刱其源出於風騷隸事至多而以俊氣舉之後人無繼之者由是分爲駢體矣

荊軻三句 燕太子丹質於秦、亡去、厚養荊軻、令西刺秦王、[列士傳]荊軻發後、太子相氣、見白虹貫日不徹、曰、吾事不成矣、 衛先生三句 白起爲秦伐趙、破長平軍、欲遂滅趙、遣衛先生說昭王益兵糧、爲應侯所害、事用不成、其精誠上達於天、故太白爲之食昴、昴、趙分也、將有兵、故太白食昴、食者干歷也、 畢議願知 蓋其計議願王知之、 玉人二句 卞和得玉璞、獻之武王、王示玉人、曰、石也、刖其右足、武王歿、復獻文王、玉人復曰、石也、刖其左足、至成王時、抱其璞哭於郊、王乃使玉人攻之、果得寶玉、 極刑 具五刑也、 箕子 [史記]紂淫亂不止、箕子懼、乃佯狂爲奴、 接輿 [論語]楚狂接輿歌而過孔子、[高士傳]楚人陸通、字接輿、 比干剖心 [史記]比干強諫、紂怒曰、吾聞聖人心有七竅、信諸、殺比干、刳視其心、 子胥鴟夷 [史記]子胥自刭、吳王乃以子胥尸、盛以鴟夷之革、浮之江中、按鴟夷、今之皮囊也、 傾蓋 道行相遇、軿車對語、兩蓋相切、小欹之義、 樊於期一句 於期爲秦將、被讒、走之燕、始皇滅其家、又重購之、燕遣荊軻欲刺秦王、於期自刎首、令軻齎往、 王奢三句 王奢、齊臣、亡至魏、齊因伐魏、奢登城謂齊將曰、今君之來、以奢故、義不爲魏累、遂自刎、 蘇秦一句 尾生、古之信士、與女子期於梁下、水至不去、抱梁柱而死、言蘇秦於齊不出其信、於燕則出尾生之信也、按秦說齊宣王、使還燕十城、又令閔王厚葬以弊齊、終身爲燕、故以尾生喻之、白圭二句白圭爲中山將、亡六城、亡入魏、文侯厚遇之、還拔中山、駃騠駃馬也、生七日而超其母、司馬喜六國時人、范睢魏人、隨中大夫須賈使齊、齊襄王賜之金及牛酒、須賈以爲持魏國陰私告齊、以告魏相魏齊、使舍人笞擊睢、折脅摺齒、睢得出亡、入秦、爲應侯、申徒狄殷末人、徐衍周末人、百里奚虞人、聞秦繆公賢、乞食以往、甯戚齊桓公夜出、戚叩牛角而歌、桓公與語、說之、以爲大夫、季孫魯大夫季桓子也、名斯、[論語]齊人饋女樂、季桓子受之、三日不朝、孔子行、子冉[史記]作子罕、姓樂、名喜、宋賢臣、衆口鑠金鑠、以火銷金也、句見[國語]言衆口所惡、金爲之銷亡、威宣威王名因齊、桓公子、宣王名辟疆、威王子、朱丹朱、堯子、象舜弟、管蔡管叔鮮、蔡叔度、周之二叔、子之燕王噲屬國於子之、齊因伐燕、燕王噲死、子之乃亡、田常齊田常弒簡公而立平公、平公即位、田常爲相、五年、齊政歸之、封比干後[尚書]封比干之墓、修孕婦墓紂刳妊者觀其胎產、武王克商、乃封修之、晉文句寺人勃鞮、爲晉獻公逐文公、斬其祛、及文公即位、用其言以免難、齊桓句管仲射中桓公帶鉤、而用之爲相、商鞅大夫種均見前卷、孫叔敖楚之處士、虞丘相進之、三月而相楚、三得相而不喜、三去相而不悔、無於陵子仲即陳仲子也、兄戴爲齊相、仲子以爲不義、乃居於陵、[列女傳]於陵子終賢、楚王欲以爲相、使使者往聘迎之、子終與其妻逃、乃爲人灌園、無愛於士於士所求、無所愛惜、跖盜跖、由許由、荊軻句荊軻爲燕刺秦王、不成而死、夷七族、湛、沒也、七族、上至高祖、下至曾孫、要離句吳王闔閭欲殺王子慶忌、要離曰、王誠助臣、請必能、吳王曰諾、明且加罪焉、執其妻子、燔而揚其灰、要離走見慶忌、以劍刺之、眄邪視、蟠曲也、柢木之根、輪囷委曲盤戾也、隨珠隨國之侯見大蛇傷斷、以藥敷而塗之、後蛇銜明珠以報其德、和璧卽卞和所獻玉、伊管伊尹、管仲、龍逢桀爲長夜之飲、龍逢極諫、桀怒殺之、陶鈞陶人模下圓轉者爲鈞、言聖王制馭天下、亦猶陶人轉鈞也、中庶子蒙嘉中庶子、官名蒙姓、嘉名、[國策」荆軻至秦、因秦王寵臣中庶子蒙嘉得見、涇渭二水名、在陝西省、烏集言得太公、若烏鳥之暴集、牽帷廧之制言爲帷廧臣妾所牽制、

皁食牛馬器、鮑焦見魯仲連義不帝秦注、

枚叔說吳王書○○

臣聞得全者全昌。失全者全亡。舜無立錐之地。以有天下。禹無十戶之聚。以王諸侯。湯武之土不過百里。上不絕三光之明。下不傷百姓之心者。有王術也。故父子之道。天性也。忠臣不避重誅以直諫。則事無遺策。功流萬世。臣乘願披腹心而效愚忠。惟大王少加意念惻怛之心於臣乘言。夫以一縷之任。係千鈞之重。上懸無極之高。下垂不測之淵。雖甚愚之人。猶知哀其將絕也。馬方駭。鼓而驚之。繫方絕。又重鎮之。繫絕於天。不可復結。墜入深淵。難以復出。其出不出。閒不容髮。能聽忠臣之言。百舉必脫。必若所欲爲。危於累卵。難於上天。變所欲爲。易於反掌。安於泰山。今欲極天命之壽。敝無窮之樂。究萬乘之勢。不出反掌之易。居泰山之安。而欲乘累卵之危。走上天之難。此愚臣之所大惑也。人性有畏其景同影下同而惡其跡者。卻背而走。跡愈多。景愈疾。不如就陰而止。景滅跡絕。欲

故父子之道與至父云故與顯同此言與吳太子死起兵

句似鑄鍊而不見痕跡

比喻層出備爽異常

凝鍊有致

有時而用梅伯言云用字疑是昌之訛書此文通篇用韻也入後略見正意一層緊似一層

人勿聞莫若勿言欲人勿知莫若勿爲欲湯之滄（音愴）一人炊（音吹）之百人揚之無益也不如絕薪止火而已不絕之於彼而救之於此譬猶抱薪而救火也養由基楚之善射者也去楊葉百步百發百中楊葉之大加百中焉可謂善射矣然其所止乃百步之內耳比於臣乘未知操弓持矢也福生有基禍生有胎納其基絕其胎禍何自來泰山之霤（通溜）穿石單極之統（古綆字）斷幹水非石之鑽索非木之鋸漸（音尖）靡（音糜）使之然也夫銖銖而稱之至石必差寸寸而度之至丈必過石稱丈量徑而寡失夫十圍之木始生如蘖（音臬）足可搔而絕手可擢而拔據其未生先其未形也磨礱砥礪不見其損有時而盡種樹畜養不見其益有時而大積德累行不知其善有時而用棄義背理不知其惡有時而亡臣願大王孰（同熟）計而身行之此百世不易之道也

歸震川曰起伏變化百態橫生○李申耆曰諷諫之文若近若遠新序說苑皆師其意者也

立錐之地（錐、鍼也、極言其地之小也、）三光（日、月、星、）惻怛（惻、痛也、怛、傷也、）鈞（二十兩、）百舉必脫（脫者、免於禍也、）滄

濡按此書似後人摹倣爲之無論事實未合卽文氣亦迥異前篇

此亦形容過甚之詞

寒也、炊 謂爨火也、 養由基 楚大夫、嘗與潘尫之黨蹲甲而射、徹七札焉、見[左成] 榦 井上木闌、常爲汲索所契傷、 靡 磨切也、 銖 十累爲銖、四萬六千八十銖、當於一石、蓋二十四銖爲兩、十六兩爲斤、一百二十斤爲石也、 蘖 伐木餘也、

枚叔復說吳王〇

昔者秦西舉胡戎之難。北備榆中之關。南距羌筰(音昨)之塞。東當六國之從(同縱)。六國乘信陵之籍。明蘇秦之約。厲荊軻之威。并力一心以備秦。然秦卒禽六國。滅其社稷。而并天下。是何也。則地利不同。而民輕重不等也。今漢據全秦之地。兼六國之衆。修戎狄之義。而南朝羌筰。此其與秦地相什。而民相百。大王之所明知也。今夫讒諛之臣。爲大王計者。不論骨肉之義。民之輕重。國之大小。以爲吳禍。此臣所以爲大王患也。夫舉吳兵以訾於漢。譬猶蠅蚋(而銳切)之附羣牛。腐肉之齒利劍。鋒接必無事矣。天子聞吳率失職諸侯。願責先帝之遺約。今漢親誅其三公。以謝前過。是大王之威加於天下。而功越於湯武也。夫吳有諸侯之位。而實富於天子。有隱匿之名。而居過於中國。夫漢并二十四郡。十七諸侯。方輸錯出。運行數千里。不絕於道。其珍怪不如東山之府。轉粟西鄉。陸行不絕。水行

自相矛盾處甚多

滿河。不如海陵之倉。修治上林。雜以離宮。積聚玩好。圈守禽獸。不如長洲之苑。游曲臺臨上路。不如朝夕之池。深壁高壘。副以關城。不如江淮之險。此臣之所爲大王樂也。今大王還兵疾歸。尚得十半。不然。漢知吳之有呑天下之心也。赫然加怒。遣羽林黃頭循江而下。襲大王之都。魯東海絕吳之饟（同餉）道。梁王飭車騎。習戰射。積粟固守。以備滎陽。待吳之饑。大王雖欲反都。亦不得已。夫三淮南之計不負其約。齊王殺身以滅其迹。四國不得出兵其郡。趙囚邯鄲。此不可掩亦已明矣。大王已去千里之國。而制於十里之內矣。張韓將北地。弓高宿左右。兵不得下壁。軍不得大息。臣竊哀之。願大王孰察焉。

劉攽曰此是後人以吳事寓言爾故言齊王殺身等事又卬筰武帝始通此云南距羌筰之塞益知其非○劉奉世曰吳王正月起兵二月敗走中間五十日耳三國圍齊三月不能下漢兵至乃引歸解圍而後齊王自殺則當在吳走後一月外事此書疑非眞事後追加之或傳之者增之也

西舉胡戎之難（胡戎爲難、舉兵而却之也、）榆中（見陳餘遺章邯書注、）筰（西南夷也、自越巂以東北、君長十數、筰都最大、見[史記]）修戎狄

姚氏云漢書無開首十二字疑太史公公字乃令字文選傳本誤耳

之義修恩義以撫戎狄、訾量也、蚋蚊屬、[說文]秦謂之蚋、楚謂之蚊、齒當也、誅三公誅鼂錯也、錯爲御史大夫、故曰三公、隱匿謂僻在東南、方輸句貢獻之多、錯雜而出也、東山府東山、吳王之府藏也、海陵倉海陵、縣名、今江蘇泰縣、有吳太倉遺址、長洲苑長洲、苑名、闔閭遊獵處、[吳郡志]在姑蘇南太湖北、朝夕池朝潮爲潮、夕潮爲汐、此以海水潮汐爲池、十半十分之五、羽林黃頭羽林黃頭郎、習水戰者也、大王之都吳都於沛、故城在今江蘇沛縣東、魯東海句吳饒軍自海入河、故命魯國入東海郡以絕其道也、滎陽故城在今、河南滎澤縣西南、三淮南句詳見鄒陽諫吳王書注、齊王句齊王、孝王將閭也、吳楚反、堅守距三國不從、欒布等聞與三國有謀、欲伐之、王懼、自殺、按[漢書]吳楚已平、齊王乃自殺、與此書所言不合、四國膠東、膠西、濟北、淄川王也、發兵應吳楚、皆見誅、趙囚邯鄲漢將酈寄圍趙王於邯鄲、張韓張羽、韓安國、皆仕梁、弓高弓高侯韓穨當、宿止軍也、

司馬子長報任安書

安字少卿、滎陽人、爲益州刺史、以戾太子事下吏誅死、○○○

太史公牛馬走司馬遷再拜言少卿足下曩者辱賜書教以慎於接物推賢進士爲務意氣懃懃懇懇若望僕不相師而用流俗人之言僕非敢如此也僕雖罷駑亦嘗側聞長者之遺風矣顧自以爲身殘處穢動而見尤欲益反損是以鬱悒而無誰語諺曰誰爲爲之孰令聽之蓋鍾子期死伯牙終身不復鼓琴何則士爲知己者用女爲說己者容若僕大質已虧缺矣雖材懷隨和行若由夷

故禍莫憯於欲利方展卿云此段先說受辱之人不能薦士

夫中才之人方展卿云跌宕悲憤

終不可以爲榮。適足以見笑而自點耳。書辭宜答、會東從上來。又迫賤事。相見日淺。卒卒無須臾之間。得竭志意。今少卿抱不測之罪。涉旬月。迫季冬。僕又薄(同迫)從上雍。恐卒然不可諱。是僕終已不得舒憤懣(音滿)以曉左右。則長逝者魂魄私恨無窮。請略陳固陋。闕然久不報。幸勿爲過。僕聞之。修身者智之符也。愛施者仁之端也。取與者義之表也。恥辱者勇之決也。立名者行之極也。士有此五者。然後可以託於世而列於君子之林矣。故禍莫憯(同慘)於欲利。悲莫痛於傷心。行莫醜於辱先。詬莫大於宮刑。刑餘之人。無所比數。非一世也。所從來遠矣。昔衞靈公與雍渠同載。孔子適陳。商鞅因景監見。趙良寒心、同子參乘。袁絲變色、自古而恥之。夫中才之人。事有關於宦豎。莫不傷氣。而況于慷慨之士乎。如今朝廷雖乏人。奈何令刀鋸之餘。薦天下豪俊哉。僕賴先人緒業。得待罪輦轂下。二十餘年矣。所以自惟。上之不能納忠效信。有奇策才力之譽。自結明主。次之又不能拾遺補闕。招賢進能。顯巖穴之士。外之不能備行伍。攻城野戰。有斬將搴(音牽)旗之功。下之不能累日積勞。取尊官厚祿。以爲宗族交游光寵。四者無一

闒者方展卿云跌宕悲憤

且事本末未易明也方展卿云此段敘述致罪之由

姚氏云李陵少爲侍中侍中得入宮門故謂之門下太史令蓋亦入宮門者故俱居門下

夫人臣出萬死方展卿云跌宕悲憤張廉卿云此與古詩相去萬餘里故人心尙留同一筆法解此乃得奇縱而湛至又云此蘊逆蹶下文先作頓挫乃有爽靈乘風之勢

遂。苟合取容。無所短長之效。可見於此矣。嚮者僕亦嘗廁下大夫之列。陪奉外廷末議。不以此時引綱維。盡思慮。今已虧形爲掃除之隸。在闒（音蹋）茸（音戎）之中。乃欲仰首伸眉。論列是非。不亦輕朝廷。羞當世之士邪。嗟乎嗟乎。如僕尙何言哉。尙何言哉。且事本末未易明也。僕少負不羈之才。長無鄉曲之譽。主上幸以先人之故。使得奏薄伎。出入周衞之中。僕以爲戴盆何以望天。故絕賓客之知。忘室家之業。日夜思竭其不肖之才力。務一心營職。以求親媚於主上。而事乃有大謬不然者。夫僕與李陵俱居門下。素非相善也。趣舍異路。未嘗銜盃酒。接慇懃之餘歡。然僕觀其爲人。自守奇士。事親孝。與士信。臨財廉。取與義。分別有讓。恭儉下人。常思奮不顧身。以徇國家之急。其素所蓄積也。僕以爲有國士之風。夫人臣出萬死不顧一生之計。赴公家之難。斯已奇矣。今舉事一不當。而全軀保妻子之臣。隨而媒蘖其短。僕誠私心痛之。且李陵提步卒不滿五千。深踐戎馬之地。足歷王庭。垂餌虎口。橫挑彊胡。仰億萬之師。與單于連戰十有餘日。所殺過當。虜救死扶傷不給。旃裘之君長咸震怖。乃悉徵其左右賢王。舉引弓之

然陵一呼勞方展卿云痛快之言

彼觀其意猶云觀彼其意是文字倒裝法

李陵既生降方展卿云跌宕悲憤又云此下本說己於世無可爲惟著書以傳後世因說著書故先說己之不死因說己之不死故先說腐刑極辱爲當死此謂大波瀾曲折中又包多少小波瀾曲折便是文字妙處

民。一國共攻而圍之。轉鬬千里。矢盡道窮。救兵不至。士卒死傷如積。子智切然陵一呼勞。軍士無不起。躬自流涕。沬音誨通類血飲泣。張空拳。冒白刃。北嚮爭死敵者。陵未沒時。使有來報。漢公卿王侯皆奉觴上壽。後數日。陵敗書聞。主上爲之食不甘味。聽朝不怡。大臣憂懼。不知所出。僕竊不自料其卑賤。見主上慘愴怛悼。誠欲效其款款之愚。以爲李陵素與士大夫絕少分甘。能得人死力。雖古名將不能過也。身雖陷敗。彼觀其意。且欲得其當而報漢。事已無可奈何。其所摧敗。功亦足以暴音僕於天下矣。僕懷欲陳之。而未有路。適會召問。卽以此指推言陵之功。欲以廣主上之意。塞睚魚皆切眦柴去聲之辭。未能盡明。明主不深曉。以爲僕沮貳師。而爲李陵游說。音稅遂下於理。拳拳之忠。終不能自列。因爲誣上。卒從吏議。家貧。貨賂不足以自贖。交游莫救。視左右親近不爲一言。身非木石。獨與法吏爲伍。深幽囹圄之中。誰可告愬者。此正少卿所親見。僕行事豈不然耶。李陵既生降。隤其家聲。而僕又茸乳勇切以蠶室。重爲天下觀笑。悲夫悲夫。事未易一二爲俗人言也。僕之先人。非有剖符丹書之功。文史星歷。近乎卜祝之間。固主

姚氏云此下自恥辱引入立名如江河之上風起水涌怒濤萬變而卒輸於海天下之至奇也

刑不上大夫方展卿云悲怨之極接頭妙似實說卻是極怨

及以至此方展卿云跌宕悲憤

上所戲弄。倡優畜之。流俗之所輕也。假令僕伏法受誅。若九牛亡一毛。與螻蟻何異。而世俗又不能與死節者比。特以為智窮罪極。不能自免。卒就死耳。何也。素所自樹立使然也。人固有一死。死有重於太山。或輕於鴻毛。用之所趨異也。太上不辱先。其次不辱身。其次不辱理色。其次不辱辭令。其次詘體受辱。其次易服受辱。其次關木索被箠楚受辱。其次剔毛髮嬰金鐵受辱。其次毀肌膚斷肢體受辱。最下腐刑極矣。傳曰。刑不上大夫。此言士節不可不勉厲也。猛虎處深山。百獸震恐。及在穽（音淨）檻之中。搖尾而求食。積威約之漸也。故士有畫地為牢。勢不可入。削木為吏。議不可對。定計於鮮也。今交手足。受木索。暴（同暴）肌膚。受榜箠。臽（同陷）於圜牆之中。當此之時。見獄吏則頭搶地。視徒隸則心惕息。何者。積威約之勢也。及以至此。言不辱者。所謂彊（上聲）顏耳。曷足貴乎。且西伯。伯也。拘於羑（音酉）里。李斯。相也。具於五刑。淮陰。王也。受械於陳。彭越張敖。南鄉稱孤。繫獄具罪。絳侯誅諸呂。權傾五霸。囚於請室。魏其。大將也。衣赭（音者）衣。關三木。季布為朱家鉗奴。灌夫受辱居室。此人皆身至王侯將相。聲聞鄰國。及罪至罔加。不能引

夫人不能早自裁方展卿云跌宕悲憤古人所以重施刑方展卿云此等處徐音翩翩可愛

何處不勉焉與至父云處讀爲遽莊子天地篇則其自爲遽釋文本作處是處遽通假

左邱無目方展卿云又復論左邱明孫子二人以其廢疾與己同

決自裁在塵埃（音哀）之中古今一體安在其不辱也由此言之勇怯勢也彊弱形也審矣曷足怪乎夫人不能早自裁繩墨之外已稍陵遲至於鞭箠之間乃欲引節斯不亦遠乎古人所以重施刑於大夫者殆爲此也夫人情莫不貪生惡死念父母顧妻子至激於義理者不然乃有所不得已也今僕不幸早失父母無兄弟之親獨身孤立少卿視僕於妻子何如哉且勇者不必死節怯夫慕義何處不勉焉僕雖怯懦欲苟活亦頗識去就之分矣何至自湛（同沈）溺縲紲之辱哉且夫臧獲婢妾猶能引決況若僕之不得已乎所以隱忍苟活幽於糞土之中而不辭者恨私心有所不盡鄙陋沒世而文采不表於後世也古者富貴而名磨滅不可勝記惟倜（音惕）儻（湯上聲）非常之人稱焉蓋文王拘而演周易仲尼厄而作春秋屈原放逐乃賦離騷左邱失明厥有國語孫子臏腳兵法修列不韋遷蜀世傳呂覽韓非囚秦說難孤憤詩三百篇大抵聖賢發憤所爲也此人皆意所鬱結不得通其道故述往事思來者乃如左邱無目孫子斷足終不可用退而論書策以舒其憤思垂空文以自見僕竊不遜近自託於無能之辭網羅

倉直鼠閹閣之臣方展卿云此是補意大抵旋刑於大夫則君臣之幾溺矣若非閹閹之臣固不宜立其朝矣

天下放失舊聞。略考其行事。綜其終始。稽其成敗興壞之紀。上計軒轅。下至於茲。爲十表。本紀十二。書八章。世家三十。列傳七十。凡百三十篇。亦欲以究天人之際。通古今之變。成一家之言。草創未就。適會此禍。惜其不成。是以就極刑而無慍色。僕誠已著此書。藏之名山。傳之其人。通邑大都。則僕償前辱之責。雖萬被戮。豈有悔哉。然此可爲智者道。難爲俗人言也。且負下未易居。下流多謗議。僕以口語遇遭此禍。重爲鄉黨戮笑。以汚辱先人。亦何面目復上父母之邱墓乎。雖累百世。垢彌甚耳。是以腸一日而九迴。居則忽忽若有所亡。出則不知其所往。每念斯恥。汗未嘗不發背霑衣也。身直爲閨閤之臣。寧得自引深藏巖穴邪。故且從俗浮沈。與時俯仰。以通其狂惑。今少卿乃教以推賢進士。無乃與僕私心剌（音辣）謬乎。今雖欲自雕琢。曼（音萬）辭以自飾。無益於俗。不信。祇取辱耳。要之死日。然後是非乃定。書不能悉意。故略陳固陋。

眞西山曰。遷所論無可取者。然其文跌宕奇偉。亦以見如此人才而因言事置之腐刑。可爲痛惜也。○方望溪曰。如山之出雲。如水之赴壑。千態萬狀。變

化於自然由其氣之盛也後來惟韓退之答孟尚書書類此柳子厚諸長篇詞意醲郁而氣不能以自舉矣○李申耆曰厚集其陣鬱怒奮勢成此奇觀

牛馬走猶僕也、自謙之詞、足下見樂毅報燕惠王書注、望僕句望、怨也、鍾子期伯牙皆楚人、伯牙鼓琴、子期聽之、方鼓琴、而志在泰山、子期曰、巍巍乎若泰山、既而志在流水、子期又曰、湯湯乎若流水、及子期死、伯牙破琴絕絃、終身不復鼓琴、以時人無足復爲鼓琴耳、隨和隨侯珠、和氏璧、由夷許由、伯夷、點汙也、東從上來從武帝自東方還、卒卒促遽之意、抱不測句任安以戾太子事下獄、薄從上雍上雍、今陝西鳳翔縣南、漢祭天作時於此、言迫切從上至上雍祭也、不可諱死也、懣悶也、宮刑受此刑者、使守宮門、衛靈公二句靈公、名元、[家語]孔子居衛月餘、靈公與夫人同車出、令宦者雍渠參乘、使孔子爲次乘、遊過市、孔子曰、吾未見好德如好色、於是恥之、去衛過曹、此言適陳、殆據論語衛靈問陳、不對、明日遂行、下接在陳絕糧事而言、商鞅二句[史記]商君謂趙良曰、我治秦、孰與五羖大夫賢、趙良曰、五羖大夫、荊之鄙人也、繆公知其賢、舉之牛口之下、加之百姓之上、今君之見秦王也、因嬖人景監以爲主、非所以爲名也、同子二句同子、趙談也、與遷父同諱、故云、[漢書]上朝東宮、趙談驂乘、袁絲伏車前曰、臣聞天子所與共六尺輿者、皆天下豪英、今漢雖乏人、陛下獨奈何與刀鋸之餘同載、於是上笑、下趙談、袁絲、名盎、輦轂指京師也、搴拔也、下大夫太史令千石、故比下大夫、闒茸猥賤也、負無也、周衛句言在侍衛周密之地、戴盆句戴盆望天、兩有所妨、下文故專營一事也、李陵隴西成紀人、字少卿、廣之孫、媒櫱媒係借用字、俗作酶、酒酵也、櫱、麴也、謂如麴櫱、爲酒酵、釀成其禍也、王庭單于所居、旃裘匈奴所服、左右賢王匈奴至冒頓最强大、置左右賢王、積儲蓄也、沫血血澀面也、款款忠實貌、絕少分甘少則自絕、甘則分之、睚眦（怒目相視貌、）沮（止也、）貳師（將軍名號、[漢書]初上遣貳師李廣利出、令陵為助兵、及陵與單于相值、而貳師少功、上以遷誣罔、欲沮貳師、而為陵遊說、）理（治獄之官、）拳拳（忠謹之貌、）列（陳也、）茸（推也、）蠶室（行刑所居溫密之室、）剖符丹書（[漢書]漢初功臣、剖符世爵、[又]論功定封、申之以丹書之信、）文史星歷（遷父為太史、掌知天文律曆卜筮祠祀之事、）理色（理、道理、色、顏色、）詘體（謂被縲紲、）易服（謂著赭衣、）剔（除也、）嬰（繞也、）刑不上大夫（見[禮記]曲禮）定計於鮮（未遇刑自殺為鮮明也、）圜牆（獄四面有牆、）西伯二句（西伯、文王也、崇侯虎譖西伯於殷紂、紂乃囚之於羑里、[漢書]河內湯陰有羑里城、）李斯二句（李斯、楚上蔡人、秦用其計、并天下、二世立、趙高用事、誣斯子由通盜、具五刑、腰斬之、）淮陰二句（韓信為楚王、都下邳、信因行縣邑、陳兵出入、有人告信欲反、上用陳平謀、僞遊雲夢、信謁上於陳、高祖令武士縛之、械信至洛陽、赦以為淮陰侯、）彭越張敖二句（高帝立彭越為梁王、梁王稱疾、上使使掩捕梁王、囚之洛陽、張敖、張耳子、尚高祖長女魯元公主、高祖從平城過趙、趙王旦暮自上食、高祖慢罵之、趙相貫高趙午說敖請殺高祖、明年、上從東垣過、貫高等乃壁人柏人要之、上過欲宿、心動、遂去、貫高怨家知其謀、上告之、於是逮捕趙王諸反者、趙午十餘人、皆自剄、貫高獨怒罵曰、誰令公等為之、今王實無反謀、檻車與詣長安、高下獄、曰、吾屬為之、王不知也、）絳侯三句（絳侯周勃與陳平謀誅諸呂而立孝文、為丞相、十餘月、上乃免丞相就國、歲餘、每河東尉守行縣至絳、絳侯勃自畏恐誅、常披甲、令家人持兵以自衛、其後人有上書告勃欲反、下廷尉、廷尉捕治之、請室、請罪之室、）魏其三句（竇嬰、景帝時、吳楚反、拜嬰為大將軍、七國破、封嬰為魏其侯、坐灌夫罵丞相田蚡不敬、遂論嬰棄市、三木、桎梏之類、在項及手足也、）季布句（季布、楚人、為任俠有名、項籍使將兵、數窘漢王、項籍滅、高祖購求布千金、敢匿者、罪三族、布匿於濮陽周氏、周氏乃髡鉗布、衣褐、致廣柳車中、與其家僮數十人之魯朱家賣之、朱家心知季布也、買置田舍、乃之洛陽、見汝陰滕公說曰、季布何罪、臣各為其主耳、滕公許諾、侍閒、果言如朱家旨、上乃赦布、召見、謝、拜郎中、）灌夫句灌夫、字仲孺、潁陰人、爲太僕時、坐罪徙爲燕相、及竇嬰失勢、兩人相引重、與丞相田蚡有隙、元光四年、蚡取燕王女爲夫人、太后詔曰、列侯宗室皆往賀、嬰爲壽、夫行酒、至蚡、蚡半膝席曰、不能滿觴、夫怒、乃嘻言曰、將軍貴人也、畢之、次至臨汝侯灌賢、方與程不識耳語、又不避席、夫無所發怒、罵賢曰、平生毀程不識、不直一錢、今日長者爲壽、乃効兒女曹呫囁耳語、蚡謂夫曰、今衆辱程將軍、仲孺獨不爲李將軍地乎、夫曰、今日斬頭穴胸、何知程李乎、乃起、蚡遂怒曰、此吾驕灌夫罪也、藉福起爲謝、按夫項令謝、夫愈怒、不肯謝、蚡乃麾騎縛夫置傳舍、召長史曰、今日召宗室有詔、劾灌夫罵坐不敬、繫居室、臧獲見魯連遺燕將書注、倜儻卓異也、文王句紂囚西伯於羑里、西伯演易八卦爲六十四卦、仲尼句「史記」孔子曰、吾道不行矣、何以自見於後世哉、乃約魯史而作春秋、屈原句屈原爲懷王左徒、爲上官大夫所誣、讒之於王、王怒而疎之、作離騷經、左邱句左邱明取列國之史、春秋傳之所未及、集爲國語、孫子句孫子、卽孫臏、臏與龐涓俱學兵法、涓事魏惠王、自以爲能不及臏、乃陰使人召臏、以法刑斷其兩足而黥之、齊使者如梁、竊載與之齊、齊將田忌書之、進之於威王、其後魏與趙攻韓、韓告急於齊、齊使田忌直走大梁、涓去韓而歸、臏度其行暮當至馬陵、令善射者伏夾道、涓至、萬弩俱發、乃自剄死、不韋句不韋、陽翟大賈人、秦莊襄王薨、太子政立、尊不韋爲相國、號仲父、不韋致食客三千人、使其客人人著所聞集論、爲八覽、十二紀、六論、二十餘萬言、號呂氏春秋、後因進嫪毐於太后事、得罪、秦王乃賜不韋書、與其家屬徙蜀、不韋懼誅、飲酖而死、韓非句韓非者、韓之諸公子、見韓削弱、以書諫王、不能用、乃作孤憤五蠹說難十餘萬言、秦王大賞之、因急攻韓、韓乃遣非使秦、秦王悅之、李斯姚賈毀之、秦王下吏治非、李斯使人遺藥使自殺、負下未易居負累之下、未易可居、刺戾也、曼美也、

王生與蓋寬饒書

蓋寬饒、字次公、魏郡人、深刻喜陷害人、又好言事刺譏奸犯上意、王生高寬饒節、而非其如此、予以書、

〇〇

明主知君潔白公正。不畏彊禦。故命君以司察之位。擅君以奉使之權。尊官厚

此次公之所以爲狂也

賜蓋魏相等人

祿已施於君矣君宜夙夜惟思當世之務奉法宣化憂勞天下雖日有益月有功猶未足以稱職而報恩也自古之治三王之術各有制度今君不務循職而已迺（同乃）欲以太古久遠之事匡拂（讀弼）天子數進不用難聽之語以摩切左右非所以揚令名全壽命者也方今用事之人皆明習法令言足以飾君之辭文足以成君之過君不惟蘧（求於切）氏之高蹤而慕子胥之末行用不訾（同貲）之軀臨不測之險竊爲君痛之夫君子直而不挺曲而不詘（同屈）大雅云既明且哲以保其身狂夫之言聖人擇焉惟裁省覽

眞西山曰此蓋以危行言孫望寬饒也然則宣帝之時可知矣王生智士史逸其名惜哉○王生之論自是保身之計次公醒而狂何必酒也想見不滿於時相之概（濂識）

彊禦（彊梁而拒善者、）司察之位二句（時寬饒爲大中大夫、使行風俗、奏使稱意、擢爲司隸校尉、）蘧氏（蘧伯玉、邦無道、則可卷而懷之、）子胥（伍員字、知吳王不可諫而不能止、自取誅滅、）不訾（言無貲量可以比之、貴重之極也、）

楊子幼報孫會宗書（惲封平通侯、遷中郎將、與太僕戴長樂相失、坐事、免爲庶人、惲見已失爵位、遂即歸家閒居、自治產業、起室宅、以財自娛、歲餘

一肚皮的牢騷盡情發洩

友人安定太守西河孫會宗、與惲書、諫戒之、言大臣廢退、當闔門惶懼、爲可憐之意、不當治產業、通賓客、有稱譽、惲乃作此書報之、〇〇〇

惲（於粉切）材朽行穢文質無所底幸賴先人餘業得備宿衞遭遇時變以獲爵位終非其任卒與禍會足下哀其愚蒙賜書教督以所不及殷勤甚厚然竊恨足下不深惟其終始而猥隨俗之毀譽也言鄙陋之愚心若逆指而文（音問）過默而息乎恐違孔氏各言爾志之義故敢略陳其愚唯君子察焉惲家方隆盛時乘朱輪者十人位在列卿爵爲通侯總領從官與聞政事曾不能以此時有所建明以宣德化又不能與羣僚同心幷力陪輔朝廷之遺忘已負竊位素餐之責久矣懷祿貪勢不能自退遭遇變故橫被口語身幽北闕妻子滿獄當此之時自以夷滅不足以塞責豈意得全首領復奉先人之邱墓乎伏惟聖主之恩不可勝量君子遊道樂以忘憂小人全軀說以忘罪竊自思念過已大矣行已虧矣長爲農夫以沒世矣是故身率妻子戮力耕桑灌園治產以給公上不意當復用此爲譏議也夫人情所不能止者聖人弗禁故君父至尊親送其終也有時而既臣之得罪已三年矣田家作苦歲時伏臘亨羊炰（音庖）羔斗酒自勞家本

詩與情事不類取禍之道在此

不惜之風殊覺無謂率發此函或孫氏之惱羞成怒歟

秦也能爲秦聲婦趙女也雅善鼓瑟奴婢歌者數人酒後耳熱仰天拊音撫缶方九切而呼烏烏其詩曰田彼南山蕪穢不治種一頃豆落而爲萁音箕人生行樂耳須富貴何時是日也拂衣而喜奮褎同袖低昂頓足起舞誠荒淫無度不知其不可也惲幸有餘祿方糴賤販貴逐什一之利此賈音古豎之事汙辱之處惲親行之下流之人衆毀所歸不寒而栗雖雅知惲者猶隨風而靡尚何稱譽之有董生不云乎明明求仁義常恐不能化民者卿大夫意也明明求財利常恐困乏者庶人之事也故道不同不相爲謀今子尚安得以卿大夫之制而責僕哉夫西河魏土文侯所興有段干木田子方之遺風凜然皆有節概知去就之分頃者足下離舊土臨安定安定山谷之間昆戎舊壤子弟貪鄙豈習俗之移人哉於今乃睹子之志矣方當盛漢之隆願勉旃毋多談

眞西山曰文氣豪蕩似史遷然辭涉怨望

底致也、幸賴二句父敞爲丞相、己得爲侍騎郎、遭遇二句惲以告霍氏謀反、封平通侯、猥猶遂也、逆指文過謂逆會宗之旨、而文飾己過、[論語]小人之過也必文、孔氏句[論語]顏淵季路侍、子曰、盍各言爾志、朱輪漢制二千石以上、得乘朱輪、通侯言其功德通於王室、**素餐**素、空也、不稱其職、空食祿也、[詩]不素餐兮、**橫被口語**惲與戴長樂有隙、長樂爲宣帝舊人、譖於帝前、惲由是得罪、**身幽北闕**[漢書注]上章者於公車有不如法者、以付北軍尉、北軍尉罰之、楊惲上書、遂幽北闕、公車門所在也、**有時而既**既、盡也、喪不過三年、臣下放逐、降居三月、復初、**炰**裹物燒也、**拊**猶拍也、**缶**瓦器、秦人擊之以節歌、**烏烏**[李斯諫逐客書]擊甕叩缶、而歌呼嗚嗚快耳者、眞秦之聲也、**田彼南山六句**其、豆萁、須、待也、上二句、喩朝政荒亂、中二句、喩賢人放棄、末二句、言及時行樂、**栗**竦縮也、**董生**董仲舒也、見小傳、**西河**會宗所居之地、戰國時爲魏土、**文侯**名斯、**段干木田子方**皆賢人、文侯師卜子夏、田子方、聘段干木不至、**安定**漢時西邊郡名、治今甘肅固原縣、有汧山烏山在其境、爲周文王所伐昆夷之故地、**旃**語助辭、

劉子駿移讓太常博士書

子駿欲建立左氏春秋、及毛詩逸禮、古文尚書、列於學官、哀帝令與五經博士講論、諸博士不肯置對、因移書責讓之、

○○

提出唐虞三代及孔子以見經學之大原所出

昔唐虞既衰而三代迭興聖帝明王累起相襲其道甚著周室既微而禮樂不正道之難全也如此是故孔子憂道之不行歷國應聘自衛反魯然後樂正雅頌乃得其所修易序書制作春秋以紀帝王之道及夫子歿而微言絕七十子終而大義乖重遭戰國棄籩音邊豆之禮理軍旅之陳孔氏之道抑而孫吳之術興陵夷至於暴秦燔經書殺儒士設挾書之法行是古之罪道術由是遂滅漢

以下歷述經之隱見

三事眞西山云謂左氏春秋古文尚書逸禮也

興。去聖帝明王遐遠。仲尼之道又絕。法度無所因襲。時獨有一叔孫通。略定禮儀。天下惟有易卜。未有它(同他)書。至孝惠之世。乃除挾書之律。然公卿大臣絳灌之屬。咸介冑武夫。莫以爲意。至孝文皇帝。始使掌故鼂錯從伏生受尚書。尚書初出於屋壁。朽折散絕。今其書見(讀現)在。時師傳讀而已。詩始萌牙。天下衆書往往頗出。皆諸子傳說。猶廣立於學官。爲置博士。在漢朝之儒。惟賈生而已。至孝武皇帝。然後鄒魯梁趙頗有詩禮春秋先師。皆起於建元之間。當此之時。一人不能獨盡其經。或爲雅。或爲頌。相合而成。泰誓後得。博士集而讀之。故詔書稱曰。禮壞樂崩。書缺簡脫。朕甚閔焉。時漢興已七八十年。離於全經。固已遠矣。及魯恭王壞孔子宅。欲以爲宮。而得古文於壞壁之中。逸禮有三十九。書十六篇。天漢之後。孔安國獻之。遭巫蠱倉卒之難。未及施行。及春秋左氏。邱明所修。皆古文舊書。多者二十餘通。藏於祕府。伏而未發。孝成皇帝閔學殘文缺。稍離其眞。乃陳發祕藏。校理舊文。得此三事。以考學官所傳經。或脫簡。傳或間編。傳問民間。則有魯國桓公。趙國貫公。膠東庸生之遺學。與此同。抑而未施。此乃有識

姚氏云先慨嘆作一頓下乃實說其抑而未施處情最深鬱屬得是

從善服義四字不獨研究經學者當知之

責讓之辭以勸勉出之自覺娓娓動聽

進一層說反對者尤不容藉口

者之所惜閔士君子之所嗟痛也往者綴學之士不思廢絕之闕苟因陋就寡分文析字煩言碎辭學者罷老且不能究其一藝信口說而背傳記是末師而非往古至於國家將有大事若立辟雍封禪巡狩之儀則幽冥而莫知其源猶欲保殘守缺挾恐見破之私意而無從善服義之公心或懷妒嫉不考情實雷同相從隨聲是非抑此三學以尚書為備謂左氏為不傳春秋豈不哀哉今聖上德通神明繼統揚業亦閔文學錯亂學士若茲雖昭其情猶依違謙讓樂與士君子同之故下明詔試左氏可立不（否同）遣近臣奉指銜命將以輔弱扶微與二三君子比意同力冀得廢遺今則不然深閉固距而不肯試猥以不誦絕之欲以杜塞餘道絕滅微學夫可與樂成難與慮始此乃衆庶之所為耳非所望士君子也且此數家之事皆先帝所親論今上所考視其古文舊書皆有徵驗外內相應豈苟而已哉夫禮失求之於野古文不猶愈於野乎往者博士書有歐陽春秋公羊易則施孟然孝宣皇帝猶復廣立穀梁春秋梁邱易大小夏侯尚書義雖相反猶並置之何則與其過而廢之也寧過而立之傳曰文武之道

入後悚以警辭亦文中應有之義

未墜於地在人賢者志其大者不賢者志其小者今此數家之言所以兼包大小之義豈可偏絕哉若必專己守殘黨同門妒道眞違明詔失聖意以陷於文吏之議甚爲二三君子不取也

眞西山曰按此書則漢於六經殘缺之餘收拾補完其功蓋不少也○方望溪曰此兩漢經學淵源所係不得以人而廢又曰劉向校錄羣書歆卒父業而奏七略班固藝文志壹依歆所定後世所傳諸經史記周秦間諸子皆歆所定也歆承父學淵源所漸頗深故禮議經說程朱皆遵用而周官戴記詩書史記內亦間有爲歆所竄亂者歆博學能文所倣古書形貌輒似故二千餘年此覆未發程朱復生當能辨黑白而定一尊也○吳至父曰子駿文氣峻厲過於厥考又曰子駿經術深純後人以其仕莽頗加譏議至望溪更創爲新論於六經中不可解者輒謂子駿所竄亂此不根之談不足據也

自衞反魯三句［見論語］微言 微妙之言、籩豆 食器、竹曰籩、木曰豆、孫吳 孫武、吳起、殺儒士［尚書序］始皇滅先代典籍、焚書坑儒、天下學士、逃難解散、［疏］衞宏古文奇字序云、秦患天下不從、而召諸生、至者皆拜爲郎、凡七百人、又密令冬月種瓜於驪山硎谷之中溫處、瓜實、乃使人上書曰冬瓜有實、有詔天下博士諸生說之、人人各異、則皆使往視之、而爲伏機、諸生方相論難、因發機從上塡之以土、皆終命也、是古之罪以古事爲是者卽罪之、叔孫通薛人、始爲秦博士、逃去、從仕漢、定朝儀、絳灌周勃、灌嬰、勃封絳侯、掌故官名、掌守故典、伏生名勝、濟南人、孝文閒伏生修尙書、詔鼂錯往受之、學官學校之官舍、賈生謂賈誼也、鄒魯梁趙句[漢書儒林傳序]漢興、言詩、於魯則申培公、於齊則轅固生、燕則韓太傅、言禮、則魯高堂生、言春秋、於齊則胡母生、於趙則董仲舒、建元武帝年號、泰誓書篇名、武帝末、有人得泰誓書於壁中、魯恭王名餘、景帝子、天漢武帝年號、孔安國字子國、巫蠱武帝時、方士及諸神巫多聚京師、女巫往來宮中、敎美人度厄、埋木人祭祀、會帝病、江充言疾在巫蠱、掘蠱宮中、充與太子有隙、因言太子宮得木人尤多、太子恐、收充斬之、擧兵反、尋敗自殺、後田千秋訟太子寃、族江充家、孝成帝名驁、元帝子、桓公疑卽桓生、桓生以習禮爲禮官大夫、貫公趙人、從賈誼受左傳訓故、爲河間獻王博士、庸生膠東人、名譚、通古文尙書、爲孔安國再傳弟子、又庸生治論語、見[漢書藝文志]綴學綴、連屬也、辟雍天子之學、封禪積土祭天曰封、掃地而祭曰禪、巡守天子巡行諸侯所守之國、以尙書爲備當時學者、謂尙書惟有二十八篇、不知本有百篇、今上成帝子、哀帝欣、依違不專決也、比合也、歐陽歐陽生、字和伯、千乘人、事伏生、公羊名高、齊人、施孟施讎、字長卿、沛人、孟喜、字長卿、東海人、俱從田王孫受易、孝宣帝初名病已、更名詢、戾太子之孫、穀梁名俶、字元始、一名赤、梁邱梁邱賀、字長翁、琅邪人、從京房受易、大小夏侯夏侯勝從伏生受尙書、勝傳從兄子建、建又事歐陽高、由是尙書有大小夏侯之學、專己守殘專執其偏見、守殘缺之文、黨同門黨同師之學、妬道眞妬道藝之眞、

評校音注古文辭類篹卷二十七終

胸中無滯礙句眞西山云此書稱許大顚之語多爲後人妄意隱避刪節太過故多脫略失其正意他尙無大利害或有刪去胸中無滯礙五字者則要自以爲難得一句不復成文理矣蓋韓公之學見於原道者雖有以識夫大用之流行而於本然之全體則疑其有所未觀且於日用之間亦未見其有以存養省察而體之於身也是以雖其所以自任者不爲不重而其平生用力深處終不離乎文字言語之工至其好樂之私則又未能卓然有以自拔於流俗所與遊者不過一時之文士其於僧道則亦僅得毛干暢觀靈惠之流耳是其身心內外所立所資不

韓退之與孟尙書書

孟尙書、名簡、字幾道、德州平昌人、最嗜佛、元和十四年正月、愈以言佛骨貶潮州、與潮僧大顚遊、人遂云奉佛氏、其冬、移袁州、明年、簡移書言及、愈作此書答之、

〇〇〇

愈白行官自南迴過吉州得吾兄二十四日手書數番忻悚兼至未審入秋來眠食何似伏惟萬福來示云有人傳愈近少信奉釋氏此傳之者妄也潮州時有一老僧號大顚頗聰明識道理遠地無可與語者故自山召至州郭留十數日實能外形骸以理自勝不爲事物侵亂與之語雖不盡解要自胸中無滯礙以爲難得因與來往及祭神至海上遂造其廬及來袁州留衣服爲別乃人之情非崇信其法求福田利益也孔子云丘之禱久矣凡君子行己立身自有法度聖賢事業具在方册可效可師仰不愧天俯不愧人內不愧心積善積惡殃慶自各以其類至何有去聖人之道捨先王之法而從夷狄之敎以求福利也詩不云乎愷悌君子求福不回傳又曰不爲威惕不爲利疚假如釋氏能與人

越乎此亦何所據以爲息邪距詖之本而充其所以自任之心乎是以一凡放逐憔悴亡聊之中無復平日飲博過從之樂方其鬱鬱不能自遺而卒然見夫瘁海之潰異端之學乃有能以義理自勝不爲事物侵亂之人與之語雖不盡辨亦豈不足以蕩滌情累而暫空其滯礙之懷乎然則凡此稱譽之言自不必諱而于公所謂不求其禍不長其禍不學其道者初亦不相妨也避然使公于此能因彼稊稗之有秋而悟我黍稷之未熟一且翻然反求諸身以盡聖賢之蘊則所謂以禮自勝不爲外物侵亂者將無復羨於彼而吾之所以自任者益悵乎其有餘地矣豈不倖哉

今天下不之楊方望溪云二語開後夫楊墨行劉海峯云以下屈盤瘦硬千迴百折有眞氣行乎其間具江河沛然之勢洵爲韓書第一孟子雖賢聖張廉卿云此處突接遙接

爲禍祟。(音粹)非守道君子之所懼也。況萬萬無此理。且彼佛者果何人哉。其行事類君子邪。小人邪。若君子也。必不妄加禍於守道之人。如小人也。其身已死。其鬼不靈。天地神祇。昭布森列。非可誣也。又肯令其鬼行胸臆(伊力切)作威福於其間哉。進退無所據。而信奉之。亦且惑矣。且愈不助釋氏而排之者。其亦有說。孟子云。今天下不之楊則之墨。楊墨交亂。而聖賢之道不明。則三綱淪而九法斁。(音妬)禮樂崩而夷狄橫。幾何其不爲禽獸也。故曰能言距楊墨者。聖人之徒也。揚子雲云。古者楊墨塞路。孟子辭而闢之。廓如也。夫楊墨行。正道廢。且將數百年。以至於秦。卒滅先王之法。燒除其經。坑殺學士。天下遂大亂。及秦滅。漢興且百年。尚未知修明先王之道。其後始除挾書之律。稍求亡書。招學士。經雖少得。尚皆殘缺。十亡二三。故學士多老死。新者不見全經。不能盡知先王之事。各以所見爲守。分離乖隔。不合不公。二帝三王羣聖人之道。於是大壞。後之學者。無所尋逐。以至於今泯泯也。其禍出於楊墨肆行。而莫之禁故也。孟子雖賢聖。不得位。空言無施。雖切何補。然賴其言。而今學者。尚知宗孔氏。崇仁義。貴王賤霸。而

安在其能廓如也　張廉卿云極力翻起為下文作勢

然向無孟氏　張廉卿云止二句而孟氏之功極矣

故愈嘗推尊孟氏　張廉卿云前文無數轉折頓挫方入此句格外出力

釋老之害　張廉卿云突轉逆勢

不量其力　張廉卿云縱筆絕奇有呵斥鬼神之概

雖然使其道　張廉卿云轉折有拔山之力

天地鬼神　方望溪云二語抱前

已。其・大・經・大・法・皆・亡・滅・而・不・救・壞・爛・而・不・收・所・謂・存・十・一・於・千・百・安・在・其・能・廓・如・也・然・向・無・孟・氏・則・皆・服・左・衽（如鴆切）而・言・侏（音朱）離・矣・故・愈・嘗・推・尊・孟・氏・以・為・功・不・在・禹・下・者・為・此・也・漢・氏・已・來・羣・儒・區・區・修・補・百・孔・千・瘡・隨・亂・隨・失・其・危・如・一・髮・引・千・鈞・緜・緜・延・延・寖・以・微・滅・於・是・時・也・而・唱・釋・老・於・其・間・鼓・天・下・之・衆・而・從・之。嗚。呼。其。亦。不。仁。甚。矣。釋。老。之。害。過。於。楊。墨。韓。愈。之。賢。不。及。孟。子。孟。子。不。能。救。之。於。未。亡。之。前。而。韓。愈。乃。欲。全。之。於。已。壞。之。後。嗚。呼。其。亦。不。量。其。力。且。見。其。身。之・危・莫・之・救・以・死・也・雖・然・使・其・道・由・愈・而・粗・傳・雖・滅・死・萬・萬・無・恨・天・地・鬼・神・臨・之・在・上・質・之・在・旁・又・安・得・因・一・摧・折・自・毀・其・道・以・從・於・邪・也。籍湜（音殖）輩雖屢指教不知果能不叛去否辱吾兄眷厚而不獲承命惟增慙懼死罪死罪愈再拜。

方望溪曰理足氣盛浩然如江河之達○曾滌生曰此為韓公第一等文字當與原道並讀○張廉卿曰渾灝變化千轉百折而氣愈勁其雄肆之氣奇傑之辭並臻上乘北宋諸家皆無能為役

吉州（唐屬江南西道、治今江西廬陵縣、元和十五年、貶孟簡為吉州司馬、）潮州（唐屬嶺南道、治今廣東潮安縣、）袁州（唐屬江南西道、治今江西宜春縣、愷悌君子二句［見詩旱麓篇］不爲威惕二句［左哀］楚白公有不爲威惕不爲利諂語、數 敗也、左袵 袵、衣襟也、左袵、夷狄之俗、侏離 蠻人之語、［後漢書南蠻傳］衣裳斑斕、語言侏離、籍 張籍、字文昌、和州烏江人、工樂府、官終國子司業、湜 皇甫湜、字持正、睦州新安人、工文、裴度常辟爲判官、

韓退之與鄂州柳中丞書

鄂州、唐屬江南西道、治今湖北武昌縣、柳中丞、名公綽、字寬、京兆華原人、自御史中丞出爲湖南觀察使、後徙鄂岳觀察使、

○○○

淮右殘孽尙守巢窟環寇之師殆且十萬瞋 稱人切 目語難自以爲武人不肯循法度頡 奚結切 頏 音航 作氣勢竊爵位自尊大者肩相摩地相屬也不聞有一人援桴 音孚 鼓誓衆而前者但日令走馬來求賞給助寇爲聲勢而已閣下書生也詩書禮樂是習仁義是修法度是束一旦去文就武鼓三軍而進之陳師鞠旅親與爲辛苦慷慨感激同食下卒將二州之牧以壯士氣斬所乘馬以祭踶 音弟 死之士雖古名將何以加茲此由天資忠孝鬱於中而大作於外動皆中於機會以取勝於當世而爲戎臣師豈常習於威暴之事而樂其鬬戰之危也哉愈誠怯弱不適於用聽於下風竊自增氣誇於中朝稠人廣衆會集之中所以羞武

瞋目語難張廉卿云證諸鬱劍

不聞有一人張廉卿云勁折又云敍武人不足用處窮極事情

所以羞武夫之類張廉卿云筆勢重辣如刀劍之斫

良食與孟父云用國語子犯良食語

夫之顏令議者知將國兵而爲人之司命者不在彼而在此也臨敵重愼戒輕出入良食自愛以副見慕之徒之心而果爲國立大功也幸甚幸甚

劉海峯曰奔瀉蒼古似西漢○大姚曰二書如河決下流而東注○曾滌生曰文氣絕勁

淮右殘孽（指吳元濟、元濟爲少陽子、少陽爲淮西節度使、元濟繼之、後反、裴度等討平之、）瞋目（張目也、）語難（語難與言也、）頡頏（猶言强項、）桴（擊鼓杖、）陳師鞠旅（句見「詩小雅」二千五百人爲師、五百人爲旅、鞠、告也、）一州（指岳州安州、時方討吳元濟、詔發鄂岳兵五千、隸安州刺史李聽、公綽曰、朝廷謂吾儒生不知兵邪、請自行、許之、引兵渡江、坻安州、即以都知兵馬使中軍先鋒行營都虞候三牒授聽、選兵六千屬焉、戒諸將曰、行營事一決都將、聽畏威、遂盡力、）斬所乘馬二句（騠、駒也、公綽所乘馬、騠殺圉人、命殺馬祭之、）

韓退之再與鄂州柳中丞書○○○

愈愚不能量事勢可否比常念淮右以靡弊困頓三州之地蚊蚋蟻蟲之聚感兇豎煦（虛羽切）濡飲食之惠提童子之手坐之堂上奉以爲帥出死力以抗逆明詔戰天下之兵乘機逐利四出侵暴屠燒縣邑賊殺不辜環其地數千里莫不被其毒洛汝襄荊許潁淮江爲之騷然丞相公卿士大夫勞於圖議握兵之將

愚初聞時曾滌生云砉然入人之肺腑故足以作忠孝之氣豈以爲閣下張廉卿云造語精妙讀之其音琅然就令如是張廉卿云頓折其所以服人心吳至父云此爲文中之關鍵以下言行事適機宜以上言風采可畏愛

夫遠徵軍士方望溪云此書疏體故有別言一事與上文無干涉者曾滌生云論事之文不踰賈晁

裴中丞裴度也時憲宗遣視淮西師

熊羆貙（音區）虎之士畏懦蹴（子六切）蹜（所六切）莫肯杖戈爲士卒前行者獨閣下奮然率先揚兵界上將二州之守親出入行間與士卒均辛苦生其氣勢見將軍之鋒穎凜然有向敵之意用儒雅文字章句之業取先天下武夫關其口而奪之氣愚初聞時方食不覺棄匕箸起立豈以爲閣下眞能引孤軍單進與死寇角逐爭一旦僥倖之利哉就令如是亦不足貴其所以服人心在行事適機宜而風采可畏愛故也是以前狀輒述鄙誠眷惠手翰還答益增忻悚夫一衆人心力耳目使所至如時雨三代用師不出是道閣下果能充其言繼之以無倦得形便之地甲兵足用雖國家故所失地旬歲可坐而得況此小寇安足置齒牙間勉而卒之以俟其至幸甚幸甚夫遠徵軍士行者有羇旅離別之思居者有怨曠騷動之憂本軍有饋餉煩費之難地主多姑息形迹之患急之則怨緩之則不用命浮寄孤懸形勢銷弱又與賊不相諳委臨敵恐駭難以有功若召募士人必得豪勇與賊相熟知其氣力所極無望風之驚愛護鄉里勇於自戰徵兵滿萬不如召募數千閣下以爲何如儻可上聞行之否計已與裴中丞相見

耋筆寫來自成理致

行營事宜。不惜時賜示。及幸甚。不宜。

行事適機宜。風采可畏愛。此文亦足以當之。濂讀

三州（申、光、蔡、）兇豎（指吳元濟、）洛（州名、今河南洛陽縣等地、）汝（州名、治今河南臨汝縣、）襄（州名、治今湖北襄陽縣、）荊（州名、治今湖北江陵縣、）許（州名、治今河南許昌縣、）潁（州名、治今安徽阜陽縣、）淮（淮陽、郡名、治今河南淮陽縣、）江（州名、治今江西九江縣、）貙（大如豹、文如貍、）

韓退之與崔羣書（羣、字敦詩、貝州武城人、貞元八年進士、時爲宣州判官、）○○

自足下離東都。凡兩度枉問。尋承已達宣州。主人仁賢。同列皆君子。雖抱羇旅之念。亦且可以度日。無入而不自得。樂天知命者。固前修之所以禦外物者也。況足下度越此等百千輩。豈以出處近遠。累其靈臺邪。宣州雖稱清涼高爽。然皆大江之南。風土不並於北。將息之道。當先理其心。心閒無事。然後外患不入。風氣所宜。可以審備。小小者亦當自不至矣。足下之賢。雖在窮約。猶能不改其樂。況地至近。官榮祿厚。親愛盡在左右者邪。所以如此云云者。以爲足下賢者。宜在上位。託於幕府。則不爲得其所。是以及之。乃相親重之道耳。非所以待足下者也。僕自少至今。從事於往還朋友間。一十七年矣。日月不爲不久。所與交

交友雖多胸中自有黑白

往相識者千百人非不多其相與如骨肉兄弟者亦且不少或以事同或以藝取或慕其一善或以其久故或初不甚知而與之已密其後無大惡因不復決捨或其人雖不皆入於善而於己已厚雖欲悔之不可凡諸淺者固不足道深者止如此至於心所仰服考之言行而無瑕尤窺之閫奧而不見畛域明白淳粹輝光日新者惟吾崔君一人僕愚陋無所知曉然聖人之書無所不讀其精麤巨細出入明晦雖不盡識抑不可謂不涉其流者也以此而推之以此而度之誠知足下出羣拔萃無謂僕何從而得之也與足下情義寧須言而后自明邪所以言者懼足下以爲吾所與深者多不置白黑於胸中耳既謂能粗知足下而復懼足下之不我知亦過也比亦有人說足下誠盡善盡美抑猶有可疑者僕謂之曰何疑疑者曰君子當有所好惡好惡不可不明如清河者人無賢愚無不說其善伏其爲人以是而疑之耳僕應之曰鳳皇芝草賢愚皆以爲美瑞青天白日奴隸亦知其清明譬之食物至於遐方異味則有嗜者有不嗜者至於稻也粱也膾也炙也豈聞有不嗜者哉疑者乃解解不解於吾崔君無所

自古賢者少會滌生云悲感交集王荊公與段縫書中段爲賓子固代鳴不平文氣脫胎於此

人固有薄卿相會滌生云詭憤出奇想沈痛至矣

無以自全活者會滌生云後路絕深痛

損益也自古賢者少不肖者多自省事已來又見賢者恆不遇不賢者比肩青紫賢者恆無以自存不賢者志滿氣得賢者雖得卑位則旋而死不賢者或至眉壽不知造物者意竟如何無乃所好惡與人異心哉又不知無乃都不省記任其死生壽夭邪未可知也人固有薄卿相之官千乘之位而甘陋巷葅羹者同是人也猶有好惡如此之異者況天之與人當必異其所好惡無疑也合於天而乖於人何害況又時有兼得者邪崔君崔君無怠無怠僕無以自全活者從一官於此轉困窮甚思自放於伊潁之上當亦終得之近者尤衰憊左車第二牙無故動搖脫去目視昏花尋常間便不分人顏色兩鬢半白頭髮五分亦白其一鬚亦有一莖兩莖白者僕家不幸諸父諸兄皆康彊早世如僕者又可以圖於久長哉以此忽忽思與足下相見一道其懷小兒女滿前能不顧念足下何由得歸北來僕不樂江南官滿便終老嵩下足下可相就僕不可去矣珍重自愛愼飲食少思慮惟此之望愈再拜

方望溪曰自篇首至非所以待足下者也敍與崔情義自僕自少至今亦過

非故欲發余乎方望俛云與篇末無以發余之狂言相應蓋達則欲同所樂於人而

也承前相親重而自明所以知崔自比亦有人說至無所損益也言衆人有疑而已獨知之深自自古賢者少至無息因篇首賢者宜在上位先寄慨而正言以勉之○劉海峯曰公與崔羣最相知故有此本色之文中間感賢士不遇尤爲鬱勃淋漓

東都（今河南洛陽縣、）宣州（唐屬江南西道、治今安徽宣城縣、）主人仁賢二句（貞元十二年八月、以崔衍爲宣歙觀察使、羣與李博俱在幕府、公送崧儀之序、亦云當今藩翰之賓客、惟宣州多賢、與之遊者二人焉、隴西李博、淸河崔羣、）宜靈臺（心也、[莊子庚桑楚]不可內於靈臺、）闉奧（房室深處、）畛域（界限、）伊潁（並水名、在河南省、潁東南流入安徽、經太和阜陽潁上、至西正陽關、入淮、）左車第二牙（[左僖五年]輔車相依、脣亡齒寒、注、車謂牙車、）嵩（山名、在河南登封縣北、）

韓退之答崔立之書

（立之、字斯立、貞元四年進士、時愈三試吏部不售、斯立遺書比之獻玉者、故作此書以報之、）○○

斯立足下。僕見險不能止。動不得時。顛頓狼狽。失其所操持。困不知變。以至辱於再三。君子小人之所憫笑。天下之所背而馳者也。足下猶復以爲可敎。貶損道德。乃至手筆以問之。攀援古昔。辭義高遠。且進且勸足下之於故舊之道得矣。雖僕亦固望於吾子。不敢望於他人者耳。然尙有似不相曉者。非故欲發余度風俗於古。窮則作唐之一經。垂之無窮。皆大夫之事。而蔑視一時進退取舍。而以屈孟自期。皆所謂狂言也。

誠使古之豪傑之士　曾滌生云。層層感憤。迸露紙上。張廉卿云。此段寔祇說豪傑之士遭不遇。必有自負。而以數層頓挫跌出。

乎。不然。何子之不以丈夫期我也。不能默默。聊復自明。僕始年十六七時。未知人事。讀聖人之書。以為人之仕者皆為人耳。非有利乎己也。及年二十時。苦家貧。衣食不足。謀於所親。然後知仕之不惟為人耳。及來京師。見有舉進士者。人多貴之。僕誠樂之。就求其術。或出禮部所試賦詩策等以相示。僕以為可無學而能。因詣州縣求舉。有司者好惡出於其心。四舉而後有成。亦未即得仕。聞吏部有以博學宏辭選者。人尤謂之才。且得美仕。就求其術。或出所試文章。亦禮部之類。私怪其故。然猶樂其名。因又詣州府求舉。凡二試於吏部。一既得之。而又黜於中書。雖不得仕。人或謂之能焉。退自取所試讀之。乃類於俳(音牌)優者之辭。顏忸(女六切)怩(音尼)而心不寧者數月。既已為之。則欲有所成就。書所謂恥過作非者也。因復求舉。亦無幸焉。乃復自疑。以為所試與得之者不同其程度。及得觀之。余亦無甚愧焉。夫所謂博學者。豈今之所謂者乎。夫所謂宏辭者。豈今之所謂者乎。誠使古之豪傑之士。若屈原。孟軻。司馬遷。相如。揚雄之徒。進於是選。必知其懷慙。乃不自進而已耳。設使與夫今之善進取者。競於蒙昧之中。僕必

段末一句筆力絕勁與孟簡書中段同

然彼五子者　張廉卿云折轉筆力如拗鐵

其自負何如哉　張廉卿云已透下一段意所謂文字脈絡

方今天下　張廉卿云此一段純以雄直之氣行之而曲折及控勒處要自遒勁

作唐之一經　曾滌生云極自負語

知其辱焉然彼五子者且使生於今之世其道雖不顯於天下其自負何如哉肯與夫斗筲（師交切）者決得失於一夫之目而爲之憂樂哉故凡僕之汲汲於進者其小得蓋欲以具裘葛養窮孤其大得蓋欲以同吾之所樂於人耳其他可否自計已孰誠不待人而後知今足下乃復比之獻玉者以爲必俟工人之剖然後見知於天下雖兩刖（音月）足不爲病且無使勍（渠京切）者再剋（音刻）誠足下相勉之意厚也然仕進者豈捨此而無門哉足下謂我必待是而後進者尤非相悉之辭也僕之玉固未嘗獻而足固未嘗刖足下無爲爲我戚戚也方今天下風俗尙有未及於古者邊境尙有被甲執兵者主上不得怡而宰相以爲憂僕雖不賢亦且潛究其得失致之乎吾相薦之乎吾君上希卿大夫之位下猶取一障而乘之若都不可得猶將耕於寬閒之野釣於寂寞之濱求國家之遺事考賢人哲士之終始作唐之一經垂之於無窮誅姦諛於既死發潛德之幽光二者將必有一可足下以爲僕之玉凡幾獻而足凡幾刖也又所謂勍者果誰哉再剋之刑信如何也士固信（同伸）於知己微足下無以發吾之狂言愈再拜

曾滌生曰前半述己隱忍就試之由夫所謂博學一段鳴其悲憤後幅方今天下一段寫其懷抱視世絕卑自負絕大極用意之作○張廉卿曰此文及與孟尚書柳中丞諸書皆退之自抒胸臆信筆寫出自然鬱勃雄勁眞氣動人作家所不磨滅者實在於此

㹕㕫（慙貌）、斗筲（言鄙細也、斗、量名、容十升、筲、竹器、容斗二升、）獻玉刖足（詳鄒陽上梁王書注、）勍（彊也、）剋（殺也、）一障乘之（障、謂塞上要險之處、別築城、置吏守之、［史記張湯傳］上復曰、居一障間、山自度辯窮、且下吏、曰能、於是上遣山乘鄣、至月餘、匈奴斬山頭而去、按山、狄山也、）

○○

韓退之答陳商書

（商、字述聖、繁昌人、以文謁愈、愈稱其語高旨深、元和九年、登進士第、會昌中、以諫議擢知貢舉、歷禮部侍郎、終秘書監、）○

愈白辱惠書語高而旨深三四讀尙不能通曉茫然增愧赧又不以其淺弊無過人知識且喻以所守幸甚愈敢不吐情實然自識其不足補吾子所須也齊王好竽有求仕於齊者操瑟而往立王之門三年不得入叱曰吾瑟鼓之能使鬼神上下吾鼓瑟合軒轅氏之律呂客罵之曰王好竽而子鼓瑟瑟雖工如王不好何是所謂工於瑟而不工於求齊也今舉進士於此世求祿利行道於此

齊王好竽劉海峯云書雅張廉卿云接法淫玩此等然後能脫離拘束絕塵而奔又云文似戰國策機趣而無劍拔弩張之態昌黎諸短篇遒古而波折自尚簡峻而規摹自宏最有法度而

轉換變化處更多學韓者宜從此入

世而爲文必使一世人不好得無與操瑟立齊門者比歟文雖工不利於求求不得則怒且怨不知君子必爾爲否也故區區之心每有來訪者皆有意於不肖者也略不辭讓遂盡言之惟吾子諒察愈白

方望溪曰劉言潔云以樊紹述之奇退之目爲文從字順此曰三四讀尙不能通曉則商於文必概乎未有聞者○張廉卿曰古之稱爲文者必詞足以副其意然後爲工於言故修辭亦文事之最要者如此文固是意奇其辭尤足副之也

軒轅氏（即黃帝、姓公孫、長於姬水、又以姬爲姓、）律呂（黃帝命伶倫造律呂、黃鐘、太簇、姑洗、蕤賓、夷則、無射、爲六律、大呂、夾鐘、仲呂、林鐘、南呂、應鐘、爲六呂、）

韓退之答李秀才書（李秀才、名圖南、字師錫、）○

元賓既歿呂居仁云數語蓋出於孟子或問百里奚自鬻於秦

愈白故友李觀元賓十年之前示愈別吳中故人詩六章其首章則吾子也盛有所稱引元賓行峻潔清其中狹隘不能包容於尋常人不肯苟有論說因究其所以於是知吾子非庸衆人時吾子在吳中其後愈出在外無因緣相見元賓既歿其文益可貴重思元賓而不見見元賓之所與者則如元賓焉今者辱

一章最見抑揚反復之處其後曾子固答李沼書亦如此

自度若世無孔子曾滌生云絕无傲自負不當在弟子之列與聖交云斷

有市於道者也吳至父云譏

方今天下吳至父云斷

惠書及文章。觀其姓名元賓之聲容。悅悦若相接。讀其文辭見元賓之知人交道之不汚甚矣。子之心有似於吾元賓也。子之言以愈所爲不違孔子。不以雕琢爲工。將相從於此。愈敢自愛其道而以辭讓爲事乎。然愈之所志於古者不惟其辭之好。好其道焉爾。讀吾子之辭而得其所用心。將復有深於是者與吾子樂之。況其外之文乎。愈頓首

劉海峯曰從亡友生情韻簡淡而蕩逸○張廉卿曰意深而文淡永

李觀元賓 李觀、字元賓、趙州贊皇人、華從子、貞元中舉進士、宏辭、連中、授太子校書郎、貞元十年卒、年二十九、 吳中 今江蘇吳縣地、

韓退之答呂毉山人書○○○

愈白。惠書責以不能如信陵執轡者。夫信陵戰國公子。欲以取士聲勢傾天下而然耳。如僕者自度若世無孔子。不當在弟子之列。以吾子始自山出。有樸茂之美意。恐未礱音籠磨以世事。又自周後文弊。百子爲書。各自名家。亂聖人之宗後生習傳雜而不貫。故設問以觀吾子。其已成孰乎。將以爲友也。其未成孰乎將以講去其非而趨是耳。不如六國公子有市於道者也。方今天下入仕。惟以

務欲進足下張廉卿云此段言己所取於山人之意抑揚尤盡

勢奇變不可測

非謂當今公卿吳至父云再續

乃遂能責不足於我吳至父云變幻

雖未中節張廉卿云拗一語愈勁吳至父云抑揚一折

方將坐足下三浴而三薰之張廉卿云一結尤奇絕不可測

進士明經及卿大夫之世耳其人率皆習執時俗工於語言識形勢善候人主意故天下靡靡日入於衰壞恐不復振起務欲進足下趨死不顧利害去就之人於朝以爭救之耳非謂當今公卿間無足下輩文學知識也不得以信陵比然足下衣破衣繫麻鞋率然叩吾門吾待足下雖未盡賓主之道不可謂無意者足下行天下得此於人蓋寡乃遂能責不足於我此眞僕所汲汲求者議雖未中節其不肯阿曲以事人灼灼明矣方將坐足下三浴而三薰之聽僕之所爲少安無躁愈頓首

茅順甫曰奇氣○張廉卿曰此文生殺出入擒縱抑揚奇變不可方物可謂極文章之能事矣又曰筆力似孟子機趣似國策侯魏學之徒得矜氣所以病也○吳至父曰此篇似諫獵書

信陵（即魏公子無忌、安釐王即位、封爲信陵君、魏有隱士侯嬴、爲大梁夷門監者、公子從車騎虛左自迎侯生、侯生攝弊衣冠直上、公子執轡甚恭、）進士明經（唐科目名、）三浴三薰（魯縛管仲與齊、齊受之、三薰三浴之、薰、以香塗身也、見[國語]）

韓退之答竇秀才書

（竇秀才、名存亮、長安人、聞愈名、心慕之、後愈以言事貶爲陽山令、存亮越嶺數千里往從之遊、事之益謹、）○○

一肚皮不合時宜借此一宣洩之

雖使古之君子張廉卿云此一折最有法

錢財不足以賄左右之匱急張廉卿云歐公風趣以紆餘出之退之風趣以兀岸出之

愈白。愈少駑怯於他藝能。自度無可努力。又不通時事。而與世多齟（音咀）齬。（音語）念終無以樹立。遂發憤篤專於文學。學不得其術。凡所辛苦而僅有之者。皆符於空言而不適於實用。又重以自廢。是故學成而道益窮。年老而智愈困。今又以罪黜於朝廷。遠宰蠻縣。愁憂無聊。瘴（音障）癘侵加。惴（之瑞切）惴焉無以冀朝夕。足下年少才俊。辭雅而氣銳。當朝廷求賢如不及之時。當道者又皆良有司。操數寸之管。書盈尺之紙。高可以釣爵位。循序而進。亦不失萬一於甲科。今乃乘不測之舟。入無人之地。以相從問文章為事。身勤而事左。辭重而請約。非計之得也。雖使古之君子。積道藏德。遁其光而不曜。膠其口而不傳者。遇足下之請懇懇。猶將倒廩傾囷。（區倫切）羅列而進也。若愈之愚不肖。又安敢有愛於左右哉。顧足下之能。足以自奮。愈之所有。如前所陳。是以臨事愧恥而不敢答也。錢財不足以賄左右之匱急。文章不足以發足下之事業。稛（苦隕切）載而往。垂橐而歸。足下亮之而已。

劉海峯曰雄硬直達之中自有起伏抑揚之妙〇張廉卿曰此文如一筆書

吳至父云篇中所論翺殆不足與聞重答翺「上」謂其汲汲於知待之殊亦非不志乎利者也宜從別本改作答李翺書

而曲折變化不窮

齟齬（意見不合、）遠宰蠻縣（貞元十三年、愈爲陽山令、）瘴癘（內病爲瘴、外病爲癘、南方暑濕之地有之、）甲科（唐初明經、有甲乙丙丁四科、進士有甲乙二科、見「通攷」）廩（米藏曰廩、）囷（廩之圓者、）稛載一句（稛、滿也、「管子小匡篇」諸侯之使、垂橐而入、稛載而歸、）

韓退之答李翺書○○○

六月二十六日。愈白李生足下。生之書辭甚高。而其問何下而恭也。能如是。誰不欲告生以其道。道德之歸也有日矣。況其外之文乎。抑愈所謂望孔子之門牆而不入於其宮者。焉足以知是且非邪。雖然。不可不爲生言之。生所謂立言者是也。生所爲者與所期者。甚似而幾矣。抑不知生之志。蘄（音祈）勝於人而取於人邪。將蘄至於古之立言者邪。蘄勝於人而取於人。則固勝於人而可取於人矣。將蘄至於古之立言者。則無望其速成。無誘於勢利。養其根而竢其實。加其膏而希其光。根之茂者其實遂。膏之沃者其光曄。（筠輒切）仁義之人。其言藹如也。抑又有難者。愈之所爲。不自知其至猶未也。雖然。學之二十餘年矣。始者非三代兩漢之書不敢觀。非聖人之志不敢存。處若忘。行若遺。儼乎其若思。茫乎其

惟陳言之務去　張廉卿云。逐處刻意摹績。

其觀於人也　張廉卿云。所謂高視闊步。邁往不屑之概。於此等處可見。

吾又懼其雜也　張廉卿云。筆陣奇恣。而巧搆形似之言。精微入妙。與莊子養生主篇絕相類。

其皆醇也　方望溪云。與前根茂實遂膏沃光暐段相應。

行之乎仁義之途　方望溪云。退之知立言之道。在行乎仁義之途。所以能約六經之旨而成文也。

詩書之源　張廉卿云。轉一字荀下。

氣水也　張廉卿云。常語入退之手。便精妙有無窮之味。

其敢自謂幾於成乎　方望溪云。自抑又有難者。至此言無望其速成以下。至終篇言無誘於勢利。

雖然待用於人者　方望溪云。掩篇首斷勝于人而取于人。張廉卿云。綴此一段。乃見文字神氣有餘。退之多如此。

有志乎古者希矣　方

若迷。當其取於心而注於手也。惟陳言之務去。戛(音拮)戛乎其難哉。其觀於人。不知其非笑之爲非笑也。如是者。亦有年。猶不改。然後識古書之正僞。與雖正而不至焉者。昭昭然白黑分矣。而務去之。乃徐有得也。當其取於心而注於手也。汩(音骨)汩然來矣。其觀於人也。笑之則以爲喜。譽之則以爲憂。以其猶有人之說者存也。如是者。亦有年。然後浩乎其沛然矣。吾又懼其雜也。迎而距之。平心而察之。其皆醇也。然後肆焉。雖然。不可以不養也。行之乎仁義之途。游之乎詩書之源。無迷其途。無絕其源。終吾身而已矣。氣。水也。言。浮物也。水大而物之浮者大小畢浮。氣之與言猶是也。氣盛則言之短長與聲之高下者皆宜。雖如是。其敢自謂幾於成乎。雖幾於成。其用於人也奚取焉。雖然。待用於人者。其肖於器邪。用與舍屬諸人。君子則不然。處心有道。行己有方。用則施諸人。舍則傳諸其徒。垂諸文而爲後世法。如是者。其亦足樂乎。其無足樂也。有志乎古者希矣。志乎古必遺乎今。吾誠樂而悲之。亟稱其人。所以勸之。非敢褒其可褒而貶其可貶也。問於愈者多矣。念生之言不志乎利。聊相爲言之。愈白。

望溪云抱篇首將蘄至於古之立言者

昌黎喜爲人師故有接後輩名

方望溪曰通篇言文之所以成而推本於仁義故以二語爲樞紐○姚氏曰此文學莊子○張廉卿曰退之自道所得字字從精心撰出故自絕倫又曰學莊子而得其沈著精刻者惟退之此書而已

蘄求也、曄明也、戛戛齟齬貌、汩汩波聲、此喻文思之勃發、

韓退之答劉正夫書

一本正作岳、給事劉伯芻之子、按伯芻有三子、寬夫、端夫、巖夫、正夫、當即端夫、蓋端正二字之義同也、○○○

愈白進士劉君足下辱箋教以所不及既荷厚賜且愧其誠然幸甚幸甚凡舉進士者於先進之門何所不往先進之於後輩苟見其至寧可以不答其意邪來者則接之舉城士大夫莫不皆然而愈不幸獨有接後輩名名之所存謗之所歸也有來問者不敢不以誠答或問爲文宜何師必謹對曰宜師古聖賢人曰古聖賢人所爲書具存辭皆不同宜何師必謹對曰師其意不師其辭又問曰文宜易宜難必謹對曰無難易惟其是爾如是而已非固開其爲此而禁其爲彼也夫百物朝夕所見者人皆不注視也及覩其異者則共觀而言之夫文豈異於是乎漢朝人莫不能爲文獨司馬相如太史公劉向揚雄爲之最然則

今後進之爲文張廉卿云承上意反復言之瀠洄盡致文冏貴勁健然須寓機趣於其中乃覺奇妙雋永不然則使人讀之無餘味不足貴也以此意求之退之文無不皆然

必自於此方望溪云無此二語則與前半節骨氣離必自於此二語與前開其爲此禁其爲彼相應能自樹立二句又抱中幅忝同道而先進又抱篇首

顧常以此爲說耳吳至父云顧常字是上如是而已句與此句相呼吸

要言不煩

用。功。深。者。其。收。名。也。遠。若。皆。與。世。沈。浮。不。自。樹。立。雖。不。爲。當。時。所。怪。亦。必。無。後。世。之。傳。也。足下家中百物皆賴而用也。然其所珍愛者必非常物。夫君子之於文。豈異於是乎。今後進之爲文能深探而力取之以古聖賢人爲法者。雖未必皆是。要若有司馬相如、太史公、劉向、揚雄之徒出。必自於此。不自於循常之徒也。若聖人之道不用文則已。用則必尚其能。能者非他能自樹立不因循者是也。有文字來。誰不爲文。然其存於今者必其能者也。顧常以此爲說耳。愈於足下忝同道而先進者。又常從游於賢尊給事。既辱厚賜。又安敢不進其所有以爲答也。足下以爲何如。愈白。

此篇教人作文以深探力取能自樹立爲宗旨卽其所謂能者奇者亦猶是陳言務去詞必己出耳如陳商之不能通曉則又矯枉過正矣 [illegible]識

箋 猶信也、賢尊給事 謂伯芻也、伯芻字素芝、洛州廣平人、適子、登進士第、遷考功郎中、集賢院學士、轉給事中、

韓退之答尉遲生書 尉遲生、名汾、○

愈白尉遲生足下夫所謂文者必有諸其中。是故君子愼其實。實之美惡其發。

抑所能言者張廉卿云此等頓折處最宜細玩　賢公卿大夫張廉卿云頓折

但不知張廉卿云一折便入深處可想見其襟抱

也不揜本深而末茂形大而聲宏行峻而言厲心醇而氣和昭晰者無疑優游者有餘體不備不可以爲成人辭不足不可以爲成文愈之所聞者如是有問於愈者亦以是對今吾子所爲皆善矣謙謙然若不足而以徵於愈愈又敢有愛於言乎抑所能言者皆古之道古之道不足以取於今吾子何其愛之異也賢公卿大夫在上比肩始進之賢士在下比肩彼其得之必有以取之也子欲仕乎其往問焉皆可學也若獨有愛於是而非仕之謂則愈也嘗學之矣請繼今以言

入後數語無限感慨　濂亭

劉海峯曰簡古○曾滌生曰兀傲自喜○應世之文與傳世之文本自不同

比肩　謂肩相並、言人之多也、「晏子春秋」比肩繼踵而在、

韓退之與馮宿論文書　宿字拱之、婺州東陽人、與愈同年進士、　○○

辱示初筮賦實有意思但力爲之古人不難到但不知直似古人亦何得於今人也僕爲文久每自測意中以爲好則人必以爲惡矣小稱意人亦小怪之大

方望溪云古文無用於今世束上以俟知者起下

子雲死近千載張廉卿云於感慨波折處見睥睨一切之概

百世以俟聖人曾滌生云自負語絕沈著

然閔其棄俗尙方望溪云無此二語則與通篇無合絡處而爲附贅縣疣矣○張廉卿云寄託遙遠含蓄深妙

稱意卽人必大怪之也時時應事作俗下文字下筆令人慙及示人則人以爲好矣小慙者亦蒙謂之小好大慙者卽必以爲大好矣不知古文直何用於今世也然以俟知者知耳昔揚子雲著太玄人皆笑之子雲之言曰世不我知無害也後世復有揚子雲必好之矣子雲死近千載竟未有揚子雲可嘆也其時桓譚亦以爲雄書勝老子老子未足道也子雲豈止與老子爭彊而已乎此未爲知雄者其弟子侯芭(音巴)頗知之以爲其師之書勝周易然侯之他文不見於世不知其人果如何耳以此而言作者不祈人之知也明矣直百世以俟聖人而不惑質諸鬼神而無疑耳足下豈不謂然乎近李翺從僕學文頗有所得然其人家貧多事未能卒其業有張籍者年長於翺而亦學於僕其文與翺相上下一二年業之庶幾乎至也然閔其棄俗尙而從於寂寞之道以爭名於時也久不談聊感足下能自進於此故復發憤一道愈再拜

文章千古事得失寸心知濡則謂有得於古人矣何必有得於今人乎心處之可也(濡談)

太玄（畢作、劉歆見之、謂雄爲空自苦、）桓譚（字君山、沛國相人、能文章、篤好古學、著書二十九篇、號新論、）侯芭（鉅鹿人、嘗從雄問奇字、）李翺（字習之、）張籍（見與孟尙書書注、）

韓退之答衛中行書

（中行字大受、御史中丞晏之子、貞元九年進士、）

大受足下。辱書爲賜甚大。然所稱道過盛。豈所謂誘之而欲其至於是與。不敢當。不敢當。其中擇其一二近似者而竊取之。則於交友忠而不反於背面者。少似近焉。亦其心之所好耳。行之不倦。則未敢自謂能爾也。不敢當。不敢當。至於汲汲於富貴。以救世爲事者。皆聖賢之事業。知其智能謀力能任者也。如愈者。又焉能之。始相識時。方甚貧。衣食於人。其後相見於汴徐二州。僕皆爲之從事。日月有所入。比之前時。豐約百倍。足下視吾飲食衣服。亦有異乎。然則僕之心。或不爲此汲汲也。其所不忘於仕進者。亦將小行乎其志耳。此未易遽言也。凡禍福吉凶之來。似不在我。惟君子得禍爲不幸。而小人得禍爲恒。君子得福爲恒。而小人得福爲幸。以其所爲。似有以取之也。必曰君子則吉。小人則凶者。不可也。賢不肖存乎己。貴與賤。禍與福。存乎天。名聲之善惡。存乎人。存乎己者。吾

（眉批：自任語。自謝語。仕進以行其志。非爲飲食衣服也。孟子有時爲貧之說。似啟後人躁進之門。）

將勉之存乎天存乎人者吾將任彼而不用吾力焉其所守者豈不約而易行哉足下曰命之窮通自我為之吾恐未合於道足下徵前世而言之則知矣若曰以道德為己任窮通之來不接吾心則可也窮居荒涼草樹茂密出無驢馬因與人絕一室之內有以自娛足下喜吾復脫禍亂不當安安而居遲遲而來也

福善禍淫之說警勵中材則可儒者修省一存此見便失中庸明誠之旨文中幅頗得此意 濤識

汴（時愈從董晉汴州）徐（時愈從張建封徐州）復脫禍亂（董張二公甫卒而軍皆亂故喜其脫禍）

韓退之與孟東野書（東野名郊湖州武康人少隱嵩山性介少合與愈為忘形交）

敍闊別之苦

舉世悠悠無一知己

人之相知貴相知心

○與足下別久矣以吾心之思足下知足下懸懸於吾也各以事牽不可合并其於人人非足下之為見而日與之處足下知吾心樂否也吾言之而聽者誰歟吾唱之而和者誰歟言無聽也唱無和也獨行而無徒也是非無所與同也足下知吾心樂否也足下才高氣清行古道處今世無田而衣食事親左右無違

自述其

述其來以慰闊別

通篇似學史公報任安書

足下之用心勤矣足下之處身勞且苦矣混混與世相濁獨其心追古人而從之足下之道其使吾悲也去年春脫汴州之亂幸不死無所於歸遂來於此主人與吾有故哀其窮居吾於符離睢（睢音雖）上及秋將辭去因被留以職事默默在此行一年矣到今年秋聊復辭去江湖余樂也與足下終幸矣李習之娶吾亡兄之女期在後月朝夕當來此張籍在和州居喪家甚貧恐足下不知故具此白冀足下一來相視也自彼至此雖遠要皆舟行可至速圖之吾之望也

懇摯之意以灑落出之六一丰神瓣香此種（濡識）

脫汴州句（貞元十五年二月、退之從董晉喪出汴州、四日而軍亂、）主人（謂張建封、退之出汴州、依建封於徐、）睢上（睢、水名、在河南、）亡兄（名弇、禮部郎中雲卿之子、）和州（治今安徽和縣、）

韓退之答劉秀才論史書○

愈白秀才劉君足下辱問見愛教勉以所宜務敢不拜賜愚以為凡史氏褒貶大法春秋已備之矣後之作者在據事跡實錄則善惡自見然此尚非淺陋偷惰者所能就況褒貶邪孔子聖人作春秋辱於魯衛陳宋齊楚卒不遇而死齊

此言作史之取禍

閔其窮而加以譏

自無作史之必要

此言作史之不易

駮五嚴切

後生可畏應上衰退等語簡妙異常

太史氏兄弟幾盡左邱明紀春秋時事以失明司馬遷作史記刑誅班固瘐晉庾死陳壽起又廢卒亦無所至王隱謗退死家習鑿齒無一足崔浩范曄赤誅魏收夭絕宋孝王誅死足下所稱吳兢亦不聞身貴而今其後有聞也夫爲史者不有人禍則有天刑豈可不畏懼而輕爲之哉唐有天下二百年矣聖君賢相相踵其餘文武士立功名跨越前後者不可勝數豈一人卒卒能紀而傳之耶僕年志已就衰退不可自敦率宰相知其無他才能不足用哀其老窮齟齬無所合不欲令四海內有戚戚者猥言之上苟加一職榮之耳非必督責迫蹙令就功役也賤不敢逆盛指行且謀引去且傳聞不同善惡隨人所見甚者附黨憎愛不同巧造語言鑿空構立善惡事迹於今何所承受取信而可草草作傳記令傳萬世乎若無鬼神豈可不自心慚愧若有鬼神將不福人僕雖駭亦粗知自愛實不敢率爾爲也夫聖唐鉅跡及賢士大夫事皆磊磊軒天地決不沈沒今館中非無人將必有作者勤而纂之後生可畏安知不在足下亦宜勉之

眞西山曰退之此論宜爲子厚所屈然所謂據事直錄則褒貶自見實後世

作史者之法○曾滌生曰退之實見史不易爲爲之者皆不免草草率爾言及此則雖遷固亦不免自心慙愧也假令遷固同傳一人同敘一事其傳聞愛憎仍各不同也退之不爲史正識力大過人處○張廉卿曰絕無章法而氣脈自然貫注中有造句似子雲而琢雕復璞一歸自然朱梅崖學此種造句而未自然時以此傷氣

齊太史「左襄二十五年」崔杼弒齊莊公、太史書曰、崔杼弒其君、崔子殺之、其弟嗣書、而死者二人、其弟又書、乃舍之、班固字孟堅、著西漢書、時有人告固私作國史者、因下獄死、陳壽字承祚、巴西安漢人、撰三國志、爲荀勗所忌、遂爲長廣太守、後杜預復薦之於帝、未幾又貶、王隱字處叔、陳郡人、撰晉史、未成、爲虞預所疾、以謗免、習鑿齒字彥威、襄陽人、桓溫辟爲從事、溫懷異志、鑿齒作漢晉春秋以裁正之、後以脚疾廢、崔浩字伯淵、武城人、著國書三十卷、立石銘之、以彰直筆、魏道武帝遂夷其族、並及姻親、范曄字蔚宗、南陽順陽人、作後漢書、以謀反伏誅、魏收字伯起、小字佛助、鉅鹿下曲陽人、撰魏書、號穢史、無子、齊亡之歲、收冢被發、宋孝王名義眞、聰明愛文義、後爲徐湊之等所殺、傳中無及作史事、吳兢汴州浚儀人、撰武后實錄及貞觀政要、大唐春秋、號良史才、屢遭遷謫、晚尤困躓、騃癡也、磊磊如衆石之特起、軒高也、

韓退之重答李翊書○

愈白李生生之自道其志可也。其所疑於我者非也。人之來者雖其心異於生。

有教自應無類

仍以孔子言勉之

其於我也皆有意焉。君子之於人。無不欲其入於善。寧有不可告而告之。孰有可進而不進也。言辭之不酬。禮貌之不答。雖孔子不得行於互鄉。宜乎余之不爲也。苟來者。吾斯進之而已矣。烏待其禮踰而情過乎。雖然。生之志求知於我邪。求益於我邪。其思廣聖人之道邪。其欲善其身而使人不可及邪。其何汲汲於知而求待之殊也。賢不肖固有分矣。生其急乎其所自立。而無患乎人不已知。未嘗聞有響大而聲微者也。況愈之於生懇懇邪。屬有腹疾。無聊不果自書。

曾滌生曰。韓公文如主人坐堂上而與堂下奴子言是非。然不善學之恐長客氣

互鄉 鄉名、其人習於不善、難與言善、見[論語]

韓退之上兵部李侍郎書

李巽、字令叔、趙州贊皇人、自江西觀察使入爲兵部侍郎、〇

愈少鄙鈍。於時事都不通曉。家貧不足以自活。應舉覓官。凡二十年矣。薄命不幸。動遭讒謗。進寸退尺。卒無所成。性本好文學。因困厄悲愁。無所告語。遂得究窮於經傳史記百家之說。沈潛乎訓義。反覆乎句讀。礱磨乎事業。而奮發乎文

著此一段爲後幅進獻詩文地步

拍合自然他人爲之當費許多氣力

章凡自唐虞已來編簡所存大之爲河海高之爲山岳明之爲日月幽之爲鬼神纖之爲珠璣華實變之爲雷霆風雨奇辭奧旨靡不通達惟是鄙鈍不通曉於時事學成而道益窮年老而智益困私自憐悼悔其初心髮禿齒豁不見知己夫牛角之歌辭鄙而義拙堂下之言不書於傳記齊桓舉以相國叔向攜手以上然則非言之難爲聽而識之者難遇也伏以閣下內仁而外義行高而德鉅尙賢而與能哀窮而悼屈自江而西旣化而行矣今者入守內職爲朝廷大臣當天子新卽位汲汲於理化之日出言舉事宜必施設旣有聽之之明又有振之之力甯戚之歌鬷(子紅切)明之言不發於左右則後而失其時矣謹獻舊文一卷扶樹敎道有所明白南行詩一卷舒憂娛悲雜以瓌(同瑰)怪之言時俗之好所以諷於口而聽於耳也如賜覽觀亦有可采干黷(音獨)嚴尊伏增惶恐

劉海峯曰盤硬雄邁○張廉卿曰隨筆曲注而筆力自權奇唐宋人唯韓公內氣尤足又曰瓌怪處自云時俗所好足知雄奇之作非韓公眞際直遊戲以此震駭人耳亦其才力雄大恣睢放縱無所不可無識者專於此步趨之

破空而來不可捉摸

此自見身分處

又展開說

豈不可笑

牛角句[琴操]甯戚飯牛車下、扣牛角而歌曰、南山矸、白石爛、生不逢堯與舜禪、短布單衣纔至骭、長夜漫漫何時旦、齊桓公聞之、舉爲相、與堂下句[左昭二十八年]叔向適鄭、鬷蔑惡、欲觀叔向、從使之收器者而往立於堂下、一言而善、叔向將飲酒、聞之、曰、必鬷明也、下執其手以上、曰、子若無言、吾幾失子矣、按鬷明、名蔑、字然明、鄭人、鬷蔑也、

韓退之應科目時與人書

一本作與韋舍人書、唐德宗貞元九年、愈應弘詞試、上此書於韋舍人求薦、○○○

月日愈再拜天池之濱大江之濆(音焚)曰有怪物焉蓋非常鱗凡介之品彙匹儔也其得水變化風雨上下于天不難也其不及水蓋尋常尺寸之間耳無高山大陵曠途絕險爲之關隔也然其窮涸不能自致乎水爲獱(音賓)獺之笑者蓋十八九矣如有力者哀其窮而運轉之蓋一舉手一投足之勞也然是物也負其異於衆也且曰爛死於沙泥吾寧樂之若俛首帖耳搖尾而乞憐者非我之志也是以有力者遇之熟視之若無覩也其死其生固不可知也今又有有力者當其前矣聊試仰首一鳴號焉庸詎知有力者不哀其窮而忘一舉手一投足之勞而轉之淸波乎其哀之命也其不哀之命也知其在命而且鳴號之者亦

命也愈今者實有類於是是以忘其疏愚之罪而有是說焉閣下其亦憐察之

劉海峯曰轉折屈曲生奇致○曾滌生曰其意態詼詭瑰瑋蓋本諸滑稽傳干澤文字如是乃爲軒昂○張廉卿曰此退之本色

天池（[莊子]南溟者、天池也、）濆（大水溢出、別爲小水、曰濆、）涸（乾也、）獱（小獺也、亦能食魚、）

韓退之爲人求薦書○○

某聞木在山馬在肆遇之而不顧者雖日累千萬人未爲不材與下乘也及至匠石過之而不睨（研計切）伯樂遇之而不顧然後知其非棟梁之材超逸之足也以某在公之宇下非一日而又辱居姻婭（依嫁切）之後是生於匠石之園長於伯樂之廄者也於是而不得知假有見知者千萬人亦何足云今幸賴天子每歲詔公卿大夫貢士若某等比咸得以薦聞是以冒進其說以累於執事亦不自量已然執事其知某如何哉昔人有鬻馬不售於市者知伯樂之善相也從而求之伯樂一顧價增三倍某與其事頗相類是故終始言之耳愈再拜

雖似不經意之作而水到渠成自然入妙 滿讀

單承伯樂是不爲法所拘者

衣食於奔走貧賤生云遺句奇

就三面說語意周帀

以總束爲停頓并開出下文來

隱見炎涼之態顯然文又故作自解妙

肆［莊子］求馬於唐肆、匠石匠人名石、楚郢人、伯樂姓孫、名陽、秦穆公時人、善相馬、姻婭壻父曰姻、兩親相謂曰婭、

韓退之與陳給事書

陳給事、名京、字慶復、陳宜部王叔明五世孫、大曆元年進士、貞元十九年將禘、京奏禘祭必尊太祖、正昭穆、帝嘉之、自考功員外遷給事中、○

愈再拜。愈之獲見於閣下有年矣。始者亦嘗辱一言之譽。貧賤也。衣食於奔走。不得朝夕繼見。其後閣下位益尊。伺候於門牆者日益進。夫位益尊。則賤者日隔。伺候於門牆者日益進。則愛博而情不專。愈也道不加修。而文日益有名。夫道不加修。則賢者不與。文日益有名。則同進者忌。始之以日隔之疏。加之以不專之望。以不與者之心。而聽忌者之說。由是閣下之庭。無愈之跡矣。去年春。亦嘗一進謁於左右矣。溫乎其容若加其新也。屬乎其言若閔其窮也。退而喜也。以告於人。其後如東京取妻子。又不得朝夕繼見。及其還也。亦嘗一進謁於左右矣。邈乎其容若不察其愚也。悄乎其言若不接其情也。退而懼也。不敢復進。今則釋然悟。翻然悔曰。其邈也。乃所以怒其來之不繼也。其悄也。乃所以示其意也。不敏之誅。無所逃避。不敢遂進。輒自疏其所以。并獻近所爲復志賦已下

引詩及孟子以明長育人材之盛事

十首爲一卷卷有標軸送孟郊序一首生紙寫不加裝飾皆有揩字注字處急於自解而謝不能俟更寫閣下取其意而略其禮可也愈恐懼再拜

好整以暇此爲集中別開生面之作（濂亭）

東京（即東都、）屬（連續不斷也、）

韓退之上宰相書（是書爲德宗貞元十一年所上、時宰相爲趙憬、賈耽、盧邁、）

正月二十七日前鄉貢進士韓愈謹伏光範門下再拜獻書相公閣下詩之序曰菁菁者莪樂育材也君子能長育人材則天下喜樂之矣其詩曰菁菁者莪在彼中阿既見君子樂且有儀說者曰菁菁者盛也莪微草也阿大陵也言君子之長育人材若大陵之長育微草能使之菁菁然盛也既見君子樂且有儀云者天下美之之辭也其三章曰既見君子錫我百朋說者曰百朋多之之辭也言君子既長育人材又當爵命之賜之厚祿以寵貴之云爾其卒章曰汎汎楊舟載沈載浮既見君子我心則休說者曰載載也沈浮者物也言君子之於人才無所不取若舟之於物浮沈皆載之云爾既見君子我心則休云者言若

敍述處不亢不卑

引入自己

此則天下之心美之也君子之於人也旣長育之又當爵命寵貴之而於其才無所遺焉孟子曰君子有三樂王天下不與存焉其一曰樂得天下之英才而教育之此皆聖人賢士之所極言至論古今之所宜法者也然則孰能長育天下之人材將非吾君與吾相乎孰能教育天下之英才將非吾君與吾相乎幸今天下無事小大之官各守其職錢穀甲兵之問不至於廟堂論道經邦之暇捨此宜無大者焉今有人生二十八年矣名不著於農工商賈之版其業則讀書著文歌頌堯舜之道雞鳴而起孜孜焉亦不爲利其所讀皆聖人之書楊墨釋老之學無所入於其心其所著皆約六經之旨而成文抑邪與正辨時俗之所惑居窮守約亦時有感激怨懟(音隊)奇怪之辭以求知於天下亦不悖於教化妖淫諛佞譸(張流切)張之說無所出於其中四舉於禮部乃一得三選於吏部卒無成九品之位其可望一畝之宮其可懷遑遑乎四海無所歸恤恤乎饑不得食寒不得衣濱於死而益固得其所者爭笑之忽將棄其舊而新是圖求老農老圃而爲師悼本志之變化中夜涕泗交頤雖不足當詩人孟子之謂抑長育

說得宛轉動聽

抑又聞古之人吳至父云抑又聞字與他人文所用乃不同曾滌生云運用三抑又聞字意義層出不窮然究是少年才思橫溢欠裁鍊處故文氣不適也若刪去洪範曰至廉於自進也則格老而氣適矣推己之所餘以濟不足吳至父云韓公此養持之終身不變屢見於文詞乃其閎識奇志所激幾彼苟貪仕進佔畢小儒務以

之使成才。其亦可矣。教育之使成才。其亦可矣。抑又聞古之君子相其君也。一夫不獲其所。若己推而內（納同）之溝中。今有人生七年而學聖人之道以修其身積二十年。不得已一朝而毀之。是亦不獲其所矣。伏念今有仁人在上位。若不往告之而遂行。是果於自棄。而不以古之君子之道待吾相也。其可乎。寧往告焉。若不得志。則命也。其亦行矣。洪範曰。凡厥庶民。有猷有爲有守。汝則念之。不協于極。不罹于咎。皇則受之。而康而色。曰予攸好德。汝則錫之福。是皆與善之辭也。抑又聞古之人。有自進者。而君子不逆之矣。曰予攸好德。汝則錫之福之謂也。抑又聞上之設官制祿。必求其人而授之者。非苟慕其才而富貴其身也。蓋將用其能理不能。用其明理不明者耳。下之修己立誠。必求其位而居之者。非苟沒於利而榮於名也。蓋將推己之所餘以濟其不足者耳。然則上之於求人。下之於求位。交相求而一其致焉耳。苟以是而爲心。則上之道不必難其下。下之道不必難其上。可舉而舉焉。不必讓其自舉也。可進而進焉。不必廉於自進也。抑又聞上之化下。得其道。則勸賞不必徧加乎天下。而天下從焉。因人之

廉退爲名高者烏足與論此道哉、今天下張廉卿云自此至末一氣驅遣自不可及

彼之處隱就閒者吳至父云橫恣奇肆

此即歸自娛始之意也

伏惟覽詩書方望溪云總收始於劉子政惟退之用此尙能恣肆自如

所欲爲而遂推之之謂也。今天下不由吏部而仕進者幾希矣。主上感傷山林之士有逸遺者。屢詔內外之臣。旁求於四海。而其至者蓋闕焉。豈其無人乎哉。亦見國家不以非常之道禮之而不來耳。彼之處隱就閒者亦人耳。其耳目鼻口之所欲。其心之所樂。其體之所安。亦豈有異於人乎哉。今所以惡衣食窮體膚。麋鹿之與處。猨猿同狖余救切之與居。固自以其身不能與時從順俯仰。故甘心自絕而不悔焉。而方聞國家之仕進者。必舉於州縣。然後升於禮部吏部。試之以繡繪雕琢之文。考之以聲勢之逆順。章句之短長。中其程式者。然後得從下士之列。雖有化俗之方。安邊之策。不繇是而稍進。萬不有一得焉。彼惟恐入山之不深。入林之不密。其影響昧昧。惟恐聞於人也。今若聞有以書進宰相而求仕者。而宰相不辱焉。而薦之天子。而爵命之。而布其書於四方。枯槁沈溺魁閎寬通之士。必且洋洋焉動其心。峨峨焉纓其冠。于于焉而來矣。此所謂勸賞不必徧加乎天下而天下從焉者也。因人之所欲爲而遂推之之謂者也。伏惟覽詩書孟子之所指。念育才錫福之所以。考古之君子相其君之道。而忘自進自

得毋效孔子之皇皇如乎何其情急而辭哀也

舉之罪思設官制祿之故以誘致山林逸遺之士庶天下之行道者知所歸焉小子不敢自幸其嘗所著文輒采其可者若干首錄在異卷冀辱賜觀焉干瀆尊嚴伏地待罪愈再拜

方望溪曰散體文用韻周秦間諸子時有之惟退之筆力樸健不覺其俳後人不能學亦不必學

前鄉貢進士（[李肇國史補]進士得第、謂之前進士、）光範門（在宣政殿西南、通中書省、）論道句（見[周書]）生二十八年（退之以大曆三年戊申生、至貞元十一年乙亥、二十八年也、）六經（易、詩、書、禮、樂、春秋、）懟（怨也、）譸張（誑也、）四舉禮部（四試禮部、）三選吏部（三應吏部之選、）九品（最下之級、）一畝之宮（[禮儒行]儒有一畝之宮、）遑遑（心不定貌、）恤恤（憂貌、）洪範（書篇名、箕子作、）而康而色（而、汝也、康、安也、言當安汝顏色、以謙下人、）狖（黑猿、）洋洋（流動貌、）峨峨（高貌、）于于（行貌、）

韓退之後十九日復上宰相書

二月十六日前鄉貢進士韓愈謹再拜言相公閣下向上書及所著文後待命凡十有九日不得命恐懼不敢逃遁不知所爲乃復敢自納於不測之誅以求畢其說而請命於左右愈聞之蹈水火者之求免於人也不惟其父兄子弟之

有來言於閣下者張廉卿云此一接奇變

誠其材能不足矣至父云公之倔強處固不可掩抑而時時發露

慈愛然後呼而望之也將有介於其側者雖其所憎怨苟不至乎欲其死者則將大其聲疾呼而望其仁之也彼介於其側者聞其聲而見其事不惟其父兄子弟之慈愛然後往而全之也雖有所憎怨苟不至乎欲其死者則將狂奔盡氣濡手足焦毛髮救之而不辭也若是者何哉其勢誠急而其情誠可悲也愈之彊學力行有年矣愚不惟道之險夷行且不息以蹈於窮餓之水火其既危且亟矣大其聲而疾呼矣閣下其亦聞而見之矣其將往而全之歟抑將安而不救歟有來言於閣下者曰有觀溺於水而爇（如劣切）於火者有可救之道而終莫之救也閣下且以為仁人乎哉不然若愈者亦君子之所宜動心者也或謂愈子言則然矣宰相則知子矣如時不可何愈竊謂之不知言者誠其材能不足當吾賢相之舉耳若所謂時者固在上位者之為耳非天之所為也前五六年時宰相薦聞尚有自布衣蒙抽擢者與今豈異時哉且今節度觀察使及防禦營田諸小使等尚得自舉判官無間於已仕未仕者況在宰相吾君所尊敬者而曰不可乎古之進人者或取於盜或舉於管庫今布衣雖賤猶足以方於

描摹感恩知己之狀可謂盡致

此。情隘辭蹙。不知所裁。亦惟少垂憐焉。愈再拜。

吳至父曰、此篇知其不可深語、故專以情動之

濡涇也、爇燒也、或取於盜［禮雜記］孔子曰、管仲遇盜、取二人焉、上以爲公臣、曰、其所與遊、辟也、可人也、或舉於管庫［禮檀弓］趙文子所舉於晉國管庫之士、七十有餘家、

韓退之與汝州盧郎中論薦侯喜狀 汝州、治今河南臨汝縣、盧郎中、名虔、侯喜、字叔起、上谷人、○

右。其人爲文甚古。立志甚堅。行止取捨。有士君子之操。家貧親老。無援於朝。在舉場十餘年。竟無知遇。愈嘗慕其才而恨其屈。與之還往。歲月已多。嘗欲薦之於主司。言之於上位。名卑官賤。其路無由。觀其所爲文。未嘗不掩卷長歎。去年愈從調選。本欲攜持同行。適遇其人自有家事。迍株倫切邅張連切坎坷可音又廢一年。及春末自京還。怪其久絕消息。五月初至此。自言爲閣下所知。辭氣激揚。面有矜色。曰侯喜死不恨矣。喜辭親入關。羇旅道路。見王公數百。未嘗有如盧公之知我也。比者分將委棄泥塗。老死草野。今胸中之氣。勃勃然復有仕進之路矣。愈感其言。賀之以酒。謂之曰。盧公天下之賢刺史也。未聞有所推引。蓋難其

得此數句兩見增重

文情稠密之至

人而重其事今子鬱為選首其言死不恨固宜也古所謂知己者正如此耳身在貧賤為天下所不知獨見遇於大賢乃可貴耳若自有名聲又託形勢此乃市道之事又何足貴乎子之遇知於盧公真所謂知己者也士之修身立節而竟不遇知己前古已來不可勝數或日接膝而不相知或異世而相慕以其遭逢之難故曰士為知己者死不其然乎不其然乎閣下既已知侯生而愈復以侯生言於閣下者非為侯生謀也感知己之難遇大閣下之德而憐侯生之心故因其行而獻於左右焉謹狀

吳至父曰韓公俠氣本之天賦故於此等言之特沈鬱激昂

右其人（文右書侯喜之姓名、故云右其人、）迍邅（難行不進貌、）坎坷（行不利也、）

評校音注古文辭類纂卷二十八終

自明棄志罪有可原

昌黎所謂落穽下石者也

評校音注 古文辭類纂卷二十九 書說類六

柳子厚與許京兆孟容書

（孟容、字公範、京兆長安人、）○○

宗元再拜五丈座前。伏蒙賜書誨諭。微悉重厚。欣踊恍惚。疑若夢寐。捧書叩頭悸（其季切）不自定。伏念得罪來五年。未嘗有故舊大臣肯以書見及者。何則。罪謗交積。羣疑當道。誠可怪而畏也。是以兀兀忘行。尤負重憂。殘骸餘魂。百病所集。痞結伏積。不食自飽。或時寒熱。水火互至。內消肌骨。非獨瘴癘為也。忽奉教命。乃知幸為大君子所宥。欲使膏肓（音荒）沈沒。復起為人。夫何素望。敢以及此。宗元早歲與負罪者親善。始奇其能。謂可以共立仁義。裨教化。過不自料。懃懃勉勵。惟以中正信義為志。以興堯舜孔子之道。利安元元為務。不知愚陋。不可力彊。其素意如此也。末路厄塞。臲（音臬）兀。事既壅隔。很忤貴近。狂疏繆戾。蹈不測之辜。羣言沸騰。鬼神交怒。加以素卑賤。暴起領事。人所不信。射利求進者。塡門排戶。百不一得。一旦快意。更造怨讟。以此大罪之外。詆訶萬端。旁午構扇（同煽）。使盡為

我國以嗣續爲重故就說以無後爲要

仁孝之思確從肺腑中流出

敵讎協心同攻外連彊暴失職者以致其事此皆丈人所聞見不敢爲他人道說懷不能已復載簡牘此人雖萬被誅戮不足塞責而豈有賞哉今其黨與幸獲寬貸各得善地無公事坐食俸祿明德至渥也尙何敢更俟除棄廢痼以希望外之澤哉年少氣銳不識幾微不知當不但欲一心直遂果陷刑法皆自所求取得之又何怪也宗元於衆黨人中罪狀最甚神理降罰又不能即死猶對人言語求食自活迷不知恥日復一日然亦有大故自以得姓來二千五百年代爲冢嗣今抱非常之罪居夷獠(音老)之鄉卑溼昏霿(音夢)恐一日塡委溝壑曠墜先緒以是怛(音且)然痛恨心骨沸熱煢煢孤立未有子息荒陬(音鄒)中少士人女子無與爲婚世亦不肯與罪人親昵以是嗣續之重不絕如縷每當春秋時饗孑立捧奠顧眄無後繼者懍懍然欷歔惴(之瑞切)惕恐此事便已摧心傷骨若受鋒刃此誠丈人所共憫惜也先墓在城南無異子弟爲主獨託村鄰自譴逐來消息存亡不一至鄉閭主守者固以益怠晝夜哀憤懼便毀傷松柏芻牧不禁以成大戾近世禮重拜掃今已闕者四年矣每遇寒食則北向長號以首頓地想

擬似李陵答蘇武書

大姚云韓柳文及唐人詩內凡用儻字每以多爲義晉書劉頌傳三代延祚久長近者五六百歲遠者儻將千載趙王倫傳戰所殺害儻十萬人則以儻爲多亦不始唐人矣

田野道路士女遍滿皁隸庸丐皆得上父母邱墓馬醫夏畦之鬼無不受子孫追養者然此已息望又何以云哉城西有數頃田樹果數百株多先人手自封植今已荒穢恐便斬伐無復愛惜家有賜書三千卷尚在善和里舊宅宅今已三易主書存亡不可知皆付受所重常繫心腑然無可爲者立身一敗萬事瓦裂身殘家破爲世大僇復何敢更望大君子撫慰收卹尚置人數中邪是以當食不知辛鹹節適洗沐盥漱動逾歲時一搔皮膚塵垢滿爪誠憂恐悲傷無所告愬以至此也自古賢人才士秉志遵分被謗議不能自明者僅以百數故有無兄盜嫂娶孤女云撾張瓜切婦翁者然賴當世豪傑分明辨別卒光史籍管仲遇盜升爲功臣匡章被不孝之名孟子禮之今已無古人之實爲而有詬欲望世人之明己不可得也直不疑買金以償同舍劉寬下車歸牛鄉人此誠知疑似之不可辨非口舌所能勝也鄭詹束縛於晉終以無死鍾儀南音卒獲返國叔向囚虜自期必免范痤音挫騎危以生易死蒯通據鼎耳爲齊上客張蒼韓信伏斧鑕終取將相鄒陽獄中以書自活賈生斥逐復召宣室倪寬擯死後至御

撫鬱若年上摩

收束前意

史大夫。董仲舒劉向下獄當誅。爲漢儒宗。此皆瓌偉博辯奇壯之士。能自解脫。今以恇(音匡)怯淟(他典切)涊(音撚)。下才末伎。又嬰恐懼痼病。雖欲慷慨攘臂。自同昔人。愈疏闊矣。賢者不得志於今。必取貴於後。古之著書者皆是也。宗元近欲務此。然力薄才劣。無異能解。雖欲秉筆覼(落戈切)縷。神志荒耗。前後遺忘。終不能成章。往時讀書。自以不至觝(音邸)滯。今皆頑然無復省錄。每讀古人一傳。數紙已後。則再三伸卷。復觀姓氏。旋又廢失。假令萬一除刑部囚籍。復爲士列。亦不堪當世用矣。伏惟興哀於無用之地。垂德於不報之所。但以通家宗祀爲念。有可動心者。操之勿失。不敢望歸掃塋域。退託先人之廬。以盡餘齒。姑遂少北。益輕瘴癘。就婚娶。求胤嗣。有可付託。卽冥然長辭。如得甘寢。無復恨矣。書辭繁委。無以自道。然卽文以求其志。君子固得其肺肝焉。無任懇戀之至。不宣。宗元再拜。

劉海峯曰。子厚寄許蕭李三書。未嘗不自報任安來。但史公刑不當罪。故悲憤而其氣豪壯。子厚自反不縮。故氣象衰颯。然撰造苦語。絕工。足以動人矜閔。鹿門比之胡笳塞曲。褒貶極當。

得罪順宗時、子厚附王叔文以進、及憲宗即位、叔文賜死、子厚貶爲永州司馬、兀兀不動貌、痞腹內結塊、膏肓心下爲膏、肓、鬲也、「左成十年」晉侯疾、求醫于秦、秦伯使醫緩爲之、未至、公夢疾爲二豎子、曰、彼良醫也、懼傷我、焉逃之、其一曰、居肓之上、膏之下、若我何、醫至曰、疾不可爲也、負罪者指王叔文、王伾、虺兀不安貌、很違也、旁午分布也、渥厚也、獠西南夷、霿晦也、怛然悲慘貌、煢煢數句子厚元配楊凝女、年二十三卒、故與楊憑書、自言寡居十餘年、陬隅也、寒食「荊楚記」去冬節一百五日、即有疾風甚雨、謂之寒食、禁火三日、馬醫治馬病者、「列子」范氏門徒、遇乞兒馬醫、弗敢辱也、夏畦夏日治畦者、田五十畝曰畦、「孟子」脅肩諂笑、病於夏畦、無兄盜嫂漢直不疑狀貌甚美、有言其盜嫂者、不疑曰、我乃無兄、娶孤女句第五倫三娶孤女、人謂撾婦翁、管仲遇盜見韓退之復上宰相書注、匡章齊人、人皆稱其不孝、孟子獨禮貌之、直不疑南陽人、爲郎中、其同舍告歸、誤持其同舍郎金去、同舍郎意不疑、不疑償之、後告歸者至、而歸金、亡金者大慙、劉寬字文饒、華陰人、寬嘗行外、有人失牛、寬者、乃就寬車中認之、寬步歸、有頃、認者得牛、以牛送還、鄭詹鄭大夫、晉文公過鄭、詹請禮之、鄭伯不聽、因請殺之、後文公返國、因伐鄭、曰、予我詹而師還、詹往、晉人將烹之、後釋歸、鍾儀楚人、囚於晉、晉侯與之琴、操南音、范文子曰、楚囚、君子也、樂操土音、不忘舊也、請而歸之、叔向即羊舌肸、「左襄二十一年」欒盈出奔楚、范宣子殺羊舌虎等十人、囚叔向、叔向以爲祁奚必能出之、後果如言、范痤句痤、魏人、危、屋棟也、「史記」趙使魏王殺痤、而與魏地、魏王使吏捕之、痤上屋騎危、謂使者曰、與其以死痤市、不如以生痤市、有如痤死、趙不與地、則王將奈何、魏王曰、善、痤因上書信陵君以免、蒯通句通、范陽人、嘗數韓信反、信不從、及信誅、高帝召欲烹之、通至自說、釋弗誅、後曹參爲齊相、請通爲客、張蒼陽武人、初從沛公攻南陽、有罪當斬、王陵見而異之、請沛公赦之、後相文帝、韓信信歸漢後、坐法當斬、信仰謂滕公曰、上不欲就天下乎、何爲斬壯士、因釋之、後拜大將、鄒陽臨淄人、從梁孝王遊、爲羊勝等所譖、下獄、上書自陳、王出之、待爲上客、復召

此亦平心之言

想見當時仇謗柳州者之奇形怪狀

宣室（宣室、未央宮殿前正室、文帝既以誼爲長沙王太傅、後復召至宣室、問鬼神事、）倪寬（千乘人、漢武帝時、寬有罪、韓說諫、帝感其言、遂赦寬、復用之、）董仲舒（仲舒坐私爲災異書、主父偃取奏之、幸蒙不誅、復爲大中大夫、）劉向（字子政、與蕭望之同下獄、望之自殺、向得復用、）淟涊（垢濁也、）覼縷（委曲也、［左思賦］嗟難得而覼縷、）觝滯（觝觸凝滯也、）

柳子厚與蕭翰林俛書

（俛字思謙、貞元中、及進士第、又以賢良方正對策異等、拜右拾遺、元和六年、召爲翰林學士、）○

思謙兄足下。昨祁縣王師範過永州。爲僕言得張左司書。道思謙蹇然有當官之心。乃誠助太平者也。僕聞之喜甚。然微王生之說。僕豈不素知邪。所喜者耳與心叶（同協）。果於不謬焉爾。僕不幸。嚮者進當臲卼（音兀）不安之勢。平居閉門。口舌無數。況又有久與游者。乃岌（急立切）岌而操其間。其求進而退者。皆聚爲仇怨。造作粉飾。蔓延益肆。非的然昭晰。自斷於內。則孰能了僕於冥冥之間哉。然僕當時年三十三。甚少。自御史裏行得禮部員外郎。超取顯美。欲免世之求進者怪怒娼（音冒）嫉。其可得乎。凡人皆欲自達。僕先得顯處。才不能踰同列。名不能壓當世。世之怒僕宜也。與罪人交十年。官又以是進。辱在附會。聖朝宏大。貶黜甚薄。不能塞衆人之怒。謗語轉侈。囂囂嗷嗷。漸成怪民。飾智求仕者。更言僕以悅讎

柳徵生死語似從李陵答蘇武書中得來

人之心日爲新奇務相喜可自以速援引之路而僕輩坐益困辱萬罪橫生不知其端伏自思念過大恩甚乃以致此悲夫人生少得六七十者今已三十七矣長來覺日月益促歲歲更甚大都不過數十寒暑則無此身矣是非榮辱又何足道云云不已祇益爲罪兒知之勿爲他人言也居蠻夷中久慣習炎毒昏眊(音帽)重膇(音墜)意以爲常忽遇北風晨起薄寒中體則肌革慘懍毛髮蕭條瞿然注視怵惕以爲異候意緒殆非中國人楚越間聲音特異鴃(音決)舌嘷(音豕)譟今聽之怡然不怪已與爲類矣家生小童皆自然嘵(許幺切)嘵晝夜滿耳聞北人言則啼呼走匿雖病夫亦怛然駭之出門見適州閭市井者其十有八九杖而後興自料居此尙復幾何豈可更不知止言說長短重爲一世非笑哉讀周易困卦至有言不信尙口乃窮也往復益喜曰嗟乎余雖家置一喙以自稱道詬益甚耳用是更樂瘖(音陰)默思與木石爲徒不復致意今天子興敎化定邪正海內皆欣欣怡愉而僕與四五子者獨淪陷如此豈非命歟命乃天也非云云者所制余又何恨獨喜思謙之徒遭時言道道之行物得其利僕誠有罪然豈不在一

邪果平耶柳州亦無以自解

仍是史公著書之意

物之數邪。身被之目覩之足矣。何必攘袂用力而矜自我出邪。果矜之又非道也。事誠如此。然居理平之世。終身爲頑人之類。猶有少耻。未能盡忘。儻因賊平慶賞之際。得以見白。使受天澤餘潤。雖朽枿(同櫱)敗腐不能生植。猶足蒸出芝菌(音甯)以爲瑞物。一釋廢錮。移數縣之地。則世必曰罪稍解矣。然後收召魂魄。買土一廛(同廛)爲耕甿。朝夕歌謠。使成文章。庶木鐸者采取獻之法宮。增聖唐大雅之什。雖不得位。亦不虛爲太平之人矣。此在望外。然終欲爲兄一言焉。宗元再拜

劉海峯曰。前寫求進者造作謗言。後感蠻夷中氣候殊異極工

祁縣(今湖南祁陽縣)永州(唐屬江南西道、治今湖南零陵縣)張左司(疑即張仲方)蹇然(蹇、難也、[易]王臣蹇蹇、言遇蹇而往濟也)岌岌(危也)的然(明也)裏行(官名、未爲正員、無定數、見[唐書百官志])娼嫉(忌嫉也、[禮大學]娼嫉以惡之)囂囂嗷嗷(聲嘈雜也)昏眊(不明貌)重膇(足腫也、[左成六年]魏子曰、民愁則墊隘、於是乎有沈溺重膇之疾)鴃舌(鳥名、伯勞也、[孟子]南蠻鴃舌之人)啅譟(啅、衆口貌、譟、羣呼聲)嘵嘵(懼聲也)瘖(瘂也)四五子者(謂同遣貶逐之人、如韋執誼、李景儉、韓曄、韓泰、陳諫、劉禹錫等)理平之世(治理、治也、唐避諱、改理、下文誠不爲理世下執事句同)枿(伐木餘也)芝菌(芝、瑞草、色有五、菌、地蕈也)廛(一夫之居)木鐸(大鈴也、金口木舌、古以此宣教令)

柳子厚與李翰林建書(建字杓直、遜弟、貞元中、補校書郎、擢左拾遺、翰林學士)○○

跫然方望溪云足音非喜貌

此亦存諷刺意

語以窮而愈工不圖圜土情況乃能曲曲道出

不堪卒讀

杓（音標）直足下州傳（去聲）遽至得足下書又於夢得處得足下前次一書意皆勤厚莊周言逃蓬藋（音狄）者聞人足音則跫（渠容切）然喜僕在蠻夷中比得足下二書及致藥餌喜復何言僕自去年來痞疾稍已往時間一二日作今一月乃二三作用南人檳榔餘甘破決壅隔太過陰邪雖敗已傷正氣行則膝顫（音戰）坐則髀（音俾）痹（音畀）所欲者補氣豐血强筋骨輔心力有與此宜者更致數物得良方偕至益善永州於楚爲最南狀與越相類僕悶卽出游游復多恐涉野則有蝮（音覆）虺大蜂仰空視地寸步勞倦近水卽畏射工沙蝨含怒竊發中人形影動成瘡痏（羽軌切）時到幽樹好石暫得一笑已復不樂何者譬如囚拘圜（同圓）土一遇和景負牆搔摩伸展支體當此之時亦以爲適然顧地窺天不過尋丈終不得出豈復能久爲舒暢哉明時百姓皆獲歡樂僕士人頗識古今理道獨愴愴如此誠不足爲理世下執事至比愚夫愚婦又不可得竊自悼也僕曩時所犯足下適在禁中備觀本末不復一一言之今僕癃（音隆）殘頑鄙不死幸甚苟爲堯人不必立事程功唯欲爲量移官差輕罪累卽便耕田藝麻取老農女爲妻生男育孫以供

窮痛之語以曠達之詞出之

昌黎墓誌所謂無大力推挽者此也

力役。時時作文。以詠太平。摧傷之餘。氣力可想。假令病盡已。身復壯。悠悠人世。越不過爲三十年。客耳。前過三十七年。與瞬息無異。復所得者。其不足把翫(同玩)亦已審矣。杓直以爲誠然乎。僕近求得經史諸子數百卷。嘗候戰悸稍定時。即伏讀。頗見聖人用心。賢士君子立志之分。著書亦數十篇。心病。言少次第。不足遠寄。但用自釋。貧者士之常。今僕雖羸(音雷)餒。亦甘如飴(音怡)矣。足下言已白常州煦僕。僕豈敢衆人待常州邪。若衆人。即不復煦僕矣。然常州未嘗有書遺僕。僕安敢先焉。裴應叔蕭思謙。僕各有書。足下求取觀之。相戒勿示人。敦詩在近地。簡人事。今不能致書。足下默以此書見之。勉盡志慮。輔成一王之法。以宥罪戾。不悉。某白。

方望溪曰。子厚在貶所寄諸故人書事本叢細。情雖幽苦。而與自反而無怍者異。故不覺其氣之薾。相其風格。不過與嵇叔夜絕山巨源書相近耳。而鹿門以擬太史公報任安書。是未察其形並未辨其貌也。又曰退之云氣盛則言之短長與聲之高下皆宜。此數篇詞旨凄厲。而其氣實未充。三復可見。◯

劉海峯曰前寫永州風物之惡後感人生歲月之促造語極工○姚氏曰子厚永州與諸故人書茅順甫比之司馬子長韓退之誠爲不逮遠甚而方侍郎遽云相其風格不過如與山巨源絕交書則評亦失公矣子厚氣格緊健自有得於古人若叔夜文雖有韻致而輕弱不出魏晉文格如子厚山水記閒用水經注興象然子厚豈酈道元所能逮邪○吳至父曰方氏譏其氣未充可也至云與自反無怍者異乃隨俗是非不旣事實子厚有何媿怍正坐名高氣盛見忌時流遂至一斥不復耳范文正嘗論此最允當

傳驛遞之車、夢得劉禹錫字、與子厚並坐黨王叔文、貶朗州司馬、後改連州刺史、蓬蘽蓬、莖高尺餘、葉如柳葉、有鋸齒、秋枯根拔、風捲而飛、蘽、狀如蔾、今稱灰蘽、敫句見「莊子徐無鬼篇」檳榔木名、產於熱地、入藥爲消化品、髀痹髀、股也、痲木不仁曰痹、痹與痿同、病在表曰痹、在內曰痿、蝮大蛇、射工一名蜮、又曰短狐、「博物志」射工蟲、口中有弩形、氣射人影、隨所著處發瘡、沙蝨水中小蟲、「博雅」雨後、人踐沙、必著人如毛髮、刺人便入皮裏、按患者以茅根竹葉刮之、或以苦苣汁塗之、可愈、「見廣東新語」痏瘢痕、愴愴失意貌、癃罷病、堯人猶言盛世之民、「李愷詩」賜錢開漢府、分帛辨堯人、常州孟簡、字幾道、德州平昌人、爲常州刺史、敦詩推纂字、

柳子厚答吳秀才謝示新文書○

嘗與語勉勵語針對來書不當作滑稽語看

某白。向得秀才書及文章。類前時所辱遠甚。多賀多賀。秀才志爲文章。又在族父處。蚤夜孜孜。何畏不日日新。又日新也。雖間不奉對。苟文益日新。則若亟（去吏切）見矣。夫觀文章宜若懸衡。然增之銖兩則俯。反是則仰。無可私者。秀才誠欲令吾俯乎。則莫若增重其文。今觀秀才所增益者。不啻銖兩。吾固伏膺而俯矣。愈重。則吾俯茲甚。秀才其懋焉。苟增而不已。則吾首懼至地耳。又何閒疏之患乎。還答不悉。宗元白。

秀才原書似因不得亟見而發。答辭以詼諧出之。雋妙之至（濤識）

類（比也。）銖兩（古衡名。十黍爲絫。十絫爲銖。二十四銖爲兩。）懋（勉也。）

評校音注古文辭類纂卷二十九終

縷述別後事不嫌瑣屑

休戚相關與師魯交情之摯

評校音注 古文辭類纂卷三十　書說類七

歐陽永叔與尹師魯書

師魯、名洙、河南人、官太子中允、時范仲淹落職、洙抗疏救、呂夷簡怒、斥監郢州酒稅、修亦坐貶夷陵令、

○○

某頓首師魯十二兄書記。前在京師相別時。約使人如河上。既受命。便遣白頭奴出城。而還言不見舟矣。其夕又得師魯手簡。乃知留船以待。怪不如約。方悟此奴懶去而見紿。(音殆)臨行臺吏催苛百端。不比催師魯人長者有禮。使人惶迫。不知所為。是以又不留下書在京師。但深託君貺因書道修意。以西始謀陸赴夷陵。以大暑。又無馬。乃作此行。沿汴絕淮。泛大江。凡五千里。用一百一十程。纔至荊南。在路無附書處。不知君貺曾作書道修意否。及來此問荊人。云去郢止兩程。方喜得作書以奉問。又見家兄言有人見師魯過襄州。計今在郢久矣。師魯欣戚不問可知。所渴欲問者。別後安否。及家人處之如何。莫苦相尤否。六郎舊疾平否。修行雖久。然江湖皆昔所游。往往有親舊留連。又不過惡風水。老母用術者言。果以此行為幸。又聞夷陵有米麪魚。如京洛。又有梨栗橘柚大筍茶

始覺身是縣令句無限牢騷與下段議論似不相合

此承上意發揮盡致

說得太高非人情所近

荈（尺兗切）皆可飲食益相喜賀昨日因參轉運作庭趨始覺身是縣令矣其餘皆如昔時師魯簡中言疑修有自疑之意者非他蓋懼責人太深以取直爾今而思之自決不復疑也然師魯又云闇於朋友此似未知修心當與高書時蓋已知其非君子發於極憤而切責之非以朋友待之也其所為何足驚駭路中來頗有人以罪出不測見弔者此皆不知修心也師魯又云非忘親此又非也得罪雖死不為忘親此事須相見可盡其說也五六十年來天生此輩沈默畏慎布在世間相師成風忽見吾輩作此事下至竈門老婢亦相驚怪交口議之不知此事古人日日有也但問所言當否而已又有深相賞歎者此亦是不慣見事人也可嗟世人不見如往時事久矣往時砧（音斟）斧鼎鑊皆是烹斬人之物然士有死不失義則趨而就之與几席枕藉之無異有義君子在旁見其就死知其當然亦不甚嗟賞也史冊所以書之者蓋特欲警後世愚懦者使知事有當然而不得避爾非以為奇事而詫（茶去聲）人也幸今世用刑至仁慈無此物使有而一人就之不知作何等怪駭也然吾輩亦自當絕口不可及前事也居閒僻

此指昌黎貶潮州自謝表多乞憐語

益愼職無飲酒是賢者戒勉工夫

處。日知進道而已。此事不須言。然師魯以修有自疑之言。要知修處之如何。故略道也。安道與予在楚州。談禍福事甚詳。安道亦以爲然。俟到夷陵寫去。然後得知修所以處之之心也。又嘗與安道言。每見前世有名人。當論事時。感激不避誅死。眞若知義者。及到貶所。則慼慼怨嗟。有不堪之窮愁。形於文字。其心歡戚無異庸人。雖韓文公不免此累。用此戒安道。愼勿作慼慼之文。師魯察修此語。則處之之心又可知矣。近世人因言事亦有被貶者。然或傲逸狂醉。自言我爲大不爲小。故師魯相別。自言益愼職。無飲酒。此事修今亦遵此語。咽喉自出京。愈矣。至今不曾飲酒。到縣後勤官。以懲洛中時懶慢矣。夷陵有一路。祇數日可至郢。白頭奴足以往來。秋寒矣。千萬保重。不宣。

前後敍事歷落有致。中幅軒然大波。議論不無過高處。卽就全篇而論。看似心平氣和。而無限牢騷。時隱見于紙上。故知素位而行。此境良非易致。濡識

君貺 王拱辰字、 夷陵 縣名、故城在今湖北宜昌縣東南、 荊南 今湖北江陵縣等地、 程 俗言站也、 郢 州名、治今湖北鍾祥縣、 襄州 治今湖北襄陽縣、 老母 修母鄭氏、 荈 茶之老者、 與高書 高、指高若訥、官司諫、修貽書責曰、仲淹以非辜逐、君不能辨、猶以面目見士大夫、出入朝中、是不復、

知人間有羞恥事云云、安道余靖字、靖與修洙同時貶、楚州治今江蘇淮安縣、

曾子固寄歐陽舍人書 即歐陽修也、舍人、官名、

說得鄭重之至始覺與史相近

拈出公是二字

鞏頓首載拜舍人先生去秋人還蒙賜書及所譔先大父墓碑銘反覆觀誦感與慚并夫銘誌之著於世義近於史而亦有與史異者蓋史之於善惡無所不書而銘者蓋古之人有功德材行志義之美者懼後世之不知則必銘而見之或納於廟或存於墓一也苟其人之惡則於銘乎何有此其所以與史異也其辭之作所以使死者無有所憾生者得致其嚴而善人喜於見傳則勇於自立惡人無有所紀則以愧而懼至於通材達識義烈節士嘉言善狀皆見於篇則足爲後法警勸之道非近乎史其將安近及世之衰人之子孫者一欲褒揚其親而不本乎理故雖惡人皆務勒銘以誇後世立言者既莫之拒而不爲又以其子孫之所請也書其惡焉則人情之所不得於是乎銘始不實後之作銘者常觀其人苟託之非人則書之非公與是則不足以行世而傳後故千百年來公卿大夫至於里巷之士莫不有銘而傳者蓋少其故非他託之非人書之非

分出數層推崇備致

頗似歐之神韻

公與是故也。然則孰爲其人而能盡公與是歟。非畜道德而能文章者無以爲也。蓋有道德者之於惡人則不受而銘之。於衆人則能辨焉。而人之行有情善而迹非。有意奸而外淑。有善惡相懸而不可以實指。有實大於名。有名侈於實。猶之用人。非畜道德者惡能辨之不惑。議之不徇。不惑不徇則公且是矣。而其辭之不工。則世猶不傳。於是又在其文章兼勝焉。故曰非畜道德而能文章者無以爲也。豈非然哉。然畜道德而能文章者。雖或並世而有。亦或數十年或一二百年而有之。其傳之難如此。其遇之難又如此。若先生之道德文章。固所謂數百年而有者也。先祖之言行卓卓。幸遇而得銘。其公與是。其傳世行後無疑也。而世之學者。每觀傳記所書古人之事。至其所可感。則往往衋（音泣）然不知涕之流落也。況其子孫也哉。況鞏也哉。其追睎（音希）祖德而思所以傳之之由。則知先生推一賜於鞏而及其三世。其感與報。宜若何而圖之。抑又思若鞏之淺薄滯拙。而先生進之。先祖之屯蹶否塞以死。而先生顯之。則世之魁閎豪傑不世出之士。其誰不願進於門。潛遁幽抑之士。其誰不有望於世。善誰不爲。而惡誰

收束謹嚴是子固獨到處

姚氏云王明清揮麈錄云曾密公諱易占字不疑爲信州玉山令有過客楊南仲公厚贍其行郡將錢仙芝措撫以客所受爲賄公不自辨除名徙英州以赦自便將愬其事於朝行次南都而卒適公子南豐先生在京師而杜祁公

不愧以懼爲人之父祖者孰不欲教其子孫爲人之子孫者孰不欲寵榮其父祖此數美者一歸於先生既拜賜之辱且敢進其所以然所諭世族之次敢不承教而加詳焉愧甚不宣

方望溪曰必發人所未見之義然後其文傳而傳之顯晦又視其落筆時精神機趣如此文蓋兼得之〇劉海峯曰文亦雍容溫雅而前半歷敍作銘源流不免鈍拙騃蹇

先大父（稱已死之祖、子固祖名致堯、字正臣、五代時潔身不仕、宋太宗時、官至吏部郎中、有文集百餘卷、）嚴（敬也、）盡（傷痛也、）睎（望也、慕也、）屯蹶否塞（遭厄塞也、）

曾子固謝杜相公書（杜相公、名衍、字世昌、山陰人、慶曆中爲相、百日而罷、後以太子少師致仕、封祁國公、）〇〇〇

伏念昔者方輩之得禍罰於河濱去其家四千里之遠南向而望迅河大淮埭（音代）堰（音偃）湖江天下之險爲其阻阸而以孤獨之身抱不測之疾煢煢路隅無攀緣之親一見之舊以爲之託又無至行上之可以感人利勢下之可以動俗惟先人之醫藥與凡喪之所急不知所以爲賴而旅櫬（初覲切）之重大懼無以歸者

以故相居京自來送旅爲辦後事按如書所云方先人之病一寓於左右是密公卒時子固在側王語亦小誤也窮途遇此感恩自不待言

即小概大推崇得體

收束敬語自見身分

明公獨於此時閔閔勤勤營救護視親屈車騎臨於河上使其方先人之病得一意於左右而醫藥之有與謀至其既孤無外事之奪其哀而毫髮之私無有不如其欲莫大之喪得以卒致而南其爲存全之恩過越之義如此竊惟明公相天下之道吟頌推說者窮萬世非如曲士汲汲一節之善而位之極年之高天子不敢煩以政豈鄉閭新學危苦之情藂（同叢）細之事宜以徹於視聽而蒙省察然明公存先人之故而所以盡於鞏之德如此蓋明公雖不可起而寄天下之政而愛育天下之人材不忍一夫失其所之道出於自然推而行之不以進退而鞏獨幸遇明公於此時也在喪之日不敢以世俗淺意越禮進謝喪除又惟大恩之不可名空言之不足陳徘徊迄今一書之未進顧其慙生於心無須臾廢也伏惟明公終賜亮察夫明公存天下之義而無有所私則鞏之所以報於明公者亦惟天下之義而已誓心則然未敢謂能也

劉海峯曰溫雅中有渾雄之氣

埭堰（土壩、壅水爲埭曰堰）、櫬（棺也）、閔閔（哀念也）、

老泉自命長於兵事要多戰國策士之游談

三蘇長於比喻

姚氏云此段文字子瞻兄弟策論常擬之然精爽勁悍終不逮此

蘇明允上韓樞密書

（韓、名琦、字稚圭、相州人、樞密、宋制樞密院與中書省、分掌文武、有樞密使、副使等官、）

太尉執事洵著書無他、長及言兵事論古今形勢至自比賈誼所獻權書雖古人已往成敗之迹苟深曉其義施之於今無所不可昨因請見求進末議太尉許諾謹撰其說言語樸直非有驚世絕俗之談甚高難行之論太尉取其大綱而無責其纖悉蓋古者非用兵決勝之爲難而養兵不用之可畏今夫水激之山放之海決之爲溝塍（音乘）壅之爲沼沚是天下之人能之委江河注淮泗匯爲洪波瀦（音豬）爲太湖萬世而不溢者自禹之後未之見也夫兵者聚天下不義之徒授之以不仁之器而教之以殺人之事夫惟天下之未安盜賊之未殄然後有以施其不義之心用其不仁之器而試其殺人之事當是之時勇者無餘力智者無餘謀巧者無餘技故其不義之心變而爲忠不仁之器加之於不仁而殺人之事施之於當殺及夫天下既平盜賊既殄不義之徒聚而不散勇者有餘力則思以爲亂智者有餘謀則思以爲姦巧者有餘技則思以爲詐於是天下之患雜然出矣蓋虎豹終日而不殺則跳踉（音良）大叫以發其怒蝮（芳六切）蠍（音歇）

拍入正意

暗指杯酒釋兵柄事

宋代盛時民不爲用
那得不一敗塗地

終日而不螫。音釋則噬齧音臬草木以致其毒。其理固然。無足怪者。昔者劉項奮臂於草莽之間。秦楚無賴子弟千百爲輩。爭起而應者不可勝數。轉鬬五六年。天下厭兵。項籍死而高祖亦已老矣。方是時分王諸將。改定律令。與天下休息。而韓信黥布之徒相繼而起者七國。高祖死於介冑之間。而莫能止也。連延及於呂氏之禍。訖孝文而後定。是何起之易。而收之難也。劉項之勢。初若決河順流而下。誠有可喜。及其崩潰四出。放乎數百里之間。拱手而莫能救也。嗚呼。不有聖人。何以善其後。太祖太宗躬擐音關甲冑。跋涉險阻。以斬刈四方之蓬蒿。用兵數十年。謀臣猛將滿天下。一旦卷甲而休之。傳四世而天下無變。此何術也。荆楚九江之地。不分於諸將。而韓信黥布之徒。無以啓其心也。雖然天下無變。而兵久不用。則其不義之心。蓄而無所發。飽食優游。求逞於良民。觀其平居無事。出怨言以邀其上。一日有急。是非人得千金不可使也。往年詔天下繕完城池。西川之事。洵實親見。凡郡縣之富民。舉而籍其名。得錢數百萬。以爲酒食饋餉之費。杵聲未絕。城輒隨壞。如此者數年而後定。卒事。官吏相賀。卒徒相矜。若戰

針對當時執政立論

此篇宗旨只要太尉整頓軍紀耳

勝凱旋而待賞者比來京師游阡陌間其曹往往偶語無所諱忌聞之士人方春時尤不忍聞蓋時五六月矣會京師憂大水鋤耰(音憂)畚築列於兩河之壖(而宣切)縣官日費千萬傳呼勞問之聲不絕者數十里猶且睊(古縣切)睊狠顧莫肯效用且夫內之如京師之所聞外之如西川之所親見天下之勢今何如也御將者天子之事也御兵者將之職也天子者養尊而處優樹恩而收名與天下為喜樂者也故其道不可以御兵人臣執法而不求情盡心而不求名出死力以捍社稷使天下之心繫於一人而己不與焉故御兵者人臣之事不可以累天子也今之所患大臣好名而懼謗好名則多樹私恩懼謗則執法不堅是以天下之兵豪縱至此而莫之或制也頃者狄公在樞府號為寬厚愛人狎昵士卒得其歡心而太尉適承其後彼狄公者知御外之術而不知治內之道此邊將材也古者兵在外愛將軍而忘天子在內愛天子而忘將軍愛將軍所以戰愛天子所以守狄公以其御外之心而施諸其內太尉不反其道而何以為治或者以為兵久驕不治一旦繩以法恐因以生亂昔者郭子儀去河南李光弼實

不脫策士口吻

代之將至之日張用濟斬於轅門三軍股慄夫以臨淮之悍而代汾陽之長者三軍之士竦然如赤子之脫慈母之懷而立乎嚴師之側何亂之敢生且夫天子者天下之父母也將相者天下之師也師雖嚴赤子不敢以怨其父母將相雖厲天下不敢以咎其君其勢然也天子者可以生人可以殺人故天下望其生及其殺之也天下曰是天子殺之故天子不可以多殺人臣奉天子之法雖多殺天下無所歸怨此先王所以威懷天下之術也伏惟太尉思天下所以長久之道而無幸一時之名盡至公之心而無䘏三軍之多言夫天子推深仁以結其心太尉厲威武以振其惰彼其思天子之深仁則畏而不至於怨思太尉之威武則愛而不至於驕君臣之體順而畏愛之道立非太尉吾誰望邪

方望溪曰老蘇文勁悍詼奇或過於大蘇而精細調適處則不及蓋由時過而學僅探晚周諸子及國策之蘊奧而出入於賈鼂韓柳數家胸中實儉於書卷也此集中傑出之文而按其根源亦適至是而止○劉海峯曰雄放當屬宋人書中第一

大蘇范文正集序小蘇上韓太尉書似均取法於此而文之英銳簡潔則青出於藍

就五人陪出歐陽來

塍田界之畦、沼沚曲池曰沼、小渚曰沚、匯水之迴旋、蝮即土灰蛇、蠍蟲名、有毒鉤螫人、擐貫也、西川今四川省、杵舂具、耰無齒之耙、所以平田壟塊、壖河邊地、睊睊側視貌、狄公名青、字漢臣、汾州西河人、爲樞密使時、每出入、士卒輒指目、至擁馬足不得行、郭李皆唐人、平安祿山有功者、郭封汾陽王、李封臨淮王、張用濟爲兵馬使、謀以精騎逐光弼、不果行、光弼斬之、

蘇明允上歐陽內翰書

歐陽內翰、歐陽修也、宋時翰林稱內翰、○○

洵布衣窮居。常竊自歎。以爲天下之人。不能皆賢。不能皆不肖。故賢人君子之處於世。合必離。離必合。往者天子方有意於治。而范公在相府。富公爲樞密副使。執事與余公蔡公爲諫官。尹公馳騁上下。用力於兵革之地。方是之時。天下之人。毛髮絲粟之才。紛紛然而起。合而爲一。而洵也自度其愚魯無用之身。不足以自奮於其間。退而養其心。幸其道之將成。而可以復見於當世之賢人君子。不幸道未成。而范公西。富公北。執事與余公蔡公分散四出。而尹公亦失勢。奔走於小官。洵時在京師。親見其事。忽忽仰天歎息。以爲斯人之去。而道雖成。不復足以爲榮也。既復自思念。往者衆君子之進於朝。其始也必有善人焉推之。今也亦必有小人焉間之。今之世無復有善人也則已矣。如其不然也。吾何

予嘗范文正集序有恨不見范文正公等語其意蓋出於此而詞較精湛

執事之文章矣至父云此下論文絕精而前幅則頗傷繁

憂焉姑養其心使其道大有成而待之何傷退而處十年雖未敢自謂其道有成矣然浩浩乎其胸中若與曩者異而余公適亦有成功於南方執事與蔡公復相繼登於朝富公復自外入爲宰相其勢將復合爲一喜且自賀以爲道既已粗成而果將有以發之也既又反而思其向之所慕望愛悅之而不得見之者蓋有六人焉今將往見之矣而六人者已有范公尹公二人亡焉則又爲之潸（音刪）然出涕以悲嗚呼二人者不可復見矣而所恃以慰此心者猶有四人也則又以自解思其止於四人也則又汲汲欲一識其面以發其心之所欲言而富公又爲天子之宰相遠方寒士未可遽以言通於其前而余公蔡公遠者又在萬里外獨執事在朝廷間而其位差不甚貴可以叫呼攀援而聞之以言而饑寒衰老之病又痼而留之使不克自至於執事之庭夫以慕望愛悅其人之心十年而不得見而其人已死如范公尹公二人者則四人者之中非其勢不可遽以言通者何可以不能自往而遽已也執事之文章天下之人莫不知之然竊自以爲洵之知之特深愈於天下之人何者孟子之文語約而意盡不爲

就孟韓李陸以比歐子有異處有同處有異中之同有同中之異

巉刻斬絕之言。而其鋒不可犯。韓子之文。如長江大河。渾浩流轉。魚黿蛟龍。萬怪惶惑。而抑遏蔽掩。不使自露。而人望見其淵然之光。蒼然之色。亦自畏避。不敢迫視。執事之文。紆餘委備。往復百折。而條達疏暢。無所間斷。氣盡語極。急言竭論。而容與閒易。無艱難勞苦之態。此三者。皆斷然自爲一家之文也。惟李翺之文。其味黯然而長。其光油然而幽。俯仰揖讓。有執事之態。陸贄之文。遺言措意。切近的當。有執事之實。而執事之才。又自有過人者。蓋執事之文。非孟子韓子之文。而歐陽子之文也。夫樂道人之善而不爲諂者。以其人誠足以當之也。彼不知者。則以爲譽人以求其悅己也。夫譽人以求其悅己。洵亦不爲也。而其所以道執事光明盛大之德。而不自知止者。亦欲執事之知其知我也。雖然。執事之名。滿於天下。雖不見其文。而固已知有歐陽子矣。而洵也不幸。墮在草野泥塗之中。而其知道之心。又近而粗成。欲徒手奉咫尺之書。自託於執事。將使執事何從而知之。何從而信之哉。洵少年不學。生二十五歲。始知讀書。從士君子游。年既已晚。而又不遂刻意厲行。以古人自期。而視與己同列者。皆不勝己。

文章千古事得失寸心知

則遂以爲可矣。其後困益甚。然後取古人之文而讀之。始覺其出言用意與己大異。時復內顧自思其才。則又似夫不遂止於是而已者。由是盡燒其曩時所爲文數百篇。取論語孟子韓子及其他聖人賢人之文。而兀然端坐。終日以讀之者七八年矣。方其始也。入其中而惶然。博觀於其外而駭然以驚。及其久也。讀之益精。而其胸中豁然以明。若人之言固當然者。然猶未敢自出其言也。時既久。胸中之言日益多。不能自制。試出而書之。已而再三讀之。渾渾乎覺其來之易矣。然猶未敢以爲是也。近所爲洪範論史論凡七篇。執事觀其如何。噫嘻。區區而自言。不知者又將以爲自譽以求人之知己也。惟執事思其十年之心如是之不偶然也而察之。

論文頗有見地。繁宂處殊欠裁制 潘識

范（名仲淹、字希文、）富（名弼、字彥國、）余尹（均見永叔與尹師魯書注、）蔡公（名襄、字君謨、以上皆宋人、）韓子（名愈、）李翺（字習之、）陸贄（字敬輿、以上皆唐人、）

蘇子瞻上王兵部書（王兵部、名子融、字熙仲、曾弟、本名鼎、元昊反、以字爲名、）○○

此文寓慼瀟洒殊有別致爲子瞻集中僅見之作

騎身當是九方皋非善相馬者不能道此

以書爲進見之階

荊州南北之交。而士大夫往來之衝也。執事以高才盛名。作牧於此。蓋亦嘗有以相馬之說告於左右者乎。聞之曰。騏驥之馬。一日行千里而不殆。其脊如不動。其足如無所著。升高而不輊(音智)。走下而不軒。其伎藝卓絕。而效見明著。至於如此。而天下莫有識者。何也。不知其相而責其伎也。夫馬者有昂目而豐臆(伊力切)方蹄而密睫(音接)。捷乎若深山之虎。曠乎若秋後之兔。遠望目若視日。而志不存乎芻粟。若是者飄忽騰踔(音罩)。去而不知所止。是故古之善相者立於五達之衢。一目而眄(音麪)之。聞其一鳴。顧而循其色。馬之伎盡矣。何者。其相溢於外而不可蔽也。士之賢不肖。見於面顏。而發泄於辭氣。卓然其有以存乎耳目之間。而必曰久居而後察。則亦名相士者之過矣。夫軾。西川之鄙人。而荊之過客也。其足跡偶然而至執事之門。其平生之所治以求聞於後世者。又無所挾持以至於左右。蓋亦易疏而難合也。然自蜀至於楚。舟行六十日。過郡十一。縣二十有六。取所見郡縣之吏數十百人。莫不孜孜論執事之賢。而教之以求通於下吏。且執事何修而得此稱也。軾非敢以求知。而望其所以先後於仕進之門者。亦

語妙無匹

徒以爲執事立於五達之衢而庶幾乎一目之眄或有以信其平生爾夫今之世豈惟王公擇士士亦有所擇軾將自楚游魏自魏無所不游恐他日以不見執事爲恨也是以不敢不進不宜

劉海峯曰似從戰國策汗明說春申君來文亦雄肆然終不及其簡古有味

荆州（治今湖北江陵縣）輊（車却而後）軒（車覆而前）臆（胸臆）睫（目旁毛）騰踔（踰越也）衢（[爾雅]四達謂之衢）眄（邪視也）

蘇子瞻答李端叔書（端叔、名之儀、趙郡人、以草范忠宣遺表、爲蔡京所惡、編管太平州、文忠客也、著姑溪集、）

軾聞足下名久矣又於相識處往往見所作詩文雖不多亦足以髣髴其爲人矣尋常不通書問怠慢之罪猶可闊略及足下斬然在疚亦不能以一字奉慰舍弟子由至先蒙惠書又復懶不即答頑鈍廢禮一至於此而足下終不棄絕遞中再辱手書待遇益隆覽之面熱汗下也足下才高識明不應輕許與人得非用黃魯直秦太虛輩語眞以爲然耶不肖爲人所憎而二子獨喜見譽如人嗜昌歜（蠶上聲）羊棗未易詰其所以然者以二子爲妄則不可遂欲以移之衆口又大不可也軾少年時讀書作文專以爲應舉而已既及進士第貪得不已又

說得可笑制科人往往如此

譬之候蟲時鳥吳至父云此一接眞乃出沒不測

雖非眞學語而亦有悟道處

舉制策其實何所有而其科號爲直言極諫故每紛然誦說古今考論是非以應其名耳人苦不自知既以此得因以爲實能之故譊（女交切）譊至今坐此得罪幾死所謂齊虜以口舌得官眞可笑也然世人遂以軾爲欲立異同則過矣妄論利害攙（初銜切）說得失此正制科人習氣譬之候蟲時鳥自鳴自已何足爲損益軾每怪時人待軾過重而足下又復稱說如此愈非其實得罪以來深自閉塞扁舟草履放浪山水間與樵漁雜處往往爲醉人所推罵輒自喜漸不爲人識平生親友無一字見及有書與之亦不答自幸庶幾免矣足下又復創相推與甚非所望木有癭（音嬰）石有暈犀有通以取妍於人皆物之病也謫居無事默自觀省三十年以來所爲多其病者足下所見皆故我非今我也無乃聞其聲不考其情取其華而遺其實乎抑將又有取乎此也此事非相見不能盡自得罪後不敢作文字此書雖非文然信筆書意不覺累幅亦不須示人必喩此意

劉海峯曰本色語自然工雅然已開語錄之漸○吳至父曰此文可謂怨而不怒養到之驗雖振筆直書而氣韻自然非他家所及

數語亦有見地

顯濱文失之弱此似不弱其恣肆處不讓乃兄

斬然（斬衰、喪服、以至粗疏布為之、不縫下邊、三年之喪服斬衰、）在疚（居喪也、）遞中（驛遞之中、）黃魯直（名庭堅、號山谷、）秦太虛（名觀、字少游、）昌歜（昌蒲也、楚文王嗜昌歜、）羊棗（一名羊矢棗、曾皙嗜之、）譊譊（喧也、）齊虜句（漢高罵劉敬語、）瘿（木之擁腫、似頸瘤者）暈（日旁氣也、石之美者有之、）通（犀角之有紋也、「抱朴子」通天犀、得其角一尺以上、刻為魚、而銜以入水、水常為開、）

蘇子由上樞密韓太尉書（韓樞密見前、稱太尉者、樞密兼武職、同於漢時太尉、故用古稱、）○

太尉執事。轍生好為文。思之至深。以為文者氣之所形。然文不可以學而能。氣可以養而致。孟子曰。我善養吾浩然之氣。今觀其文章。寬厚宏博。充乎天地之間。稱其氣之小大。太史公行天下。周覽四海名山大川。與燕趙間豪俊交游。故其文疏蕩。頗有奇氣。此二子者。豈嘗執筆學為如此之文哉。其氣充乎其中。而溢乎其貌。動乎其言。而見乎其文。而不自知也。轍生十有九年矣。其居家所與游者。不過其鄰里鄉黨之人。所見不過數百里之間。無高山大野可登覽以自廣。百氏之書。雖無所不讀。然皆古人之陳迹。不足以激發其志氣。恐遂汨沒。故決然捨去。求天下奇聞壯觀。以知天地之廣大。過秦漢之故都。恣觀終南嵩（音松）華之高。北顧黃河之奔流。慨然想見古之豪傑。至京師。仰觀天子宮闕之壯。與

取東處四格亦緊

倉廩府庫城池苑囿之富且大也。而後知天下之巨麗。見翰林歐陽公。聽其議論之宏辨。觀其容貌之秀偉。與其門人賢士大夫游。而後知天下之文章聚乎此也。太尉以才略冠天下。天下之所恃以無憂。四夷之所憚以不敢發。入則周公召公。出則方叔召虎。而轍也未之見焉。且夫人之學也。不志其大。雖多而何為。轍之來也。於山見終南嵩華之高。於水見黃河之大且深。於人見歐陽公。而猶以為未見太尉也。故願得觀賢人之光耀。聞一言以自壯。然後可以盡天下之大觀而無憾矣。轍年少。未能通習吏事。嚮之來。非有取於斗升之祿。偶然得之。非其所樂。然幸得賜歸待選。使得優游數年之間。將歸益治其文。且學為政。太尉苟以為可教而辱教之。又幸矣。

劉海峯曰文亦有疏宕之氣

太史公（即司馬遷、）周覽句（「史記五帝紀贊」余嘗西至崆峒、北過涿鹿、東漸於海、南浮江淮矣、）燕趙（今直隸山西地、）鄰里鄉黨（五家為鄰、二十五家為里、萬二千五百家為鄉、五百家為黨、）秦漢故都（在今陝西咸陽縣長安縣、）終南（在今陝西盩厔縣、）嵩（古中嶽、在今河南登封縣、）華（古西嶽、在今陝西華陰縣、）歐陽公（即歐陽修、）周公召公（周公名旦、召公名奭、文王之子、武王之弟、武王崩、成王幼、周召輔政、

述來書之意

嘗欲大潤澤於天下與王父云介甫稱其父兄皆作此語疑其涉於鋪張之習此亦門面語不得謂其鋪張

方叔召虎（周宣王時臣、王命方叔征荊蠻、召虎平淮夷、）

王介甫答韶州張殿丞書（張殿丞、名師錫、開封襄邑人、去華子、）○○

某啓伏蒙再賜書示及先君韶州之政爲吏民稱頌至今不絕傷今之士大夫不盡知又恐史官不能記載以次前世良吏之後此皆不肖之孤言行不足信於天下不能推揚先人之功緒餘烈使人人得聞知之所以夙夜愁痛疚心疾首而不敢息者以此也先人之存某尙少不得備聞爲政之迹然嘗侍左右尙能記誦敎誨之餘蓋先君所存嘗欲大潤澤於天下一物枯槁以爲身羞大者旣不得試已試乃其小者耳小者又將泯沒而無傳則不肖之孤罪大釁厚矣尙何以自立於天地之間邪閣下勤勤惻惻以不傳爲念非夫仁人君子樂道人之善安能以及此自三代之時國各有史而當時之史多世其家往往以身死職不負其意蓋其所傳皆可考據後旣無諸侯之史而近世非尊爵盛位雖雄奇儁烈道德滿衍不幸不爲朝廷所稱輒不得見於史而執筆者又雜出一時之貴人觀其在廷論議之時人人得講其然不尙或以忠爲邪以異爲同誅

說惟恐其不盡茅氏所云鑱刻張氏所謂鋒稜者指此

當前而不慄訕在後而不羞苟以饜其忿好之心而止耳而況陰挾翰墨以裁前人之善惡疑可以貸褒似可以附毀往者不能訟當否生者不得論曲直賞罰謗譽又不施其間以彼其私獨安能無欺於冥昧之間邪善既不盡傳而傳者又不可盡信如此惟能言之君子有大公至正之道名實足以信後世者耳目所遇一以言載之則遂以不朽於無窮耳伏惟閣下於先人非有一日之雅餘論所及無黨私之嫌苟以發潛德爲己事務推所聞告世之能言而足信者使得論次以傳焉則先君之不得列於史官豈有恨哉

茅鹿門曰荆公之書多深思遠識要之於古之道而其行文處往往遒以婉鑱以刻譬之入幽谷邃壑令人神解而興不窮中有歐曾所不及處○劉海峯曰中間慨古今作史之不同曲折淋漓介甫僅見之作○張廉卿曰文有風霜之氣字句亦覺鋒稜隱起

先君（安石父益、都官員外郎、）韶州（治今廣東曲江縣、）釁（罪也、[左宣]觀釁而動、）以身死職（[左襄]齊崔杼弒莊公、太史書之、爲崔子所殺、其弟嗣書、又殺之、）

忽伏蹶忽

只是爲求葬費耳說得懇切如是

王介甫上淩屯田書（淩屯田名策、字子奇、宣州涇人、由廣南西路轉運使、進屯田員外郎、）○

兪跗疾醫（醫同）之良者也其足之所經耳目之所接有人於此狠疾焉而不治則必欿（音坎）然以爲己病也雖人也不以病兪跗焉則少矣隱而虞兪跗之心其族姻舊故有狠疾焉則何如也未如之何其已未有可以治焉而忽者也今有人於此弱而孤壯而屯蹶困塞先大父棄館舍於前而先人從之兩世之柩窆（其矩切）而不能葬也嘗觀傳記至春秋過時而不葬與子思所論未葬不變服則慼然不知涕之流落也竊悲夫古之孝子慈孫嚴親之終如此其甚也今也乃獨以窶故犯春秋之義拂子思之說鬱其爲子孫之心而不得伸猶人之狠疾也奚有間哉伏惟執事性仁而躬義憫艱而悼阨窮人之兪跗也而又有先人一日之雅某之疾庶幾可以治焉者也是敢不謀於龜不介於人跋千里之途犯不測之川而造執事之門自以爲得所歸也執事其忽之歟

茅鹿門曰類昌黎○張廉卿曰起甚奇崛擬韓退之稍覺峭薄

兪跗（黄帝時人、「史記扁鵲倉公傳」醫有兪跗、）狠疾（狠善顚、疾則不能、二字見「孟子」）欿然（意不自滿、）雖人也二句（言人未有不望兪跗

此說甚是

固是辨才無礙即此數語便見其执執自是

之治其病者也、虞度也、窶貧不能為禮謂之窶、春秋過時二句見韓退之改葬服議注、

王介甫答司馬諫議書 司馬諫議、名光、字君實、夏縣人、寶元進士、

某啓昨日蒙教竊以為與君實游處相好之日久而議事每不合所操之術多異故也雖欲強聒終必不蒙見察故略上報不復一一自辨重念蒙君實視遇厚於反覆不宜鹵莽故今具道所以冀君實或見恕也蓋儒者所爭尤在於名實名實已明而天下之理得矣今君實所以見教者以為侵官生事征利拒諫以致天下怨謗也某則以為受命於人主議法度而修之於朝廷以授之於有司不為侵官舉先王之政以興利除弊不為生事為天下理財不為征利闢邪說難壬人不為拒諫至於怨誹之多則固前知其如此也人習於苟且非一日士大夫多以不恤國事同俗自媚於眾為善上乃欲變此而某不量敵之眾寡欲出力助上以抗之則眾何為而不洶洶然盤庚之遷胥怨者民也非特朝廷士大夫而已盤庚不為怨者故改其度度義而後動是而不見可悔故也如君實責我以在位久未能助上大有為以膏澤斯民則某知罪矣如曰今日當一

切不事事守前所爲而已則非某之所敢知無由會晤不任區區向往之至

姚氏曰亦自勁悍而不如昌黎答呂毉山人之奇變○吳至父曰固由兀傲性成究亦理足氣盛故勁悍廉厲無枝葉如此不似上皇帝書時尚有經生習氣也

議事不合（安石嘗謂始終以爲新法不可行者、司馬君實也、）壬（佞也、）盤庚（祖丁之子、「尙書」盤庚五遷、將治亳、殷民咨怨、作盤庚三篇、）

評校
音注
古文辭類纂卷三十終

就地發揮較易落筆

轉處收處均覺變化不測的是神品

評校音注古文辭類纂卷三十一　贈序類一

韓退之送董邵南序

邵南，壽州安豐人，舉進士，不得志，時河北諸鎮，自天寶後，不稟朝命，往往自辟士，邵南往依之。○○○

燕趙古稱多感慨悲歌之士董生舉進士連不得志於有司懷抱利器鬱鬱適茲土吾知其必有合也董生勉乎哉夫以子之不遇時苟慕義彊仁者皆愛惜焉矧燕趙之士出乎其性者哉然吾嘗聞風俗與化移易吾惡知其今不異於古所云邪聊以吾子之行卜之也董生勉乎哉吾因子有所感矣爲我弔望諸君之墓而觀於其市復有昔時屠狗者乎爲我謝曰明天子在上可以出而仕矣

朱子曰此篇言燕趙之士仁義出於其性乃故反其詞以深譏其不臣而習亂之意故其卒章又爲道上威德以驚動而招徠之其旨微矣○劉海峯曰微情妙旨寄之筆墨之外昌黎平生作文不欲託史記籬下獨此爲近○大姚曰冠絕古今然較之史公自有崖塹○曾滌生曰沈鬱往復去膚存液○

分三層說得淺深遞進法

漸漸折入本題

收處尚妙

張廉卿曰收處寄興無端如此乃謂之妙遠不測

燕（今京兆奉天直隸及朝鮮北部、）趙（今直隸南部、山西北部、）望諸君（樂毅為燕昭王伐齊、立功後、因不得於惠王、去燕之趙、趙封為望諸君、）屠狗（荊軻至燕、友燕市屠狗及善擊筑者高漸離、其後高亦以筑擊秦王而被殺、）

韓退之送王秀才含序（或作送士王含、）○○○

吾少時讀醉鄉記。私怪隱居者無所累於世。而猶有是言。豈誠旨於味邪。及讀阮籍陶潛詩。乃知彼雖偃蹇不欲與世接。然猶未能平其心。或為事物是非相感發。於是有託而逃焉者也。若顏氏子操瓢（音飄）與簞（音單）。曾參歌聲若出金石。彼得聖人而師之。汲汲每若不可及。其于外也固不暇。尚何麴（音麯）蘖（音臬）之託而昏冥之逃邪。吾又以為悲醉鄉之徒不遇也。建中初。天子嗣位。有意貞觀開元之丕績。在廷之臣爭言事。當此時。醉鄉之後世又以直廢。吾既悲醉鄉之文辭。而又嘉良臣之烈。思識其子孫。今子之來見我也。無所挾。吾猶將張之。況文與行不失其世守。渾然端且厚。惜乎吾力不能振之。而其言不見信於世也。於其行姑與之飲酒。

謹案拈一鳴字勉強湊合無眞意味此在昌黎集中最爲下乘之作

劉海峯曰含蓄深婉頗近子長退之文以雄奇勝人獨董邵南及此篇深微屈曲讀之覺高情遠韻可望不可及○曾滌生曰澹宕夷猶風神絕遠○張廉卿曰此篇與退之他文有陽剛陰柔之別然空中起步其來無端則一也又曰唐人始以贈序名篇作者不免貢諛體亦近六朝至退之乃得古人贈人以言之義體簡辭足掃盡枝葉所以空前絕後

醉鄉記（唐王績作、）阮籍陶潛（籍字嗣宗、潛字淵明、均晉人、不得志於世、借酒以自遣者、）偃蹇（驕貌、）顏氏子（名回、孔子弟子、一簞食、一瓢飲、在陋巷、人不堪其憂、回也不改其樂、）曾參（字子輿、家貧躬耕、捉襟而肘見、納履而踵決、曳蹤而歌商頌、聲滿天地若出金石、）麴蘖（酒母、）建中（德宗年號、）

韓退之送孟東野序

（東野名郊、湖州武康人、登進士、官溧陽尉、詩託興深微、結體古奧、有東野集、卒後張籍等謚曰貞曜先生、）○○○

大凡物不得其平則鳴草木之無聲風撓之鳴水之無聲風蕩之鳴其躍也或激之其趨也或梗之其沸也或炙之金石之無聲或擊之鳴人之於言也亦然有不得已者而後言其歌也有思其哭也有懷凡出乎口而爲聲者其皆有弗平者乎樂也者鬱於中而泄於外者也擇其善鳴者而假之鳴金石絲竹匏土

於不平亦未確

以道鳴者也方望溪云謝疊山謂以荀卿比孟子已非其倫臧孫辰何人豈得謂以道鳴

特天醜其德張廉卿云奇宕處超過無前意態橫縱可想其筆力之雄

革。木。八。者。物。之。善。鳴。者。也。維。天。之。於。時。也。亦。然。擇。其。善。鳴。者。而。假。之。鳴。是。故。以。鳥。鳴。春。以。雷。鳴。夏。以。蟲。鳴。秋。以。風。鳴。冬。四。時。之。相。推。敓。同奪其。必。有。不。得。其。平。者。乎。其。於。人。也。亦。然。人。聲。之。精。者。為。言。文。辭。之。於。言。又。其。精。也。尤。擇。其。善。鳴。者。而。假。之。鳴。其。在。唐。虞。咎音皋陶音遙禹。其。善。鳴。者。也。而。假。以。鳴。夔。弗。能。以。文。辭。鳴。又。自。假。於。韶。以。鳴。夏。之。時。五。子。以。其。歌。鳴。伊。尹。鳴。殷。周。公。鳴。周。凡。載。於。詩。書。六。藝。皆。鳴。之。善。者。也。周。之。衰。孔。子。之。徒。鳴。之。其。聲。大。而。遠。傳。曰。天。將。以。夫。子。為。木。鐸。達各切其。弗。信。矣。乎。其。末。也。莊。周。以。其。荒。唐。之。辭。鳴。楚。大。國。也。其。亡。也。以。屈。原。鳴。臧。孫。辰。孟。軻。荀。卿。以。道。鳴。者。也。楊。朱。墨。翟。管。夷。吾。晏。嬰。老。聃。申。不。害。韓。非。慎。到。田。駢。蒲眠切鄒。衍。尸。佼。音攪孫。武。張。儀。蘇。秦。之。屬。皆。以。其。術。鳴。秦。之。興。李。斯。鳴。之。漢。之。時。司。馬。遷。相。如。揚。雄。最。其。善。鳴。者。也。其。下。魏。晉。氏。鳴。者。不。及。於。古。然。亦。未。嘗。絕。也。就。其。善。者。其。聲。清。以。浮。其。節。數。以。急。其。辭。淫。以。哀。其。志。弛。音豕以。肆。其。為。言。也。亂。雜。而。無。章。將。天。醜。其。德。莫。之。顧。邪。何。為。乎。不。鳴。其。善。鳴。者。也。唐。之。有。天。下。陳。子。昂。蘇。源。明。元。結。李。白。杜。甫。李。觀。皆。以。其。所。能。鳴。其。存。而。在。下。者。孟。郊。東。野。始。

正意只此數句

以其詩鳴。其高出魏晉。不懈而及於古。其他浸淫乎漢氏矣。從吾遊者。李翺張籍其尤也。三子者之鳴信善矣。抑不知天將和其聲而使鳴國家之盛耶。抑將窮餓其身。思愁其心腸而使自鳴其不幸邪。三子者之命則懸乎天矣。其在上也奚以喜。其在下也奚以悲。東野之役於江南也。有若不釋然者。故吾道其命於天者以解之。

方望溪曰林希元云文極變化而謂人物之鳴皆出於不平則未確人多不察○劉海峯曰文以天字爲主而用鳴字善鳴字縱橫組織其間奇絕變化又曰雄奇創闢橫絕古今○曾滌生曰徵引太繁頗傷冗蔓○張廉卿曰儀禮之細謹考工之峭宕惟此與畫記與之相肖

撓(擾也、)蕩(播盪也、)激(衝也、)梗(塞也、)炙(燒也、)金(鐘)石(磬)絲(琴瑟、)竹(簫管、)匏(笙)土(塤)革(鼓)木(柷敔、)推敓(猶推移也、)韶(舜樂、)五子(太康好獵、其弟五人、述大禹之戒、作歌以諷之、)六藝(禮樂射御書數、)木鐸(金口木舌、古時施政教時所振)以聲衆者也、莊周(楚蒙人、著莊子、)屈原(見小傳、)臧孫辰(即臧文仲、魯大夫、)荀卿(名況、趙人、著荀子、)楊朱(即楊子、)墨翟(魯人、仕宋、著墨子、)管夷吾(字仲、齊桓公相、著管子、)晏嬰(字平仲、齊人、著晏子春秋、)老聃(姓李、名耳、字伯陽、楚之苦縣人、著道德經、凡五千餘姚氏云機應於心故物不膠於心不挫於氣故神完守固韓公此旨本自狀所得於文事者然以之論道亦然牢籠萬物之態而物皆爲我用者技之精也由應萬事之情而事循其天者道之泯也必離去事物而後神其心是韓公所斥解外膠泊然淡然者也以是爲道其道淺矣以是爲技其術機矣不膠於心與至父云歐本修作繆文苑同方引莊子內篇者不可謂而妮云與此同

言、申不害(相韓昭侯、著申子、)韓非(韓公子、著韓非子、)愼到(韓大夫、)田駢(齊人、)鄒衍(齊人、)尸佼(晉人、著尸子、)孫武(齊人、著兵法十三篇、)李斯司馬遷相如揚雄(均見小傳、)陳子昂(字伯玉、梓州人、)蘇源明(字弱夫、京兆武功人、)元結(字次山、汝州人、)李白(字太白、號青蓮、隴西人、)杜甫(字子美、號少陵、杜陵人、)李觀(字元賓、趙州贊皇人、以上六人皆工詩、)李翺(見小傳、)張籍(字文昌、和州烏江人、善樂府、)江南(指溧陽、時東野爲溧陽尉、)

韓退之送高閑上人序

(高閑、烏程人、善草書、宣宗召對、賜紫衣、後歸湖州開元寺終焉、)〇〇〇

苟可以寓其巧智使機應於心不挫於氣則神完而守固雖外物至不膠於心堯舜禹湯治天下養叔治射庖丁治牛師曠治音聲扁鵲治病僚之於丸秋之於奕伯倫之於酒樂之終身不厭奚暇外慕夫外慕徙業者皆不造其堂不嚌(音劑)其胾(側吏切)者也往時張旭善草書不治他伎喜怒窘(君上聲)窮憂悲愉佚(同佚)怨恨思慕酣醉無聊不平有動於心必於草書焉發之觀於物見山水崖谷鳥獸蟲魚草木之花實日月列星風雨水火雷霆霹靂歌舞戰鬭天地事物之變可喜可愕一寓於書故旭之書變動猶鬼神不可端倪以此終其身而名後世今閑之於草書有旭之心哉不得其心而逐其跡未見其能旭也爲旭有道利害

仍不離闢佛見解得
毋以此膠其心乎

必。明。無。遺。錙。莊持切銖。音殊情炎。於。中。利。欲。鬭。進。有得有喪。勃然不釋。然後一決於書。而後旭可幾也。今閑師浮屠氏一死生解外膠。是其爲心必泊然無所起。其於世必淡然無所嗜。泊與淡相遭。頹墮委靡潰敗不可收拾則其於書得無象之然乎。然吾聞浮屠人善幻多技能。閑如通其術。則吾不能知矣。

眞西山曰韓公本意謂人必有不平之心鬱積之久而後發之則其氣勇決而伎必精今高閑既無是心則其爲伎宜其潰敗委靡而不能奇但恐其善幻多伎則不可知耳此自韓公所見非如書史祖師之說也○方望溪曰子厚天說似類莊子若退之爲之並其精神意氣皆得之矣觀高閑序可辨○劉海峯曰奇崛之文倚天拔地○張廉卿曰退之奇處最在橫空而來鑿險縋幽之思籋雲乘風之勢殆窮極文章之變矣

養叔養由基、楚大夫、善射、庖丁宋人、善解牛、見［莊子］師曠字子野、晉平公時樂師、扁鵲戰國時人、姓秦、名越人、僚熊僚、楚勇士、善弄丸、秋古善奕者、伯倫劉伶字、晉人、嚌嘗也、胾切肉曰胾、張旭唐吳郡人、字伯高、善草書、世呼曰張顛、端倪端、緒也、倪、畔也、［莊子］反覆終始、不知端倪、錙銖［說文］十黍爲累、十累爲銖、八銖爲錙、

從衡山說入已扼題要

其水土之所生張廉卿云噴薄雄肆又云白金云云插筆與對偶間體格不同而用筆一也

爲正意處用筆跳蕩落墨不多

韓退之送廖道士序

永貞元年、退之自陽山徙掾江陵、道衡山而作、○○○

五岳於中州、衡山最遠、南方之山巍然高而大者以百數、獨衡爲宗、最遠而獨爲宗、其神必靈、衡之南八九百里、地益高、山益峻、水清而益駛（音史）、其最高而橫絕南北者嶺、郴（音琛）之爲州在嶺之上、測其高下、得三之二焉、中州清淑之氣、於是焉窮、氣之所窮、盛而不過、必蜿（音鴛）蟺（音善）扶輿磅（鋪郎切）礴（音泊）而鬱積、衡山之神既靈、而郴之爲州又當中州清淑之氣、蜿蟺扶輿磅礴而鬱積、其水土之所生、神氣之所感、白金、水銀、丹砂、石英、鍾乳、橘柚之包、竹箭之美、千尋之名材、不能獨當也、意必有魁奇忠信材德之民生其間、而吾又未見也、其無乃迷惑溺沒於老佛之學而不出耶、廖師郴民而學於衡山、氣專而容寂、多藝而善遊、豈吾所謂魁奇而迷溺者耶、廖師善知人、若不在其身、必在其所與遊、訪之而不吾告何也、於其別、申以問之、

劉海峯曰、此文如黑雲漫空、疾風迅雷、甚雨驟至、電光閃閃、頃刻淨掃陰霾、皎然日出、文境奇絕、○曾滌生曰、磊落而迷離、收處絕詭變、

述平之爲人與作序之由

五岳（泰山爲東岳、衡山爲南岳、華山爲西岳、恆山爲北岳、嵩山爲中岳、）中州（今河南、）嶺（謂五嶺、[鄧德明南康記]大庾嶺一也、桂陽騎田嶺二也、九眞都龐嶺三也、臨賀萌渚嶺四也、始安越城嶺五也、[水經注]郴縣黃岑山騎田之嶠、五嶺第二嶺也、）郴（唐郴州、屬江南西道、治今湖南郴縣、）蜿蟺（糾繚狀、）扶輿（佳氣貌、）磅礴（廣被也、）石英（石如玉者、）鍾乳（巖穴中石脈涌出、爲乳狀、融結下垂、其端輕薄中空、）

韓退之送竇從事序（竇從事名平、扶風平陵人、貞元五年、登進士第、）○○○

踰甌閩而南。皆百越之地。於天文。其次星紀。其星牽牛。連山隔其陰。鉅海敵（音狄）其陽。是惟島居卉服之民。風氣之殊。著自古昔。唐之有天下。號令之所加。無異於遠近。民俗既遷。風氣亦隨。霜雪時降。癘疫不興。瀕（音頻）海之饒。固加於初。是以人之至南海者。若東西州焉。皇帝臨天下二十有二年。詔工部侍郎趙植爲廣州刺史。盡牧南海之民。署從事扶風竇平。平以文辭進。於其行也。其族人殿中侍御史牟。合東都交游之能文者二十有八人。賦詩以贈之。於是昌黎韓愈嘉趙南海之能得人。壯從事之答於知我。不憚行之遠也。又樂貽周之愛其族叔父。能合文辭以寵榮之。作送竇從事少府平序。

劉海峯曰、起得雄直、惟退之有此、○張廉卿曰、起勢如河之注於海、如雲出

陪客請得好

不知楊侯去時張廉卿云奇思異致

而風驅之而造意雄堅無一字懈散讀之但覺騰邁而上行○吳至父曰平以文士不得志於京師而遠出南海從幕職故爲言此其意微妙高遠非苟爲壯麗也

甌（浙江舊溫州府之署稱、）閩（今福建省、）百越（越族隨處異名、故曰百越、在浙江曰於越、福建曰閩越、此指南越、卽今廣東、）次（星之躔舍、）星紀（［爾雅］星紀、斗牽牛也、［郭注］牽牛斗者、日月五星之所終始、故謂之星紀、［周禮鄭注］九州諸國之封域、於星有分、星紀、吳越也、）牽牛（星名、在天河側、與織女相對、）連山（五嶺、詳上、）鉅海（黃海、南海、）歘（出氣貌、）島居卉服（［書禹貢］島夷卉服、［疏］海曲謂之島、卉服、用葛爲之、）趙植（京兆奉天人、累擢嶺南節度使、終於官、）廣州（唐屬嶺南道、治今廣東南海縣、）牟（字貽周、京兆金城人、）扶風（今陝西扶風縣、）

韓退之送楊少尹序（楊巨源、字景山、蒲州人、貞元五年、第進士、長慶中爲河中少尹、以能詩名、）○○○

昔疏廣受二子以年老一朝辭位而去於時公卿設供張（同帳）祖道都門外車數百兩道路觀者多歎息泣下共言其賢漢史旣傳其事而後世工畫者又圖其迹至今照人耳目赫赫若前日事國子司業楊君巨源方以能詩訓後進一旦以年滿七十亦白丞相去歸其鄉世常說古今人不相及今楊與二疏其意豈異也予忝在公卿後遇病不能出不知楊侯去時城門外送者幾人車幾兩馬

大姚云以與字古通用鄉射禮主人以賓揖鄭注以猶與也又見召南詩箋 見今世無工畫者而畫與不畫固不論也方望溪云二語無謂

又不知張廉卿云此一轉神妙莫測

今之歸張廉卿云物猶已極文之變態至末又生出一段邱壑讀之如尋幽攬勝探之不窮

幾匹道旁觀者亦有歎息知其爲賢以否而太史氏又能張大其事爲傳繼二疏蹤跡否不落莫否見今世無工畫者而畫與不畫固不論也然吾聞楊侯之去丞相有愛而惜之者白以爲其都少尹不絕其祿又爲歌詩以勸之京師之長於詩者亦屬而和之又不知當時二疏之去有是事否古今人同不同未可知也中世士大夫以官爲家罷則無所於歸楊侯始冠舉於其鄉歌鹿鳴而來也今之歸指其樹曰某樹吾先人之所種也某水某邱吾童子時所釣遊也鄉人莫不加敬誡子孫以楊侯不去其鄉爲法古之所謂鄉先生沒而可祭於社者其在斯人歟其在斯人歟

唐應德曰前後照應而錯綜變化不可言此等文字蘇曾王集內無之○方望溪曰此篇與送石溫二序本應酬之作而荊川諸子盛稱之恐退之不許爲知言○劉海峯曰馳驟跌蕩生動飛揚曲盡行文之妙○曾滌生曰唱歎抑揚與送王秀才序略相類歐公多似此種○吳至父曰二疏以與許伯不平去位孟堅爲傳最爲含蓄少尹之去亦必有不可於意者故比附二疏爲

風議當時將相

此文擘分三段似開時文三大段之法

清遠之文蹊徑非復孟堅所到

疏廣受（漢東蘭陵人、廣任至太子太傅、兄子受、字公子、爲太子少傅、廣謂受曰、知足不辱、知止不殆、功成身退、天之道也、乃上疏乞骸骨、上許之、賜黃金百斤、太子贈五十金、公卿大夫、設供帳祖道、送者車數百兩、道路觀者、皆稱其賢、）祖道（祭道神曰祖、共工之子曰脩、好遠遊、故後人祀以爲祖神、「風俗通」祖、徂也、今人謂餞行爲祖道、）

以能詩句（「因話錄」楊巨源在元和中、爲詩體律務實、工夫頗深、爲諸生所宗、）其都少尹（景山引年去、命爲河中少尹、以其爲蒲州人、故云、）

鹿鳴（見「小雅」燕饗之詩、後人以舉人登第而宴、爲鹿鳴宴、）

韓退之送李愿歸盤谷序（愿、洮州臨潭人、晟子、）○○○

太行之陽有盤谷盤谷之間泉甘而土肥草木藂（同叢）茂居民鮮少或曰謂其環兩山之間故曰盤或曰是谷也宅幽而勢阻隱者之所盤旋友人李愿居之愿之言曰人之稱大丈夫者我知之矣利澤施於人名聲昭於時坐於廟朝進退百官而佐天子出令其在外則樹旗旄羅弓矢武夫前呵從者塞途供給之人各執其物夾道而疾馳喜有賞怒有刑才畯（同俊）滿前道古今而譽盛德入耳而不煩曲眉豐頰清聲而便體秀外而惠中飄輕裾翳（於計切）長袖粉白黛綠者列屋而閒居妒寵而負恃爭妍而取憐大丈夫之遇知於天子用力於當世者之

其於爲人張廉卿云含蓄無盡聞其言而壯之方望溪云實行無可稱故但壯其言

不脫盤字

所爲也吾非惡此而逃之是有命焉不可幸而致也窮居而野處升高而望遠坐茂樹以終日濯清泉以自潔採於山美可茹釣於水鮮可食起居無時惟適之安與其有譽於前孰若無毀於其後與其有樂於身孰若無憂於其心車服不維刀鋸不加理亂不知黜陟不聞大丈夫不遇於時者之所爲也我則行之伺候於公卿之門奔走於形勢之途足將進而趑(音咨)趄(音疽)口將言而囁(日涉切)嚅(音儒)處穢汚而不羞觸刑辟而誅戮僥倖於萬一老死而後止者其於爲人賢不肖何如也昌黎韓愈聞其言而壯之與之酒而爲之歌曰盤之中維子之宮盤之土維子之稼盤之泉可濯可沿盤之阻誰爭子所窈而深廓其有容繚而曲如往而復嗟盤之樂兮樂且無央虎豹遠跡兮蛟龍遁藏鬼神守護兮呵禁不祥飲且食兮壽而康無不足兮奚所望膏吾車兮秣吾馬從子於盤兮終吾生以徜(音常)徉(音羊)

劉海峯曰兼用偶儷之體而非偶儷之文則哲匠之妙用也又曰兩層夾寫而隱居之高益見行文藏蓄不露又曰東坡欲倣作一篇而不能其傾倒於

此文至矣○曾滌生曰別出奇徑跌宕自喜

太行（山名、居滹沱河南、漳河衞河以北、）盤谷（在今河南濟源縣北、）茹（食也、）維（繫也、）趑趄（欲行不行貌、）囁嚅（欲言不言貌、）徜徉（戲蕩也、）

寫出境之險阻淸絕而後區生之至乃益見其難得

上半雄肆下半有淸遠之韻

韓退之送區册序

（區册、南海人、喜讀書、操持雅飭、貞元中、退之以直言貶陽山令、册往見之、及歸、退之爲文送之、）

陽山天下之窮處也陸有丘陵之險虎豹之虞江流悍急橫波之石廉利侔劍戟舟上下失勢破碎淪溺者往往有之縣郭無居民官無丞尉夾江荒茅篁竹之間小吏十餘家皆鳥言夷面始至言語不通畫地爲字然後可告以出租賦奉期約是以賓客遊從之士無所爲而至愈待罪於斯且半歲矣有區生者誓言相好自南海挐舟而來升自賓階儀觀甚偉坐與之語文義卓然莊周云逃空虛者聞人足音跫（渠容切）然而喜矣況如斯人者豈易得哉入吾室聞詩書仁義之說欣然喜若有志於其間也與之翳嘉林坐石磯（音機）投竿而漁陶然以樂若能遺外聲利而不厭乎貧賤也歲之初吉歸拜其親酒壺既傾序以識（音志）別

方望溪曰風致與柳州相近○劉海峯曰昌黎陽山後文字尤爲高古○曾

滌生曰送區弘南歸詩傲兀跌宕此文當是一時作故蹊徑與句之廉悍並與詩相類○張廉卿曰遒鬱醇宕風致與柳相近惜抱文頗似之又曰退之此等文眞有鑱刻萬物之能又曰不獨鑱刻精瑩要其命意最幽潔故讀之有味○吳至父曰叙貶所往往含荒涼而矜佳勝公此文乃正言窮陋然止以反跌區生耳故文勢爲之益峻

陽山縣名、唐屬連州、今廣東陽山縣、邱小阜、陵大阜、鳥言言語如鳥鳴聲、夷面面目獰怪、待罪於斯退之於貞元十九年、貶陽山令、挐一作拏、牽引也、賓階東階也、古者賓上自東階、躩然行聲、翳蔽也、磯水中大石。

韓退之送鄭尚書序

鄭尚書、名權、汴州開封人、貞元六年、舉進士第、

○○○

嶺之南。其州七十。其二十二隸嶺南節度府。其四十餘分四府。府各置帥。然獨嶺南節度爲大府。大府始至。四府必使其佐啟問起居。謝守地不得卽賀以爲禮。歲時必遣賀問致水土物。大府帥或道過其府。府帥必戎服左握刀右屬弓矢。帕莫瞎切首袴韡許戈切迎郊。及既至。大府帥先入據館。帥守屏必郢切若將趨入。拜庭之爲者。大府與之爲讓。至一再。乃敢改服。以賓主見。適位執爵。皆興拜。不

張南際天地以萬數，張廉卿云造句雄闊惟太史公有此此從史記有大瀛海環其外此天地之際也句來

可謂貴而能貧矣至父云方崧卿謂標本傳用退家修復與此

許。乃止。慶若小侯之事。大國有大事。諮而後行。隸府之州。離府遠者至三千里。懸隔山海。使必數月而後能至。蠻夷悍輕易怨以變。其南州皆岸大海。多洲島。颿同帆風一日踔陟教切數千里。漫瀾不見蹤迹。控御失所。依險阻結黨仇。機毒矢以待。將吏撞宅江切搪音唐呼號以相和。應蜂屯蟻雜不可爬蒲巴切梳。好則人。怒則獸。故常薄其征入。簡節而疏目。時有所遺漏。不究切之。長養以兒子。至紛不可治。乃草薙音替而禽獮息淺切之。盡根株痛斷。乃止。其海外雜國若耽浮羅流求毛人夷亶之州。林邑扶南眞臘于陀利之屬。東南際天地以萬數。或時候風潮朝貢。蠻胡賈人舶交海中。若嶺南帥得其人。則一邊盡治。不相寇盜賊殺。無風魚之災。水旱癘毒之患。外國之貨日至。珠香象犀玳瑁奇物。溢於中國。不可勝用。故選帥常重於他鎭。非有文武威風。知大體。可畏信者。則不幸往往有事。長慶三年四月。以工部尚書鄭公爲刑部尚書兼御史大夫。往踐其任。鄭公嘗以節鎭襄陽。又帥滄景德棣。歷河南尹華州刺史。皆有功德可稱道。入朝爲金吾將軍。散騎常侍工部侍郎尚書。家屬百人。無數畝之宅。僦酒去聲屋以居。可謂貴而

異何耶。攷異云、通鑑、權家多姬妾、祿薄不能贍、因李訓干王守澄、求節鉞、得廣州、此固嘗譏之也、

能貧爲仁者不富之效也。及是命朝廷莫不悅。將行。公卿大夫士苟能詩者。咸相率爲詩。以美朝政。以慰公南行之思。韻必以來字者。所以祝公成政而來歸疾也。

方望溪曰字句學儀禮○劉海峯曰措語形容一一奇崛乃韓公本色○曾滌生曰氣體似漢書匈奴傳○張廉卿曰似從史記匈奴外夷諸傳出簡古奧峭卻有餘又曰學古文者似勿從此種入恐學韓而失之重滯又曰前而如巨流瀦沆至其南州句便暴怒噴薄○吳至父曰此序譏鄭不足當其任

起四句 [通典]嶺南五府經略、治廣州、領州二十二、邕管經略使治邕州、領州十三、容管經略使治容州、領州十四、桂管經略使治桂州、領州十四、鎮南經略使、安南都護府、治交州、領州十一、至德元年、升五府經略使、爲嶺南節度使、 佐 屬官、 踔 越也、 漫瀾 大水、 獮 殺也、 耽浮羅 今濟州島、在朝鮮西南、

流求 即琉球、在日本南、臺灣東北、今屬日本、改爲沖繩縣、 毛人 今日本蝦夷、 夷亶 二洲名、在海中、孫權使人求之、得夷洲數千人還、 林邑 安南 扶南 古國名、今暹羅地、 眞臘 在漢名扶南、盛時有安南南圻及暹羅地、今僅有東埔寨一地、爲法保護國、 于陀利 國名、梁時通焉、在南海洲上、見[通典] 長慶 穆宗年號、 襄陽 今湖北襄陽縣、元和十一年七月、權爲山南東道節度使、駐襄陽、 滄景德棣 滄州、治今直隸滄縣、景州、治今直隸東光縣、德州、治今山東德縣、棣州、治今山東無棣縣、十三年四月權爲德州刺史、德棣滄景節度使、 華州 治今陝西華縣、權自河南尹帥山南東道爲華州刺史、

說出使命之鄭重

莊重之中雜以諧語尤覺簡妙

金吾(王)尚書(元和十四年十一月，擢爲右金吾衛大將軍，穆宗即位，改左散騎常侍，長慶元年，自河南尹，入爲工部侍郎，二年十月遷本曹尚書，)僦(祖也、)

韓退之送殷員外序(一作送殷侑員外使回鶻序，侑，陳州人，元和八年，回鶻請和親，朝廷以費用廣劇，欲紓以期，詔侑及宗正少卿李孝誠使回鶻，可汗驕甚，陳甲兵，欲臣使者，侑不爲屈，)〇〇

唐受天命爲天子。凡四方萬國。不問海內外。無大小。咸臣順於朝。時節貢水土百物。大者特來。小者附集。元和睿聖文武皇帝既嗣位。悉治方內就法度。十二年。詔曰。四方萬國。惟回鶻(音骨)於唐最親。奉職尤謹。丞相其選宗室四品一人。持節往賜君長。告之朕意。又選學有經法通知時事者一人。與之爲貳。由是殷侯侑自太常博士。遷尚書虞部員外郎。兼侍御史。朱衣象笏。承命以行。朝之大夫莫不出餞。酒半。右庶子韓愈執盞(阻限切)言曰。殷大夫。今人適數百里。出門惘(音網)惘。有離別可憐之色。持被入直三省。丁寧顧婢子語。刺(七迹切)刺不能休。今子使萬里外國。獨無幾微出於言面。豈不眞知輕重大丈夫哉。丞相以子應詔。眞誠知人。士不通經。果不足用。於是相屬爲詩。以道其行云。

劉海峯曰。莊嚴簡重。另是一種。與楊少尹等序正相反〇曾滌生曰。字字峭

姚氏云朱子考異云方從杭本刀下有在字而讀迎下文左字爲句今按若如方意則當云左擬刀右雜佩矣不應握刀在左亦不應推右有佩也在爲衍字無疑杭本譏也左右雜佩當自爲一句內則所謂左右佩用是也爲按此當從杭本作握刀在左蓋握刀者其佩刀之名若不迎在左二字則眞爲手持刀而見無是理也此雜佩

立倜儻軒偉

回鶻（即回紇、爲突厥別種、唐時有內外蒙古之地、德宗時回紇可汗、請易回紇曰回鶻、見「唐書」）惘惘（不得志也、）三省（中書省、尙書省、門下省也、）刺刺（昔之不已也、）

韓退之送幽州李端公序

（李端公名益、時佐幽州劉濟幕、公因益來東都、序以送之、蓋勉其歸使爲濟言、率先來觀奉職、如開元時也、）

○○○

元年。今相國李公。爲吏部員外郎。愈嘗與偕朝。道語幽州司徒公之賢曰、某前年被詔告禮幽州入其地迓勞之使里至每進益恭及郊司徒公紅帓（音末）首韡袴。握刀在左右雜佩弓韔（音暢）服矢插房俯立迎道左某禮辭曰公天子之宰禮不可如是及府又以其服卽事某又曰公三公不可以將服承命卒不得辭上堂卽客階坐必東向愈曰國家失太平於今六十年矣夫十日十二子相配數窮六十其將復平平必自幽州始亂之所出也今天子大聖司徒公勤於禮庶幾帥先河南北之將來覲奉職如開元時乎李公曰然今李公既朝夕左右必數數爲上言元年之言殆合矣端公歲時來壽其親東都東都之大夫士莫不止是我事之用如射決之類與內則之雜佩不同右有而左無無害弓矢亦在右右雜佩弓韣服矢捐房九字相連送鄭尙書序左握刀右屬弓矢文正與此同國家失太平等語與當時極有關係慘淡經營句斟字酌而出之諸評筆費其文之佳騎皮相也

分科設教尼山亦是此意

拜於門。其爲人佐甚忠。意欲司徒公功名流千萬歲。請以愈言爲使歸之獻。

方望溪曰虞伯生云命意高結體奇模擬從天降又曰體製字法皆仿三傳三禮而鹿門以爲描畫得史記髓誤○劉海峯曰諷司徒以來覲奉職而運詞簡古穠麗○曾滌生曰骨俊上而詞瑰瑋極用意之作○張廉卿曰用意高妙造言瑰奇可想下筆時擲落一切

李公（名濟、字叔翰、）幽州（今京兆地、）司徒公（貞元二十一年三月濟檢校司徒、）告禮幽州（二十一年正月德宗崩、以濟爲告哀使、故至幽州、）帓首（首髮巾也、）韔（弓衣、此作納弓於服解、「詩」言韔其弓、）服（同箙、弓室、）房（盛矢器、）亂之所出（天寶十四年、范陽節度使安祿山反、范陽、幽州也、其年歲在乙未、至元和九年甲午、數窮六十、一甲子終矣、）

韓退之送王秀才塤序○○○

吾嘗以爲孔子之道大而能博。門弟子不能徧觀而盡識也。故學焉而皆得其性之所近。其後離散。分處諸侯之國。又各以所能授弟子。原遠而末益分。蓋子夏之學。其後有田子方。子方之後。流而爲莊周。故周之書。喜稱子方之爲人。荀卿之書。語聖人必曰孔子子弓。子弓之事業不傳。惟太史公書弟子傳有姓名

獨孟軻氏之傳得其宗方望溪云程朱未出韓公已確有見若此○竹辨生云讀古人書而能辨其正僞醇疵是謂知言孟子以下程朱以前無人有此識
夫沿河而下張廉卿云探受法

字。曰馯（音翰）臂子弓。子弓受易於商瞿。孟軻師子思。子思之學。蓋出曾子。自孔子。沒。羣弟子。莫不有書。獨孟軻氏之傳得其宗。故吾少而樂觀焉。太原王塤（音同壎）示予所爲文。好舉孟子之所道者。與之言。信悅孟子而屢贊其文辭。夫沿河而下。苟不止。雖有遲疾。必至於海。如不得其道也。雖疾不止。終莫幸而至焉。故學者必慎其所道。道於楊墨老莊佛之學而欲之聖人之道。猶航斷港絕潢（音黃）以望至於海也。故求觀聖人之道。必自孟子始。今塤之所由。既幾於知道。如又得其船與檝（同楫）。知沿而不止。嗚呼。其可量也哉。

方望溪曰北宋諸家皆得退之之一體如此文支流蓋與子固爲近又曰此子固文體所自出又曰淵雅古厚○劉海峯曰韓公序文掃除枝葉體簡辭足○張廉卿曰其淵厚子固能得之其樸老簡峻則不及也

子夏（姓卜、名商、魏人、講學西河）田子方（魏人、文侯師之）馯臂子弓（江東人、商瞿受易於孔子、以授魯橋庇子庸、子庸授江東馯臂子弓）商瞿（字子木、魯人）子思（名伋、孔子孫）曾子（名參、字子輿、武城人）太原（今山西太原縣）

韓退之贈張童子序（唐制有童子科）○○

此文前半鋪排處爲張揚童子地步後幅以勉勵童子作結最合贈序之旨

極言入選之難

意重而辭隱

天下之以明二經舉於禮部者。歲至三千人。始自縣考試。定其可舉者。然後升於州若府。其不能中科者。不與是數焉。州若府總其屬之所升。又考試之如縣。加察詳焉。定其可舉者。然後貢於天子而升之有司。其不能中科者。不與是數焉。謂之鄉貢。有司者總州府之所升而考試之。加察詳焉。第其可進者。以名上於天子而藏之屬之吏部。歲不及二百人。謂之出身。能在是選者。厥惟艱哉。二經章句。僅數十萬言。其傳注在外。皆誦之。又約知其大說。繇是舉者。或遠至十餘年。然後與乎三千之數。而升於禮部矣。又或遠至十餘年。然後與乎二百之數。而進於吏部矣。斑白之老半焉。昏塞不能及者。皆不在是限。有終身不得與者焉。張童子生九年。自州縣達禮部。一舉而進立於二百之列。又二年。益通二經。有司復上其事。繇是拜衛兵曹之命。人皆謂童子耳目明達。神氣以靈。余亦偉童子之獨出於等夷也。童子請於其官之長。隨父而寧母。歲八月。自京師道陝。南至虢。東及洛師。北過大河之陽。九月。始來及鄭。自朝之聞人。以及五都之伯長羣吏。皆厚其餼(於既切)賂。或作歌詩以嘉童子。童子亦榮矣。雖然。愈將進童

與大顛游亦此宗旨

子於道使人謂童子求益者非欲速成者夫少之與長也異觀少之時人惟童子之與及其長也將責成人之禮焉成人之禮非盡於童子所能而已也然則童子宜暫息乎其已學者而勤乎其未學者可也愈與童子俱陸公之門人也慕回路二子之相請贈與處也故有以贈童子

唐順之曰此科舉常事而敘得何等頓挫○曾滌生曰前半志選舉疏健後半勗童子簡宕

章句（篇章句讀、）傳注（解其義曰傳、釋其文辭曰注、）斑白（髮黑白相間也、）等夷（同輩、）寧母（歸視其母、）陝（唐爲陝州、治今河南陝縣、）虢（州名、治弘農、故城在今靈寶縣南、）洛師（洛陽也、）鄭（今河南鄭縣、）五都（謂雍陝虢蒲洛、）陸公門人（退之貞元八年及第、童子時亦升於禮部、時主試爲陸贄、）回路二子句（〔禮檀弓〕子路去魯、謂顏淵曰、何以贈我、曰、吾聞之也、去國則哭于墓而後行、反其國不哭、展墓而入、謂子路曰、何以處我、子路曰、吾聞之也、過墓則式、過祀則下、）

韓退之與浮屠文暢師序○○

人固有儒名而墨行者問其名則是校其行則非可以與之游乎如有墨名而儒行者問其名則非校其行則是可以與之游乎揚子雲稱在門牆則揮之在

闢佛之旨祗是迺題而發耳

辭簡意賅勝讀原道

孰爲孰傳等語文公要是門外漢

夫鳥俛而啄張廉卿云此文所謂醇乎醇者也截此一段便奇

夷狄則進之。吾取以爲法焉。浮屠師文暢喜文章。其周遊天下。凡有行。必請於搢紳先生。以求咏歌其所志。貞元十九年春。將行東南。柳君宗元爲之請。解其裝。得所送序詩累百餘篇。非至篤好。其何能致多如是耶。惜其無以聖人之道告之者。而徒舉浮屠之說贈焉。夫文暢浮屠也。如欲聞浮屠之說。當自就其師而問之。何故謁吾徒而來請也。彼見吾君臣父子之懿。文物事爲之盛。其心有慕焉。拘其法而未能入。故樂聞其說而請之。如吾徒者。宜當告之以二帝三王之道。日月星辰之行。天地之所以著。鬼神之所以幽。人物之所以蕃。江河之所以流而語之。不當又爲浮屠之說而瀆告之也。民之初生。固若禽獸夷狄然。聖人者立。然後知宮居而粒食。親親而尊尊。生者養而死者藏。是故道莫大乎仁義。教莫正乎禮樂刑政。施之於天下。萬物得其宜。措之於其躬。體安而氣平。堯以是傳之舜。舜以是傳之禹。禹以是傳之湯。湯以是傳之文武。文武以是傳之周公孔子。書之於册。中國之人世守之。今浮屠者。孰爲而孰傳之邪。夫鳥俛而啄。仰而四顧。夫獸深居而簡出。懼物之爲己害也。猶且不脫焉。弱之肉。彊之食。

特然要是切中要害故理奇而文自奇舍理而求奇不知文者也

今吾與文暢安居而暇食優游以生死與禽獸異者寧可不知其所自邪夫不知者非其人之罪也知而不為者惑也悅乎故不能即乎新者弱也知而不以告人者不仁也告而不以實者不信也余既重柳請又嘉浮屠能喜文辭於是乎言。

眞西山曰韓柳並稱柳送僧浩初序其道不同如此○梅伯言曰公於生人立命之理了然於心故言無枝葉如此○曾滌生曰闢佛者從治心與之辨毫芒是抱薪救火矣韓公言若無中國聖人則彼佛者亦入禽獸為物所害莫能自脫如此立說彼教何以置喙又曰立言有本故眞氣充溢歷久常新

墨行（佛以慈悲為宗、類於墨翟兼愛、）浮屠（佛教為浮居道、故稱僧曰浮居、）搢紳（一鄉中之早仕者、）貞元（德宗年號、）

韓退之送石處士序（石處士、名洪、字濬川、河陽人、罷黃州錄事參軍、歸隱、十年不仕、及是為河陽參謀、）○○

河陽軍節度御史大夫烏公為節度之三月求士於從事之賢者有薦石先生者公曰先生何如曰先生居嵩邙（音忙）瀍（直連切）穀之間冬一裘夏一葛食朝夕飯一盂蔬一盤人與之錢則辭請與出遊未嘗以事辭勸之仕不應坐一室左右

贊其學識不作尋常語

爲處士擡高身分

惟仁且勇故能以道自任決去就

酒三行且起吳至父云創調

又酌而祝曰張廉卿云兩下規切之詞最易襲常思其襲不得者何在

祝辭說到大夫在文勢是正意抑非賓筆

圖書。與之語道理。辨古今事當否。論人高下。事後當成敗。若河決下流而東注。若駟馬駕輕車就熟路。而王良造父爲之先後也。若燭照數計而龜卜也。大夫曰。先生有以自老。無求於人。其肯爲某來邪。從事曰。大夫文武忠孝。求士爲國。不私於家。方今寇聚於恆。師環其疆。農不耕收。財粟殫亡。吾所處地。歸（饋同）輸之塗。治法征謀。宜有所出。先生仁且勇。若以義請而彊委重焉。其何說之辭。於是譔書詞。具馬幣。卜日以授使者。求先生之廬而請焉。先生不告於妻子。不謀於朋友。冠帶出見客。拜受書禮於門內。宵則沐浴戒行事。載書冊。問道所由。告行於常所來往。晨則畢至。張上東門外。酒三行。且起。有執爵而言者曰。大夫眞能以義取人。先生眞能以道自任。決去就。爲先生別。又酌而祝曰。凡去就出處何常。惟義之歸。遂以爲先生壽。又酌而祝曰。使大夫恆無變其初。無務富其家而饑其師。無甘受佞人而外敬正士。無昧於諂言。惟先生是聽。以能有成功。保天子之寵命。又祝曰。使先生無圖利於大夫而私便其身。先生起拜祝辭曰。敢不敬蚤夜以求從祝規。於是東都之人士。咸知大夫與先生果能相與以有成也。

方展騁云起得超忽突兀從鄭風叔于田甚無居人章來○曾滌生云此種起法創自韓公然不善爲之譬若唐人爲官說賦往往起四句俯仰嘆立施之於文家則於立言之體大乖

遂各爲歌詩六韻。遣愈爲之序云。

劉海峯曰兼用左氏文法○曾滌生曰此文前含譏諷後寓箴規皆不著痕迹極狡獪之能○吳至父曰歐公云洪始終無可稱而名重一時以嘗爲退之稱道耳某謂公於洪之出有贈詩及序其卒有祭文有墓志而李習之亦有薦洪狀其人故自非世俗人故深譏其輕出所以惜之也

河陽(河陽節度使治孟州，領孟懷二州，孟州治今河南孟縣。)烏公(名重胤，字保君，河東將承玼子，元和五年四月，詔爲河陽軍節度使，御史大夫。)嵩邙(二山。)瀍穀(二水，皆在洛陽。)王良造父(並善御者。)寇聚於恆(元和四年三月，成德軍節度使王士眞卒，其子承宗叛，十月詔吐突承璀率諸道兵討之，恆州，天寶元年，改爲鎮州，成德軍所治，今直隸正定縣。)蹄輸之塗(糧餉轉運之地。)張(張筵)饒行，祝規(祝辭中規勸語。)

韓退之送溫處士赴河陽軍序(溫處士，名造，字簡輿，大雅五世孫。)○○

伯樂一過冀北之野。而馬羣遂空。夫冀北馬多於天下。伯樂雖善知馬。安能空其羣邪。解之者曰。吾所謂空。非無馬也。無良馬也。伯樂知馬。遇其良。輒取之。羣無留良焉。苟無良。雖謂無馬。不爲虛語矣。東都固士大夫之冀北也。恃才能深藏而不市者。洛之北涯曰石生。其南涯曰溫生。大夫烏公。以鈇(音膚)鉞鎮河陽之

東都雖信多才士方展卿云此文縈盤旋頓挫處

若是而稱曰方展卿云生動飛揚吳至父云此爲處士之廬無人一句不可輕出盡力蓄勢

三月。以石生爲才。以禮爲羅。羅而致之幕下。未數月也。以溫生爲才。於是以石生爲媒。以禮爲羅。又羅而致之幕下。東都雖信多才士。朝取一人焉。拔其尤。暮取一人焉。拔其尤。自居守河南尹。以及百司之執事。與吾輩二縣之大夫。政有所不通。事有所可疑。奚所諮而處焉。士大夫之去位而巷處者。誰與嬉遊。小子後生。於何考德而問業焉。搢紳之東西行過是都者。無所禮於其廬。若是而稱曰。大夫烏公一鎭河陽。而東都處士之廬無人焉。豈不可也。夫南面而聽天下。其所託重而恃力者。惟相與將耳。相爲天子得人於朝廷。將爲天子得文武士於幕下。求內外無治。不可得也。愈縻於茲。不能自引去。資二生以待老。今皆爲有力者奪之。其何能無介然於懷邪。生既至。拜公於軍門。其爲吾以前所稱。爲天下賀。以後所稱。爲吾致私怨於盡取也。留守相公首爲四韻詩歌其事。愈因推其意而序之。

姚氏曰意含滑稽而文特嫖姚

伯樂 姓孫、名陽、秦之善相馬者、嘗過虞坂、有驥伏鹽車下、見之長鳴、伯樂下車泣之、冀北 冀州之北、今直隸山西兩省地、古稱冀州、居守 謂東都留

寫貧賤刺史地步

幽遠之小民張廉卿云折

況能自辨于刺史之庭乎張廉卿云作數層頓挫

停頓處極拗捩緊

東上法密

守鄭除慶、二縣（洛陽、河南、時愈為河南令、）麇（聚也、）

韓退之贈崔復州序◯◯

有地數百里。趨走之吏。自長史司馬已下數十人。其祿足以仁其三族及其朋友故舊。樂乎心則一境之人喜。不樂乎心則一境之人懼。丈夫官至刺史亦榮矣。雖然幽遠之小民。其足跡未嘗至城邑。苟有不得其所。能自直於鄉里之吏者鮮矣。況能自辨於縣吏乎。能自辨於縣吏者鮮矣。況能自辨於刺史之庭乎。繇是刺史有所不聞。小民有所不宣。賦有常而民產無恆。水旱癘疫之不期。民之豐約懸於州。縣令不以言。連帥不以信。民就窮而斂愈急。吾見刺史之難為也。崔君為復州。其連帥則于公。崔君之仁足以蘇復人。于公之賢足以庸崔君有刺史之榮。而無其難為者。將在於此乎。愈嘗辱于公之知。而舊遊於崔君慶復人之將蒙其休澤也。於是乎言。

刺史小官復州小邑應酬小文偏說得極有關係大手筆固無施而不可（譊讙）

長史司馬（刺史之佐、唐制、每州刺史下、長史一人、司馬一人、）三族（父族、母族、妻族、）連帥（古封建制、十國諸侯之長曰連帥、此借稱節度使、）

姚氏云換字見薛宜僚張巖卿云換字又見三國志毋丘儉諸葛誕傳及集古錄後漢沛相楊君碑

羅羅清疏所敘當是實事

韓退之送水陸運使韓侍御歸所治序

〔唐書食貨志〕憲宗用李絳議、以韓重華爲振武京西營田和糴水陸運使、

○○

六年冬。振武軍吏走驛馬詣闕告饑。公卿廷議。以轉運使不得其人。宜選才幹之士往換之。吾族子重華適當其任。至則出贓罪吏九百餘人。脫其桎（音質）梏（音鵠）給耒耜與牛。使耕其傍便近地。以償所負。釋其粟之在吏者四十萬斛不徵。吏得去罪死。假種糧。齒平人。有以自效。莫不涕泣感奮。相率盡力以奉其令。而又爲之奔走經營。相原隰之宜。指授方法。故連二歲大熟。吏得盡償其所亡失四十萬斛者。而私其贏餘。得以蘇息。軍不復饑。君曰。此未足爲天子言。請益募人爲十五屯。屯置百三十人而種百頃。令各就高爲堡（音保）。東起振武。轉而西。過雲州界。極於中受降城。出入河山之際。六百餘里。屯堡相望。寇來不能爲暴。人得肆耕其中。少可以罷漕輓之費。朝廷從其議。秋果倍收。歲省度支錢千三百萬。八年。詔拜殿中侍御史。錫服朱金銀緋（音非）。其冬來朝。奏曰。得益開田四千頃。則

復州（唐屬山南東道、治今湖北沔陽縣、）于公（于頔也、時爲山南東道節度使、）蘇（息也、）庸（用也、）

如讀充國屯田奏大臣方持其議曾滌生云援筆絕澁緊好事往往掣肘千古一轍爲之浩歎

盡可以給塞下五城矣。田五千頃。法當用人七千。臣令吏於無事時。督習弓矢。爲戰守備。因可以制虜。庶幾所謂兵農兼事。務一而兩得者也。大臣方持其議。吾以爲邊軍皆不知耕作。開口望哺。有司常僦（酒去聲）人以車船。自他郡往輸。乘沙逆河。遠者數千里。人畜死踣。跡交道。費不可勝計。中國坐耗。而邊吏恒苦食不繼。今君所請田。皆故秦漢時郡縣地。其課績又已驗白。若從其言。其利未可遽以一二數也。今天子方舉群策。以收太平之功。寧使士有不盡用之歎。懷奇見而不得施設也。君又何憂。而中臺士大夫亦同言。侍御韓君前領三縣。紀綱二州。奏課常爲天下第一。行其計於邊。其功烈又赫赫如此。使盡用其策。西北邊故所沒地。可指期而有也。聞其歸。皆相勉爲詩以推大之。而屬余爲序。

曾滌生曰。此條議時事之文。鋪敘處絕驚聳。○張廉卿曰。頗似西漢人風格。

振武軍（舊爲單于都護府、在今山西和林格爾縣、）桎梏（刑具也、在足曰桎、在手曰梏、）耒耜（農具、耒、手耕曲木、耜、耒端之金、）原（平野、）隰（卑地、）屯（聚落、）頃（百畝、）堡（小城、）雲州（唐屬河東道、治今山西大同縣、）中受降城（今綏遠道五原縣地、）緋（帛赤色、唐制、四品服深緋、五品淺緋、）五城（西中三受降城、朔方振武二軍、按三受降城、並唐張仁愿築、中受降城見上、東受降城在今歸綏縣西、黃河東岸、即綏遠托克托縣地、西受降城在今鄂爾）

寫其豪概

聚散離衰之感歸之於天隱然有言外意

串神搖曳下開六一

至此仍不失其豪

多斯右翼後旗西北、黃河北岸、逆河（逆流而上、）交道（交錯於道、）

韓退之送湖南李正字序

（或作送李礎判官正字歸湖南、礎、貞元十九年登進士第、元和初爲秘書省正字、湖南觀察使推官、）

貞元中。愈從太傅隴西公平汴州。李生之尊府以侍御史管汴之鹽鐵。日爲酒殺羊享賓客。李生則尙與其弟學讀書習文辭以舉進士爲業。愈於太傅府年最少。故得交李生父子間。公薨。軍亂。軍司馬從事皆死。侍御亦被讒爲民日南。其後五年。愈又貶陽山令。今愈以都官郎守東都省。侍御自衡州刺史爲親王長史。亦留此掌其府事。李生自湖南從事請告來覲。於時太傅府之士惟愈與河南司錄周君獨存。其外則李氏父子相與爲四人。離十三年。幸而集處得燕而舉一觴相屬。此天也。非人力也。侍御與周君於今爲先輩成德。李生溫然爲君子。有詩八百篇。傳詠於時。惟愈也業不益進。行不加修。顧惟未死耳。往拜侍御。謁周君。抵李生。退未嘗不發媿也。往時侍御有無盡費於朋友。及今則又不忍其三族之寒饑。聚而館之。疏遠畢至。祿不足以養。李生雖欲不從事於外。其勢不可得已也。重李生之還者。皆爲詩。愈最故。故又爲序云。

在南陽公側已自可觀

明其不因甥而增重

方望溪曰三番敍次不覺其究良由筆力天縱〇大姚曰序交游聚散之盛老潔不可及〇張廉卿曰風神瀟灑以靜氣得之熟玩此種自能遠絕俗囂

隴西公（董晉、字混成、河中虞鄉人、貞元五年爲宣武節度副大使、知節度事、）汴州（宣武軍節度使治汴州、今河南開封縣、）韋府（稱人之父也、礎父名仁鈞、）鹽鐵（時鹽鐵皆有稅、）公薨三句（晉卒於貞元十五年、軍亂、殺行軍司馬陸長源、判官孟叔度等、）日南（唐愛州日南縣、與九眞接界、仁鈞以讒流愛州、）陽山（唐連州屬縣、）周君（名君巢、）

韓退之愛直贈李君房別（李君房、貞元六年進士、爲張建封之婿、）〇

左右前後皆正人也。欲其身之不正。烏可得邪。吾觀李生在南陽公之側。有所不知。知之未嘗不爲之思。有所不疑。疑之未嘗不爲之言。勇不動於氣。義不陳乎色。南陽公舉措施爲不失其宜。天下之所窺觀稱道洋洋者。抑亦左右前後有其人乎。凡在此趨公之庭。議公之事者。吾既從而遊矣。言而公信之者。謀而公從之者。四方之人則既聞而知之矣。李生南陽公之甥也。人不知者將曰李生之託婚於富貴之家。將以充其所求而止耳。故吾樂爲天下道其爲人焉。今之從事於彼也。吾爲南陽公愛之。又未知人之舉李生於彼者何辭。彼之所以

處處不離愛直二字

不計其秩次吳至父云此譏鄭以公卿子弟爲之非其任也

待李生者何道。舉不失辭。待不失道。雖失之。此足愛惜。而得之。彼至歡忻於李生道猶若也。舉之不以吾所稱。待之不以吾所期。李生之言不可出諸其口矣。吾重爲天下惜之。

淡淡寫去似不經意而面面俱到所謂玉磬聲聲徹金鈴箇箇圓者文境似之 濂識

從事於彼 爲師所辟也、

韓退之送鄭十爲校理序

鄭涵、餘慶子、以文宗藩邸時名同、改名澣、貞元十年舉進士、以父謫官、累年不仕、自祕書省校書郎、遷洛陽尉、充集賢院修撰、改長安尉集賢校理、元和四年六月、退之爲都官員外郎分司東都、涵求告來寧、於其行作是序送之、蓋五年春也、○

祕書。御府也。天子猶以爲外且遠。不得朝夕視。始更聚書集賢殿。別置校讎官。曰學士。曰校理。常以寵丞相爲大學士。其他學士。皆達官也。校理則用天下之名能文學者。苟在選。不計其秩次。惟所用之。由是集賢之書盛積。盡祕書所有。不能處其半。書日益多。官日益重。四年。鄭生涵始以長安尉選爲校理。人皆曰。是宰相子。能恭儉守教訓。好古義施於文辭者。如是而在選。公卿大夫家之子

特揭數句能用斂筆

守其家法與公卿子弟句相呼應

弟。其勸耳矣。愈爲博士也。始事相公於祭酒。分教東都生也。事相公於東大同太學。今爲郎於都官也。又事相公於居守。三爲屬吏。經時五年。觀道德於前後。聽教誨於左右。可謂親薰而炙之矣。其高大遠密者。不敢隱度論也。其勤己而務博施。以己之有。欲人之能。不知古君子何如耳。今生始進仕。獲重語於天下。而慊音歉慊若不足。眞能守其家法矣。其在門者可進賀也。求告來寧。朝夕侍側。東都士大夫不得見其面。於其行日。分司吏與留守之從事。竊載酒肴。席定鼎門外。盛賓客以餞之。旣醉。各爲詩五韻。且屬愈爲序。

校理一職偏重文學。似不當以搢紳子弟爲之。文之揄揚處。似含有諷意。吳評甚當 滿識

聚書集賢殿五句 開元十三年、改集仙殿爲集賢殿、聚四部書其中、置修撰校理官、五品以上爲學士、六品以下爲直學士、以宰相張說爲大學士、

秩次 官秩之次第、 愈爲博士六句 [舊唐書]元和元年、鄭餘慶罷相、爲太子賓客、遷國子祭酒、冬十一月遷河南尹、三年夏六月、拜東都留守、六年十月、除吏部尚書、按唐制東部置六館學、與京師同、故掌其職者、謂之分教、居守、即留守也、 慊慊 意不滿也、 求告來寧 按涵於元和四年爲校理、五年寧親在部、時餘慶爲東都留守、

隱然有教無類之旨

四句跋中帶貶

韓退之送浮屠令縱西游序◯◯

其行異其情同君子與其進可也令縱釋氏之秀者又善爲文浮游徜徉跡接於天下薦紳大臣文武豪士令縱未始不褻（音泄）衣而負業往造其門下其有尊行美德建功樹業令縱從而爲之歌頌典而不諛麗而不淫其有中古之遺風與乘閒致密促席接膝譏評文章商較人士浩浩乎不窮愔（音陰）愔乎深而有歸於是乎吾忘令縱之爲釋氏之子也其來也雲凝其去也風休方懽而已辭雖義而不求吾於令縱不知其不可也盍賦詩以道其行乎

張廉卿曰退之以闢佛自任其爲釋子作贈序內不失己外不失人最見精心措注處此所以爲能言然每篇各出意義無相襲者所謂筆端具有造化惟退之足以當之此可悟變化之法如此篇更不另出意議但起結處微厲作意便留住自己地步又曰一結妙遠不測

薦紳大臣（封疆大臣也）促席（接席也）愔愔（安和貌）

評校音注古文辭類纂卷三十一終

借琴說入

此等句爲後人摹倣已成濫調然在前人創爲之自覺跌宕有致然亦宜相題而施切合而不膩方爲名貴

評校音注 古文辭類纂卷三十二 贈序類二

歐陽永叔送楊寘序

寘字舜賓、少有儁才、慶曆二年進士、授將作監丞、通判潁州、未至官、持母喪、病瘠卒、○○

予嘗有幽憂之疾。退而閒居。不能治也。既而學琴於友人孫道滋。受宮聲數引。久而樂之。不知疾之在其體也。夫琴之爲技小矣。及其至也。大者爲宮。細者爲羽。操絃驟作。忽然變之。急者悽然以促。緩者舒然以和。如崩崖裂石。高山出泉。而風雨夜至也。如怨夫寡婦之嘆息。雌雄雝雝之相鳴也。其憂深思遠。則舜與文王孔子之遺音也。悲愁感憤。則伯奇孤子。屈原忠臣之所歎也。喜怒哀樂。動人必深。而純古澹泊。與夫堯舜三代之言語。孔子之文章。易之憂患。詩之怨刺。無以異。其能聽之以耳。應之以手。取其和者。道其堙（音因）鬱。寫其憂思。則感人之際。亦有至者焉。予友楊君。好學有文。累以進士舉。不得志。及從廕調。爲尉於劍浦。區區在東南數千里外。是其心固有不平者。且少又多疾。而南方少醫藥。風俗飲食異宜。以多疾之體。有不平之心。居異宜之俗。其能鬱鬱以久乎。然欲平其心以養其疾。於琴亦將有得焉。故予作琴說以贈其行。且邀道滋酌酒進琴以爲別。

劉海峯曰考工記之言鐘虡莊子之言風淳于髡之言飲酒老蘇之言風水相遭皆能備極形容歐公此篇當與並美○吳至父曰老蘇言風水乃摹擬上林賦者不足與莊子淳于並稱若相如之言水乃可謂之備極形容耳

幽憂疾（堯以天下讓於子州支父、子州支父曰、以我爲天子、猶之可也、雖然、我適有幽憂之疾、方且治之、未暇治天下也、見「莊子」）宮聲（五音中聲曰宮、）舜與文王孔子（舜彈五絃之琴、以歌南風、文王囚於羑里、援琴作歌、孔子有去魯龜山等操、）伯奇（周人、尹吉甫子、母死、吉甫聽後妻言、怒逐之、已而感悟、復求之于野、）廕調（以受蔭之世職、改調他官、）易之憂患（「易繫辭」作易者、其有憂患乎、指文王之囚羑里、孔子之周流不遇而言、）詩之怨刺（「詩譜序」十月之交、民勞、板、蕩、勃爾俱作、衆國紛然、刺怨相尋、按十月之交、民勞、板、蕩、皆詩篇名、）道（開導也、）堙鬱（塞也、）寫（洩也、）尉（秦有縣尉、掌治盜賊、蓋所以佐縣者、唐亦置縣尉、列從九品上階、）劍浦（今福建南平縣、）

歐陽永叔送田畫秀才寧親萬州序（畫字文初、潁州汝陰人、）○○○

五代之初。天下分爲十三四。及建隆之際。或滅或微。其在者猶七國。而蜀與江南地最大。以周世宗之雄。三至淮上。不能舉李氏。而蜀亦恃險爲阻。秦隴山南。

爲張其祖功地步

拍入田氏

遙遙說去仍抱上文前既不突後亦不竭可謂極盡能事

皆被侵奪而荆人縮手歸峽不敢西窺以爭故地及太祖受天命用兵不過萬人衆兩國如一郡縣吏何其偉歟當此時文初之祖從諸將西平成都及南攻金陵功最多於時語名將者稱田氏田氏功書史官祿世於家至今而不絕及天下已定將率(同帥)無所用其武士君子爭以文儒進故文初將家子反衣白衣從鄉進士舉於有司彼此一時亦各遭其勢而然也文初辭業通敏爲人敦潔可喜歲之仲春自荆南西拜其親於萬州維舟夷陵予與之登高以望遠遂遊東山窺綠蘿溪坐磐石文初愛之數日乃去夷陵者其地志云北有夷山以爲名或曰巴峽之險至此地始平夷蓋今文初所見尚未爲山川之勝者由此而上泝江湍(他官切)入三峽險怪奇絶乃可愛也當王師伐蜀時兵出兩道一自鳳州以入一自歸州以取忠萬以西今之所經皆王師嚮所用武處覽其山川可以慨然而賦矣

茅順甫曰風韻跌宕○劉海峯曰歐公序文惟此篇有蒼古雄邁之氣不易得也

桓溫所以有不能流芳百世亦當遺臭萬年之語

立德立功立言爲三不朽文之正意似偏重於德

天下分句（時吳楊行密、前蜀王建、楚馬殷、閩王審知、吳越錢鏐、南漢劉隱、南唐李昪、後蜀孟知祥、荊南高季興、北漢劉崇、各據地以稱雄、）建隆（宋太祖年號、）七國（江南曰吳、劍南曰蜀、湖南北曰楚、浙東西曰吳越、嶺南北曰南漢、太原北曰北漢、荊歸峽三州爲荊南、凡七國、吳亡、李氏繼之、曰南唐、蜀亡、孟氏繼之、曰後蜀、合之王氏據閩中、凡十國、後楚閩亡於南唐、餘爲宋并、）周世宗（姓柴、名榮、周太祖郭威之妻姪、太祖取爲養子、在位六年、）李氏（指南唐、）秦隴（今陝甘地、有秦嶺隴首二山、）山南（指終南太華以南之地、唐時爲十道之一、）荊人（指高氏、）歸峽（歸州、見下、峽州、治今湖北宜昌縣、）太祖（姓趙、名匡胤、涿郡人、仕周爲殿前都檢點、歸德節度使、受周禪、即帝位、凡十七年、）文初之祖（名欽祚、子承誨承說、）成都（今四川成都縣、後蜀建都、）金陵（今江蘇江寧縣、南唐建都、）荊南（今湖北江陵縣等地、）萬州（治今四川萬縣、）夷陵（今湖北宜昌縣、）東山綠蘿溪（皆在宜昌、）夷山（即西陵峽、在宜昌縣西北、）巴峽（在巴東縣西、）泝（逆流而上、）三峽（瞿塘峽、巫峽、西陵峽、長七百里、兩岸連山、略無闕處、江水爲峽所束、絕灘多水急、舟行甚險、）鳳州（治今陝西鳳縣、）歸州（治今四川秭歸縣、）忠萬（忠州、治今四川忠縣、萬見上、）

歐陽永叔送徐無黨南歸序（徐無黨、永康人、從修學古文辭、嘗爲修注五代史、皇祐中登進士第、爲郡教授以卒、）○○○

草木鳥獸之爲物、衆人之爲人、其爲生雖異、而爲死則同、一歸於腐壞澌（音斯）盡泯滅而已、而衆人之中、有聖賢者、固亦生且死於其間、而獨異於草木鳥獸衆人者、雖死而不朽、愈遠而彌存也、其所以爲聖賢者、修之於身、施之於事、見之於言、是三者所以能不朽而存也、修於身者、無所不獲、施於事者、有得有不得

潛德如顏回如無孔子亦終於泯沒而已

無異草木榮華之飄風劉海峯云結處抱轉草木鳥獸衆人三項滴水不漏然波瀾出之自然不見照應之迹故佳

此亦勉勵其傷之意

焉。其見於言者則又有能有不能也施於事矣不見於言可也自詩書史記所傳其人豈必皆能言之士哉修於身矣而不施於事不見於言亦可也孔子弟子有能政事者矣有能言語者矣若顏回者在陋巷曲肱飢臥而已其羣居則默然終日如愚人然自當時羣弟子皆推尊之以爲不敢望而及而後世更千百歲亦未有能及之者其不朽而存者固不待施於事況於言乎予讀班固藝文志唐四庫書目見其所列自三代秦漢以來著書之士多者至百餘篇少者猶三四十篇其人不可勝數而散亡磨滅百不一二存焉予竊悲其人文章麗矣言語工矣無異草木榮華之飄風鳥獸好音之過耳也方其用心與力之勞亦何異衆人之汲汲營營而忽焉以死者雖有遲有速而卒與三者同歸於泯滅夫言之不可恃也蓋如此今之學者莫不慕古聖賢之不朽而勤一世以盡心於文字間者皆可悲也東陽徐生少從予學爲文章稍稍見稱於人既去而與羣士試於禮部得高第由是知名其文辭日進如水涌而山出予欲摧其盛氣而勉其思也故於其歸告以是言然予固亦喜爲文辭者亦因以自警焉

歸獄老子論韓未必眾焉隆高荀子起見

即荀子大醇小疵之說

劉海峯曰歐公贈送序當以楊寘田畫爲第一而徐無黨次之○方展卿曰反復感歎抑揚頓挫

政事言語〔論語〕言語、宰我、子貢、政事、冉有、季路、顏回魯人、字子淵、〔論語〕子曰、賢哉回也、一簞食、一瓢飲、在陋巷、人不堪其憂、回也不改其樂、賢哉回也、〔又〕子曰、吾與回言終日、不違如愚、退而省其私、亦足以發、回也不愚、〔又〕子謂子貢曰、女與回也孰愈、對曰、賜也何敢望回、回也聞一以知十、賜也聞一以知二、藝文志班固撰漢書百二十卷、藝文志乃書中八志之一、皆當時所存之典籍、依劉向七略爲之、唐四庫書目開元時甲乙丙丁四部書、各爲一部、置知書官八人分掌、榮華植物之著花、草本曰榮、木本曰華、東陽今浙江東陽縣、

歐陽永叔鄭荀改名序○

三代之衰。學廢而道不明。然後諸子出。自老子厭周之亂。用其小見。以爲聖人之術。止於此。始非仁義而詆聖智。諸子因之。益得肆其異說。至於戰國。蕩而不返。然後山淵齊秦堅白同異之論。興聖人之學。幾乎其息。最後荀卿子獨用詩書之言。貶異扶正。著書以非諸子。尤以勸學爲急。荀卿楚人。嘗以學干諸侯。不用。退老蘭陵。楚人尊之。及戰國平。三代詩書未盡出。漢諸大儒賈生司馬遷之徒。莫不盡用荀卿子。蓋其爲說最近於聖人而然也。滎陽鄭昊少爲詩賦舉進

此處似不滿於荀卿

此亦有寓意

士已中第。遂棄之。曰、此不足學也。始從先生長者學問。慨然有好古不及之意。鄭君年尚少而性淳明。輔以彊力之志。得其是者而師焉。無不至也。將更其名。數以請予。使之自擇。遂改曰荀。於是又見其志之果也。夫荀卿者。未嘗親見聖人。徒讀其書而得之。然自子思孟子以下。意皆輕之。使其與游夏並進於孔子之門。吾不知其先後也。世之學者。苟如荀卿。可謂學矣。而又進焉。則孰能禦哉。余既嘉君善自擇而慕焉。因爲之字曰叔希。且以勗其成焉。

論荀子處適如其分。因徇其請而爲此。不得以尊荀目之 濡識

老子 楚苦縣厲鄉曲仁里人、姓李名耳、字伯陽、諡曰聃、爲周守藏室之史、見周之衰、遂去、著道德經、凡五千餘言、 山淵 謂鄒衍談天之說、衍齊人、以爲儒者所謂中國者、於天下乃八十一分居其一分耳、中國名曰赤縣神州、赤縣神州內、自有九州、禹之序九州是也、不得爲州數、中國外如赤縣神州者九、乃所謂九州也、於是有稗海環之、人民禽獸莫能相通者、如區中者、乃爲一州、如此者九、乃有大瀛海環其州、天地之際焉、 齊秦 謂縱橫家之說也、約從則主齊、合六國以擯秦、連衡則主秦、結六國以事秦、蘇秦張儀之徒倡之、 堅白同異 公孫龍、楚人、字子石、有守白論、堅白者、堅執其守白之說、自此論起、辯者紛紛、是非互異、龍又能合衆異而爲同、 荀卿子 趙人、名況、時人相尊而號爲卿、仕齊爲祭酒、仕楚爲蘭陵令、著荀子、倡性惡之說、 蘭陵 楚邑、故城在今山東嶧縣東、 滎陽 今河南滎陽縣、 游夏 言偃、字子游、吳人、卜商、字子夏、衛人、孔子弟子、以文學著、

大姚云仁宗時文武官年七十以上不自請致仕者司馬池買昌朝包拯吳奎皆相繼被糾劾周君想亦迫逐而退非止足而甘引年者也予周文貽爲釋識　大姚云鄉射字疑訛或易作大射或作天子燕以燕饗食飲射之禮皆可記云有虞氏以燕禮夏后氏以饗禮殷人以食禮周人脩而兼用之又行章之詩言飲射而歎之以祈黃耇鄭氏箋云周之先王將養老先與羣臣行射禮擇其可與者爲賓若射射則天子無由親與其間矣　以官爲榮者其能耐此清苦岑寂乎

此又高一層說法恐難爲有官癖者道耳

曾子固送周屯田序

士大夫登朝廷。年七十。上書去其位。天子官其一子而聽之。亦可謂榮矣。然而有若不釋然者。余爲之言曰。古之士大夫倦而歸者。安居几杖膳羞被服百物之珍好。自若天子養以燕饗飲食鄉射之禮。自比子弟。袒鞲（音溝）鞠跽（同跪）以薦其物。諮其辭說。不於庠序。於朝廷。時節之賜與搢紳之禮。於其家者不以朝則以夕。上之聽其休爲不敢勤以事。下之自老爲無爲而尊榮也。今一日辭事返其廬。徒御散矣。賓客去矣。百物之順其欲者不足。人之羣嬉屬好之交不與。約居而獨遊。散棄乎山墟林莽僻巷窮閭之間。如此。其於長者薄也。亦曷能使其不欿（音坎）然於心邪。雖然。不及乎尊事。可以委蛇（音移）其身而益閒。不享乎珍好。可以窒煩除薄而益安。不去乎深山長谷。豈不足以易其庠序之位。不居其榮。豈有患乎其辱哉。然則古之所以殷勤奉老者。皆世之任事者所自爲。於士之倦而歸者。顧爲煩且勞也。今之置古事者。顧有司爲少耳。士之老於其家者。獨得其自肆也。然則何爲動其意耶。余爲之言者。尙書屯田員外郞周君中復。周君與

敍友朋之介紹文字之作合爲撰序之由來

先人俱天聖二年進士。與余舊且好也。既爲之辨其不釋然者。又欲其有以處而樂也。讀余言者。可無異周君而病今之失矣。南豐曾鞏序

茅順甫曰。議論似屬典刑。而文章煙波馳驟不足。讀昌黎所送楊少尹致仕序天壤矣

鄉射（古賓禮之一、〔儀禮〕有鄉射禮篇、）袒韝鞠臎（袒、捲袖而露其衣、韝、臂衣、以韋爲之、鞠、曲也、臎、小貌、）歙然（不足貌、）委蛇（從容自得之貌、〔詩〕委蛇、委蛇、）天聖（仁宗年號、）南豐（今江西南豐縣、）

曾子固贈黎安二生序〇〇

趙郡蘇軾。余之同年友也。自蜀以書至京師遺余。稱蜀之士曰黎生安生者。既而黎生攜其文數十萬言。安生攜其文亦數千言。辱以顧予。讀其文。誠閎壯雋偉。善反覆馳騁。窮盡事理。而其才力之放縱。若不可極者也。二生固可謂魁奇特起之士。而蘇君固可謂善知人者也。頃之。黎生補江陵府司法參軍。將行。請余言以爲贈。余曰。余之知生。既得之於心矣。迺將以言相求於外邪。黎生曰。生與安生之學於斯文。里之人皆笑以爲迂闊。今求子之言。蓋將解惑於里人。余

一肚皮不合時宜觸機而發出以詼諧文筆何傷妙乃爾

仕達仕近兩兩比較理明而詞達

聞之自顧而笑夫世之迂闊孰有甚於余乎知信乎古而不知合乎世知志乎道而不知同乎俗此余所以困於今而不自知也世之迂闊孰有甚於余乎今生之迂特以文不近俗迂之小者耳患爲笑於里之人若余之迂大矣使生持吾言而歸且重得罪庸詎止於笑乎然則若余之於生將何言哉謂余之迂爲善則其患若此謂爲不善則有以合乎世必違乎古有以同乎俗必離乎道矣生其無急於解里人之惑則於是焉必能擇而取之遂書以贈二生并示蘇君以爲何如也

文以爲己非爲人也後幅似促其反省意學者可書爲座右銘　濡識

趙郡〔宋史〕慶源府趙郡屬河北路，今直隸趙縣，軾之遠祖味道，爲唐時趙州人，故云，同年友同登嘉祐進士，江陵今湖北江陵縣，

曾子固送江任序 江任，建昌人，景德中登第，有詩名，以秘閣校理知泰州卒，按建昌縣，屬南康軍，今爲江西永修縣，文作臨川，俟考，

〇均之爲吏或中州之人用於荒邊側境山區海聚之間蠻夷異域之處或燕荊越蜀海外萬里之人用於中州以至四遐之鄉相易而往則山行水涉沙莽之馳往往爲風霜冰雪瘴霧之毒之所侵加蛟龍虺蜴音奕虎豹之羣之所抵觸衝

古用鄉官之意以此

其施爲先後儲氏云此類蘇秦說齊文法

拍入本題

波急洑音伏隤崖落石之所覆壓。其進也莫不籯音盈糧褁藥選舟易馬刀兵曹伍而後動。戒朝奔夜。變更寒暑而後至。至則宮廬器械被服飲食之具。土風氣候之宜。與夫人民謠俗語言習尚之務。其變難遵。而其情難得也。則多愁居惕處。歎息而思歸。及其久也。所習已安。所蔽已解。則歲月有期。可引而去矣。故不得專一精思修治具以宣布天子及下之仁。而爲後世可守之法也。或九州之人各用於其土。不在西封。在東境。士不必勤舟車輿馬。不必力。而已傳其邑都。坐其堂奥。道塗所次。升降之倦。衝冒之虞。無有接於其形。動於其慮。至則耳目口鼻百體之所養。如不出乎其家。父兄六親故舊之人。朝夕相見。如不出乎其里。山川之形。土田市井風謡習俗辭說之變。利害得失善惡之條貫。非其童子之所聞。則其少長之所遊覽。非其自得。則其鄉之先生老者之所告也。所居已安。所有事之宜。皆已習熟。如此。故能專慮致勤營職事。以宣上恩。而修百姓之急。其施爲先後。不待旁諮久察。而與奪損益之幾。已斷於胸中矣。豈累夫孤客遠寓之憂。而以苟且決事哉。臨川江君任爲洪之豐城。此兩縣者。牛羊之牧相交。

讀書知道理乃知之眼

樹木果蔬五穀之墾相入也。所謂九州之人各用於其土者孰近於此。既已得其所處之樂。而厭聞飫（依據切）聽其人民之事。而江君又有聰明敏慧之才廉潔之行以行其政。吾知其不去圖書講論之適賓客之好。而所爲有餘矣。蓋縣之治。則民自得於大山深谷之中。而州以無爲於上。吾將見江西之幕府無南嚮而慮者矣。於其行遂書以送之。

於無可發揮之中偏說得如許熱鬧前中兩段信手寫來利害較然呼應亦極靈緊所謂文成而法自立　濡識

洑（回流之水）、籠（竹籠）、臨川（今江西臨川縣）、豐城（今江西豐城縣）、

曾子固送傅向老令瑞安序○

向老傅氏山陰人。與其兄元老讀書知道理。其所爲文辭可喜。太夫人春秋高。而其家故貧。然向老昆弟尤自守。不苟取而妄交。太夫人亦忘其貧。余得之山陰。愛其自處之重。而見其進而未止也。特心與之。向老用舉者令溫之瑞安。將奉其太夫人以往。余謂向老學古。其爲令當知所先後。然古之道蓋無所用於

收處數語耐人尋味

敍處屑屑無一閒字閒句

姚氏云此明允胸襟陋處昌黎必不然也濡謂自處者嫌乃不

今。則。向。老。之。所。守。亦。難。合。矣。故。爲。之。言。庶。夫。有。知。余。爲。不。妄。者。能。以。此。而。易。彼。也。

不過百餘字而敘事清晰措語沈著不失子固本色濤識

山陰（今浙江紹興縣）、瑞安（今浙江瑞安縣）、

蘇明允送石昌言爲北使引（昌言、名揚休、眉州人、少孤力學、登進士、累官刑部員外郎、知制誥、）○○○

昌言舉進士時。吾始數歲未學也。憶與羣兒戲先府君側。昌言從旁取棗栗啖（音淡）我。家居相近。又以親戚故甚狎。昌言舉進士日有名。吾後漸長。亦稍知讀書。學句讀屬對聲律。未成而廢。昌言聞吾廢學。雖不言。察其意甚恨。後十餘年。昌言及第第四人。守官四方。不相聞。吾日以壯大。乃能感悟。摧折復學。又數年。遊京師。見昌言長安。相與勞問。如平生歡。出文十數首。昌言甚喜稱善。吾晚學無師。雖日爲文。中心自慚。及聞昌言說。乃頗自喜。今十餘年。又來京師。而昌言官兩制。乃爲天子出使萬里之外。強悍不屈之虜廷。建大旆。從騎數百。送車千乘。出都門。意氣慨然。自思爲兒時。見昌言先府君旁。安知其至此。富貴不足怪。吾

爲虜所測上段頌揚出使何非政繫於富貴也實爲此段地步姚見失之太淺

贈言幽爲得體文字之佳尤其餘事

於昌言獨自有感也。大丈夫生不爲將，得爲使，折衝口舌之間，足矣。往年彭任從富公使還，爲我言曰：既出境，宿驛亭，聞介馬數萬騎馳過，劍槊（音朔）相摩，終夜有聲，從者怛然失色。及明，視道上馬跡，尙心掉（調去聲）不自禁。凡虜所以誇耀中國者，多此類也。中國之人不測也，故或至於震懼而失辭，以爲夷狄笑。嗚呼！何其不思之甚也！昔者奉春君使冒（音默）頓（音突），壯士健馬皆匿不見，是以有平城之役。今之匈奴，吾知其無能爲也。孟子曰：說大人則藐之。況於夷狄！請以爲贈。

茅順甫曰：文有生色，直當與昌黎送殷員外等序相伯仲。○劉海峯曰：其波瀾跌宕，極爲老成；句調聲響，中竅合節，幾並昌黎，而與殷員外序實不相似。

彭任（岳池人，慶曆初，富弼使遼，任與偕行。）奉春君（漢劉敬也。）平城句（平城，今山西大同縣，漢高祖擊韓王信，兵至平城，冒頓圍帝於白登。）

蘇明允仲兄文甫說○○

洵讀易至渙之六四曰：渙其羣，元吉。曰：嗟夫！羣者，聖人之所欲渙以混一天下者也。蓋余仲兄名渙而字公羣，則是以聖人之所欲解散滌蕩者以自命也，而可乎？他日以告兄曰：子可無爲我易之？洵曰：唯。既而曰：請以文甫易之，如何？且

中設乃一篇之聚精會神處而摹仿太過失其本眞文家往往病此

姚氏云此段形容風水處纖工惜太覼長卿上林斗

兄嘗見夫水之與風乎。油然而行。淵然而留。渟洄汪洋。滿而上浮者。是水也。而風實起之。蓬蓬然而發乎太空。不終日而行乎四方。蕩乎其無形。飄乎其遠來。既往而不知其迹之所存者。是風也。而水實形之。今夫風水之相遭乎大澤之陂(音碑)也。紆餘委(烏摩切)虵(同蛇音移)。蜿(音鴛)蜒。淪漣。安而相推。怒而相凌。舒而如雲。蹙而如鱗。疾而如馳。徐而如緬。揖讓旋辟(婢亦切)。相顧而不前。其繁如縠。其亂如霧。紛紜鬱擾。百里若一。汩(音骨)乎順流。至乎滄海之濱。磅(音傍)礴洶涌。號怒相軋(音扎)。交橫綢繆。放乎空虛。掉乎無垠(音銀)。橫流逆折。濆(符分切)旋傾側。宛轉膠戾。回者如輪。縈者如帶。直者如燧(音遂)。奔者如焱。跳者如鷺。躍者如鯉。殊狀異態。而風水之極觀備矣。故曰風行水上渙。此亦天下之至文也。然而此二物者。豈有求乎文哉。無意乎相求。不期而相遭。而文生焉。是其爲文也。非水之文也。非風之文也。二物者非能爲文。而不能不爲文也。物之相使。而文出於其間也。故曰此天下之至文也。今夫玉非不溫然美矣。而不得以爲文。刻鏤(音漏)組繡。非不文矣。而不可以論乎自然。故夫天下之無營而文生之者。唯水與風而已。昔者君子之處於世

不求有功不得已而功成則天下以爲賢不求有言不得已而言出則天下以爲口實嗚呼此不可與他人道之惟吾兄可也

方望溪曰辭病於繁澤與海異態處亦複而不切○劉海峯曰極形容風水相遭之態可與莊子言風比美而其運詞卻從上林子虛得來又曰使入退之手當從風水相遭乎大澤之陂起而結處乃入仲兄字公羣而請以文甫易之

六四[易渙卦第四爻、]渟洄水流貌、陂水澤障也、畜水曰陂、委虵屈曲貌、蜿蜒蛇行也、淪漣風行水上、成文之象、緬邈遠也、旋辟回轉而偏向也、[禮曲禮]若主人拜、則客還辟辟拜、下辟字同避、汩通也、磅礴廣被也、洶涌水聲、無垠無際也、濆大水溢出別爲小水之名、膠戾邪曲也、燧束薪爲炬、遇警則燃之、烽主晝、燧主夜、

二子一生似已定於名中可謂知子莫若父

蘇明允名二子說○○

輪輻音福蓋軫皆有職乎車而軾獨若無所爲者雖然去軾則吾未見其爲完車也軾乎吾懼汝之不外飾也天下之車莫不由轍而言車之功轍不與焉雖然車仆馬斃而患不及轍是轍者禍福之間轍乎吾知免矣

千載下自有公評

飲水思源感恩知己兼而有之

平心之論

劉海峯曰凡作數行文字不可使一平直之筆須下筆有嶔崎之致惟昌黎能之老蘇此作幾並昌黎

輻（輪中木之直指者、）蓋（車蓋、）軫（車後橫木、）軾（車前橫木、）轍（軌跡也、）

蘇子瞻太息送秦少章（少章、名覯、少游弟、）〇〇

孔北海與曹公論盛孝章云孝章實丈夫之雄者也。遊談之士依以成聲。今之少年喜謗前輩或譏評孝章。孝章要爲有天下重名九牧之人所共稱歎吾讀至此未嘗不廢書太息也。曰嗟乎英偉奇逸之士不容於世俗也久矣。雖然自今觀之孔北海盛孝章猶在世而向之譏評者與草木同腐久矣。昔吾舉進士試於禮部歐陽文忠公見吾文曰此我輩人也。吾當避之方是時士以剽（四妙切）裂爲文聚而見訕且訕公者所在成市曾未數年忽焉若潦（老晉）水之歸壑無復見一人者此豈復待後世哉。今吾衰老廢學自視缺然而天下之士不吾棄以爲可以與於斯文者猶以文忠公之故也。張文潛秦少游此兩人者士之超逸絕塵者也。非獨吾云爾二三子亦自以爲莫及也。士駭於所未聞不能無異同

譬喻深妙

故紛紛之言常及吾與二子吾策之審矣士如良金美玉市有定價豈可以愛憎口舌貴賤之歟少游之弟少章復從吾游不及期年而論議日新若將施於用者欲歸省其親且不忍去嗚呼子行矣歸而求諸兄吾何加焉作太息一篇以餞其行使藏於家三年然後出之

大蘇以縱恣見長此獨以夷猶淡宕出之 濡議

孔北海 名融、字文舉、後漢魯人、官北海太守、 曹公 名操、字孟德、討董卓、迎獻帝都許、爲大將軍、進位丞相、加九錫、爵魏王、 盛孝章 名憲、會稽人、器量雅偉、舉孝廉、補尚書郎、遷吳郡太守、以疾去官、孫策平定吳會、深忌之、孔融憂其不免禍、乃爲書言於曹操、徵爲都尉、詔命未至、爲權所害、書見[文選] 九牧之人 九州之長、以養民、謂之牧、故曰牧、 文忠 歐陽修諡、 剽裂 剽竊割裂也、 張文潛 名耒、楚州淮陰人、 秦少游 名觀、揚州高郵人、

蘇子瞻日喩贈吳彥律○○

生而眇者不識日問之有目者或告之曰日之狀如銅槃 音盤 扣槃而得其聲他日聞鐘以爲日也或告之曰日之光如燭捫燭而得其形他日揣籥以爲日也日之與鐘籥亦遠矣而眇者不知其異以其未嘗見而求之人也道之難見也甚於日而人之未達也無以異於眇達者告之雖有巧譬善導亦無以過於槃

下一致字共四

素不研習而躐等以求有不爲北方之學沒者乎

與獨也自樂而之鐘自燭而之籥轉而相之豈有既乎故世之言道者或即其所見而名之或莫之見而意之皆求道之過也然則道卒不可求歟蘇子曰道可致而不可求何謂致孫武曰善戰者致人不致於人孔子曰百工居肆以成其事君子學以致其道莫之求而自至斯以爲致也歟南方多沒人日與水居也七歲而能涉十歲而能浮十五而能沒矣夫沒者豈苟然哉必將有得於水之道者日與水居則十五而得其道生不識水則雖壯見舟而畏之故北方之勇者問於沒人而求其所以沒以其言試之河未有不溺者也故凡不學而務求道皆北方之學沒者也昔者以聲律取士士雜學而不志於道今也以經術取士士知求道而不務學渤海吳君彥律有志於學者也方求舉於禮部作日喻以告之

文以道與學並重而譬喻入妙如白香山詩能令老嫗都解 濤識

眇者、無目 籥樂器、形似笛、 既盡也、 渤海縣名、宋屬河北路濱州、今山東惠民縣、

蘇子瞻稼說贈張琥 琥、滁州全椒人、後改名璪、字邃明、洎之子也、

即下文所謂厚積而薄發

欲速則不達

四句凝鍊得此益周益緊

曷嘗觀於富人之稼乎。其田美而多。其食足而有餘。其田美而多。則可以更休。而地力得完。其食足而有餘。則種之常不後時。而斂之常及其熟。故富人之稼常美。少秕(卑履切)而多實。久藏而不腐。今吾十口之家。而共百畝之田。寸寸而取之。日夜以望之。鋤耰銍(音窒)艾(同刈)相尋於其上者如魚鱗。而地力竭矣。種之常不及時。而斂之常不待其熟。此豈能復有美稼哉。古之人。其才非有以大過今之人也。其平居所以自養而不敢輕用。以待其成者。閔閔焉如嬰兒之望長也。弱者養之以至於剛。虛者養之以至於充。三十而後仕。五十而後爵。信(同伸)於久屈之中。而用於至足之後。流於既溢之餘。而發於持滿之末。此古之人所以大過人。而今之君子所以不及也。吾少也有志於學。不幸而早得與吾子同年。吾子之得亦不可謂不早也。吾今雖欲自以為不足。而衆且妄推之矣。嗚呼。吾子其去此而務學也哉。博觀而約取。厚積而薄發。吾告子止於此矣。子歸過京師而問焉。有曰轍子由者。吾弟也。其亦以是語之。

博觀約取厚積薄發盡學之能事矣世有輕用而限於小成者盍讀此篇(濡識)

聖人之道在爲句點讀

引二氏以證明

更休（更番休息也、）秕（穀未成者、）鋤（治田之器、短柄曰鎒、長柄曰鋤、）耰（覆種也、既播種、則以土覆之、）銍（穫禾短鎌、）艾（芟也、[詩]奄觀銍艾、）

閔閔（憂慍貌、）

王介甫送孫正之序

（正之名處、後改名偉、字少述、吳興人、早孤、爲文奇古、內行孤峻、事母盡孝、母卒、不仕、嘗與介甫子固遊、客居江淮間、屢薦皆不就、）

○

時然而然、衆人也。已然而然、君子也。已然而然、非私己也。聖人之道在焉爾。夫君子有窮苦顚跌、不肯一失詘（同屈）己以從時者。不以時勝道也。故其得志於君、則變時而之道、若反手然。彼其術素修而志素定也。時乎楊墨、己不然者、孟軻氏而已。時乎釋老、己不然者、韓愈氏而已。如孟韓者、可謂術素修而志素定也。不以時勝道也。惜也不得志於君、使眞儒之效、不白於當世。然其於衆人也卓矣。嗚呼、吾觀今之世、圓冠峨如、大裙襜（處占切）如、坐而堯言、起而舜趨、不以孟韓之心爲心者、果異衆人乎。予官於揚、得友曰孫正之。正之行古之道、又善爲古文。予知其能以孟韓之心爲心而不已者也。夫越人之望燕、爲絕域也。北轅而首之、苟不已、無不至。孟韓之道去吾黨、豈若越人之望燕哉。以正之之不已而

勸勉慰藉序之正意

不至焉。予未之信也。一日得志於吾君。而眞儒之效不白於當世。予亦未之信也。正之之兄官於温。奉其親以行。將從之。先爲言以處予。予欲默。安得而默也。

不以時勝道。乃能變時之道。所論未嘗不是。而一以拗執行之。卒釀新法之弊耳。濡識

峨如高聳貌、禬如整齊貌、揚州名、治今江蘇江都縣、首首塗也、猶言啓行、温州名、治今浙江永嘉縣、

評校音注古文辭類纂卷三十二終

提出弦齋爲周氏師開一篇之局

敍出周氏盛時亦無聊之雜諸老人之厚德姚氏云去下三疊則情致邈然矣

斷斷如也姚氏云斷斷字疑誤用

拍合亦殊牽強

歸熙甫周弦齋壽序○

弦齋先生居崑山之千墩(音教)浦上。與吾母家周氏居相近也。異時周氏諸老人。皆有厚德饒於積聚。爲子弟延師。曲有禮意。而先生嘗爲之師。諸老人無不敬愛久之。吾諸舅兄弟。無非先生弟子者。余少時見吾外祖與先生遊處。及吾諸舅兄弟之從先生遊。今聞先生老而强壯如昔。往來千墩浦上。猶能步行十餘里。每見余外氏從江南來。言及先生。未嘗不思少時之母家之室屋井里森森如也。周氏諸老人之厚德渾渾如也。吾外祖之與先生遊處恂恂如也。吾舅若兄弟之從先生遊。斷(音鍛)斷如也。今室屋井里非復昔時矣。吾外祖諸老人無存者矣。舅氏惟長舅存耳。亦先生之子弟也。年七十餘矣。兄弟中河南行省參知政事子和最貴顯。亦已解組而歸。方日從先生於桑梓之間。俛仰今昔。覽時事之變化。人生之難久長如是。是不可不舉觴而爲之賀也。嘉靖丁巳某月日先

敍述家庭瑣碎而不煩

生八十之誕辰。子和既有文以發其潛德。余雖不見先生。久而少時所識其淳樸之貌。如在目前。吾弟子靜復來言於余。亦以余之知先生也。先生名果。字世高。姓周氏。別號弦齋云。

弦齋無學行之可言。因就外家之關係言之。此其所以為應酬文歟。（濡識）

崑山（今江蘇崑山縣）、千墩浦（在澱山湖之西、[方輿紀要]云湖水自西南趨東北、其瀉水之道、西有千墩、陸與、道褐三浦）、周氏（熙甫母、太學生周行女、家縣之吳家橋）、森森（羅列貌）、渾渾（樸厚貌）、恂恂（信實貌）、斷斷（爭辯貌、按當作誾、和悅而諍也、誾）子和（名大禮、行之從孫、曾為河南左參政）、解組（致仕也）、桑梓（鄉里也、[詩]惟桑與梓、必恭敬止）、嘉靖（明世宗年號）、

歸熙甫　王母顧孺人六十壽序◯

王子敬欲壽其母。而乞言於余。予方有腹心之疾。辭不能為。而諸友為之請者數四。則問子敬之所欲言者。而子敬之言曰。吾先人生長太平。吾祖為雲南布政使。吾外祖為翰林為御史。以文章政事並馳騁於一時。先人在綺（去倚切）紈（音桓）之間。讀書之暇。飲酒博奕甚樂也。已而吾母病痿（儒隹切）蓐（音辱）處者十有八年。先人就選。待次天官。卒於京邸。是時執禮生十年。諸娣妹四人皆少。而吾弟執法

議論不落邊際譬喻恰到好處

方在娠。此先人返葬。執法始生。而吾母之疾亦瘳。音抽自是撫抱諸孤。煢音瓊煢在疚。今二十年。少者以長。長者以壯。以嫁以娶。向之在娠者。今亦頎音其然成人矣。蓋執禮兄弟知讀書。不敢墮先世之訓。而執法以歲之正月冠而受室。吾母適當六十誕辰。回思二十年前。如夢如寐。如痛之方定。如涉大海。茫洋浩蕩。顛頓於洪波巨浪之中。檣櫓俱失。舟人束手。相向號呼。及夫風恬浪息。放舟徐行。遵乎洲渚。舉酒相酬。此吾母今日得以少安。而執禮兄弟所以自幸者也。噫、子敬之言如是。諸友之所以賀與余之所言。亦無出於此矣。恩斯勤斯。鬻子之閔斯。子敬兄弟其念之哉。

王母所爲不過庸德。第就其子言。不失表章其親之意。文特揭明於首識諸

綺紈[漢書]與王許子弟爲羣、在於綺繻紈袴之間、痿濕病、或曰、支體痹木之病、蓐猶席也、天官吏部也、邸旅舍、煢煢憂也、頎長大貌、恬靜也、恩斯二句見[詩豳風鴟鴞篇]

歸熙甫戴素菴先生七十壽序○

戴素菴先生與吾父同入學宮爲弟子員。同爲增廣生。年相次也。皆以明經工

頗有不滿意處却非一味諛詞

難得有此好友

此肥遯亦非出于本心其子亦難得

筆意周匝

於進士之業。數試京闈不得第。予之爲弟子員也。於班行中見先生輩數人。凝然古貌。行坐不敢與之列。有問則拱以對。先生輩亦偃然自處。無不敢當之色。曾予以貢入太學。而先生猶爲弟子員。又數年。乃與吾父同謁告而歸也。先生家在某所。渡婁江而北。有陂（音碑）湖之勝。裕州太守龔西野之居在焉。裕州與先生爲內外昆弟。然友愛無異親昆弟。一日無先生。食不甘。寢不安也。先生嘗遘危疾。西野行坐視先生而哭之。疾竟以愈。日相從飲酒爲歡。蓋龔氏之居枕傀儡蕩。迴蕩而北。重湖相襲。汗漫沈浸。雲樹圍映。乍合乍開。不可窮際。武陵桃源。無以過之。西野既解纓組之累。先生亦釋絃誦之負。相得於江湖之外。眞可謂肥遯者矣。其後西野既逝。先生落然無所向。然其子上舍君。猶嚴子弟之禮。事先生如父在時。故先生雖家塘南。而常遊湖上爲多。今年先生七十。吾族祖某先生之子壻也。命予以文爲言。先生平生甚詳。然皆予之素所知者也。因念往時在鄉校中。先生與家君已追道前輩事。今又數年。不能復如先生之時矣。俗日益薄。其間有能如龔裕州之與先生乎。而後知先生潛深伏隩（音奧）。怡然湖水

文康一庸人獨有官爵足述耳

之濱年壽鳥得而不永也。先生長子某今爲學生。而餘子皆向學。不墜其教云。

通篇除肥遯外却無一語說及戴君佳處而於裕州之不薄偏盡力表章之文雖應酬尚有關係 濡識

吾父（熙甫父、名正、別號岫巖、）婁江（在江蘇吳縣東婁門外、太湖之支流、東流入崑山、又東北流入太倉、[續圖經]崑山塘、自婁門歷崑山縣而達海、卽婁江、）裕州（治今河南方城縣、）內外昆弟（表弟兄也、）傀儡蕩（在婁江北、）汗漫（水大貌、）沈浸（漸漬也、）武陵桃源（晉陶潛作桃花源記、晉武陵漁人入桃花林、忽得一異境、其居民之先、蓋秦人避難至此、後迷其處、此用以況幽勝之地、武陵、今湖南常德縣、）肥遯（高隱也、[易]肥遯无不利、）上舍（隋太學生也、宋制、初入學者爲外舍、由外舍升內舍、由內舍升上舍、）隩（隱也、）

歸熙甫顧夫人八十壽序○

太保顧文康公以進士第一人。歷事孝武二朝。今天子由南服入繼大統。恭上天地祖考徽號。定郊丘之位。肇九廟。饗明堂。秩百神。稽古禮文。粲然具舉。一時議禮之臣往往拔自庶僚。躐登樞要。而公以宿學元老。侍經幄。備顧問。從容法從三十餘年。晚乃進拜內閣。參與密勿。會天子南巡湖湘。恭視顯陵。付以留鑰之重。蓋上雖不遽用公而眷注隆矣。至於居守大事。天下安危所繫。非公莫寄

庸庸多厚福

油然有經綸光

夫人亦尋常女子耳不下一贊語具有深意

只爲姻好關係徇情爲此

也。夫人主之恩如風雨。而怒如雷霆。有莫測其所以然者。士大夫遭際。承藉貴勢。恩寵狎至。天下之士。誰不扼腕跂踵而慕豔之。及夫時移事變。有不能自必者。而後知公爲天下之全福也。公薨之九年。夫人朱氏年八十。家孫尙寶君稱慶於家。請於其舅上舍梁君。乞一言以紀其盛。蓋夫人自笄而從公。與之偕老。壽考則又過之。公之德順而厚。其坤之所以承乾乎。夫人之德靜而久。其恒之所以繼咸乎。故曰天下之全福也。常以陰陽之數論女子之致福。尤難。自古婦人不得所偶。有乖人道之常者多矣。況非常之寵渥。重之以康寧壽考乎。初公爲諭德。有安人之誥。爲侍讀。有宜人之誥。進宮保。有一品夫人之誥。上崇孝養。册上昭聖皇太后章聖皇太后徽號。夫人於是朝三宮。親蠶之禮。曠千載不見矣。上考古事。憲周制。舉三繅(音騷)之禮。夫人陪侍翟車。煌煌乎三代之典。豈不盛哉。有光辱與公家世通姻好。自念初生之年。高大父作高玄嘉慶堂。公時在史館。實爲之記。所以勗我後人者深矣。其後公予告家居。率鄉人子弟釋菜於學宮。有光亦與其間。丙申之歲。以計偕上春官。公時以大宗伯領太子詹事。拜公於第。留與飲酒。問鄉里故舊甚懽。天暑。露坐庭中。酒酣樂作。夜分乃散。可以見太平風流宰相。自惟不佞。荏苒歲年。德業無聞。多所自媿。獨於文字少知好之。執筆以紀公之家慶。所不辭云。

姚氏曰太僕作婦人壽序無非俗徑足知君子不可以易其言

顧文康公（名鼎臣、字九和、崑山人、弘治十八年、進士第一、授修撰、正德初、再遷左諭德、嘉靖初、直經筵、累官詹事給事中、拜禮部右侍郎、改吏部左侍郎、掌詹事府、尋進禮部尚書、兼文淵閣大學士、入參機務、尋加少保太子太傅、進武英殿、卒年六十八、贈太保、諡文康、）孝武（孝宗、名祐樘、武宗、名厚照、）今天子（指世宗、名厚熜、興獻王子、）南服（興獻王藩府、在今湖北安陸縣、）郊丘（祭天壇、）參與密勿（掌樞要之政也、）湖湘（洞庭湖、湘水、並在湖南省、）尚寶（尚寶司卿、明設、即前代之符寶郎、）顯陵（即興獻王墓、嘉靖三年、追尊興獻王為皇帝、故稱陵、）留鑰（謂居守也、世宗將南巡、立皇太子、命夏言扈行、鼎臣輔太子監國、）笄（女子十五而笄、）德順而厚四句（易之六十四卦、乾坤象天地、咸恆明夫婦、坤卦象曰、至哉坤元、萬物資生、乃順承天、序卦曰、有男女然後有夫婦、又曰、夫婦之道、不可以不久也、故受之以恆、上二句應眷注之隆、及能勝居守之責、下二句應夫婦偕老及滿考、）親蠶（「穀梁傳」王后親蠶以共祭服、）三繅（置繭盆中、手三繅之、）翟車（翟、雉羽也、古者諸侯夫人以翟飾車、「詩」翟茀以朝、）釋菜（祭名、上丁以芹藻之屬禮先師、）計偕（「漢書」縣次續食、令與計偕、言令所徵之人、與縣之上計簿者偕來、後凡赴會試者、曰計偕、）春官大宗伯（「周禮」春官有大宗伯、後稱禮部尚書、）太子詹事（掌東宮內外庶務、）荏苒（猶展轉也、）

翁能副其實耳

此孟子所以闢並耕之說競趨乎名不務乎實作者有無限感慨

歸熙甫守耕說

嘉定唐虔伯與予一再晤。然心獨慕愛其為人。吾友潘子實、李浩卿、皆虔伯之友也。二君數為予言虔伯。予因二君蓋知虔伯也。虔伯之舅曰沈翁。以誠長者見稱鄉里。力耕六十年矣。未有子。得虔伯為其女夫。予因虔伯蓋知翁也。翁名其居之室曰守耕。虔伯因二君使予為說。予曰。耕稼之事。古之大聖大賢當其未遇。不憚躬為之。至孔子乃不復以此教人。蓋嘗拒樊遲之請。而又曰。耕也餒在其中矣。謂孔子不耕乎。而釣而弋而獵較（通角）則孔子未嘗不耕也。孔子以為知適其時。不憚躬為之矣。然可以為君子之時。而不可以為君子之學。君子之學。不耕將以治其耕者。故耕者得常事於耕。而不耕者亦無害於不耕。夫其不耕非晏然逸己而已也。今天下之事。舉歸於名。獨耕者其實存耳。其餘皆晏然逸己而已也。志乎古者為耕者之實耶。為不耕者之名耶。作守耕說。

我國以農立國。自當趨重農事。收束數語。即小慨大。寓意頗深　濤識

嘉定　今江蘇嘉定縣、拒樊遲請　樊遲、名須、魯人、〔論語〕樊遲請學稼、子曰、吾不如老農、請學為圃、曰、吾不如老圃、樊遲出、子曰、小人哉樊須也、上好禮、則民

援引過多文氣窒塞

此尙切合

去題太遠

莫敢不敬、上好義、則民莫敢不服、上好信、則民莫敢不用情、夫如是、則四方之民、襁負其子而至矣、焉用稼、**耕也二句**[論語]耕也餒在其中矣、學也祿在其中矣、**弋**以生絲繫矢而射、**獵較**以獵禽之多寡、角勝負也、[孟子]魯人獵較、孔子亦獵較、

歸熙甫二石說〇

樂者仁之聲而生氣之發也。孔子稱韶盡美矣。又盡善也。在齊聞韶則學之三月不知肉味。考之尙書自堯克明峻德至舜重華協於帝四岳九官十二牧各率其職至於蠻夷率服若予上下草木鳥獸至仁之澤洋洋乎被動植矣故曰虞賓在位羣后德讓又曰庶尹允諧鳥獸蹌蹌(音鏘)鳳凰來儀又曰百獸率舞此唐虞太和之景象在於宇宙之間而特形於樂耳。傳曰夔始制樂以賞諸侯呂氏春秋曰堯命夔擊石以象上帝玉磬之音以舞百獸。擊石拊石夔之所能也。百獸率舞非夔之所能也。此唐虞之際仁治之極也。顏子學於孔子三月不違仁而未至於化。孔子告之以爲邦而曰樂則韶舞豈驟語以唐虞之極哉亦教之禮樂之事使其行夏之時乘殷之輅服周之冕而歌有虞氏之風淫聲亂色無以奸其間是所謂非禮勿視聽言動而爲仁之用達矣雖然由其道而舞百

獸。儀鳳凰。豈遠也哉。冉有欲富國足民。而以禮樂俟君子。孔子所以告顏子。冉求。卽所以俟君子也。欲富國足民。而無俟於禮樂。其弊必至於聚斂。子游能以絃歌試於區區之武城。可謂聖人之徒矣。自秦以來。長人者無意於敎化之事。非一世也。江夏呂侯。爲青浦令。政成而民頌之。侯名調音。字宗夔。又自號二石。請余爲二石之說。余故推本尙書論語之義。以達侯之志焉。

引經立說。頗近穿鑿。文勢亦嫌冗散。不解姚氏何以入選　濡識

韶舜樂、[論語]子謂韶、盡美矣、又盡善也、[又]子在齊聞韶、三月不知肉味、曰、不圖爲樂之至於斯也、尙書凡五十九篇、分虞書、夏書、商書、周書、四岳堯分陰陽爲四時、命羲仲、和仲、羲叔、和叔、爲之官、又主方岳之事、九官禹爲司空、棄爲后稷、契爲司徒、皐陶爲士、垂爲共工、益爲虞、伯夷爲秩宗、夔典樂、龍作納言、十二牧冀州、幽州、幷州、兗州、青州、徐州、營州、揚州、荊州、豫州、梁州、雍州之州牧、若順也、洋洋流動充滿之意、虞賓堯之子丹朱也、舜卽位、以賓禮待之、呂氏春秋呂不韋著、捃拾摭、顏子名回、字子淵、[論語]子曰、回也、其心三月不違仁、[又]顏淵問爲邦、子曰、行夏之時、乘殷之輅、服周之冕、樂則韶舞、放鄭聲、遠佞人、鄭聲淫、佞人殆、[又]顏淵問仁、子曰、非禮勿視、非禮勿聽、非禮勿言、非禮勿動、冉有名求、[論語]方六七十、如五六十、求也爲之、比及三年、可使足民、如其禮樂、以俟君子、[又]季氏富於周公、而求也爲之聚斂、而附益之、子游姓言、名偃、爲武城宰、[論語]子之武城、聞絃歌之聲、夫子莞爾而笑曰、割雞焉用牛刀、江夏治今湖北武昌縣、青浦今江蘇青浦縣、

老子故爲不勝以待其可勝所謂致柔之極也

得老氏之旨

歸熙甫張雄字說○

張雄既冠。請字於余。余辱爲賓。不可以辭。則字之曰子谿。聞之老子云。知其雄。守其雌。爲天下谿。常德不離。復歸於嬰兒。此言人有勝人之德。而操之以不敢勝人之心。德處天下之上。而禮居天下之下。若谿之能受而水歸之也。不失其常德。而復歸於嬰兒。人己之勝心不生。則致柔之極矣。人居天地之間。其才智稍異於人。常有加於愚不肖之心。其才智彌大。其加彌甚。故愚不肖常至於不勝。而求反之天下之爭。始於愚不肖之不勝。是以古之君子。有高天下之才智。而退然不敢以有所加。而天下卒莫之勝。則其致柔之極也。然則雄必能守其雌。是謂天下之谿。不能守雌。不能爲天下谿。不足以稱雄於天下。

有見到語　濡識

冠 加冠、[禮曲禮]男子二十冠而字、　字 [儀禮士冠禮]字之、敬其名也、　知其雄五句 見[道德經]上篇、

歸熙甫二子字說○

予昔遊吳郡之西山。西山並太湖。其山曰光福。而仲子生於家。故以福孫名之。

因名定字似不經意

以此勖之純是感化之意

尋出兩古人來做個榜樣不在身之顯晦也

訂交之始

其後三年。季子生於安亭。而予在崑山之宣化里。故名曰安孫。於是福孫且冠娶。予因爾雅之義。字福孫以子祜。字安孫以子寧。念昔與其母共處顛危困厄之中。室家懽聚之日蓋少。非有昔人之勤勞天下而弗能子其子也。以是志之蓋出於其母之意云。今母亡久矣。二子能不自傷而思所以立身行道。求無媿於所生哉。抑此偶與古人羊叔子管幼安之名同。二公生於晉魏之世。高風大節。邈不可及。使孔子稱之。亦必以爲夷惠之儔。夫士期以自修其身。至於富貴非所能必。幼安之隱。叔子之仕。予難以擬其後。若其淵雅高尚。以道素自居。則士誠不可一日而無此。不然。要爲流俗之人。苟得爵祿功名。顯於世。亦鄙夫也。左氏所謂義方之訓者。庶幾近之 濡識

吳郡（治今江蘇吳縣）、太湖（古名笠澤、介江蘇浙江間）、光福（在吳縣西）、安亭（鎮名、在崑山縣東南）、羊叔子（名祜、晉泰山南城人、官尚書右僕射、都督荆州軍事、遠近感服、死後立碑峴山、名曰墮淚、）管幼安（名寧、魏朱虛人、世亂不仕、隱于遼東、民化其德、）夷惠（伯夷柳下惠也、）道素（樂道守素、）

方靈皋送王篛林南歸序

（篛林名澍、號虛舟、金壇人、康熙壬辰進士、官吏部員外郎、）○

予與篛（音弱）林交益篤。在辛卯壬辰間。前此篛林家金壇。予居江寧。率歷歲始得

時之交情

肅 之交情

既別後之

一會合。至是。予以南山集牽連。繫刑部獄。而篛林赴公車。間一二日必入視予。每朝餐罷。負手步階除。則篛林推戶而入矣。至則解衣盤礴（音箔）諮經諏史。旁若無人。同繫者或厭苦。諷予曰。君縱忘此地爲圜土。身負死刑。奈旁觀者姍（音山）笑何。然篛林至。則不能遽歸。予亦不能畏訾謷（牛刀切）而閉所欲言也。予出獄。編旗籍。寓居海淀（音殿）篛林官翰林。每以事入城。則館其家。海淀距城往返近六十里。而使問朝夕通。事無細大。必以關。憂喜相聞。每閱月踰時。檢篛林手書必寸餘。戊戌春。忽告予歸有日矣。予乍聞。心忡（音充）惕若瞑行駐乎虛空之逕。四望而無所歸也。篛林曰。子毋然。吾非不知吾歸。子無所向。而今不能復顧子。且子爲吾計。亦豈宜阻吾行哉。篛林之歸也。秋以爲期。而予仲夏出塞門。數附書問息耗而未得也。今茲其果歸乎。吾知篛林抵舊鄉。春秋佳日。與親懿游好。徜徉山水間。酬嬉自適。忽念生平故人有衰疾遠隔幽燕者。必爲北鄉惆（音抽）然而不樂也。

一往情深之作 濡識

金壇（今江蘇金壇縣）、江寧（今江蘇江寧縣）、南山集（方孝標著滇遊紀聞、多指斥滿州語、戴名世著南山集、採其言、姓而不名、名世與苞交好、）

抱中庸二字作主

以不中庸爲中庸是鄉愿之所謂中庸非吾儒之所謂中庸也

疑苞所爲、牽連繫獄、赴公車舉人入京會試、盤礴箕坐也、莊子「解衣盤礴」圜土獄也、姍譏也、訾謷詆毀也、旗籍滿洲入關、編八旗以統人衆、凡漢人之入旗籍者、名漢軍、亦分八旗、海淀在北京城西北、即清暢春園明頤和三園所在、徜徉逸蕩也、

方靈皐送劉函三序

道之不明久矣。士欲言中庸之言。行中庸之行。而不牽於俗。亦難矣哉。蘇子瞻曰。古之所謂中庸者。盡萬物之理而不過。今之所謂中庸者。循循焉爲衆人之所爲。夫能爲衆人之所爲。雖謂之中庸可也。自吾有知識。見世之苟賤不廉。姦欺而病於物者。皆自謂中庸。世亦以中庸目之。其不然者。果自桎焉。而衆皆持中庸之論以議其後。燕人劉君函三。令池陽。困長官誅求。棄而授徒江淮間。嘗語予曰。吾始不知吏之不可一日以居也。吾百有四十日而去官。食知甘而寢成寐。若昏夜涉江浮海而見其涯。若沈痾之霍然去吾體也。夫古之君子。不以道徇人。不使不仁加乎其身。劉君所行。豈非甚庸無奇之道哉。而其鄉人往往謂君迂怪不合於中庸。與親暱者則太息深矉通顰若哀其行之迷惑不可振救者。雖然。吾願君之力行而不惑也。無耳無目之人。貿貿然適於鬱棲坑丘庚切阱

正告劉君不以人言而阻其爲中庸

由二友介紹

見得死生交情

(音淨)之中。有耳目者當其前。援之不克。而從以俱入焉。則其可駭詫也加甚矣。凡務爲撓君之言者。自以爲智。天下之極愚也。奈何乎不畏古之聖人賢人。而畏今之愚人哉。劉君幸藏吾言於心。而勿以示鄉之人。彼且以爲譸(音舟)張頗(音坡)僻。背於中庸之言也。

劉君所爲。特中庸之一端。而世以爲迂怪不合於中庸。則信乎中庸之難能也。(濡識)

池陽(故城在今陝西涇陽縣西北)、瞋(恨張目也)、鬱棲(糞壤)、坑阱(阱也)、譸張(誑也)、頗僻(邪僻也)、

方靈皐送左未生南歸序◯

左君未生與予未相見。而其精神志趣。形貌辭氣。早熟悉於劉北固古塘及宋潛虛。既定交。潛虛北固各分散。予在京師及歸故鄉。惟與未生游處爲久長。北固客死江夏。予每戒潛虛當棄聲利。與未生歸老浮山。而潛虛不能用。予甚恨之。辛卯之秋。未生自燕南附漕船東下。至淮陰。始知南山集禍作。而予已北發。居常自懟(音隊)曰。亡者則已矣。其存者遂相望而永隔乎。己亥四月。予將赴塞上。

承上起下

神交獨有千古不在區區形迹間

而未生至自桐。潘（音番）陽范恆菴高其義。爲言於駙馬孫公。俾偕行以就予。既至上營八日而孫死。祁君學圃館焉。每薄莫（同暮）公事畢。輒與未生執手谿梁間。因念此地出塞門二百里。自今上北巡建行宮。始二十年。前此蓋人迹所罕至也。予生長東南。及莫齒而每歲至此。涉三時。其山川物色。久與吾精神相憑依。異矣。而未生復與余數晨夕於此。尤異矣。蓋天假之緣。使余與未生爲數月之聚。而孫之死。又所以警未生而速其歸也。夫古未有生而不死者。亦未有聚而不散者。然常觀子美之詩。及退之永叔之文。一時所與遊好其人之精神志趣形貌辭氣。若近在耳目間。是其人未嘗亡。而其交亦未嘗散也。予衰病多事。不可自敦率。未生歸。與古塘各修行著書。以自見於後世。則余所以死而不亡者有賴矣。又何必以別離爲戚戚哉。

千古惟文章不死。後幅數語。似得此旨。勉以修行著書。自合贈言之義。（謙識）

古塘（劉捷字古塘、江寧諸生、肆力經史之學、）江夏（見前、）浮山（在今安徽盱眙縣西、「寰宇記」山下爲穴、淮水泛溢、其穴即高、水減復低、有似山浮、）漕船（運漕船也、）淮陰（今江蘇淮安縣、）慹（怨也、）桐（今安徽桐城縣、）瀋陽（今奉天瀋陽縣、）上營（熱河地名、）子美（唐杜甫字、）敦

其人之介可知

千古門戶之爭以此

率謂厚自督率也、

方靈皐送李雨蒼序

永城李雨蒼。力學治古文。自諸經而外。遍觀周秦以來之作者。而愼取焉。凡無益於世教人心政法者。文雖工不列也。言當矣。猶必其人之可。故雖揚雄氏無所錄。而過以予之文次焉。予故與雨蒼之弟畏蒼交。雨蒼私論並世之文。舍予無所可。而守選踰年。不因其弟以通也。雍正六年。以建寧守承事來京師。又踰年。終不相聞。予因是意其爲人。必篤自信。而不苟以悅人者。乃不介而過之。一見如故舊。得予周官之說。時輟其所事而手錄焉。以行之速。繼見之難。固乞予言。予惟古之爲交也。將以求益也。雨蒼欲予之有以益也。其何以益予乎。古之治道術者。所學異。則相爲蔽。而不見其是。所學同。則相爲蔽。而不見其非。吾願雨蒼。好予文。而毋匿其非也。古之人得行其志。則無所爲書。雨蒼服官雖歷歷著聲績。然爲天子守大邦。疆域千里。昧爽盥音貫沐。質明而涖事臨民。一動一言。皆世教人心政法所由興壞也。一念之不周。一物之不應。則所學爲之虧矣。君

又進一層說法

總攝河患見治河之非易

其併心於所事而於文則暫輟可也。

姚氏曰高潔○爲交求益非以標榜也既得行其志則當兢兢於世教人心政法興壞之間文字又其末也後段主義頗高（謂識）

永城（今河南永城縣、）揚雄（見小傳、以附於王莽、故學者鄙之、）雍正（清世宗年號、）建寧（今福建建寧縣、）周官（即周禮、周公居攝以後所作、）昧爽（將明未明之時、［書］先王昧爽丕顯、）質明（天明時也、［禮禮器］質明而始行事、）

劉才甫送張閑中序（閑中、名若矩、）○

河流自昔爲中國患禹疏九河過家門不入而東南鉅野無潰冒渧（音低）沒之害者七百七十餘年周定王時河徙礫（音歷）溪九河故道浸以湮滅自是之後秦穿漕渠而漢時河決酸棗瓠（音胡）子館陶泛溢淮泗兗豫梁楚諸郡歷魏晉唐宋元明數千百載迄無寧歲皇帝御極之元年命山東按察使齊蘇勒總督河務吾友張君若矩以通判河上事效奔走淮水之南迺畚（音本）迺築共職維勤險阻艱虞罔敢或避河督稱其能以薦於天子使署理兗之泇（音嘉）河四年冬題補入覲而是時河水自河南陝州至江南之宿遷千有餘里淸可照燭鬚眉者凡月餘

歸功于上亦文之體製應爾

日不變。可以見太平有道。元首股肱聯爲一體。至治翔洽。感格幽冥。天心協而符瑞見。至於此也。張君既入覲。卒判泇河。將歸其官廨。(夏去廨)於是吾徒夙與張君有兄弟之好者。各爲歌詩以送之。

姚氏曰。雄直似昌黎

九河(徒駭、太史、馬頰、覆釜、胡蘇、簡、絜、鉤盤、鬲津、)定王(名瑜、頃王之子、)礫溪(尙書蔡傳引程大昌、周時河徙砱礫、按通鑑定王五年、河始決宿胥口、東徙漯川、逕長壽津、與漯別行、東北至成平、復合於禹故河、與蔡傳及此文並異、)漕渠(運河也、按史記河渠書、秦鑿涇水、自中山西邸瓠口爲渠、並北山東注洛、三百餘里、卽鄭國渠也、至漢用鄭當時言、引渭穿渠、起長安並南山下至河、三百餘里以通漕、三年而成、則漕渠非穿自秦時矣、)酸棗(漢縣、故城在今河南滑縣北、史記孝文時、河決酸棗、東潰金隄、於是東郡大興卒塞之、)瓠子(亦曰瓠子口、在直隸濮陽縣南、武帝元光三年、河決於瓠子、東南注鉅野、見史記、)館陶(今山東館陶縣、)畚(盛土器、)泇河(在山東舊兗州府、有東西二泇、東泇出費縣東南箕山、西泇出費縣西南抱犢山、東南流至江蘇邳縣、與東泇合、又南入運河、泇河通判、駐滕縣夏鎭、蓋運河自滕縣至邳縣、統謂之泇河、以其納東西泇之流也、)陝州(治今河南陝縣、)宿遷(今江蘇宿遷縣、)淸可句(相傳黃河千歲一淸、時指爲瑞、)元首句(元首、君也、股肱、臣也、書、元首明哉、股肱良哉、)

劉才甫送沈茉園序(沈廷芳、字畹叔、一字萩林、茉園其號也、仁和人、監生、舉鴻博、授編修、官至山東按察使、)○

去父母。別兄弟妻子而游。既久而猶不欲歸。滫(息有切)瀡(思累切)闕定省。違父母有

入情入理遊子聽之

一語拍合

含蓄澄然

子如未嘗有子焉者。有兄弟如未嘗有兄弟焉者。有夫而其妻獨處。有父而其子無怙。(音戶)此鰥寡孤獨窮民之無告者類也。雖幸而取萬乘之公相。亦奚以云。余在京師五年矣。父母年皆踰六十。兄弟四人。在家者尚一兄一弟。幼子三人皆已死。寡妻在室。是亦可以歸矣。而不歸。嗟乎。余獨安能無愧於沈君哉。沈君杭州人。其在京師亦數年。一日其家人遺之書曰。盍歸乎來。沈君不謀於朋友。秣(音末)馬束裝載道。嗟乎。余獨安能無愧於沈君哉。沈君行矣。余於沈君復何言。

姚氏曰。其來如潮水驟至。頃刻之間。消歸無有。此等神境。惟昌黎有之。

滫瀡(滫、浙米之汁、瀡、滑也、謂調和食品、使滑澤也、[禮內則]滫瀡以滑之、) 定省(子視父母、晨曰省、昏曰定、) 怙(恃也、[詩]無父何怙、) 杭州(舊浙江仁和錢塘二縣治、今併爲杭縣、)

劉才甫送姚姬傳南歸序

古之賢人。其所以得之於天者獨全。故生而向學。不待壯而其道已成。既老而後從事。則雖其極日夜之勤劬。亦將徒勞而鮮獲。姚君姬傳。甫弱冠而學已無所不窺。余甚畏之。姬傳吾友季和之子。其世父則南青也。憶少時與南青遊。南

敍往還事歷落有致

六一風神

進一層勉勵法

所見甚大

靑年纔二十。姬傳之尊府。方垂髫未娶。太夫人仁恭有禮。余至其家。則太夫人必命酒。飲至夜分乃罷。其後余漂流在外。儵同倏忽三十年。歸與姬傳相見。則姬傳之齒已過其尊府與余遊之歲矣。明年。余以經學應舉。復至京師。無何。則聞姬傳已舉於鄉而來。猶未娶也。讀其所爲詩賦古文。殆欲壓余輩而上之。姬傳之顯名當世。固可前知。獨余之窮。如曩時。而學殖將落。對姬傳不能不慨然而歎也。昔王文成公童子時。其父攜至京師。諸貴人見之。謂宜以第一流自待。文成問何爲第一流。諸貴人皆曰。射策甲科爲顯官。文成莞爾而笑。恐第一流當爲聖賢。諸貴人乃皆大慚。今天既賦姬傳以不世之才。而姬傳又深有志於古人之不朽。其射策甲科爲顯官。不足爲姬傳道。卽其區區以文章名於後世。亦非余之所望於姬傳。孟子曰。人皆可以爲堯舜。以堯舜爲不足爲。謂之悖天。有能爲堯舜之資。而自謂不能。謂之慢天。若夫擁旄仗鉞。立功青海萬里之外。此英雄豪傑之所爲。而余以爲抑其次也。姬傳試於禮部。不售而歸。遂書之以爲姬傳贈。

姚氏曰淋漓遒宕歐公學史記之文

世父（從父、）學殖（言學之進德、如農之植苗、[左昭]夫學、殖也、不殖、將落、）王文成（名守仁、字伯安、明餘姚人、弘治進士、正德時、巡撫南贛、平大帽山諸賊、定宸濠之亂、卒、贈新建侯、謚文成、其學以良知良能爲主、嘗築室陽明洞中、世稱陽明先生、）莞爾（微笑貌、）旄（大帥旂、）鉞（斧、）青海（在我國西部、東北界甘肅、東南界四川、南鄰川邊特別區域及西藏、西界新疆、東西相距約二千四百餘里、南北相距約千餘里、域內有大湖、曰青海、故名、）

評校音注古文辭類纂卷三十三終

羅舉罪案以文滅六國之罪

想見專制口吻

評校音注 古文辭類纂卷三十四 詔令類一

秦始皇初幷天下議帝號令

秦、嬴姓、始皇名政、莊襄王子、在位三十七年、○○

秦初幷天下令丞相御史曰。異日韓王納地效璽（音徙）請爲藩臣。已而倍（同背）約。與趙魏合從（同縱）畔秦。故興兵誅之。虜其王。寡人以爲善。庶幾息兵革。趙王使其相李牧來約盟。故歸其質（音致）子。已而倍盟。反我太原。故興兵誅之。得其王。趙公子嘉乃自立爲代王。故舉兵擊滅之。魏王始約服入秦。已而與韓趙謀襲秦。秦兵吏誅。遂破之。荆王獻青陽以西。已而畔約。擊我南郡。故發兵誅。得其王。遂定荆地。燕王昏亂。其太子丹乃陰令荆軻（苦何切）爲賊。兵吏誅。滅其國。齊王用后勝計。絕秦使。欲爲亂。兵吏誅。虜其王。平齊地。寡人以眇（音渺）眇之身。興兵誅暴亂。賴宗廟之靈。六王咸伏其辜。天下大定。今名號不更。無以稱成功。傳後世。其議帝號。

濡議 結束六國鋪陳功德若入後人手當累幅不能盡文之簡絜實開史遷之先

帝王舉動首在收拾人心找足一句便是申明當王意

曩日（猶言前時、）韓王（名安、桓惠王子、六年、使韓非納地效璽於秦、請爲藩臣、九年、秦虜王安、盡入其地、爲潁川郡、）趙王（名偃、孝成王子、是爲悼襄王、太原、今山西太原縣地、質子、劉春平君、二年、爲秦所留、已而遣之、悼襄王卒、子幽繆王遷立、八年、秦滅趙、虜王遷、邯鄲入秦、趙之亡大夫、共立悼襄王適子嘉、王代、六年、秦進兵破嘉、遂滅趙、）魏王（名假、景湣王子、三年、秦灌大梁、虜王假、遂滅魏、）荊王（楚王也、名負芻、哀王之庶兄、殺其弟哀王而自立、青陽、今安徽青陽縣地、南郡、秦既與楚相接、五年、秦滅楚、虜王負芻、置楚郡、）燕王（名喜、孝王子、二十七年、太子丹使荊軻獻督亢地圖於秦、因襲刺秦王、秦王覺、殺軻、使王翦擊燕、二十九年、秦攻拔薊、燕王亡徙居遼東、斬丹以獻秦、三十三年、秦拔遼東、虜燕王喜、滅燕、）齊王（名建、襄王子、四十四年、秦兵擊齊、齊王聽相后勝計、不戰、以兵降秦、秦虜王建、遷之共、遂滅齊、）眇眇（小也、）

漢高帝入關告諭

（高帝姓劉、名邦、字季、沛人、以亭長起兵、滅秦殺項、而定大業、國號漢、在位十二年、）○

父老苦秦苛法久矣。誹（音非上聲）謗者族。偶語者棄市。吾與諸侯約。先入關者王之。吾當王關中。與諸父老約法三章耳。殺人者死。傷人及盜抵罪。餘悉除去秦法。吏民皆案堵（音賭）如故。凡吾所以來。爲父老除害。非有所侵暴。毋恐。且吾所以軍霸上。待諸侯至而定約束耳。

眞西山曰告諭之語財百餘言而暴秦之弊爲之一洗所謂若時雨降民大悅者也

眞西山云此率諸侯王擊楚而曰願從諸侯王所擊者項羽而曰楚之殺義帝者猶有左氏辭命遺意

誹謗二句［史記秦始皇本紀］有敢偶語詩書、棄市、以古非今者族、吏見知不舉者與同罪、與諸侯約二句［史記高帝本紀］秦二世三年、楚懷王令沛公西略地、入關、與諸侯約、先入定關中者王之、案堵［漢書注］應劭曰、案、次第、堵、牆堵也、霸上即白鹿原、在陝西咸寧縣東、［水經注］白鹿原東、即霸川之西、謂之霸上、

漢高帝二年發使者告諸侯伐楚○○

天下共立義帝北面事之今項羽放殺義帝江南大逆無道寡人親爲發喪兵皆縞素悉發關中兵收三河士南浮江漢以下願從諸侯王擊楚之殺義帝者

利用義帝之死以動義兵義正詞嚴已奪憤王之氣　濡識

義帝楚懷王孫心、在民間、項梁求得之、尊爲楚懷王、及項羽入關、尊爲義帝、已而項羽密使吳芮、黥布、共敎、擊殺之江中、縞素喪服、關中［關中記］東自函關、西至隴關、二關之間、三河河內、河南、河東、三郡、分詳前卷注、江漢長江、漢水、

漢高帝五年赦天下令○○

兵不得休八年萬民與苦甚今天下事畢其赦天下殊死以下

眞西山曰令才數語而事理曲盡足見漢詔簡嚴之體

殊死新刑、殊、絕也、［莊子］今世殊死者相枕也、

想見秦時重吏之風尙不絕於漢代此周勃之所以驚心臆背也

得歸善於親之義

漢高帝令吏善遇高爵詔○

七大夫公乘以上。皆高爵也。諸侯子及從軍歸者。甚多高爵。吾數詔吏先與田宅。及所當求於吏者亟（音棘）與。爵或人君。上所尊禮。久立吏前。曾不爲決。甚亡（同無）謂也。異日秦民爵公大夫以上。令丞與亢禮。今吾於爵。非輕也。吏獨安取此。且法以有功勞行田宅。今小吏未嘗從軍者多滿。而有功者顧不得。背公立私。守尉長吏教訓甚不善。其令諸吏善遇高爵。稱吾意。且廉問有不如吾詔者。以重論之。

誅殺功臣漢高爲甚。而詔書猶矯示寬厚。宜其兔死狗烹而不悔也（濂識）

七大夫（爵次第七）、公乘（第八爵）、諸侯子（諸侯國人）、亟（急也）、爵或人君（指爵高有國邑者）、上（謂天子）、久立吏前二句（辨訟及陳請者、不早決斷）、亢禮（行敵體禮）、行（付與也）、多滿（謂多田宅）、守尉長吏（守、郡守、尉、郡尉、長吏、縣之令長）、重論（重論其罪）、

漢高帝六年上太公尊號詔○○

人之至親。莫親於父子。故父有天下傳歸於子。子有天下尊歸於父。此人道之

一語拍合

逸賢為己非為國也君主之心理如此

極也前日天下大亂兵革並起萬民苦殃朕親披堅執銳自帥士卒犯危難平暴亂立諸侯偃兵息民天下大安此皆太公之教訓也諸王通侯將軍卿大夫已尊朕為皇帝而太公未有號今上尊太公曰太上皇

滿口說孝而口吻不脫自炫其功擁篲迎門太公那得不畏　濂識

堅（甲冑）銳（利兵）偃兵（不用兵也）太上皇［漢書注］太上、極尊之稱也、皇、君也、天子之父、故號曰皇、不預治國、故不言帝也、

漢高帝十一年求賢詔〇

蓋聞王者莫高於周文伯（讀曰霸）者莫高於齊桓皆待賢人而成名今天下賢者智能豈特古之人乎患在人主不交故也士奚由進今吾以天之靈賢士大夫定有天下以為一家欲其長久世世奉宗廟亡絕也賢人已與我共平之矣而不與我共安利之可乎賢士大夫有肯從吾游者吾能尊顯之布告天下使明知朕意御史大夫昌下相國相國酇（音贊）侯下諸侯王御史中執法下郡守其有意稱明德者必身勸為之駕遣詣相國府署（常恕切）行義年有而弗言覺免年老癃（音隆）病勿遣

言由中出便見君民息息相關之隱

側室之子、蔣西山云、即此一語便可感動蠻夷

以謾罵儒冠者而能知此想為陸賈輩所陶鎔矣（濡識）

昌（周昌也、沛人、後封汾陰侯、）酇侯（蕭何也、酇縣屬南陽、故城在今湖北光化縣北、）中執法（中丞、）署（題字、）行（行狀、）義（讀如儀、儀容也、）年（歲也、）癃（疲病、）

漢文帝元年議振貸詔

（文帝名恆、高帝中子、初封代王、周勃平諸呂之亂、迎立之、帝務以德化民、教樸為天下先、在位二十三年、）

方春和時草木羣生之物皆有以自樂而吾百姓鰥寡孤獨窮困之人或阽（音店）於死亡而莫之省憂為民父母將何如其議所以振貸之

言由衷出仁愛之意流溢行間（濡識）

鰥（無妻曰鰥、）寡（無夫曰寡、）孤（幼而無父曰孤、）獨（老而無子曰獨、）阽（危也、）振（救濟也、）貸（借也、）

漢文帝元年賜南粵王趙佗書

皇帝謹問南粵王甚苦心勞意朕高皇帝側室之子棄外奉北藩於代道里遼遠壅蔽樸愚未嘗致書高皇帝棄羣臣孝惠皇帝即世高后自臨事不幸有疾日進不衰以故誖（音勃）暴乎治諸呂為變故亂法不能獨制乃取他姓子為孝惠

陰示帝位不可倖故卽帝號不容謬假

修治先人冢眞西山云二事各從其中蓋威德兼盡之道也動之以仁

地界既淸自難藉口侵擾

欲其帝號之去賓之不如諷之

皇帝嗣賴宗廟之靈。功臣之力。誅之已畢。朕以王侯吏不釋之故。不得不立。今卽位。乃者聞王遺將軍隆慮侯書。求親昆弟。請罷長沙兩將軍。朕以王書罷將軍博陽侯。親昆弟在眞定者。已遣人存問。修治先人冢。前日聞王發兵於邊。爲寇災不止。當其時長沙苦之。南郡尤甚。雖王之國。庸獨利乎。必多殺士卒。傷良將吏。寡人之妻。孤人之子。獨人父母。得一亡十。朕不忍爲也。朕欲定地犬牙相入者。以問吏。吏曰高皇帝所以介長沙土也。朕不得擅變焉。吏曰得王之地。不足以爲大。得王之財。不足以爲富。服領以南。王自治之。雖然。王之號爲帝。兩帝並立。亡一乘之使以通其道。是爭也。爭而不讓。仁者不爲也。願與王分棄前患。終今以來。通使如故。故使賈馳諭告王朕意。王亦受之。毋爲寇災矣。上褚（張呂切）五十衣。中褚三十衣。下褚二十衣。遺王。願王聽樂娛憂。存問鄰國。

措詞寬嚴得體那得不敎老佗心服（濡識）

南粵王（眞定人趙佗，秦時爲南海龍川令，二世時，任囂召佗行尉事，佗因自立爲南越武王，高帝十一年，遣陸賈立佗爲南粵王）側室之子（文帝，薄姬所生）棄外句（高帝十一年冬，破陳豨，定代，立爲代王）惠帝（名盈，高帝子）高后（卽呂雉，惠帝母）諸呂（呂產、呂祿輩）他姓子（指少帝、高后命張皇后取他人子養之、）隆慮侯（周竈、高后所遣擊佗者、隆慮故城、在今河南林縣、）長沙（漢置國、其地包今湖南省、）博陽侯（周聚、）犬牙相入（地形如犬牙、交相入也、）服（南服、）嶺（今大庾嶺、）賈（陸姓、時爲大中大夫、）褚（以綿裝衣曰褚、）

貴吏而不責民探原之論

就高一層說

漢文帝元年議犯法相坐詔○○

法者。治之正。所以禁暴而衛善人也。今犯法者已論。而使無罪之父母妻子同産坐之。及收。朕甚弗取。其議。朕聞之。法正則民愨（克角切）。罪當則民從。且夫牧民而道之以善者。吏也。既不能道。又以不正之法罪之。是法反害於民。爲暴者也。朕未見其便。宜孰（同熟）計之。

愨（誠也、言民皆誠愨、而不干法也、）

法所以利民也專制時代尚知有此 濡識

漢文帝二年除誹謗法詔○

古之治天下。朝有進善之旌。誹謗之木。所以通治道而來諫者也。今法有誹謗訞（同妖）言之罪。是使衆臣不敢盡情。而上無由聞過失也。將何以來遠方之賢良。其除之。民或祝（音昢）詛（阻去聲）上。以（同已）相約結而後相謾（音瞞）。吏以爲大逆。其有他言。

就低一層說

此昔災所由來

君主宜引咎自責

納諫所以補過省繇乃以便民亦古代迷信中之好處

而吏又以爲誹謗。此細民之愚無知抵死。朕甚不取。自今以來。有犯此者勿聽治。

誹謗秦法也至是而始除之後猶有以文字語言獲罪如楊惲等其人者（濡識）

進善旌（旌、幡也、堯設之五達之道、令民進善者、立於旌下言之、）誹謗木（堯作於橋梁邊版、令民書政治之失、）祝詛（以言告神曰祝、請神加殃曰詛、）謾（欺也、）

漢文帝二年日食詔◯

朕聞之。天生民。爲之置君以養治之。人主不德。布政不均。則天示之災。以戒不治。迺十一月晦。日有食之。適（讀謫）見於天。災孰大焉。朕獲保宗廟。以微眇之身。託於士民君王之上。天下治亂。在予一人。惟二三執政。猶吾股肱也。朕下不能治育羣生。上以累三光之明。其不德大矣。令至。其悉思朕之過失。及知見之所不及。匄（音蓋）以啓告朕。及舉賢良方正能直言極諫者。以匡朕之不逮。因各敕以職任。務省繇（同徭）費以便民。朕既不能遠德。故憪（閑上聲）然念外人之有非。是以設備未息。今縱不能罷邊屯戍。又飭兵厚衛。其罷衛將軍軍。太僕見（同現）馬遺財（同纔）足。

仍以前旨爲提

文帝之優柔不可無武皇之征伐

餘皆以給傳(專去切)置。

前半以不德自咎後半爲補救方法納諫省徭政之大者故詔中特揭之(濡識)

適(責也)、匄(乞也)、匡(正也)、逮(及也)、憪然(不安貌)、非(姦非也)、傳置(傳、傳舍、置、驛也)、

漢文帝前六年遺匈奴書○

皇帝敬問匈奴大單于無恙。使郎中係虖(同乎)淺遺朕書云。願寢兵休士。除前事。復故約。以安邊民。世世平樂。朕甚嘉之。此古聖王之志也。漢與匈奴約爲兄弟。所以遺單于甚厚。背約離兄弟之親者。常在匈奴。然右賢王事已在赦前。勿深誅。單于若稱書意。明告諸吏。使無負約。有信。敬如單于書。使者言單于自將并國有功。甚苦兵事。服繡袷(音夾)綺衣長襦(音儒)錦袍各一。比(音避)疏一。黃金飭具帶一。黃金犀毗(頻脂切)一。繡十匹。錦二十匹。赤綈(音題)綠繒(慈陵切)各四十匹。使中大夫意。謁者令肩遺單于。

眞西山曰此書先責匈奴違約次諭以事在赦前勿深誅又曰單于若能明告諸吏使無負約然後可和使單于所言誠耶固不逆其善意使所言僞耶

曲體罪人之心不失三代下車泣罪遺意

亦不墮其詐謀抑揚開闔皆有法焉至遺之以物又以其自將苦兵爲辭非畏而賂之也即此一書可見文帝御夷狄之道矣

單于（匈奴君長之稱、其義爲廣大、）係虖淺（使者之名、）右賢王事（文帝三年夏、右賢王入居河南地爲寇、）自將并國（言西破月氏也、）繡袷綺衣（衣無絮曰袷、繡袷綺衣、以繡爲表、綺爲裏、）比疏（辮髮之飾、以金爲之、亦作比余、[按]今作篦、櫛髮具、）黃金飭具帶（腰中大帶、）犀毗（胡帶之鉤、犀骨爲之、）綈（厚繒之滑澤者、）繒（帛也、）

漢文帝十三年除肉刑詔

（齊太倉令淳于公有罪當刑、逮繫長安、其少女緹縈上書曰、妾父爲吏齊中、皆稱其廉平、今坐法當刑、妾傷夫死者不可復生、刑者不可復屬、雖復欲改過自新、其道無由也、妾願沒入爲官婢、贖父刑罪、書奏、文帝憐其意、乃下詔云云、）○○

蓋聞有虞氏之時畫衣冠異章服以爲戮而民弗犯何治之至也今法有肉刑三而姦不止其咎安在毋乃朕德之薄而教不明與吾甚自愧故夫訓道不純而愚民陷焉詩曰愷悌君子民之父母今人有過教未施而刑已加焉或欲改行爲善而道亡繇（由同）至朕甚憐之夫刑至斷支體刻肌膚終身不息何其刑之痛而不德也豈稱爲民父母之意哉其除肉刑有以易之

自咎訓道之不純復言肉刑之當去慈祥之意溢於言表（譚識）

專制時代君主之以虛言得民心者大半以此

畫衣冠異章服［晉書刑法志］三皇設言而民不違五帝畫衣冠而民知禁犯黥者皁其巾犯劓者丹其服犯臏者墨其體犯宮者雜其屨大辟之罪殊刑之極布其衣裾而無領緣投之於市與衆棄之 肉刑三［黥劓刖也］

漢文帝十四年增祀無祈詔○

朕獲執犧牲珪［音圭］幣以祀上帝宗廟十四年於今歷日彌長以不敏不明而久撫臨天下朕甚自愧其廣增諸祀壇場珪幣昔先王遠施不求其報望祀不祈其福右賢左戚先民後己至明之極也今吾聞祠官祝釐［音禧］皆歸福於朕躬不爲百姓朕甚媿之夫以朕之不德而專鄉［同向］獨美其福百姓不與［音豫］焉是重吾不德也其令祠官致敬無有所祈

眞西山曰十三年夏詔謂百官之非皆由朕躬今祈祝之官移過於下以彰吾之不德朕甚不取其除之文帝過則自歸福則衆共帝王之用心也

犧牲［牛羊之屬］珪幣［珪玉也幣帛也祭神用之］壇場［築土爲壇除地爲場］釐［福也］

漢文帝後元年求言詔○

間者數年比不登又有水旱疾疫之災朕甚憂之愚而不明未達其咎意者朕

度田以下數語非關心民事者不能道

地界本傳

然其事已在前矣眞西山云亦猶前時事在赦前之說

之政有所失而行有過與（讀歟）乃天道有不順地利或不得人事多失和鬼神廢不享與何以致此將百官之奉養或費無用之事或多與何其民食之寡乏也夫度田非益寡而計民未加益以口量地其於古猶有餘而食之甚不足者其咎安在無乃百姓之從事於末以害農者蕃為酒醪（音勞）以靡穀者多六畜之食焉者衆與細大之義吾未能得其中其與丞相列侯吏二千石博士議之有可以佐百姓者率意遠思無有所隱

堂高廉遠而能詳悉若此意之眞切詞之懇摯洵不愧企踪三代之主（濡識）

比（猶頻也）末（謂工商之業）醪（酒之有滓者）

漢文帝後二年遺匈奴書○

皇帝敬問匈奴大單于無恙使當戶且渠雕渠難郎中韓遼遺朕馬二匹已至敬受先帝制長城以北引弓之國受命單于長城以內冠帶之室朕亦制之使萬民耕織射獵衣食父子毋離臣主相安俱無暴虐今聞渫（音泄）惡民貪降其趨背義絶約忘萬民之命離兩主之驩然其事已在前矣書云二國已和親兩主

與至父云成字使吏作成使案爲使爲句猶矜與也貨施傳心矜勢能之榮使使字亦既上與此同作便者從人妄改

姚氏云仰焉疑衍字上有朕字與意衍使字古與爲都國提以相即道之物耳歲有數讀西山云歲予以物始此然以地登爲辭

一視同仁之意溢于言外

驩（同歡）說（讀悅）寢兵休卒養馬世世昌樂翕（音吸）然更始朕甚嘉之聖者日新改作更始使老者得息幼者得長各保其首領而終其天年朕與單于俱繇（同由）此道順天恤民世世相傳施之無窮天下莫不咸嘉使漢與匈奴鄰敵之國匈奴處北地寒殺氣早降故詔吏遺單于秫（音術）蘗（音孽）、金帛絲絮、它（同他）物歲有數今天下大安萬民熙熙獨朕與單于爲之父母朕追念前事薄物細故謀臣計失皆不足以離昆弟之驩朕聞天不頗（音坡）覆地不偏載朕與單于皆捐細故俱蹈大道墮壞前惡以圖長久使兩國之民若一家子元元萬民下及魚鼈上及飛鳥跂（音歧）行喙（虎穢切）息蠕（音儒）動之類莫不就安利避危殆故來者不止天之道也俱去前事朕釋逃虜民單于毋言章尼等朕聞古之帝王約分明而不食言單于留志天下大安和親之後漢過不先單于其察之

眞西山曰大哉王者之言非後世所及也

當戶句（當戶且渠一人爲二官、雕渠難其姓名、）渫惡民（邪惡不正之民、）貪降其趨（謂下趨於利、）和親（時初弱單于稽立、文帝復遣宗人女翁主爲單于閼氏、）翕（合也、）秫蘗（秫、稷之黏者、可釀酒、蘗、麴也所以釀酒者、）熙熙（和貌、）頗（偏也、）元元（善也、）跂行

從民事不整起爲責問下吏地步

整頓吏治有所責成

有足而行者，喙息以口出氣者，蠕動蠕，動貌，逃虜民漢人逃入胡者，章尼等背單于逃入漢者，食言不踐其言也，〔左哀〕是食言多矣，

漢景帝後二年令二千石修職詔

景帝名啟，文帝之子，節儉愛民，有文帝之風，在位十六年

○

雕文刻鏤音漏傷農事者也。錦繡纂組害女紅讀功者也。農事傷則饑之本也。女紅害則寒之原也。夫饑寒並至而能亡爲非者寡矣。朕親耕，后親桑，以奉宗廟粢音咨盛音成祭服，爲天下先。不受獻，減太官，省繇音遙賦，欲天下務農蠶，素有蓄積，以備災害。彊毋攘弱，衆毋暴同暴寡，老者以壽終，幼孤得遂長。今歲或不登，民食頗寡，其咎安在。或詐僞爲吏，吏以貨賂爲市，漁奪百姓，侵牟萬民。縣丞，長吏也，姦法與盜盜，甚無謂也。其令二千石各修其職，不事官職耗同眊讀帽亂者，丞相以聞，請其罪。布告天下，使明知朕意。

饑寒之言由于吏事之不修，詔詞嚴厲得體 讀濡

纂赤組，組綬也，粢盛黍稷曰粢，在器曰盛，太官掌御飲食，繇役也，攘取也，耆八十曰耆，遂成也，侵牟牟，食也，苗根蟲，比吏之食民，姦法因法作姦，與盜盜共盜爲盜，耗不明也，

評校音注古文辭類纂卷三十四終

一起寓有責備公卿大夫意

說明興廉舉孝乃其初意

有司不奉行當議罪以勵將來

漢武帝元朔元年議不舉孝廉者罪詔

武帝名徹、景帝中子、表章六籍、拓土開疆、文德武功、兼而有之、在位五十四年、

○○

公卿大夫所使總方略、壹統類、廣教化、美風俗也。夫本仁祖義、褒德錄賢、勸善刑暴、五帝三王所繇昌也。朕夙興夜寐、嘉與宇內之士、臻於斯路。故旅耆老、復孝敬、選豪俊、講文學、稽參政事、祈進民心、深詔執事、興廉舉孝、庶幾成風、紹休聖緒。夫十室之邑、必有忠信。三人並行、厥有我師。今或至闔郡而不薦一人、是化不下究、而積行之君子、壅於上聞也。二千石官長紀綱人倫、將何以佐朕燭幽隱、勸元元、勵蒸庶、崇鄉黨之訓哉。且進賢受上賞、蔽賢蒙顯戮、古之道也。其與中二千石禮官博士議不舉孝廉者罪。

只是令議不舉者罪耳、說得如此誠懇宛轉、與漢初詔書之直截簡明稍殊矣。濡識

一起嚴重

慰藉語雜以實成語

宛轉中含有嚴厲氣象一段尤得體

臻也至、旅敬之如賓、復免其徭役、十室四句[論語]子曰、十室之邑、必有忠信如丘者焉、[又]子曰、三人行、必有我師焉、擇其善者而從之、其不善者而改之、二千石官長郡之守尉、縣之令長、蒸衆也、中二千石中、滿也、自太常至執金吾、秩皆中二千石、[按]漢制二千石、一歲得一千四百四十石、實不滿二千石、其云中二千石者、一歲得二千一百六十石、

漢武帝元狩二年報李廣詔

李廣免官、居藍田南山中、一日、夜獵、被霸陵尉醉呵、止宿亭下、及廣拜右北平太守、請霸陵尉與俱、斬之、上書謝罪、上故以是報之、○○○

將軍者國之爪牙也司馬法曰登車不式遭喪不服振旅撫師以征不服率三軍之心同戰士之力故怒形則千里竦音聳威振則萬物伏是以名聲暴於夷貉威稜音倫憺音淡乎鄰國夫報忿除害捐殘去殺朕之所圖於將軍也若迺免冠徒跣蘇典切稽顙桑上聲請罪豈朕之指哉將軍其率師東轅彌節白檀以臨右北平盛秋

捐棄前事責其後效用筆頗得伸縮之法諧議

爪牙[詩小雅祈父]予王之爪牙、[按]祈同圻、祈父司馬也、掌封圻兵甲、司馬法兵書名、秦司馬穰苴著、旅五百人、師二千五百人、竦驚也、貉北狄、威稜稜、芒角也、憺動也、彌節彌、少安也、言少駐而後進、白檀今直隸承德縣、右北平今直隸盧龍等

通篇主義不外勉戒二字

北土瓜諸燕驚備言創業之艱而有備無患安輯亦非易事入後數語本此主義

縣地、盛秋盛秋馬肥、恐虜為寇、故令戒嚴、

漢武帝元狩六年封齊王策齊懷王、名閎、王夫人生、○

嗚呼。小子閎。受茲青社。朕承天序。惟稽古建爾國家。封于東土。世為漢藩輔。嗚呼。念哉。共讀恭朕之詔。惟命不于常。人之好德。克明顯光。義之不圖。俾君子怠。悉爾心。允執其中。天祿永終。厥有愆不臧。迺凶於乃國。而害於爾躬。嗚呼。保國乂民。可不敬與讀歟。王其戒之。

丁寧告戒典誥之遺　濤識

青社青、東方色、王者以五色土為大社、封四方諸侯、各以其方色土與之、苴以白茅、歸以立社、惟命不于常見書康誥、言天命無常、惟德是輔、俾君子怠言君子懈怠、不歸附也、悉爾心三句言能盡爾心、信執中和之德、則能永保天祿、乃汝也、乂治也、

漢武帝元狩六年封燕王策燕剌王、名旦、李姬生、○

嗚呼。小子旦。受茲玄社。建爾國家。封于北土。世為漢藩輔。嗚呼。葷鬻氏虐老獸心。以姦巧邊甿音萌。朕命將率同帥徂征厥罪。萬夫長千夫長三十有二帥降旗奔師。葷鬻徙域。北州以綏。悉爾心。毋作怨。毋作棐古匪字德。毋廢迺備。非教士不得

三代置爲要服則治理之難可知戒之以此使知警惕

從徵王其戒之。

薰鬻之取鑑不遠極告戒諄諄之意（濂亭識）

玄社（玄、北方色、詳上青社注、）薰鬻（古匈奴號、）畋（民也、）徂（往也、）三十有二帥（時獲三十二帥、）降旗（指昆邪王之降、）徙域（匈奴徙漠北、）綏（安也、）非敎士句（言士不素習、不得應召、）

漢武帝元狩六年封廣陵王策（廣陵厲王、名胥、李姬生、）○

嗚呼小子胥受茲赤社建爾國家封於南土世世爲漢藩輔古人有言曰大江之南五湖之間其人輕心揚州保疆三代要服不及以正（同政）嗚呼悉爾心祗祗兢兢迺惠迺順毋桐（音通）好逸毋邇宵人惟法惟則書云臣不作福不作威靡有後羞王其戒之。

就地致戒無一相襲語統觀諸詔均能簡而不失其要（濂亭識）

赤社（赤、南方色、詳青社注、）要服（侯、甸、綏、要、荒、謂之五服、服各五百里、要服離王畿一千五百里、）不及以正（言不及以政正之、）祗祗（敬也、）兢兢（戒謹也、）桐（輕脫之貌、）臣不作福二句（書洪範、臣無有作威作福、）

漢武帝元鼎六年敕責楊僕書（楊僕、宜陽人、南越反、拜爲樓船將軍、有功封將梁侯、東越反、武帝欲復使將、爲其伐前勞、以書

起首便駁倒其功

宋祁云歲下當有朕字

令其設身處地一想

率衆掩過以策後效得駕馭悍將之意

勅責之、〇〇

將軍之功獨有先破石門尋陿（陿同陜）非有斬將搴（搴同攓）旗之實也烏足以驕人哉前破番（音潘）禺（音虞）捕降者以爲虜掘死人以爲獲是一過也建德呂嘉逆罪不容於天下將軍擁精兵不窮追超然以東越爲援是二過也士卒暴露連歲爲朝會不置酒將軍不念其勤勞而造佞巧請乘傳行塞因用歸家懷銀黃垂三組夸鄉里是三過也失期內顧以道惡爲解失尊尊之序是四過也欲請蜀刀問君價幾何對曰率數百武庫日出兵而陽不知挾僞干君是五過也受詔不至蘭池宮明日又不對假令將軍之吏問之不對令之不從其罪何如推此心以在外江海之間可得信乎今東越深入將軍能率衆以掩過否

眞西山曰武帝之所以警飭臣工駕御將帥者略見於敕楊僕賜嚴助等書史稱其雄才大略信矣夫

石門尋陿（南越險地名、）搴（拔取也、）番禺（今廣東番禺縣、）建德（南越王名、尉佗玄孫、）呂嘉（南越相、）東越爲援（僕不窮追、令建德得以東越爲援、）失期二句（失會師之期、而內顧妻子、以道路險惡爲解說、）蜀刀（〔漢書注〕僕嘗爲將請官蜀刀、）銀（銀印、）

外出乃助所請故云入後數語想見君臣相契之意

黃金印、三組組、印綬也、僕爲主爵都尉、又爲樓船將軍、并將梁侯三印、干犯也、蘭池宮在渭城、今陝西咸陽縣東、

漢武帝賜嚴助書

嚴助、會稽吳人、郡舉賢良、擢爲中大夫、侍燕從容、上問所欲、對願爲會稽太守、於是拜會稽太守、數年、不聞問、武帝賜以書、◯

制詔會稽太守君厭承明之廬勞侍從之事懷故土出爲郡吏會稽東接於海南近諸越北枕大江閒者闊焉久不聞問具以春秋對毋以蘇秦縱橫

助之學縱橫知臣莫若君不得其死自取之也 [illegible]

會稽太守會稽郡、治吳、今江蘇吳縣、太守、秩二千石、承明廬在石渠閣外、直宿所止曰廬、

漢武帝元封五年求賢詔◯◯

蓋有非常之功必待非常之人故馬或奔踶而致千里士或有負俗之累而

立功名夫覂方勇切駕之馬跅音拓弛之士亦在御之而已其令州郡察吏民舉茂

才異等可爲將相及使絕國者

只是破格取人之意而使貪使詐要非雄主不能駕馭 [illegible]

奔踶不受羈勒之馬、立則踶人、走則能奔致千里、負俗之累謂被世譏論也、覂駕之馬覂、覆也、言馬有逸氣、而不循軌轍也、跅

弛不自檢束之意、絕國遠國、

始終提出高皇帝以示忝祖行罪之義

中幅責其不知足

明明逼其自裁却又說得宛轉

漢昭帝賜燕王璽書

昭帝名弗陵、武帝之子、委任霍光、幾復文景之治、在位十三年、元鳳元年、燕王旦與蓋邑長公主上官桀等謀反、事覺、桀等族誅、蓋主燕王皆自殺、璽、音徙、

○

昔高皇帝王天下。建立子弟。以藩屏社稷。先日諸呂陰謀大逆。劉氏不絕若髮。賴絳侯等誅討賊亂。尊立孝文。以安宗廟。非以中外有人。表裏相應故耶。樊酈音歷曹灌。攜劍推鋒。從高皇帝墾菑古災字除害。耘耡海內。當此之時。頭如蓬葆。勤苦至矣。然其賞不過封侯。今宗室子孫。曾無暴衣露冠之勞。裂地而王之。分財而賜之。父死子繼。兄終弟及。今王骨肉至親。敵吾一體。乃與他姓異族。謀害社稷。親其所疏。疏其所親。有逆悖之心。無忠愛之義。如使古人有知。當何面目復奉齊酎音胄見高祖之廟乎。

封建子弟爲屏藩計高祖本意如此今反協同異姓謀逆是逆悖高祖也義正詞嚴那得不死 濡識

絳侯周勃、樊樊噲、酈酈商、曹曹參、灌灌嬰、蓬葆葆、蓋也、頭久不理、如蓬草羽葆也、酎重釀之酒、

漢宣帝地節四年子首匿父母等勿坐詔

宣帝名詢、武帝之曾孫、昭帝無子、霍光聞其高材好學、迎而立之、在

揭出天性二字違之即是違天

生不怨死不恨則獄無不平矣

察吏之不法不僅獄之一端便推類言之

位二十五年、○○

父子之親。夫婦之道。天性也。雖有患禍。猶蒙死而存之。誠愛結於心。仁厚之至也。豈能違之哉。自今子首匿父母。妻匿夫。孫匿大父母。皆勿坐。其父母匿子。夫匿妻。大父母匿孫。罪殊死。皆上請廷尉以聞。

首匿原情於法不合然爲維持倫紀計則不得不爾濡讀

蒙冒也、首匿、言爲謀首而藏匿罪人、大父母祖父母也、罪殊死連上而言、其罪在殊死者、殊、絕也、

漢宣帝元康二年令二千石察官屬詔○

獄者萬民之命。所以禁暴止邪。養育羣生也。能使生者不怨死者不恨則可謂文吏矣。今則不然。用法或持巧心。析律貳端。深淺不平。增辭飾非。以成其罪。奏不如實。上亦無由知。此朕之不明。吏之不稱去聲四方黎民將何仰哉。二千石各察官屬。勿用此人。吏務平法。或擅興繇同徭役飾廚傳去聲稱過使客越職踰法。以取名譽。譬猶踐薄冰以待白日。豈不殆哉。今天下頗被疾疫之災。朕甚愍音閔之。其令郡國被災甚者。毋出今年租賦。

祿必有以贍其身家乃可責其無侵漁

法密而條繁適以便舞文弄法之吏

清獄當以察吏爲始後幅云云非久在民間者烏能知此（濡識）

析律句（謂分破律條、妄生端緒、以出入人罪、）增辭句（獄書任意添減、）飾廚傳（廚、謂飲食、傳、謂傳舍、飾有豐厚之義、）稱過使客（使人及賓客來者、稱其意而遣之、令過去而要名譽也、）

漢宣帝神爵三年益小吏祿詔○○

吏不廉平則治道衰今小吏皆勤事而奉（讀俸）祿薄欲其毋侵漁百姓難矣其益吏百石以下奉十五。

清吏之道得其本矣（濡識）

益十五（言若食一斛、則益五斗、）

漢元帝議律令詔（元帝名奭、宣帝之子、夙好文學、徵用儒生、付之以政、在位十六年、）○

夫法令者所以抑暴扶弱欲其難犯而易避也今律令煩多而不約自典文者不能分明而欲羅元元之不逮斯豈刑中之意哉其議律令可蠲（古玄切）除輕減者條奏惟在便安萬姓而已。

眞西山曰考史所言元成雖有此詔徒文具而無施行之實○法密而犯者

如此說來便可開脫矯制之罪

鋪張其功以塞當時經生之議

益多此詔得省刑之意　濡識

刑中　言刑措得其中也、

漢元帝建昭四年議封甘延壽陳湯詔　建昭三年冬、西域副校尉陳湯、矯制發兵、與都護甘延壽、擊匈奴郅支單于于康居、斬之、竟寧元年、夏、封甘延壽爲義成侯、長水校尉、賜陳湯爵關內侯、射聲校尉、

○

匈奴郅（音質）支單于。背畔禮義。留殺漢使者吏士。甚逆道理。朕豈忘之哉。所以優游而不征者。重動師衆。勞將卒。故隱忍而未有云也。今延壽湯睹便宜。乘時利。結城郭諸國。擅興師矯制而征之。賴天地宗廟之靈。誅討郅支單于。斬獲其首。及閼（音煙）氏（音支）貴人名王以下千數。雖踰義干法。內不煩一夫之役。不開府庫之藏。因敵之糧以贍（時豔切）軍。用立功萬里之外。威震百蠻。名顯四海。爲國除殘兵革之原。息邊竟（同境）得以安。然猶不免死亡之患。罪當在於奉憲。朕甚閔之。其赦延壽湯罪。勿治。詔公卿議封焉。

略罪議功詔旨得體　濡識

郅支　五單于之亂、郅支自立、會康居王怨烏孫、與郅支併力攻烏孫、爲甘延壽等所襲殺、

留殺句　宣帝時、郅支單于困辱漢使者江迺始等、元帝初元

入手便有統一之意

以兩策試其心

千載一會眞西山云
當時隴得而易失也

此亦推誠之言

五年、文殺漢使者谷吉、閼氏匈奴皇后之號、然猶不免二句時匡衡等議以陳甘不奉詔而矯詔、應論死、衡、法也。

漢光武帝賜竇融璽書

光武帝名秀、字文叔、高帝九世孫、王莽末起兵、興復漢室、獎勵節士、在位三十三年、竇融、字周公、扶風平陵人、時據有河西五郡、○○

制詔行河西五郡大將軍事屬國都尉勞鎭守邊五郡兵馬精彊倉庫有蓄民庶殷富外則折挫羌胡內則百姓蒙福威德流聞虛心相望道路隔塞邑邑何已長史所奉書獻馬悉至深知厚意今益州有公孫子陽天水有隗五賄切將軍方蜀漢相攻權在將軍舉足左右便有輕重以此言之欲相厚豈有量哉諸事具長史所見將軍所知王者迭興千載一會欲遂立桓文輔微國當勉卒功業欲三分鼎足連衡合從亦宜以時定天下未并吾與爾絕域非相吞之國今之議者必有任囂效尉佗制七郡之計王者有分土無分民自適己事而已今以黃金二百斤賜將軍便宜輒言

知彼知己一味以推誠相與之言動之豚魚可格金石可開河西那得不俯首歸心謙識

以柔爲體便是息人之旨

此云非其時

五郡（武威、張掖、酒泉、敦煌、金城、在匈奴南境、今陝西甘肅北境、）邑邑（同悒悒、悶也、[史記]安能邑邑待數十百年、）長史（五年夏、融遣長史劉鈞奉書獻馬、）益州（漢時十二州之一、今四川省地、）公孫子陽（名述、扶風茂陵人、時據蜀、）天水（郡名、漢置、治平襄、故城在今甘肅通渭縣西南、）隗將軍（名囂、字季孟、天水成紀人、時據隴、）桓文（齊桓公、晉文公也、周室衰微、桓文輔之、以霸天下、）連衡（初隗囂使辨士張玄游說河西、富各據土宇、與隴蜀合從、高可爲六國、下不失尉佗云云、）任囂句（放、授也、秦時南海尉任囂、病且死、謂龍川令趙佗、南海數千里、可以立國、使行南海尉事、）七郡（蒼梧、鬱林、合浦、交阯、九眞、南海、日南、）

漢光武帝報臧宮馬武詔

（宮、字君翁、潁川郟人、封朗陵侯、武、字子張、南陽湖陽人、封揚虛侯、二十七年、宮與武上書、求匈奴災荒、出兵伐之、帝報以此詔、）

○

黃石公記曰。柔能制剛。弱能制彊。柔者德也。剛者賊也。弱者仁之助也。彊者怨之歸也。故曰有德之君。以所樂樂人。無德之君。以所樂樂身。樂人者其樂長。樂身者不久而亡。舍近謀遠者。勞而無功。舍遠謀近者。逸而有終。逸政多忠臣。勞政多亂人。故曰務廣地者荒。務廣德者彊。有其有者安。貪人有者殘。殘滅之政。雖成必敗。今國無善政。災變不息。百姓驚惶。人不自保。而復欲遠事邊外乎。孔子曰。吾恐季孫之憂。不在顓臾（音專）。且北狄尙彊。而屯田警備。傳聞之事。恒多失

結束斬釘截鐵無商量餘地

實誠能舉天下之半以滅大寇豈非至願苟非其時不如息人

天下大定與民休息雖失於弱亦鑒于輪台之悔耳 濡識

黃石公記（張良於下邳圯上、受黃石公一編書、故名黃石公記、）孔子曰三句（見「論語」季孫、魯大夫、顓臾、國名、魯之附庸、）

評校音注古文辭類纂卷三十五終

明蠻夷之爲戎首

此二句承上起下

說明當行者之誤會

評校音注 古文辭類纂卷三十六 詔令類三

司馬長卿諭巴蜀檄

漢武時、使中郎將唐蒙略通夜郎僰中道、徵發巴蜀吏卒千人、郡又多爲發轉漕萬餘人、用軍興法斬其渠率、巴蜀驚恐、帝聞之、乃使長卿責唐蒙等、因諭告巴蜀人、 ○○○

告巴蜀太守。蠻夷自擅。不討之日久矣。時侵犯邊境。勞士大夫。陛下卽位。存撫天下。集安中國。然後興師出兵。北征匈奴。單于怖駭。交臂受事。屈膝請和。康居西域。重譯納貢。稽首來享。移師東指。閩越相誅。右弔番（音潘）禺。太子入朝。南夷之君。西僰（蒲北切）之長。常效貢職。不敢惰怠。延頸舉踵。喁（魚容切）喁然皆鄉（同嚮）風慕義。欲爲臣妾。道里遼遠。山川阻深。不能自致。夫不順者已誅。而爲善者未賞。故遣中郎將往賓之。發巴蜀之士各五百人。以奉幣衛使者。不然靡有兵革之事。戰鬭之患。今聞其乃發軍興制。驚懼子弟。憂患長老。郡又擅爲轉粟運輸。皆非陛下之意也。當行者或亡逃自賊殺。亦非人臣之節也。夫邊郡之士。聞烽舉燧燔（音煩）。皆攝弓而馳。荷戈而走。流汗相屬。惟恐居後。觸白刃。冒流矢。議不反顧。計不

此二段乃就邊鎮之士之急於國家國家之厚待忠義者言之

有所歸罪

一一收束

旋踵人懷怒心如報私讎彼豈樂死惡生非編列之民而與巴蜀異主哉計深慮遠急國家之難而樂盡人臣之道也故有剖符之封析圭而爵位爲通侯居列東第終則遺顯號於後世傳土地於子孫事行甚忠敬居位甚安佚名聲施於無窮功烈著而不滅是以賢人君子肝腦塗中原膏液潤野草而不辭也今奉幣役至南夷卽自賊殺或亡逃抵誅身死無名諡爲至愚恥及父母爲天下笑人之度量相越豈不遠哉然此非獨行者之罪也父兄之教不先子弟之率不謹寡廉鮮恥而俗不長厚也其被刑戮不亦宜乎陛下患使者有司之若彼悼不肖愚民之如此故遣信使曉諭百姓以發卒之事因數之以不忠死亡之罪讓三老孝弟（悌同）以不教誨之過方今田時重煩百姓已親見近縣恐遠所谿谷山澤之民不徧聞檄到亟下縣道咸諭陛下意毋忽

不偏責行者一面則氣自平亦文之措詞得體處（濡識）

蠻夷（指下南夷西僰） 康居（西域國名、有今俄領中央亞細亞地） 重譯（轉輾翻譯而通其音） 享（獻也、獻其國珍） 右弔句（番禺、南海郡縣治、今廣東番禺縣、東伐越後至番禺、故言右、弔、至也） 太子句（時南越爲東越所侵、漢救之、故南越遣太子嬰齊入朝） 南夷（夜郎等國） 西僰

今天子嗣唐位方展聯云轉入今天子嚴發可畏
況禹跡所揜會蕃生云長句舉敎

[禮王制]西方曰狄、在漢爲犍爲郡、今在雲南四川者、或稱擺夷、喁喁魚口上向貌、此爲衆人向慕意、賓之撫以賓禮、不然猶言不測、發軍興制以發軍之法、爲興衆之制、烽舉燧燔烽如覆米籅、懸於桔槔、有寇則舉之、燧、積薪也、有寇則燔之、烽主晝、燧主夜、攝引持也、荷負也、編列句編列戶冊之民、剖符剖符之半、以封諸侯、析圭析、中分也、圭、玉有青白二色、白藏天子、青在諸侯、通侯秦制爵級二十、最尊者曰徹侯、因武帝名徹、故改通侯、東第甲宅也、居帝城之東、三老漢置鄉官三老、孝悌、主敎化孝悌力田、縣道漢制、萬戶以上曰縣、縣有蠻夷、曰道、

〇〇

韓退之祭鱷魚文

潮州惡谿有鱷魚、食民產且盡、愈至任數日、乃作此文以投水、其夕有暴風震雷起湫水中、數日水盡涸、自是潮州無鱷魚患、

維年月日。潮州刺史韓愈。使軍事衙推秦濟。以羊一豬一。投惡谿之潭水。以與鱷(音諤)魚食。而告之曰。昔先王既有天下。列山澤。罔(同網)繩擉(音觸)刃。以除蟲蛇惡物爲民害者。驅而出之四海之外。及後王德薄。不能遠有。則江漢之間。尚皆棄之以與蠻夷楚越。況潮嶺海之間。去京師萬里哉。鱷魚之涵淹卵育於此。亦固其所。今天子嗣唐位。神聖慈武。四海之外。六合之內。皆撫而有之。況禹跡所揜揚州之近地。刺史縣令之所治。出貢賦以供天地宗廟百神之祀之壤者哉。鱷魚。

刺史受天子命方展卿云入刺史何等嚴正

曾滌生云總束上面數層作一句而以皆可殺三字截之最奇勁

其不可與刺史雜處此土也。刺史受天子命。守此土。治此民。而鱷魚睅（音旱）然不安谿潭。據處食民畜熊豕鹿麞（音章）以肥其身。以種其子孫。與刺史亢拒。爭為長雄。刺史雖駑弱。亦安肯為鱷魚低首下心。伈（音心上）伈睍（音顯）睍。為民吏羞。以偷活於此邪。且承天子命而來為吏。固其勢不得不與鱷魚辨。鱷魚有知。其聽刺史言。潮之州。大海在其南。鯨鵬之大。蝦蟹之細。無不容歸。以生以食。鱷魚朝發而夕至也。今與鱷魚約。盡三日。其率醜類南徙於海。以避天子之命吏。三日不能。至五日。五日不能。至七日。七日不能。是終不肯徙也。是不有刺史聽從其言也。不然。則是鱷魚冥頑不靈。刺史雖有言。不聞不知也。夫傲天子之命吏。不聽其言。不徙以避之。與冥頑不靈而為民物害者。皆可殺。刺史則選材技吏民。操強弓毒矢。以與鱷魚從事。必盡殺乃止。其無悔。

方展卿曰莊雅得體○曾滌生曰文氣似諭巴蜀檄彼以雄深此則矯健

潮州（唐潮州潮陽郡、屬嶺南東道、治今廣東潮安縣、）軍事衙推（軍府之屬官、唐制、節度使、觀察使、團練使、皆有衙推、刺史領使、亦置衙推、）惡谿（韓江入潮安縣境、名惡谿、又曰鱷谿、在縣之東北、「寰宇記」潮州有惡水東流、至潮州出海、其水險惡多損舟船、江水泛漲時、常有鱷魚隨水至州前、）鱷魚（爬蟲中之最猛惡者、産於熱帶、長者至丈餘、口巨、齒銳、皮堅、背有鱗甲、四足、趾有蹼、「秀水閒居錄」鱷魚之狀、龍吻、虎爪、蟹目、鼉鱗、尾長數尺、末大如箕、芒刺成鉤、仍有膠粘、多於水濱潛伏、人畜近、以尾擊取、蓋猶象之任鼻也、烈焚也、擉刺取鼈蜃也、「莊子」冬則擉鼈於江、嶺海庾嶺、南海、涵淹潛伏也、禹跡所揜言夏禹治水、足跡之所至也、揚州禹分九州之一、「書禹貢」淮海維揚州、今江蘇安徽浙江福建等地、眸然張目貌、「左宣」眸其目、麞似鹿而小、無角、毛褐色、伈伈恐懼貌、睍睍小視貌、鯨海獸名、種類甚多、居海洋中、大者長六七十丈、頭扁平闊大、外形如魚、實獸類也、雄曰鯨、雌曰鯢、鵬大鳥、

評校
音注

古文辭類纂卷三十六終

姚氏云。任彥昇齊竟陵文宣王行狀別題南徐州南蘭陵郡縣中都鄉中都里蕭公年三十五行狀。何屺瞻云。漢書高祖詔云。諮相國府署行義年。蘇林曰。行狀。年紀也。此行狀所自始。首行必書年幾歲。猶其遺也。柳河東集中此體僅存。韓李爲人所削汨亂矣。按何論太拘。昌黎纂以章公鄉邑平紀敘入行狀之內。則知首行本未題列。非人汨亂也。惟正將公萬內行狀三篇不誠人祇父此必列文前而雕本者乃妄削去之矣。

公與之言曰。竹汀生云。微有摹左氏痕跡。善於詞令。故能折衝樽俎之間。

評校音注 古文辭類纂卷三十七 傳狀類一

韓退之贈太傅董公行狀○○

公諱晉。字混成。河中虞鄉萬歲里人。少以明經上第。宣皇帝居原州。公在原州。宰相以公善爲文任翰林之選。聞。召見拜祕書省校書郎。入翰林爲學士。三年。出入左右天子以爲謹愿。賜緋魚袋。累陞爲衞尉寺丞。出翰林。以疾辭。拜汾州司馬。崔圓爲揚州。詔以公爲圓節度判官。攝殿中侍御史。以軍事如京師。朝天子。識之。拜殿中侍御史內供奉。由殿中爲侍御史。入尚書省爲主客員外郎。由主客爲祠部郎中。先皇帝時。兵部侍郎李涵如回紇。立可(音克)敦。詔公兼侍御史。賜紫金魚袋。爲涵判官。回紇之人來曰。唐之復土疆。取回紇力焉。約我爲市馬既入而歸我賄不足。我於使人乎取之。涵懼不敢對。視公。公與之言曰。我之復土疆。爾信有力焉。吾非無馬而與爾爲市。爲賜不既多乎。爾之馬歲至。吾數皮而歸貲。邊吏請致詰也。天子念爾有勞。故下詔禁侵犯。諸戎畏我大國之爾與

此筆不可少

泚此譏切

以切己之利害竭誠言之懷光自應悔悟

也莫敢校焉爾之父子寧而畜馬蕃者非我誰使之於是其衆皆環公拜既又相率南面序拜皆兩舉手曰不敢復有意大國自回紇歸拜司勳郎中未嘗言回紇之事選祕書少監歷太府太常二寺亞卿爲左金吾衞將軍今上即位以大行皇帝山陵出財賦拜太府卿由太府爲左散騎常侍兼御史中丞知臺事三司使選擢才俊有威風始公爲金吾未盡一月拜太府九日又爲中丞朝夕入議事於是宰相請以公爲華州刺史拜華州刺史潼關防禦鎮國軍使朱泚之亂加御史大夫詔至於上所又拜國子祭酒兼御史大夫宣慰恒州於是朱滔自范陽以回紇之師助亂人大恐公既至恒州恒州即日奉詔出兵與滔戰大破走之還至河中李懷光反上如梁州懷光所率皆朔方兵公知其謀與朱泚合也患之造懷光言曰公之功天下無與敵公之過未有聞於人某至上所言公之情上寬明將無不赦宥焉乃能爲朱泚臣乎彼爲臣而背其君苟得志於公何有且公既爲太尉矣彼雖寵公何以加此彼不能事君能以臣事公乎公能事彼而有不能事君乎彼知天下之怒朝夕戮死者也故求其同罪而與

比音避

總束數句

初公為宰相時與至父云為相時詳著其紹一事文最凝重意殷妙遠

之比公何所利焉公之敵彼有餘力不如明告之絕而起兵襲取之清宮而迎天子庶人服而請罪有司雖有大過猶將拚焉如公則誰敢議語已懷光拜曰天賜公活懷光之命喜且泣公亦泣則又語其將卒如語懷光者將卒呼曰天賜公活吾三軍之命拜且泣公亦泣故懷光卒不與朱泚當是時懷光幾不反公氣仁語若不能出口及當事乃更疎亮捷給其詞忠其容貌溫然故有言於人無不信明年上復京師拜左金吾衞大將軍由大金吾為尚書左丞又為太常卿由太常拜門下侍郎平章事在宰相位凡五年所奏於上前者皆二帝三王之道由秦漢以降未嘗言退歸未嘗言所言於上者於人子弟有私問者公曰宰相所職係天下天下安危宰相之能與否可見欲知宰相之能與否如此視之其可凡所謀議於上前者不足道也故其事卒不聞以疾病辭於上前者不記退以表辭者八方許之拜禮部尚書制曰事上盡大臣之節又曰一心奉公於是天下知公之有言於上也初公為宰相時五月朔會朝天子在位公卿百執事在廷侍中贊百寮賀中書侍郎平章事竇參攝中書令當傳詔疾作不

能事。凡將大朝會。當事者既受命。皆先日習儀。於時未有詔。公卿相顧。公逡巡進。北面言曰。攝中書令臣某病不能事。臣請代某事。於是南面宣致詔詞。事已復位。進退甚詳。爲禮部四年。拜兵部尚書。入謝。上語問日晏。復有入謝者。上喜曰。董某疾且損矣。出語人曰。董公且復相。既二日。拜東都留守。判東都尚書省事。充東都畿汝州都防禦使。兼御史大夫。仍爲兵部尚書。由留守未盡五月。拜檢校尚書左僕射。同中書門下平章事。汴州刺史。宣武軍節度副大使。知節度事。管內支度營田。汴宋亳潁等州觀察處置等使。汴州自大歷來。多兵事。劉玄佐益其師至十萬。玄佐死。子士寧代之。畋遊無度。其將李萬榮乘其畋也。逐之。萬榮爲節度一年。其將韓惟清張彥林作亂。求殺萬榮。不克。三年。萬榮病風。昏不知事。其子迺復欲爲士寧之故。監軍使俱文珍與其將鄧惟恭執之。歸京師。而萬榮死。詔未至。惟恭權軍事。公既受命。遂行。劉宗經韋弘景韓愈實從。不以兵衞。及鄭州。逆者不至。鄭州人爲公懼。或勸公止以待。有自汴州出者言於公曰。不可入。公不對。遂行。宿圃田。明日食中牟。逆者至。宿八角。明日。惟恭及諸將

汴州自大歷來張廉卿云後半多用追敘法本左氏

歐音區

有膽有才不得僅以隨風目之

嘉禾生吳摯父云此等皆董公所深信故皆著之

至。遂逆以入。及郛音孚三軍緣道讙聲。庶人壯者呼。老者泣。婦人啼。遂入以居。初。玄佐死。吳湊代之。及鞏聞亂歸。士寧萬榮皆自爲而後命。軍士將以爲常。故惟恭亦有志。以公之速也。不及謀。遂出逆。既而私其人觀公之所爲。以告曰、公無爲。惟恭喜。知公之無害己也。委心焉。進見公者。退皆曰。公仁人也。聞公言者皆曰。公仁人也。環以相告。故大和。初、玄佐遇軍士厚。士寧懼。復加厚焉。至萬榮如士寧志。及韓張亂。又加厚以懷之。至於惟恭。每加厚焉。故士卒驕不能禦。則置腹心之士。幕於公庭廡下。挾弓執劍以須。日出而入。前者去。日入而出。後者至。寒暑時至。則加勞賜酒肉。公至之明日。皆罷之。貞元十二年七月也。八月上命汝州刺史陸長源爲御史大夫行軍司馬。楊凝自左司郎中爲檢校吏部郎中觀察判官、杜倫自前殿中侍御史爲檢校工部員外郎節度判官孟叔度自殿中侍御史爲檢校金部員外郎支度營田判官。職事修。人俗化。嘉禾生。白鵲集。蒼烏來巢。嘉瓜同蒂音帝聯實。四方至者。歸以告其帥。小大威懷。有所疑。輒使來問。有交惡者。公與平之。累請朝。不許。及有疾。又請之。且曰。人心易動。軍旅多虞。

善兵者不言兵

及臣之生計不先定至於他日事或難期猶不許十五年二月三日薨於位上三日罷朝贈太傅使吏部員外郎楊於陵來祭弔其子贈布帛米有加公之將薨也命其子三日斂既斂而行於行之四日汴州亂故君子以公爲知人公之薨也汴州人歌之曰濁流洋洋有闢其郛闐音田道讙呼公來之初今公之歸公在喪車又歌曰公既來止東人以完今公歿矣人誰與安始公爲華州亦有惠愛人思之公居處恭無妾媵不飲酒不諂笑好惡無所偏與人交泊如也未嘗言兵有問者曰吾志於教化享年七十六階累陞爲金紫光祿大夫勳累陞爲上柱國爵累陞爲隴西郡開國公娶南陽張氏夫人後娶京兆韋氏夫人皆先公終四子全道溪全素澥音蟹全道全素皆上所賜名全道爲祕書省著作郎溪爲祕書省祕書郎全素爲大理評事澥爲太常寺太祝皆善士有學行謹具歷官行事狀伏請牒考功幷牒太常議所諡牒史館請垂編錄謹狀

方望溪曰此韓文之最詳者然所詳不過三事其餘官階宦迹皆列數其爲人則於序事中夾帶一二語北宋以後此種義法不講矣○大姚曰此等何

足以跨壓北宋人望溪沾沾於詳略講義法非篤論○曾滌生曰著意在論回紇論李懷光及入汴州三事餘皆不甚措意惟有所略故詳者震聳異常○張廉卿曰退之諸碑誌序事並簡嚴奇奧此文則一以左馬史法行之金石之文與史傳體裁自別也

河中虞鄉河中府虞鄉縣、唐屬河東道、即今山西河東道虞鄉縣治、宣皇帝句肅宗、名亨、至德元年十月、肅宗自靈武幸彭原、晉上書行在、彭原、唐屬寧州、治定安、即今甘肅寧縣、按原州疑誤、新舊唐書並作彭原、汾州汾州西河郡、屬河東道、領縣四、治隰城、今山西汾陽縣、崔圓字有裕、貝州武城人、以汾州刺史徙淮南節度使、奏晉以本官攝御史、充判官、淮南節度使治揚州、今江蘇江都縣、先皇帝代宗名豫、李涵如回紇數句大曆中、李涵持節送崇徽公主於回紇、署晉判官、崇徽公主者、僕固懷恩女、養於宮中、回紇請以為可敦、冊為公主、回紇稱其君曰可汗、君之妻曰可敦、今上德宗名适、大行皇帝喪也、華州華州華陰郡、屬關內道、領縣四、治鄭、今陝西華縣、潼關在今陝西潼關縣、後漢建安中建、西薄華山、南臨商嶺、北距黃河、東接桃林、歷代皆為要地、朱泚之亂泚、幽州昌平人、本盧龍部將、殺節度使朱希彩、代領其衆、尋以弟滔留鎮、而自入朝、建中四年冬十月、涇原節度使姚令言過京師作亂、泚為太尉在長安、亂兵擧之為主、稱帝、國號大秦、圍德宗於奉天、渾瑊擊破泚、奉天圍解、興元元年六月、李晟復京師、泚亡走、為其將韓旻所殺、恒州恒州常山郡、屬河北道、元和時改曰鎮州、治眞定、即今直隸正定縣、朱滔建中三年夏、朱滔反、興元元年五月、王武俊大破之於貝州、貞元元年六月、滔死、范陽幽州范陽郡、屬河北道、治薊、今京兆大興縣、李懷光渤海靺鞨人、在軍積勞、至開府儀同三司、為都虞侯、後徙朔方節度使、敗朱泚、加副元帥、興元元年

約而盡一語爲一篇之主腦

其行如此

三月反、帝弃梁州、貞元元年八月、懷光爲部將所殺、梁州（梁州興元府漢中郡、屬山南西道、治南鄭、今陝西南鄭縣、）竇參（字時中、岐州平陸人、以奸聞、）逡巡（行不進貌、）汝州（汝州臨汝郡、屬河南道、治梁、今河南臨汝縣、）汴州（汴州陳留郡、屬河南道、治浚儀、今河南開封縣、）宣武軍節度（治汴州、管汴宋亳潁四州、）大歷（代宗年號、）劉玄佐李萬榮（均滑州匡城人、）俱文珍（貞元末宦官、從義父姓、曰劉貞亮、）鄧惟恭（亦匡城人、）鄭州（鄭州滎陽郡、屬河南道、治管城、今河南鄭縣、）逆（迎也、）圃田（澤名、在今河南中牟縣西、）中牟（唐屬鄭州、故城在今河南中牟縣東、）八角（在今開封縣西南三十里、）郛（郭也、）吳湊（濮州濮陽人、劉玄佐卒、以湊檢校兵部尚書汴州刺史御史大夫、宣武軍節度使、時汴州軍亂、縣令李邁、謀立玄佐子士寧、恐軍中拒命、乃召湊迴、）鞏（縣名、唐屬河南府、今屬河南河洛道、）陸長源（字泳之、吳人、）楊凝（字懋功、虢州弘農人、）楊於陵（字達夫、弘農人、）汴州亂（陸長源在汴州、欲以峻法繩驕兵、爲晉所持、不果行、而晉判官楊凝孟叔度、亦縱恣淫湎、衆情共怒、晉卒、長源繼留後事、大言曰、將士久慢、我且以法治之、軍中怨怒作亂、殺長源及叔度等、食其肉、放兵大掠、監軍俱文珍、以宋州刺史劉逸淮得衆心、召之、逸淮引兵徑入汴州、衆乃定、遂以爲節度使、）

韓退之圬者王承福傳○○

圬（音汙）之爲技賤且勞者也有業之其色若自得者聽其言約而盡問之王其姓承福其名世爲京兆長安農夫天寶之亂發人爲兵持弓矢十三年有官勳棄之來歸喪其土田手鏝（音漫）衣食餘三十年舍於市之主人而歸其屋食之當焉視時屋食之貴賤而上下其圬之傭以償之有餘則以與道路之廢疾餓者焉

自又曰至聖者不可能也皆述其實

一氣呵出文情極佳

又曰粟稼而生者也若布與帛必蠶績而後成者也其他所以養生之具皆待人力而後完也吾皆賴之然人不可徧爲宜乎各致其能以相生也故君者理我所以生者也而百官者承君之化者也任有大小惟其所能若器皿焉食焉而怠其事必有天殃故吾不敢一日捨鏝以嬉夫鏝易能可力焉又誠有功取其直雖勞無愧吾心安焉夫力易强而有功也心難强而有智也用力者使於人用心者使人亦其宜也吾特擇其易爲而無愧者取焉嘻吾操鏝以入富貴之家有年矣有一至者焉又往過之則爲墟矣有再至三至者焉而往過之則爲墟矣問之其鄰或曰噫刑戮也或曰身既死而其子孫不能有也或曰死而歸之官也吾以是觀之非所謂食焉怠其事而得天殃者邪非强心以智而不足不擇其才之稱否而冒之者邪非多行可愧知其不可而强爲之者邪將富貴難守薄功而厚饗之者邪抑豐悴有時一去一來而不可常者邪吾之心憫焉是故擇其力之可能者行焉樂富貴而悲貧賤我豈異於人哉又曰功大者其所以自奉也博妻與子皆養於我者也吾能薄而功小不有之可也又吾所

彼亦不屑致富耳如能致富獨肯譏楊斯盛稱美於今耶

熱心仕途喪心仕途者聽之

詮釋其名雜以趣語

謂勞力者若立吾家而力不足則心又勞也。一身而二任焉。雖聖者不可能也。愈始聞而惑之。又從而思之。蓋賢者也。蓋所謂獨善其身者也。然吾有譏焉。謂其自爲也過多。其爲人也過少。其學楊朱之道者邪。楊之道不肯拔我一毛而利天下。而夫人以有家爲勞心。不肯一動其心以畜其妻子。其肯勞其心以爲人乎哉。雖然。其賢於世之患不得之。而患失之。以濟其生之欲。貪邪而亡道以喪其身者。其亦遠矣。又其言有可以警余者。故余爲之傳而自鑒焉。

自用有餘則與道路廢疾者其與獨善其身者不可同日而語　濂識

圬（今之泥水匠、）京兆長安（今陝西長安縣、）天寶之亂（天寶十四年、安祿山反、陷洛陽、明年、陷長安、玄宗奔蜀、太子即位于靈武、）鏝（塗工之具、）

柳子厚種樹郭橐駝傳

郭橐駝。不知始何名。病僂（音樓）隆然伏行。有類橐駝者。故鄉人號之橐駝。駝聞之曰。甚善。名我固當。因捨其名。亦自謂橐駝云。其鄉曰豐樂鄉。在長安西。駝業種樹。凡長安豪富人爲觀游及賣果者。皆爭迎取養。視駝所種樹。或移徙。無不活。且

順天致性亦官理之要訣

借此發揮警醒在官

拍入正意

碩茂蚤實以蕃。他植者雖窺伺傚慕。莫能如也。有問之。對曰。橐駝非能使木壽且孳（音孜）也。能順木之天以致其性焉爾。凡植木之性。其本欲舒。其培欲平。其土欲故。其築欲密。既然已。勿動勿慮。去不復顧。其蒔（音侍）也若子。其置也若棄。則其天者全而其性得矣。故吾不害其長而已。非有能碩茂之也。不抑耗其實而已。非有能蚤而蕃之也。他植者則不然。根拳而土易。其培之也。若不過焉則不及焉。苟有能反是者。則又愛之太恩。憂之太勤。旦視而暮撫。已去而復顧。甚者爪其膚以驗其生枯。搖其本以觀其疏密。而木之性日以離矣。雖曰愛之。其實害之。雖曰憂之。其實讐之。故不我若也。吾又何能爲哉。問者曰。以子之道。移之官理可乎。駝曰。我知種樹而已。理非吾業也。然吾居鄉。見長人者好煩其令。若甚憐焉。而卒以禍。旦暮吏來而呼曰。官命促爾耕。勗（音蓄）爾植。督爾穫。蚤繅（音騷）而緒。蚤織而縷。字而幼孩。遂而雞豚。鳴鼓而聚之。擊木而召之。吾小人輟飧（音孫）饔（音雍）以勞吏者。且不得暇。又何以蕃吾生而安吾性耶。故病且怠。若是則與吾業者其亦有類乎。問者嘻曰。不亦善夫。吾問養樹。得養人術。傳其事以爲官戒也。

慕字俠字乃一篇之主腦

點睛奇突之至

應前俠字一人之盛衰已如此

養人之術通於養樹傳其事以為官戒乃作者之正意此文之有關係者（濡識）

橐駝（即駱駝也、背有肉高如橐、）僂（俯也、）孳（[說文]汲汲生也、）蒔（種也、）長人者（官也、）繅（抽繭為絲、）緒（絲端、）縷（綫也、）字（乳也、）

飧（暮食、）饔（朝食、）

蘇子瞻方山子傳○○○

方山子光黃間隱人也少時慕朱家郭解為人閭里之俠皆宗之稍壯折節讀書欲以此馳騁當世然終不遇晚乃遯於光黃間曰岐亭菴居蔬食不與世相聞棄車馬毀冠服徒步往來山中人莫識也見其所著（陟略切）帽方聳而高曰此豈古方山冠之遺像乎因謂之方山子余謫居於黃過岐亭適見焉曰嗚呼此吾故人陳慥季常也何為而在此方山子亦矍（九縛切）然問余所以至此者余告之故俛而不答仰而笑呼余宿其家環堵（音睹）蕭然而妻子奴婢皆有自得之意余既聳然異之獨念方山子少時飲酒好劍用財如糞土前十有九年余在岐山見方山子從兩騎挾二矢游西山鵲起於前使騎逐而射之不獲方山子怒馬獨出一發得之因與余馬上論用兵及古今成敗自謂一世豪士今幾日耳

含毫邈然

精悍之色猶見於眉間而豈山中之人哉然方山子世有勳閥(音伐)當得官使從事於其間今已顯聞而其家在洛陽園宅壯麗與公侯等河北有田歲得帛千匹亦足以富樂皆棄不取獨來窮山中此豈無得而然哉余聞光黃間多異人往往佯狂垢汚不可得而見方山子儻見之與

茅鹿門曰烟波生色○劉海峯曰鹿門烟波生色四字足盡此文之妙

光黃(二州名、光治今河南光山縣、黃治今湖北黃岡縣、)朱家郭解(並漢時大俠、朱家、魯人、解、河內軹人、)折節(謂改舊行也、[魏略]徐庶少好任俠擊劍、中平末、爲人報讎、得脫、折節學問、)岐亭(鎮名、在麻城縣西北、)方山(漢制似進賢冠、四時祀宗廟、樂人舞佾用之、唐宋時則爲隱士冠、)謫居句(神宗時、軾貶汝州團練副使、安置黃州、)陳慥季常(名慥、字季常、眉州青神人、太常少卿希亮子、)矍然(驚也、)堵(牆也、)岐山(四川岐山縣有岐山、)閥(人臣功有五品、明其等曰閥、積日曰閱、見[史記])

王介甫兵部員外郎知制誥謝公行狀○

公諱絳字希深其先陳郡陽夏人以試祕書省校書郎起家中進士甲科守太常寺奉禮郎七遷至尚書兵部員外郎以卒嘗知汝之潁陰縣校理祕書直集賢院通判常州河南府爲開封府三司度支判官與修眞宗史知制誥判吏部

敍其文章

敍其治績

敍其諫諍

總束一句

官歷內外而身後如此在古未為難得今則何如

流內銓。最後以諫知鄧州。遂葬於鄧。年四十六。其卒以寶元二年。公以文章貴朝廷。藏於家凡八十卷。其制誥世所謂常楊元白不足多也。而又有政事材。遇事尤劇。尤若簡而有餘。所至輒大興學舍。莊懿明肅太后起二陵於河南。不取一物於民而足。皆公力也。後河南聞公喪。有出涕者。諸生至今祠公像於學。鄧州有僧誘民男女數百人以昏夜聚為妖。積六七年不發。公至立殺其首。弛其餘不問。又欲破美陽堰。於扇切廢職田。復召信臣故渠。以水與民。而罷其歲役。以卒。故不就。於吏部所施置為後法。其在朝大事或諫。小事或以其職言。郭皇后失位。稱詩白華以諷。爭者貶。公又救之。嘗上書論四民失業。獻大寶箴。議武昭皇帝不宜配上帝。請罷內作諸奇巧。因災異推天所以譴告之意。言時政。又論方士不宜入宮。請追所賜詔。又以為詔令不宜偏出。數易。請由中書密院。然後下。其所嘗言甚衆。不可悉數。及知制誥。自以其近臣。上一有所不聞。其責今豫讀與我愈慷慨。欲以論諫為己事。故其葬也。廬陵歐陽公銘其墓。尤歎其不壽。用不極其材云。卒之日。歐陽公入哭。其堂椸音移無新衣。出視其家。庫無餘財。蓋食者數十人三從孤弟姝（姪同）皆在而治衣櫛纔二婢平居寬然貌不自持至其敢言自守矯然壯者也謝氏本姓任自受氏至漢魏無顯者而盛於晉宋之間至公再世有名爵於朝而四人皆以才稱於世先人與公皆祥符八年進士而公子景初等以歷官行事來曰願有述也將獻之太史謹撰次如右謹狀

七百餘字中官爵科第生卒循吏之政猷諫臣之風節身後之蕭條世系之顯晦一一揭出是能得簡字訣者（濂識）

陳郡陽夏（治今河南太康縣、宋時屬開封府、）潁陰（治今河南許昌縣、）眞宗（名恒、太宗子、）鄧州（治今河南南陽縣、）寶元（仁宗年號、）常楊元白（常袞、楊炎、元稹、白居易也、袞長於除書、炎善爲德音、元之制策、白之奏議、並極文章之美、見[舊唐書]）莊獻明肅太后（宋仁宗母、舊制、后皆二諡、稱制加四諡、自此始、）美陽堰（堰距鄧州百二十里、引湍水溉公田、水來逆而少利不及民、瀆堰築新土爲防、歲數壞、輒調民皆築、奸人蓄薪茭以時其急、往往盜決、絳按召信臣六門堰故迹、距城三里、壅水至鉗盧陂、溉田至三萬頃、請修復之、可罷州人歲役、以水與民、未就而卒、）召信臣（字翁卿、西漢九江壽春人、爲南陽太守、開通溝瀆、起水門提閼凡數十處、）郭皇后（宋仁宗后、明道二年、廢黜、封淨妃、玉京沖妙仙師、居長樂宮、尋詔出居瑤華宮、）白華（詩篇名、幽王取申女以爲后、又得褒姒而黜申后、周人作是詩、見[詩序]）武昭皇帝（名弘殷、太祖父、廟號宣祖、仁宗即位、絳遷太常博士、議宣祖非受命祖、不宜配享感生帝、請以眞宗配之、）豫（參與也、）褫（衣架、）再世（絳祖懿文、官杭州鹽官縣令、父濤、累官至太子賓客、）先人（安石父、名益、都官員外郎、）祥符眞宗年數。

評校音注古文辭類纂卷三十七終

少時已自不凡

聞公名淵字靜中

宋公名景字以賢

明太祖恨吳民爲張士誠守賦特加重

歸熙甫通議大夫都察院左副都御史李公行狀〇〇

公諱憲卿。字廉甫。世居蘇州崑山之羅巷村。以耕農爲業。通議始入居縣城。獨生公一子。令從博士學。山陰蕭御史鳴鳳奇其姿貌。曰、是子他日必貴。吾無事閱其卷矣。先輩吳中英有知人鑒。每稱之以爲瑚(音胡)璉(力展切)之器。公雅自修飭。好交名俊。視庸輩不屑也。舉應天鄉試。試禮部不第。丁通議憂。服闋再試中式。賜進士出身。明年。選南京吏部驗封司主事。歷遷郎中。吏在司者莫不懷其恩。居九年。冢宰鄞(音銀)聞公奉新宋公皆當世名卿。咸賞識之。陞江西布政司左參議。江右田土不相懸。而稅入多寡殊絕。如南昌新建二縣僅百里。多山湖。稅糧十六萬。廣信縣六。贛(音憾)州縣十。糧皆六萬。南安四縣糧二萬。三郡二十縣之糧不及兩縣。巡撫傅都御史議均之。公在糧儲道。爲法均派折衷。最爲簡易。蓋國初以次削平僭僞。田賦往往因其舊貫。論者以爲蘇州田不及淮安半。而吳賦

此蓋不滿於吳郡均田者因而發洩之

應變有才略

李尚書名默字時言

親行拊循亦實事求是之一

十倍淮陰。松江二縣糧與畿內八府百十七縣埒。（音劣）其不均如此。吳郡異時嘗均田而均止於一郡。且破壞兩稅。陰有增羨。民病之。不若江右之善而惜不及行也。陞山東按察司副使兵備臨清。先是虜薄京城。又數聲言從井陘（音形）口入掠臨清。臨清綰漕道。商賈所湊。人情恇（音匡）懼。公處之宴然。或為公地欲移任。公曰。詎至於此。境上屯兵數萬。調度有方。虜亦竟不至。師尚詔反河南。至五河兵敗散。獨與數騎走莘縣。擒獲之。在鎮三年。商民稱其簡靜。甌寧李尚書自吏部罷還。所過頗懈慢。公勞送禮有加。李公甚喜。歎曰。李君非世人情。吾因以是識其人。會召還。卽日薦陞湖廣布政司右參政。景王封在漢東未之國。詔命德安造王府。公董其役。又以承天修祾（音陵）恩殿。陞河南按察司按察使。受命四月。尋擢巡撫湖廣右僉都御史。奏水災乞蠲（古玄切）貸。親行鄂渚雲夢間拊循之。東南用兵禦日本。軍府檄至。調保靖、容美、桑植、麻寮、鎮溪大剌土兵三萬二千。所過牢廩無缺。公因奏土司各有分守。兵不可多調。且無益。徒糜糧廩。其後土兵還輒掠內地人口。公檄所至搜閱。悉送歸鄉里。顯陵大水。衝壞二紅門黃河便橋。

不知費民力幾許明
政不綱於此可見

瓌瑰二字通姑回切

而故邸龍飛慶雲宮殿多隳撓奏加修理建立元祐宮碑亭是時奉天殿災敕
命大臣開府江陵總督湖廣川貴採辦大木工部劉侍郎方受命以憂去上特
旨陞公左副都御史代其任先是天子稽古制建九廟而西苑穆清之居歲有
興造頗寫蜀荊之材公至則近水無復峻榦乃行巴庸僰（蒲北切）道轉荊岳至東
南川往來督責鉤之荒裔中於是萬山之木稍出然帝室紫宮舊制瓌瑰於永
樂金柱圍長終不能合公奏言臣督率郎中張國珍李佑副使張正和盧孝達
各該守巡參政游震得副使周鎬僉事于錦先後深入永順卯峒梭梭江參政
徐霈僉事崔都入容美副使黃宗器入施州金峒參政靳學顏入永甯迤東藺
州儒溪副使劉斯潔入黎州天全建昌董策入烏蒙參政繆文龍入播州眞州
酉陽僉事吳仲禮入永甯迤西落洪班鳩井鎭雄程嗣功入龍州參政張定入
銅仁省溪參議王重光入赤水猴峒僉事顧炳入思南潮底汪集入永甯順崖
而湖廣巡撫右僉都御史趙炳然巡按御史吳百朋各先後親歷荊岳辰常四
川巡撫右副都御史黃光昇歷敘馬重夔巡按御史郭民敬歷邛雅貴州巡撫

翀音蟲。又通作沖

可見採取之難

因勢利導。不失大臣之義

不拒絕於前。而第乞哀於後。其人亦兩方取巧者

右副都御史高翀。歷思石鎭黎。巡按御史朱賢。歷永甯赤水。臣自趨涪（音浮）州。六月上瀘敘。而巨材所生。必於深林窮壑。崇岡絕箐（音錆）。人跡不到之地。經數百年而後至合抱。又鮮不空灌。昔尚書宋禮。及近時尚書樊繼祖。侍郎潘鑑。採得逾尋丈者數株而已。今三省見採丈圍以上楠杉二千餘。丈四五以上亦一百一十七。視前亦已超絕矣。第所派長巨。非常故圍圓難合。臣奉命初。恐搜索未徧。今則深入窮搜。知不可得。而先年營建。亦必別有所處。伏望皇上敕下該部。計議量材取用。庶臣等專心採辦。而大工早集矣。上允其奏。命求其次者。其後木亦益出。自江淮至於京師。簰（音排）筏（音伐）相接。而天子猶以皇祖時殿災後十年始成。今未六七載。欲待得巨材。故建殿未有期。而西土騷興。漕下之木。多取以爲用。三省吏民暴露三年。無有休息。期大臣以爲言。天子亦自憐之。將作大匠又能規劃膠附。極般爾之巧。而見材度已足用。公懇乞興工。罷採以休荊蜀民。使者相望於道。詞旨甚哀。而工部大臣力任其事。天子從之。考卜興工有日矣。其後漕數。比先所下。多有奇羨。凡得木一萬一千二百八十九章。公上最推功於

因其難而見其功

三巡撫。下至小官。莫不錄其勞。今不載。獨載其所奏兩司涉歷採取之地。曰四川守巡督儒溪之木。播州之木。建昌天全之木。鎮雄烏蒙之木。龍州蘭州之木。湖廣督容美之木。施州之木。永順卯峒之木。靖州之木。及督行湖南購木於九嶷。荆南購木於陝西階州。武昌漢陽黃州購木於施州永順。貴州則於赤水猴峒思南潮底永甯順崖。其南出雲南金沙江。云大抵荆楚雖廣。山木少。採伐險遠。必俟雨水而出。而施州石坡亂灘。迂迴千里。貴陽窮險。山嶺深峭。由川辰大河。以達城陵磯(音機)。蜀山懸隔千里。排巖批谷。灘急漩險。經時歷月。始達會河。而吏民冒犯瘴毒。林木蒙籠。與虺蛇虎豹錯行。萬人邪(音耶)許(音虎)擢軋崩崒(慈卹切)。鳥獸哀鳴震天。吸(音屹)地蓋出入百蠻之中。窮南紀之地。其艱如此。故附著之。俾後有考焉。昔稱雍州南山檀柘。而天水隴西多材木。故叢臺阿房建章朝陽之作。皆因其所有。金源氏營汴新宮。採靑峯山巨木。猶以爲漢唐之所不能致。公乃獲之山童木遁之時。發天地之藏。助成國家億萬年之丕圖。其勤至矣。是歲冬。徵還內臺。明年考察天下官。已而病作。請告。病益侵。乞還鄉。天子許之。行至東

敍其內行

嚴公名嵩字惟中

平安山驛而薨。嘉靖四十一年四月乙亥也。年五十有七。公仕宦二十餘年。未嘗一日居家。山東獲賊。湖廣營建。東南平倭。（烏禾切）累有白金文綺之賜。而提督採運之擢。旨從中下。蓋上所自簡也。祖考妣皆受誥贈。母杜氏封太淑人。所之官必迎養。世以爲榮。公事太淑人孝謹。每巡行日遣人問安。還輒拜堂下。太淑人茹素。公跽以請者數。太淑人不得已。爲之進羞膳。平生未嘗言人過。其所敬愛與之甚親。至其所不屑。然亦無所假借。在江陵有所使吏遲至。公問其故。言方食市肆中。又無馬騎。故事臺所使吏廩食與馬。爲荆州奪之。公曰。彼少年欲立名耳。竟不復問。周太僕還自滇南。公不出候。蓋不知也。周公鄉里前輩。以禮相責誚。公置酒仲宣樓。深自遜謝而已。爲人美姿容。自少衣服鮮好。及貴益稱其志。至京師。大學士嚴公迎謂之曰。公不獨才望逾人。丰采亦足羽儀朝廷矣。所居官廉潔不苛。採辦銀無慮數百萬。先時堆積堂中。公絕不使入臺門。第貯荆州府。募召商胡。賞購過當。人皆懷之。故總督三年。地窮邊裔。而民虜不驚。以是爲難。是歲奉天殿文武樓告成。上製名曰皇極殿。門曰皇極門。而西宮亦不

賞不及功

日而就天子方加恩臣下敘任事者之勞而公不逮矣娶顧氏封淑人子男五延植國子生延節延芳延英延實縣學生女四適孟紹顏管夢周王世訓其一尚幼孫男七世彥官生世良世顯世達餘未名孫女六余與公少相知諸子來請撰述因就其家得所遺文字參以所見聞稍加論次上之史館謹狀

姚氏曰所序事繁重而氣能包舉亦集中傑構但首尾瑣細語尚宜翦裁

通議（憲卿父、名玉、卒贈通議大夫都察院左副都御史、）蕭鳴鳳（字子雝、王守仁弟子、督南畿學政、廉正無私、）瑚璉（宗廟盛黍稷器、夏曰瑚、殷曰璉、）應天（府名、治今江蘇江寧縣、）新建（縣名、明屬南昌府、今屬豫章道、）廣信縣六（上饒、玉山、弋陽、貴溪、鉛山、興安、按興安、今改橫峯、並屬豫章道、）贛州縣十（贛、雩都、信豐、興國、會昌、安遠、寧都、瑞金、龍南、石城、今屬贛南道、）南安四縣（大庾、南康、上猶、崇義、今屬贛南道、）松江二縣（華亭、上海、今華亭改松江、並屬滬海道、）兩稅（春秋兩稅、）臨淸（明爲州、今改縣、屬東臨道、）虜薄句（嘉靖二十九年秋八月、諳達犯京師、）井陘口（即土門關、在直隸井陘縣井陘山上、）恇（怯也、）師尚詔（柘城盜、叛攻歸德城、旋討平之、）五河（縣名、明屬鳳陽府、今屬淮泗道、）莘縣（明屬東昌府、今屬東臨道、）甌寧（今縣、明爲福建建寧府治、）景王（明世宗第四子、恭王載圳也、嘉靖十八年封藩德安、）德安（明爲府、治今湖北安陸縣、）承天（湖廣府名、治今湖北鍾祥縣、）鄂渚（在今湖北武昌縣西江中、）雲夢（澤名、今澴、在今湖北安陸縣南、）保靖（明爲軍、今湖南保靖縣、）容美（今湖北鶴峯縣、明設宜撫使、）桑植（今湖南桑植縣、）麻寮（麻寮關、在今湖南臨澧縣西北、明初有城、）鎭溪（在今湖南乾縣東北、水陸要隘、）大剌獻名、近保靖縣、顯陵世宗父興獻王陵、奉天殿災在嘉靖三十六年夏、江陵明荊州府治、今屬荊南道、巴今四川巴中縣、庸今湖北竹山縣東南、僰道今四川宜賓縣、永樂明成祖年號、永順明永順軍民宣慰司、治今湖南永順縣、施州金峒施州、治今湖北恩施縣、明為衛、有金峒安撫司、永寗明為衛、設宣撫司、治今四川敘永縣、藺州或古藺州之誤、在敘永東九十里、黎州明黎州長官司、治今四川清溪縣、天全今四川天全縣、建昌明設衛在今西昌縣、烏蒙明烏蒙軍民府、治今雲南昭通縣、播州眞州今貴州遵義正安兩縣、酉陽明設宣慰司、治今四川酉陽縣、鎭雄今雲南縣、明置軍民府、屬四川、龍州明龍州宣撫司、治今四川平武縣、銅仁省溪明銅仁府省溪長官司、在今貴州銅仁縣西、赤水明赤水衛、在今貴州畢節縣北、思南明為府、治今貴州思南縣、荊岳辰常荊州、岳州、辰州、常德四府、敘馬重夔敘州、馬湖、重慶、夔州、四府、按馬湖即金沙江、明時置府於此、在今四川屏山縣、邛雅邛州雅州、治今四川邛崍雅安二縣、思石鎭黎四州名、涪州明屬四川重慶府、今改涪陵縣、瀘敘瀘州及敘州府、篛竹細竹、簰筏編排竹木行於水上、將作大匠官名、秦置將作、漢曰將作大匠、掌營造宮室、般爾公輸般、王爾、古巧人、九嶷山在湖南寧遠縣、階州治今甘肅武都縣、貴州句此永寧、當為今貴州關嶺縣、金沙江源出青海巴顏哈喇山、由四川西徼之巴塘、南流入雲南西北邊、經麗江縣北、曰麗江、俗呼金沙江、城陵磯在湖北監利縣東南、邪許衆人共力之聲、見「淮南子」、吸勁貌、叢臺在河南商水縣北、楚靈王作、建章漢武帝宮、金源氏金源水發源於上京路、為金之舊土、見「金史地理志」按金源水、即今吉林之阿什河、周太僕名廣、字充之、仲宣樓湖北當陽縣之城樓、魏王粲曾登此樓以作賦、粲字仲宣、

歸熙甫歸氏二孝子傳〇〇〇

異心脊所以作也

彼固知有父母耳恩怨所不計也此非左氏所謂純孝耶

歸氏二孝子。余既列之家乘矣。以其行之卓而身微賤。獨其宗親鄰里知之。於是思以廣其傳焉。孝子諱鉞（音月）字汝威。早喪母。父更娶後妻。生子。孝子由是失愛。父提孝子。輒索大杖與之。曰。毋徒手傷乃力也。家貧食不足以贍（時豔切）。炊將熟。即諓（音踐）諓罪過孝子。父大怒逐之。於是母子得以飽食。孝子數困匍（音蒲）匐（音伏）道中。比歸。父母相與言曰。有子不居家。在外作賊耳。又復杖之。屢瀕（音賓）於死。方孝子依依戶外。欲入不敢。俯首竊淚下。鄰里莫不憐也。父卒。母獨與其子居。孝子擯不見。因販鹽市中。時私其弟。問母飲食。致甘鮮焉。正德庚午大饑。母不能自活。孝子往涕泣奉迎。母內自慚。終感孝子誠懇。從之。孝子得食。先母弟而已有饑色。弟尋死。終身怡然。孝子少饑餓。面黃而體瘠小。族人呼為菜大人。嘉靖壬辰。孝子鉞無疾而卒。孝子既老且死。終不言其後母事也。繡字華伯。孝子之族子。亦販鹽以養母。已又坐市舍中賣麻。與弟紋緯（音胃）友愛無間。緯以事坐繫。華伯力為營救。緯又不自檢。犯者數四。華伯所轉賣者計。常終歲無他故。才給蔬食。一經吏卒過門。輒耗。終始無慍容。華伯妻朱氏。每製衣。必三襲。令兄弟均

雖得有此賢婦衆人固不識也

一面而贈數百卷書其人之不俗不吝可知

平曰二叔無室豈可使君獨被完潔耶叔某亡妻有遺子撫愛之如己出然華伯人見之以爲市人也

贊曰二孝子出沒市販之間生平不識詩書而能以純懿之行自飭於無人之地遭罹屯變無恆產以自潤而不困折斯亦難矣華伯夫婦如鼓瑟汝威卒變頑嚚（音銀）考其終皆有以自達由是言之士之獨行而憂寡和者視此可愧也

市販之流而有此孝友之行此種文字救正人心不少　濡識

諓諓（巧譏貌、）匍匐（伏行也、）正德（明武宗年號、）鼓瑟（喻同心也、）頑嚚（舜父頑、母嚚、舜卒有以感化之、嚚、愚也、）

歸熙甫筠溪翁傳〇〇

余居安亭一日有來告云北五六里溪上草舍三四楹有筠（音勻）溪翁居其間日吟哦數童子侍側足未嘗出戶外余往省之見翁頎（音祈）然皙白延余坐瀹（音藥）茗以進舉架上書悉以相贈殆數百卷余謝而還久之遂不相聞然余逢人輒問筠溪翁所在有見之者皆云翁無恙每展所與書未嘗不思翁也今年春張西卿從江上來言翁居南澥（音蟹）浦年已七十神氣益清編摩殆不去手侍婢生子

別有感慨文情之微妙在此

一結寓太平

方呱(音孤)呱西卿狀翁貌如余十年前所見加少亦異矣哉噫余見翁時歲暮天風憭(音聊)慄(音栗)野草枯黃日將晡(音逋)余循去徑還家嫗(依句切)兒子以遠客至具酒見余挾書還則皆喜一二年妻兒皆亡而翁與余別每勞人間死生余雖不見翁而獨念翁常在宇宙間視吾家之溘(克盍切)然而逝者翁殆如千歲人昔東坡先生為方山子傳其事多奇余以為古之得道者常遊行人間不必有異而人自不之見若筠溪翁固在吳淞烟水間豈方山子之謂哉或曰筠溪翁非神仙家者流抑巖處之高士與

姚氏曰傳筠溪翁而意思所屬又不在翁故為微妙

安亭(鎮名、在江蘇崑山縣東南)頎然(長大貌、)瀹茗(煎茶也、)憭慄(寒意、[朱熹詩]憭慄起寒襟)溘(奄忽也、)吳淞(江名、太湖之支流、自湖東北流、經吳江吳縣、崑山、青浦、松江、上海、嘉定、合黃浦江入海、)

歸熙甫陶節婦傳(姚氏云、熙甫與人書云、班孟堅云、太史公質而不俚、人亦易曉、柳子厚稱馬遷之峻、峻字不易知、近作陶節婦傳、懋儉甚聰明、可并觀之、又云、昨為陶節婦傳、李習之自謂不在班孟堅伯喈下也、得求郡中善書者入石、可摹百本、送連城、使海內知有此奇節、亦知有此文也、又云、近於舟中作得陶節婦傳、風雪中讀之、一似嚼冰雪也、)

○○○

十字想見縊死之苦心

此悲泣乃感陶氏門戶小叔小嬸之不克主持耳非自悲其死也

實寫死時情形令人酸鼻

陶節婦方氏。崑山人陶子舸古我切之妻。歸陶氏期年。而子舸死。婦悲哀欲自經。或責以姑在。因俛同俯默久之。遂不復言死。而事姑日謹。姑亦寡居。同處一室。夜則同衾而寢。姑婦相憐甚。然欲死。其夫不能一日忘也。爲子舸卜葬地。名清水灣。術者言其不利。婦曰。清水名美。何爲不可以葬。時夫弟之西山買石。議獨爲子舸穴。婦卽自買磚穴其旁。已而姑病痢六十餘日。晝夜不去側。時尙秋暑。穢不可聞。常取中裙厠牏音豆自浣濯之。家人有顧而吐。婦曰。果臭耶。吾日在側。誠不自覺。然聞病人溺臭可得生。因自喜。及姑病日殆。度不可起。先悲哭不食者五日。姑死。含殮畢。先是子舸兄弟三人。仲弟子舫音訪亦前死。尙有少弟。於是諸婦在喪次。子舫妻言姑亡後。不知所以爲身計。婦曰。吾與若易處耳。獨小嬸共叔主祭。持陶氏門戶。歲月遙遙。不可知。此可念也。因相向悲泣。頃之入室。屑金和水服之。不死。欲投井。井口隘不能下。夜二鼓。呼小婢隨行。至舍西。紿音殆婢還。自投水。水淺。乍沈乍浮。月明中婢從草間望見之。旣死。家人得其屍。以面沒水。色如生。兩手持茭根。固甚不可解也。婦年十八嫁子舸。十九喪夫。事姑九年。而

村以三烈婦而傳
家有烈婦亦是人瑞

與其姑同日死。卒葬之清水灣。在縣南千墩(音敎)浦上。

贊曰。婦以從夫爲義。假令節婦遂從子舸死。而世猶將賢之。獨濡(音儒)忍以俟其毋之終。其誠孝槪之於古人何愧哉。初婦父玉岡爲蘄(音其)水令。將之官。時子舸已病。卜嫁之大吉。遂歸焉。人特以婦爲不幸。卒其所成。爲門戶之光。豈非所謂吉祥者耶。

死夫之心。歷九年而不變。此亦女中之蘇武也(濡識)

西山(在太湖中、即包山) 中裙廁牏([漢書萬石君傳]取親中裙廁牏、身自澣洒、[師古注]中裙、若今言中衣也、廁牏、近身小衫) 千墩浦(在崑山縣東南三十六里、松江自吳門東下、至此南北凡有千墩、故名、) 蘄水(縣名、今隸湖北江漢道、)

歸熙甫王烈婦傳○○

王烈婦陸氏。其夫王士。家崑山之西岔瀆村。崑故有薛烈婦彭節婦嘗居其地。舍旁。今有薛家焉。百六十年間。三烈婦相望也。自烈婦入王士門。其墓園枯竹更青。三年。三生芝。皆雙莖。比四年。芝已不生。而烈婦死。世謂芝爲瑞草。芝之應恆於貴富壽考康寧。而於烈婦以死。是可以觀天道也已。時王士病且死。自憐

如聞其聲不忍卒讀

想是漆工所述

收句愈見烈婦之烈

士窮見節義出諸巾幗尤難

貧無子難爲其婦計烈婦指心以誓土目瞑爲絕水漿家人作糜强進之烈婦不得已一舉輒顰蹙曰視吾如此能食否俯視地喀（音客）嗑吐出每涕泣呼天欲與俱去家人頗目屬私語然謂新死悲甚不深疑更八日其舅他出家無人諸婦女在竈下烈婦焚楮作禮俯首竊淚下闇然向夫語見漆工塗棺曰善爲之徐步入房聞闔戶聲縊死矣麻葛重襲面土尸也

歸子曰王土之祖父舊爲吾家比鄰世通游好予髫（音迢）年從師土亦來長與案等耳不謂其後乃有賢婦異哉一女子感慨自決精通於鬼神其舅云新婦故淑婉仁孝人也嗟乎是固然無疑然余不暇論論其大者

無一非眞實語惜芝草等句尙嫌附會（濂識）

莖（草之榦也）康寧（無病也、洪範五福之三、）糜（粥也、）顰蹙（眉蹙也、亦作顰噈、）喀喀（嘔吐聲・）

歸熙甫韋節婦傳○

韋節婦九江德化人姓許氏爲同縣韋起妻節婦歸韋氏八年夫死生子甫八月父母憐之意欲令改適然見其悲哀終不敢言也夫亡後有所遺貲復失之

著此數句即寫其艱難百倍處

應前悲哀二字

地靈人傑說來不著迹象故妙

貧甚幾無以自存。而節操愈厲。尤善哭其夫。哭必極哀。蓋二十餘年。其哭如初喪之日。以故年四十而衰。髮盡白。口中無齒。如七十餘歲人。初所生八月兒多病。死者數矣。節婦謂其姑曰。兒病如此。奈何。吾所以不死。乃以此兒。今如是。悔不從死。因仰天呼曰。天乎。不能爲韋氏延此一息乎。兒不食。卽節婦亦不食。歲歲如是。至六七歲。猶病。後乃得無恙。既長。教之學。名曰必榮。已而爲郡學弟子員。始有廩米之養。自未入郡學。無廩米之養。非紡績不給食也。議者以爲節婦之所處。視他婦人守節者。艱難蓋百倍之。至於終身而毀。其誠蓋出於天性。尤所難者。節婦既沒。必榮以貢廷試。選爲蘇州嘉定學官。

贊曰。予嘗從韋先生遊。問洞庭彭蠡江水所匯處。及廬山白鹿洞。想見昔賢之遺迹。而後乃聞韋夫人之節。然先生恂(音荀)恂儒者。其夫人之教耶。

殉夫易守節難文似平淡而下語頗極斟酌而出之 濡識

九江德化(德化縣、舊屬江西九江府、今改九江縣、屬江西潯陽道、) 廩米(明制、生員補廩後、有廩米可領、) 洞庭彭蠡(洞庭湖、在湖南境、彭蠡湖、在江西境、一名鄱陽、) 廬山白鹿洞(廬山、在江西九江縣南、星子縣西北、其五老峰下、有白鹿洞、唐李渤與兄涉讀書廬山、常畜一白鹿、因以名洞、)

摹寫幼稚心事情確而聲悲

鼻以上兩句能達難達之事

敘勤儉處不作門面虛浮語

歸熙甫先妣事略

先妣周孺人。弘治元年二月十一日生。年十六來歸。踰年生女淑靜。淑靜者大姊也。期而生有光。又期而生女子。殤一人。期而不育者一人。又踰年生有尙。妊(音壬)十二月。踰年生淑順。一歲又生有功。有功之生也。孺人比乳他子加健。然數顰蹙(讀如朔)顧諸婢曰。吾爲多子苦。老嫗以杯水盛(讀如成)二螺進曰。飲此後妊不數矣。孺人舉之盡。喑(音陰)不能言。正德八年五月二十三日孺人卒。諸兒見家人泣。則隨之泣。然猶以爲母寢也。傷哉。於是家人延畫工畫。出二子。命之曰。鼻以上畫有光。鼻以下畫大姊。以二子肖母也。孺人諱桂。外曾祖諱明。外祖諱行。太學生。母何氏。世居吳家橋。去縣城東南三十里。由千墩浦而南。直橋並小港以東。居人環聚。盡周氏也。外祖與其三兄皆以貲雄。敦尙簡實。與人姁姁(音劬)說村中語。見子弟甥姪無不愛。孺人之吳家橋則治木綿。入城則緝纑(音盧)。燈火熒熒。每至夜分。外祖不二日使人問遺。孺人不憂米鹽。乃勞苦若不謀夕。冬月爐火炭屑。使婢子爲團。纍纍暴階下。室靡棄物。家無閒人。兒女大者攀衣。小者乳抱。

想見童時戀母情景

我亦無母之人那得不痛

述其父之死節與其身世遭遇

手中紉（音人）綴不輟。戶內灑然。遇僮僕有恩。雖至箠（追上聲）楚。皆不忍有後言。吳家橋歲致魚蟹餅餌。率人人得食。家中人聞吳家橋人至。皆喜。有光七歲。與從兄有嘉入學。每陰風細雨。從兄輒留。有光意戀戀不得留也。孺人中夜覺寢。促有光暗誦孝經。卽熟讀無一字齟（在呂切）齬（音語）。乃喜。孺人卒。母何孺人亦卒。周氏家有羊狗之痾（音阿）。舅母卒。四姨歸顧氏。又卒。死三十人而定。惟外祖與二舅存。孺人死十一年。大姊歸王三接。孺人所許聘者也。十二年。有光補學官弟子。十六年而有婦。孺人所聘者也。期而抱女。撫愛之。益念孺人。中夜與其婦泣。追惟一二。彷彿如昨。餘則茫然矣。世乃有無母之人。天乎痛哉。

大姚曰此篇文便直接韓歐以形貌不似而相同在骨法也

弘治（孝宗年號、）暗（不能言也、）姁姁（和好貌、）緝纑（麻既漚之後、績之爲縷、曰緝、纑、縷也、）羊狗之痾（當是時疫、羊狗多死也[漢書五行志]羊禍、鼻痾、[又]時則有犬禍、）

方靈皋白雲先生傳○

張怡字瑤星。初名鹿徵。上元人也。父可大。明季總兵登萊。會毛文龍將卒反。誘

中間敍遺民流品不一惟先生則不愧遺民

藹然孝子之旨

此段雖多支節不失實事

執巡撫孫元化可大死之事聞怡以諸生授錦衣衛千戶甲申流賊陷京師遇賊將不屈械繫將肆掠其黨或義而逸之久之始歸故里其妻已前死獨身寄攝山僧舍不入城市鄉人稱白雲先生當是時三楚吳越耆舊多立名義以文術相高惟吳中徐昭法宣城沈眉生躬畊窮鄉雖賢士大夫不得一見其面然尙有楮墨流傳人間先生則躬樵汲口不言詩書學士詞人無所求取四方冠蓋往來日至茲山而不知山中有是人也先君子與余處士公佩歲時問起居入其室架上書數十百卷皆所著經說及論述史事請貳之弗許曰吾以盡吾年耳已市二甕下棺則幷藏焉卒年八十有八平生親故夙市良材爲具棺槨疾將亟聞而泣曰昔先將軍致命危城無親屬視含殮雖改葬親身之椑（音闢）弗能易也吾忍乎顧視從孫某趣（音促）易棺定附身衾衣乃卒時先君子適歸皖桐反則已渴葬矣或曰書已入壙或曰經說有貳尙存其家乾隆三年詔修三禮求遺書其從孫某以書詣郡太守命學官集諸生繕寫久之未就先生之書余心嚮之而懼其無傳也久矣幸其家人自出之而終不得一寓目焉故幷著於

從其子說入取徑不平

兩段敘事頗覺簡要

篇。俾鄉之後進。有所感發。守藏而傳布之。毋使遂沈沒也。

如此纔是遺民本色。今之自命遺民者。寄跡海上。怡情聲色。互相標榜。又出三楚吳越者舊下矣　濡識

上元（今江蘇江寧縣、）可大（字觀甫、世襲南京羽林衛指揮、總兵登萊城陷、殺其妻陳氏、自縊於署、）毛文龍句（先是賞崇煥計殺總兵官毛文龍于雙島、登州遊擊孔有德等、皆文龍舊部、崇禎四年、大凌圍急、登萊巡撫孫元化、遣有德等赴援、抵吳橋、遂反、元化、字初陽、嘉定人、）流賊（李自成輩、）攝山（即棲霞山、在江寧縣東北、）徐昭法（名枋、長洲人、崇禎舉人、痛父汧殉難、隱居靈巖山、閉戶著書、不入城市、巡撫湯斌、屏騶從兩訪之、終不得見、隱居四十餘年卒、）沈眉生（名壽民、宜城人、崇禎中、行保舉法、巡撫張國維以壽民應詔、至即疏劾兵部尚書楊嗣昌奪情、及總督尚書熊文燦主撫之罪、未幾、移疾去、隱居講學以終、）貳之（抄副本也、）椑（棺也、）渴葬（不及時月而葬、）三禮（儀禮、周禮、禮記、）

方靈皋二貞婦傳◯

康熙乙亥。余客涿（音斲）州。館於滕氏。見僮某獨自異於羣奴。怪之。主人曰。其母方氏歙（音攝）人也。美姿容。自入吾家。即涕泣請於主婦曰。某良家子。不幸夫無藉。凡役之賤且勞者。不敢避也。但使與男子雜居同役。則不能一日以生。會孺子疾。使存視。兼旬睫（音接）不交。所養孺子凡六人。忠勤如始。至自其夫自鬻（音育）。即誓不

一可對其死夫一不負其生夫而方氏為尤難

是亦有感而言

與同寢處而夫死疏食終其身家人重其義故於其子亦禮貌焉戊戌秋天津朱乾御言里中節婦任氏年十七歸符鍾奇踰歲而鍾奇死姑楊氏故孀（音霜）也閱六月又死時任氏僅遺腹一女子而鍾奇弟妹四人皆孩提任氏保抱攜持為之母為之師又以其間修業而息之凡二十年各授室有家而節婦死族姻皆曰亡者而有知也楊氏可無懟（音墜）於其死鍾奇可無憾於其親矣夫嫠之苦身以勤家多為其子也自有任氏而承夫之義始備焉婦人委身於夫而方氏非生絕其夫不能守其身以芘（同庇）其子是皆遭事之變而曲得其時義雖聖賢處此其道亦無以加焉者也凡士之安常履順而自檢其身與所以施於家者其事未若二婦人之囏（同艱）難也而乃苟於自恕非所謂失其本心者歟

處變而能不失其經艱難若此二貞婦為之若優有餘裕者愧煞士大夫之苟於自恕者矣　濡識

涿州（今京兆涿縣）、歙（今安徽歙縣）、睫（目旁毛也）、懟（怨也）、嫠（寡婦也）、

劉才甫樵髯傳○

一篇之主

勝固欣然敗亦可喜
是能深得弈意者

此事似不近人情

一收有題外遺致

此翁倘有名之見存
畢竟不能算高

樵髯（丹冉平聲）翁。姓程氏。名駿。世居桐城縣之西鄙。性疏放。無文飾。而多髭（音資）鬚。因自號曰樵髯云。少讀書。聰穎拔出凡輩。於藝術匠巧嬉遊之事。靡不涉獵。然皆不肯窮竟其學。曰吾以自娛而已。尤嗜弈棋。常與里人弈。翁不任苦思。里人或注局凝神。翁輒顰蹙曰。我等豈真知弈者。聊用爲戲耳。乃復效小兒輩強爲解事。時時爲人治病。亦不用以爲意。諸富家嘗與往來者。病作欲得翁診視。使僮奴候之。翁方據棋局曉（許么切）曉然。竟不往也。翁季父官建寧。翁隨至建寧官廨（音解）。得以恣情山水。其言武夷九曲。幽絕可愛。令人遺棄世事。欲往遊焉。

劉子曰。余寓居張氏勺（音酌）園中。翁亦以醫至。余久與翁處。識其性情。翁見余爲文。亟求余書其名氏。以傳於無窮。余悲之而作樵髯傳。

姚氏曰。寫出村野之態。如在目前。而文之高情遠韻。自見於筆墨蹊徑之外。

桐城縣（今屬安徽安慶道）、髭鬚（口上曰髭、口下曰鬚）、涉獵（不專精也）、曉曉（爭辨貌）、建寧（舊福建省府名、治今建甌縣）、武夷句（武夷山在建甌縣境、綿亘百二十里、有三十六峯、三十七岩、溪流縈繞、分爲九曲、道書以爲第十六洞、名昇真化元之天）、

劉才甫胡孝子傳○

識詩書者不知爲此

足一筆益見其誠

惟孝而後能藝

所敍皆實事

末句春秋之筆

愧殺士大夫

孝子胡其愛者。桐城人也。生不識詩書。時時爲人力傭。而以其傭之直奉母。母中歲遘罷癃(音隆)之疾。長臥牀褥。而孝子常左右之無違。自臥起以至飲食溲(音搜)便。皆孝子躬自扶抱。一身而百役。靡不爲也。孝子家無升斗之儲。每晨起爲母盥(音貫)沐烹飪進朝饌。乃敢出傭。其傭地稍遠不及炊。則出勺米付鄰媼。而叩首以祈其代爨(音竄)。媼辭。叩則行數里外。遙致其拜焉。至夜必歸。歸則取母中裙穢汚自浣滌之。孝子衣履皆敝垢。而時致鮮肥供母。其在與傭者之家。遇肉食。即不食而請歸以遺其母。同列見其然而分以餉之。輒不受。平生無所取於人。有與之者必報。母又喜出觀遊。村鄰有伶優之劇。孝子每負母以趨。爲藉草安坐。候至夜分人散。乃復負而還。時其和霽。母欲往宗親里黨之家。亦如之。孝子以生業之微。遂不娶。惟單獨一人。竭力以養。終其身。母陳氏以雍正八年病。至乾隆二十七年。乃以天年終。蓋前後三十餘年。而孝子奉之如一日也。母既沒。負土成墳。即墳傍掛片席而居。悽傷成疾。逾年。癸未。孝子胡其愛卒。

贊曰。今之士大夫遊宦數千里外。父母沒於家而不知其時日。豈意鄉里傭雇

語無溢美

從大母口中說出大家之扶持教養倍見眞切

（音頤）之間。懷篤行深愛之德。有不忍一夕離其親宿於外。如胡君者哉。胡君字汝彩。父曰志賢。又同里有潘元生者。入自外而其家方火。其母閉在火中。元生奮身入火。取其母以出。頭面皆灼爛。此亦人之至情。無足異。然愚夫或怯懦不進則抱終身之痛無及矣。勇如元生。蓋亦有足多者。余故爲附著之。

姚氏曰摹寫極眞質而不俚直逼史記

罷癃（體廢不能動作也）劇（劇戲）

劉才甫章大家行略○○

先大父側室姓章氏。明崇禎丙子十一月二十七日生。年十八來歸。踰年生女子一人。不育。又十餘年而大父卒。先大母錢氏。大母早歲無子。大父因娶章大家。（同姑）三年。大母生吾父。而章大家卒無出。大家生寒族。年少。又無出。及大父卒。家人趣（同促）之使行。大家則慷慨號慟不食。時吾父纔八歲。童然在側。大家挽吾父跪大母前泣曰。妾即去。如此小弱何。大母曰。若能志夫子之志。亦吾所荷（去聲）也。於是與大母同處四十餘年。年八十一而卒。大家事大母盡禮。大母亦善遇如見其狀。如聞其聲。

通體附會得妙

之。終身無間言。檵（音魁）幼時猶及事大母。值清夜。大母倚簾帷坐。檵侍在側。大母念往事。忽淚落。檵見大母垂淚。問何故。大母歎曰。予不幸。汝祖中道棄予。汝祖沒時。汝父纔八歲。回首見章大家在室。因指謂檵曰。汝父幼孤。以養以誨。俾至成人。以得有今日。章大家之力爲多。汝年及長。則必無忘章大家。檵時雖稚昧。見言之哀。亦知從旁泣。大家自太父卒。遂喪明。目雖無見。而操作不輟。檵七歲從塾師在外庭讀書。每隆冬陰風積雪。或夜分始歸。僮奴皆睡去。獨大家煨（烏灰切）爐火以待。聞叩門。即應聲策杖扶壁行。啟門。且執手問曰。若書熟否。先生曾朴責否。即應以書熟。未曾朴責。乃喜。大家垂白。吾家益貧。衣食不足以養。而大家之晚節更苦。嗚呼。其可痛也夫。

姚氏曰。眞氣淋漓。史記之文。又曰。其才似高於望溪。而敘處較望溪有俗氣。

荷（猶感也、）喪明（目無所見、）垂白（髮將白也、）

韓退之毛穎傳 附 ○○○

毛穎。中山人也。其先明眎（同視）佐禹治東方土。養萬物有功。因封於卯地。死爲十

繇詞極似左氏

穎爲人強記　張廉卿云此節奇縱眞可謂才情橫溢矣要其部勒精嚴無一字散漫也

二神。嘗曰。吾子孫神明之後。不可與物同。當吐而生。已而果然。明眡八世孫𩣡。奴侯切世傳當殷時居中山。得神仙之術。能匿光使物。竊姮音恒娥。騎蟾蜍音除入月。其後代遂隱不仕云。居東郭者曰㕙音俊。狡而善走。與韓盧爭能。盧不及。盧怒。與宋鵲謀而殺之。醢音海其家。秦始皇時。蒙將軍恬南伐楚。次中山。將大獵以懼楚。召左右庶長與軍尉。以連山筮之。得天與人文之兆。筮者賀曰。今日之獲。不角不牙。衣褐之徒。缺口而長鬚。八竅而趺音膚居。獨取其髦。簡牘是資。天下其同書。秦其遂兼諸侯乎。遂獵。圍毛氏之族。拔其豪。載穎而歸。獻俘音孚於章臺宮。聚其族而加束縛焉。秦皇帝使恬賜之湯沐。而封諸管城。號曰管城子。日見親寵任事。穎爲人強記而便敏。自結繩之代以及秦事。無不纂錄。陰陽卜筮占相醫方族氏山經地志字書圖畫九流百家天人之書。及至浮圖老子外國之說。皆所詳悉。又通於當代之務。官府簿書市井貨錢注記。惟上所使。自秦皇帝及太子扶蘇胡亥丞相斯中車府令高。下及國人。無不愛重。又善隨人意。正直邪曲巧拙。一隨其人。雖見廢棄。終默不洩。惟不喜武士。然見請亦時往。累拜中書令。與

游筆成趣

諧中有謔

一敘逼眞史公

上益狎上嘗呼爲中書君上親決事以衡石自程雖宮人不得立左右獨穎與執燭者常侍上休乃罷穎與絳人陳玄弘農陶泓及會稽褚先生友善相推致其出處必偕上召穎三人者不待詔輒俱往上未嘗怪焉後因進見上將有任使拂拭之因免冠謝上見其髮禿（他谷切）又所摹畫不能稱上意上嘻笑曰中書君老而禿不任吾用吾嘗謂君中書君今不中書邪對曰臣所謂盡心者因不復召歸封邑終於管城其子孫甚多散處中國夷狄皆冒管城惟居中山者能繼父祖業

太史公曰毛氏有兩族其一姬姓文王之子封於毛所謂魯衛毛聃（他甘切）者也戰國時有毛公毛遂獨中山之族不知其本所出子孫最爲蕃昌春秋之成見絕於孔子而非其罪及蒙將軍拔中山之豪始皇封諸管城世遂有名而姬姓之毛無聞穎始以俘見卒見任使秦之滅諸侯穎與有功賞不酬勞以老見疏秦眞少恩哉

柳子厚曰來南者時言韓愈爲毛穎傳不能舉其詞獨大笑以爲怪吾索而

讀之若捕龍蛇搏虎豹急與之角而力不敢暇信韓子之怪於文也世之模擬竄竊取青媲白肥皮厚肉柔筋脆骨而以爲詞者之讀之也其大笑固宜○曾滌生曰東坡詩云退之仙人也遊戲於斯文凡韓文無不狡獪變化具大神通此尤作劇耳○張廉卿曰遊戲之文借以抒其胸中之奇洸洋自恣而部勒一絲不亂後人無從追步

中山 [在今安徽宣城縣、唐爲宣州治、產名筆、見［戒庵漫筆］] 明眎 [［禮曲禮］兎曰明眎、] 治東方 [堪輿家二十四方位、東方甲卯、] 卯地 [星命家十二支、卯屬兎、] 死爲十二神 [地支十二、卯居第四、] 吐而生 [［王充論衡］兎舐毫而孕、及其生子、從口而出、] 䨲 [［爾雅］兎子嬔、［郭注］俗呼曰䨲、] 匿光二句 [［後漢書天文志注］月者陰精之宗、積而成獸、象兎、［又］羿請不死之藥於西王母、姮娥竊之以奔月、遂託身於月、是爲蟾蜍、［淮南子注］蟾蜍、月中蝦蟇、] 㕙 [［說文］狡兎㕙、] 韓盧宋鵲 [皆良犬名、［戰國策］韓子盧者、天下之疾犬也、東郭逡者、海內之狡兎也、韓子盧逐東郭逡、環山者三、騰山者五、兎極於前、犬廢於後、犬兎俱罷、各死其處、] 醢 [凡人物經斷割者、皆曰醢、] 蒙將軍恬 [始製筆者、] 連山 [［周禮］三易之法、夏曰連山、商曰歸藏、周曰周易、] 趹 [足趾、] 髦 [毛中長毫、] 結繩 [燧人氏作結繩之政、大事作大結、小事作小結、] 衡石自程 [［史記］始皇事無大小、皆決於上、以衡石量書、日夜有程、不中程、不休息、衡石者、權其輕重也、] 陳玄 [墨也、] 陶泓 [硯也、] 褚先生 [紙也、] 毛公毛遂 [並戰國時趙人、] 見絕孔子 [孔子作春秋、絕筆於魯哀獲麟之歲、]

評校
音注
古文辭類纂卷三十八終

始言創業繼言守成言簡意賅樸實之風下啟西京

昭隔內外吳至父云徐廣隔作融

秦泰山刻石文

泰山、一曰岱宗、在山東泰安縣北、是爲東嶽、始皇二十八年、東行郡縣、與魯諸儒生、議刻石頌秦德、遂上泰山、刻所立石、

皇帝臨位。作制明法。臣下修飭。二十有六年。初并天下。罔不賓服。親巡遠方黎民。登茲泰山。周覽東極。從臣思迹。本原事業。祗誦功德。治道運行。諸產得宜。皆有法式。大義休明。垂於後世。順承勿革。皇帝躬聖。既平天下。不懈於治。夙興夜寐。建設長利。專隆教誨。訓經宣達。遠近畢理。咸承聖志。貴賤分明。男女禮順。慎遵職事。昭隔內外。靡不清淨。施去聲於後嗣。化及無窮。遵奉遺詔。永承重戒。

李申耆曰此以封禪望祭立石故其詞特莊又曰秦相他文無不詼麗頌德立石一變爲樸渾知體要也其詞其氣便欲破除詩書自作古始

迹 功也、如書云王迹、 施 及也、［詩大雅］施於孫子、

秦琅邪臺刻石文

琅邪山、在山東諸城縣東南一百五十里、始皇二十八年、南登琅邪、留三月、徙黔首三萬戶於山下、作琅邪臺、立石頌德、

事已大畢一篇之綱

鋪張功德有頌無戒已失三代訓誥之旨

誇今軼古獻媚貢諛專制時之文字如此

維二十六年。皇帝作始。端平法度。萬物之紀。以明人事。合同父子。聖智仁義。顯白道理。東撫東土。以省卒士。事已大畢。乃臨於海。皇帝之功。勤勞本事。上（通尚）農除末。黔首是富。普天之下。摶（古專字）心揖（音集）志。器械一量。同書文字。日月所照。舟輿所載。皆終其命。莫不得意。應時動事。是維皇帝。匡飭異俗。陵水經地。憂恤黔首。朝夕不懈。除疑定法。咸知所辟（音避）。方伯分職。諸治經易（去聲）。舉錯必當。莫不如畫。皇帝之明。臨察四方。尊卑貴賤。不踰次行。姦邪不容。皆務貞良。細大盡力。莫敢怠荒。遠邇辟（匹亦切）。隱。專務肅莊。端直敦忠。事業有常。皇帝之德。存定四極。誅亂除害。興利致福。節事以時。諸產繁殖。黔首安寧。不用兵革。六親相保。終無寇賊。驩欣奉教。盡知法式。六合之內。皇帝之土。西涉流沙。南盡北戶。東有東海。北過大夏。人迹所至。無不臣者。功蓋五帝。澤及牛馬。莫不受德。各安其宇。維秦王兼有天下。立名爲皇帝。乃撫東土。至於琅邪。列侯武城侯王離。列侯通武侯王賁（音臂）。倫侯建成侯趙亥。倫侯昌武侯成。倫侯武信侯馮毋擇。丞相隗（五罪切）狀。丞相王綰。卿李斯。卿王戊（音茂）。五大夫趙嬰。五大夫楊樛（音鳩）。從、與議於海上。曰、古之帝者。地不過千里。諸侯各守其封域。或朝或否。相侵暴亂。殘伐不止。猶刻金石。以自爲紀。古之五帝三王。知教不同。法度不明。假威鬼神。以欺遠方。實不稱名。故不久長。其身未歿。諸侯倍叛。法令不行。今皇帝幷一海內。以爲郡縣。天下和平。昭明宗廟。體道行德。尊號大成。羣臣相與誦皇帝功德。刻於金石。以爲表經。

李申耆曰此與上刻皆二十八年所立而詞皆稱二十六年者原幷天下之始而言也又曰前半是頌秦德後半是嗚得意始皇登瑯邪而大樂之故其詞特鋪張盡致

上農句（末謂工商、言重農而輕工商、）黔首（百姓、）揖（斂也、）器械一量（[史記正義]內成曰器、甲冑兜鍪之屬、外成曰械、戈矛弓戟之屬、一量者、同度量也、）陵水經地（陵作淩、猶歷也、經、界也、）莫不如畫（政理齊整、分明若畫、）流沙（即居延澤、在今蒙古額濟納旗東北境、[書禹貢]餘波入于流沙、）北戶（漢之日南郡、[爾雅]觚竹、北戶、西王母、日下、謂之四荒、）大夏（即太原晉陽縣、今山西太原縣、）倫侯（爵卑於列侯、無封邑者、倫、類也、）五大夫（大夫之尊者、蓋亦爵位名、）

秦之罘刻石文（之罘山、在今山東福山縣東北三十五里、連文登縣界、三面距海、一徑南通、）○

維二十九年。時在中（音仲）春。陽和方起。皇帝東游。巡登之罘。（音浮）臨照於海。從臣嘉

追誦本始爲下文六國等句地步

後半指有實事異於浮詞獻諛

闡幷天下闡義作廣見史記注

觀原念休烈追誦本始大聖作治建定法度顯著綱紀外教諸侯光施文惠明以義理六國回辟貪戾無厭虐殺不已皇帝哀衆遂發討師奮揚武德義誅信行威燀（音闡）旁達莫不賓服烹滅彊暴振救黔首周定四極普施明法經緯天下永爲儀則大矣哉宇縣之中承順聖意羣臣誦功請刻於石表垂於常式

李申耆曰史記二十八年登之罘立石二十九年登之罘刻石蓋即刻所立之石也

秦東觀刻石文○

中春（二月也、古者帝王巡狩、常以仲月、）燀（火起貌、）宇縣（宇、宇宙、縣、赤縣、）

維二十九年皇帝春游覽省遠方逮於海隅遂登之罘昭臨朝陽觀望廣麗從臣咸念原道至明聖法初興清理疆內外誅暴彊武威旁暢振動四極禽滅六王闡幷天下菑害絕息永偃戎兵皇帝明德經理宇內視聽不怠作立大義昭設備器咸有章旗職臣遵分各知所行事無嫌疑黔首改化遠邇同度臨古絕尤常職既定後嗣循業長承聖治羣臣嘉德祗誦聖烈請刻之罘

突起精能之至

恩肥土域句頗覺凝鍊

宣省習俗爲下文整頓風俗作引

李申耆曰東觀碣石二刻皆按時事言之昭設備器職臣遵分常職既定云云皆有所指也

秦碣石刻石文 碣石山、在今直隸昌黎縣西北、見[明一統志]或謂即今昌黎縣北之仙人臺、見[永平府志]始皇三十二年之碣石、刻碣石門、其辭云云、

○

遂興師旅誅戮無道爲逆滅息武殄暴逆文復 音福 無罪庶心咸服惠論功勞賞及牛馬恩肥土域皇帝奮威德幷諸侯初一泰宇墮壞城郭決通川防夷去險阻地勢既定黎庶無繇 音遙 天下咸撫男樂其疇女修其業事各有序惠被諸產久並來田莫不安所羣臣誦烈請刻此石垂著儀矩

李申耆曰特從壞城郭決通隄防用意爲後人因事立碑之式

武殄二句 言秦以武力能殄息暴逆、以文訓道、令無罪失、故復除之、繇 役也、疇 [左襄]取我田疇、[注]並畔爲疇、

秦會稽刻石文 會稽山、在今浙江紹興縣東南、始皇三十七年、出游、上會稽、祭大禹、望于南海、立石刻頌秦德、 ○

皇帝休烈平一宇內德惠修長三十有七年親巡天下周覽遠方遂登會稽宣省習俗黔首齊莊羣臣誦功本原事迹追道高明秦聖臨國始定刑名顯陳舊

皇帝幷宇李申耆發
廉卿云東上
兼聽萬事李申耆發
廉卿云起下
飾省宣義吳至父云
徐廣省作非正義省
過也

章。初平法式。審別職任。以立恆常。六王專倍。貪戾慠（魚到切）猛。率衆自彊。暴虐恣行。負力而驕。數（音朔）動甲兵。陰通間使。以事合從。行爲辟方。內飾詐謀。外來侵邊。遂起禍殃。義威誅之。殄熄暴悖。亂賊滅亡。聖德廣密。六合之中。澤被無疆。皇帝幷宇。兼聽萬事。遠近畢清。運理羣物。考驗事實。各載其名。貴賤並通。善否陳前。靡有隱情。飾省宣義。有子而嫁。倍死不貞。防隔內外。禁止淫泆。男女絜誠。夫爲寄豭（音加）。殺之無罪。男秉義程。妻爲逃嫁。子不得母。咸化廉清。大治濯俗。天下承風。蒙被休經。皆遵度軌。和安敦勉。莫不順令。黔首修潔。人樂同則。嘉保太平。後敬奉法。常治無極。輿舟不傾。從臣誦烈。請刻此石。光垂休銘。

李申耆曰此在焚書阬儒大定法制之後故有考驗事實貴賤並通云云楚越俗薄故於宣義廉淸尤詳言之也

飾省（飾、拭其穢也、省、察也、）夫爲寄豭（豭、牡豬、言夫淫他室、若寄豭之豬也、）妻爲逃嫁（謂棄夫而逃嫁於人、）

班孟堅封燕然山銘

（幷序〔後漢書〕齊殤王子都鄉侯暢來弔國憂、竇憲遣客刺殺暢、發覺、憲懼誅、自求擊匈奴以贖死、會南單于請兵北伐、乃拜憲車騎將軍、以執金吾耿秉爲副、大破單于、遂登燕然山刻石勒功、紀漢威德、令班固作銘、按憲刻石勒銘之燕然山、爲今外蒙古賽音諾顏部之杭愛山、）○○

歷敘兵事之盛用漢全力始有此功而振揚厲稍見色澤異於秦之樸質矣

維永元元年秋七月。有漢元舅曰車騎將軍竇憲。寅亮聖皇。登翼王室。納於大麓。維清緝熙。乃與執金吾耿秉。述職巡禦。治兵於朔方。鷹揚之校。螭(音擬)虎之士。爰該六師。暨南單于東胡烏桓西戎氐羌。侯王君長之羣。驍騎十萬。元戎輕武。長轂四分。雷輜(音淄)蔽路。萬有三千餘乘。勒以八陣。涖以威神。玄甲耀日。朱旗絳天。遂凌高闕。下雞鹿。經磧(七迹切)鹵(音魯)。絕大漠。斬溫禺(音虞)以釁鼓。血尸逐以染鍔。然後四校橫徂。星流彗埽。蕭條萬里。野無遺寇。於是域滅區殫。反旆而還。考傳驗圖。窮覽其山川。遂踰涿(音斲)邪。跨安侯。乘燕然。躡冒(音墨)頓(音突)之區落。焚老上之龍庭。將上以攄(抽居切)高文之宿憤。光祖宗之玄靈。下以安固後嗣。恢拓境宇。振大漢之天聲。茲可謂一勞而久逸。暫費而永寧也。乃遂封山刊石。昭銘盛德。其辭曰。

鑠(書藥切)王師兮征荒裔。剿(焦上聲)凶虐兮截海外。夐(戶頂切同迥)其邈兮亙地界。封神丘兮建隆嵑(同碣音傑)。熙帝載兮振萬世。

姚氏曰序亦用韻郎琅邪刻石體○李申耆曰寬博○黷兵異域功不敵罪

文雖脅于勢而爲之然竭辭獻媚不可謂非文人無行濡識

永元漢和帝年號、竇憲字伯度、竇皇后兄、寅亮寅、敬也、亮、信也、[周書]寅亮天地、弼予一人、登翼謂登用輔翼也、納於大麓句見[虞書][孔傳]麓、錄也、納之使大錄萬機也、維清緝熙句見[詩周頌][鄭註]緝熙、光明也、執金吾官名、掌執金革以禦非常、耿秉字伯初、鷹揚如鷹之揚、[詩大雅]惟師尚父、時惟鷹揚、螭虎螭似龍而黃、無角、螭虎、以狀士之勇、暨及也、南單于屯居河也、將萬餘騎出滿夷谷、會涿邪山、元戎長轂並兵車也、雷輜車也、[揚雄河東賦]轔雷輜、八陣八陣者、方陣、圓陣、牝陣、牡陣、衝陣、輪陣、浮沮陣、雁行陣、見[文選引雜兵書]高闕山名、雞鹿塞名、磧鹵鹹池、絕直度曰絕、漠沙土、溫禺尸逐匈奴王號、四校橫徂四校、四面之校、橫徂、橫行也、涿邪山名、安侯水名、冒頓頭曼單于子、區落猶言處所、老上冒頓子稽粥、號老上單于、龍庭匈奴五月大會龍庭、祭其先天地鬼神、高文宿憤高帝被冒頓圍於平城七日、文帝時、匈奴寇邊、殺太守、天聲雷霆之聲、鑠王師鑠、美也、[詩周頌]於鑠王師、截海外截、整齊也、[詩商頌]海外有截、夐遠也、亙竟也、碣碣也、方者爲碑、圓者爲碣、熙帝載熙、廣也、載、事也、[虞書]有能奮庸熙帝之載、

評校音注古文辭類纂卷三十九終

序亦簡絜

首敘祿山之反玄宗之幸蜀繼敍肅宗之定亂上皇之迎復氣象光明詞筆亦落落不凡

元次山大唐中興頌 有序

天寶十四載。安祿山陷洛陽。明年陷長安。天子幸蜀。太子卽位於靈武。明年皇帝移軍鳳翔。其年復兩京。上皇還京師。於（讀烏）戲（讀呼）前代帝王有盛德大業者。必見於歌頌。若今歌頌大業。刻之金石。非老於文學。其誰宜爲頌曰

噫嘻前朝。孽臣姦驕。爲昏爲妖。邊將騁兵。毒亂國經。羣生失寧。大駕南巡。百僚竄身。奉賊稱臣。天將昌唐。繄（音伊）睨（研計切）我皇。匹馬北方。獨立一呼。千麾萬旟（音兪）。戎卒前驅。我師其東。儲皇撫戎。蕩攘羣凶。復服指期。曾不踰時。有國無之。事有至難。宗廟再安。二聖重歡。地闢天開。蠲除祅（音夭）災。瑞慶大來。兇徒逆儔。涵濡天休。死生堪羞。功勞位尊。忠烈名存。澤流子孫。盛德之興。山高日昇。萬福是膺。能令大君。聲容沄（音雲）沄。不在斯文。湘江東西。中直浯（音吾）溪。石崖天齊。可磨可鐫（子全切）刊（苦寒切）此頌焉。何千萬年。

姚氏曰峻偉雄剛詞與事稱宋人無此興象

洛陽（今河南洛陽縣）長安（今陝西長安縣）靈武（今甘肅靈武縣）鳳翔（今陝西鳳翔縣）緊（語助辭猶是也）睨（邪視也）旟（旟上畫鳥隼）膺（受也）沄沄（盛貌）湘江（源出廣西靈川縣海陽山流入湖南省至長沙入洞庭湖）浯溪（在湖南祁陽縣西南當湘水之南北匯於湘）

韓退之平淮西碑（并序）○○○

氣盛闊大

物衆二句下字斟酌

歸罪臣下代言得體

一頓全局俱振

敍當日之廷議

天以唐克肖其德聖子神孫繼繼承承於千萬年敬戒不怠全付所覆四海九州罔有內外悉主悉臣高祖太宗既除既治高宗中睿休養生息至於玄宗受報收功極熾而豐物衆地大孽牙其間肅宗代宗德祖順考以勤以容大慝適去稂（音郎）莠不薅（音蒿）相臣將臣文恬武嬉習熟見聞以爲當然睿聖文武皇帝既受羣臣朝乃考圖數貢曰嗚呼天既全付予有家今傳次在予予不能事事其何以見於郊廟羣臣震懾奔走率職明年平夏又明年平蜀又明年平江東又明年平澤潞遂定易定致魏博貝衞澶（音蟬）相無不從志皇帝曰不可究武予其少息九年蔡將死蔡人立其子元濟以請不許遂燒舞陽犯葉（音攝）襄城以動東都放兵四劫皇帝歷問於朝一二臣外皆曰蔡帥之不廷授於今五十年傳三

曾滌生云敍諸將皆述皇帝詔言故文氣振拔與常通首得勢在此

敍戰功處頗有輕重

姓四將其樹本堅兵利卒頑不與他等因撫而有順且無事大官臆伊力切決唱聲萬口和附并爲一談牢不可破皇帝曰惟天惟祖宗所以付任予者庶其在此予何敢不力況一二臣同不爲無助曰光顏汝爲陳許帥維是河東魏博郃音合陽三軍之在行者汝皆將之曰重胤汝故有河陽懷今益以汝維是朔方義成陝益鳳翔延慶七軍之在行者汝皆將之曰弘汝以卒萬二千屬而子公武往討之曰文通汝守壽維是宣武淮南宣歙音攝浙西四軍之行於壽者汝皆將之曰道古汝其觀察鄂岳曰愬汝帥唐鄧隨各以其兵進戰曰度汝長御史其往視師曰度惟汝予同汝遂相予以賞罰用命不用命曰弘汝其以節都統諸軍曰守謙汝出入左右汝惟近臣其往撫師曰度汝其往衣服飲食予士無寒無饑以既厥事遂生蔡人賜汝節斧通天御帶衞卒三百凡茲廷臣汝擇自從惟其賢能無憚大吏庚申予其臨門送汝曰御史予閔士大夫戰甚苦自今以往非郊廟祠祀其無用樂顏胤武合攻其北大戰十六得柵城縣二十三降人卒四萬道古攻其東南八戰降萬三千再入申破其外城文通戰其東十餘遇

敘愬之功均依實事語氣已畢諸將何自而鳴其不平耶

入蔡二句史筆

猶是序意而出之以韻括

降萬二千。愬入其西。得賊將。輒釋不殺。用其策戰。比有功。十二年八月。丞相度至。師都統弘責戰益急。顏胤武合戰益用命。元濟盡幷其衆洄曲以備。十月壬申。愬用所得賊將。自文城因天大雪。疾馳百二十里。用夜半到蔡。破其門。取元濟以獻。盡得其屬人卒。辛巳。丞相度入蔡。以皇帝命赦其人。淮西平。大饗賚功。師還之日。因以其食賜蔡人。凡蔡卒三萬五千。其不樂爲兵願歸爲農者十九。悉縱之。斬元濟京師。册功。弘加侍中。愬爲左僕射。帥山南東道。顏胤皆加司空。公武以散騎常侍帥鄜（音孚）坊丹延。道古進大夫。文通加散騎常侍。丞相度朝京師。道封晉國公。進階金紫光祿大夫。以舊官相。而以其副總爲工部尚書。領蔡任。既還奏。羣臣請紀聖功。被之金石。皇帝以命臣愈。臣愈再拜稽首而獻文曰。

唐承天命。遂臣萬邦。孰居近土。襲盜以狂。往在玄宗。崇極而圮（部鄙切）。河北悍驕。河南附起。四聖不宥。屢興師征。有不能克。益戍以兵。夫耕不食。婦織不裳。輸之以車。爲卒賜糧。外多失朝。曠不嶽狩。百隸怠官。事亡其舊。帝時繼位。顧瞻咨嗟。惟汝文武。孰恤予家。既斬吳蜀。旋取山東。魏將首義。六州降從。淮蔡不順。自以

歸功於度亦理之當然所謂發縱指示者人也

恩威兼濟叙述流利江漢常武無此周至

爲强提兵叫讙(音歡)欲事故常始命討之遂連姦鄰陰遣刺客來賊相臣方戰未利內驚京師羣公上言莫若惠來帝爲不聞與神爲謀乃相同德以訖天誅乃敕顏胤愬武古通咸統於弘各奏汝功三方分攻五萬其師大軍北乘厥數倍之常兵時曲軍士蠢(尺尹切)蠢既翦陵雲蔡卒大窘(君上聲)勝之邵陵郾(於建切)城來降自夏入秋復屯相望兵頓不勵告功不時帝哀征夫命相往釐士飽而歌馬騰於槽試之新城賊遇敗逃盡抽其有聚以防我西師躍入道無留者頟(同額)頟蔡城其疆千里既入而有莫不順俟帝有恩言相度來宣誅止其魁釋其下人蔡之卒夫投甲呼舞蔡之婦女迎門笑語蔡人告饑船粟往哺蔡人告寒賜以繒(慈陵切)布始時蔡人禁不往來今相從戲里門夜開始時蔡人進戰退戮今旰(古案切)而起左餐右粥爲之擇人以收餘憊(蒲拜切)選吏賜牛敎而不稅蔡人有言始迷不知今乃大覺羞前之爲蔡人有言天子明聖不順族誅順保性命汝不吾信視此蔡方孰爲不順往斧其吭(音杭)凡叛有數聲勢相倚吾强不支汝弱奚恃其告而長而父而兄奔走偕來同我太平淮蔡爲亂天子伐之既伐而饑天

露功天子得體一結
得頌體

子活之始議伐蔡卿士莫隨既伐四年小大並疑不赦不疑由天子明凡此蔡
功惟斷乃成既定淮蔡四夷畢來遂開明堂坐以治之
陳無己曰龍圖孫學士覺喜論文謂此碑敍如書銘如詩○茅順甫曰頌文
淋漓縱橫並合繩斧○劉海峯曰淮西碑從舜典來故李義山詩云點竄堯
典舜典字塗改清廟生民詩二語極當○大姚曰裴度以宰相視師義應特
書著度之威而主威益見此江漢常武之義也宋子京乃云公以度能固上
意卒禽元濟多歸度功未達撰次之旨矣又曰昔人謂序似書銘似詩余謂
銘詞酣恣奮動正以不全似詩爲佳而子厚乃以淮夷雅矜出其上謬矣規
撫章句何處得此生氣橫生耶又曰自元和九年用兵淮蔡至十年而始平
銘及之其間命將出師攻城降卒俱非一時事亦非盡命裴度後事也而序
皆類之若一時事者蓋序所以聳唐憲奮武者功申命伐叛之威裴度以宰
相宣慰君臣協謀亦應特書著度之威而主威益隆此江漢常武之義也於
以見保大定功綏馭震疊之謀若詳著入蔡禽一叛臣其於唐宗威德替矣

此公表所云詩書之文各有品章條貫者也宋子京乃云公以元濟之平由度能固上意得不赦故諸將不敢首鼠卒禽之多歸度功此與義山詩見處同耳未達撰次之旨也但序事非實王介甫有類俳之譏或以是歟或云銘詞當出於序之外補序所不及僅以避重文者其亦未達詩書之殊軌文質之異用矣○張廉卿曰此文自秦後殆無能爲之者竊謂此文可追尙書原道可追孟子畫記可追考工退之詣極之作殆欲度越盛漢與周人並席矣

稂莠書苗之草、薅除草、平夏元和元年三月、夏綏留後楊惠琳叛、夏州兵馬使張承金討斬之、平蜀劍南節度使韋皐卒、行軍司馬劉闢自稱留後、元和元年正月、劉闢反、九月、東川節度副使高崇文擒之、平江東元和二年十月、鎭海節度使李錡反、兵馬使張子良執錡送京師、平澤潞元和五年、昭義節度盧從史陰與王承宗通謀、吐突承璀誘執從史送京師、按以上紀年、碑文與史不同、定易定元和五年十月、義武節度使張茂昭、以定易二州歸于有司、致魏博元和七年十月、魏博節度使田弘正、以所管六州歸於有司、貝衞澶相此四州爲魏博節度使所管、蓋兼魏博合六州也、

蔡將死數句元和九年閏八月、彰義節度使吳少陽卒、其子元濟擅蔡州刺史、匿喪以病聞、自領軍務、表請主兵、不許、十年正月、元濟反、舞陽今河南舞陽縣、葉今河南葉縣、襄城今河南襄城縣、三姓四將廣德元年十月、以李忠臣爲淮西節度使、貞元二年四月、以陳奇、十月以吳少誠、是爲三姓、大曆十四年三月、忠臣爲其將李希烈所逐、自爲節度、忠臣、希烈、少誠、少陽、是爲四將、光顏爲陳許帥元和九年十月、以陳州刺史李光顏爲忠

武節度使、忠武、管陳許二州、**河東魏博郃陽**元和十年正月、命宣武等十六道進軍討元濟、以光顏等分掌行營、二月、命神策軍郃陽鎮遏將索日進、以涇原兵六百人會李光顏、郃陽、縣名、唐屬左馮翊、今屬陝西關中道、**重胤句**元和九年閏八月、以河陽節度使烏重胤爲汝州刺史、充河陽懷汝節度使、徙隸汝州、**義成陝益延慶**義成、管鄭滑二州、陝益、即劍南東西川、延、屬鄜坊丹延節度使、慶、屬邠寧節度使、**弘以卒二萬句**元和十年九月、以宣武節度使韓弘、爲淮西諸軍都統、弘請使子公武以兵萬三千會蔡下、歸則與糧、以濟諸軍、**文通守壽**元和十年十二月、以左金吾大將軍李文通爲壽州團練使、**道古觀察鄂岳**元和十一年、以黔州觀察使李道古、爲鄂岳觀察使、**愬帥唐鄧隨**元和十一年十二月、以太子詹事李愬爲唐鄧隨節度使、**度長御史句**裴度爲御史中丞、故云長、元和十年五月、帝遣度詣行營宣慰、察用兵形勢、六月以度爲中書侍郎同平章事、十二年七月、度以宰相出爲淮西宣慰處置使、度奏刑部侍郎馬總爲副使、右庶子韓愈爲行軍司馬判官書記、**守謙**宦人元和十一年十一月、帝命知樞密梁守謙宣慰、因監其軍、**賜通天御帶衛卒**元和十二年八月、度赴淮西、詔以神策軍三百人衛從、賜以犀帶、**臨門送汝**度行、帝御通化門送之、**入申二句**元和十二年、道古攻申州、克其外郭、**得賊將句**元和十二年五月、淮西騎將李祐、率士卒刈麥於張柴村、李愬令廂虞候史用誠生禽以歸、待以客禮、**洄曲**一名時曲、在河南商水縣西南、溵水於此洄曲、故名、元和十二年四月、蔡人董昌齡以郾城降、李光顏引兵入據之、元濟甚懼、時董重質將騎軍守洄曲、元濟悉發親近及守城卒詣重質以拒官軍、**文城**即文城柵、在河南遂平縣西南、**河北**安史平後、燕趙相繼而起、**河南**汴蔡之屬、居河南者、**四聖**肅、代、德、順、**姦鄰**指李師道、**陰遣刺客二句**元和十年六月、宰相武元衡入朝、東平李師道遣刺客突出刺之、又擊裴度傷首、**三方句**顏胤武合攻其北、道古攻其東南、文通戰其東、**時曲**見上、元和十年五月、光顏大破賊於時曲、**陵雲**在今商水縣、故溵水

以句龍弃相比益見孔子之德之盛

城西南、當郾城之東、元和十一年九月、光顏、重胤、拔淮西陵雲柵、**邵陵**今河南郾城縣東、有邵陵故城、**郾城來降**元濟以董昌齡爲郾城令、而質其母楊、楊謂昌齡曰、順死賢於逆生、汝去逆而吾死、乃孝子也、從逆而吾生、是戮吾也、會官軍逼偃郾城、昌齡乃擧城降、李光顏入據之、**蠚**理也、**頷頷**[廣韻]頷盡夜頷頷、[注]肆惡無休也、**肝**晚也、**吭**咽喉也、

韓退之處州孔子廟碑○

自天子至郡邑守長通得祀而徧天下者惟社稷與孔子爲然而社祭土稷祭穀句(音鉤)龍與弃(同棄)乃其佐享非其專主又其位所不屋而壇豈如孔子用王者事巍然當座以門人爲配自天子而下北面跪祭進退誠敬禮如親弟子者句龍弃以功孔子以德固自有次第哉自古多有以功德得其位者不得常祀句龍弃孔子皆不得位而得常祀然其祀事皆不如孔子之盛所謂生人以來未有如孔子者其賢過於堯舜遠矣此其效歟郡邑皆有孔子廟或不能修事雖設博士弟子或役於有司名存實亡失其所業獨處州刺史鄴(音業)侯李繁至官能以爲先既新作孔子廟又令工改爲顏子至子夏十人像其餘六十子及後大儒公羊高左邱明孟軻(苦何切)荀況伏生毛公韓生董生高堂生揚雄鄭玄等

一絡不肯緣詞發如其分

方望溪云。厥初而語。補記所不及。揭揭八語。原圖象之意。故不厭複。

數十人。皆圖之壁。選博士弟子必皆其人。又爲置講堂教之行禮。肄習其中。置本錢廩米。令可繼處以守。廟成。躬率吏及博士弟子入學。行釋菜禮。耆老歎嗟。其子弟皆興於學。鄴侯尚文。其於古記無不貫達。故其爲政知所先後。可歌也已。乃作詩曰。

惟此廟學。鄴侯所作。厥初庳(音卑)下。神不以宇。生師所處。亦窘寒暑。乃新斯宮。神降其獻。講讀有常。不戒用勸。揭(居謁切)揭元哲。有師之尊。羣聖嚴嚴。大法以存。像圖孔肖。咸在斯堂。以瞻以儀。俾不或忘。後之君子。無廢成美。琢詞碑石。以贊攸始。

曾滌生曰。切定祀事。不泛作孔子頌。是文家定法。又曰。太史公孔子世家贊數十語。文外有無限遠神。遙韻此文前半。贊歎孔子。無復不盡之味。不無遺恨也。○吳至父曰。就當時褒崇儀法。爲推大之辭。乃滑稽之恉也

句龍(炎帝十一世孫。能平九州。辨土地之宜。爲顓頊土正。後祀爲后土之神。)弃(帝嚳子。周始祖。堯時爲農師。舜時爲后稷。後祀爲先農。)門人爲配(開元二十七年八月。追謚孔子文宣王。南面而坐。以顏子配享。)李繁(子泌之子。)顏子至子夏十人(顏淵。閔子騫。冉伯牛。仲弓。宰我。子貢。)

冉有、季路、子游、子夏、公羊高等貞觀二十一年、詔左丘明、公羊高、毛萇、鄭玄、伏勝、高堂生等二十二人、春秋行釋奠之禮、而無孟軻、荀況、韓嬰、董仲舒、揚雄等、伏生、即伏勝、毛公、即毛萇、韓生名嬰、董生名仲舒、高堂生、善言禮、見[漢書儒林傳]釋菜古者士之見師、以菜爲贄、故始入學者、必釋菜以禮其先師、其學官四時之祭、乃皆釋奠、釋奠有樂無尸、釋菜則無樂、

韓退之南海神廟碑

廟在今廣東番禺縣東南波羅江上、廟有波羅樹、大可數十圍、俗名波羅廟、

○○○

海於天地間爲物最鉅自三代聖王莫不祀事考於傳記而南海神次最貴在北東西三神河伯之上號爲祝融天寶中天子以爲古爵莫貴於公侯故海嶽之祝犧幣之數放同仿而依之所以致崇極於大神今王亦爵也而禮海嶽尙循公侯之事虛王儀而不用非致崇極之意也由是册尊南海神爲廣利王祝號祭式與次俱升因其故廟易而新之在今廣州治之東南海道八十里扶胥之口黄木之灣常以立夏氣至命廣州刺史行事祠下事訖驛聞而刺史常節度五嶺諸軍仍觀察其郡邑於南方事無所不統地大以遠故常選用重人既貴而富且不習海事又當祀時海常多大風將往皆憂慼既進觀顧怖悸故常以疾爲解而委事於其副其來已久故明宮齋廬上雨旁風無所蓋障牲酒瘠酸

歷言刺史失職而神之不享致召天災

治人以明事神以誠方望溪云神依人而行故先言治人

海之百靈張廉卿云瑰詭奇幻似出張平子西京賦

取具臨時水陸之品狼籍籩豆薦祼（音貫）興俯不中儀式吏滋不供神不顧享盲風怪雨發作無節人蒙其害元和十二年始詔用前尚書右丞國子祭酒魯國孔公爲廣州刺史兼御史大夫以殿（丁練切）南服公正直方嚴中心樂易祗慎所職治人以明事神以誠內外單盡不爲表㬥（音博）至州之明年將夏祝冊自京師至吏以時告公乃齋祓（音拂）視冊誓羣有司曰冊有皇帝名乃上所自署其文曰嗣天子某謹遣官某敬祭其恭且嚴如是敢有不承明日吾將宿廟下以供晨事明日吏以風雨白不聽於是州府文武吏士凡百數交諫更諫皆揖而退公遂陞舟風雨少弛櫂（棹同）夫奏功雲陰解駮日光穿漏波伏不興省牲之夕載暘載陰將事之夜天地開除月星明概（几利切）五鼓既作牽牛正中公乃盛服執笏以入即事文武賓屬俯首聽位各執其職牲肥酒香罇爵靜潔降登有數神具醉飽海之百靈祕怪慌惚畢出蜿（音婉）蜿虵（音移）虵來享飲食闔廟旋艫祥飆（音標）送颿（帆同）旗纛（音道）旄麾飛揚晻（暗同）藹鐃鼓嘲轟（音橫）高管噭（音叫）噪武夫奮櫂工師唱和穹龜長魚踴躍後先乾端坤倪軒豁呈露祀之之歲風災息滅人厭魚蠻五穀

耋艾歌詠方望溪云以上祀神

揚其政績不僅長於事神

方望溪云略舉四端固別出意義

其可謂備至耳矣方望溪云以上治人

仍以神人作結

胥熟明年祀歸又廣廟宮而大之治其庭壇改作東西兩序齋庖之房百用具修明年其時公又固往不懈益虔歲仍大和耋(徒結切)艾歌詠始公之至盡除他名之税罷衣食於官之可去者四方之使不以資交以身爲帥(同率)燕享有時賞與以節公藏私蓄上下與足於是免屬州負逋之緡(民昔)錢廿有四萬米三萬二千斛賦金之州耗金一歲八百困不能償皆以丐之加西南守長之俸誅其尤無良不聽令者由是皆自重愼法人士之落南不能歸者與流徙之冑百廿八族用其才良而廩其無告者其女子可嫁與之錢財令無失時刑德並流方地數千里不識盜賊山行海宿不擇處所事神治人其可謂備至耳矣咸願刻廟石以著厥美而繫以詩乃作詩曰

南海陰墟祝融之宅卽祀於旁帝命南伯吏惰不躬正自今公明用享錫右我家邦惟明天子惟愼厥使我公在官神人致喜海嶺之陬既足既濡胡不均弘俾執事樞公行勿遲公無遽歸匪我私公神人具依

歐陽公曰昌黎集類多訛舛惟南海碑不舛者以石刻人家多有故也○劉

海峯曰昌黎文集大成此文以所得於相如子雲者爲文故敍祠祀而子虛上林甘泉羽獵之體犇赴腕下富麗雄奇極才人之能事當屬碑文第一又曰碑文惟昌黎獨擅誌墓之文則退之永叔介甫三人能之餘五家敍事皆非所長又曰退之南海碑從上林羽獵來故其語雄奇歐公醉翁亭從雩月恨別諸篇來故其辭姸雅○曾滌生曰四字句凡百二十句漢賦之氣體也又曰筆力足以追相如作賦之才而鋪敍少傷平直故王氏謂骨力差減也然古來文士幷以賦物爲難蓋藻繪三才刻畫萬態而不可剽襲一字故其難也後人惟綴前人字句爲文又不究事物之情狀淺矣○吳至父曰蘇詩云退之仙人也游戲於斯文笑談出奇偉鼓舞南海神

河伯[抱朴子]馮夷於八月上庚日渡河溺死，天帝署爲河伯、祝融[太公金匱]南海神曰祝融、東海神曰勾芒、北海神曰顓頊、西海神曰蓐收、廣利王天寶十年正月、封東海廣德王、南海廣利王、西海廣潤王、北海廣澤王、祝號一句武德貞觀之制、四海、年別一祭、各以五郊迎氣日祭之、祀官以當界都督刺史充、至是封王、分命卿監十三人、取三月十七日一時備禮、兼冊制祭、扶胥口扶胥鎭在番禺縣東南三江口、刺史節度五嶺諸軍唐制、嶺南爲五府、而嶺南節度使、觀察四府事、祼始祭、酌鬱鬯之酒、灌地以降神、盲風怪雨盲風、疾風也、[禮月令]仲秋之月、盲風至[山海經]符陽之山、

引同祖之秦作陪

敍偃王事辭不盡實然亦未始無據

借穆王事作點綴尤見色采

多怪雨、孔公名戣、字君勝、集父子、元和十二年七月、以孔戣爲嶺南節度使、以殿南服殿、定也、南服、猶言南方、襮表也、自表白於外也、皇帝名唐制、岳瀆以上祀版御署、附中使送往、概猶多也、何晏景福殿賦」概若幽星之纚連、牽牛星名、「禮月令」季春之月、且牽牛中、蜿蜿虵虵蜿蜿、龍狀也、「張衡西京賦」海鱗變而成龍、狀蜿蜿以蝹蝹、虵虵、安舒貌、亦作蛇蛇、「詩小雅」蛇蛇碩言、晻藹旌旗蔽日貌、耋艾老也、八十曰耋、五十曰艾、

韓退之衢州徐偃王廟碑廟在今龍游縣西四十里靈山下、○○

徐與秦俱出栢翳。於計切爲嬴姓國於夏殷周世咸有大功。秦處西偏專用武勝。遭世衰無明天子。遂虎吞諸國爲雄。諸國既皆入秦爲臣屬。秦無所取利。上下相賊害。卒僨音奮其國而沈其宗。徐處得地中。文德爲治。及偃王誕當國。益除去刑爭末事。凡所以君國子民待四方。一出於仁義。當此之時。周天子穆王無道。意不在天下。好道士說。得八龍騎之西遊。同王母宴於瑤池之上。歌謳忘歸。四方諸侯之爭辨者。無所質正。咸賓祭於徐。贄玉帛死生之物於徐之庭者。三十六國。得朱弓赤矢之瑞。穆王聞之恐。遂稱受命。命造父御。長驅而歸。與楚連謀伐徐。徐不忍鬬其民。北走彭城武原山下。百姓隨而從之。萬有餘家。偃王死。民號其山爲徐山。鑿石爲室。以祠偃王。偃王雖走死失國。民戴其嗣爲君如初。駒

附會處亦頗自然

敍新廟之由措詞奇偉

王章禹祖孫相望自秦至今名公巨人繼跡史書徐氏十望其九皆本於偃王而秦後迄茲無聞家天於栢翳之緒非偏有厚薄施仁與暴（同暴）之報自然異也衢州故會稽太（音闥）末也民多姓徐氏支縣龍邱有偃王遺廟或曰偃王之逃戰不之彭城之越城之隅棄玉几研於會稽之水或曰徐子章禹既執於吳徐之公族子弟散之徐揚二州間卽其居立先王廟云開元初徐姓二人相屬爲刺史帥其部之同姓改作廟屋載事於碑後九十年當元和九年而徐氏放復爲刺史放字達夫前碑所謂今戶部侍郎其大父也春行視農至於龍邱有事於廟思惟本原曰故制觕（同粗）樸下窄不足以揭虔妥靈而又梁桷赤白陊（音舵）剝不治圖像之威黜（去聲）衣去昧就滅藩拔級夷庭木禿鈌（同缺）祈毗日慢祥慶弗下州之羣支不獲蔭麻余惟遺紹而尸其土不卽不圖以有資聚罰其可辭乃命因故爲新衆工齊事惟月若日工告訖功大祠於廟宗卿咸序應是歲州無怪風劇雨民不夭厲穀果完實民皆曰耿耿祉哉其不可誣乃相與請辭京師歸而鑱（士衡切）之於石辭曰

句甚鏗鍊

文爲達夫而作銘中故連及之

秦傑以顛徐由遜緜秦鬼久饑徐有廟存婉婉偃王惟道之耽以國易仁爲笑於頑自初擅命其實幾姓歷短嘗長有不償亡課其利害孰與王當姑蔑之墟太末之里誰思王恩立廟以祀王之聞孫世世多有惟臨茲邦廟土實守堅嶠[音橋]之後達夫廓之王歿萬年如始祔[音附]時王孫多孝世奉王廟達夫之來先愼詔敎盡惠廟民不主於神維是達夫知孝之元太末之里姑蔑之城廟事時修仁孝振聲宜寵其人以及後生嗟嗟維王雖古誰亢王死於仁彼以暴喪文追作誄刻示茫茫

曾滌生曰衢州有偃王廟其事本支離誕漫文亦以詼詭出之其神在若有若無之間想亦營度既久而後得之○張廉卿曰此種文無可著思議處借秦抒論文字便生出精采此作家工於創意處

徐秦俱出栢翳[史記秦本紀]大業之子曰大費、是爲栢翳、舜賜姓嬴氏、栢翳二子、太廉之後爲秦、若木之後爲徐、咸有大功[秦本紀]大廉玄孫孟戲中衍、殷帝太戊以爲御而妻之、自太戊以下、中衍之世、以佐殷國、故嬴姓多顯、遂爲諸侯、若木玄孫費昌、當夏桀時、去夏歸商、爲殷御、以敗桀於鳴條、秦處西偏中衍曾孫曰戎胥軒、軒生仲潏、潏生飛廉、廉生惡來、來生女防、防生旁皋、皋生大几、几生大駱、駱生非子、周孝王以爲附庸、邑之於秦、穆王名滿、[左昭]

曰民口中揚其德化

穆王欲肆其心、周行天下、將必有車轍馬跡焉、八龍［列子］周穆王駕八駿之乘、西征昆崙、八駿、驊騮、綠耳、赤驥、白義、渠黃、踰輪、盜驪、山子、同王母宴一句［穆天子傳］穆王見西王母、觴於瑤池之上、母爲天子謠曰、白雲在天、山陵自出、道里悠遠、山川間之、將子無死、尚能復來、天子答曰、予歸東土、和治諸夏、萬民平均、吾願見汝、比及三年、將復而野、朱弓赤矢［博物志］偃王欲舟行上國、乃通溝陳蔡之間、得朱弓赤矢、以爲得天瑞、遂因名爲弓、自稱偃王、江淮諸侯服從者三十六國、造父［飛廉玄孫、］長驅而歸［秦本紀］徐偃王作亂、造父爲穆王御、長驅歸周、與楚熊勝連謀伐徐、按偃王之滅、後漢書以爲楚文王、而時代不符、彭城武原山［彭城、郡名、治今江蘇銅山縣、武原山在今邳縣西南、一名徐山、元和郡縣志、徐偃王北走彭城武原東山之下、百姓歸之、號曰徐山、按徐山有二、一在銅山縣、］駒王［禮檀弓］邾婁考公之喪、徐君使容居來弔含、曰、先君駒王西討、章禹［左昭］吳滅徐、徐子章禹斷其髮以奔楚、會稽太末［衢州在漢時爲會稽郡太末縣地、即春秋時姑蔑也、唐改龍游縣、］龍邱［山名、在龍游縣東、此云支縣、即指龍游、］徐姓二人［徐堅、字元固、徐嶠、字巨山、］隊［壞也、］黕［深黑也、］鑱［刻也、］姑蔑［今龍游縣北、有姑蔑故城、國語、勾踐之地、西至姑蔑、］祔［祭也、說文、後死者合食於先祖、］

韓退之柳州羅池廟碑［廟在廣西馬平縣、祀唐刺史柳宗元、］○○

羅池廟者。故刺史柳侯廟也。柳侯爲州。不鄙夷其民。動以禮法。三年。民各自矜奮。茲土雖遠京師。吾等亦天氓。今天幸惠仁侯。若不化服。我則非人。於是老少相教語。莫違侯令。凡有所爲於其鄉閭及於其家。皆曰吾侯聞之。得無不可於意否。莫不忖度而後從事。凡令之期。民勸趨之。無有後先。必以其時。於是民業

歷餘殿讀

明年吾將死死而爲神方望溪云以上生能澤其民以下死能驚動禍福之以食其土

其夕夢翼而告吳至父云此因柳人神之遂著其死後精魄凜凜以見生時之屈抑所謂深痛惜之意惜最已沈鬱史官乃妄譏之不知此乃左氏之神境也

嘗位於朝曾滌生云不敍一事文各有裁

荔子丹兮蕉黃曾滌生云九歌嗣響

有經。公無負租。流逋四歸。樂生興事。宅有新屋。步有新船。池園潔修。豬牛鴨雞。肥大蕃息。子嚴父詔。婦順夫指。嫁娶葬送。各有條法。出相弟(同悌)長。入相慈孝。先時民貧。以男女相質。久不得贖。盡沒爲隸。我侯之至。按國之故。以傭除本。悉奪歸之。大修孔子廟。城郭巷道。皆治使端正。樹以名木。柳民既皆悅喜。嘗與其部將魏忠。謝寧。歐陽翼。飲酒驛亭。謂曰。吾棄於時。而寄於此。與若等好也。明年吾將死。死而爲神。後三年。爲廟祀我。及期而死。三年孟秋辛卯。侯降於州之後堂。歐陽翼等見而拜之。其夕。夢翼而告曰。館我於羅池。其月景辰。廟成。大祭。過客李儀醉酒。慢侮堂上。得疾。扶出廟門卽死。明年春。魏忠。歐陽翼使謝寧來京師。請書其事於石。余謂柳侯生能澤其民。死能驚動禍福之。以食其土。可謂靈也已。作迎享送神詩遺柳民。俾歌以祀焉。而幷刻之。柳侯。河東人。諱宗元。字子厚。賢而有文章。嘗位於朝。光顯矣。已而擯不用。其辭曰。

荔子丹兮蕉黃。雜肴蔬兮進侯堂。侯之船兮兩旗。度中流兮風泊之。待侯不來兮不知我悲。侯乘駒兮入廟。慰我民兮不嚬以笑。鵝之山兮柳之水。桂樹團團北方之人兮劉海峯云北方句有誤字北當作此爲當作惟又據子厚家河東本北方之人也此祝其人安於南方猶招魂言北方不可以止也爲侯是非者即子厚言所謂囂言沸騰詆訶萬端者也

三句作統冒

總挈數句

兮白石齒齒侯朝出游兮暮來歸春與猨（音袁）吟兮秋鶴與飛北方之人兮爲侯是非千秋萬歲兮侯無我違福我兮壽我驅厲鬼兮山之左下無苦濕兮高無乾秔（音庚）稌（音徒）充羨兮蛇蛟結蟠我民報事兮無怠其始自今兮欽於世世

方望溪曰詳著治蹟所以著柳民之戴侯與侯之神所以安於柳也〇曾滌生曰此文情韻不匱聲調鏗鏘乃文章第一妙境情以生文文亦足以生情文以引聲聲亦足以引文循環互發油然不能已庶可漸入佳境

羅池（在馬平縣東、）柳侯爲州（元和十年三月、以永州司馬柳宗元爲柳州刺史、十四年十月、宗元卒、）步（水際曰步、）三年（長慶三年、）景辰（即丙辰、以諱改此、）鵝山（在馬平縣西、〔明一統志〕謂山巔有石如鵝、）柳水（即柳江、在馬平縣南、）團團（團聚貌、）齒齒（排列貌、）北方之人（柳家河東、北方人也、）秔稌（秔、稻之不黏而晚熟者、俗作粳、稌、糯稻也、）

韓退之袁氏先廟碑〇

袁公滋既成廟明歲二月自荆南以旂節朝京師留六日得壬子春分率宗親子屬用少牢於三室既事退言曰嗚呼遠哉維世傳德襲訓集余乃今有濟今祭既不薦金石音聲使工歌詩載烈象容其奚以飭稚昧於長久惟敬繫羊豕

叙著詩緣由

袁氏始祖

歷漢魏晉拓跋魏周隋世系里居班班可攷

入唐之高曾祖考

此言詩後委祉

出入有立不爵於朝方望溪云其志適至是而止

幸有石如具著先人名跡因爲詩繫之語下於義其可雖然余不敢必屬篤古而達於詞者遂以命愈愈謝非其人不獲命則謹條袁氏本所以出與其世系里居起周歷漢魏晉拓跋魏周隋入國家以來高曾祖考所以劬躬熹後委祉於公公之所以逢將承應者有概有詳而綴以詩其語曰周樹舜後陳陳公子有爲大夫食國之地袁鄉者其子孫世守不失因自別爲袁氏春秋世陳常壓於楚與中國相加尤疏袁氏猶班班見可譜常居陽夏陽夏至晉屬陳郡故號陳郡袁氏博士固申儒遏黃唱業於前至司徒安懷德於身袁氏遂大顯連世有人終漢迄魏晉分仕南北始居華陰爲拓跋魏鴻臚鴻臚諱恭生周梁州刺史新縣孝侯諱穎孝侯生隋左衛大將軍諱温去官居華陰武德九年以大耋薨始葬華州左衛生南州刺史諱士政南州生當陽令諱倫於公爲曾祖當陽生朝散大夫石州司馬諱知玄司馬生贈工部尚書咸寧令諱曄是爲皇考袁氏舊族而當陽以通經爲儒位止縣令石州用春秋持身治事爲州司馬以終咸寧備學而貫以一文武隨用謀行功從出入有立不爵於朝比三世宜達而

此言遂將承應

此下備述廟制及祭

室歸成後人數當於公公惟曾大父大父皇考比三世存不大夫食歿祭在子孫惟將相能致備物世彌遠禮則益不及在愼德行業治圖功載名以待上可無細大無敢不敬畏無早夜無敢不思成於家進於外以立於朝自侍御史歷工部員外郎祠部郎中諫議大夫尚書右丞華州刺史金吾大將軍由卑而鉅莫不官稱遂爲宰相以贊辨章仍持節將蜀滑荆襄畧苞河山秩登祿富以有廟祀具如其志又垂顯刻以教無忘可謂大孝詩曰

袁自陳分初尙蹇連越秦造漢博士發論司徒任德忍不錮人收功厥後五公重尊晉氏於南來處華下鴻臚孝侯用適操舍南州勤治取最不懈當陽耽經惟義之畏石州烈烈學專春秋懿哉咸寧不名一休趨難避成與時泛浮是生孝子天子之宰出把將符羣州承楷數以立廟祿以備器由曾及考同堂異置柏板松櫨其筵肆肆惟袁之廟孝孫之爲順勢卽宜以諏以龜以平其巇(音羲)屖墻持持孝孫來享來拜廟庭陟堂進室親登籩鉶(音刑)肩臑(奴報切)胉(音博)骼(音格)其尊玄清降登受胙于慶爾成維曾維祖維考之施於爾孝嗣以報以祗凡我有今

非本昌思刻詩牲繫惟以告之。

劉海峯曰昌黎爲瑰怪雄奇之語以追盤誥鹿門譏之非也銘亦極似雅頌

袁滋（字德深、蔡州朗山人、德宗時、歷官彰義節度使、遷湖南觀察使、累封淮陽郡公、）少牢（羊豕）也、石（麗牲之碑、禮祭義、祭之日、君牽牲入廟門、麗於碑、麗、繫也、）拓跋魏（北魏、姓拓跋、黃帝子昌意少子、受封北土、黃帝以土德王、北俗謂土爲拓、謂后爲跋、故氏拓跋、）周樹句（樹、立也、史記、武王克殷、求舜後、得嬀滿、封之陳、）袁氏猶班班句（如貫濤塗、袁僑、濤塗、左傳作轅、穀梁、法言、釋文、皆作袁、）陽夏（今河南太康縣、）固（轅固、漢齊人、以治詩、孝景時爲博士、竇太后好老子書、召問固、固曰、此家人言耳、太后怒曰、安得司空城旦書乎、）安（字邵公、後漢汝陽人、仕終司徒、）華陰（今陝西華陰縣、）耋（七十八十皆曰耋、）武德（高祖年號、）華州刺史（貞元十六年、滋自尚書右丞、任此、）金吾大將軍（貞元二十一年、拜金吾大將軍、）辨章（辨章、分明、）百姓（百姓之氏族、辨與便平通、史記、便章百姓、書、作平、）持節句（永貞元年十月、滋爲西川節度使、元和元年十月、徙義成軍節度使、八年正月、自戶部尚書、出爲山南東道節度、九年九月、徙荊南節度、蜀謂西川、滑謂義成、襄謂山南東道、荊謂荊南、）蹇連（困難也、易、往蹇來連、蔡邕賦、塗迍邅其蹇連兮、）忍不錮人（漢明帝時、袁安爲河南尹、未嘗以贓罪鞠人、嘗曰、凡學仕者、高則望宰相、下則希牧守、錮人於聖世、所不忍爲、）五公（安、章帝時爲司徒、二子京敞、京子湯、字仲河、桓帝時太尉、湯子逢、字周陽、靈帝時司空、逢弟隗、字次陽、獻帝時太傅、京弟敞、字叔平、安帝時司空、凡四世五公、）巘（巘、隒也、法言、巘巘可抵乎、）籩（竹爲之、食器、編、）鉶（盛羹之器、）肩臑胉骼（臑、臂節也、禮、少儀、其禮太牢、則以牛左肩臂臑折九箇、儀禮、特臑肫骼、胉、脅也、儀禮、士喪禮、去蹄兩胉脊脅、骼、食獸骨也、四者皆所薦之牲、）

韓退之烏氏廟碑○

首敍定亂事見重胤之得功名以此

其以廟享方望溪云以上著得立廟之由

烏氏著於春秋方望溪云敘及世系

開元中方望溪云末著先世功名而詳其父勳伐

捺祿吳至父云山名

元和五年。天子曰。盧從史始立議用師於恒。乃陰與寇連。夸謾兇驕。出不遜言。其執以來。其四月。中貴人承璀。七罪切即誘而縛之。其下皆甲以出。操兵趨譁。牙門都將烏公重胤。當軍門叱曰。天子有命。從有賞。敢違者斬。於是士皆斂兵還營。卒致從史京師。壬辰。詔用烏公為銀青光祿大夫河陽軍節度使兼御史大夫。封張掖郡開國公。居三年。河陽稱治。詔贈其父工部尚書。且曰。其以廟享。卽以其年營廟於京師崇化里。軍佐竊議曰。先公既位常伯。而先夫人無加命號名差卑。於配不宜。語聞。詔贈先夫人劉氏沛國太夫人。八年八月。廟成。三室同宇。祀自左領府君而下。作主於第。乙巳。升於廟。烏氏著於春秋。譜於世。本列於姓苑。在莒者存在齊。有餘枝鳴。皆為大夫。秦有獲。為大官。其後世之江南者家鄱陽。處北者家張掖。或入夷狄為君長。唐初。察為左武衛大將軍。實張掖人。其子曰令望。為左領軍衛大將軍。孫曰蒙。為中郎將。是生贈尚書。諱承玼。音此字某。烏氏自莒齊秦大夫以來。皆以材力顯。及武德以來。始以武功為名將家。開元中。尚書管平盧先鋒軍。屬破奚契音乞丹。從戰捺雄入駱祿。走可突干渤海。擾海上

爲子孫者念之

至馬都山。吏民逃徙失業。尚書領所部兵塞其道。塹(七豔切)原壘石縣四百里。深高皆三丈。寇不得進。民還其居。歲罷運錢三千萬餘。黑水室韋以騎五千來屬麾下。邊威益張。其後與耿仁智謀說史思明降。思明復叛。尚書與兄承恩謀殺之。事發族夷。尚書獨走免。李光弼以聞。詔拜冠軍將軍。守右威衛將軍。檢校殿中監。封昌化郡王。石嶺軍使。積粟厲兵。出入耕戰。以疾去職。貞元十一年二月丁巳。薨於華陰告平里。年若干。卽葬於其地。二子。大夫爲長。季曰重元。爲某官。

銘曰。

烏氏在唐。有家於初。左武左領。二祖紹居。中郎少卑。屬於尚書。不償其勞。乃相大夫。授我戎節。制有壃(同疆)墟。數備禮登。以有宗廟。作廟天都。以致其孝。右祖左孫。爰饗其報。云誰無子。其有無孫。克對無羞。乃惟有人。念昔平盧。爲艱爲瘁。大夫承之。危不棄義。四方其平。士有息息。來覲來齋。以饋黍稷。

曾滌生曰。最善取勢。左領君中郎君三世同廟。不敘左領中郎事迹。專敘尚書。大家之文所以遒簡也。低手三世各鋪敘幾句。便無此勁潔。

用師於恒 元和四年三月、成德節度使王士眞卒、其子承宗自爲留後、帝欲革河北世襲之弊、盧從史時爲昭義節度使、遭父喪、因左軍中尉吐突承璀說、請發本軍討承宗、由是復起從史、委其成功、十月、詔削奪承宗官爵、以承璀爲招討宣慰使、命恒州四面藩鎭各進兵共討、陰與寇連 從史陰與王承宗通謀、裴垍曾從史必爲亂、承璀乃召從史入營與博、伏壯士禽縛之、馳詣京師、貶爲驩州司馬、烏重胤 字保君、張掖人、張掖郡 今甘肅張掖縣、常伯 謂工部尙書、三室同宇 同宇、謂上同下異也、從漢以來、公私廟制、皆爲同堂異室、世本 世本十五卷、錄黃帝以來帝主諸侯泊卿大夫系氏名號、姓苑 十卷、何承天作、崔日用乂有姓苑略一卷、存 〔左昭〕莒子庚與虐而好劍、烏存率國人逐之、餘枝鳴 〔左襄二十四年〕齊人城郟之歲、其夏烏餘以廩丘奔晉、〔昭二十一年〕冬十月、華登以吳師救華氏、齊烏枝鳴戍宋、獲 秦武王時、有力士任鄙烏獲、鄱陽 今江西鄱陽縣、家張掖 張掖烏氏、後魏烏洛侯之裔、貞觀初、貢獻內屬、代爲功臣、承玼 字德潤、重胤父、奚契丹 唐時北狄有五種、契丹、奚、室韋、黑水、渤海、奚本東胡種、爲匈奴所破、保烏桓山、所居在今熱河之承德灤平豐寧平泉諸縣地、契丹亦東胡種、初甚微、保潢水之南、黃龍之北、後破奚渤海、倂室韋女眞、取突厥故地、遂改號曰遼、可突干 契丹將、奚契丹入寇、承玼破于捺祿山、又戰白城、承玼按隊出其右、斬首萬級、可突干奔北、渤海 國名、靺鞨人大祚榮所建、其子大武藝以後、拓境日廣、奄有松花江以南、迄日本海之地、渤海王武藝出海濱至馬都山、屠陷城邑、承玼以本營士從防遏要害、黑水室韋 二國名、黑水即靺鞨、居今黑龍江地、室韋爲契丹別種、在今蒙古東境、黑龍江北境一帶、史思明降復叛 至德二年、安慶緒兵敗、走保鄴郡、史思明判官耿仁智、說思明歸唐、思明然之、以所部十三郡及兵八萬來降、已而思明內迫賊、上以承恩爲河北節度使副大使、使圖思明、事洩、承恩父子、及支黨皆被殺、李光弼 營州柳城人、爲唐名將、貞元 德宗年號、

蘇子瞻表忠觀碑 觀在浙江杭縣、舊湧金門外龍山、

○○○

見其深洽民心

三世四王敍事得簡字訣

表其有德

熙寧十年十月戊子資政殿大學士右諫議大夫知杭州軍州事臣抃言故吳越國王錢氏墳廟及其父祖妃夫人子孫之墳在錢塘者二十有六在臨安者十有一皆蕪穢不治父老過之有流涕者謹按故武肅王鏐（音留）始以鄉兵破走黃巢名聞江淮復以八都兵討劉漢宏并越州以奉董昌而自居於杭及昌以越叛則誅昌而并越盡有浙東西之地傳其子文穆王元瓘（音貫）至其孫忠顯王仁佐遂破李景兵取福州而仁佐之弟忠懿王俶（昌赤切）又大出兵攻景以迎周世宗之師其後卒以國入覲三世四王與五代相終始天下大亂豪傑蠭起方是時以數州之地盜名字者不可勝數既覆其族延及於無辜之民罔有孑遺而吳越地方千里帶甲十萬鑄山煮海象犀珠玉之富甲於天下然終不失臣節貢獻相望於道是以其民至於老死不識兵革四時嬉遊歌舞之聲相聞至於今不廢其有德於斯民甚厚皇宋受命四方僭亂以次削平西蜀江南負其嶮遠兵至城下力屈勢窮然後束手而河東劉氏百戰守死以抗王師積骸爲城釃（音疑）血爲池竭天下之力僅乃克之獨吳越不待告命封府庫籍郡縣請吏

表其有功

有前事爲設

仍歸到朝廷奬功之意

氣象俊偉

於朝覲去其國如去傳舍其有功於朝廷甚大昔竇融以河西歸漢光武詔右扶風修理其父祖墳塋祠以太牢今錢氏功德殆過於融而未及百年墳廟不治行道傷嗟甚非所以勸奬忠臣慰答民心之義也臣願以龍山廢佛寺曰妙因院者爲觀使錢氏之孫爲道士曰自然者居之凡墳廟之在錢塘者以付自然其在臨安者以付其縣之淨土寺僧曰道微歲各度其徒一人使世掌之籍其地之所入以時修其祠宇封殖其草木有不治者縣令丞察之甚者易其人庶幾永終不墜以稱朝廷待錢氏之意臣抃昧死以聞制曰可其妙因院改賜名曰表忠觀銘曰

天目之山苕水出焉龍飛鳳舞萃於臨安篤生異人絕類離羣奮梃大呼從者如雲仰天誓江月星晦蒙强弩射潮江海爲東殺宏誅昌奄有吳越金券玉册虎符龍節大城其居包絡山川左江右湖控引島蠻歲時歸休以燕父老曄筠輒切如神人玉帶毬馬四十一年寅畏小心厥篚相望大貝南金五朝昏亂罔堪託國三王相承以待有德既獲所歸弗謀弗咨先王之志我維行之天胙忠孝

世有爵邑。允文允武。子孫千億。帝謂守臣。治其祠墳。毋俾樵牧。愧其後昆。龍山之陽。歸區韋切焉新宮。匪私於錢。惟以勸忠。非忠無君。非孝無親。凡百有位。視此刻文。

方望溪曰趙公奏本軒豁老健故可用史記三王世家體然趙果能此則其他文傳世行後者宜多豈奏故子瞻代爲耶〇吳至父曰雄遠是子瞻本色至氣體堅蒼古厚則當爲集中第一篇文字

熙寧神宗年號、抃姓趙、字閱道、衢州西安人、錢塘臨安錢塘今改杭縣、與臨安縣並屬錢塘道、武肅王鏐字具美、臨安人、石鑑鎭將董昌募鄉兵討賊、表鏐偏將、時黃巢攻掠浙東、至臨安、鏐與勁卒二十人、伏山谷中、伏弩射殺其將、巢兵亂、引兵趨八百里、八百里、地名、鏐告道旁媼曰、後有問者、告曰、臨安兵屯八百里矣、巢衆至、聞媼語、不知其地名、皆曰、嚮十餘卒不可敵、況八百里乎、遂急引兵過、都統高駢聞其事壯之、駢表昌杭州刺史、以八都兵討劉漢宏杭州八縣、每縣募千人、爲一部、時有劉漢宏者、秦徒據越州、僖宗在蜀、詔昌討伐、昌委之鏐、率八都之士、進攻越州、誅漢宏、昌爲浙東節度使、越州刺史、表鏐代己爲杭州刺史、見[舊五代史]昌以越畔昌漸驕貴、自稱羅平國王、年號大聖、僞命鏐爲兩浙部將、鏐不受命、以狀聞、昭宗命鏐討昌、乾寧四年、鏐率浙西將士破越州、擒昌以獻、朝廷嘉其功、賜鏐鐵券、兩浙士庶請以鏐兼杭越二鎭、朝廷因而授之、鏐乃兼鎭海鎭東、兩藩節制、見[舊五代史]元瓘字明寶、鏐第五子、仁佐按[新舊五代史]及[宋史]並作佐、字元祐、元瓘子、卒謚忠獻、破李景兵[五代史]李仁達附李景、已而又叛、景攻之、仁達求救於佐、乃遣其統軍使張筠趙承泰等率兵三萬、水陸赴之、大敗景兵、獲其將楊業蔡遇等、遂取福州而還、按景南唐主、初名景通、既立、又改名璟、俶字文德、元瓘子、倧弟、胡進思廢倧立之、攻景迎周師[五代史]周顯德三年、世宗征淮南、令俶以所部分路進討、俶遣偏將吳程圍毗陵、陷關城、擒團練使趙仁澤、俄程軍戰敗、復失常州、會李景上表求割地內附、詔俶班師、以國入覲[宋史]太平興國三年、詔俶來朝、俶舉族歸於京師、國除、三世四王鏐、元瓘、佐、俶、西蜀指後蜀、江南指南唐、河東劉氏指北漢、竇融字周公、扶風平陵人、累世仕宦河西、更始時據河西、稱五郡大將軍、光武平蜀、融入朝、以為冀州牧、尋為大司空、封安豐侯、龍山在杭縣南、一名臥龍山、天目分支、沿江而東、結脈於此、天目山在浙江臨安縣西北五十里、與於潛縣接界、山有兩峯、峯頂各一池、左右相對、即古浮玉山、龍飛鳳舞二句[郭璞詩]天目山前兩乳長、龍飛鳳舞到錢唐、按宋臨安府治錢塘、即今杭縣、仰天誓江[吳越備史]中和二年、漢宏遣弟漢宥、率兵營於西陵、董昌遣王鎮之、夜將渡江、星月皎然、王祝曰、願陰雲蔽月、以濟我師、俄而雲霧四起、咫尺晦冥、王遂渡江破賊、強弩射潮[北夢瑣言]杭州連歲潮頭直打羅剎石、吳越錢尙父俾張弓弩、候潮至、逆而射之、由是漸退、羅剎石化而為陸地、遂列廛肆焉、金券玉冊唐昭宗賜鏐鐵券、後唐莊宗賜玉冊金印、起玉冊金券詔書三樓於衣錦軍、見[五代史]歲時歸休二句[五代史]鏐游衣錦城、宴故老、山林皆覆以錦、玉帶毬馬[五代史]太祖嘗問吳越進奏吏曰、錢鏐平生有所好乎、吏曰、好玉帶名馬、太祖笑曰、眞英雄也、乃以玉帶一匣打毬御馬十匹賜之、大貝介屬、古人取其背為用、如今之用錢、南金[詩魯頌]大路南金、

評校音注古文辭類纂卷四十終

奉母從天子極流離辛苦之況爲忠孝二字埋根

總提忠孝爲下文發揮地步

聲生勢長即噎媢之由

韓退之曹成王碑〇〇

王姓李氏。諱臯字子蘭。諡曰成。其先王明。以太宗子。國曹。絕復封。傳五王至成王。成王嗣封在玄宗世。蓋於時年十七八。紹爵三年而河南北兵作。天下震擾。王奉母太妃逃禍民伍。得間走蜀從天子。天子念之。自都水使者拜左領軍衛將軍。轉貳國子祕書。王生十年而失先王。哭泣哀悲。弔客不忍聞。喪除痛刮磨豪習。委己於學。稍長。重知人情。急世之要。恥一不通。侍太妃從天子於蜀。既孝既忠。持官持身。內外斬斬。由是朝廷滋欲試之於民。上元元年。除溫州長史行刺史事。江東新刳(音枯)於兵。郡旱饑民交走死無弔。王及州不解衣。下令掊(普后切)鎖擴門。悉棄倉實與民。活數十萬人。奏報。升秩少府。與平袁賊。仍徙祕書兼州別駕。部告無事。遷眞於衡。法成令修。治出張施。聲生勢長。觀察使噎媢(音冒)不能出氣。誣以過犯。御史助之。貶潮州刺史。楊炎起道州。相德宗。還王於衡。以直前

寫孝字得體

有機變有謀略極寫忠孝

詳敘戰績下字若鑄

屬鄉按原集與劉並作厲鄉時希烈援隋州皐使伊愼擊之於隋鄉厲鄉鄉名開軍

謾（模官切）王之遭誣在理念太妃老將驚而慼出則囚服就辯入則擁笏垂魚坦坦施施卽貶於潮以遷入賀及是然後跪謝告實初觀察使虐使將國良往戍界良以武岡畔戍衆萬人斂兵荆黔洪桂伐之二年尤張於是以王帥湖南將五萬士以討良爲事王至則屏兵投良以書中其忌諱良羞畏乞降狐鼠進退王卽假爲使者從一騎踔（音罩）五百里抵良壁鞭其門大呼我曹王來受良降良今安在良不得已錯愕迎拜盡降其軍太妃薨王棄部隨喪之河南葬及荆被詔責還會梁崇義反王遂不敢辭以還升秩散騎常侍明年李希烈反遷御史大夫授節帥江西以討希烈命至王出止外舍禁無以家事關我莫兵大選江州羣能著職王親教之搏力勾卒嬴越之法曹誅五畀艦步二萬人以與賊遌（同迕音誤）嘬（楚快切）鋒蔡山踣（同仆）之剜（烏丸切）蘄（音其）之黃梅大鞣（音柔）長平鏺（音潑）廣濟掀（音軒）蘄春撇（片入聲）蘄水掇黃岡筴（音頰）漢陽行跐（音此）汊（音叉）川還大膊（音博）蘄水界中披安三縣拔其州斬僞刺史標光之北山踏（音沓）隨光化措（古巧切）其州十抽一推救兵州東北屬鄉還開軍受降大小之戰三十有二取五州十九縣民老幼婦女不

受降時希烈將李惠登以隋州降

王之在吳姚氏云敘功績總括要害使當日情事豁然許國公碑從段同法歐公范文正公碑自公初坐呂公貶云云亦同此機軸

略敘政績

總束數句

兼敘其子隱微上忠孝二字且透到作碑之由

詩能詳其所略

驁市賈不變田之果穀下無一跡加銀青光祿大夫工部尙書改戶部再換節臨荊及襄眞食三百王之在兵天子西巡於梁希烈北取汴鄭東略宋圍陳西取汝薄東都王坐南方北向落其角距賊死咋（音窄）不能入寸尺亡將卒十萬盡輸其南州王始政於溫終政於襄恆平物估賤斂貴出民用有經一吏軌民使令家聽戶視姦宄（音軌）無所宿府中不聞急步疾呼治民用兵各有條次世傳爲法任馬彝將愼將鍔將潛偕盡其力能薨贈右僕射元和初以子道古在朝更贈太子太師道古進士司門郎刺利隨唐睦徵爲少宗正兼御史中丞以節督黔中朝京師改命觀察鄂岳蘄沔（美辨切）安黃提其師以伐蔡且行泣曰先王討蔡實取沔蘄安黃寄惠未亡今余亦受命有事於蔡而四州適在吾封庶其有集先王薨於今二十五年吾昆弟在而墓碑不刻無文其實有待子無用辭乃序而詩之辭曰

太支十三曹於弟季或亡或微曹始就事曹之祖王畏塞絕遷零王黎公不聞僅存子父易封三王守名延延百載以有成王成王之作一自其躬文被明章

得勉勵之意

武薦峻功蘇枯弱彊齦（昔懇）其姦猖以報於宗以昭於王王亦有子處王之所惟舊之視蹶（姑衞切）蹶陛陛實取實似刻詩其碑爲示無止

朱子考異曰此碑造語法子雲也○方望溪曰此韓碑之最詳者然所詳僅討希烈一事耳自轉貳國子祕書以上著以宗藩承王官之由也除温州長史行刺史以上出試郡之由也貶潮還衡跌而復起之迹也被召還鄉衰絰即戎之義也討國良則虛言其方略討希烈始實次戰績而不及其兵謀末乃總括治行按之無一語可汰損者後敘湘南江西戰績故此第曰與平袁賊一字不可增○曾滌生曰貶潮與降良事小振平李希烈事大振凡敘事皆分大小爲賓主驟看乃似直敘漫鋪又曰韓文誌傳中有兩篇對偶者曹成王韓弘兩篇爲偶柳子厚鄭羣兩篇爲偶張署張徹兩篇爲偶○張廉卿曰退之敘事簡嚴生動一變東漢之格後人無從追步直敘處多本東漢舊法出退之手便簡古不可及卻與東漢不同於此能辨則於敘事之法思過半矣

傳五王高宗永隆時、明坐與太子賢通謀、降封零陵王、徙黔州、都督謝祐逼殺之、三子、俊傑備、俊嗣王、旋俊傑幷遇害、中宗神龍時、以傑子胤嗣、後備自南還、詔以備子易胤、備卒、玄宗時、復封胤、胤卒、子戩嗣、戩卒、子皋嗣、河南北兵作安祿山之亂、太妃鄭氏、走蜀從天子時玄宗幸蜀、都水使者秦漢設都水長、都水丞、主陂池水利、漢武改此名、先王戩於開元二十一年卒、上元肅宗年號、溫州治今浙江永嘉縣、掊擊也、袁賊寶應元年、袁晁反台州、衡衡州、治今湖南衡陽縣、覲察噎媢句噎、結塞也、媢、忌嫉也、時辛京杲爲湖南觀察使、潮州治今廣東潮安縣、楊炎字公南、鳳翔天興人、道州治今湖南道縣、施施行之舒也、國良姓王、湖南牙將、辛京杲以其家富、使戍武岡、而以死罪加之、國良懼、遂反、武岡今湖南武岡縣、荆黔洪桂唐荆州治今湖北江陵縣、領縣八、黔州治今四川彭水縣、領縣六、洪州治今江西南昌縣、領縣七、桂州治今廣西桂林縣、領縣十一、狐鼠狐性多疑、鼠性畏怯、踔走也、梁崇義京兆長安人、德宗建中二年、詔加崇義同平章事、遣御史張著齎手詔徵之、至襄陽、崇義懼、陳兵而見、不受詔、上命李希烈督諸道兵討之、李希烈燕州遼西人、建中三年反、以皋爲江西觀察使、兼御史大夫、大選江州江州本作洪州、皋至洪州、悉集將佐、簡閱其才、搏力句按「新唐書」搏作團、搏力、秦兵法、勾卒、越兵法、「左哀」越子伐吳、吳子禦之笠澤、夾水而陣、越子爲左右勾卒、「杜注」勾伍相著、別爲左右也、曹誅句敗則誅及其曹、變則分界其伍、遻遇也、嘬鋒一舉盡食之意、「路史」漢武帝好大而喜功、使者張騫乃反誇以西域之富、於是嘬兵以爭之、蔡山在黃梅縣西南、剜削也、蘄之黃梅蘄州領蘄春黃梅廣濟蘄水四縣、鞣耎也、熟皮曰鞣、此作降服解、長平故城在今河南西華縣東南、鏟斬伐也、廣濟今湖北廣濟縣、掀舉也、蘄春今湖北蘄春縣、撇擊也、蘄水今湖北蘄水縣、掇拾取也、黃岡今湖北黃岡縣、筴舉也、漢陽今湖北漢陽縣、跐汊川跐、蹈也、汊川城、在今湖北漢陽縣、大膊膊、磔也、[左成]殺而膊諸城上、安三縣安州之三縣、唐安州治今湖北安陸縣、領安陸、雲夢、孝昌、應城、吉陽、應山、六縣、僞刺史謂王嘉祥、標旗也、光之北山唐光州治今河南潢川縣、領定城、光山、仙居、殷城、固始、五縣、北山疑光山之誤、即汝陽道光山縣是、䭥食也、隨光化並今湖北隨縣地、唐隨州治此、領隨、光化、棗陽、唐城四縣、捁同攪、手動也、十抽一推陳后山謂唐令民二十成丁爲推、此言十推而抽其一爲兵、五州蘄、黃、安、沔、隨、十九縣蘄四縣、安六縣、黃三縣、隨四縣、沔二縣、再換節句貞元元年、皋爲荊南節度使、三年爲襄州刺史山南東道節度使、眞食三百官實任曰眞、皋遷荊南節度使、賜實戶三百戶、梁唐梁州、治今陝西南鄭縣、興元二年、車駕幸梁州、汴唐汴州、治今河南開封縣、建中四年、李希烈陷汴州、鄭唐鄭州、治今河南鄭縣、宋唐宋州、治今河南商邱縣、陳唐陳州、治今河南淮陽縣、汝唐汝州、治今河南臨汝縣、咋大嚼、馬彝扶風人、時掌幕府、將愼姓伊、字寡悔、兗州人、將鍔姓王、字昆吾、太原人、將潛即李伯潛、元和憲宗年號、利隨唐睦唐利州、治今四川廣元縣、隨州、見上、唐州、治今河南泌源縣、睦州、治今浙江建德縣、道古歷爲四州刺史、黔中黔州亦曰黔中郡、治彭水、唐以爲都督府、督思辰施播等州、兼領羈縻數十州、鄂岳蘄沔安黃唐鄂州、治今湖北武昌縣、岳州、治今湖南岳陽縣、蘄州、治今湖北蘄春縣、沔州、治今湖北漢陽縣、安州、見前、黃州、治今湖北黃岡縣、元和十一年、道古爲六州都團練觀察使、伐蔡蔡州、治今河南汝陽縣、時討吳元濟、吾昆弟皋三子、象古、復古、道古、太支十三一句太宗子十四人、高宗、恒山王承乾、楚王寬、吳王恪、濮王泰、庶人祐、蜀王愔、蔣王惲、越王貞、紀王愼、江王囂、代王簡、趙王福、曹王明、或亡或微寬、囂、簡、俱早卒、承乾、泰、愔、廢黜、恪、祐、誅死、貞討武氏遇害、零王黎公零陵王俊、黎國公傑、並爲武后所殺、子父易封指胤與備、三王備、胤、戩、齦嚙也、蹶蹶陛陛子孫盛大、如歷階陛而上、

間道趨闕方望溪云先敘官績

自始命左金吾方望溪云次敘官階

結髮從軍方望溪云總冒其生平

韓退之清邊郡王楊燕奇碑

公諱燕奇。字燕奇。弘農華陰人也。大父知古。祁州司倉。烈考文誨。天寶中。實爲平盧衙前兵馬使。位至特進檢校太子賓客。封弘農郡開國伯。世掌諸蕃互市。恩信著明。夷人慕之。祿山之亂。公年幾二十。進言於其父曰。大人守官。宜不得去。王室在難。某其行矣。其父爲之請於戎帥。遂率諸將校之子弟各一人。間道趨闕。變服詭行。日倍百里。天子嘉之。特拜左金吾衛大將軍員外置。賜勳上柱國。寶應二年春。詔從僕射田公平劉展。又從下河北。大歷八年。帥師納戎帥勉於滑州。九年。從朝於京師。建中二年。城汴州。功勞居多。三年。從攻李希烈。先登。貞元二年。從司徒劉公復汴州。十二年。與諸將執以城叛者。歸之於京師。事平。授御史大夫。食實封百戶。贈繒（疾陵切）綵有加。十四年。年六十一。五月某日。終於家。自始命左金吾大將軍。凡十五遷。爲御史大夫。職爲節度押衙右廂兵馬使。兼馬軍先鋒兵馬使。階爲特進。勳爲上柱國。爵爲清邊郡王。食虛邑自三百戶至三千戶。眞食五百戶。終焉。公結髮從軍四十餘年。敵攻無堅。城守必完。臨危

卒致其母十一字云便舉一事以證之

補一筆

蹈難獻（音虛）欷（音希）感發乘機應會捷出神怪不畏義死不榮幸生故其事君無疑行其事上無間言初僕射田公其母隔於冀州公獨請往迎之經營賊城出入死地卒致其母田公德之約爲父子故公始姓田氏田公終而後復其族焉嗣子通王屬良禎以其年十月庚寅葬公於開封縣魯陵岡隴西郡夫人李氏祔焉夫人清夷郡太守佑之孫漁陽郡長史獻之女柔嘉淑明先公而殂有男四人女三人後夫人河南郡夫人雍氏某官之孫某官之女有男一人女二人咸有至性純行夫人同仁均養親族不知異焉君子於是知楊公之德又行於家也銘曰

烈烈大夫逢時之虞感泣辭親從難於秦惟茲爰始遂勤其事四十餘年或裨或專攻牢保危爵位已隮（祖稽切）既明且愼終老無驟魯陵之岡蔡河在側烝烝孝子思顯勳績斲石於此式垂後嗣

大姚曰楊燕奇事無可考大約事亦尠焯赫可紀者雖云或裨或專要以裨將從帥最功耳故多虛敍而中間總而論之其於田神功之事則事之可實

有大臣之言方望溪云詳其先世爲文人也與王父云即銘所云祇河浮屠也

紀者望溪云隨舉一事以證是也又曰公碑誌金石之文也以議論斷制若云史傳則非宜耳○張廉卿曰勿貪其暢須學其潔

弘農華陰（唐華州華陰縣、曾隸虢州、虢州亦曰弘農郡、即今陝西華陰縣、）祁州（治今直隸安國縣、）左金吾句（左金吾衛大將軍正三品、掌宮中京城巡警道路水草之宜、員外、額外之員、置者、許其置也、）上柱國（勳官之最尊者、）寶應（肅宗年號、按平展事在上元二年、）田公（平盧兵馬使田神功、）平劉展（上元元年、宋州刺史劉展赴揚州、進陷揚潤昇等州、二年正月、神功生禽展、揚潤平、）大歷（代宗年號、）納戎帥句（大歷八年三月、永平節度使令狐彰卒、遺表稱工部尚書李勉可委大事、詔以勉代彰爲永平軍節度、滑亳觀察等使、滑州、治今河南滑縣、）建中（德宗年號、）從攻李希烈（建中三年十二月、李希烈自稱天下都元帥、明年春正月陷汝州、十二月陷汴滑州、）貞元（德宗年號、）從司徒劉公句（興元元年、李希烈僭號、十一月宋亳節度使劉洽大破希烈、希烈遁歸蔡州、汴州平、按洽後賜名元佐、滑州匡城人、文作貞元二年誤、）冀州（唐屬河北道、治信都、故城在今直隸冀縣東北、）通王（名諶、德宗之子、貞元中、領宣武及河東節度、）蔡河（在開封城東南、上流即汴河、）烝烝（進也、[書]克諧以孝、烝烝乂不格姦、）

韓退之唐故相權公墓碑○

上之元和六年其相曰權公諱德輿字載之其本出自殷帝武丁武丁之子降封於權權江漢間國也周衰入楚爲權氏楚滅徙秦而居天水略陽苻秦之王中國其臣有安邱公翼者有大臣之言後六世至平涼公文誕爲唐上庸太守

公在相位三年方望溪云先揭官階所極及享年謚法以敍前世卒遷而書又通篇順敍即用此爲關鍵也〇曾滌生云敍事先其尤大者簡當

荆州大都督長史焯(音灼)有聲烈平涼曾孫諱倕(音垂)贈尙書禮部郎中以藝學與蘇源明相善卒官羽林軍錄事參軍於公爲王父郎中生贈太子太保諱皋以忠孝致大名去官累以官徵不起追謚貞孝是實生公公在相位三年其後以吏部尙書授節鎭山南年六十以薨贈尙書左僕射謚文公公生三歲知變四聲四歲能爲詩七歲而貞孝公卒來弔哭者見其顏色聲容皆相謂權氏世有其人及長好學孝敬祥順貞元八年以前江西府監察御史徵拜博士朝士以得人相慶改左補闕章奏不絕譏排姦倖與陽城爲助轉起居舍人遂知制誥凡撰命詞九年以類集爲五十卷天下稱其能十八年以中書舍人典貢士拜尙書禮部侍郎薦士於公者其言可信不以其人布衣不用卽不可信雖大官勢人交言一不以綴(音掇)意奏廣歲所取進士明經在得人不以員拘轉戶兵吏三曹侍郎太子賓客復爲兵部遷太常卿天下愈推爲鉅人長德時天子以爲宰相宜參用道德人因拜禮部尙書同中書門下平章事公既辭謝不許其所設張舉措必本於寬大以幾教化多所助與維匡調娛不失其正中於和節不

此亦其詳贍處

仍繳上薦士好學

世無不存與至父云
世次不可紀也

爲聲章因善與賢不矜主己以吏部尚書留守東都諸帥有利病不能自請者公常與疏陳不以露布復拜太常轉刑部尚書考定新舊令式爲三十編舉可長用其在山南河南勤於選付治以和簡人以寧便以疾求還十三年某月甲子道薨於洋之白草奏至天子痌（音通）傷爲之不御朝郎官致贈錫官居野處上下弔哭皆曰善人死矣其年某月日葬河南北山在貞孝東五里公由陪屬升列年除歲遷以至公宰人皆喜聞若己與有無忌嫉者于頔（音狄）坐子殺人失位自囚親戚莫敢過門省顧朝莫敢言者公將留守東都爲上言曰頔之罪既貰（音世）不竟宜因賜寬詔上曰然公爲吾行諭之頔以不憂死前後考第進士及庭所策試士踵相躡爲宰相達官與公相先後其餘布處臺閣外府凡百餘人自始學至疾未病未嘗一日去書不觀公既以能爲文辭擅聲於朝多銘卿大夫功德然其爲家不視簿書未嘗問有無費不侍（音雉）餘公娶清河崔氏女其父造嘗相德宗號爲名臣既葬其子監察御史璩（音渠）纍然服喪來有請乃作銘文曰權在商周世無不存滅楚徙秦嬴劉之間甘泉始侯以及安邱詆訶浮屠皇極

此數句指劾裴延齡爲于頔貢罪等事

之扶貞孝之生鳳鳥不至爵位豈多半塗以稅壽考豈多四十而逝惟其不有以惠厥後是生相君爲朝德首行世祖之文世師之流連六官出入屏毗無黨無仇舉世莫疵人所憚爲公勇爲之其所競馳公絕不窺孰克知之德將在斯刻詩墓碑以永厥垂

劉海峯曰昌黎敍事枝枝節節造爲奇語鹿門譏其句字生蹇不足以服公之心○曾滌生曰矜練簡慎一字不苟金石文字之正軌也又曰敍權公相業專詆用人之節大抵嘉善而矜不能和而不失其正二句該之而文特矜練此是敍名臣之法若一一敍列事蹟則累牘不能盡矣○張廉卿曰退之碑誌之文其前後錯注及錘句練響並堅勁簡峻坦然出之而雄渾高古不可及

殷帝武丁殷高宗也、小乙之子、權國在今湖北鍾祥縣西、入楚句[唐韻]權姓出天水、本顓頊之後、楚武王使鬭緡尹權、後因氏焉、天水郡名、在今甘肅通渭縣西南、略陽郡名、在今甘肅秦安縣東北、苻秦苻堅、字永固、晉升平中、僭號大秦、安邱公翼字子良、略陽人、與太原王讚俱爲苻堅謀主、拜給事中、後爲右僕射、封安邱公、堅伐晉、翼力諫不從、平涼公隋開府儀同三司鄖城郡公榮子、自翼至文誕凡六世、翼子宣褒事姚秦爲黃門侍郎、上庸故城在今湖北竹山縣、荊州治今湖北江陵縣、倕成都尉無待子、文誕生城令崇本、崇本生無待、匡蘇源明京兆武功人、初名預、字弱夫、肅宗時、終秘書少監、皋字士繇、天寶末、安祿山爲河北按察使、表皋爲從事、察祿山有異志、詐死、奉其母南去、代宗時、徵皋爲起居舍人、以疾辭、改著作郎、復不起、大歷二年、皋卒於潤州、年四十六、元和中、諡貞孝、在相位三年元和五年九月相、八年五月罷、授節鎭山南元和十一年十月、以德輿檢校吏部尙書、充山南西道節度使、十三年八月、以病乞還、卒于道、四聲平上去入、譏排姦倖貞元八年、裴延齡以巧倖除戶部侍郎判度支、德輿上疏論其姦、陽城字亢宗、定州北平人、德宗時爲諫議大夫、偕疏留陸贄、帝欲相裴延齡、又哭於廷、力沮之、調娛借笑樂爲匡正也、留守東都元和八年七月、德輿以檢校吏部尙書、爲東都留守、考定令式先是詔許孟容蔣乂等刪定格勅成三十卷、表上留中、德輿請下刑部、與侍郎劉伯芻代考定、復爲三十卷、十年十月奏請行之、白草驛名、今陝西洋縣、痌痛也、于頔字允言、洛陽人、元和七年、頔爲司空同平章事、有梁正言者、自言與樞密使梁守謙同宗、頔使其子敏重賂正言、求出鎭、久之、正言詐漸露、敏索還其賂不得、誘其奴支解之、事覺、頔率其子殿中少監孝友等、素服詣建福門請罪、頔左遷恩王傅、仍絕朝謁、敏流雷州、孝友等皆貶官、偫具也、亦作待、璩字大圭、德輿二子、長璩、次璵、字大玉、貰寬其罪也、詆訶浮屠苻堅嘗遊東苑、命沙門道安同輦、權翼諫曰、道安毀形賤士、不宜參穢神輿、六官吏、戶、禮、兵、刑、工、

韓退之贈太尉許國公神道碑銘〇〇〇

韓姬姓。以國氏。其先有自潁川徙陽夏者。其地於今爲陳之太康。太康之韓。其稱蓋久。然自公始大著。公諱弘。公之父曰海。爲人魁偉沈塞。以武勇游仕許汴

追敍其得爲汴帥

頗有司徒公之庇蔭

機會亦好

得不以正而敍來却甚得體

之間。寡言自可。不與人交。衆推以爲鉅人長者。官至遊擊將軍。贈太師。娶鄉邑劉氏女。生公。是爲齊國太夫人。夫人之兄曰司徒玄佐。有功建中貞元之間。爲宣武軍帥。有汴宋亳潁四州之地。兵士十萬人。公少依舅氏。讀書習騎射。事親孝謹。偘(同侃)偘自將。不縱爲子弟華靡遨放事。出入敬恭。軍中皆目之。嘗一抵京師。就明經試。退曰。此不足發名成業。復去從舅氏學。將兵數百人。悉識其材鄙怯勇。指付必堪其事。司徒歎奇之。士卒屬心。諸老將皆自以爲不及。司徒卒。去爲宋南城將。比六七歲。汴軍連亂不定。貞元十五年。劉逸淮死。軍中皆曰。此軍司徒所樹。必擇其骨肉爲士卒所慕賴者付之。今見在人。莫如韓甥。且其功最大而材又俊。卽柄授之。而請命於天子。天子以爲然。遂自大理評事拜工部尙書。代逸淮爲宣武軍節度使。悉有其舅司徒之兵與地。衆果大悅。便之。當此時。陳許帥曲環死。而吳少誠反。自將圍許。求援於逸淮。啗(徒濫切)之以陳歸汴。使數輩在館。公悉驅出斬之。選卒三千人。會諸軍擊少誠許下。少誠失勢以走。河南無事。公曰。自吾舅殁。五亂於汴者。吾苗薅(音蒿)而髮櫛之。幾盡。然不一揃(同剪)刈。不

師道之誅曾滌生云着他手爲之則曰誅李師道也與上文對舉矣退之隨手變換無所不可

足令震駴(同駭)命劉鍔以其卒三百人待命於門數之以數與於亂自以爲功幷斬之以徇血流波道自是詑公之朝京師廿有一年莫敢有讙呶(女交切)叫號於城郭者李師古詐言起事屯兵於曹以嚇滑帥且告假道公使謂曰汝能越吾界而爲盜邪有以相待無爲空言滑帥告急公使謂曰吾在此公無恐或告曰翦棘夷道兵且至矣請備之公曰兵來不除道也不爲應師古詐窮變索還延旋軍少誠以牛皮鞵材遺師古師古以鹽資少誠潛過公界覺皆留輸之庫曰此於法不得以私相餽田弘正之開魏博李師道使來告曰我代與田氏約相保援今弘正非其族又首變兩河事亦公之所惡我將與成德合軍討之敢告公謂其使曰我不知利害知奉詔行事耳若兵北過河我卽東兵以取曹師道懼不敢動弘正以濟誅吳元濟也命公都統諸軍曰無自行以遏北寇公請使子公武以兵萬三千人會討蔡下歸財與糧以濟諸軍卒擒蔡姦於是以公爲侍中而以公武爲鄜(音孚)坊丹延節度使師道之誅公以兵東下進圍考城克之遂進迫曹曹寇乞降鄆部既平公曰吾無事於此其朝京師天子曰大臣不可

此數並不可不補以見非竭力以贍上者

汴之南則蔡曾滌生云敘次既畢復括尤大者著議以最其功雖端大廉悍亦具位既裁布有以顯之也飛謀釣謗矣至父云姚氏引唐書謂弘以女子間搆光顏唐書多採小說殆即飛謀

以暑行。其秋之待公曰。君爲仁。臣爲恭。可矣。遂行。既至。獻馬三千匹。絹五十萬匹。他錦紈綺切去倚纈音絜又三萬。金銀器千。而汴之庫廄錢以貫數者。尚餘百萬。絹亦合百餘萬匹。馬七千。糧三百萬斛。兵械多至不可數。初公有汴。承五亂之後。掠賞之餘。且斂且給。恆無宿儲。至是公私充塞。至於露積音恣不垣。冊拜司徒兼中書令。進見上殿。拜跪給扶。贊元經體。不治細微。天子敬之。元和十五年。今天子即位。公爲冢宰。又除河中節度使。在鎮三年。以疾乞歸。復拜司徒中書令。病不能朝。以長慶二年十二月三日。薨於永崇里第。年五十八。天子爲之罷朝三日。贈太尉。賜布粟。其葬物有司官給之。京兆尹監護。明年七月某日。葬於萬年縣少陵原。京城東南三十里。楚國夫人翟氏祔。子男二人。長曰肅元。某官。次曰公武。某官。肅元早死。公之將薨。公武暴病先卒。公哀傷之。月餘遂薨。無子。以公武子孫紹宗爲主後。汴之南則蔡。北則鄆。二寇患公居間。爲己不利。卑身佞辭。求與公好。薦女請昏。使日月至。既不可得。則飛謀釣謗。以間染我。公先事候情。壞其機牙。姦不得發。王誅以成。最功定次。孰與高下。公子公武。與公一時俱

約諸之詞當以碑爲正碑云首變師河事亦公之所惡則弘本來自見不爲諛蔡也

公之爲治方望溪云雖淡語而丰稜治法具見於此故以結束通篇

方望溪云韓碑惟此包括始終事迹以爲[illegible]然切究碑文正直首其事而當日兩河之情事公之材武忠須宜受寵命保有天祿必得銘詞乃曲暢與會撮前文別無意義可尋者異矣

授弓鉞。處藩爲將。疆土相望。公武以母憂去鎭。公母弟充。自金吾代將滑北。公以司徒中書令治蒲。於時弟充自鄭滑節度平宣武之亂。以司空居汴。自唐以來。莫與爲比。公之爲治。嚴不爲煩。止除害本。不多教條。與人必信。吏得其職。賦入無所漏失。人安樂之。在所以富。公與人有畛域。不爲戲狎。人得一笑語。重於金帛之賜。其罪殺人。不發聲色。問法何如。不自爲輕重。故無敢犯者。銘曰

在貞元世。汴兵五猘(音制)。將得其人。衆乃一愒(同憩)。其人爲誰。韓姓許公。磔(音摘)其梟。狠。養以雨風。桑穀奮張。厥壤大豐。貞元元孫。命正我宇。公爲臣宗。處得地所。河流兩壖(奴亂切)。盜連爲羣。雄唱雌和。首尾一身。公居其間。爲帝督姦。察其嚬呻。與其睨(音詣)眴(音縣)。左顧失視。右顧而跽。蔡先鄆鉏。三年而墟。槁乾四呼。終莫敢濡。常山幽都。孰陪孰扶。天施不留。其討不逋。許公預焉。其賚何如。悠悠四方。既廣既長。無有外事。朝廷之治。許公來朝。車馬干戈。相乎將乎。威儀之多。將則是已。相則三公。釋師十萬。歸居廟堂。上之宅憂。公讓太宰。養安蒲坂。萬邦絕等。有弟有子。提兵守藩。一時三侯。人莫敢攀。生莫與榮。歿莫與令。刻文此碑。以鴻厥慶。

方望溪曰首詳徵時材行智略著自軍中拔起爲帥之由也其代帥不由朝命故歷敍在鎭諸大節而以朝京終焉末乃及其餘事而意亦相承折蔡鄆之姦謀所以能成其忠順也治法嚴信所以吏威民樂而敵不敢犯也其子弟貴盛乃弘之由故並及之又以見其行事甚正居位甚安逸也定汴之略始於誅謬因總計在鎭及朝京之年以爲前後關鍵退之不襲左史格調而未嘗不師其義法觀此可見○大姚曰碑文嚴毅威重與其人相稱○姚氏曰觀弘本傳及李光顏傳載弘以女子間撓光顏事與誌正相反退之諛墓亦已甚矣而文則雄偉首尾無一字懈精神奕然

韓姬姓（韓姓出自唐叔虞之後、曲沃桓叔之子萬、食邑於韓、因以爲氏、）潁川（秦滅韓、以其地爲潁川郡、治陽翟、故韓都也、）陽夏（今河南太康縣、夏太康避后羿之難、居於陽夏、漢置陽夏縣、隋改太康、唐因之、屬陳州、）許汴（許州、治今河南許昌縣、汴州見前、）司徒玄佐（劉玄佐、滑州匡城人、官至司徒、）

建中貞元（德宗年號、）宋亳潁（宋見前、亳州治今安徽亳縣、潁州治今安徽阜陽縣、）偘偘（剛直也、）宋南城將（宋州南城將也、貞元八年二月、玄佐卒、其子士寧代爲節度使、九年十二月、軍亂、逐士寧、以副使李萬榮爲節度使、弘出將南城、）汴軍連亂（貞元十二年七月、宣武軍亂、以董晉爲節度使、十五年春、晉卒、以行軍司馬陸長源繼之、軍亂、殺長源、以宋州刺史劉逸淮爲節度使、）劉逸淮（懷州武涉人、正臣之子、賜名全諒、貞元十五年九月、全諒卒、弘時以兵馬使爲衆所推、代爲宣武節度使、曲環陝州安邑人、吳少誠幽州潞人、貞元十四年反、昭以利誘人、苗薅髮櫛語見「淮南子」如薅者之爲苗去莠、櫛者之爲髮去垢、李師古納子、時德宗崩、告哀使未至、義成節度使李元素、密以遺詔示師古、師古欲乘國喪侵鄰境、乃集將士謂曰、聖上萬歲、而元素忽傳遺詔、是反也、宜擊之、遂發兵屯曹州、按曹州治濟陰、今山東曹縣西北、義成軍治滑州、今河南滑縣、故曰滑師、田弘正本名興、字安道、賜名弘正、元和七年八月、魏博節度使田季安卒、子懷諫幼弱、軍政皆決于家僮蔣士則、衆皆憤怒、時興爲兵馬使、衆入府、士卒大譟環拜、請爲留後、十月、詔以興爲節度使、李師道師古異母弟、師古卒、以師道爲留後、首變兩河事謂不請爲留後、奉土地兵衆、坐待詔命、成德成德軍治恆州、在今直隸正定縣北、時王承宗爲成德節度使、吳元濟少陽子、元和十年正月反、十二年十月、李愬襲蔡州、禽元濟送京師、都統諸軍元和十年九月、以弘爲淮西諸軍都統、公武字從儼、元和十二年十一月、錄平淮西功、公武檢校左散騎常侍、渭北節度使、渭北領鄜坊丹延四州、師道之誅元和十三年七月、詔發諸道兵討李師道、十四年二月、平盧部將劉悟、擊師道斬之、考城今河南考城縣、鄆部平盧自李正己後、兼領兗鄆諸州、故曰鄆部、綺今之細綾、纈繫約染爲文也、今天子穆宗也、名恆、憲宗子、長慶穆宗年號、萬年縣唐屬關內道、治今陝西咸寧縣、充自金吾二句充本名璀、爲右金吾衞將軍、元和十五年正月、代公武鎭渭北、蒲唐蒲州、亦曰河中府、治今山西永濟縣、河中節度使治此、充自鄭滑節度二句長慶二年七月、汴州逐節度李愿、立牙將李岕爲留後、充自義成節度徙鎭宣武、八月、汴州監軍斬岕降、充入汴州、詔加檢校司空、猘狂犬、貞元元孫憲宗、德宗孫也、壖江河邊地、睍眴邪視、常山幽都常山、恆州也、指成德軍、幽都、幽州也、指盧龍軍、宅憂天子居喪、「書」王宅憂、蒲坂故城在今山西永濟縣、亦曰虞都城、唐蒲州地、元和十五年、弘出鎭河中、

又是旣藏好

就容桂敘其政績贊其行誼要是門面語

敘貶之由迴護亦得體

韓退之清河郡公房公墓碣銘○○

公諱啓字某河南人其大王父融王父琯仍父子爲宰相融相天后事遠不大傳琯相玄宗肅宗處艱難中與道進退薨贈太尉流聲於茲父乘仕至秘書少監贈太子詹事公胏（鋪灰切）胎前光生長食息不離典訓之內目擩（音乳）耳染不學以能始爲鳳翔府參軍尙少人吏迎觀望見咸曰眞房太尉家子孫也不敢弄以事轉同州澄城丞姦自飾理同官憚伏衛晏使嶺南黜陟求佐得公擢摘良姦南土大喜還進昭應主簿裴胄領湖南表公爲佐拜監察御史部無遺事胄遷江西又以節鎭江陵公一隨遷佐胄累功進至刑部員外郎賜五品服副胄使事爲上介上聞其名徵拜虞部員外在省籍籍還萬年令果辯憿（音激）絕貞元末王叔文用事材公之爲舉以爲容州經略使拜御史中丞服佩視三品管有嶺外十三州之地林蠻洞蜑（音但）守條死要不相漁封稅節賦時公私有餘削衣貶食不立資遺以班親舊朋友爲義在容九年遷領桂州封淸河郡公食邑三千戶中人使授命書應待失禮客主違言徵貳太僕未至貶虔州長史而坐使

者。以疾卒官。年五十九。其子越。能輯父事無失。謹謹致孝。既葬。碣墓請銘。銘曰。房氏二相。厥家以聞。條葉被澤。況公其孫。公初爲吏。亦以門庇。佐使於南。乃始己致。既辦萬年。命屛容服。功緒卓殊。岷獠音老循業。維不順隨。失署亡貲。非公之怨。銘以著之。

方望溪曰此篇亦順敍又曰退之於鉅人碑志多直敍其辭之繁簡一依功績大小不立間架而首尾神氣自相貫輸不可增損北宋諸公不能與於斯矣○姚氏曰依次序述是東漢以來刻石文體但出韓公手自然簡古淸峻其筆力不可强幾也

融武后時、以正諫大夫、同鳳閣鸞臺平章事、神龍元年、貶死高州、琯字次律、開元中、由校書郎舉任縣令、歷相玄宗肅宗、乾元元年、出爲邠州刺史、遷晉漢二州刺史、寶應二年、召拜刑部尚書、道卒、贈太尉、乘琯三子、長宗儒、御史中丞、季孺復、容州刺史、乘其次、胚胎婦孕一月爲胚、三月爲胎、擩染也、鳳翔岐州也、至德二載、改鳳翔府、治今陝西鳳翔縣、同州亦曰馮翊郡、領縣八、治今陝西大荔縣、澄城今陝西澄城縣、唐屬同州、衛晏建中元年、遣黜陟使洪經綸柳冕、衛晏等一十人分行天下、晏使嶺南、裴冑字胤叔、河東聞喜人、貞元三年、以國子司業、爲湖南觀察使、江陵江陵府即荊州、治今湖北江陵縣、籍聲名盛也、萬年見前、憿疾也、王叔文越州山陰人、時正柄政、啟附之、除容管經略後、又許以荊南帥節、事敗不果、乃就任、容州治今廣西容縣、貞元二十一年、敞爲容州刺史兼御史中丞、容管經略使、桂州（治今廣西桂林縣、元和八年四月、敞爲桂管觀察使、）中人使授命書七句（敞除桂州、州郎賂吏部主者、私得官告、飛驛以授敞、既而憲宗自遣中使李建章持詔賜敞、敞扱使者邀重賂、即日先五日已得詔、使者給請視、因持之歸、以聞、七月、貶敞太僕少卿、敞自陳獻使者南口十五、帝怒殺中使、敞未至京師、貶虔州長史、）佐使於南（謂佐衞晏、）獠（西南）夷、

姚氏云古者書旌柩銜即謂之銘故不必有韻之文始可稱銘

以門蔭資轉得官

一無可述就其交情晉之可悟無中生有之法

作三層寫傳神妙手

韓退之殿中少監馬君墓誌銘〇〇〇

君諱繼祖。司徒贈太師北平莊武王之孫。少府監贈太子少傅諱暢之子。生四歲。以門功拜太子舍人。積三十四年。五轉而至殿中少監。年三十七以卒。有男八人。女二人。始余初冠。應進士貢在京師。窮不自存。以故人稚弟拜北平王於馬前。王問而憐之。因得見於安邑里第。王軫其寒饑。賜食與衣。召二子使爲之主。其季遇我特厚。少府監贈太子少傅者也。姆（音茂）抱幼子立側。眉眼如畫。髮漆黑。肌肉玉雪可念。殿中君也。當是時。見王於北亭。猶高山深林鉅谷。龍虎變化不測。傑魁人也。退見少傅。翠竹碧梧。鸞鵠停峙。能守其業者也。幼子娟好靜秀。瑤環瑜珥（而至切）。蘭茁（音札）其芽。稱其家兒也。後四五年。吾成進士。去而東遊。哭北平王於客舍。後十五六年。吾爲尚書都官郎。分司東都。而分府少傅卒。哭之。又

觀居與丞父云依晁
以道本乙

十餘年至今哭少監焉嗚呼吾未耄老自始至今未四十年而哭其祖子孫三世於人世何如也人欲久不死而觀居此世者何也

方望溪曰他無可述故獨載死生離合之迹○劉海峯曰少監無一事可記乃以三世交遊作兩番摹寫古色古聲造出奇偉於此見公之才力六一屢倣效之而未能也○姚氏曰宋人卑選學故文少此等境界○曾滌生曰情韻不匱

北平王（名燧、字洵美、德宗時大將、與李晟渾瑊齊名、）暢（燧子、長彙、次暢、）故人句（愈兄弇與北平王有故、平涼之盟、馬燧與議、弇死難、）軫（悼也、）

韓退之尚書庫部郎中鄭君墓誌銘○○○

君諱羣字弘之世爲滎陽人其祖於元魏時有假封襄城公者子孫因稱以自別曾祖匡時晉州霍邑令祖千尋彭州九隴丞父迪鄂州唐年令娶河南獨孤氏女生二子君其季也以進士選吏部考功所試判爲上等授正字自鄠（音戶）縣尉拜監察御史佐鄂岳使裴均之爲江陵以殿中侍御史佐其軍均之徵也遷虞部員外郎均鎭襄陽復以君爲襄府左司馬刑部員外郎副其度支使事均

從葬於鄭州方望溪云據鐵官附卒葬而後及其爲人只起描寫天性和樂四字行文極流利自然之致此等模倣六一學之而未能神似

卒。李夷簡代之。因以故職留君。歲餘。拜復州刺史。遷祠部郎中。會衢州無刺史。方選人。君願行。宰相卽以君應詔。治衢五年。復入爲庫部郎中。行及揚州。遇疾。居月餘。以長慶元年八月二十四日卒。春秋六十。卽以其年十一月二十二日從葬於鄭州廣武原先人之墓次。君天性和樂。居家事人。與待交游。初持一心。未嘗變節。有所緩急曲直薄厚疏數也。不爲翕翕熱。亦不爲崖岸斬絕之行。俸祿入門。與其所過逢吹笙彈箏。飲酒舞歌。詼（音灰）調醉呼。連日夜不厭。費盡不復顧問。或分挈以去。一無所愛惜。不爲後日毫髮計。留也。遇其空無時。客至清坐相看。或竟日不能設食。客主各自引退。亦不爲辭謝。與之遊者。自少及老。未嘗見其言色若有憂歎者。豈列禦寇莊周等所謂近於道者耶。其治官守身。又極謹愼。不挂於過差。去官而人民思之。身死而親故無所怨議。哭之皆哀。又可尙也。初娶吏部侍郎京兆韋肇女。生二女一男。長女嫁京兆韋詞。次嫁蘭陵蕭儹（贊上聲）。後娶河南少尹趙郡李則女。生一女二男。其餘男二人女四人皆幼。嗣子退思。韋氏生也。銘曰。

再鳴以文進途闢。佐三府治藹厥績。郎官郡守愈著。白洞然渾璞絕瑕謫。甲子一終反玄宅。

茅順甫曰雋才逸興〇劉海峯曰韓公文法勁挺獨造獨此篇紋述遒逸風神略近史公

滎陽（今河南滎陽縣、）元魏（魏初為拓跋氏、至孝文帝、改姓元氏、）襄城公（名偉、字子直、西魏大統中、封襄城郡公、按襄城今河南襄城縣、）霍邑（治今山西霍縣、唐屬河東道晉州、）九隴（今四川彭縣、唐劍南道彭州治此、）唐年（治今湖北崇陽縣、唐屬江南道鄂州、）鄠縣（今陝西鄠縣、唐屬京兆府、）鄂岳（見上書成王碑注、）裴均（字君齊、河東聞喜人、貞元十九年五月、自荊南行軍司馬為本軍節度使、）江陵（見前、）均之徵也（元和三年四月、召均為左僕射、）襄陽（今湖北襄陽縣、唐為襄州、山南東道節度使治此、元和三年九月、均出為山南東道節度使、）李夷簡（字易之、鄭王元懿四世孫、元和六年四月、代均鎮襄陽、五月均卒、）復州（治今湖北沔陽縣、）衢州（治今浙江衢縣、）鄭州（治今河南鄭縣、）再鳴以文（謂進士及書判拔萃、）佐三府治（謂鄂岳、江陵、襄府、）

評校音注古文辭類纂卷四十一終

大姚云柳慶仕終於宇文又不居侍中周書本傳可考封平齊公其封濟陰者乃子厚六世祖旦慶之子也且封濟陰公見柳集隋書本傳不載

曾伯祖奭全謝山云據子厚先侍御史神道表稱中書令奭乃於侍御史爲曾伯祖退之撰墓志誤也新唐書列傳亦誤

引出兩個好祖宗

自是當時實情不得謂其迴護

敘其文章

韓退之柳子厚墓誌銘○○○

子厚諱宗元。七世祖慶。爲拓跋魏侍中。封濟陰公。曾伯祖奭。爲唐宰相。與褚遂良韓瑗(音怨)俱得罪武后。死高宗朝。皇考諱鎮。以事母棄太常博士。求爲縣令江南。其後以不能媚權貴。失御史。權貴人死。乃復拜侍御史。號爲剛直。所與游皆當世名人。子厚少精敏。無不通達。逮其父時。雖少年。已自成人。能取進士第。嶄(士減切)然見頭角。衆謂柳氏有子矣。其後以博學宏詞。授集賢殿正字。儁傑廉悍。議論證據今古。出入經史百子。踔(音調)厲風發。率常屈其座人。名聲大振。一時皆慕與之交。諸公要人。爭欲令出我門下。交口薦譽之。貞元十九年。由藍田尉拜監察御史。順宗卽位。拜禮部員外郎。遇用事者得罪。例出爲刺史。未至。又例貶永州司馬。居閒。益自刻苦。務記覽。爲詞章。汎濫停蓄。爲深博無涯涘。而自肆於山水間。元和中。嘗例召至京師。又偕出爲刺史。而子厚得柳州。既至。歎曰。是豈

敘其政績

敘其交誼

前後俱振此段斷不可少

劉海峯云不自貴重顧藉六字爲一句顧惜也藉藉賴也上留守鄭相公啟不啻如棄涕泗唾無一分顧藉心可證

不足爲政邪。因其土俗。爲設教禁。州人順賴。其俗以男女質（音致）錢。約不時贖。子本相侔。則沒爲奴婢。子厚與設方計。悉令贖歸。其尤貧力不能者。令書爲傭。足相當。則使歸其質。觀察使下其法於他州。比一歲。免而歸者且千人。衡湘以南。爲進士者。皆以子厚爲師。其經承子厚口講指畫爲文詞者。悉有法度可觀。其召至京師而復爲刺史也。中山劉夢得禹錫亦在遣中。當詣播州。子厚泣曰。播州非人所居。而夢得親在堂。吾不忍夢得之窮。無辭以白其大人。且萬無母子俱往理。請於朝。將拜疏。願以柳易播。雖重得罪。死不恨。遇有以夢得事白上者。夢得於是改刺連州。嗚呼。士窮乃見節義。今夫平居里巷相慕悅。酒食游戲相徵逐。詡詡強笑語以相取下。握手出肺肝相示。指天日涕泣。誓生死不相背負。眞若可信。一旦臨小利害。僅如毛髮比。反眼若不相識。落陷穽。不一引手救。反擠之。又下石焉者。皆是也。此宜禽獸夷狄所不忍爲。而其人自視以爲得計。聞子厚之風。亦可以少媿矣。子厚前時少年。勇於爲人。不自貴重顧藉。謂功業可立就。故坐廢退。旣退。又無相知有氣力得位者推挽。故卒死於窮裔。材不爲世

此亦持平之論交好如子厚不爲遏護謂其誤墓不亦冤乎

子厚有子男二人吳至父云考異咸通四年柳告韓綰同中第告子厚之子綰退之孫

用道不行於時也使子厚在臺省時自持其身已能如司馬刺史時亦自不斥斥時有人力能舉之且必復用不窮然子厚斥不久窮不極雖有出於人其文學辭章必不能自力以致必傳於後如今無疑也雖使子厚得所願爲將相於一時以彼易此孰得孰失必有能辨之者子厚以元和十四年十一月八日卒年四十七以十五年七月十日歸葬萬年先人墓側子厚有子男二人長曰周六始四歲季曰周七子厚卒乃生女子二人皆幼其得歸葬也費皆出觀察使河東裴君行立行立有節槩重然諾與子厚結交子厚亦爲之盡竟賴其力葬子厚於萬年墓者舅弟盧遵遵涿人性謹愼學問不厭自子厚之斥遵從而家焉逮其死不去既往葬子厚又將經紀其家庶幾有始終者銘曰

是惟子厚之室既固既安以利其嗣人

方望溪曰羅池碑載治柳政蹟甚詳此以三語括之而獨書免歸奴婢一事可知文尚體要各有所宜○劉海峯曰柳州之政止載一事而於其交友文章反覆感歎淋漓生色

方質有氣四字爲一篇之主腦

慶（字更興、河東解人、魏文帝時、官侍中、）拓跋（見退之袁氏廟碑注、）濟陰（郡名、治今山東定陶縣、）奭（字子邵、貞觀中、爲吏部尚書、貶愛州刺史、許敬宗等構奭通宮掖、謀行鴆毒、與褚遂良朋黨、罪大逆、遣使殺之、沒其家、）褚遂良（字登善、錢塘人、貞觀時爲諫議大夫、高宗將立武后、力諫叩頭流血、貶愛州刺史、以憂卒、）韓瑗（字伯玉、京兆三原人、以救遂良、貶振州刺史、卒、）武后（名曌、幷州文水人、太宗時爲昭儀、高宗立爲后、）高宗（名治、字爲善、太宗第九子、）鎭（天寶末、遇亂、奉母隱王屋山、常間行、求養、後徙於吳、肅宗平賊、上書言事、擢左衞率府兵曹參軍、佐郭子儀朔方府、三遷殿中侍御史、以事觸竇參、貶夔州司馬、終侍御史、）蘄然（高峻貌、）踔厲風發（議論層出也、）藍田（今陝西藍田縣、）順宗（名誦、德宗子、）用事者得罪（初、子厚與王叔文善、叔文得政、引子厚、及叔文敗、同黨皆貶謫、）永州（永貞元年九月、貶邵州刺史、十一月、道貶永州司馬、）柳州（治今廣西馬平縣、元和十年三月、以宗元爲柳州刺史、）中山（今直隸定縣、）劉夢得（名禹錫、以進士登博學宏詞科、累官至集賢殿學士、出爲蘇州刺史、遷太子賓客、以附王叔文被貶、）播州（治今貴州遵義縣、）以夢得事白上者（時御史中丞裴度上奏、因改連州、）連州（治今廣東連縣、）詡詡（和集貌「易林」魴鱮詡詡、）萬年（治今陝西咸寧縣、）河東裴行立（行立、守眞曾孫、絳州稷山人、絳州、今山西新絳縣等地、）涿（州名、治今京兆涿縣、）

韓退之河南令張君墓誌銘○

君諱署。字某。河間人。大父利貞。有名玄宗世。爲御史中丞。舉彈無所避。由是出爲陳留守。領河南道採訪處置使。數年卒官。皇考諱郇。（音荀）以儒學進。官至侍御史。君方質有氣。形貌魁碩。長於文辭。以進士舉博學宏詞。爲校書郎。自京兆武大姚云此言署能使諸曹嚴長不敢平視芳順甫以爲署不得意處大誤唐書孫逖傳載孫逖論品秩云京兆河南司錄及諸府州錄事參軍事皆操紀律正諸曹與尚書省左右丞紀綱六曹略等又李習之與河南尹論復故事行云司錄入院諸官於堂上序立司錄揖然後坐八九年來司錄使判司立東廊下司錄於西廊下得揖然後就食觀此是司錄之駕於諸曹也又宋孝武起兵討元兇時以顏竣領錄事兼綜內外是州府重任在錄事由來久矣

曾滌生云促促棘棘他書不經見所謂已出

守法爭議棘棘不阿與至父云本無議字及下棘字歐公皆疑有脫字晁本校增此

功尉。拜監察御史。爲幸臣所讒。與同輩韓愈李方叔三人俱爲縣令南方。二年。逢恩。俱徙掾（緣去聲）。江陵。半歲。邕管奏君爲判官。改殿中侍御史。不行。拜京兆府司錄。諸曹白事。不敢平面視。共食公堂。抑首促促就哺歠（昌悅切）。揖起趨去。無敢闌語。縣令丞尉畏如嚴京兆。事以辦治。京兆改鳳翔尹以節鎮京西。請與君俱。改禮部員外郎。爲觀察使判官。帥它（同他）遷。君不樂久去京師。謝歸。用前能拜三原令。歲餘。遷尚書刑部員外郎。守法爭議。棘棘不阿。改虔州刺史。民俗相朋黨。不訴殺牛。牛以大耗。又多捕生鳥雀魚鼈。可食與不可食。相買賣。時節脫放。期爲福祥。君視事一皆禁督立絕。使通經吏與諸生之旁大郡學鄉飲酒喪婚禮。張施講說。民吏觀聽。從化大喜。度支符州折民戶租。歲徵綿六千屯。比郡承命惶怖。立期日。惟恐不及事被罪。君獨疏言。治迫嶺下。民不識蠶桑。月餘。免符下。民相扶攜守州門叫讙爲賀。改澧（音禮）州刺史。民歲出雜產物與錢。尚書有經數。觀察使牒州徵民錢倍經。君曰。刺史可爲法。不可貪官害民。留噤（巨禁切）。不肯從。竟以代罷。觀察使使劇吏案簿書十日。不得毫毛罪。改河南令。而河南尹適君

二字不知以何本校也
君獨疏言曾滌生云他手摘錄疏言必數句乃了此僅二句故遒
愈前與君爲御史曾滌生云觀集中祭張十一文張與公往還情事最密而此僅一句故知文各有裁

平生所不好者。君年且老。當日日拜走仰望階下。不得已就官數月。大不適、即以病辭免。公卿欲其一至京師。君以再不得意於守令。恨曰。義不可更辱。又奚爲於京師間。竟閉門死。年六十。君娶河東柳氏女。二子昇奴胡師。將以某年某月某日葬某所。其兄將作少監昔。請銘於右庶子韓愈。愈前與君爲御史被讒。俱爲縣令南方者也。最爲知君。銘曰。

誰之不如。而不公卿。奚養之違。而不久生。惟其頏(音航)頏。以世厥聲。

張廉卿曰。堅淨精峭。峻潔之氣。鬱然紙上。

河間(今直隸河間縣、)玄宗(名隆基、睿宗子、)陳留(今河南陳留縣、)幸臣(指李實、)邕管(邕管經略使路恕也、唐邕州、治今廣西邕寧縣、管有十縣、)拜京兆府司錄(貞元二十一年、李鄘爲京兆尹、表署爲府司錄參軍、)促促(不安貌、)闒語(妄語也、)改鳳翔尹(元和二年、鄘爲鳳翔尹、鳳翔隴右節度使、表署爲判官、)三原(今陝西三原縣、)棘棘(不肯附從之狀、)虔州(治今江西贛縣、)澧州(治今湖南澧縣、)刺史可爲法(言當守法也、)頎頎(自高之貌、)

韓退之太原王公墓誌銘○

公諱仲舒。字弘中。少孤。奉其母居江南。遊學有名。貞元十年。以賢良方正拜左

自信有素

浮屠及老子下吳刻抵云五字當衍○考異云疑浮屠及老子僧六字是衍文○吳至父云禁浮屠及老子目下疑已爲僧道士云云承此句而申明之

公之爲拾遺曾滌生云篇首已敘官階此下再申敘事蹟

事蹟均采入新舊唐書本傳

拾遺。改右補闕禮部考功吏部三員外郎。貶連州司戶參軍。改夔州司馬。佐江陵使。改祠部員外郎。復除吏部員外郎。遷職方郎中知制誥。出爲峽州刺史。遷廬州。未至。丁母憂。服闋。改婺音務州蘇州刺史。徵拜中書舍人。既至。謂人曰。吾老。不樂與少年治文書。得一道有地六七郡。爲之三年。貧可富。亂可治。身安功立。無愧於國家可也。日日語人。丞相聞問語驗。卽除江南西道觀察使兼御史中丞。至則奏罷榷古岳切酒錢九千萬。以其利與民。又罷軍吏官債五千萬。悉焚簿文書。又出庫錢二千萬。以丐貧民遭旱不能供稅者。禁浮屠及老子爲僧道士。不得於吾界內因山野立浮屠老子像。以其誑丐漁利。奪編人之產。在官四年。數其蓄積。錢餘于庫。米餘于廩。朝廷選公卿於外。將徵以爲左丞吏部。已用薛尙書代之矣。長慶三年十一月十七日。未命而薨。年六十二。天子爲之罷朝。贈左散騎常侍。遠近相弔。以四年二月某日。葬於河南某縣先塋之側。公之爲拾遺。朝退。天子謂宰相曰。第幾人非王某耶。是時。公方與陽城更疏論裴延齡詐妄。士大夫重之。爲考功吏部郎也。下莫敢有欺犯之者。非其人。雖與同列。未嘗

文亦見眞穆宗兩句
總束有力

比數收拾故遭讒而貶在制誥盡力直友人之屈不以權臣爲意又被讒而出元和初婺州大旱人餓死戶口亡十七八公居五年完富如初按劾羣吏奏其贓罪州部清整加賜金紫其在蘇州治稱第一公所至輒先求人利害廢置所宜閉閤草奏又具爲科條與人吏約事備一旦張下民無不忭叫喜悅或初若小煩旬歲皆稱其便公所爲文章無世俗氣其所樹立殆不可學曾祖諱玄暕古限切比部員外郎祖諱璟肅丹陽太守考諱政襄鄧等州防禦使鄂州採訪使贈工部尚書公先妣渤海李氏贈渤海郡太君公娶其舅女有子男七人初哲貞弘泰復洄音回初進士及第哲文學俱善其餘幼也長女壻劉仁師高陵令次女壻李行修尚書刑部員外郎銘曰

氣銳而堅又剛以嚴哲人之常愛人盡己不倦以止乃吏之方與其友處順若婦女何德之光葬之有石我最其迹萬世之藏

姚氏曰此文已開王荆公誌銘文法○曾滌生曰以江南西道觀察使特敘一段於中以爲主峯餘則敘官階於前敘政績於後章法變化又曰與神道

孝謹厚重爲一篇之骨

碑無一字同觀此知敘事之文狡獪變化無所不可○吳至父曰與神道碑詞雖各異而用意未嘗不同○此與神道碑均載入我宗譜牒　公爲我宗遷宣州之始祖新舊唐書均據此入傳其非虛美可知追懷　祖德益信諛墓之說爲誣矣（三十八世孫滿議注）

連州（見上篇、貞元十九年、王叔文用事、公自吏部員外郎、責連州司戶、）虁州（治今四川奉節縣、）峽州（治今湖北宜昌縣、）廬州（治今安徽合肥縣、）婺州（治今浙江金華縣、）編人（謂編入人口冊之人、）薛尚書（名放、河中寶鼎人、長慶三年、以尚書左丞薛放代仲舒鎮江西、）陽城（字亢宗、定州北平人、德宗欲相裴延齡、弘中與城極論其奸惡、）直友人之屈（友人楊憑、尹京兆、御史中丞李夷簡、劾憑、貶臨賀尉、其家親知過門、縮頸不敢視、公獨省問、爲計度論議直其寃、由是出爲峽州刺史、）

韓退之國子監司業竇公墓誌銘○

國子司業竇公諱牟字某六代祖敬遠嘗封西河公大父同昌司馬比四代仍襲爵名同昌諱胤生皇考諱叔向官至左拾遺溧水令贈工部尚書尚書於大曆初名能爲詩文及公爲文亦最長於詩孝謹厚重舉進士登第佐六府五公八遷至檢校虞部郎中元和五年眞拜尚書虞部郎中轉洛陽令都官郎中澤

公始佐崔大夫曾滌生云五府六公而僅敍崔縱鄭餘慶餘皆不敍文所以簡貴正在此敍事簡直有法故文氣遒而不冗又云兩層意對立而詞亦漸相偶已開荆公誌文法

善事繼母是其孝避盧從史是其謹善處五府六公及從事教誨國學嚴以有禮是其厚重

州刺史以至司業年七十四長慶二年二月丙寅以疾卒其年八月某日葬河南偃師先公尙書之兆次初公善事繼母家居未出學問於江東尙幼也名聲詞章行於京師人遲其至及公就進士且試其輩皆曰莫先竇生於時公舅袁高爲給事中方有重名愛且賢公然實未嘗以干有司公一舉成名而東遇其黨必曰非我之才維吾舅之私其佐昭義軍也遇其將死公權代領以定其危後將盧從史重公不遺奏進官職公視從史益驕不遜僞疾經年舉(同與)歸東都從史卒敗死公不以覺微避去爲賢告人公始佐崔大夫縱留守東都後佐留守司徒餘慶歷六府五公文武細粗不同自始及終於公無所悔望有彼此言者六府從事幾且百人有愿姦易險賢不肖不同公一接以和與信卒莫與公有怨嫌者其爲郎官令守愼法寬惠不刻敎誨於國學也嚴以有禮扶善遏過益明上下之分以躬先之恂恂愷悌得師之道公一兄三弟常、羣、庠、鞏常進士水部員外郞朗夔江撫四州刺史羣以處士徵自吏部郞中拜御史中丞出帥黔容以卒庠三佐大府自奉先令爲登州刺史鞏亦進士以御史佐淄青府皆

始以師事終以兄事異至父云李習之於退之蓋亦如此

曾滌生云酷鍊然傷雕琢

有材名。公子三人。長曰周餘。好善學文。能謹謹致孝。述父之志。曲而不黷。(音瀆)次曰某。曰某。皆以進士貢。女子三人。愈少公十九歲。以童子得見於今四十年。始以師事公。而終以兄事焉。公待我一以朋友。不以幼壯先後致異。公可謂篤厚文行君子矣。其銘曰。

后緡竇逃。閔腹子夏。以再家竇。爲氏聖愕。旋河櫝引。比相嬰撥。漢納孔軌。後去觀津而家平陵。遙遙厥緒。夫子是承。我敬其人。我懷其德。作詩孔哀。質於幽刻。

其人本和易謹愿。一流文能贊如其人。不踰分際。(濂識)

字某(或作字貽周。京兆金城人。)同昌司馬(敬遠孫。善衡生懷直。懷直生胤。爲同昌郡司馬。皆襲西河公封。同昌。唐爲山南道扶州。今甘肅文縣。)叔向(字遺直。與常袞善。)澤州(治今山西晉城縣。)偃師(今河南偃師縣。)兆(塋域也。[周禮]掌公墓之地。辨其兆域。)遲(待也。)袁高(字公頤。滄州東光人。貞元初爲給事中。)昭義軍將死(昭義軍節度使李長榮。卒於貞元二十年六月。)盧從史(父虔。貞元二十年八月。以昭義兵馬使盧從史爲節度使。元和五年。從史爲其部知兵馬使烏重胤所縛。送京師。貶驩州司馬卒。)崔縱(貞元二年。以吏部侍郎崔縱爲東都留守。奏牟爲府巡官。)餘慶(元和五年。以河南尹鄭餘慶爲東都留守。奏牟爲府判官。)歷六府五官(牟初爲東都留守巡官。歷河陽昭義從事。再爲留守判官。)常(字中行。大歷進士。)羣(字丹列。繼居毗陵。貞元十六年。吏部侍郎韋夏卿爲京兆尹。薦羣。徵拜左拾遺。元和二年。武元衡同平章事。舉羣代己爲御史中丞。三年。貶黔中觀察使。八年。遷容管經

姚氏云昌黎蓋鄙張弘靖之請故沒其名噫喑以爲生者譏卽謂之耶

吳至父云其府謂弘靖

略使、九年、召還、至衡州卒、三佐句庠字胄卿、貞元二十一年、韓皋鎭武昌、奏庠爲推官、皋移鎭浙西、以庠爲副使、又爲宣歙副使、奉先唐縣、屬同州、今陝西蒲城縣、登州治今山東蓬萊縣、鞏字友封、元和二年進士、十四年、薛平爲平盧淄青節度使、表鞏自副、弟五人、皆有才名、刻聯珠集、后緡竇逃[左哀元年]昔有過澆、滅夏后相、后緡方娠、逃出自竇、歸于有仍、夏以再家句后緡生少康、少康生二子、曰杼、曰龍、龍居有仍、遂爲竇氏、聖愕句[史記]孔子將西見趙簡子、至於河、聞竇鳴犢舜華之死、臨河而歎曰、美哉水洋洋乎、丘之不濟此、命也夫、相嬰竇太后從兄子嬰、相武帝、武帝太后好黃老、而嬰隆推儒術、此謂發漢家黃老之習、而納之孔子之道也、觀津故趙地、在今直隸縣東南、平陵一在山東歷城縣東、一在陝西咸陽縣西北、

韓退之給事中清河張君墓誌銘○○

張君名徹字某以進士累官至范陽府監察御史長慶元年今牛宰相爲御史中丞奏君名迹中御史選詔卽以爲御史其府惜不敢留遣之而密奏幽州將父子繼續不廷選且久今新收臣又始至孤怯須强佐乃濟發半道有詔以君還之仍遷殿中侍御史加賜朱衣銀魚至數日軍亂怨其府從事盡殺之而囚其帥且相約張御史長者無侮辱轢音歷蹙我事毋庸殺置之帥所居月餘聞有中貴人自京師至君謂其帥公無負此土人上使至可因請見自辨幸得脫免歸卽推門求出守者以告其魁魁與其徒皆駭曰必張御史張御史忠義必爲

姚氏云餘人非畔者衆也恐其以昔畔之君出門罵衆曾滌生云脊語極精神

極瑣屑處敍得極周密

其帥告此餘人不如遷之別館即與衆出君君出門罵衆曰汝何敢反前日吳元濟斬東市昨日李師道斬於軍中同惡者父母妻子皆屠死肉餧（音委）狗鼠鴟（稱脂切）鴉汝何敢反汝何敢反行且罵衆畏惡其言不忍聞且虞生變即擊君以死君抵死口不絕罵衆皆曰義士義士或收瘞之以俟事聞天子壯之贈給事中其友侯雲長佐鄆使請於其帥馬僕射爲之選于軍中得故與君相知張恭李元實者使以幣請諸范陽范陽人義而歸之以聞詔所在給船轝（同輿）傳歸其家賜錢物以葬長慶四年四月某日其妻子以君之喪葬於某州某所君弟復亦進士佐汴宋得疾變易喪心驚惑不常君得間即自視衣禱薄厚節時其飲食而匕（音比）飭進養之禁其家無敢高語出聲醫餌之藥其物多空青雄黃諸奇怪物劑錢至十數萬營治勤劇皆自君手不假之人家貧妻子常有飢色祖某某官父某某官妻韓氏禮部郎中某之孫汴州開封尉某之女於余爲叔父孫女君嘗從予學選於諸生而嫁與之孝順祗修羣女效其所爲男若干人曰某女子曰某銘曰

眞西山云此銘蓋法瑕買魚麗等詩隔句用韻耳詩隔句用韻先儒所未知公此銘則既識之矣自中於闇明吳至父云靈憲謂縣闇視明明撫所屈是以望之若大縣明視明明遙自奪故望之若小公蓋辭此數語成文〇又云明明字句絕考異謂闇明互倒及闇字絕句並非

嗚呼徹也世慕顧以行子揭揭也噎喑（音暗）以爲生子獨割（叶韻讀子）也爲彼不淸作玉雪也仁義以爲兵用不缺折也知死不失名得猛厲也自中於闇明莫之奪也。我銘以貞之不肖者之咀（當劉切）也。

王介甫曰退之善爲銘如王適張徹銘尤奇也〇劉海峯曰於罵叛卒及視弟疾二事摹寫生色〇張廉卿曰介甫論韓文惟王適張徹墓誌最奇王文敍事作意立間架實從此二篇脫化而未能自然所以未及退之且其規橅堂廡較永叔則已隘矣

范陽府（治涿州、其帥張弘靖、）牛宰相（名僧孺、字思黯、鶉觚人、）軍亂（長慶元年、幽州軍亂、囚節度使張弘靖於薊門館、殺判官韋雍張宗元崔仲卿等、以徹長者不殺、置之於薊門館內、）馬僕射（名總、字會元、扶風人、）復（元和元年進士、）空靑（產銅鐵中、大塊中空有水者良、治眼疾、一名楊梅靑、）雄黃（即三硫化砷、亦名石黃、其明徹如鷄冠者佳、謂之雄精、）慕顧（美慕瞻顧之意、）揭揭（高擧也、）噎喑（猶守默也、）割（分也、言與人不同也、）咀（相呵也、）

韓退之試大理評事王君墓誌銘〇〇

君諱適。姓王氏。好讀書。懷奇負氣。不肯隨人後擧選。見功業有道路可指取。有。

借寫一般要人

亦有知己

櫛垢爬痒二句表其有才自見

神龍見首不見尾

高固奇士曾游生云通首寫奇崛疏狂之態皆因此事而引伸之

名節可以戾契致困於無資地不能自出乃以干諸公貴人借助聲勢諸公貴人既志得皆樂熟軟媚耳目者不喜聞生語一見輒戒門以絕上初即位以四科募天下士君笑曰此非吾時邪即提所作書緣道歌吟趨直言試既至對語驚人不中第益困久之聞金吾李將軍年少喜事可撼乃踏門告曰天下奇男子王適願見將軍白事一見語合意往來門下盧從史既節度昭義軍張甚奴視法度士欲聞無顧忌大語有以君生平告者即遣客鉤致君曰狂子不足以共事立謝客李將軍由是待益厚奏爲其衞胄曹參軍充引駕仗判官盡用其言將軍遷帥鳳翔君隨往改試大理評事攝監察御史觀察判官櫛垢爬（音琶）痒民獲蘇醒居歲餘如有所不樂一旦載妻子入閿（音聞）鄉南山不顧中書舍人王涯獨孤郁吏部郎中張惟素比部郎中韓愈日發書問訊顧不可強起不即薦明年九月疾病輿醫京師某月某日卒年四十四十一月某日即葬京城西南長安縣界中曾祖爽洪州武寧令祖徵右衞騎曹參軍父嵩蘇州崑山丞妻上谷侯氏處士高女高固奇士自方阿衡太師世莫能用吾言再試吏再怒去發

此翁此婿亦足相配

狂投江水。初、處士將嫁其女。懲曰。吾以齟在呂切齬音語窮。一女憐之。必嫁官人。不以與凡子。君曰。吾求婦氏久矣。惟此翁可人意。且聞其女賢。不可以失。即謾謨官切謂媒嫗依句切吾明經及第。且選即官人。侯翁女幸嫁。若能令翁許我。請進百金爲嫗謝。諾許。白翁。翁曰。誠官人耶。取文書來。君計窮吐實。嫗曰。無苦。翁大人。不疑人欺我。得一卷書粗若告身者。我袖以往。翁見未必取眎。同視幸而聽我。行其謀。翁望見文書銜袖。果信不疑。曰、足矣。以女與王氏。生三子。一男二女。男三歲夭死。長女嫁亳州永城尉姚挺。汀上聲其季始十歲。銘曰。鼎也不可以柱車。馬也不可使守閭。佩玉長裾。不利走趨。祗繫其逢。不繫巧愚。不諧其須。有銜不祛。鑽石埋辭。以列幽墟。

茅順甫曰。澹宕多奇〇曾滌生曰。以蔡伯喈碑文律之。此等文已失古意。然能者遊戲無所不可。末流效之。乃墮惡趣矣〇張廉卿曰。寓嫖姚俶儻之概於謐絕奇宕之中。其間翩若驚鴻處。往往使讀者灑悚欲絕

戾契契、本作㮂、扭轉日戾、多節日謂之㮂、謂名節可以扭轉枝節而致之也、上初即位。指憲宗也、四科元和元年、試博通墳典達於教化科、

函遜獨遣陳言務去

有二說

才識兼茂明於體用科、達於吏理可使從政科、軍謀宏遠堪任將帥科、李將軍名惟簡、憲宗時爲左金吾衛大將軍、遷帥鳳翔元和六年、惟簡爲鳳翔隴右節度使、閿鄉今河南閿鄉縣、王涯字廣津、太原人、文宗時相、以李訓鄭注謀誅宦官事、被殺、獨孤郁字古風、洛陽人、比部刑部、武寧今江西武寧縣、侯高字玄覽、上谷人、隱於廬山、自號華陽居士、達奚撫爲楚州刺史、起高攝盱眙令、國子祭酒李遜爲衢州刺史、請高治信安縣、元和五年八月遜觀察浙東、又以高宰三縣、皆有德政、後得心疾、留其子狗兒於浙東從事李翺家、自歸廬山、至江西卒、杜支也、不諧其須有相須之才而與時不諧、有銜不祛銜不過之恨、而不能遺去、

韓退之唐故朝散大夫商州刺史除名徙封州董府君墓誌銘○

公諱溪。字惟深。丞相贈太師隴西恭惠公第二子。十九歲。明兩經。獲第。有司沈厚精敏。未嘗有子弟之過。賓接門下。推舉人士。侍側無虛口。退而見其人。淡若與之無情者。太師賢而愛之。父子間自爲知己。諸子雖賢。莫敢望之。太師累踐大官。臻宰相。致平治。終始以禮。號稱名臣。晨昏之助。蓋有賴云。太師之平汴州。年考益高。挈持維綱。鋤削荒纇。盧對切納之太和而已。其囊篋細碎。無所遺漏。繄音併公之功。上介尙書左僕射陸公長源。齒差太師。標望絕人。聞其所爲。每稱舉以戒其子。楊凝孟叔度。以材德顯名朝廷。及來佐幕府。詣門請交。屛所挾爲太

西藏賜死文爲諱之

入字如鐵鑄成

師薨始以祕書郎選參軍京兆府法曹曰伏堦下與大尹爭是非大尹屢黜己見歲中奏爲司錄參軍與一府政以能拜尙書度支員外郎選倉部郎中萬年令兵誅恆州改度支郎中攝御史中丞爲糧料使兵罷遷商州刺史糧料吏有忿爭相牽告者事及於公因徵下御史獄公不與吏辨一皆引伏受垢除名徙封州元和六年五月十二日死湘中年四十九明年立皇太子有赦令許歸葬其子居中始奉喪歸元和八年十一月甲寅葬於河南河南縣萬安山下太師墓左夫人鄭氏祔公凡再娶皆鄭氏女生六子四男二女長曰全正惠（同慧）而早死次曰居中好學善爲詩張籍稱之次曰從直曰居敬尙小長女嫁吳郡陸暢其季女後夫人之子公之母弟全素孝慈友弟公坐事棄同官令歸公沒比葬三年哭泣如始喪者大臣高其行白爲太子舍人將葬舍人與其季弟澥（音蟹）問銘於太史氏韓愈愈則爲之銘辭曰

物以久弊或以櫟（音歷）毁考致要歸孰有彼此由我者吾不我者天斯而以然其誰使然

曾滌生云此等起法惟韓公筆力驚聳爲變化無所不可若他手爲之恐價遝而長答氣故不知樸拙按部之爲近古也

劉海峯曰韓公琢句鍊字務在獨造出奇以驚人爲能董溪房啟獨孤郁數篇約略相似杜詩亦然所謂語不驚人死不休也

隴西公（董晉也、生四子、全道、全溪、全亮、全溥、汝、即全濩、）平汴州（貞元十二年、宣武軍亂、以董晉爲節度使、晉至、械鄧惟恭送京師、宣武節度使治汴州、）類（班也、）上介（時長源佐晉爲行軍司馬、故有此稱、退之房公墓碣、有副曹使事爲上介語、長源、字泳之、）楊凝（字懋功、虢州弘農人與孟叔度爲判官）太師薨（貞元十五年二月、晉卒、）兵誅恆州（成德軍治恆州、時王承宗爲成德節度使、元和四年、以神策軍中尉吐突承璀爲鎮州行營招討處置使、發兵討承宗、以溪及于臯謨爲東道行營糧料使、）兵罷（元和五年七月、赦承宗、）商州（治今陝西商縣、）封州（治今廣東封川縣、）死湘中（元和六年、糧料吏忿爭相告、言、溪坐贓數千緡、勅貸死、流封州、行至潭州、道中使賜死、）令許歸葬（元和七年七月、立遂王宥爲太子、大赦天下、）

韓退之唐朝散大夫贈司勳員外郎孔君墓誌銘〇〇

昭義節度盧從史有賢佐曰孔君諱戡（音堪）字君勝從史爲不法君陰爭不從則於會肆言以折之從史羞面頸發赤抑首伏氣不敢出一語以對立爲君更令改章辭者前後累數十坐則與從史說古今君臣父子道順則受成福逆輒危辱誅死曰公當爲彼不得爲此從史常聳聽喘汗居五六歲益驕有悖語君爭無改悔色則悉引從事空一府往爭之從史雖羞退益甚君泣語其徒曰吾所

鳴起下文

方望溪云此用春秋鄭伯髡頑卒于鄵筆法以發疑也

從史自其軍方望溪云其始從從史可疑故特標之

不能增減一字

爲止於是不能以有加矣遂以疾辭去臥東都之城東酒食伎樂之燕不與當是時天下以爲賢論士之宜在天子左右者皆曰孔君孔君云會宰相李公鎭揚州首奏起君君猶臥不應從史讀詔曰是故舍我而從人耶卽誣奏君前在軍有某事上曰吾知之矣奏三上乃除君衞尉丞分司東都詔始下門下給事中呂元膺封還詔書上使謂呂君曰吾豈不知哉也行用之矣明年元和五年正月將浴臨汝之湯泉壬子至其縣食遂卒年五十七公卿大夫士相弔於朝處士相弔於家君卒之九十六日詔縛從史送闕下數以違命流於日南遂詔贈君尚書司勳員外郎蓋用嘗欲以命君者信（伸同）其志其年八月甲申從葬河南河陰之廣武原君於爲義若嗜欲勇不顧前後於利與祿則畏避退處如怯夫然始舉進士第自金吾衞錄事爲大理評事佐昭義軍軍帥死從史自其軍諸將代爲帥請君曰從史起此軍行伍中凡在幕府惟公無分寸私公苟留惟公之所欲爲君不得已留一歲再奏自監察御史至殿中侍御史從史初聽用其言得不敗後不聽信惡益聞君棄去遂敗祖某某官贈某官父某某官贈某

序其世系

官。君始娶弘農楊氏女。卒、又娶其舅宋州刺史京兆韋屺（音起）女。皆有婦道。凡生一男四女。皆幼。前夫人從葬舅姑兆次。卜人曰。今茲歲未可以祔。從卜人言不祔。君母兄戣（音逵）尚書兵部員外郎。母弟戢。殿中侍御史。以文行稱朝廷。將葬以韋夫人之弟前進士楚材之狀授愈曰。請為銘。銘曰。

允義孔君。茲惟其藏。更千萬年。無敢壞傷。

方望溪曰。詳著其大節末乃略序始迹

昭義節度（昭義軍、治潞州、今山西長治縣、）盧從史（貞元二十年、從史為昭義節度使、表戢為書記、從史寖恣不道、至奪部將妻、）宰相李公（時李吉甫為淮南節度使、治揚州、）呂元膺（字景夫、鄆州東平人、）日南（郡名、今安南順化等處、元和五年、潞州行營招討使吐突承璀縛從史、送京師、貶驩州司馬、驩州、今安南地、）佐昭義軍（時李長榮為昭義節度使、）戣（字君嚴、在官以清節著、仕至吏部左丞、）戢（字方舉、仕至京兆尹、以疾罷閒、）

韓退之集賢院校理石君墓誌銘（依吳刻補）◯

君諱洪。字濬川。其先姓烏石蘭。九代祖猛。始從拓跋氏入夏。居河南。遂去烏與蘭。獨姓石氏。而官號大司空。後七世至行褒。官至易州刺史。於君為曾祖。易州生婺州金華令諱懷一。卒葬洛陽北山。金華生君之考諱平。為太子家令。葬金

可見者止此

華墓東而尚書水部郎劉復爲之銘。君生七年喪其母。九年而喪其父。能力學行。去黃州錄事參軍。則不仕而退處東都洛上十餘年。行益修。學益進。交遊益附。聲號聞四海。故相國鄭公餘慶留守東都。上言洪可付史筆。李建拜御史。崔周禎爲補闕。皆舉以讓。宣歙池之使。與浙東使交牒署君從事。河陽節度烏大夫重胤間以幣先走廬下。故爲河陽得佐。河陽軍吏治民寬。考功奏從事考。君獨於天下爲第一。元和六年。詔下河南徵拜京兆昭應尉校理集賢御書。明年六月甲午疾卒。年四十二。娶彭城劉氏女。故相國晏之兒孫。生男二人。八歲曰壬。四歲曰申。女子二人。顧言曰。葬死所。七月甲申。葬萬年白鹿原。既病。謂其游韓愈曰。子以吾銘。銘曰。

生之艱。成之又艱。若有以爲。而止於斯。

所敘當是實事。無一餙筆。諸銘中此爲平實 濤識

拓跋 見前、獨姓石氏 後魏孝文太和二十年、盡改複姓、故烏石蘭爲石氏、以河南爲望、黃州 按黃當爲冀、李翺有薦洪狀、謂明經出身、曾任冀州、今冀縣也、李建 字杓直、元和三年十月、鄠爲御史大夫、奏建爲殿中侍御史、建舉洪自代、宣歙池使 盧坦也、字保衡、河南洛陽人、浙

敍其官階

敍其幼慧

歷十一官淸況若此其操守亦難得

東使（薛苹也、河中寶鼎人、）佐河陽軍（元和五年四月、烏重胤爲河陽節度使、表洪爲府參軍、）劉晏（字士安、曹州南華人、在代宗時、以善理財聞、）

韓退之河南少尹裴君墓誌銘（依與劉補）

◯

公諱復字茂紹河東人曾大父元簡大理正大父曠御史中丞京畿採訪使父虬（音求）以有氣略敢諫諍爲諫議大夫引正大疑有寵代宗朝屢辭官不肯拜卒贈工部尚書公舉賢良拜同官尉僕射南陽公開府徐州召公主書記三遷至侍御史入朝歷殿中侍御史累遷至刑部郎中疾病改河南少尹與至官若干日卒實元和三年四月二十三日享年五十夫人博陵崔氏少府監頲（他頂切）之女男三人璟（音影）質皆既冠其季始六歲曰充郎卜葬得公卒之四月壬寅遂以其日葬東都芒山之陰杜翟村公幼有文年十四上時雨詩代宗以爲能將召入爲翰林學士尚書公請免曰願使卒學丁後母喪上使臨弔又詔尚書公曰父忠而子果孝吾加賜以厲天下終喪必且以爲翰林其在徐州府能勤而有勞在朝以恭儉守其職居喪必有聞待諸弟友以善教館嫠（音釐）妹畜孤甥能別而有恩歷十一官而無宅於都無田於野無遺資以爲葬斯其可銘也已銘曰

功名多於無聊中得之

在曲環時之功績

裴爲顯姓。入唐尤盛。支分族離。各爲大家。惟公之系。德隆位細。曰子曰孫。厥聲世繼。晉陽之邑。愉愉翼翼。無外無私。幼壯若一。何壽之不遐而祿之不多。謂必有後。其又信然耶。

不事矜奇而一味撫實。與前篇同一機軸　濂識

代宗（名豫、肅宗子、）同官（今陝西同官縣、）南陽公（張建封也、貞元四年十一月、由濠壽廬三州團練使、爲徐泗濠觀察使、）芒山（卽邙山、在河南洛陽縣東北、）

韓退之　尙書左僕射右龍武軍統軍劉公墓誌銘（依吳刻補）○○

公諱昌裔。字光後。本彭城人。曾大父諱承慶。朔州刺史。大父巨敖。好讀老子莊周書。爲太原晉陽令。再世宦北方。樂其土俗。遂著籍太原之陽曲。曰自我爲此邑人可也。何必彭城。父諱贈右散騎常侍。公少好學問。始爲兒時。重遲不戲。恒若有所思。念計畫。及壯。自試以開吐蕃說干邊將。不售。入三蜀。從道士遊。久之。蜀人苦楊琳寇掠。公單船往說琳。琳感欷。雖不卽降。約其徒不得爲虐。琳降。公常隨琳。不去。琳死。脫身亡。沈浮河朔之間。建中中。曲環招起之。爲環檄（刑狄切）李納

謀略之見於上官說時如此

不得犯蔡州與至父云與蔡通和文特婉妙

文亦有機變

借病爲其遁護

且暮馳不息與至父云此殆畏蔡藉詞去許所稱環寇之帥蹤自詡雖者也

指摘切刻。納悔恐動心。恒魏皆疑惑氣懈。環封奏其本。德宗稱焉。環之會下濮州戰白塔。救寧陵襄邑。擊李希烈陳州城下。公常在軍間。環領陳許軍。公因爲陳許從事。以前後功勞累遷檢校兵部郎中御史中丞營田副使。吳少誠乘環喪。引兵叩城。留後上官說咨公以城守。所以能擒誅叛將爲抗拒令敵人不得其便。圍解。拜陳州刺史。韓全義敗。引軍走陳州。求入保。公自城上揖謝全義曰。公受命詣蔡。何爲來陳。公無恐。賊必不敢至我城下。明日領步騎十餘抵全義營。全義驚喜。迎拜歎息。殊不敢以不見舍望公。改授陳許軍司馬。上官說死。拜金紫光祿大夫檢校工部尚書。代說爲節度使。命界上吏不得犯蔡州人。曰。俱天子人。奚爲相傷。少誠吏有來犯者。捕得。縛送曰。妄稱彼人。公宜自治之。少誠慚。其軍亦禁界上暴者。兩界耕桑交跡。吏不何問。封彭城郡開國公。就拜尚書右僕射。元和七年。得疾。視政不時。八年五月。涌水出他界。過其地。防穿不補。沒邑屋。流殺居人。拜疏請去職。卽罷。詔還京師。卽其日與使者俱西。大熱。日暮馳不息。疾大發。左右手轡止之。公不肯。曰。吾恐不得生謝天子。上益遣使者勞問。

敕無亟行。至則不得朝矣。天子以爲恭。卽其家拜檢校左僕射。右龍武軍統軍知軍事。十一月某甲子薨。年六十二。上爲之一日不視朝。贈潞州大都督。命郎弔其家。明年某月某甲子。葬河南某縣某鄉某原。公不好音聲。不大爲居宅。於諸帥中獨然。夫人郱音郴國夫人武功蘇氏。子四人。嗣子光祿主簿縱。學於樊宗師。士大夫多稱之。長子元一。朴直忠厚。便弓馬。爲淮南軍衙門將。次子景陽景長。皆舉進士。葬得日。相與遣使者哭拜堦上。使來乞銘。銘曰。

提將之符。尸我一方。配古侯公。維德不爽。我銘不亡。後人之慶。

前半詞多撫實。後半語多迴護。豈所謂諛墓者在是耶 濡議

朔州 治今山西朔縣、太原晉陽 太原、唐府名、今山西舊太原汾州二府之地、治晉陽、今太原縣、楊琳 楊惠琳也、[唐書]楊惠琳亂、昌裔說之、惠琳順命、

曲環 陝州安邑人、[唐書]曲環方攻濮州、表爲判官、李納 建中二年七月、平盧淄青節度使李正己卒、子納自稱留後、恒魏 恒指成德節度使李惟岳、魏指魏博節度使田悅、濮州 亦曰濮陽郡、治今山東濮縣、爲淄青節度使領地、李納遏徐州、環與劉玄佐救之、敗其衆、納還濮陽、玄佐進圍之、殘其郛 白塔 未詳、寧陵襄邑 二縣名、唐時並屬宋州、襄邑、卽今睢縣、與寧陵並屬河南開封道、擊希烈 興元元年閏十月、李希烈遣將翟崇暉悉衆圍陳州、宋亳節度使劉洽、遣馬步都虞侯劉昌與隴右幽州節度使曲環、將兵三萬救之、十一月敗崇暉於州西、擒以獻・陳州、治今河南淮陽縣、環領陳許軍

貞元二年七月以曲環爲陳許節度使**吳少誠**貞元十四年九月、吳少誠遣兵寇唐州、掠臨潁、陳許留後上官涗遣將救之、敗沒、少誠遂圍許州、**上官說**按說新舊唐書並作涗、時涗以刺史知留後、少誠引兵薄城、涗欲遁去、昌裔止之、曰受詔而守、死其職也、況士馬完奮、足支賊、若堅壁不戰、七日、賊氣必衰、我以全制之可也、涗許諾、少誠奮夜急攻、昌裔鑿城出驟、大破之、**擒誅叛將**兵馬使安國寧、謀翻城應賊、昌裔以計斬之、召其麾下、人給二縑、伏兵要巷、見持縑者悉斬之、

韓全義敗十六年、韓全義爲蔡州招討使、與淮兵戰於溵水之南、大潰、**與使者俱西**按〔唐書〕憲宗惡昌裔自立、欲召之而重生變、宰相李吉甫曰、陛下衆人心懋苦、可召也、遂以韓皋代之、至長樂驛、知帝意、因稱風眩臥第、歲中卒、與誌文異、**武功**今陝西武功縣

韓退之扶風郡夫人墓誌銘 依吳刻補 ○

夫人姓盧氏。范陽人。亳州城父丞序之孫。吉州刺史徹之女。嫁扶風馬氏。爲司徒侍中莊武公之冢婦。少府監西平郡王贈工部尙書之夫人。初司徒與其配陳國夫人元氏。惟宗廟之尊重。繼序之不易。賢其子之才。求婦之可與齊者。內外親戚曰。盧某舊門。承守不失其初。其子女聞教訓。有幽閒之德。爲公子擇婦。宜莫如盧氏。媒者曰然。卜者曰祥。夫人適年若干。入門而媼音襖御皆喜。既饋而公姑交賀。克受成福。母有多子。爲婦爲母。莫不法式。天資仁恕。左右媵音孕侍。常蒙假與顏色。人人莫不自在。杖婢使。數未嘗過二三。雖有不懌夷益切。未嘗見聲

[illegible]

克受成福曾滌生云金石文造句正軌表揚婦人不過如是以後作者遂成套語

吳至父云。殿中名敎。繼祖下原有承考二字。考異。少監志諱繼祖。或是用此志誤本補之。

氣。元和五年。尙書薨。夫人哭泣成疾。後二年亦薨。年四十有六。九年正月癸酉。祔於其夫之封。長子殿中丞繼祖。孝友以類。葬有日。言曰。吾父友惟韓丈人。視諸孤。其往乞銘。以其狀來。愈讀曰。嘗聞乃公言。然。吾宜銘。銘曰。

陰幽坤從。維德之恒。出爲辨強。乃匪婦能。淑哉夫人。夙有多譽。來嬪大家。不介父母。有事賓祭。酒食祇飭。協於尊章。畏我侍側。及嗣內事。亦莫有施。齊其躬心。小大順之。夫先其歸。其室有邱。合葬有銘。壼（苦本切）彝是攸。

按部就班之作（濡識）

亳州城父（唐城父縣屬亳州。故城在今安徽亳縣東南。）吉州（治今江西廬陵縣。）莊武公（馬燧也。字洵美。貞元三年。拜司徒侍中。十一年薨。贈太傅。諡莊武。）西平郡王（名暢。元和五年卒。終少府監。贈工部尙書。）媵侍（從嫁之婢女。）繼祖（按少監之子。或以爲名敎。而疑繼祖二字下有缺文。據〔國史補云〕繼祖始生。德宗賜名。過而笑曰。是有二義。謂之索繫組。則敎或係初名。繼祖乃賜名也。）視諸孤（言視諸孤爲厚也。）不介父母（介。善也。言不待父母之戒而善也。）尊章（舅姑也。）畏我（言侍側之婢。使畏服也。）

評校音注古文辭類纂卷四十二終

鋪詞極感慨淋漓之致而元賓之一生可知

韓退之李元賓墓銘

李觀字元賓其先隴西人也始來自江之東年二十四舉進士三年登上第又舉博學宏辭得太子校書一年年二十九客死於京師既殯之三日友人博陵崔弘禮葬之國東門之外七里鄉曰慶義原曰嵩原友人韓愈書石以誌之其辭曰

已乎元賓壽也者吾不知其所慕夭也者吾不知其所惡生而不淑誰謂其壽死而不朽誰謂之夭已乎元賓才高乎當世而行出乎古人已乎元賓竟何爲哉竟何爲哉

方望溪曰荆川疑此文太略非也元賓卒年二十九其德未成業未著而信其死不朽又曰才高乎當世而行出乎古人則所以推大元賓者至矣曰竟何爲哉竟何爲哉則痛惜其才行者至矣若毛舉數事則淺之乎視元賓而

後世表章經生之作不少能如此之簡絜耶

歐公作胡安定墓表似模範此作

推大痛惜之義轉不得而見矣故公嘗以其詩配李杜而茲篇亦不之及也

○曾滌生曰誌中不稱元賓之長而銘詞著才高當世二語故爾可貴若通首贊頌不休不足取信矣○本傳謂觀屬文不沿襲前人與韓愈相上下則退之才高當世死而不朽之說不爲虛諛矣[illegible]識

隴西（今甘肅隴西縣）、博陵（郡名、治今直隸定縣）、崔弘禮（字從周、磊落有大志、通兵略、官至刑部尙書、爲東都留守、卒、）

韓退之施先生墓銘○

貞元十八年十月十一日。太學博士施先生士丐卒。其僚太原郭伉買石誌其墓。昌黎韓愈爲之辭曰。先生明毛鄭詩。通春秋左氏傳。善講說。朝之賢士大夫從而執經考疑者繼於門。太學生習毛鄭詩春秋左氏傳者。皆其弟子。貴游之子弟時先生之說二經。來太學。帖帖坐諸生下。恐不卒得聞。先生死。二經生喪其師。仕於學者亡其朋。故自賢士大夫老師宿儒新進小生聞先生之死。哭泣相弔。歸（去聲同饋）衣服貨財。先生年六十九。在太學者十九年。由四門助敎爲太學助敎。由助敎爲博士。太學秩滿當去。諸生輒拜疏乞留。或留或遷。凡十九年不

如客得歸四字甚謬

離太學。祖曰旭【吁玉切】袁州宜春尉。父曰婼【敕略切】豪州定遠丞。妻曰太原王氏。先生卒。子曰友直。明州鄮【音茂】縣主簿。曰友諒。太廟齋郎。系曰

先生之祖。氏自施父。其後施常事孔子以彰。讎爲博士。延爲太尉。太尉之孫。始爲吳人。曰然曰續。亦載其迹。先生之興。公車是召。纂序前聞。于光有曜。古聖人言。其旨密微。箋注紛羅。顛倒是非。聞先生講論。如客得歸。卑讓肫【株倫切】肫。出言孔揚。今其死矣。誰嗣爲宗。縣曰萬年。原曰神禾。高四尺者。先生墓耶。

方望溪曰。學通乎聖經。敎化一世。則志行之美。無俟毛舉矣○劉海峯曰。於說經一事。開拓鋪敍。文法極古

明毛鄭詩【「嘉話拾遺」予嘗與柳八韓十八詣施士匄聽毛詩、】通春秋左氏傳【「新唐書」士匄撰春秋傳、未甚傳、】袁州宜春【唐袁州、治今宜春縣、屬江西廬陵道、】豪州定遠【豪州、即滁州、今安徽鳳陽縣等地、定遠、縣名、今仍其故名、屬淮泗道、】明州鄮縣【唐明州、治鄮縣、即今鄞縣、屬浙江會稽道、】施父【魯大夫、】施常【施之常、字子恆、仲尼弟子、見「史記」】讎【「漢書儒林傳」施讎、字長卿、沛人、從田王孫受易、宣帝時爲博士、】延【漢順帝陽嘉二年爲太尉、】然續【「吳志」朱然、字義封、本姓施氏、然子績、字公緒、按續當作績、】肫肫【懇誠貌、】高四尺者【「禮檀弓」孔子曰、吾聞之古也、墓而不墳、今丘也、東西南北之人也、不可以弗識也、於是封之崇四尺、】

從其家求書方望溪云樊文士也故首舉所著書

然而必出於己曾滌生云退之言壓文皆規切有味樊文所傳祇有二篇此贊樊文甚當

要子亦是解人

樊本不以政績名故略敘之

知是爲餘事補之于後

韓退之南陽樊紹述墓誌銘（紹述、河中人。）○○

樊紹述既卒。且葬。愈將銘之。從其家求書。得書號魁紀公者三十卷。曰樊子者又三十卷。春秋集傳十五卷。表牋狀策書序傳記紀誌說論今文讚銘。凡二百九十一篇。道路所遇及器物門里雜銘二百二十。賦十。詩七百一十九。曰多矣哉。古未嘗有也。然而必出於己。不襲蹈前人一言一句。又何其難也。必出入仁義。其富若生蓄萬物。必具海含地負。放恣橫從（同縱）無所統紀。然而不煩於繩削而自合也。嗚呼。紹述於斯術。其可謂至於斯極者矣。生而其家貴富。長而不有其藏一錢。妻子告不足。顧且笑曰。我道蓋是也。皆應曰然。無不意滿。嘗以金部郎中告哀南方。還言某帥不治。罷之。以此出爲綿州刺史。一年。徵拜左司郎中。又出刺絳州。綿絳之人。至今皆曰於我有德。以爲諫議大夫。命且下。遂病以卒。年若干。紹述諱宗師。父諱澤。嘗帥襄陽江陵。官至右僕射。贈某官。祖某官。諱泳。自祖及紹述三世。皆以軍謀堪將帥策上第以進。紹述無所不學。於辭於聲。天得也。在衆若無能者。嘗與觀樂。問曰何如。曰後當然。已而果然。銘曰。

銘似學紹述文體

咸來哭弔韓氏方望云伯高之喪孔子使子貢爲之主故退

惟古於詞必己出降而不能乃剽（西妙切）賊後皆指前公相襲從漢迄今用一律寥寥久哉莫覺屬神徂聖伏道絕塞既極乃通發紹述文從字順各識職有欲求之此其躅（廚玉切）

方望溪曰守官一語括之蓋誌以文爲主詳其行身治官則於首尾不稱樊文甚奇恐世無識故並舉其辭與聲之學以其於聲有獨得證於其詞無可疑耳章法與藍田縣丞廳壁記同○劉海峯曰紹述非眞能文者公特與其交好又與己務去陳言之意相合以著詞必己出之宗爾○曾滌生曰若敍知聲如敍其於辭則宂長不警拔矣

金部郎中（魏始置、唐因之、屬戶部、掌金寶貨物權衡度量等、）告哀句（憲宗崩、宗師以金部郎中告哀南方、）綿州（治今四川綿陽縣、）絳州（治今山西新絳縣、）三世策上第（開元中、詠擧草澤科、建中元年、澤擧賢良方正直言極諫科、元和三年四月、宗師擧軍謀宏遠堪任將帥科、）

韓退之貞曜先生墓誌銘○

唐元和九年歲在甲午八月己亥貞曜先生孟氏卒無子其配鄭氏以告愈走位哭且召張籍會哭明日使以錢如東都供葬事諸嘗與往來者咸來哭弔韓

之得受哭弔

生六七年吳至父云郊天資十年生

歆清可想見其爲人

于孟詩刻畫盡致

韓夫人其母也唐人往往稱此

氏遂以書告興元尹故相餘慶閏月樊宗師使來弔告葬期徵銘愈哭曰嗚呼吾尙忍銘吾友也夫興元人以幣如孟氏賻且來商家事樊子使來速銘曰不則無以掩諸幽乃序而銘之先生諱郊字東野父廷玢（音彬）娶裴氏女而選爲崑山尉生先生及二季酆郢而卒先生生六七年端序則見長而愈騫涵而揉之內外完好色夷氣淸可畏而親及其爲詩劌（固衛切）目鉥（音術）心刃迎縷解鉤章棘句掐（音切）擢胃腎神施鬼設間見層出惟其大翫於詞而與世抹摋（音臘）人皆劫劫我獨有餘有以後時開先生者曰吾旣擠而與之矣其猶足存耶年幾五十始以尊夫人之命來集京師從進士試旣得卽去間四年又命來選爲溧陽尉迎侍溧上去尉二年而故相鄭公尹河南奏爲水陸轉運從事試協律郎親拜其母於門內母卒五年而鄭公以節領興元軍奏爲其軍參謀試大理評事挈其妻行之興元次於閿（音文）鄉暴疾卒年六十四買棺以斂以二人輿歸酆郢皆在江南十月庚申樊子合凡贈賻而葬之洛陽東其先人墓左以餘財附其家而供祀將葬張籍曰先生揭德振華於古有光賢者故事有易名況士哉如曰貞

吳評疏云意頗譏刺孟簡而反用其語出之斯爲微妙仍以時意作結

敍其世系子女卒葬

對盧貝此二句

曜先生則姓名字行有載不待講說而明皆曰然遂用之初先生所與俱學同姓簡於世次爲叔父由給事中觀察浙東曰生吾不能舉死吾知恤其家銘曰嗚呼貞曜維執不猗（依同）維出不訾維卒不施以昌其詩

方望溪曰於當官無一語贊美位卑職散不足言也又曰此篇前後載朋友哀戚賻恤中間志其高才而窮故末用閒語總結

張籍（見送孟東野序注、）興元（唐府、治今陝西南鄭縣、）餘慶（姓鄭、字居業、鄭州滎陽人、元和九年三月爲興元尹、）樊宗師句（時自太子舍人持母喪在東都、）崑山（今江蘇崑山縣、）劌（劌割也、此作刺字解、）鉥（長針也、）掐（取出也、）抹摋（摋滅也、）劫劫（猶汲汲也、）有以後時三句（似指立名言、擠而與之、即應上抹摋句、）溧陽（今江蘇溧陽縣、）鄭公尹河南（元和元年十一月、鄭餘慶爲河南尹、水陸轉運使、李翺分司洛中、與郊善、薦之餘慶、以爲判官、）閿鄉（今河南閿鄉縣、）簡（字幾道、元和九年九月、自給事中爲浙東觀察使、）不猗（不依傍也、）不訾（不自輕也、）

韓退之河南府法曹參軍盧府君夫人苗氏墓誌銘〇

夫人姓苗氏諱某字某上黨人曾大父襲夔贈禮部尚書大父殆庶贈太子太師父如蘭仕至太子司議郎汝州司馬夫人年若干嫁河南法曹盧府君諱貽有文章德行其族世所謂甲乙者先夫人卒夫人生能配其賢歿能守其法男

仍就其序而申言之

莊嚴中忽着兒女家庭團敘歡樂語文氣方不板滯

二人。於陵渾女三人、皆嫁爲士妻。貞元十九年四月四日。卒於東都敦化里。年六十有九。其年七月某日。祔於法曹府君墓。在洛陽龍門山。其季女壻昌黎韓愈。爲之誌。其詞曰。

赫赫苗宗。族茂位尊。或毗(頻脂切)於王。或貳於藩。是生夫人。載穆令聞。爰初在家。孝友惠純。乃及於行。克媲德門。肅其爲禮。裕其爲仁。法曹之終。諸子實幼。煢(音瓊)煢其哀。介介其守。循道不違。厥聲彌劭(時照切)。三女有從。二男知敎。閭里歎息。母婦思效。歲時之嘉。嫁者來寧。累累外孫。有攜有嬰。扶牀坐膝。嬉戲讙爭。既壽而康。既備而成。不歉於約。不矜於盈。伊昔淑哲。或圖或書。嗟咨夫人。孰與爲儔。刻銘寘墓。以贊碩休。

序其庸德不溢一辭(濡識)

上黨(秦置郡、今山西冀寧道南部地)、汝州(治今河南臨汝縣)、其族世所謂甲乙者(猶言第一第二之族)、龍門山(在今河南洛陽縣西南三十里)、毗(輔也)、貳(副也)、煢煢(孤獨貌)、劭(美也)、

韓退之唐河中府法曹張君墓碣銘○

說其實言愈見眞實

總上志非不如古人才豈不如今人句

有女奴抱嬰兒來致其主夫人之語曰妾張圓之妻劉氏也妾夫常語妾云吾常獲私於夫子且曰夫子天下之名能文辭者凡所言必傳世行後今妾不幸夫逢盜死途中將以日月葬妾重哀其生志不就恐死遂沈泯敢以其稚子汴見先生將賜之銘是其死不爲辱而名永長存所以蓋覆其遺胤子若孫且死萬一能有知將不悼其不幸於土中矣又曰妾夫在嶺南時嘗疾病泣語曰吾志非不如古人吾才豈不如今人而至於是而死於是邪爾若吾哀必求夫子銘是爾與吾不朽也愈既哭弔辭遂敘次其族世名字事始終而銘曰

君字直之祖讙父孝新皆爲官汴宋間君嘗讀書爲文辭有氣有吏才嘗感激欲自奮拔樹功名以見世初舉進士再不第因去事宣武軍節度使得官至監察御史坐事貶嶺南再遷至河中府法曹參軍攝虞鄉令有能名進攝河東令又有名遂署河東從事絳州闕刺史攝絳州事能聞朝廷元和四年秋有事適東方既還八月壬辰死於汴城西雙邱年四十有七明年二月日葬河南偃師妻彭城人世有衣冠祖好順泗州刺史父泳卒蘄(音新)州別駕女四人男一人嬰

製見汴也方望溪云一語惻愴動人

姚氏云以刑部侍郎稱少秋官此如以御史稱端公之類皆徇俗不與藩昌黎爲之而不足法

道滯而事乃女致死之由

兒汴也。是爲銘。

圓死非命此處極應發揮以昭鑒戒文亦以盜了之想見當時藩鎮威力[illegible]

逢盜死途中［李肇國史［補］張圓佐韓弘、弘初秉節、事無大小委之、後乃奏貶、圓多怨言、及量移、誘至汴州、極歎而遣之行、次八角店、使人殺之、按詰不明］

此爲韓弘諱也、宣武軍節度使韓弘也、宣武軍治汴州、河中府今山西永濟縣、虞鄉今縣、屬山西河東道、河東唐縣名、屬河東道、今山西猗縣、河東從事河東道之從事也、

韓退之女挐壙銘○○

女挐。女居切 韓愈退之第四女也。惠同慧而早死。愈之爲少秋官言佛夷鬼其法亂治。梁武事之卒有侯景之敗。可一掃刮絕去不宜使爛漫天子謂其言不祥斥之潮州漢南海揭陽之地。愈既行有司以罪人家不可留京師迫遣之。女挐年十二病在席既驚痛與其父訣又輿致走道撼合上聲頓失食飲節死於商南層峯驛。即瘞道南山下。五年愈爲京兆始令子弟與其姆音茂易棺衾歸女挐之骨於河南之河陽韓氏墓葬之。女挐死當元和十四年二月二日。其發而歸在長慶三年十月之四日。其葬在十一月之十一日。銘曰。

汝宗葬於是汝安歸之惟永寧

潮陽不貶卽女不至死言下似尙有餘慨濤識

梁武姓蕭、名衍、南蘭陵人、篡齊而自立、崇信佛敎、捨身同泰寺、侯景之反、圍於臺城、餓死、潮州一曰潮陽郡、屬嶺南道、領海陽潮陽程鄉三縣、漢時爲南海揭陽地、按今南海縣、屬廣東粵海道、揭陽縣、屬潮循道、商南今陝西有商南縣、明時以商縣析置、屬漢中道、

柳子厚故襄陽丞趙君墓誌銘○

貞元十八年月日天水趙公矜年四十二客死於柳州官爲斂葬於城北之野元和十三年孤來章始壯自襄州徒行求其葬不得徵書而名其人皆死無能知者來章日哭於野凡十九日惟人事之窮則庶於卜筮五月甲辰卜秦誗持廉切兆之曰金食其墨而火以貴其墓直丑在道之右南有貴神冢土是守乙巳于野宜遇西人深目而髯其得實因七日發之乃覯其神明日求諸野有叟荷杖而東者問之曰是故趙丞兒耶吾爲曹信是邇吾墓噫今則夷矣直社之北二百舉武吾爲子蕝音撮焉辛亥啟土有木焉發之緋音非衣緅側鳩切衾凡自家之物皆在州之人皆爲出涕誠來章之孝神付是叟以與龜偶不然其協焉如此

納鸞六何狐兔之悲無窮感慨王文成瘞旅文之所由出

哉。六月某日就道。月日葬于汝州龍城縣期城之原。夫人河南源氏先沒而祔之。矜之父曰漸。南鄭尉。祖曰倩之。鄆州司馬。曾祖曰弨(音且)。安金紫光祿大夫國子祭酒。始矜由明經為舞陽主簿。蔡帥反。犯難來歸。擢授襄城主簿。賜緋魚袋。後為襄陽丞。其墓自曾祖以下皆族以位。時宗元刺柳。用相其事。哀而旌之以銘。銘曰。

諏也挈(音契入聲)之信也。蕝之有朱。其紱(音弗)神具列之。懇懇來章。神實恫(音通)。汝錫之老叟告以兆。語靈其鼓舞。從而父祖。孝斯有終。宜福是與。百越蓁蓁。羈鬼相望。有子而孝。獨歸故鄉。涕盈其銘。旌爾勿忘。

簡古峭絜。不失柳州本色。(濡識)

天水(郡名、今甘肅通渭縣西南、)柳州(治今廣西馬平縣、)襄州(治今湖北襄陽縣、)秦諏(卜人姓名、)蕝(束茅而立之、以表位次、)汝州龍城(按唐汝州、隸縣七、無龍城、疑即龍興、)南鄭(今陝西南鄭縣、)鄆州(即東平郡、本治鄆城、後治須昌、鄆城、今山東鄆城縣、須昌、在今東平縣西北、)舞陽(今河南舞陽縣、)襄城(今河南襄城縣、)紱(綬也、)恫(痛也、)蓁蓁(積聚之貌、)

評校音注古文辭類纂卷四十三終

眞西山云按司馬文正公記聞景祐中呂許公執政范文正公知開封屢攻呂短坐落職知饒州康定元年復舊職知永興會許公復相言於仁宗曰仲淹賢者朝廷將用之豈可但除舊職即除龍圖閣直學士陝西經略安撫副使上以許公爲長者天下亦以許公不念舊惡又辭文定公能川志范文正自饒州還朝出領西事恐申公不爲之地無以成功乃爲書自咎解仇而去故歐陽公作文正碑有二公既年欲然相得之語後生不知皆咎歐陽公予見張公安道言之乃信又邵氏閒見錄當時文正子堯大不以爲然從歐陽公辨不可得則自削去驩然戮力等語公不樂謂蘇明允曰范公碑爲其子弟擅於石本改動文字令人恨之故今羅

歐陽永叔資政殿學士文正范公神道碑銘○○

皇祐四年五月甲子。資政殿學士尚書戶部侍郎。汝南文正公。薨於徐州。以其年十有二月壬申。葬于河南尹樊里之萬安山下。公諱仲淹。字希文。五代之際。世家蘇州。事吳越。太宗皇帝時。吳越獻其地。公之皇考從錢俶朝京師。後爲武寧軍掌書記以卒。公生二歲而孤。母夫人貧無依。再適長山朱氏。既長。知其世家。感泣去之南都。入學舍。掃一室。晝夜講誦。其起居飲食。人所不堪。而公自刻益苦。居五年。大通六經之旨。爲文章論說。必本於仁義。祥符八年。舉進士。禮部選第一。遂中乙科。爲廣德軍司理參軍。始歸迎其母以養。及公既貴。天子贈公曾祖蘇州糧料判官諱夢齡爲太保。祖祕書監諱贊時爲太傅。考諱墉爲太師。妣謝氏爲吳國夫人。公少有大節。於富貴貧賤毀譽歡戚。不一動其心。而慨然有志於天下。常自誦曰。士當先天下之憂而憂。後天下之樂而樂也。其事上遇氏本於坐落職知饋州下無明年呂公亦龍六字爲陝潤紀略安撫副使上無上復召相呂公六字又無自公坐呂公貶已下至故平置黨議而用之二段以此槪之諸家本乃當時定本也羅氏本端夫改本也今從衆而載堯夫所改如此朱文公答周益公嘗略云舊嘗竊請呂公用舉之時舉措之不合衆心者盡亦多矣而及惡忠賢之異已必力排之使不得容於朝廷而後已總其晚節知天下之公議不可以終拂亦以老病將歸而不復有所畏忌又慮夫天下之事或終至於危亂不可如何而彼衆毀之排去者或將起而復用則其罪必歸於我而并及於吾之子孫是以學猾故怨以爲收之桑榆之計譖其憲患之意排未必讒出於至公而其補過之善天下賢被其陽剛與世之遂非長惡力職天下之公忝以貽恥於國家者相去遠矣垂若范公之心則其正大光

人。一以自信不擇利害爲趨捨其所有爲必盡其方曰、爲之自我者當如是其成與否有不在我者雖聖賢不能必吾豈苟哉天聖中晏丞相薦公文學以大理寺丞爲祕閣校理。以言事忤章獻太后旨。通判河中府。久之。上記其忠。召拜右司諫。當太后臨朝聽政時。以至日大會前殿。上將率百官爲壽。有司已具。公上疏。言天子無北面。且開後世弱人主以强母后之漸。其事遂已。又上書。請還政天子。不報。及太后崩。言事者希旨。多求太后時事。欲深治之。公獨以謂太后受託先帝。保佑聖躬。始終十年。未見過失。宜掩其小故。以全大德。初、太后有遺命立楊太妃代爲太后。公諫曰。太后母號也。自古無代立者。由是罷其册命。是歲大旱蝗。奉使安撫東南。使還。會郭皇后廢。率諫官御史伏閤爭。不能得。貶知睦州。又徙蘇州。歲餘。卽拜禮部員外郞天章閣待制。召還。益論時政闕失。而大臣權倖。多忌惡之。居數月。以公知開封府。開封素號難治。公治有聲。事日益簡。暇則益取古今治亂安危爲上開說。又爲百官圖以獻。曰、任人各以其材。而百職修。堯舜之治。不過此也。因指其遷進遲速次序。曰、如此而可以爲公。可以爲明固無宿怨而惓惓之義實在國家故承其兼意起而樂爲之用其自訟之書所謂相公有竊陽之心之德仲淹亦臨淮之才之力者而不川不謂之頃刪而無以時矣此箸今不見於集中恐亦以忠宜可去而不學也此最爲范公之讖德而他人之難者歐公亦識其意而特書之德實而言之但曰呂公前日未免薇貸之罪而其後日誠有補過之功范歐二公之心則其約始本末如青天白日無一毫之可議若范公所謂平生無怨惡於一人者尤是以見其心量之廣大高明可爲百世之師表至於忠宣則所見雖狹然亦不害其爲守正則不贊詞說而名此皆覆無復可疑矣〇吳摯父云姚氏所引羅本誤本一則乃孫議益校正中語而正宗錄之姚以爲眞西山語失考孫按歐文在紹熙二年正宗續劉在咸淳二年甚時西山已卒門人欒輯而成故引孫語而辭不

私。亦不可以不察。由是呂丞相怒。至交論上前。公求對辨。語切。坐落職知饒州。明年。呂公亦罷。公徙潤州。又徙越州。而趙元昊反河西。上復召相呂公。乃以公爲陝西經略安撫副使。遷龍圖閣直學士。是時新失大將。延州危。公請自守鄜延扞賊。音旱 乃知延州。元昊遣人遺書以求和。公以謂無事請和難信。且書有僭號。不可以聞。乃自爲書告以逆順成敗之說。甚辯。坐擅復書。奪一官。知耀州。未逾月。徙知慶州。既而四路置帥。以公爲環慶路經略安撫招討使。兵馬都部署。累遷諫議大夫。樞密直學士。公爲將。務持重。不急近功小利。於延州築青澗城。墾營田。復承平永平廢寨。熟羌歸業者數萬戶。於慶州城大順以據要害。奪賊地而耕之。又城細腰胡蘆。於是明珠滅臧等大族。皆去賊爲中國用。自邊制久隳。至兵與將常不相識。公始分延州兵爲六將。訓練齊整。諸路皆用以爲法。公之所在。賊不敢犯。人或疑公見敵應變爲如何。至其城大順也。一旦引兵出。諸將不知所向。軍至柔遠。始號令告其地處。使往築城。至於版築之用。大小畢具。而軍中初不知。賊以騎三萬來爭。公戒諸將。戰而賊走。追勿過河。已而賊果走。

別日弗西山爭定也其舉遂已句吳至父云蘇子瞻曰軾先君修太常因革禮朝正案牘具在皆其始末無諫止之事而有已行之明驗先君實之於文忠公曰文正公實諫而卒不從墓碑誤也當以家牒爲正耳

追者不渡而河外果有伏賊失計乃引去於是諸將皆服公爲不可及公待將吏必使畏法而愛己所得賜賚皆以上意分賜諸將使自爲謝諸蕃質子縱其出入無一人逃者蕃酋來見召之臥內屏人徹衞與語不疑公居三歲士勇邊實恩信大洽乃決策謀取橫山復靈武而元昊數遣使稱臣請和上亦召公歸矣初西人籍爲鄉兵者十數萬既而黥以爲軍惟公所部但刺其臂公去兵罷獨得復爲民其於兩路既得熟羌爲用使以守邊因徙屯兵就食內地而紓西人饋輓之勞其所設施去而人德之與守其法不敢變者至今尤多自公坐呂公貶羣士大夫各持二公曲直呂公患之凡直公者皆指爲黨或坐竄逐及呂公復相公亦再起被用於是二公讙然相約戮力平賊天下之士皆以此多二公然朋黨之論遂起而不能止上既賢公可大用故卒置羣議而用之慶曆三年春召爲樞密副使五讓不許乃就道既至數月以爲參知政事每進見必以太平責之公歎曰上之用我者至矣然事有先後而革弊於久安非朝夕可也既而上再賜手詔趣使條天下事又開天章閣召見賜坐授以紙筆使疏於前

方望溪云。歐陽公與徐無黨論云。范公碑當時在潁已共詳定。如此為允。述呂公事。於范公見德量包宇宙。忠義先國家。於呂公事各紀實。則萬世取信。非如兩仇相訟。各過其實。使後世不信。以為偏辭也。又與杜訢書云。范公神刻。為其子擅自增損。不免更作文字發明。欲後世以家集為信。

公惶恐避席。始退而條列時所宜先者十數事上之。其詔天下興學取士先德行。不專文辭。革磨勘例。遷以別能否。減任子之數。而除濫官。用農桑考課守宰等事。方施行。而磨勘任子之法。僥倖之人皆不便。因相與騰口。而嫉公者亦幸外有言。喜為之佐佑。會邊奏有警。公卽請行。乃以公為河東陝西宣撫使。至則上書願復守邊。卽拜資政殿學士。知邠州兼陝西四路安撫使。其知政事纔一歲而罷。有司悉奏罷公前所施行而復其故。言者遂以危事中之。賴上察其忠不聽。是時夏人已稱臣。公因以疾請鄧州。守鄧三歲。求知杭州。又徙青州。公益病。又求知潁州。肩舁至徐。遂不起。享年六十有四。方公之病。上賜藥存問。既薨輟朝一日。以其遺表無所請。使就問其家所欲。贈以兵部尚書。所以哀卹之甚厚。公為人外和內剛。樂善汎愛。喪其母時尚貧。終身非賓客食不重肉。臨財好施。意豁如也。及退而視其私。妻子僅給衣食。其為政。所至民多立祠畫像。其行己臨事。自山林處士。里閭田野之人。外至夷狄。莫不知其名字。而樂道其事者甚眾。及其世次官爵。誌於墓。譜於家。藏於有司者。皆不論著。著其繫天下國家

之大者亦公之志也歟銘曰

范於吳越世實陪臣俶納山川及其士民范始來北中間幾息公奮自躬與時偕逢事有罪功言有違從豈公必能天子用公其艱其勞一其初終夏童跳邊乘吏怠安帝命公往問彼驕頑有不聽順鋤其穴根公居三年怯勇緊完兒憐獸擾卒俾來臣夏人在廷其事方議帝趣公來以就予治公拜稽首茲惟艱哉初匪其艱在其終之羣言營營卒壞於成匪惡其成惟公是傾不傾不危天子之明存有顯榮沒有贈謚藏其子孫寵及後世惟百有位可勸無怠

敘事能扼其大措詞不覺其繁是歐公極意經營文字（濤識）

景祐（仁宗年號）、徐州（治今江蘇銅山縣）、吳越（唐昭宗時、錢鏐為鎮海節度使、并有兩浙、後梁太祖封為吳越王、四傳至俶、當宋太宗時、悉獻其地）、太宗（名光義、太祖弟）、錢俶（字文德、元瓘子、鏐孫）、南都（今河南商邱縣、宋為南京應天府）、祥符（真宗年號）、廣德軍（治今安徽廣德縣）、天聖（仁宗年號）、晏丞相（名殊、字同叔、臨川人）、章獻太后（姓劉氏、真宗后）、河中府（治今山西永濟縣）、楊太妃（益州郫人、仁宗在乳褓、章獻使妃護視）、郭皇后廢（時尚楊二美人俱幸、一日、尚氏於上前有侵后語、后忿批其頰、上自起救之、誤批上頸、上大怒、用呂夷簡語、遂廢后、於是中丞孔道輔、諫官御史范仲淹段少連等十人、言后不可廢、俱被黜）、睦州（治今浙江建德縣）、開封府（治今河南開封縣）、呂丞相（名夷簡、字坦夫、鄱州人、饒州治今江西鄱陽縣、潤州治今江蘇丹徒縣、越州治今浙江紹興縣、趙元昊西夏主、本姓拓跋、唐末拓跋思恭鎮夏州、敕銀夏綏宥靜五州地、討黃巢有功、封夏國公、賜姓李、傳至繼捧、當宋太宗時、舉族入朝納土、其族弟繼遷不從、降於契丹、襲據銀州、契丹封爲夏王、太宗使繼捧鎮夏州、繼遷請降、太宗以爲銀州觀察使、賜姓名趙保吉、未幾復叛、眞宗時、以保吉爲定難節度使、賜以銀夏綏宥靜五州、後又攻陷靈州、傳子德明、歸款於宋、眞宗封爲西平王、仁宗時、元昊嗣位、取夏銀綏宥靜靈鹽會勝甘涼諸州、又取瓜沙肅三州、依賀蘭山爲固、遂稱帝、國號大夏、延州治今陝西膚施縣、鄜治今陝西鄜縣、耀州、治今陝西耀縣、慶州治今甘肅慶陽縣、築青澗城[宋史]時塞門承平諸砦既廢、用种世衡策、城青澗以據賊衝、拔塞門廢砦、在今安塞縣北、青澗城即今青澗縣治、在膚施東北、承平永平廢寨在今延川縣西北、[九城志]延川縣有永平等九寨、大順在今甘肅慶陽縣北、[宋史]慶曆初、范仲淹知慶州、州之西北馬鋪砦當後橋川口、在賊腹中、仲淹欲城之、密遣子純祐與蕃將趙明據其地、至柔遠、始號令之、旬日而城、細腰胡蘆在今甘肅環縣西、[宋史]种世衡知環州、環原之間、明珠滅臧康奴三族最大、其北有二州、交通西界、慶曆四年、范仲淹議築細腰城斷其路、檄世衡董其事、城成、自環州改隸原州、胡蘆、河名、柔遠柔遠砦在慶陽縣北、橫山今陝西橫山縣、靈武今甘肅靈武縣、磨勘磨勘試文之疵病、宋制、召試後有磨勘之法、例遷循例陞遷、任子公卿子弟以蔭得官、邠州治今陝西邠縣、鄧州治今河南鄧縣、杭州治今浙江杭縣、青州治今山東益都縣、潁州治今安徽阜陽縣、陪臣古諸侯之大夫、對天子稱陪臣、營營[詩]營營青蠅、喻讒言也、

歐陽永叔太尉文正王公神道碑銘○

至和二年七月乙未。樞密直學士右諫議大夫王素奏事殿中。已而泣且言曰。

得體

敘其父數大事

借三槐事引起下文

臣之先臣旦相眞宗皇帝十有八年今臣素又得待罪侍從之臣惟是先臣之訓其遺業餘烈臣實無似不能顯大而墓碑至今無辭以刻惟陛下哀憐不忘先帝之臣以假寵於王氏而勗(音蓄)其子孫天子曰嗚呼惟汝父旦事我文考眞宗叶(同協)德一心克終厥位有始有卒其可謂全德元老矣汝素以是刻於碑素拜稽首泣而出明日有詔史館修撰歐陽修曰王旦墓碑未立汝可以銘臣修謹按故推誠保順同德守正翊戴功臣開府儀同三司守太尉充玉清昭應宮使上柱國太原郡開國公贈太師尙書令兼中書令追封魏國公諡曰文正王公諱旦字子明大名莘人也皇曾祖諱言滑州黎陽令追封許國公皇祖諱徹左拾遺追封魯國公皇考諱祜尙書兵部侍郎追封晉國公皆累贈太師尙書令兼中書令曾祖妣姚氏魯國夫人祖妣田氏秦國夫人妣任氏徐國夫人邊氏秦國夫人公之皇考以文章自顯漢周之際逮事太祖太宗爲名臣嘗諭杜重威使無反漢拒盧多遜害趙普之謀以百口明符彥卿無罪故世多稱王氏有陰德公之皇考亦自植三槐於庭曰吾之後世必有爲三公者此其所以志

敘其在太宗時之官職

敘其在眞宗時之恩遇

也。公少好學有文。太平興國五年。進士及第。為大理評事。知平江縣。監潭州銀場。再遷著作佐郎。與編文苑英華。遷殿中丞。通判鄭濠二州。王禹偁薦其材任轉運使。驛召至京師。辭不受。獻其所為文章。得試直史館。遷右正言知制誥。知淳化三年禮部貢舉。遷虞部員外郎。同判吏部流內銓。知考課院。右諫議大夫趙昌言參知政事。公以壻避嫌。求解職。太宗嘉之。改禮部郎中。集賢殿修撰。昌言罷。復知制誥。仍兼修撰判院事。召賜金紫。久之。遷兵部郎中。居職。眞宗即位。拜中書舍人。數日。召為翰林學士。知審官院通進銀臺封駮事。公為人嚴重。能任大事。避遠權勢。不可干以私。由是眞宗益知其賢。錢若水名能知人。常稱公曰。眞宰相器也。若水為樞密副使。罷召對苑中。問誰可大用者。若水言公可。眞宗曰。吾固已知之矣。咸平三年。又知禮部貢舉。居數日。拜給事中。知樞密院事。明年。以工部侍郎參知政事。再遷刑部侍郎。景德元年。契丹犯邊。眞宗幸澶(音蟬)州。雍王元份(音彬)留守東京。得暴疾。命公馳自行在。代元份留守。二年。遷尚書左丞。三年。拜工部尚書。同中書門下平章事。集賢殿大學士。監修國史。是時契丹只知斷裁實質耳。但纂本無足言，於此頗見微詞。

此乃事雖非樞恩私享，要難免後人矯情飾行之疑。

初請盟，趙德明亦納誓約，願守河西故地，二邊兵罷不用。眞宗遂欲以無事治天下。公以謂宋興三世，祖宗之法具在，故其爲相，務行故事，愼所改作，進退能否，賞罰必當。眞宗久而益信之，所言無不聽。雖他宰相大臣有所請，必曰：王某以謂如何。事無大小，非公所言不決。公在相位十餘年，外無夷狄之虞，兵革不用，海內富實，羣工有司，各得其職。故天下至今稱爲賢宰相。公於用人，不以名譽，必求其實。苟賢且材矣，必久其官，衆以爲宜某職，然後遷。其所薦引，人未嘗知。寇準爲樞密使，當罷，使人私公，求爲使相。公大驚曰：將相之任，豈可求耶？且吾不受私請。準深恨之。已而制出，除準武勝軍節度使、同中書門下平章事。準入見，涕泣曰：非陛下知臣，何以至此？眞宗具道公所以薦準者，準始愧歎，以爲不可及。故參知政事李穆子行簡，有賢行，以將作監丞居於家。眞宗召見慰勞之，遷太子中允。初遣使者召，不知其所止。眞宗命至中書問王某，然後人知行簡公所薦也。公自知制誥至爲相，薦士尤多。其後公薨，史官修眞宗實錄，得內出奏章，乃知朝廷之士多公所薦者。公與人寡言笑，其語雖簡，而能以理屈人。

叙述諸事均得大臣體

默然終日莫能窺其際及奏事上前羣臣異同公徐一言以定今上爲皇太子太子諭德見公稱太子學書有法公曰諭德之職止於是邪趙德明言民饑求糧百萬斛大臣皆曰德明新納誓而敢違請以詔書責之眞宗以問公公請敕有司具粟百萬於京師詔德明來取眞宗大喜德明得詔書慚且拜曰朝廷有人大中祥符中天下大蝗眞宗使人於野得死蝗以示大臣明日他宰相有褎(同袖)死蝗以進者曰蝗實死矣請示於朝率百官賀公獨以爲不可後數日方奏事飛蝗蔽天眞宗顧公曰使百官方賀而蝗如此豈不爲天下笑耶宦官劉承規以忠謹得幸病且死求爲節度使眞宗以語公公曰承規待此以瞑目公執以爲不可曰他日將有求爲樞密使者奈何至今內臣官不過留後公任事久人有謗公於上者公輒引咎未嘗自辯至人有過失雖人主盛怒可辯者辯之必得而後已榮王宮火延前殿有言非天災請置獄劾火事當坐死者百餘人公獨請見曰始失火時陛下以罪己詔天下而臣等皆上章待罪今反歸咎於人何以示信且火雖有迹寧知非天譴耶由是當坐者皆免日者上書言宮禁事

坐誅。籍其家。得朝士所與往還占問吉凶之說。眞宗怒。欲付御史問狀。公曰。此人之常情。且語不及朝廷。不足罪。眞宗怒不解。公因自取常所占問之書進曰。臣少賤時。不免爲此。必以爲罪。願幷臣付獄。眞宗曰。此事已發。何可免。公曰。臣爲宰相執國法。豈可自爲之。幸於不發。而以罪人。眞宗意解。公至中書。悉焚所得書。既而眞宗悔。復馳取之。公曰。臣已焚之矣。由是獲免者衆。公累官至太保。以病求罷。入見滋福殿。眞宗曰。朕方以大事託卿。而卿病如此。因命皇太子拜公。公言皇太子盛德。必任陛下事。因薦可爲大臣者十餘人。其後不至宰相者。李及淩策二人而已。然亦皆爲名臣。公屢以疾請。眞宗不得已。拜公太尉兼侍中。五日一朝視事。遇軍國大事。不以時入參決。公益惶恐。因臥不起。以疾懇辭。冊拜太尉玉清昭應宮使。自公病。使者存問。日常三四。眞宗手自和藥賜之。疾亟。遽幸其第。賜以白金五千兩。辭不受。以天禧元年九月癸酉。薨於家。享年六十有一。眞宗臨哭。輟視朝三日。發哀於苑中。其子弟門人故吏。皆被恩澤。卽以其年十一月庚申。葬公於開封府開封縣新里鄉大邊村。公娶趙氏。封榮國夫

敘其內行

一大收束

銘辭亦平正通達

人。後公五年卒。子男三人。長曰司封郎中雍。次曰贊善大夫沖。次曰素。女四人。長適太子太傅韓億。次適兵部員外郎直集賢院蘇耆。次適右正言范令孫。次適龍圖閣直學士兵部郎中呂公弼。諸孫十四人。公事寡嫂謹。與其弟旭友悌尤篤。任以家事。一無所問。而務以儉約率勵子弟。使在富貴不知爲驕侈。兒子陸欲舉進士。公曰吾常以太盛爲懼。其可與寒士爭進。至其薨也。子素猶未官。遺表不求恩澤。有文集二十卷。乾興元年。詔配享眞宗廟庭。臣修曰。景德祥符之際。盛矣。觀公之所以相。而先帝之所以用公者。可謂至哉。是以君明臣賢。德顯名尊。生而俱享其榮。歿而長配於廟。可謂有始有卒。如明詔所褒。昔者烝民江漢。推大臣下之事。所以見任賢使能之功。雖曰山甫穆公之詩。實歌宣王之德也。臣謹考國史實錄。至於搢紳故老之傳。得公終始之節。而錄其可紀者。輒爲銘詩。以彰先帝之明。以稱聖恩褒顯王氏流澤子孫與宋無極之意。銘曰。

烈烈魏公。相我眞宗。眞廟翼翼。魏公配食。公相眞宗。不言以躬。時有大事。事有大疑。匪卜匪筮。公爲著龜。公在相位。終日如默。問其夷狄。包裹兵革。問其卿士。

百工以職。問其庶民。耕織衣食。相有賞罰。功當罪明。相有黜升。惟否惟能。執其權衡。萬物之平。孰不事君。胡能必信。孰不爲相。其誰有終。公薨於位。太尉之崇。天子孝思。來薦清廟。侑我聖考。惟時元老。天子念功。報公之隆。春秋從享。萬祀無窮。作爲詩歌。以諗（音審）廟工。

梅伯言曰、明人云事經弇州手、輒疑其非實、宋人亦有此病、弇州過妝點、宋人少精神

至和（仁宗年號、）王素（字仲儀、）眞宗（名恒、）勗（勉也、）大名莘（莘縣、今屬山東東臨道、宋屬河北東路大名府、）滑州黎陽（黎陽、即今河南濬縣、屬河北道、石晉天福中、屬滑州、）諭杜重威句（鄴帥杜重威辟祜爲觀察支使、漢初、重威移鎭睢陽、反側不自安、祜嘗勸之、使無反漢、不聽、祜坐是貶沁州司戶參軍、）拒盧多遜句（初、祜掌誥、會盧多遜爲學士、陰傾趙普、多遜累諷祜比己、祜不從、一日、以宇文融排張說事勸釋之、多遜滋不悅、及普再入、多遜果敗、）明符彥卿句（符彥卿鎭大名、頗不治、太祖以祜代之、俾察彥卿動靜、謂曰、此卿故鄉、所謂晝錦者也、祜以百口明彥卿無罪、且曰五代之君、多因猜忌殺無辜、故享國不永、願陛下以爲戒、）太平興國（太宗年號、）平江（今湖南平江縣、）潭州（治今湖南長沙縣、）文苑英華（凡一千卷、體例略同文選、文選迄於梁初、此書起於梁末、蓋以上續文選、且預編詩類、）鄭（今河南鄭縣、）濠（治今安徽鳳陽縣、）王禹偁（字元之、濟州鉅野人、）淳化（太宗年號、）趙昌言（字仲謨、汾州孝義人、）銀臺（宋有銀臺司署、在禁內銀臺門、掌管天下奏牘、）錢若水（字澹臣、一字長卿、河南新安人、）咸

敍其學行

敍其官階所經歷

平景德[並眞宗年號]、契丹[東胡種、初起潢河附近、漸幷有今東三省、熱河察哈爾、綏遠、及直隸北部、內外蒙古之地、改國號曰遼、景德元年、遼聖宗大擧攻澶州、眞宗用寇準言親征、諸軍望見御蓋、皆踴躍呼萬歲、遼兵氣奪、定和議而還、]澶州[治今直隸濮陽縣南]、雍王[初名德嚴、後改元份、太宗子、眞宗弟]、趙德明[見上]、寇準[字平仲、華州下邽人]、李穆[字孟雍、開封陽武人]、行簡[史作惟簡]、大中祥符[並眞宗年號]、劉承規[字大方、楚州山陽人、本名承珪]、李及[字幼幾、其先范陽人、後徙鄭州]、淩策[字子奇、宣州涇人]、玉淸昭應宮使[宋代大臣致仕、予以掌管宮觀之職、有祿祠無事、]天禧[眞宗年號]、韓億[字宗魏、其先眞定靈壽人、後徙開封雍邱]、蘇耆[梓州銅山人、舜欽兄]、范令孫[未詳]、呂公弼[字寶臣、夷簡子]、旭[字仲明、眞宗時、仕終應天府]、睦[懿子]、乾興[眞宗年號]、烝民江漢[並詩篇名、美宣王用仲山甫、召穆公、以成中興之業]、諗[告也]、

歐陽永叔江鄰幾墓誌銘[依吳刻補] ○○

君諱休復、字鄰幾、其爲人外若簡曠、而內行修飭、不妄動於利欲、其強學博覽、無所不通、而不以矜人、至有問、輒應、雖好辯者不能窮也、已則默若不能言者、其爲文章淳雅、尤長於詩、淡泊閒遠、往往造[七奧切]人之不至、善隸書、喜琴奕飲酒、與人交久而益篤、孝於宗族、事孀姑如母、天聖中、與尹師魯蘇子美遊、知名當時、擧進士及第、調藍山尉、騎驢赴官、每據鞍讀書、至迷失道、家人求得之、乃覺、歷信潞二州司法參軍、又擧書判拔萃、改大理寺丞、知長葛縣事、通判閬州、

以母喪去職。服除。知天長縣事。遷殿中丞。又以父憂終喪。獻其所著書。召試充集賢校理。判尙書刑部。當慶曆時。小人不便大臣執政者。欲累以事去之。君友蘇子美。杜丞相壻也。以祠神會飮得罪。一時知名士皆被逐。君坐落職。監蔡州商稅。久之。知奉符縣事。改太常博士。通判睦州。徙廬州。復得集賢校理。判吏部南曹。登聞鼓院。爲羣牧判官。出知同州。提點陝西路刑獄。入判三司鹽鐵句院。修起居注。累遷刑部郎中。君於治人。則曰爲政所以安民也。無擾之而已。故所至民樂其簡易。至辯疑折獄。則或權以術。舉無不得。而不常用。亦不自以爲能也。君所著書號唐宜鑒十五卷。春秋世論三十卷。文集二十卷。又作神告一篇。言皇嗣事。以爲皇嗣國大事也。臣子以爲嫌而難言。或言而不見納。故假神告祖宗之意。務爲深切。冀以感悟。又嘗言昭憲太后杜氏子孫宜錄用。故翰林學士劉筠(音勻)無後。而官沒其貲。宜爲立後。還其貲。劉氏得不絕。君之論議頗多。凡與其遊者。莫不稱其賢。而在上位者久未之用也。自其修起居注。士大夫始相慶。以爲在上者知將用之矣。而用君者亦方自以爲得。而君亡矣。嗚呼。豈非其

敍其政績

於國事能見其大

惜其才而憫其遇

死亦曠達

末句含有諷當時執政之意

命哉。君以嘉祐五年四月乙亥。以疾卒于京師。卽以其年六月庚申。葬于陽夏鄉之原。君享年五十有六。方其無恙時。爲理命數百言。已而疾且革(音亟)。其子問所欲言。曰。吾已著之矣。遂不復言。曾祖諱濬。殿中丞。贈駕部員外郎。妣李氏。始平縣太君。祖諱日新。駕部員外郎。贈太僕少卿。妣孫氏。富陽縣太君。考諱中古。太常博士。贈工部侍郎。妣張氏。仁壽縣太君。夫人夏侯氏。永安縣君。金部郎中彧(音郁)之女。先君數月卒。子男三人。長曰楙簡。幷州司戶參軍。次曰楙相。太廟齋郎。次曰楙迪。女三人。長適祕書丞錢袞。餘尙幼。君姓江氏。開封陳留人也。自漢轑(音僚)陽侯德居於陳留之圉城。其後子孫分散。而君世至今居圉城不去。自高祖而上七世。葬圉南夏岡。由大父而下三世。乃葬陽夏。銘曰。

彼馳而我後。彼取而我不。豈用力者好先。而知命者不苟。嗟吾鄰幾兮。卒以不偶。舉世之隨兮。君子之守。衆人所亡兮。君子之有。其失一世兮。其有不朽。惟其自以爲得兮。吾將誰咎。

成如容易却艱辛。宕逸處固不可及(濡識)

尹師魯名洙、河南人、蘇子美名舜欽、梓州銅山人、杜衍婿、藍山今湖南藍山縣、信治今江西上饒縣、潞治今山西長治縣、長葛今河南長葛縣、閬州治今四川閬中縣、天長今安徽天長縣、杜丞相名衍、字世昌、越州山陰人、祠神會飲蘇舜欽少年能文章、論議稍侵權貴、監進奏院、循前例祠神、以伎樂娛賓、集賢校理王益柔爲杜衍所知、或言益柔嘗戲作傲歌、御史皆劾奏之、欲以危衍、舜欽及鄰幾等皆遭貶、上云不便之大臣、即指衍、蔡州治今河南汝南縣、奉符治今山東泰安縣、睦州見前、廬州治今安徽合肥縣、登聞鼓院宋有登聞鼓院、懸鼓以待訴冤者擊之、同州治今陝西大荔縣、入判三司鹽鐵句院句稽鹽鐵院之判官也、昭憲太后姓杜氏、定州安喜人、太祖太宗之母、劉筠字子儀、大名人、陽夏今河南太康縣地、此乃陽夏之鄉、陳留今河南陳留縣、宋屬開封府、今屬開封道、圉城在河南杞縣南、今名南圉鎮、

評校音注古文辭類纂卷四十四終

點明其子

敍司錄之爲人却先敍文僖及勝地同遊之樂文字異常熱鬧

歐陽永叔河南府司錄張君墓表

故大理寺丞河南府司錄張君諱汝士字堯夫開封襄邑人也明道二年八月壬寅以疾卒於官享年三十有七卒之七日葬洛陽北邙(音忙)山下其友人河南尹師魯誌其墓而廬陵歐陽修爲之銘以其葬之速也不能刻石乃得金谷古甎命太原王顧以丹爲隸書納於壙中嘉祐二年某月某日其子吉甫山甫改葬君於伊闕之敎忠鄉積慶里君之始葬北邙也吉甫纔數歲而山甫始生余及送者相與臨穴視窆(音貶)且封哭而去今年春余主試天下貢士而山甫以進士試禮部乃來告以將改葬其先君因出銘以示余蓋君之卒距今二十有五年矣初天聖明道之間錢文僖公守河南公王家子特以文學仕至貴顯所至多招集文士而河南吏屬適皆當時賢材知名士故其幕府號爲天下之盛君其一人也文僖公善待士未嘗責以吏職而河南又多名山水竹林茂樹奇花

以師魯言爲證

一一收束不見粘滯痕迹所以爲妙

胡穉威云凡人皆死惟有文章者不死此則晉謇人而有好文字銘其墓亦不得死

怪石其平臺清池上下荒墟草莽之間余得日從賢人長者賦詩飲酒以爲樂而君爲人靜默修潔常坐府治事省文書尤盡心於獄訟初以辟爲其府推官旣罷又辟司錄河南人多賴之而守尹屢薦其材君亦工書喜爲詩閒則從余遊其語言簡而有意飲酒終日不亂雖醉未嘗頹墮與之居者莫不服其德故師魯之誌曰飭身臨事余嘗愧堯夫堯夫不余愧也始君之葬皆以其地不善又葬速其禮不備君夫人崔氏有賢行能教其子而二子孝謹克自樹立卒能改葬君如吉卜君其可謂有後矣自君卒後文僖公得罪貶死漢東吏屬亦各引去今師魯死且十餘年王顧者死亦六七年矣其送君而臨穴者及與君同府而遊者十蓋八九死矣其幸而在者不老則病且衰如予是也嗚呼盛衰生死之際未始不如是是豈足道哉惟爲善者能有後而託於文字者可以無窮故於其改葬也書以遺其子俾碣於墓且以寫余之思焉吉甫今爲大理寺丞知緱（音鉤）氏縣山甫始以進士賜出身云

方望溪曰空明澄澈無一滯筆○劉海峯曰歷敘交遊而俯仰身世感歎淋

先生爲人師　眞西山云便繫師道

始自湖州

漓風神遒逸。當與黃夢升張子野并爲誌墓之絕唱。

襄邑（今河南睢縣）、明道（仁宗年號）、北邙山（亦作芒山、在河南洛陽縣東北）、伊闕（在洛陽縣南、即龍門山、兩山相對、望之如闕、伊水歷其間北流、［水經注］見）窆（葬下棺也）、錢文僖公（名惟演、字希聖、吳越王俶次子、天聖八年、判河南府）、得罪貶死（惟演以妹妻劉美、乃太后姻家、太后崩、惟演不自安、請以莊獻明肅太后、莊懿太后、並配眞宗廟室、以希帝意、又爲其子曖娶郭后妹、繼又欲與莊懿太后族爲婚、御史中丞范諷劾之、因落平章事、爲崇信軍節度使、歸本鎭、未幾卒）、緱氏（故城在今河南偃師縣南）、

歐陽永叔胡先生墓表○○

先生諱瑗（于眷切）。字翼之。姓胡氏。其上世爲陵州人。後爲泰州如皐人。先生爲人師。言行而身化之。使誠明者達。昏愚者勵。而頑傲者革。故其爲法嚴而信。爲道久而尊。師道廢久矣。自明道景祐以來。學者有師。惟先生暨泰山孫明復石守道三人。而先生之徒最盛。其在湖州之學。弟子去來常數百人。各以其經轉相傳授。其敎學之法最備。行之數年。東南之士。莫不以仁義禮樂爲學。慶歷四年。天子開天章閣。與大臣講天下事。始慨然詔州縣皆立學。於是建太學於京師。而有司請下湖州。取先生之法。以爲太學法。至今著爲令。後十餘年。先生始來

行於太學

教育之效

歷敍入官

不脫師道

居太學。學者自遠而至。太學不能容。取旁官宇以爲學舍。禮部貢舉。歲所得士。先生弟子十常居四五。其高第者知名當時。或取甲科。居顯仕。其餘散在四方。隨其人賢愚。皆循循雅飭。其言談舉止。不問可知爲先生弟子。其學者相語稱先生。不問可知爲胡公也。先生初以白衣見天子論樂。拜祕書省校書郎。辟丹州軍事推官。改密州觀察推官。丁父憂去職。服除。爲保寧軍節度推官。遂居湖學。召爲諸王宮教授。以疾免。已而以太子中舍致仕。遷殿中丞於家。皇祐中。驛召至京師。議樂。復以爲大理評事。兼太常寺主簿。又以疾辭。歲餘。爲光祿寺丞國子監直講。迺居太學。遷大理寺丞。賜緋衣銀魚。嘉祐元年。遷太子中允。充天章閣侍講。仍居太學。已而病不能朝。天子數遣使者存問。又以太常博士致仕。東歸之日。太學之諸生與朝廷賢士大夫送之東門。執弟子禮。路人嗟嘆以爲榮。以四年六月六日卒於杭州。享年六十有七。以明年十月五日葬於烏程何山之原。其世次官邑與其行事。莆（音蒲）陽蔡君謨具誌於幽堂。嗚呼先生之德在乎人。不待表而見於後世。然非此無以慰學者之思。乃揭於其墓之原。六年八月三日。廬陵歐陽修述。

劉海峯曰敍安定之善於敎學而摹寫其弟子之盛且賢淋漓生色末及東歸而諸生執弟子禮以爲餘波○張廉卿曰從史記李廣程不識一段化出

陵州（治今四川仁壽縣、）泰州如皋（今江蘇如皋縣、屬蘇常道、按「宋史本傳」作泰州海陵人、海陵、宋泰州治、今泰縣是也、）明道景祐（仁宗年號、）孫明復（名復、晉州平陽人、舉進士不第、退居泰山、學春秋、著尊王發微等篇、）石守道（名介、兗州奉符人、丁父母憂、耕徂徠山下、以易敎授、魯人號徂徠先生、）慶歷（仁宗年號、）先生之法（在湖州設經義治事兩齋、人治一事、又兼一事、如邊防水利之類、）白衣見天子句（景祐初、更定雅樂、范仲淹薦瑗、白衣對崇政殿、與鎮東軍節度推官阮逸同較鐘律、分造鐘磬各一虡、以制尺律徑三分四釐六毫四絲、圍十分三釐九毫三絲、）丹州（治今陝西宜川縣、）密州（治今山東諸城縣、）中舍（即中舍人、一稱中允、東宮官、）緋衣銀魚（緋、赤色帛、唐制四品服深緋、五品服淺緋、銀魚、銀製之魚、唐五品以上之員佩之、）烏程何山（烏程、湖州治、今改吳興縣、山在縣南十四里、晉太守何楷嘗讀書于此、）杭州（治今浙江杭縣、）蔡君謨（名襄、興化仙游人、歷任郡守、有賢名、卒諡忠惠、書爲當時第一、有忠惠集、及茶錄荔枝譜行世、）

歐陽永叔連處士墓表○

連處士應山人也以一布衣終於家而應山之人至今思之其長老敎其子弟所以孝友恭謹禮讓而溫仁必以處士爲法曰、爲人如連公足矣其矜（通鰥）寡孤

此段作總冒乃從身後人口說出愈見其真

處士之孝

處士之仁

處士之讓

處士之友

獨凶荒饑饉之人皆曰自連公亡使吾無所告依而生以爲恨嗚呼處士居應山非有政令恩威以親其人而能使人如此其所謂行之以躬不言而信者歟

處士諱舜賓字輔之其先閩人自其祖光裕嘗爲應山令後爲磁（音慈）郢二州推官卒而反葬應山遂家焉處士少舉毛詩一不中而其父正以疾廢於家處士供養左右十餘年因不復仕進父卒家故多貲悉散以賙（音周）鄉里而教其二子以學曰此吾貲也歲饑出穀萬斛以糶（他弔切）而市穀之價卒不能增及旁近縣之民皆賴之盜有竊其牛者官爲捕之甚急盜窮以牛自歸處士爲之媿謝曰煩爾送牛厚遺以遣之嘗以事之信陽遇盜於西關左右告以處士盜曰此長者不可犯也捨之而去處士有弟居雲夢往省之得疾而卒以其柩歸應山應山之人去縣數十里迎哭爭負其柩以還過縣市市人皆哭爲之罷市三日曰當爲連公行喪處士生四子曰庶庠庸膺其二子教以學者後皆舉進士及第今庶爲壽春令庠爲宜城令處士以天聖八年十二月某日卒慶歷二年某月日葬於安陸蔽山之陽自卒至今二十年應山之長老識處士者與其縣人嘗

證實其思慕受恩之人而慮後世之失傳

君爲人奭至父云賢

賴以爲生者往往尚皆在其子弟後生聞處士之風者尚未遠使更三四世至於孫曾其所傳聞有時而失則懼應山之人不復能知處士之詳也乃表其墓以告於後人八年閏正月一日廬陵歐陽修述

一布衣而能感人易俗如此宜文之慨惜低徊而不能已也 濡識

應山（今湖北應山縣）磁（今直隸磁縣）郢（州名、治今湖北鍾祥縣）毛詩（漢毛亨毛萇並傳詩、故有此稱）瞷（瞻也）信陽（今河南信陽縣）雲夢（今湖北雲夢縣）庶（字居錫、以守道好修稱）庠（以良吏稱）壽春（今安徽壽縣）宜城（今湖北宜城縣）薇山（在湖北安陸縣北）

歐陽永叔集賢校理丁君墓表○

君諱寶臣字元珍姓丁氏常州晉陵人也景祐元年舉進士及第爲峽州軍事判官淮南節度掌書記杭州觀察判官改太子中允知剡（以冉切）縣徙知端州遷太常丞博士坐海賊儂智高陷城失守奪一官徙置黃州久之復得太常丞監湖州酒稅又復博士知諸暨縣編校祕閣書籍遂爲校理同知太常禮院君爲人外和怡而內謹立望其容貌進趨知其君子人也居鄉里以文行稱少孤與其兄篤於友悌兄亡服喪三年曰吾不幸幼失其親兄吾父也慶歷中詔天下

書治州縣吳至父云材

不以勢利動其心吳至父云賢

國家自削除僭僞張廉卿云憑空突起以下連數十行一氣揮斥而前後神氣自衛迴合極行文之妙

既敗亦走吳至父云不幸

大興學校。東南多學者。而湖杭尤盛。君居杭學爲教授。以其素所學問而自修於鄉里者。敎其徒。久而學者多所成就。其後天子患館閣職廢。特置編校八員。其選甚精。乃自諸暨召居祕閣。君治州縣。聽決精明。賦役有法。民畏信而便安之。其始治剡也如此。後治諸暨。剡鄰邑也。其民聞其來。讙(音歡)曰。此剡人愛而思之。謂不可復得者也。今吾民乃幸而得之。而君亦以治剡者治之。由是所至有聲。及居閣下。淡然不以勢利動其心。未嘗走謁公卿。與諸學士羣居恂(音荀)恂。人皆愛親之。蓋其召自諸暨也。已以才行選。及在館閣久。而朝廷益知其賢。英宗每論人物。屢稱之。國家自削除僭僞。東南遂無事。偃兵弛備者六十餘年矣。而嶺外尤甚。其山海荒闊。列郡數十。皆爲下州。朝廷命吏。常以一縣視之。故其守無城。其戍無兵。一日智高乘不備。陷邕州。殺將吏。有衆萬餘人。順流而下。潯梧封康諸小州。所過如破竹。吏民皆望而散走。獨君猶率羸卒百餘拒戰。殺六七人。既敗。亦走。初賊未至。君語其下曰。幸得兵數千人。伏小湘峽。扼至險以擊驕兵。可必勝也。乃請兵於廣州。凡九請不報。又嘗得賊覘(癡廉切)者一人斬之。賊既

議者謂吳至父云千迴百折

不可以一眚廢吳至父云語語迴護

平議者謂君文學宜居臺閣備侍從以承顧問而眇然以一儒者守空城提百十饑羸之卒當萬人卒（同猝）至之賊可謂不幸而天子亦以謂縣官不素設備而責守吏不以空手捍賊宜原其情故一切輕其法而君以嘗請兵不得又能拒戰殺賊則又輕之故他失守者皆奪兩官而君奪一官已而知其賢復召用後十餘年御史知雜蘇寀（音采）受命之明日建言請復治君前事奪其職而黜之天子知君賢不可以一眚（音省）廢而先帝已察其罪而輕之矣又數更大赦且罪無再坐然猶以御史新用故屈君使少避而不傷之也乃用其校理歲滿所當得者即以君通判永州方待闕於晉陵以治平四年四月某甲子暴（同暴）中風眩（熒絹切）一夕卒享年五十有八累官至尚書司封員外郎階朝奉郎勳上輕車都尉曾祖諱某祖諱某皆不仕父諱某贈尚書工部侍郎母張氏仙游縣太君君娶饒氏封晉陵縣君先卒子男四人曰隅曰除曰隮（祖稽切 同躋）皆舉進士曰恩兒纔一歲女一人適著作佐郎集賢校理胡宗愈君既卒天子憫然推恩錄其子隅爲太廟齋郎君之生平履憂患而遭困阨處之安焉未嘗見戚戚之色其於窮

居喪而能盡禮

達壽夭知有命固無憾於其心然知君之賢哀其志而惜其命止於斯者不能無恨也於是相與論著君之大節伐石紀辭以表見於後世庶幾以慰其思焉

吳至父曰荊公所爲墓誌代發不平之鳴此則立言含蓄尤爲得體蓋性氣不同而年之老與壯亦異也

常州晉陵(今江蘇武進縣、屬蘇常道、)峽州(治今湖北宜昌縣、)剡縣(今浙江嵊縣、)端州(治今廣東高要縣、)儂智高(廣源州蠻、據廣南、建國曰南天、改年啟歷、僭號仁惠皇帝、)黃州(治今湖北黃岡縣、)諸暨(今浙江諸暨縣、)英宗(名曙、仁宗子、)邕州(治今廣西邕寧縣、)潯(州名、治今廣西桂平縣、)梧(州名、治今廣西蒼梧縣、)封(州名、治今廣東封川縣、)康(州名、治今廣東德慶縣、)小湘峽(在高要縣湘峽山東五里、)廣州(治今廣東番禺縣、)蘇寀(字公佐、磁州滏陽人、宋有御史知雜一職、)永州(見柳州諸記、)治平(英宗年號、)仙游(今福建仙游縣、)胡宗愈(字完夫、常州晉陵人、)

歐陽永叔太常博士周君墓表○

有篤行君子曰周君者孝於其親友於其兄弟居父母喪與其兄某弟某居於倚廬不飲酒食肉者三年其言必戚其哭必哀除喪而癯(音渠)然不能勝人事者蓋久而後復自孔子在魯而魯人不能行三年之喪其弟子疑以爲問則非魯

宋矜理學其俗尚已如此今則不可復問矣

而他國可知也。孔子沒而其後世又可知也。今世之人。知事其親者多矣。或居喪而不哀者有矣。生能事而死能哀。或不知喪禮者有矣。或知禮而以謂喪主於哀而已。不必合於禮者有矣。如周君者。事生盡孝。居喪盡哀而以禮者也。禮之失久矣。喪禮尤廢也。今之居喪者。惟仕宦婚嫁聽樂不爲。此特法令之所禁爾。其衰音榷麻之數。哭泣之節。居處之別。飲食之變。皆莫知夫有禮也。在上位者不以身率其下。在下者無所望於其上。其遂廢矣乎。故吾於周君有所取也。君諱堯卿。字子俞。道州永明縣人也。天聖二年舉進士。累官至太常博士。歷連衡二州司理參軍。桂州司錄。知高安寧化二縣。通判饒州。未行。以慶歷五年六月朔日。卒於朝集之舍。享年五十有一。皇祐五年某月日。葬於道州永明縣之紫微岡。曾祖諱某。祖諱某。父諱某。贈某官。母唐氏。封某縣太君。娶某氏。封某縣君。君學長於毛鄭詩左氏春秋。家貧不事生產。喜聚書。居官祿雖薄。常分俸以賙宗族朋友。人有慢己者。必厚爲禮以愧之。其爲吏所居皆有能政。有文集二十卷。君有子七人。曰諭。鼎州司理參軍。曰誅音莘湖州歸安主薄。曰謐音蜜曰諷。曰諲。

結束處歸本於孝題之正旨在此

將下意攧入作爲留一線不漏

曰（音因）說曰誼皆未仕嗚呼孝非一家之行也所以移於事君而忠仁於宗族而睦交於朋友而信始於一鄉推之四海表於金石示之後世而勸考君之所施者無不可以書也豈獨俾其子孫之不隕也哉

劉海峯曰孝行所敍止兩行已盡故以不能行三年之喪至舉世廢禮反復感歎對面託出周君才成一篇文字

倚廬（〔禮〕父母之喪、居倚廬不塗、〔注〕謂於中門之外、東牆下倚木爲廬、但以草夾障、不以泥塗之也、）癯（瘠也、）道州（今湖南永明縣、屬衡陽道、）連（州名、治今廣東連縣、）衡（州名、治今湖南衡陽縣、）桂州（治今廣西桂林縣、）高安（今江西高安縣、）寧化（今福建寧化縣、）饒州（治今江西鄱陽縣、）鼎州（治今湖南常德縣、）湖州歸安（今浙江吳興縣、屬錢塘道、）

歐陽永叔石曼卿墓表〇〇〇

曼卿諱延年姓石氏其上世爲幽州人幽州入于契丹其祖自成始以其族間走南歸天子嘉其來將祿之不可乃家於宋州之宋城父諱補之官至太常博士幽燕俗勁武而曼卿少亦以氣自豪讀書不治章句獨慕古人奇節偉行非常之功視世俗屑屑無足動其意者自顧不合於時乃一混於酒然好劇飲大

可大受者未嘗不可小知

不肯以言太后事得顯官尤難

知而不能用宜其失於弱矣

名言至論用兵者其知之

醉頽然自放繇是益與時不合而人之從其遊者皆知愛曼卿落落可奇而不知其才之有以用也年四十八康定二年二月四日以太子中允祕閣校理卒於京師曼卿少舉進士不第眞宗推恩三舉進士皆補奉職曼卿初不肯就張文節公素奇之謂曰母老乃擇祿邪曼卿矍（九縛切）然起就之遷殿直久之改太常寺太祝知濟州金鄉縣歎曰此亦可以爲政也縣有治聲通判乾寧軍丁母永安縣君李氏憂服除通判永靜軍皆有能名充館閣校勘累遷大理寺丞通判海州還爲校理莊獻明肅太后臨朝曼卿上書請還政天子其後太后崩范諷以言見幸引嘗言太后事者遽得顯官欲引曼卿曼卿固止之乃已自契丹通中國德明盡有河南而臣屬遂務休兵養息天下晏然內外弛武三十餘年曼卿上書言十事不報已而元昊反西方用兵始思其言召見稍用其說籍河北河東陝西之民得鄉兵數十萬曼卿奉使籍兵河東還稱旨賜緋衣銀魚天子方思盡其才而且病矣既而聞邊將有欲以鄉兵捍賊者笑曰此得吾粗也夫不教之兵勇怯相雜若怯者見敵而動則勇者亦牽而潰矣今或不暇教不

此所謂古之狂歟

才大難爲用千古不止一賈生

若募其敢行者則人人皆勝兵也其視世事蔑若不足爲及聽其設施之方雖精思深慮不能過也狀貌偉然喜酒自豪若不可繩以法度退而質其平生趣舍大節無一悖於理者遇人無賢愚皆盡忻懽及可否天下是非善惡當其意者無幾人其爲文章勁健稱其意氣有子濟滋天子聞其喪官其一子使祿其家既卒之三十七日葬於太清之先塋其友歐陽修表於其墓曰嗚呼曼卿寧自混以爲高不少屈以合世可謂自重之士矣士之所負者愈大則其自顧也愈重自顧愈重則其合愈難然欲與共大事立奇功非得難合自重之士不可爲也古之魁雄之人未始不負高世之志故寧或毀身汚迹卒困於無聞或老且死而幸一遇猶克少施於世若曼卿者非徒與世難合而不克所施亦其不幸不得至乎中壽其命也夫其可哀也夫

方望溪曰章法極變化語亦不蔓

幽州（治今京兆薊縣、自後晉石敬瑭、以燕雲十六州之地賂契丹、而幽州乃爲契丹所有、）宋州（亦曰歸德軍、後升爲應天府、領宋城等六縣、治今河南商邱縣、）康定（仁宗年號、）皆補奉職（時眞宗錄三舉進士、以爲三班奉職、曼卿爲右班殿直、按此係武職、）張文節（名知白、字用晦、滄州清池人、）

就二人作陪

不借故舊爲引援此亦難得

濟州金鄉（今山東金鄉縣、屬濟寧道、）海州（今江蘇東海縣、）乾寧永靜軍（軍、行政區畫之名、宋分全國爲十八路、有軍三十九、乾寧、永靜、均屬河北路、）永安（即白帝城、今四川奉節縣東、）范諷（字補之、齊州人、）契丹遼主（自澶淵一盟、宋歲贈絹二十萬匹、銀十萬兩、南朝爲兄、北朝爲弟、兩國罷兵、）德明（西夏主、眞宗時歸欵於宋、封西平王、三十年不窺宋邊、）元昊（德明子、寶元元年稱帝、仁宗削其官爵、絕互市、自是連年構兵、）

歐陽永叔永春縣令歐君墓表◯◯

君諱慶字貽孫姓歐氏其上世爲韶州曲江人後徙均州之鄖（音云）鄉又徙襄州之穀城乾德二年分穀城之陰城鎭爲乾德縣建光化軍歐氏遂爲乾德人修嘗爲其縣令問其故老鄉閭之賢者皆曰有三人焉其一人曰太傅贈太師中書令鄧文懿公其一人曰尙書屯田郎中戴國忠其一人曰歐君也三人者學問出處未嘗一日不同其忠信篤於朋友孝悌稱於宗族禮義達於鄉閭乾德之人初未識學者見此三人皆尊禮而愛親之既而皆以進士舉於鄉而君獨黜於有司後二十年始以同三禮出身爲潭州湘潭主簿陳州司法參軍監考城酒稅遷彭州軍事推官知泉州永春縣事而鄧公已貴顯於朝君尙爲州縣吏所至上官多鄧公故舊君絕口不復道前事至終其去不知君爲鄧公友也

說出作墓誌表揚之正意

君爲吏廉貧宗族之孤幼者皆養於家居鄉里有訟者多就君決曲直得一言遂不復爭人至於今傳之嗟夫三人之爲道無所不同至其窮達何其異也而三人者未嘗有動於其心雖乾德之人稱三人者亦不以貴賤爲異則其幸不幸豈足爲三人者道哉然而達者昭顯於一時而窮者泯沒於無述則爲善者何以勸而後世之來者何以考德於其先故表其墓以示其子孫君有子世英爲鄧城縣令世勣（音績）舉進士君以天聖七年卒享年六十有四葬乾德之西北廣節山之原

其人無甚行能可述能於其縣中找出兩人來作幫襯點染是於枯寂中求文字之一法（濡議）

韶州曲江（今廣東曲江縣、屬嶺南道、）均州鄖鄉（今湖北鄖縣、屬襄陽道、）襄州穀城（今湖北穀城縣、屬襄陽道、）乾德（太祖年號、）乾德縣（今湖北光化縣西、）鄧文懿公（未詳、）戴國忠（光化人、屢歷進士、官屯田郎中、）同三禮出身（宋設經義科取士、三禮、即儀禮、周禮、禮記也、）潭州湘潭（今湖南湘潭縣、屬湘江道、）陳州（治今河南淮陽縣、）考城（今河南考城縣、）彭州（治今四川彭縣、）泉州永春（今福建永春縣、屬廈門道、）鄧城（今河南鄧縣、）天聖（仁宗年號、）

敍其贈職所由來文字甚莊重

纚纚淸疏

歐陽永叔右班殿直贈右羽林軍將軍唐君墓表

（右班殿直、見上曼卿墓表注、）

嘉祐四年冬天子既受祫（音洽）享之福推恩羣臣並進爵秩既又以及其親若在若亡無有中外遠邇於是天章閣待制尚書戶部員外郎唐君得贈其皇考驍（古堯切）衞府君爲右羽林將軍府君諱拱字某其先晉原人後徙爲錢塘人曾祖諱休復唐天復中舉明經爲建威軍節度推官祖諱仁恭仕吳越王爲唐山縣令累贈諫議大夫父諱謂官至尚書職方郎中累贈禮部尚書府君以父廕補太廟齋郎改三班借職再遷右班殿直監舒州孔城鎭澧州酒稅巡檢泰州鹽場漳州兵馬監押乾興元年七月某日以疾卒於官享年四十有六府君孝悌於其家信義於其朋友廉讓於其鄉里其居於官名公鉅人皆以爲材而未及用也享年不永君子哀之有子曰介字子方舉進士皇祐中嘗爲御史以言事切直貶春州別駕當是時子方之風竦（息拱切）動天下已而天子感悟貶未至而復用之今列侍從居諫官自子方爲祕書丞始贈府君爲太子右淸道率府率其爲尙書主客員外郎殿中侍御史裏行又贈府君爲右監門衞將軍其爲尙

總束與上呼應

以朝廷之褒寵勉予孫之奮發意亦尋常筆甚滂脫

書工部員外郎直集賢院權開封府判官又贈府君爲右屯衛將軍其遷戶部員外郎河東轉運使又贈府君爲驍衛將軍蓋自登於朝以至榮顯遇天子有事於天地宗廟推恩必及焉府君初娶博陵崔氏贈仙遊縣太君後娶崔氏贈清河縣太君皆衞尉卿仁冀之女生一男介也五女長適太子中舍盧圭次適歐陽昊早卒次適橫州推官高定次適進士陸平仲次適著作佐郞陳起慶歷三年八月某日以府君及二夫人之喪合葬於江陵龍山之東原後十有七年廬陵歐陽修表於其墓曰嗚呼余於此見朝廷所以褒寵勸勵臣子之意豈不厚哉又以見士之爲善者雖湮沒幽鬱其潛德隱行必有時而發而遲速顯晦在其子孫然則爲人之子者其可不自勉哉蓋古之爲子者祿不逮養則無以及其親矣今之爲子者有克自立則尙有榮名之寵焉其所以教人之孝者篤于古也深矣子方進用於時其所以榮其親者未知其止也姑立表以待焉

前後呼應綿密無間 濡識

嘉祐 仁宗年號、 祫 大合祭先祖也、謂已祧之祖、合於太祖之廟祭之也、 晉原 今四川崇慶縣、按「宋史介傳」作江陵人、江陵、今屬湖北荊南道、 錢

揭出有待二字爲下文作勢

塘（今浙江杭縣）、天復（唐昭宗年號）、吳越王（錢鏐）、唐山縣（今直隸唐山縣）、舒州孔城鎭（舒州、治今安徽懷寧縣、孔城鎭、在今桐城縣東、以近孔城河、故名）、灃州（治今湖南灃縣）、泰州（治今江蘇泰縣）、漳州（治今福建龍溪縣）、乾興（眞宗年號）、皇祐（仁宗年號）、言事切直（介劾宰相文彥博、守蜀日造間金奇錦、緣閹侍通宮掖、以得執政、又顯用張堯佐、益自固結、又言諫官吳奎表裏觀望、帝怒、貶春州別駕）、春州（治今廣東陽春縣）、太子右淸道率府率（東宮官、官存而無職司）、龍山（在江陵縣西北）、

歐陽永叔瀧岡阡表○

嗚呼。惟我皇考崇公卜吉于瀧（音雙）岡之六十年。其子修始克表於其阡。非敢緩也。蓋有待也。修不幸生四歲而孤。太夫人守節自誓。居貧自力於衣食。以長以教。俾至於成人。太夫人告之曰。汝父爲吏廉而好施與。喜賓客。其俸祿雖薄。常不使有餘。曰。毋以是爲我累。故其亡也。無一瓦之覆。一壠之植。以庇而爲生。吾何恃而能自守耶。吾於汝父。知其一二。以有待於汝也。自吾爲汝家婦。不及事吾姑。然知汝父之能養也。汝孤而幼。吾不能知汝之必有立。然知汝父之必將有後也。吾之始歸也。汝父免於母喪方逾年。歲時祭祀。則必涕泣曰。祭而豐。不如養之薄也。間御酒食。則又涕泣曰。昔常不足。而今有餘。其何及也。吾始一二

吾雖不及事姑二句望溪刪

矧求而有得耶至而世常求其死也望溪刪

回顧乳者與至父云學稱光傳太后曰止一段文法

其平居教他子弟至此汝父之志也望溪刪

敘述母語只此二事不特據實抑且得體

治其家以儉約句望溪刪去其字

見之以爲新免於喪適然耳旣而其後常然至其終身未嘗不然吾雖不及事姑而以此知汝父之能養也汝父爲吏嘗夜燭治官書屢廢而嘆吾問之則曰此死獄也我求其生不得爾吾曰生可求乎曰求其生而不得則死者與我皆無恨也矧求而有得耶以其有得則知不求而死者有恨也夫常求其生猶失之死而世常求其死也回顧乳者劍汝而立於旁因指而嘆曰術者謂我歲行在戌將死使其言然吾不及見兒之立也後當以我語告之其平居教他子弟常用此語吾耳熟焉故能詳也其施於外事吾不能知其居於家無所矜飾而所爲如此是眞發於中者邪嗚呼其心厚於仁者邪此吾知汝父之必將有後也汝其勉之夫養不必豐要於孝利雖不得溥於物要其心之厚於仁吾不能敎汝此汝父之志也修泣而志之不敢忘先公少孤力學咸平三年進士及第爲道州判官泗綿二州推官又爲泰州判官享年五十有九葬沙溪之瀧岡太夫人姓鄭氏考諱德儀世爲江南名族太夫人恭儉仁愛而有禮初封福昌縣太君進封樂安安康彭城三郡太君自其家少微時治其家以儉約其後常不

汝能安之二句望溪刪

方望溪云庇賴當作芘藾本莊子

使過之曰吾兒不能苟合於世儉薄所以居患難也其後修貶夷陵太夫人言笑自若曰汝家故貧賤也吾處之有素矣汝能安之我亦安矣自先公之亡二十年修始得祿而養又十有二年列官於朝始得贈封其親又十年修爲龍圖閣直學士尚書吏部郎中留守南京太夫人以疾終於官舍享年七十有二又八年修以非才入副樞密遂參政事又七年而罷自登二府天子推恩褒其三世蓋自嘉祐以來逢國大慶必加寵錫皇曾祖府君累贈金紫光祿大夫太師中書令曾祖妣累封楚國太夫人皇祖府君累贈金紫光祿大夫太師中書令兼尚書令祖妣累封吳國太夫人皇考崇公累贈金紫光祿大夫太師中書令兼尚書令皇妣累封越國太夫人今上初郊皇考賜爵爲崇國公太夫人進號魏國於是小子修泣而言曰嗚呼爲善無不報而遲速有時此理之常也惟我祖考積善成德宜享其隆雖不克有於其躬而賜爵受封顯榮褒大實有三朝之錫命是足以表見於後世而庇賴其子孫矣乃列其世譜具刻於碑既又載我皇考崇公之遺訓太夫人之所以教而有待於修者並揭於阡俾知夫小子

收束處歸美遺訓得
善則歸親之義

修之德薄能鮮遭時竊位而幸全大節不辱其先者其來有自熙寧三年歲次庚戌四月辛酉朔十有五日乙亥男推誠保德崇仁翊戴功臣觀文殿學士特進行兵部尚書知靑州軍州事兼管內勸農使充京東東路安撫使上柱國樂安郡開國公食邑四千三百戶食實封一千二百戶修表

方望溪曰擷其繁複則格愈高義愈深氣愈充神愈王學者潛心於此可知修辭之要〇是千古至性文字堪與昌黎十二郎文並傳語氣增減不得吳君辟疆云方劉于古人文字輒好刪削殆是習氣洵不誣矣 濡識

崇公 修父觀、字仲賓、封崇國公、瀧岡 在江西永豐縣南鳳凰山、山旁即沙溪市、官書 治獄之書、咸平 眞宗年號、道州 治今湖南道縣、泗 州名、治今安徽泗縣、綿州 州名、治今四川綿陽縣、福昌 今河南宜陽縣、樂安 屬棣州、安康 屬金州、彭城 屬徐州、修貶句 時范仲淹以言事貶、在廷多論救、司諫高若訥獨以爲當黜、修貽書責之、若訥上其書、坐貶夷陵令、夷陵、今湖北宜昌縣、南京 眞宗建宋州爲南京、今河南商邱縣、今上句 今上、謂神宗、郊、祭天也、三朝 仁宗、英宗、神宗、熙寧 神宗年號、

評校音注古文辭類纂卷四十五終

文章意氣先行揭出

少時意氣

醉後見意氣

歐陽永叔黃夢升墓誌銘

予友黃君夢升其先婺州金華人後徙洪州之分寧其曾祖諱元吉祖諱某父諱中雅皆不仕黃氏世爲江南大族自其祖父以來樂以家貲賑鄉里多聚書以招延四方之士夢升兄弟皆好學尤以文章意氣自豪予少家隨州夢升從其兄茂宗官於隨予爲童子立諸兄側見夢升年十七八眉目明秀善飲酒談笑予雖幼心已獨奇夢升後七年予與夢升皆舉進士於京師夢升得丙科初任興國軍永興主簿怏（央去聲）怏不得志以疾去久之復調江陵府公安主簿時予謫夷陵令遇之於江陵夢升顏色憔悴初不可識久而握手噓嚱（音羲）相飲以酒夜醉起舞歌呼大噱（極虐切）予益悲夢升志雖衰而少時意氣尚在也後二年予徙乾德令夢升復調南陽主簿又遇之於鄧間嘗問其平生所爲文章幾何夢升慨然歎曰吾已諱之矣窮達有命非世之人不知我我羞道於世人也求

時後始出文章

意氣盡矣

文章猶在

之不肯出遂飲之酒復大醉起舞歌呼因笑曰子知我者乃肯出其文讀之博辨雄偉意氣奔放若不可禦予又益悲夢升志雖困而文章未衰也是時謝希深出守鄧州尤喜稱道天下士予因手書夢升文一通欲以示希深未及而希深卒予亦去鄧後之守鄧者皆俗吏不復知夢升夢升素剛不苟合負其所有常怏怏無所施卒以不得志死於南陽夢升諱注以寶元二年四月二十五日卒享年四十有二其平生所爲文曰破碎集公安集南陽集凡三十卷娶潘氏生四男二女將以慶曆四年某月某日葬於董坊之先塋其弟渭泣而來告曰吾兄患世之莫吾知孰可爲其銘予素悲夢升者因爲之銘曰

予嘗讀夢升之文至於哭其兄子庠之詞曰子之文章電激雷震雨雹忽止闃（曲械切）然滅泯未嘗不諷誦歎息而不已嗟夫夢升曾不及庠不震不驚鬱塞埋藏孰予其有不使其施吾不知所歸咎徒爲夢升而悲

劉海峯曰歐公敘事之文獨得史遷風神此篇遒宕古逸當爲墓誌第一○

吳氏曰此文音節之美句句可歌

婺州金華（今浙江金華縣、屬金華道）、洪州分寧（今江西修水縣、屬潯陽道）、隨州（治今湖北隨縣）、興國軍（本鄂州永興縣、太平興國二年、置永興軍、明年曰興國軍、領永興等縣三、永興、今湖北陽新縣）、怏怏（心不滿也）、江陵府（屬荊湖北路、領江陵等縣八）、公安（今湖北公安縣）、

夷陵（見上）、噓嚱（太息也、「石介詩」對我噓嚱涕泗下）、大噱（大笑也、「漢書」談笑大噱）、乾德（今湖北光化縣）、南陽（今河南南陽縣）、

鄧（今河南鄧縣）、謝希深（名絳、富陽人、以文學知名）、寶元慶曆（並仁宗年號）、

歐陽永叔張子野墓誌銘○○○

引起下文

吾友張子野既亡之二年。其弟充以書來請曰。吾兄之喪。將以今年三月某日。葬於開封。不可以不銘。銘之莫如子宜。嗚呼。予雖不能銘。然樂道天下之善以傳焉。況若吾子野者。非獨其善可銘。又有平生之舊。朋友之恩。與其可哀者。皆宜見於予文。宜其來請於予也。

敍出平生之舊

初天聖九年。予爲西京留守推官。是時陳郡謝希深。南陽張堯夫與吾子野。尚皆無恙。於時一府之士。皆魁傑賢豪。日相往來。飲酒懽呼。上下角逐。爭相先後。以爲笑樂。而堯夫子野。退然其間。不動聲色。衆皆指爲長者。予時尚少。心壯志得。以爲洛陽東西之衝。賢豪所聚者多。爲適然耳。其後去洛來京師。南走夷陵。並江漢。其行萬三四千里。山砠（千余切）水厓。窮居

聚處之樂及昔存今亡之慨文情斐亹百讀不厭

天梯石棧相鉤連

如見其人

風神宕逸昔以此篇爲第一

獨遊思從曩人邈不可得然雖洛人至今皆以爲無如嚮時之盛然後知世之賢豪不常聚而交遊之難得爲可惜也初在洛時已哭堯夫而銘之其後六年又哭希深而銘之今又哭吾子野而銘於是又知非徒相得之難而善人君子欲使幸而久在於世亦不可得嗚呼可哀也已子野之世曰贈太子太師諱某曾祖也宣徽北院使樞密副使累贈尚書令諱遜皇祖也尚書比部郎中諱敏中皇考也曾祖妣李氏隴西郡夫人祖妣宋氏昭化郡夫人孝章皇后之妹也妣李氏永安縣太君子野家聯后姻世久貴仕而被服操履甚於寒儒好學自力善筆札天聖二年舉進士歷漢陽軍司理參軍開封府咸平主簿河南法曹參軍王文康公錢思公謝希深與今參知政事宋公咸薦其能改著作佐郎監鄭州酒稅知閬（音浪）州閬中縣就拜祕書丞秩滿知亳州鹿邑縣寶元二年二月丁未以疾卒於官享年四十有八子伸郊祉掌座次從次幼未名女五人一適人矣妻劉氏長安縣君子野爲人外雖愉怡中自刻苦遇人渾渾不見圭角而志守端直臨事果決平居酒半脫冠垂頭童然禿且白矣予固已悲其早衰而

永叔銘語不甚擅場

賓主分明是著意經營處

遂止於此豈其中亦有不自得者耶子野諱先其上世博州高唐人自曾祖已來家京師而葬開府今爲開封人也銘曰

嗟夫子野質厚材良孰屯(音窀)其亨孰短其長豈其中有不自得而外物有以戕開封之原新里之鄉三世於此其歸其藏

劉海峯曰以交遊之聚散生死感歎成文淋漓鬱勃

天聖(仁宗年號、)西京(洛陽、今河南洛陽縣、)陳郡謝希深(謝絳之先、陽夏人也、故曰陳郡、)張堯夫(名汝士、開封襄邑人、)遜(太宗時、仕終右驍衛大將軍、知江陵府、贈桂州觀察使、)敏中(官大理寺丞、累至比部郎中、)孝章皇后(宋氏、洛陽人、偓長女、太祖后、)漢陽軍(領漢陽等縣二、即唐沔州治、)咸平(今河南通許縣、宋初置通許鎮、咸平中升爲咸平縣、屬開封、)河南(府名、治今洛陽縣、)王文康公(名曙、字晦叔、河南人、)錢思公(名惟演、字希聖、臨安人、諡文僖、)宋公(名庠、初名郊、字公序、安州安陸人、天聖中進士、)鄭州(治今河南鄭縣、)閬州閬中(今四川閬中縣、屬嘉陵道、)亳州鹿邑(今河南鹿邑縣、屬開封道、)圭角(音猶鋒鋩、)博州高唐(今山東高唐縣、屬東臨道、)新里(鄉里城、在開封縣東、隋置新里縣、唐初屬汴州、後廢、)

歐陽永叔尹師魯墓誌銘○○

師魯河南人姓尹氏諱洙(音朱)然天下之士識與不識皆稱之曰師魯蓋其名重

文學議論材能一一敍出不忽略過

師魯爲文章與至父云文學

其與人言與至父云議論

願得俱貶與至父云忠義

韓公所深知與至父云材能

其文章議論材能多由忠義奮發而出故敍之特詳

當世而世之知師魯者或推其文學或高其議論或多其材能至其忠義之節處窮達臨禍福無愧於古君子則天下之稱師魯者未必盡知之師魯爲文章簡而有法博學强記通知古今長於春秋其與人言是是非非務窮盡道理乃已不爲苟止而妄隨而人亦罕能過也遇事無難易而勇於敢爲其所以見稱於世者亦所以取嫉於人故其卒窮以死師魯少舉進士及第爲絳州正平縣主簿河南府戶曹參軍邵武軍判官舉書判拔萃遷山南東道掌書記知伊陽縣王文康公薦其才召試充館閣校勘遷太子中允天章閣待制范公貶饒州諫官御史不肯言師魯上書言仲淹臣之師友願得俱貶貶監郢州酒稅又徙唐州遭父喪服除復得太子中允知河南縣趙元昊反陝西用兵大將葛懷敏奏起爲經略判官師魯雖用懷敏辟而尤爲經略使韓公所深知其後諸將敗於好水韓公降知秦州師魯亦徙通判濠州久之韓公奏得通判秦州遷知涇州又知渭州兼涇原路經略部署坐城水洛與邊將異議徙知晉州又知潞州爲政有惠愛潞州人至今思之累遷官至起居舍人直龍圖閣師魯當天下無

又反襯上一條

敘其得罪實志以死

事時獨喜論兵為敍燕息戍二篇行於世自西兵起凡五六歲未嘗不在其間故其論議益精密而於西事尤習其詳其為兵制之說述戰守勝敗之要盡當今之利害又欲訓士兵代戍卒以減邊用為禦戎長久之策皆未及施為而元昊臣西兵解嚴師魯亦去而得罪矣然則天下之稱師魯者於其材能亦未必盡知之也初師魯在渭州將吏有違其節度者欲按軍法斬之而不果其後吏至京師上書訟師魯以公使錢貸部將貶崇信軍節度副使徙監均州酒稅得疾無醫藥舁至南陽求醫疾革（音亟）憑几而坐顧稚子在前無甚憐之色與賓客言終不及其私享年四十有六以卒師魯娶張氏某縣君有兄源字子漸亦以文學知名前一歲卒師魯凡十年間三貶官喪其父又喪其兄有子四人連喪其三女一適人亦卒而其身終以貶死一子三歲四女未嫁家無餘貲客其喪於南陽不能歸平生故人無遠邇皆往賻（音附）之然後妻子得以其柩歸河南以某年某月某日葬於先塋之次余與師魯兄弟交嘗銘其父之墓矣故不復次其世家焉銘曰

藏之深。固之密。石可朽。銘不滅。

方望溪曰歐公誌諸朋好悲思激宕風格最近太史公

絳州正平（今山西新絳縣、屬河東道、）邵武軍（本建州之邵武縣、太平興國四年、置邵武軍、領邵武等縣四、）伊陽縣（今河南伊陽縣、）

王文康公（見前、）范公之貶（見范公神道碑銘、）師魯上書（范仲淹貶、勅牓朝堂、戒百官為朋黨、洙上奏曰、仲淹忠亮有素、臣與之義兼師友、則是仲淹之黨也、今仲淹以朋黨被罪、臣不可苟免、呂夷簡怒、斥監郢州酒稅、）郢州（治今湖北鍾祥縣、）唐州（治今河南沘源縣、）葛懷敏（眞定人、）韓公（名琦、字稚圭、相州安陽人、）好水（今名甜水河、在甘肅隆德縣東、慶曆元年、元昊寇渭州、琦悉兵付大將任福、令自懷遠城趨得勝砦、出賊後、如未可戰、即據險置伏、要其歸、及行、戒之至再、又移檄申約、苟違節度、雖有功亦斬、福竟為賊誘、沒於好水川、）秦州（治今甘肅天水縣、任福既沒、夏竦使人收散兵、得琦檄於福衣帶間、言罪不在琦、琦亦上章自劾、獨奪一官知秦州、尋復之、）濠州（治今安徽鳳陽縣、任福敗於好水、洙因發慶州部將劉政銳卒數千、趨鎮戎軍赴救、未至、賊引去、夏竦奏洙擅發兵、降通判濠州、）涇州（治今甘肅涇川縣、）渭州（治今甘肅平涼縣、）坐城水洛句（鄭戩為陝西四路部總管、遣劉滬董士廉、城水洛、以通秦渭援兵、洙以為前此屢困于賊者、正由城砦多而兵勢分也、今又益城、不可、奏罷之、時戩已解四路、而奏滬等督役如故、洙不平、遣人再召滬不至、命張忠往代之、又不受、於是諭狄青械滬士廉下吏、戩論奏不已、卒徙洙慶州而城水洛、）晉州（治今直隸晉縣、）潞州（治今山西長治縣、）上書訟師魯（士廉詣闕上書訟洙、詔遣御史劉湜就鞫、不得他罪、而洙以部將孫用由軍校補邊、自京師貸息錢到官、亡以償、洙惜其才可用、恐以犯法罷去、嘗假公使錢為償之、又以為嘗自貸、坐貶崇信軍節度副使、）均州（治今湖北均縣、）賻（以財助喪、）

就徂徠生義亦是本地風光

先將其志事虛敘一段

以後皆實敘

歐陽永叔徂徠先生墓誌銘○○○

徂(叢晉切)徠(同來)先生姓石氏名介字守道兗州奉符人也徂徠魯東山而先生非隱者也其仕嘗位於朝矣魯之人不稱其官而稱其德以爲徂徠魯之望先生魯人之所尊故因其所居山以配其有德之稱曰徂徠先生者魯人之志也先生貌厚而氣完學篤而志大雖在畎畝不忘天下之憂以謂時無不可爲爲之無不至不在其位則行其言吾言用功利施於天下不必出乎己吾言不用雖獲禍咎至死而不悔其遇事發憤作爲文章極陳古今治亂成敗以指切當世賢愚善惡是是非非無所諱忌世俗頗駭其言繇(通由)是謗議喧然而小人尤嫉惡之相與出力必擠之死先生安然不惑不變曰吾道固如是吾勇過孟賁(音奔)矣不幸遇疾以卒既卒而姦人有欲以奇禍中傷大臣者猶指先生以起事謂其詐死而北走契丹矣請發棺以驗賴天子仁聖察其誣得不發棺而保全其妻子先生世爲農家父諱丙始以仕進官至太常博士先生年二十六舉進士甲科爲鄆州觀察推官南京留守推官御史臺辟主簿未至以上書論赦罷不

文字受禍一一點出

著此一段纔見道學本色

召秩滿遷某軍節度掌書記代其父官於蜀爲嘉州軍事判官丁內外艱去官垢面跣（蘇典切）足躬耕徂徠之下葬其五世未葬者七十喪服除召入國子監直講是時兵討元昊久無功海內重困天子奮然思欲振起威德而進退二三大臣增置諫官御史所以求治之意甚銳先生躍然喜曰此盛事也雅頌吾職其可已乎乃作慶曆聖德詩以褒貶大臣分別邪正累數百言詩出太山孫明復曰子禍始於此矣明復先生之師友也其後所謂奸人作奇禍者乃詩之所斥也先生自閒居徂徠後官於南京常以經術教授及在太學益以師道自居門人弟子從之者甚衆太學之興自先生始其所爲文章曰某集者若干卷曰某集者若干卷其斥佛老時文則有怪說中國論曰去此三者然後可以有爲其戒姦臣宦女則有唐鑑曰吾非爲一世監也其餘喜怒哀樂必見於文其辭博辨雄偉而憂思深遠其爲言曰學者學爲仁義也惟忠能忘其身惟篤於自信者乃可以力行也以是行於己亦以是敎於人所謂堯舜禹湯文武周公孔子孟軻揚雄韓愈氏者未嘗一日不誦於口思與天下之士皆爲周孔之徒以致

閱微舍人法家剛密

其君爲堯舜之君民爲堯舜之民亦未嘗一日少忘於心至其違世驚衆人或笑之則曰吾非狂癡者也是以君子察其行而信其言推其用心而哀其志先生直講歲餘杜祁公薦之天子拜太子中允今丞相韓公又薦之乃直集賢院又歲餘始去太學通判濮州方待次於徂徠以慶曆五年七月某日卒於家享年四十有一友人廬陵歐陽修哭之以詩以謂待彼謗焰熄然後先生之道明矣先生既沒妻子凍餒不自勝今丞相韓公與河陽富公分俸買田以活之後二十一年其家始克葬先生於某所將葬其子師訥(奴骨切)與其門人姜潛杜默徐遁等來告曰謗焰熄矣可以發先生之光矣敢請銘某曰吾詩不云乎子道自能久也何必吾銘遁等曰雖然魯人之欲也乃爲之銘曰

徂徠之巖巖與子之德兮魯人之所瞻汶水之湯湯(音傷)與子之道兮逾遠而彌長道之難行兮孔孟亦云遑遑一世之屯(朱倫切)兮萬世之光曰吾不有命兮安在夫桓魋(音頹)與臧倉自古聖賢皆然兮噫子雖毀其何傷

方望溪曰筆陣酣恣辭繁而不懈○劉海峯曰反覆推衍徂徠之獨立學古

以學春秋作前提

處分明[illegible]足尤妙在起處十行已盡其生平○張廉卿曰發端以遠得逸而以雄直之氣行之神氣蕭颯而兀岸乃歐文所罕者○吳至父曰此歐文之極有氣勢者

徂徠 一名尤來山，在今山東泰安縣。兗州奉符 今山東泰安縣，屬濟南道。孟賁 [帝王世紀]秦武王好力士，齊孟賁之徒往歸焉。賁能生拔牛角。姦人 夏竦也。介卒，徐狂人孔直溫謀反，搜其家，得介書。竦銜介甚，且欲中傷杜衍等，因言介詐死，北走契丹，請發棺以驗。詔下京東，訪其存亡。衍時在兗州，以驗介事語官屬，衆不敢答。掌書記龔鼎臣願以闔族保介必死，提點刑獄呂居簡亦曰：發棺空，介果走北，孥戮非酷。不然，是國家無故剖人冢墓，何以示後世，且介死必有親族門生會葬，及棺斂之人，苟召問無異，即令具軍令狀保之，亦足應詔。於是衆數百保介已死，乃免斲棺。子弟羈管他州，久之得還。鄆州 治今山東東平縣。嘉州 治今四川樂山縣。孫明復 見下。杜祁公 名衍。韓公 名琦。濮州 今山東濮縣。富公 名弼。姜潛 字至之，奉符人。杜默 字師雄，歷陽人，豪於歌。徐遁 未詳。汶水 出山東萊蕪縣東北原山，西南流經泰安縣治，與石汶、牟汶、北汶諸水會，爲運河之上源。桓魋 春秋宋大夫。孔子適宋，魋欲殺之，孔子有天生德于予，桓魋其如予何之嘆。臧倉 戰國魯平公嬖人。平公將見孟子，臧倉沮之。孟子曰，吾之不遇魯侯，天也，臧氏之子，安能使予不遇哉。

歐陽永叔孫明復先生墓誌銘○○

先生諱復。字明復。姓孫氏。晉州平陽人也。少舉進士不中。退居泰山之陽。學春

介執杖屨張廉卿云此等意格并從史遷得來

先生非隱者知師莫若弟

秋著尊王發微魯多學者其尤賢而有道者石介自介而下皆以弟子事之先生年踰四十家貧不娶李丞相迪將以其弟之女妻（音砌）之先生疑焉介與羣弟子進曰公卿不下士久矣今丞相不以先生貧賤而欲託以子是高先生之行義也先生宜因以成丞相之賢名於是乃許孔給事道輔爲人剛直嚴重不妄與人聞先生之風就見之介執杖屨侍左右先生坐則立升降拜則扶之及其往謝也亦然魯人既素高此兩人由是始識師弟子之禮莫不歎嗟之而李丞相孔給事亦以此見稱於士大夫其後介爲學官語於朝曰先生非隱者也欲仕而未得其方也慶曆二年樞密副使范仲淹資政殿學士富弼言其道德經術宜在朝廷召拜校書郎國子監直講嘗召見邇英閣說詩將以爲侍講而嫉之者言其講說多異先儒遂止七年徐州人孔直溫以狂謀捕治索其家得詩有先生姓名坐貶監處州商稅徙泗州又徙知河南府長水縣簽署應天府判官公事通判陵州翰林學士趙槩等十餘人上言孫某行爲世法經爲人師不宜棄之遠方乃復爲國子監直講居三歲以嘉祐二年七月二十四日以疾卒

闡明尊王發微四字

此似學韓而失之弱

於家。享年六十有六。官至殿中丞。先生在太學時。爲大理評事。天子臨幸。賜以緋衣銀魚。及聞其喪。惻然。予其家錢十萬。而公卿大夫朋友太學之諸生相與弔哭賻（音附）治其喪。於是以其年十月二十七日。葬先生於鄆州須城縣盧泉鄉之北扈原。先生治春秋。不惑傳注。不爲曲說以亂經。其言簡易。明於諸侯大夫功罪。以考時之盛衰。而推見王道之治亂。得於經之本義爲多。方其病時。樞密使韓琦言之天子。選書吏給紙筆。命其門人祖無擇就其家得其書十有五篇。錄之藏於秘閣。先生一子大年。尚幼。銘曰。

聖既歿經更戰焚。逃藏脫亂僅傳存。衆說乘之汨其原。怪迂百出雜僞眞。後生牽卑習前聞。有欲患之寡攻羣。往往止燎以膏薪。有勇夫子闢浮雲。刮磨蔽蝕相吐吞。日月卒復光破昏。博哉功利無窮垠（音銀）。有考其不在斯文。

眀復出仕散職。一無表見。聲名之重。似由石介輩推挽而起。文特表章其學此外絕不溢美。不愧公是二字。（濡說）

晉州平陽（今山西臨汾縣、屬河東道、）泰山（在今山東泰安縣北、）陽（山南曰陽、）李迪（字復古、）孔道輔（字原魯、孔子四十五

兩兩比較其人自見
非深知者不能道

世孫、嫉之者（謂楊安國）、處州（治今浙江麗水縣、按「宋史」作坐貶虔州監稅、虔州治今江西贛縣）、泗州（治今安徽泗縣）、河南長水（縣名、故城在今河南洛寧縣西四十五里）、應天府（今河南商邱縣、宋之南京）、陵州（治今四川仁壽縣）、趙槩（字叔平、南京虞城人）、鄆州須城（今山東東平縣、屬東臨道）、盧泉鄉（在東平縣東北）、祖無擇（字擇之、上蔡人）、

歐陽永叔太常博士尹君墓誌銘○○

君諱源。字子漸。姓尹氏。與其弟洙。師魯。俱有名於當世。其論議文章。博學強記。皆有以過人。而師魯好辨。果於有爲。子漸爲人剛簡。不矜飾。能自晦藏。與人居久而莫知。至其一有所發。則人必驚伏。其視世事。若不干其意。已而推其情僞。計其成敗。後多如其言。其性不能容常人。而善與人交。久而益篤。自天聖明道之間。余與其兄弟交。其得於子漸者如此。其曾祖諱誼。贈光祿少卿。祖諱文化。官至都官郎中。贈刑部侍郎。父諱仲宣。官至虞部員外郎。贈工部郎中。子漸初以祖蔭補三班借職。稍遷左班殿直。天聖八年。舉進士及第。爲奉禮郎。累遷太常博士。歷知芮（汝衞切）城河陽二縣。簽署孟州判官事。又知新鄭縣。通判涇（音經）州慶州。知懷州。以慶曆五年三月十四日卒於官。趙元昊寇邊。圍定川堡。大將葛

尹氏兄弟皆能知吳

如此乃不愧師魯之兄

君歎息憂悲發憤吳至父云此史公荆軻傳雜意也

故作疑詞文境便不直率

懷敏發涇原兵救之君遺懷敏書曰賊舉其國而來其利不在城堡而兵法有不得而救者且吾軍畏法見敵必赴而不計利害此其所以數敗也宜駐兵瓦亭見利而後動懷敏不能用其言遂以敗死劉渙知滄州杖一卒不服渙命斬之以聞坐專殺降知密州君上書爲渙論直得復知滄州范文正公常薦君材可以居館閣召試不用遂知懷州至期月大治是時天子用范文正公與今觀文殿學士富公武康軍節度使韓公欲更置天下事而權倖小人不便三公皆罷去而師魯與時賢士多被誣枉得罪君歎息憂悲發憤以謂生可厭而死可樂也往往被酒哀歌泣下朋友皆竊怪之已而以疾卒享年五十至和元年十有二月十三日其子材葬君於河南府壽安縣甘泉鄉龍洲里其平生所爲文章六十篇皆行於世男四人曰材植機杼嗚呼師魯常勞其智於事物而卒蹈憂患以窮死若子漸者曠然不有累其心而無所屈其志然其壽考亦以不長豈其所謂短長得失者皆非此之謂與其所以然者不可得而知與銘曰

有韞（音運）於中不以施一憤樂死其如歸豈其志之將衰不然世果可嫉其如斯

敍其問疾及弔者之貧且多文雖別致殊未免俗

劉海峯曰。中間天子用韓范富三公。繼而罷去。從史記氣脈得來。○張廉卿曰。歐公誌銘。當以此篇爲最。古感慨深摯。神氣跌蕩。誦之使人心醉。

天聖明道（並仁宗年號）、芮城（今山西芮城縣）、河陽（今河南孟縣、宋孟州治此）、新鄭（今河南新鄭縣）、涇州（治今甘肅涇川縣）、慶州（治今甘肅慶陽縣）、懷州（治今河南沁陽縣）、定川堡（在甘肅鎮原縣西北、慶曆二年、趙元昊寇鎮戎軍、涇州將葛懷敏禦之於此、敵毀橋斷其歸路、懷敏突圍走、至長城濠路已斷、死焉、元昊遂乘勝抵渭州）、瓦亭（甘肅華亭縣西北有瓦亭山、其西麓有瓦亭關）、劉渙（字仲章）、滄州（治今直隸滄縣）、密州（治今山東諸城縣）、至和（仁宗年號）、壽安（今河南宜陽縣）、

歐陽永叔梅聖俞墓誌銘○○

嘉祐五年。京師大疫。四月乙亥。聖俞得疾。臥城東汴陽坊。明日。朝之賢士大夫。往問疾者。騶呼屬路不絕。城東之人。市者廢。行者不得往來。咸驚顧相語曰。茲坊所居大人誰邪。何致客之多也。居八日癸未。聖俞卒於是。賢士大夫又走弔哭如前日。益多。而其尤親且舊者。相與聚而謀其後事。自丞相以下。皆有以賻恤其家。粤六月甲申。其孤增。載其柩南歸。以明年正月丁丑。葬於宣州陽城鎮雙歸山。聖俞字也。其名堯臣。姓梅氏。宣州宣城人也。自其家世頗能詩。而從父

此敍其詩

以詩見知於時而卒不遇

詢以仕顯。至聖俞遂以詩聞。自武夫貴戚童兒野叟。皆能道其名字。雖妄愚人。不能知詩義者。直曰此世所貴也。吾能得之。用以自矜。故求者日踵門。而聖俞詩遂行天下。其初喜爲淸麗閒肆平淡。久則涵演深遠。間亦琢刻以出怪巧。然氣完力餘。益老以勁。其應於人者多。故辭非一體。至於他文章。皆可喜。非如唐諸子號詩人者僻固而狹陋也。聖俞爲人仁厚樂易。未嘗忤於物。至其窮愁感憤。有所罵譏笑謔。一發於詩。然用以爲驩而不怨懟。渡內切 可謂君子者也。初在河南。王文康公見其文。歎曰。二百年無此作矣。其後大臣屢薦宜在館閣。嘗一召試。賜進士出身。餘輒不報。嘉祐元年。翰林學士趙槩等十餘人。列言於朝曰。梅某經行修明。願得留與國子諸生講論道德。作爲雅頌。以歌詠聖化。乃得國子監直講。三年冬。祫音洽 於太廟。御史中丞韓絳言天子且親祠。當更制樂章。以薦祖考。惟梅某爲宜。亦不報。聖俞初以從父廕補太廟齋郎。歷桐城河南河陽三縣主簿。以德興縣令知建德縣。又知襄城縣。監湖州鹽稅。簽署忠武鎭安兩軍節度判官。監永濟倉。國子監直講。累官至尚書都官員外郎。嘗奏其所撰唐

不厭辭字

載二十六卷。多補正舊史闕繆。乃命編修唐書。書成未奏而卒。享年五十有九。曾祖諱遠。祖諱邈。皆不仕。父諱讓。太子中舍致仕。贈職方郎中。母曰仙遊縣太君束氏。又曰清河縣太君張氏。初娶謝氏。封南陽縣君。再娶刁氏。封某縣君。子男五人。曰增、曰墀、曰垧、曰龜兒。一早卒。女二人。長適太廟齋郎薛通。次尚幼。聖俞學長於毛詩。爲小傳二十卷。其文集四十卷。注孫子十三篇。余嘗論其詩曰。世謂詩人少達而多窮。蓋非詩能窮人。殆窮者而後工也。聖俞以爲知言。銘曰。不戚其窮。不困其鳴。不躓（音致）於艱。不履於傾。養其和平。以發厥聲。震越渾鍠（音橫）。衆聽以驚。以揚其淸。以播其英。以成其名。以告諸冥。

起首數語張皇過甚。中幅入情入理。實能道著聖俞處（孫琮）

騶呼（騶從傳呼也、）宣州宣城（今安徽宣城縣、屬蕪湖道、）詢（字昌言、翰林侍讀學士、累遷給事中、出知許州卒、詳見本人墓誌銘、）王文康公（見張子野墓誌銘注、）趙槩（見前、）祫（合祭、）韓絳（字子華、開封雍邱人、）河陽（見上、）德興（今江西德興縣、）建德（今安徽秋浦縣、）襄城（今河南襄城縣、）忠武軍（即許州、元豐三年、升爲潁昌府、治今河南許昌縣、）鎭安軍（即陳州、宣和初、升爲淮寧府、治今河南淮陽縣、）永濟（按[宋史]作永豐、今江西永豐縣、）

子美爲杜衍之壻就其妻轉來說得體

歐陽永叔湖州長史蘇君墓誌銘

故湖州長史蘇君有賢妻杜氏自君之喪布衣蔬食居數歲提君之孤子斂其平生文章走南京號泣於其父曰吾夫屈於生猶可伸於死其父太子太師以告於予予爲集次其文而序之以著君之大節與其所以屈伸得失以深誚世之君子當爲國家樂育賢材者且悲君之不幸其妻卜以嘉祐元年十月某日葬君於潤州丹徒縣義里鄉檀山里石門村又號泣於其父曰吾夫屈於人間猶可伸於地下於是杜公及君之子泌皆以書來乞銘以葬君諱舜欽字子美其上世居蜀後徙開封爲開封人自君之祖諱易簡以文章有名太宗時承旨翰林爲學士參知政事官至禮部侍郎父諱耆官至工部郎中直集賢院君少以父廕補太廟齋郎調滎陽尉非所好也已而鎖其廳去舉進士中第改光祿寺主簿知蒙城縣丁父憂服除知長垣縣遷大理評事監在京樓店務君狀貌奇偉慷慨有大志少好古工爲文章所至皆有善政官於京師位雖卑數上疏論朝廷大事敢道人之所難言范文正公薦君召試得集賢校理自元昊反兵

得罪固由不檢而一蹶不振關係朝局甚大因歷敍之

貶謫後之所就如此

仍撥到其要意宜予述其得罪吳至父云結處稍平

出無功。而天下殆於久安。尤困兵事。天子奮然用三四大臣。欲盡革衆弊以紓民。於是時。范文正公與今富丞相。多所設施。而小人不便。顧人主方信用。思有以撼（胡感切）動。未得其根。以君文正公之所薦。而宰相杜公壻也。乃以事中君。坐監進奏院祠神。奏用市故紙錢會客爲自盜除名。君名重天下。所會客皆一時賢俊。悉坐貶逐。然後中君者喜曰。吾一舉網盡之矣。其後三四大臣相繼罷去。天下事卒不復施爲。君攜妻子居蘇州。買木石作滄浪亭。日益讀書。大涵肆於六經。而時發其憤懣（音悶）於歌詩。至其所激。往往驚絕。又喜行草書。皆可愛。故其雖短章醉墨。落筆爭爲人所傳。天下之士。聞其名而慕。見其所傳而喜。往揖其貌而竦。聽其論而驚以服。久與其居而不能捨以去也。居數年。復得湖州長史。慶曆八年十二月某日。以疾卒於蘇州。享年四十有一。君先娶鄭氏。後娶杜氏。三子。長曰泌。將作監主簿。次曰液。曰激。二女。長適前進士趙紘（音宏）。次尚幼。初君得罪時。以奏用錢爲盜。無敢辨其冤者。自君卒後。天子感悟。凡所被逐之臣。復召用。皆顯列於朝。而至今無復爲君言者。宜其欲求伸於地下也。宜予述其得

吳摯甫云不猶言豈不也

其來有自絕不覺突

罪以死之詳。而使後世知其有以也。既又長言以爲之辭。庶幾并寫予之所以哀君者。其辭曰。

謂爲無力兮。孰擊而去之。謂爲有力兮。胡不反子之歸。豈彼能兮此不爲。善百譽而不進兮。一毀終世以顛擠。荒孰問兮杳難知。嗟子之中兮。有韞而無施。文章發耀兮星日光輝。雖冥冥以掩恨兮。不昭昭其永垂。

行一不愼。遽爲小人所乘。而一生顚沛以終。牽率且及於大局。文於此煞費經營。於惋惜之中寓哀時之意。（濂識）

潤州丹徒（今江蘇丹徒縣，屬金陵道）、石門村（在丹徒縣西）、杜公（名衍）、上世居蜀（蘇氏之先，爲梓州銅山人）、易簡（字太簡）、滎陽（今河南滎陽縣）、蒙城（今安徽蒙城縣）、長垣（今直隸長垣縣）、富丞相（名弼）、以事中君（殿直劉巽輒用賣故紙公錢，召妓樂，會賓客，王拱辰諷其屬魚周詢等劾奏，因欲搖動衍，事下開封府劾治，於是舜欽與巽俱坐自盜，除名）、二三四大臣相繼罷去（時杜衍罷知兗州，范仲淹罷知邠州，富弼罷知鄆州）、滄浪亭（在吳縣盤門城內）

歐陽永叔大理寺丞狄君墓誌銘〇〇

距長沙縣西三十里新陽鄉梅溪村。有墓曰狄君之墓者。迺余所記穀城孔子

不愧爲賢吏

此尤難得

廟碑所謂狄君栗者也始君居穀城有善政嘗已見於余文及其亡也其子遵誼泣而請曰願卒其詳而銘之以終先君死生之賜嗚呼余哀狄君者其壽止於五十有六其官止於一卿丞蓋其生也以不知於世而止於是若其歿而又無傳則後世遂將泯沒而爲善者何以勸焉此余之所欲銘也君字仲莊世爲長沙人幼孤事母鄉里稱其孝好學自立年四十始用其兄棐（音非）廕補英州眞陽主簿再調安州應城尉能使其縣終君之去無一人爲盜薦者稱其材任治民乃遷穀城令漢旁之民惟鄧穀爲富縣尚書銓吏常邀厚賂以售貪令故省中私語以一二數之借爲奇貨而二邑之民未嘗得廉吏其豪猾習以賕（音求）賄汚令而爲自恣至君一切以法繩之姦民大吏不便君之政者往往訴於其上雖按覆率不能奪君所爲其州所下文符有不如理必輒封還州吏亦切齒求君過失不可得君益不爲之屈其後民有訟田而君誤斷者訴之君坐被劾已而縣籍强壯爲兵有告訟田之民隱丁以規避者君笑曰是嘗訴我者彼寃民能自伸此令之所欲也吾豈挾此而報以罪耶因置之不問縣民由是知君爲

三十餘年得二人廉吏歟是難得

愛我。是歲西北初用兵。州縣旣大籍強壯。而訛言相驚。云當驅以備邊。縣民數萬聚邑中。會秋大雨霖。米踊（音勇）貴絕粒。君發常平倉賑之。有司劾君擅發倉廩。君卽具伏。事聞。朝廷亦原之。又爲其民正其稅籍之失。而吏得歲免破產之患。逾年。政大洽。乃修孔子廟。作禮器。與其邑人春秋釋奠而興於學。時余爲乾德令。嘗至其縣。與其民言。皆曰。吾邑不幸。有生而未識廉吏者。而長老之民所記。纔一人。而繼之者今君也。問其一人者。曰張及也。推及之歲至於君。蓋三十餘、年。是謂一世矣。嗚呼。使民更一世而始得一良令。吏其可不愼擇乎。君其可不惜其歿乎。其政之善者。可遺而不錄乎。君用穀城之績。遷大理寺丞。知新州。至則丁母夫人鄭氏憂。服除。赴京師。道病。卒於宿州。實慶曆五年七月二十四日也。曾祖諱崇謙。連州桂陽令。祖諱文蔚。全州清湘令。父諱杞。不仕。君娶滎陽鄭氏。生子男二人。遵誼、遵徽。皆舉進士。女四人。長適進士胡純臣。其三尙幼。銘曰。

彊而仕。古之道。終中壽。不爲夭。善在人。宜有後。銘於石。著不朽。

茅順甫曰。逸調。○敘一廉吏詳盡如此。中幅是嘗訴我者數句口吻宛然。尤

達人所難達（謂談）

長沙（見前、）穀城（今湖北穀城縣、）棐、（字輔之、舉進士、知廣州還、不以南海物自隨、人稱其廉、拜右諫議大夫龍圖閣直學士、歷知陝鄭州河中河南府、）

英州眞陽（今河南正陽縣、屬汝陽道、按眞陽、宋屬蔡州、英字疑誤、又貞陽縣、在今廣東英德縣東、英德宋爲府、本英州、眞陽或保貞陽之誤、未知孰是、）安州應城（今湖北應城縣、屬江漢道、）鄧（鄧城縣、故城在今湖北襄陽縣東北、）踊貴（踊、刖足者之屨、齊景公時多刖足者、故晏子答以踊貴屨賤、此言物賤貴、踊其常值也、）常平倉（穀賤時增價而糴、貴時減價而糶、始於漢宣帝時、唐置常平署、合掌倉糧管鑰出納糴糶、凡天下倉廩和糴者、爲常平倉、正租爲正倉、別稅爲義倉、宋明清皆有之、）釋奠（置爵而祭也、〔禮文王世子〕凡學、春官釋奠于其先師、秋冬亦如之、）乾德（今湖北光化縣西、）張及（益州人、以學行稱、）新州（今廣東新興縣、）宿州（今安徽宿縣、）連州桂陽（今廣東連縣、）全州清湘（今廣西全縣、屬桂林道、）

歐陽永叔蔡君山墓誌銘◯

予友蔡君謨之弟曰君山。爲開封府太康主簿。時予與君謨皆爲館閣校勘、居京師。君山數往來其兄家。見其以縣事決於其府。府尹吳遵路。素剛。好以嚴憚下吏。君山年少位卑。能不懾屈。而得盡其事之詳。吳公獨喜。以君山爲能。余始知君山敏於爲吏。而未知其他也。明年。君謨南歸拜其親。夏、京師大疫。君山以疾卒於縣。其妻程氏。一男二女皆幼。縣之人哀其貧。以錢二百千爲其賻。程氏

經氏能知大義以成其夫之廉此却歸重劉子亦文體應爾

經世奇才身後始見

刺舉二事見其爲吏之敏

泣曰吾家素以廉爲吏不可以此汚吾夫拒而不受於是又知君山能以惠愛其縣人而以廉化其妻妾也君山間嘗語余曰天子以六科策天下士而學者以記問應對爲事非古取士之意也吾獨不然乃晝夜自苦爲學及其亡也君謨發其遺稾得十數萬言皆當世之務其後踰年天子與大臣講天下利害爲條目其所改更於君山之稾十得其五六於是又知君山果天下之奇才也君山景祐中舉進士初爲長谿縣尉縣嫗(音襖)二子漁於海而亡嫗指某氏爲仇告縣捕賊縣吏難之皆曰海有風波豈知其不水死乎且雖果爲仇所殺若屍不得則於法不可理君山獨曰嫗色有冤吾不可不爲理乃陰察仇家得其迹與嫗約曰吾與汝宿海上期十日不得屍則爲嫗受捕賊之責凡宿七日海水潮二屍浮而至驗之皆殺也乃捕仇家伏法民有夫婦偕出而盜殺其守舍子者君山亟召里民畢會環坐而熟視之指一人曰此殺人者也訊之果伏衆莫知其以何術得也長谿人至今喜道君山事多如此曰前史所載能吏號如神明不過此也自天子與大臣條天下事而屢下舉吏之法尤欲官無小大必得其

有才無命千古何止賈長沙

引起銘意

材方求天下能吏而君山死矣此可爲痛惜者也君山諱高享年二十有八以某年某月某日卒今年君謨又歸迎其親自太康取其柩以歸將以某年某月某日葬於某所且謂余曰吾兄弟始去其親而來京師欲以仕宦爲親榮今幸還家吾弟獨以柩歸甚矣老者之愛其子也何以塞吾親之悲子能爲我銘君山乎乃爲之銘曰

嗚呼吾聞仁義之行於天下也可使父不哭子老不哭幼嗟夫君山不得其壽父母七十扶行送柩退之有言死孰謂夭子墓予銘其傳不朽庶幾以此慰其父母

文成法立秩序井然精明強幹如見其人　濂識

蔡君謨名襄、開封太康今河南太康縣、屬開封道、吳遵路丹陽人、字安道、六科賢良方正、能直言極諫、博通墳典、明於教化、才識兼茂、明於體用、詳明政理、可使從政、洞識韜略、運籌決勝、軍謀宏遠、材任邊寄、景祐仁宗年號、長谿今福建霞浦縣、

歐陽永叔集賢院學士劉公墓誌銘○

公諱敞字仲原父姓劉氏世爲吉州臨江人自其皇祖以尙書郎有聲太宗時

兩事見古之遺直

博學多識在公爲餘事

遂爲名家。其後多聞人至公而益顯。公舉慶曆六年進士中甲科。以大理評事通判蔡州。丁外艱。服除。召試學士院。遷太子中允直集賢院判登聞鼓院吏部南曹尙書考功。於是夏英公旣薨。天子賜諡曰文正。公曰此吾職也。卽上疏言諡者有司之事也。且竦行不應法。今百司各得守其職。而陛下侵臣官。疏凡三上。天子嘉其守。爲更其諡曰文莊。公曰姑可以止矣。權判三司開拆司。又權度支判官。同修起居注。至和元年九月。召試。遷右正言知制誥。宦者石全彬以勞遷宮苑使領觀察使。意不滿。退而有慍言。居三日。正除觀察使。公封還辭頭不草制。其命遂止。二年八月。奉使契丹。公素知虜山川道里。虜人道自古北口迴曲千餘里至柳河。公問曰。自古松亭趨柳河甚直而近。不數日可至中京。何不道彼而道此。蓋虜人常故迂其路。欲以國地險遠誇使者。且謂莫習其山川。不虞公之問也。相與驚顧羞媿。卽吐其實曰。誠如公言。時順州山中有異獸如馬而食虎豹。虜人不識。以問公。公曰此所謂駮也。爲言其形狀聲音皆是。虜人益歎服。三年。使還。以親嫌求知揚州。歲餘。遷起居舍人。徙知鄆州。兼京東西路安撫

所言皆得大體

取獄亦可觀

使居數月。召還糾察在京刑獄。修玉牒。知嘉祐四年貢舉。稱爲得人。是歲天子卜以孟冬祫。既廷告丞相用故事。率文武官加上天子尊號。公上書言尊號非古也。陛下自寶元之郊。止羣臣毋得以請。迨今二十年無所加。天下皆知甚盛德。奈何一旦受虛名而損實美。上曰。我意亦謂當如此。遂不允羣臣請。而禮官前祫。請祔郭皇后於廟。自孝章以下四后在別廟者。請毋合食。事下議。議者紛然。公之議曰。春秋之義。不薨於寢。不稱夫人。而郭氏以廢薨。按景祐之詔。許復其號而不許其謚與祔。謂宜如詔書。又曰。禮於祫。未毀廟之主皆合食。而無帝后之限。且祖宗以來用之。傳曰。祭從先祖。宜如故。於是皆如公言。公既驟屈廷臣之議。議者已多仄目。既而又論呂溱過輕而責重。與臺諫異。由是言事者亟攻之。公知不容於時矣。會永興闕守。因自請行。即拜翰林侍讀學士。充永興軍路安撫使。兼知永興軍府事。長安多富人右族。豪猾難治。猶習故都時態。公方發大姓范偉事。獄未具而公召。由是獄屢變。連年吏不能決。至其事聞。制取以付御史臺乃決。而卒如公所發也。公爲三州。皆有善政。在揚州。奪發運使冒占

餘事亦足了十人

如古渭州可棄梅伯言云宋人作文多有不耐煩此等處是其率易

能得主知

雷塘田數百頃予民民至今以爲德其治鄆永興皆承旱歉所至必雨雪蝗輒飛去歲用豐稔流亡來歸令行民信盜賊禁止至路不拾遺公於學博自六經百氏古今傳紀下至天文地理卜醫術數浮屠老莊之說無所不通其爲文章尤敏贍嘗直紫微閣一日追封皇子公主九人公方將下直爲之立馬卻坐一揮九制數千言文辭典雅各得其體公知制誥七年當以次遷翰林學士者數矣久而不遷及居永興歲餘遂以疾聞八年八月召還判三班院太常寺公在朝廷遇事多所建明如古渭州可棄孟陽河不可開樞密使狄青宜罷以保全之之類皆其語在士大夫間者若其規切人主直言逆耳至於從容進見開導聰明賢否人物其事不聞於外廷者其補益尤多故雖不合於世而特被人主之知方嘉祐中嫉者衆而攻之急其雖危而得無害者仁宗深察其忠也及侍英宗講讀不專章句解詁而指事據經因以諷諫每見聽納故尤奇其材已而復得驚眩疾告滿百日求便郡上曰如劉某者豈易得也復賜以告上每宴見諸學士時時問公少間否賜以新橙（完耕切）五十勞其良苦疾少間復求外補上

補 敞內行亦極剛醇

悵然許之。出知衛州。未行。徙汝州。治平三年。召還。以疾不能朝。改集賢院學士。
判南京留司御史臺。熙寧元年四月八日。卒於官舍。享年五十。嗚呼。以先帝之
知公。使其不病。其所以用之者。豈一翰林學士而止哉。方公以論事忤於時也。
又有構爲謗語以怒時相者。及歸自雍。丞相韓公方欲還公學士。未及而公病。
遂止於此。豈非其命也夫。公累官至給事中。階朝散大夫。勳上輕車都尉。爵開
國彭城公。邑戶二千一百。實食者三百。曾祖諱璵。(音典)贈大理評事。祖諱式。尚書
工部員外郞。贈戶部尚書。考諱立之。尚書主客郞中。贈工部尚書。公再娶倫氏。
皆侍御史程之女。前夫人先公早卒。後夫人以公貴。累封河南郡君。子男四人。
長定國。郊社掌座。早卒。次奉世。大理寺丞。次當時。大理評事。次安上。太常寺太
祝。女三人。長適大理評事韓宗直。二尙幼。公既卒。天子推恩。錄其兩孫。望、旦。一
族子安世。皆試將作監主簿。公爲人磊落明白。推誠自信。不爲防慮。至其屢見
侵害。皆置而不較。亦不介於胸中。居家不問有無。喜賙宗族。既卒。家無餘財。與
其弟攽。(音斑)友愛尤篤。有文集六十卷。其爲春秋之說。曰傳。曰權衡。曰說例。曰文

一氣呵成

權曰意林合四十一卷。又有七經小傳五卷。弟子記五卷。而七經小傳。今盛行於學者。二年十月辛酉。其弟攽與其子奉世等。葬公於祥符縣魏陵鄉。祔於先墓。以來請銘。乃爲之銘曰。

嗚呼惟仲原父。學彊而博。識敏而明。坦其無疑。一以誠。見利如畏。義必爭。觸機履險。危不傾。畜大不施。奪其齡。惟其文章。粲日星。雖欲有毀。知莫能。維古聖賢皆後亨。有如不信。考斯銘。

敍事似稍繁冗而氣足包舉異於枝枝節節而爲之者 濡藏

吉州臨江 宋臨江軍、治今江西淸江縣、按宋史作臨江新喻人、今新喻屬廬陵道、
甲科 宋太宗興國時、進士分三甲、登進士第者、曰甲科、
蔡州 治今河南上蔡縣、
夏英公 名竦、字子喬、江州德安人、封英國公、當時目爲姦邪、
石全彬 字長卿、眞定人、
古北口 今京兆密雲縣北、兩崖壁立、中有道、亦曰虎北口、
柳河 今蒙古布爾哈圖河、
古松亭 卽松亭關、在今直隸遷化縣北、
中京 今內蒙古喀喇沁部、卽熱河平泉赤峯朝陽等縣地、
順州 亦曰燕州、治今京兆順義縣、爲山前八州之一、石晉以賂契丹者、
駮 形似馬、身黑、二尾、一角、虎爪牙、音如鼓、能食虎豹、
揚州 治今江蘇江都縣、
鄆州 治今山東東平縣、
玉牒 皇家之譜、
郭皇后 見范文正公神道碑銘注、
孝章以下四后 孝章宋皇后、河南洛陽人、淑德尹皇后、相州鄴人、懿德符皇后、陳州宛邱人、明德李皇后、潞州上黨人、宋皇后、太祖后、餘均太宗后、
仄目 側目而視、
呂溱 字濟叔、揚

嗟病時猶足聳人壯時之詞氣可想

以後述其所聞

州人、徙成德軍、與部轉運使李參不相能、參劾其借官麴作酒、以私貨貿易、及受餽遺、下大理議、湊實未嘗受、而外廷謂湊有死罪、帝但貶秩知和州、御史以爲未抵罪、分司南京、永興京兆府、亦曰永興軍、領長安等縣十三、治今陝西長安縣、范偉偉爲姦利、數犯法、敞窮治其事、雷塘亦曰雷陂、在江都縣西北、雷塘長廣共六里、下雷塘長廣共七里、古渭州在甘肅平涼縣西、時與羌人爭古渭地、仁宗問敞、棄守孰便、敞主棄之、狄青字漢臣、西河人、起行伍、爲樞密使、每出入、小民輒聚觀、至壅馬足不得行、敞因請出之、衞州治今河南汲縣、汝州治今河南臨汝縣、時相陳執中、以姦稱、式字叔度、奉世字仲灊、敞字貢父、祥符今河南開封縣、

歐陽永叔翰林侍讀學士給事中梅公墓誌銘

翰林侍讀學士給事中梅公既卒之明年。其孤及其兄之子堯臣來請銘以葬。曰。吾叔父病且亟矣。猶臥而使我誦子之文。今其葬。宜得子銘以藏。公之名在人耳目五十餘年。前卒一歲。予始拜公於許。公雖衰且病。其言談詞氣。尚足動人。嗟予不及見其壯也。然嘗聞長老道公咸平景德之初。一遇眞宗。言天下事。合意。遂以人主爲知己。當時搢紳之士。望之若不可及。已而擯斥流離四十年間。白首翰林。卒老一州。嗟夫。士果能自爲材邪。惟世用不用爾。故予記公終始至於咸平景德之際。尤爲詳焉。良以悲其志也。公諱詢。字昌言。世家宣城。年二

特達之知

想見慷慨請行之概

論邊遣將瞭如指掌

河西平吳至父云此學羅池碑柳民既皆春悅文法

十六進士及第。試校書郎。利豐監判官。遷將作監丞。知杭州仁和縣。又遷著作佐郎。舉御史臺推勘官。時亦未之奇也。咸平三年。與考進士於崇政殿。眞宗過殿廬中。一見以爲奇材。召試中書。直集賢院。賜緋衣銀魚。是時契丹數寇河北。李繼遷急攻靈州。天子新卽位。銳於爲治。公乃上書。請以朔方授潘羅支。使自攻取。是謂以蠻夷攻蠻夷。眞宗然其言。問誰可使羅支者。公自請行。天子惜之。不欲使蹈兵間。公曰。苟活靈州。而罷西兵。何惜一梅詢。天子壯其言。因遣使羅支。未至而靈州沒於賊。召還。遷太常丞。三司戶部判官。數訪時事。於是屢言西北事。時邊將皆守境。不能出師。公請大臣臨邊。督戰。募遊兵。擊賊。論曹瑋（羽鬼切）馬知節才可用。又論傅潛楊瓊敗績當誅。而田紹斌（音彬）王榮等可責其效以贖過。凡數十事。其言甚壯。天子益器其材。數欲以知制誥。宰相有言不可者。乃已。其後繼遷卒。爲潘羅支所困。而朝廷以兩鎭授德明。德明頓首謝罪。河西平。天子亦再幸澶淵。盟契丹。而河北之兵解。天下無事矣。公既見疎不用。初坐斷田訟失實。通判杭州。徙知蘇州。又徙兩浙轉運使。還判三司開拆司。遷太常博士。

事與願違

總東一段補敍文行

用封禪恩遷祠部員外郎。又坐事出知濠州。以刑部員外郎。爲荆湖北路轉運
使。坐擅給驛馬與人奔喪而馬死。奪一官。通判襄州。徙知鄂州。又徙蘇州。天禧
元年。復爲刑部員外郎。陝西轉運使。靈州棄已久。公與秦州曹瑋。得胡蘆河路。
可出兵無沙行之阻。而能徑趨靈州。遂請瑋居環慶以圖出師。會瑋入爲宣徽
使。不克而止。遷工部郎中。坐朱能反。貶懷州團練副使。再貶池州。天聖元年。拜
度支員外郎。知廣德軍。徙知楚州。遷兵部員外郎。知壽州。又知陝府。六年。復直
集賢院。又遷工部郎中。改直昭文館。知荆南府。召爲龍圖閣待制。糾察在京刑
獄。判流內銓。改龍圖閣直學士。知并州。未行。遷兵部郎中。樞密直學士。以往就
遷右諫議大夫。入知通進銀臺司。復判流內銓。改翰林侍讀學士。羣牧使。遷給
事中。知審官院。以疾出知許州。康定二年六月某日。卒於官。公好學有文。尤喜
爲詩。爲人嚴毅修潔。而材辨敏明。少能慷慨見奇。眞宗自初召試。感激言事。自
以爲君臣之遇。已而失職。逾二十年。始復直於集賢。比登侍從。而門生故吏。曩
時所考進士。或至宰相居大官。故其視時人常以先生長者自處。論事尤多發

憤其在許昌繼遷之孫復以河西叛朝廷出師西方而公已老不復言兵矣享年七十有八以終梅氏遠出梅伯世久而譜不明公之皇曾祖諱超皇祖諱遠皆不仕父諱邈贈刑部侍郎夫人劉氏彭城縣君子五人長曰鼎臣官至殿中丞次曰寶臣皆先公卒次曰得臣太子中舍次曰輔臣前將作監丞次曰淸臣大理評事公之卒天子贈賻優恤加得臣殿中丞淸臣衛尉寺丞明年八月某日葬公宣州之某鄉某原銘曰

士之所難有蘊無時偉歟梅公人主之知勇無不敢惟義之爲困於翼飛中垂以斂一失其塗進退而坎理不終窮既晚而通惟其壽考福祿之隆

張廉卿曰此文尤近史公聲響節奏無一不合

許（州名、治今河南許昌縣、）咸平景德天禧（並眞宗年號、）宣城（今安徽宣城縣、）利豐監（本通州豐場、宋置監於此、在今江蘇南通縣南、）李繼遷（西夏主、）靈州（治今甘肅靈武縣、）潘羅支（西涼府六谷蕃酋、）曹瑋（字寶臣、眞定靈壽人、彬子、有父風、）馬知節（字子元、幽州薊人、全義子、屢敗契丹、）傅潛（冀州衡水人、性懦、畏契丹不敢戰、後流房州、）楊瓊（汾州西河人、以遇敵逗遛、流厓州、）田紹斌（汾州人、立功太祖太宗朝、）王榮（定州人、爲寇所劫、喪師、流均州、）宰相（李沆也、言其險薄望輕、）德明（繼遷子、繼遷攻西蕃、爲潘羅支所敗死、德明嗣、歸款於宋、）

於修爲叔父蘇厚子云按歐譜此乃文忠之從叔父同出於曾祖郴

澶淵（即澶州、景德初、契丹南寇、眞宗於此議和而還、）濠州（治今安徽鳳陽縣、）襄州（治今湖北襄陽縣、）鄂州（治今湖北武昌縣、）胡盧河（即蔚茹川、源出甘肅固原縣、）秦州（治今甘肅天水縣、）環（州名、治今甘肅環縣、）慶（州名、治今甘肅慶陽縣、）朱能句（天禧四年八月、永興軍都巡檢使朱能叛、詔與給事中朱巽坐不察謫官、）懷州（見尹君墓誌銘、）池州（治今安徽貴池縣、）天聖康定（並仁宗年號、）廣德軍（治今安徽廣德縣、）楚州（治今江蘇淮安縣、）壽州（治今安徽壽縣、）陝府（治今河南陝縣、）荊南府（治今湖北江陵縣、）幷州（治今山西陽曲縣、）繼遷（元昊、）梅伯（商紂臣、）

歐陽永叔尚書都官員外郎歐陽公墓誌銘○○

公諱曄（域輒切）。字日華。於檢校工部尚書諱託彭城縣君劉氏之室。爲曾孫。武昌縣令諱郴（丑林切）。蘭陵夫人蕭氏之室。爲孫。贈太僕少卿諱偃。追封潘原縣太君李氏之室。爲第三子。於修爲叔父。修不幸幼孤。依於叔父而長焉。嘗奉太夫人之教曰。爾欲識爾父乎。視爾叔父。其狀貌起居言笑。皆爾父也、修雖幼。已能知。太夫人言爲悲。而叔父之爲親也。歐陽氏世家江南。僞唐李氏時。爲廬陵大族。李氏亡。先君昆弟同時而仕者四人。獨先君早世。其後三人皆登於朝以歿。公咸平三年舉進士甲科。歷南雄州判官。隨閬（音浪）二州推官。江陵府掌書記。拜太

從至性中流出

操守之廉

子中允太常丞博士尙書屯田都官二員外郎享年七十有九最後終於家以慶曆四年三月十日葬於安州應城縣高風鄉彭樂村於其葬也其素所養兄之子修泣而書曰嗚呼叔父之亡吾先君之昆弟無復在者矣其長養敎育之恩既不可報而至於狀貌起居言笑之可思慕者皆不得而見焉矣惟勉而紀吾叔父之可傳於世者庶以盡修之志焉公以太子中允監興國軍鹽酒稅太常丞知漢州雒（音洛）縣博士知端州桂陽監屯田員外郎知黃州遷都官知永州皆有能政坐舉人奪官復以屯田通判歙（音攝）州以本官分司西京託家於隨復遷都官於家遂致仕景祐四年四月九日卒公爲人嚴明方質尤以廉潔自持自爲布衣非其義不輒受人之遺少而所與親舊後或甚貴終身不造其門其涖官臨事長於決斷初爲隨州推官治獄之難決者三十六大洪山奇峰寺聚僧數百人轉運使疑其積物多而僧爲奸利命公往籍之僧以白金千兩餽公公笑曰吾安用此然汝能聽我言乎今歲大凶汝有積穀六七萬石能盡以輸官而賑民則吾不籍汝僧喜曰諾饑民賴以全活陳堯咨以豪貴自驕官屬莫

不辟豪貴具見節概

序此數事見聰斷之辭

敢仰視。在江陵用私錢。詐爲官市黃金。府吏持帖强僚佐署。公呵吏曰。官市金。當有文符。獨不肯署。堯咨雖憚而止。然諷轉運使出公。不使居府中。鄂州崇陽。素號難治。乃徙公治之。至則決滯獄百餘事。縣民王明與其同母兄李通爭產。累歲明不能自理。至貧爲人賃(乃禁切)舂(書容切)。公折之一言。通則具伏。盡取其產鉅萬歸於明。通退而無怨言。桂陽民有爭舟而相毆至死者。獄久不決。公自臨其獄。出囚坐庭中。去其桎(音質)梏(音谷)而飲食之。食訖。悉勞(去聲)而還於獄。獨留一人於庭。留者色動惶顧。公曰。殺人者汝也。囚不知所以然。公曰。吾視食者皆以右手持匕(音比)而汝獨以左。今死者傷在右脅。此汝殺之明也。囚即涕泣曰。我殺也。不敢以累他人。公之臨事明辨。有古良吏決獄之術。多如此。所居人皆愛思之。公娶范氏。封福昌縣君。子男四人。長曰宗顏。次曰宗閔。其二早亡。女一人。適張氏。亦早亡。銘曰。

公之明。足以決於事。愛足以思於人。仁足以施其族。清足以潔其身。而銘之以此。足以遺其子孫。

前敍親情極懇摯後敍政績不支蔓（濡識）

僞唐李氏（李昪受吳禪、稱帝金陵、國號唐、并楚及閩、凡三主、三十九年、滅於宋、）南雄州（治今廣東南雄縣、）隨（州名、治今湖北隨縣、）閬（州名、治今四川閬中縣、）江陵府（治今湖北江陵縣、）安州應城（見狄君墓誌銘、）高風鄉（按「一統志」作太平鄉、在應城縣西、）興國軍（見上黃夢升墓誌銘、）漢川雒縣（今四川廣漢縣、屬西川道、）端州（治今廣東高要縣、）桂陽監（今湖南桂陽縣、）歙州（治今安徽歙縣、）西京（洛陽、）大洪山（在隨縣、山高險、上有田疇、中襟大湖、廣圓一百餘里、涢水出於其陰、）陳堯咨（字嘉謨、閬州縣人、堯叟弟、性剛而豪侈、屢仆屢起、卒贈太尉、諡康肅、）鄂州崇陽（今湖北崇陽縣、屬江漢道、）賃舂（受僱爲人擣米、）匕（匕首也、似劍而短、）

歐陽永叔尚書職方郎中分司南京歐陽公墓誌銘○○

公諱潁。字孝叔。咸平三年舉進士中第。初任峽州軍事判官。有能名。即州拜祕書省著作佐郎。知建寧縣。未半歲。峽路轉運使薛顏巡部至萬州。逐其守之不治者。以謂繼不治。非尤善治者不能。因奏自建寧縣往代之。以治聞。由萬州相次九領州而治之。一再至。曰鄂州。二辭不行。初彭州。以母夫人老不果行。最後嘉州。以老告不行。實治七州。州大者繁。廣小者俗惡而奸。皆世指爲難治者。其尤甚曰歙州。民習律令。性喜訟。家家自爲簿書。凡聞人之陰私。毫髮坐起語言

（有能名三字爲下文治績之前提）

舉其尤難者兩事已見明決如神

始交後絕具見賢奸之辨

日時皆記之。有訟則取以證。其視入狴(音陛)牢。就桎梏。猶冠帶偃簀(音責)恬如也。盜有殺其民董氏於市。三年捕不獲。府君至則得之。以抵法。又富家有盜夜入啓其藏者。有司百計捕之甚急。且又大購之。皆不獲。有司苦之。公曰。勿捕與購。獨召富家二子。械付獄鞫之。州之吏民皆曰。是素良子也。大怪之。吏疑互諫。公堅不回。鞫愈急。二子服。然吏民猶疑其不勝而自誣。及取其所盜某物於某所。皆是。然後讙曰。公神明也。其治尤難者若是。其易可知也。公剛果有氣。外嚴內明。不可犯。以是施於政。亦以是持其身。初皇考侍郎爲許田令時。丁晉公尚少。客其縣。皇考識之曰。貴人也。使與之遊。待之極厚。及公佐峽州。晉公薦之。遂拜著作。其後晉公居大位用事。天下之士往往因而登榮顯。而公屏不與之接。故其仕也。自著作佐郎。祕書丞。太常博士。尚書屯田都官職方三員外郎。郎中。皆以歲月考課次第陞。知萬峽鄂歙彭鄂閬饒嘉州。皆所當得。及晉公敗。士多不免。惟公不及。明道二年。以老乞分司。有田荊南。遂歸焉。以景祐元年正月二十六日。終於家。年七十有三。祖諱某。贈某官。皇妣李氏。贈某縣君。夫人曾氏。某縣君。

銘其親世系不能不詳

公於修叔父也蘇厚子云按歐譜此文忠之從叔父亦共曾祖郴者

先亡。公平生彊力少疾病。居家忽晨起。作遺戒數紙。以示其嗣子景昱（音毓）曰。吾將終矣。後三日乃終。而嗣子景昱能守其家如其戒。歐氏出於禹。禹之後有越王句踐。句踐之後有無疆者。爲楚威王所滅。無疆之子皆受楚封。封之烏程歐陽亭者。爲歐陽氏。漢世有仕爲涿郡守者。子孫遂北。有居冀州之渤海。有居青州之千乘。而歐陽仕漢世爲博士。所謂歐陽尙書者也。渤海之歐陽有仕晉者曰建。所謂渤海赫赫。歐陽堅石者也。建遇趙王倫之亂。其兄子質南奔長沙。自質十二世生詢。詢生通。仕於唐。皆爲長沙之歐陽。而猶以渤海爲封。通又三世而生琮（音宗）。琮爲吉州刺史。子孫家焉。自琮八世生萬。萬生雅。雅生高祖諱效。高祖生曾祖諱託。曾祖生皇祖武昌令諱郴（丑森切）。皇祖生公之父贈戶部侍郎諱儆。皆家吉州。又爲吉州之歐陽。及公遂遷荆南。且葬焉。又爲荆南之歐陽。嗚呼。公於修叔父也。銘其叔父。宜於其世尤詳。銘曰。

壽孰與之。七十而老。祿則自取。於取猶少。扶身以方。亦以從公。不變其初。以及其終。

張廉卿曰此篇從退之出

峽州治今湖北宜昌縣、建寧今福建建寧縣、薛顏字彥國、河中萬泉人、萬州治今四川萬縣、彭州治今四川彭縣、嘉州治今四川樂山縣、歙州見上篇、狴牢狴本作陛、拘罪人處、偃簀臥席、恬安也、許田今河南許昌縣、丁晉公名謂、字謂之、奸相、閬見上篇、饒州名、治今江西鄱陽縣、荊南見前、越王句踐允常子、夏帝少康之庶裔、無疆越王之侯子、句踐之六世孫、[史記]作無彊、楚威王名熊商、宣王子、烏程歐陽亭烏程、今浙江吳興縣、亭在縣東昇山南、昇山一名歐餘山、亦名歐亭山、無彊之子蹄、封於歐餘山之陽、爲歐陽亭侯、子孫因以爲氏、涿郡治今京兆涿縣、冀州渤海今直隸滄縣、屬津海道、青州千乘今山東高苑縣北、有千乘故城、歐陽仕漢三句歐陽生、字和伯、千乘人、受伏生尚書、世世相傳、至曾孫高、字子陽、爲博士、高孫地餘、以太子中庶子授太子、後爲博士、論石渠、元帝即位、地餘侍中、貴幸至少府、少子政、爲王莽講學大夫、由是尚書世有歐陽氏學、建字堅石、渤海人、石崇甥、辟公府、歷山陽令、尚書郎、馮翊太守、爲趙王倫所殺、年三十、趙王倫晉武帝子、八王之一、詢字信本、潭州臨湘人、仕隋、爲太常博士、唐高祖即位、累擢給事中、貞觀初、歷太子率更令、弘文館學士、封渤海男、卒年八十五、詢善書、尺牘所傳、人以爲法、高麗嘗遣使求之、通少孤、母徐教以父書、累遷殿中監、封渤海子、天授初轉司禮卿、判納言事、輔政月餘、忤諸武意、坐大逆死、通書亞於詢、父子齊名、號大小歐陽體、吉州治今江西吉安縣、

歐陽永叔南陽縣君謝氏墓誌銘〇

慶曆四年秋。予友宛陵梅聖俞。來自吳興。出其哭內之詩而悲。曰、吾妻謝氏亡

語意固深於情者

從尋常瑣屑語偏能曲曲道出

[illegible]室之愛語此懇至

矣丐我以銘而葬焉予諾之未暇作居一歲中書七八至未嘗不以謝氏銘爲言且曰吾妻故太子賓客諱濤之女希深之妹也希深父子爲時聞人而世顯榮謝氏生於盛族年二十以歸吾凡十七年而卒卒之夕斂以嫁時之衣甚矣吾貧可知也然謝氏怡然處之治其家有常法其飲食器皿雖不及豐侈而必精以旨其衣無故新而澣濯縫紉音人必潔以完所至官舍雖卑陋而庭宇灑掃必肅以嚴其平居語言容止必從容以和吾窮於世久矣其出而幸與賢士大夫遊而樂入則見吾妻之怡怡而忘其憂使吾不以富貴貧賤累其心者抑吾妻之助也吾嘗與士大夫語謝氏多從戶屏間竊聽之閒則盡能商榷其人才能賢否及時事之得失皆有條理吾官吳興或自外醉而歸必問曰今日孰與飲而樂乎聞其賢者也則悅否則歎曰君所交皆一時賢儁豈其屈己下之邪惟以道德焉故合者尤寡今與是人飲而歡耶是歲南方旱仰見飛蝗而歎曰今西兵未解天下重困盜賊暴起於江淮而天旱且蝗如此我爲婦人死而得君葬我幸矣其所以能安居貧而不困者其性識明而知道理多此類嗚呼其

生也迫吾之貧而沒也又無以厚焉。謂惟文字可以著其不朽。且其平生尤知文章爲可貴。歿而得此庶幾以慰其魂。且塞予悲。此吾所以請銘於子之勤也若此。予忍不銘。夫人享年三十七。用夫恩封南陽縣君。二男一女。以其年七月七日卒於高郵。梅氏世葬宛陵。以貧不能歸也。某年某月某日葬於潤州之某縣某原。銘曰。

高崖斷谷兮京口之原。山蒼水深兮土厚而堅。居之可樂兮卜者曰然。骨肉歸土兮魂氣升天。何必故鄉兮。然後爲安。

只就其夫言曲曲敘出何淒婉乃爾（遙識）

宛陵（今安徽宣城縣、）吳興（今浙江吳興縣、時聖俞監湖州鹽稅、）濤（富陽人、以文行稱、進士起家、累官至太子賓客、）希深（名繇、以文學知名、所至大興學舍、好施宗族、喜賓客、累官至兵部員外郎、）蝗（食苗蟲、有赤腳黃腳二種、）高郵（今江蘇高郵縣、）京口（即丹徒、）骨肉歸土二句（［禮檀弓］延陵季子長子死、葬於嬴博之間、既封、左袒、右還其封、且號者三、曰骨肉歸復于土、命也、若魂氣則無不之也、無不之也、而遂行、）

歐陽永叔北海郡君王氏墓誌銘○

太常丞致仕吳君之夫人曰北海郡君王氏。濰（音惟）州北海人也。皇考諱汀舉明

良女賢娶居之無愧

數語以答先寵措詞亦極得體

經不中。後爲本州助教。夫人年二十三。歸於吳氏。天聖元年六月二日。以疾卒。享年三十有七。夫人爲人孝順儉勤。自其幼時。凡於女事。其保傅皆曰。敎而不勞。組紃(音旬)織紝(音壬)。其諸女皆曰。巧莫可及。其歸於吳氏也。其母曰。自吾女適人。吾之內事無所助。而吳氏之姑曰。自吾得此婦。吾之內事不失時。及其卒也。太常君曰。舉吾里中有賢女者。莫如王氏。於是娶其女弟。以爲繼室。而今夫人戒其家曰。凡吾吳氏之內事。惟吾女兄之法是守。至今而不敢失。夫人有賢子曰奎。字長文。初舉明經。爲殿中丞。後舉賢良方正直言極諫。今爲翰林學士尙書兵部員外郎知制誥。夫人初用子恩。追封福昌縣君。其後長文貴顯。以夫人爲請。天子曰。近臣吾所寵也。有請其可不從。乃特追封夫人爲北海郡君。長文號泣頓首曰。臣奎不幸。竊享厚祿。不得及其母。而天子寵臣以此。俾以報其親。臣奎其何以報。當是時。朝廷之士大夫。吳氏之鄉黨鄰里。皆咨嗟歎息曰。吳氏有子矣。嘉祐四年冬。長文請告於朝。將以明年正月丁酉。葬夫人於鄆州之魚山。以書來乞銘。夫人生三男。曰奎、奄、胃。今夫人生一男。曰參。女三人。孫男女九人。

曾孫女二人。銘曰。

奎顯矣。奄早亡。胄與參。仕方強。以一子。榮一鄉。生雖不及歿有光。孫曾多有後愈昌。

從人之言證明其賢具見語無虛設後幅以有賢子作結亦風世勵俗之深意（識淵）

濰州北海（今山東濰縣、屬膠東道、）組紃織紝（組紃俱為絛、薄闊為組、似繩為紃、紝、亦織也、）福昌（見漢書、阡表注、）鄆州魚山（在今山東東阿縣西、即吾山、）

評校音注古文辭類纂卷四十六終

姚氏云揮塵錄云李定一揚州人傾蘇子譖者一洪州人字仲求欲與賽神會蘇子美拒之致興大獄者然則此衞尉卿蓋即仲求之父又按李虛已傳衞尉卿名虛舟其父名寅又載定官司農少卿爲吏有能名而不及傾蘇子美事薦宋史亦取誌狀之類爲之傳而不復孝定耳岐與刻蓋即仲求之父下有此碑文作於嘉祐五年即寶元元年後七年爲慶歷五年乃有賽神會之事宜掛公尚爲此文也數語

與至父云曾祖諱某下正宗本有祖諱某三字各本皆脫應校補

王介甫虞部郎中贈衞尉卿李公神道碑○

嘉祐八年六月某甲子。制曰。朕初即位。大賚羣臣。歷朝者及其父母。具官某父具官某。率德蹈義。不躬榮祿。能敎厥子。並爲才臣。加賜名命。序諸卿位。所以勸天下之爲人父者。豈特以慰孝子之心哉。可特贈衞尉卿。翌日某甲子。中書下其書告第。又副其書賜寬等以待墓焚。寬等受書。焚其副墓上。乃撰次衞尉官世行治始卒。來請曰。先人賴天子慶施。賜之官三品矣。而墓碑未刻。惟德善可以有辭於後世者。夫子實聞知。某曰。然。衞尉公墓隧音遂宜得銘久矣。於是爲序而銘焉。序曰。

公姓李氏。故隴西人。七世祖諱某。始遷於光山。五世祖諱某。以其郡人王闓從之。始爲建安人。曾祖諱某。祖諱某。皆不仕。考諱某。嘗仕江南李氏稍顯矣。江南國除。又舉進士。中等。以殿中丞致仕。有學行名能知人。贈其父大理評事而已

不畢小官致績亦偉

敍其友愛家法可見

不知休息罷盡戀棧人

亦以子貴贈至吏部尙書遊豫章樂其湖山曰吾必終於此於是又始爲豫章人尙書之子伯曰虛己官至尙書工部侍郎以才能聞天下其季則公也公諱某字公濟少篤學讀書兼晝夜不息一以進士舉不中即以兄蔭爲郊社齋郎再選福州閩清洪州靖安縣尉有能名遷饒州餘干縣令至則毀淫祠取其材以爲孔子廟率縣人之秀者興於學豪宗大姓斂手不敢犯法州將部使者奏乞與京官移之劇縣不報而坐不覺獄卒殺人以免當是時侍郎方以分司就第公曰吾兄老矣我得朝夕從之遊以灑掃先人廬冢尙何求而仕遂止不復言仕侍郎之卒也天子以公試祕書省校書郎知江州德安縣事辭不就後嘗一至京師大臣交口勸說欲官之終以其不可強也而晏元獻公爲公請乃除太子洗馬致仕初尙書未老棄其官以歸至侍郎及公之退也亦皆未老自尙書至公再世皆有子而皆以嚴治其家如吏治江西士大夫慕其世德稱其家法蓋近世士多外自藩(同翻)飾爲聲名而內實罕能治其家及老往往顧利冒恥不知休息公獨父子兄弟能如此嗚呼其可謂賢於人也已公事親孝比遭大

階戶部侍郎換一本作階至朝奉郎

銘語頗能賅括

喪。廬墓六年然後已。事兄與其寡姊。衣食藥物。必躬親之。及公老矣。二子就養。如公之爲子弟也。寬嘗爲江浙等路提點鑄錢坑冶。又嘗提點江南西路刑獄。定亦再爲洪州官。不去左右者十二年。皆以才能爲世聞人。以恩遷公官至尙書虞部郎中。階戶部侍郎。勳至護軍。以嘉祐四年七月某甲子。卒於豫章之第室。年八十九。夫人長壽縣君趙氏。先公卒八年。旣葬矣。五年某月某甲子。以公葬於夫人之墓左。曰雷岡。在新建縣之桃花鄉新里。夫人故衢州人某官湘之女。湘有文行。尙書與爲友。故爲公娶其女。子三人。寬、定、寶。實守祕書省正字。早世。於公之葬也。寬爲尙書司勳員外郎。定爲尙書庫部員外郎。女子二人已嫁。孫二十有一人。曾孫十有五人。皆率公敎無違者。公旣葬而二子以恩贈公衞尉卿云。銘曰。

李世大家。隴西其先。於唐之季。再世光山。移遯於閩。嶺海之間。乃生尙書。節行有偉。始來江南。考室章水。繩繩二子。隱顯兼榮。孰多厚祿。其季維卿。幼壯躬孝。惟君之踐。能不盡用。止於一縣。退以德義。鞏身於家。外內肅雝。人不疵嗟。亦有二子。維天子使。父曰往矣。致而臣身。子曰歸哉。以寧吾親。以率其婦。左右恂恂。以官就侍。天子之仁。既具祉福。考終大耄。追榮於幽。乃賜卿號。伐石西山。作爲螭音癡龜。營之墓上。勒此銘詩。

就家法稱說承上起下一線貫串文亦有紆餘從容之致濡識

嘉祐仁宗年號、隧地道也、自平地下斜以入埜壙者、隴西秦置隴西郡、治狄道、即今甘肅狄道縣、宋置隴西縣、今甘肅隴西縣、光山今河南光山縣、宋時屬光州、建安今福建建甌縣、按[宋史李虛己傳]五世祖盈自光州從王潮徙閩、遂家建安、考諱某父寅仕江南李氏、江南國除、授殿前承旨、辭不拜、見[李虛己傳]豫章郡名、今江西南昌縣、虛己字公受、福州閩清今福建閩清縣、屬閩海道、洪州靖安今江西靖安縣、屬潯陽道、饒州餘干今江西餘干縣、屬潯陽道、江州德安今江西德安縣、屬潯陽道、晏元獻公名殊、字同叔、撫州臨川人、虛己埒、藩飾猶掩飾也、冒恥不知恥也、洪州治今江西南昌縣、新建今江西新建縣、衢州治今浙江衢縣、趙湘字叔灝、衢州西安人、抃之祖也、淳化進士、嘗官廬江尉、著有南陽集、考室考、成也、[詩序]斯干、宣王考室也、章水即古豫章水、亦名南江、爲江西贛江之西源、源出崇義縣聶都山、東北流經大庾南康、入贛縣、與貢水合流爲贛江、繩繩不絕貌、恂恂和悅貌、耄八十九十曰耄、螭龜所以負碑者、螭亦龍屬、勒刻也、[禮月令]物勒工名、

王介甫廣西轉運使孫君墓碑〇〇

苦學可敬。文能曲曲達出。

歷敘居官政績有條不紊。

君少學問勤苦寄食浮屠山中步行借書數百里升樓誦之而去其階蓋數年而具衆經後遂博極天下之書屬文操筆布紙謂爲方患而數百千言已就以天聖五年同學究出身補滁州來安縣主簿洪州右司理再舉進士甲科遷大理寺丞知常州晉陵縣移知潯州潯當是時人未趨學乃改作廟學召吏民子弟之秀者親爲據案講說誘勸以文藝居未幾旁州士皆來學學者由此遂多以選通判耀州兵士有訟財而不直者安撫使以爲直君爭之不得乃奏決於大理大理以君所爭爲是而用君議編於敕慶歷二年擢爲監察御史裏行於是彈奏狄武襄公不當沮敗劉滬水洛城事又因日食言陰盛以後宮爲戒仁宗大獵於城南衞士不及整而歸以夜明日將復出有雉隕於殿中君奏疏即是夜有詔止獵蠻唐和寇湖南以君安撫奏事有所不合因自劾乃知復州又通判金州知漢陽軍吉州稍遷至尚書都官員外郎提點江南西路刑獄有言常平歲凶當稍貴其粟以利糴本者詔從之君言此非常平本意也詔又從之儂智高反君卽出兵二千於嶺以助英韶會除廣西轉運使馳至所部而智高

轉餉之功　兵略之長　力疾奉公而卒　總敍一段

方煽（音扇）天子出大臣部諸將兵數萬擊之君驅散亡殘敗之吏民轉芻米於惶擾卒急之間又以餘力督守吏治城壍（七豔切同塹）修器械屬州多完而師飽以有功君勞居多以勞遷尙書司封員外郎初君請斬大將之北者發騎軍以討賊及後賊所以破滅皆如君計策軍罷而人重困方恃君綏撫君乘險阻冒瘴毒經理出入起居無時以嘉祐二年二月七日卒於治所年五十六官至尙書工部郎中散官至朝奉郎勳至上輕車都尉君所爲州整齊其大體闊略其細故與賓客談說弦歌飲酒往往終日而能聽用佐屬盡其力事以不廢在御史言事計曲直利害如何不顧望大臣以此無助所爲文自少及終以類集之至百卷天德地業人事之治掇拾貫穿無所不言而詩爲多君諱抗字和叔姓孫氏得姓於衞得望於富春其在黟（音伊）縣自君之高祖棄廣陵以避孫儒之亂至君曾大父諱師睦以善治生致富歲饑賤出米穀以斗升付糴者得驩心於鄉里大父諱旦始盡棄其產而能招士以敎子父諱遂良當終時君始十餘歲後以君故贈尙書職方員外郎君初娶張氏又娶吳氏又娶舒氏封太康縣君五男

按太廟齋郎吳刻作試秘書省校書郎

人傑而地亦靈

子適邈迪适遘適嘗從予遊年十四論議著書足以驚人終永州軍事推官邈令潞州上黨縣令亦好學能文狀君行以求銘者邈也君之卒也天子以适試祕書省校書郎二女子一嫁太廟齋郎李簡夫一嫁進士鄭安平以其卒之年十二月二十五日葬黟縣懷遠鄉上林村歙（音攝）之爲州在山嶺澗谷崎嶇之中自去五代之亂百年名士大夫亦往往而出然不能多也黟尤僻陋中州能人賢士之所罕至君孤童子徒步宦學終以就立爲朝廷顯用論次終始作爲銘詩豈特以顯孫氏而慰其子孫乃亦以貽其鄉里銘曰

在仁宗世蠻跳不制餽師牧民實有膚使踐艱乘危條變畫奇瘭（音標）毒既除膏熨（音鬱）以治方遷既隕哀暨山夷維此膚使文優以仕祿則不殖其書滿笥書藏於家銘在墓前以告黟人孫氏之阡

茅鹿門曰歐陽公誌表序事多得太史公逸調荆公獨自出機軸多巉畫曲折之言其尤長者往往於序事中一面點綴著色雋永遠出令人覽之如走駿馬於千山萬壑中層巒疊嶂應接不暇敘事中之劍戟也

階梯也、天聖與下慶曆並仁宗年號、同學究出身宋制殿試貢士、有學究一科、學究有出身、屬吏部、滁州來安今來安縣、屬安徽淮泗道、洪州見上、常州晉陵今武進縣、屬江蘇蘇常道、潯州治今廣西桂平縣、趨學向學也、耀州治今陝西耀縣、大理掌刑之官、狄武襄名青、字漢臣、西河人、水洛城事詳尹師魯墓誌銘注、唐和桂陽監蠻猺、後降、補爲峒主、復州治今湖北沔陽縣、金州治今甘肅金縣、漢陽軍今湖北漢陽縣、吉州治今江西吉安縣、常平倉名、見狄君墓誌銘、儂智高廣源州蠻、英韶二州名、英、治今廣東英德縣、韶、治今廣東曲江縣、得姓於衞[唐書宰相世系表]孫氏出自姬姓、衞康叔八世孫武公和生公子惠孫、惠孫生耳、爲衞上卿、食采於戚、生武仲乙、以王父字爲氏、得望富春富春、今浙江富陽縣、[鄭樵通志]孫氏嬀姓、齊陳桓子無宇之後、桓子曾孫武、以齊之田鮑四族謀爲亂、奔吳爲將、武之子明、食邑於富春、自是世爲富春人、按據此則爲嬀姓玄孫、而非姬姓之孫矣、黟今安徽黟縣、廣陵今江蘇江都縣、孫儒唐僖宗文德元年、孫儒破揚州、自爲淮南節度使、後爲楊行密所敗死、永州治今湖南零陵縣、潞州上黨今山西長治縣、屬冀寧道、膚大也、

王介甫寶文閣待制常公墓表〇〇

右正言寶文閣待制特贈右諫議大夫汝陰常公以熙寧十年二月己酉卒以五月壬申葬臨川王某誌其墓曰公學不期言也正其行而已行不期聞也信同伸其義而已所不取也可使貪者矜焉而非彫通雕斲以爲廉所不爲也可使弱者立焉而非矯抗以爲勇官之而不事召之而不赴或曰必退者也終此而已

轉折不見痕迹於無可述敍之中搆此數句就人目中看出稱美不落邊際

結處亦宕逸有致

操守謹廉兩人如一不當祇作醫筮一流人物觀

小道可觀一藝亦足以自見

矣。及爲今天子所禮則出而應焉。於是天子悅其至虛己而問焉。使莅諫職以觀其迪己也。使董學政以觀其造士也。公所言乎上者無傳。然皆知其忠而不阿。所施乎下者無助。然皆見其正而不苟。詩曰。胡不萬年。惜乎既病而歸死也。自周道隱。觀學者所取舍。大抵時所好也。違俗而適己。獨行而特起。嗚呼。公賢遠矣。傳載。公久。莫如以石。石可磨也。亦可泐(音勒)也。謂公且朽。不可得也。

姚氏曰。秩爲諫臣無所獻替。荆公以所親厚爲之飾詞。然文特峻而曲。○吳至父曰。愈排偶愈古勁。獨公文爲然

汝陰(今安徽阜陽縣)、熙寧(神宗年號)、迪(啟也)、泐(石因其脈理而解散之)

王介甫處士征君墓表○○

淮之南有善士三人。皆居於眞州之揚子。杜君者寓於翳(同醫)。無貧富貴賤。請之輒往。與之財非義。輒謝而不受。時時窮空。幾不能以自存。而未嘗有不足之色。蓋善言性命之理。而其心曠然無累於物。而予嘗與之語。久之而不厭也。徐君忠信篤實。遇人至謹。雖疾病。召筮不正衣巾不見。寓於筮。日得百數十錢則止。

不可無此連鎖之句

頗得合葬體裁

不更簽也。能爲詩。亦好屬文。有集若干卷。兩人者以醫簽故。多爲賢士大夫所知。而征君獨不聞於世。征君者諱某字某。事其母夫人至孝。居鄉里恂恂恭謹。樂振人之窮急。而未嘗與人校曲直。好蓄書。能爲詩。有子五人。而教其三人爲進士。某今爲某官。某今爲某官。某亦再貢於鄉。征君與兩人者相爲友。至驩而莫逆也。兩人者皆先征君以死。而征君以某年某月某甲子終於家。年七十七。噫。古者一鄉之善士。必有以貴於一鄉。一國之善士。必有以貴於一國。此道亡也久矣。余獨私愛夫三人者。而樂爲好事者道之。而征君之子。又以請。於是書以遺之。使之鑱岑巖切諸墓上。杜君諱嬰。字太和。徐君諱仲堅。字某。

劉海峯曰。以善醫善簽爲人所知。慨征君之無聞而同爲一鄉之善士。故誌征君而並及二人。

眞州揚子今儀徵縣、屬江蘇淮揚道、莫逆同心相契也、「莊子」相視而笑、莫逆於心、鑱刻也、

許校 晉注 古文辭類纂卷四十七終